# 赫克歷險記

## Adventures of Huckleberry Finn

馬克吐溫

Mark Twain —— 著

王安琪 —— 譯注

國科會經典譯注計畫

根據馬克吐溫失而復得手稿
重新編排並植回首版刪除章節的
第一本中文全文譯注本暨187幅插圖本

聯經經典

# 赫克歷險記

2012年7月初版　　　　　　　　　　　　　　　　定價：新臺幣480元
有著作權・翻印必究
Printed in Taiwan.

| | |
|---|---|
| 著　　　者 | Mark Twain |
| 譯 注 者 | 王　安　琪 |
| 繪　　　圖 | E. W. Kemble |
| | John J. Harley |

國科會經典譯注計畫

發 行 人　林　載　爵

| | | | | | |
|---|---|---|---|---|---|
| 出　版　者 | 聯經出版事業股份有限公司 | 叢書主編 | 簡　美　玉 |
| 地　　　址 | 台北市基隆路一段180號4樓 | 封面設計 | 陳　文　德 |
| 編輯部地址 | 台北市基隆路一段180號4樓 | | |

叢書主編電話：(02)87876242轉211
台北聯經書房：台北市新生南路三段94號
電　　　話：(02)23620308
台中分公司：台中市健行路321號
暨門市電話：(04)22371234ext.5
郵政劃撥帳戶第0100559-3號
郵撥電話：(02)23620308
印　刷　者 世和印製企業有限公司
總　經　銷 聯合發行股份有限公司
發　行　所：台北縣新店市寶橋路235巷6弄6號2樓
電　　　話：(02)29178022

行政院新聞局出版事業登記證局版臺業字第0130號

本書如有缺頁，破損，倒裝請寄回台北聯經書房更換。　　ISBN　978-957-08-4026-1 (平裝)
聯經網址：www.linkingbooks.com.tw
電子信箱：linking@udngroup.com

國家圖書館出版品預行編目資料

赫克歷險記/ Mark Twain著 . 王安琪譯注 . 初版 .
臺北市 . 聯經 . 2012年7月（民101年）. 632面 .
14.8×21公分（聯經經典）
譯自：Adventures of Huckleberry Finn

ISBN　978-957-08-4026-1（平裝）

874.57　　　　　　　　　　　　　　101012238

謹將此書獻給

我的老爸王劍樵先生，
全天下最好的老爸

我的老媽張瑩君女士，
依然在天上殷切垂顧

我的恩師朱炎教授，
「一日為師，終身為父」

和

幫我閱讀修正譯注的所有親朋好友學生們

# 目次

# 文學‧經典‧翻譯：馬克吐溫歷險記

單德興

## 經典？經典！

幽默大師馬克吐溫（Mark Twain, 1835-1910，本名Samuel Langhorne Clemens）1900年11月20日在紐約的一場演講中，曾提到有關「經典」的一個雖嫌戲謔卻發人深省的定義：「經典——就是每個人都希望讀過，卻沒有人想讀的東西」（"A classic—something that everybody wants to have read and nobody wants to read."）[1]。此外，他也曾說：「經典」就是「眾人稱讚卻不閱讀的書」（"a book which people praise and don't read," *Following the Equator*, 1897）。然而，經典果真只是供人想像、瞻仰，而不是去閱讀、品嚐，進而受到感動與啓發？

本書譯注者王安琪教授鑽研馬克吐溫的生平，與他筆下的作品相互參照，佐以具有代表性的批評家的見解，並考證馬克吐溫作品在文

---

[1] 一個多世紀以來，世人大都把這句視為是馬克吐溫所下的定義。其實，他在該場名為「文學之消失」（"Disappearance of Literature"）的演講中明確指出，這是衛斯理大學（Wesleyan University）教授溫徹斯特（Caleb Thomas Winchester, 1847-1920）以《失樂園》（*Paradise Lost*）為例，對於「經典」的定義。然而因為馬克吐溫名氣大，以致這個原先他所引用的定義，被誤認為是他原創的說法，此印象如影隨形，根深柢固，多年來以訛傳訛，流傳甚廣。參閱《馬克吐溫演講集》（*Mark Twain's Speeches*. New York and London: Harper & Brothers, 1923），頁194。

壇、書市以及文學史上的際遇，指出馬克吐溫「可能是國內最受歡迎的美國作家」，而《赫克歷險記》（*Adventures of Huckleberry Finn*, 1885，中文書名從王譯，原因詳見〈譯注者聲明〉）則是他「最膾炙人口的代表作」以及「第一部純然以美國本土文化及方言為背景的美式幽默傑作」（*69*），「呈現純粹本土化、在地化、大眾化的美國風格」（*111*），成就了「美國文壇一大革命」（*81*），並成為「美國文學的里程碑」（*69*），然而這麼一部劃時代的文學鉅著卻往往被誤認為只是兒童文學（*69*）。根據2007年劍橋大學出版社（Cambridge University Press）出版的《劍橋版馬克吐溫導論》（*The Cambridge Introduction to Mark Twain*）估計，此書自出版至1990年代在全世界已經印行了兩千萬本以上（*71*）。此外，此書也翻譯成53種語文，國外版本超過700種（*91*），被當成「兒童文學、諷刺文學、旅行文學、成長文學等等」（*70*），並有許多電子與影音版通行於世（如「電子書、有聲書、電影、VHS、VCD、DVD等」〔*91*〕，詳見「《赫克歷險記》影音資料」一節〔*104-07*〕），真可謂老少咸宜，全球通吃，絕非無人閱讀或聞問。因此，王教授引用賀恩（Michael Patrick Hearn）的說法，表示：此書是「既為人稱讚，而且依然閱讀的一本經典」（"a classic which is both praised and still read"〔*73*〕）。換言之，馬克吐溫本人的例證相當程度顛覆了自己對於經典的說法。

其實，知道何者為經典，而且衷心仰望，已是播下了種子，機緣成熟時自然就會發芽成長。作家、批評家與文學教育者所要努力的，就是縮減想像與真實、瞻仰與品嚐之間的距離，讓經典真正能為人所閱讀，進而產生內心的共鳴與衷心的稱讚，而不是明明寶山在望卻裹足不前，因為只要進入文學經典的寶山，斷無空手而返之理。而在經典與潛在的讀者之間，文學教育者扮演著不可或缺的角色。這也就是為什麼此譯注本所根據的「加州大學學術版」（"the California scholarly edition"，Victor Fischer與Lin Salamo主編，Harriet Elinor

Smith與Walter Blair協編，2001年由加州大學出版社〔University of California Press〕出版）在獻詞中特別要把這本書獻給「美國文學教師」（"TEACHERS OF AMERICAN LITERATURE"），因為他們的努力使得此書「在課堂上活靈活現」（"to bring Huckleberry Finn alive in their classrooms"）。其實，這本書之所以能跨越語言與文字障礙，成為世界文學經典，各語文的歷代譯者扮演了不可或缺的角色，也應該在感謝之列。

根據我從事《格理弗遊記》（Gulliver's Travels）經典譯注計畫以及後續的經驗，深切體認到經典的另一個定義很可能是：「人人自認知道、耳熟能詳，卻未必真正認識，遑論深入了解。」以《格理弗遊記》為例，我在全省各地演講面對不同的聽眾時，一開始都會進行現場「民意調查」，先問有沒有人不知道這本書──不管是全譯本、節譯本、改寫本、注音本、繪圖本、漫畫本、卡通版、電影版的《小人國遊記》、《大小人國遊記》、《格列佛遊記》……毫無例外地發現在場的每位都讀過或看過至少一種版本。接著我會詢問：讀的是哪個版本？結果大多是年幼時讀到的節本或改寫版。再問：所讀的版本是只有原著第一部的小人國（《小人國遊記》）？還是包含了第二部的大人國（《大小人國遊記》）？第三部的飛島國？第四部的慧駰國？結果人數愈來愈少。大多數人不知道原書共有四部，而多年來自認耳熟能詳的這本書，其實是節本或改寫本。這種情形屢試不爽。原先我以為這種現象只限於非英語系的國家，後來有機會多次詢問英美等國學者，他們坦然相告，這種情形也普遍出現於英文世界：許多人對此書的認識只限於年少時期的印象，認為它是風行的兒童文學作品，渾然不知原書是英國文學史上的經典之作，更不知全書總共有四部。

這就是改編成兒童文學或以影音方式來呈現經典之作的弔詭：一方面改編或影音呈現使得讀者群或閱聽群向下延伸，橫向擴展，讓更多人知道故事的梗概與若干面向，提高作者與作品的可見度與知名

度；另一方面，這種可見度與知名度（以及自認的熟悉度）卻很容易讓讀者或閱聽者誤以為已經知道該作品的內容，就此得少為足，甚至終生都未進一步深入原作，殊為可惜。

以我個人閱讀馬克吐溫的經驗為例，猶記得將近五十年前，在南投縣中寮鄉永平村的小學日式宿舍裡，閱讀父母親從南投鎮上買回的注音版《湯姆歷險記》（*The Adventures of Tom Sawyer*），如今回想起來，很可能就是林文月和鄭清茂兩位教授在台大學生時代所參與迻譯的東方出版社日文改寫版系列，也是台灣許多人童年的共同記憶。我大約半天就讀完這一本兩、三百頁的書，對於湯姆的淘氣與古靈精怪，尤其是騙人刷油漆的那個情節，印象深刻。此書由湯姆擔綱，赫克只是配角。

大一英文老師杜莉女士曾要我們讀改寫版的《湯姆歷險記》，除了增強英文閱讀能力之外，似乎沒有其他新收穫。後來在大四必修的美國文學史孫靖民老師課堂上，也曾閱讀馬克吐溫的若干短篇小說，並為準備外文研究所考試看了一些初步的英文評介。然而，真正細讀則是在台大外文研究所碩士班準備書單考試（Reading List Exam）時，讀的是諾頓評論版（the Norton Critical Edition）的《赫克歷險記》，遇到精采字句和重要內容隨時劃圈劃線，而且遍讀書後附錄的作家與時代相關資料，以及歷代重要批評家的評論。此時方才深切體認到《湯姆歷險記》與它的「續集」《赫克歷險記》相較，有如小巫見大巫，小塊文章對比「大河小說」。

至於書中所使用的方言和口語（包括黑人用語），雖然在閱讀時稍覺生澀，卻能貼近當時的情境，增加寫實感，並體現出人物的身分、個性，使人物更為生動傳神，而且也從批評家的論述中得知全書交叉運用的多種語言表達手法，迥然有別於19世紀那個時代的文雅之風，不僅獨樹一幟，更開創出美國文學的傳統，這點恐非馬克吐溫始料所及。也因此更讓我體認到，經典作品可以有多種不同的呈現方

式，而能閱讀原文原典並參酌其他重要相關資料，雖然所花的時間較多，但是投入愈多，收穫愈大，確實功不唐捐。然而世間經典眾多，分屬不同語文，一般讀者未必有閱讀原文經典、窺得箇中奧妙的能力，因此翻譯應運而生，發揮了重要的接引作用。

## 從禁書到經典

海明威曾說：「所有現代美國文學都來自馬克吐溫的《赫克歷險記》這一本書」（"All modern American literature comes from one book by Mark Twain called *Huckleberry Finn*," *Green Hills of Africa*, 1935）。而艾略特（T. S. Eliot）在為此書寫序時也指出：「在馬克吐溫的眾多書籍中，《赫克歷險記》是唯一可稱為傑作的」（"*The Adventures of Huckleberry Finn* is the only one of Mark Twain's various books which can be called a masterpiece"）[2]。兩位現代英美文豪都對此書推崇備至，但其經典地位並非一蹴即成。相反地，與不少文學經典相較，《赫克歷險記》甚至可謂命運多舛。此書於1885年2月出版，次月便遭到（愛默生和梭羅故居的）康考德公立圖書館（Concord Public Library）列為禁書，隨後又有紐約與波士頓等地的圖書館陸續跟進，相關爭議一直未休。禁止的主要理由之一是書中對於黑人的呈現方式，尤其"nigger"（「黑鬼」）一詞出現高達219次，在今日看來的確是嚴重的種族歧視與政治不正確[3]。然而，要評量任何作家都應以更公允、寬宏的眼光，從歷史化與脈絡化的角度來看待（詳見「《赫克歷險記》種族歧視爭議」一節）。證諸馬克吐溫本人結交黑

---

2　《湯姆歷險記》的原標題有定冠詞"The"，但《赫克歷險記》則無。此處不確定是艾略特或出版社（The Cresset Press）之誤。

3　有關此書的查禁史與原因，可參閱卡洛萊茲、伯德與索瓦合著之《禁書：100部曾被禁的世界經典作品》（Nicholas J. Karolides, Margaret Bald, and Dawn B. Sova, *100 Banned Books: Censorship Histories of World Literature*. New York: Checkmark, 1999.），吳庶任譯（台中：晨星，2002），頁104-06。

人知識分子道格拉斯（Frederick Douglass, 1818-1895），反對美國黑奴制度，支持華人與華工，對菲律賓仗義執言，抨擊八國聯軍與火燒圓明園，身為「美國反帝國主義聯盟」發起人之一……諸種具體作為不僅與種族歧視相去甚遠，甚至是公然反對，由此可見他超越膚色、階級、國籍、文化的廣闊胸襟與道德勇氣。至於晚年憤世嫉俗、厭惡人類卻喜歡個人（*59*），則與另一位諷刺大師、《格理弗遊記》的作者綏夫特（Jonathan Swift, 1667-1745）如出一轍。因此，僅憑類似上述的文本細節便加以「定罪」，甚至對其著作頒布禁令，顯然不公。以上是就文本外緣而論。

再就文本本身而言，赫克與吉姆結伴乘木筏沿著密西西比河而下，兩人之間發展出深厚情誼，尤其是赫克寧願自己下地獄也不讓吉姆再度淪為黑奴的決心（見第31章），充分顯現了赫克面對兩難時所作的倫理抉擇，為全書的高潮之一，令人動容（這段故事深深影響諾貝爾文學獎得主大江健三郎，詳見下文）。更何況這類文學作品重視寫實，力求逼真，務期栩栩如生地勾畫出角色的性格與所處的社會環境，因此忠實再現書中角色用語乃基本要求，也是本書最重大的成就之一。以今日標準強加在一百多年前的文學作品，不僅令人有時代錯亂之感，更有違言論與創作自由。筆者曾在英美書店與圖書館多次看到所謂的禁書名單，把昔日的禁書一一列出，有些實在令人匪夷所思，充分顯示出查禁者的意識形態與道德框架。如果昔日因為情色描寫而被列為禁書的喬伊斯的《尤利西斯》（James Joyce, *Ulysses*）和勞倫斯的《查泰萊夫人的情人》（D. H. Lawrence, *Lady Chatterley's Lover*）都因時移勢轉已成了文學經典，那麼《赫克歷險記》更該超脫這些禁錮，免得徒增笑柄，反映主事者的狹隘胸襟與思想僵化。

《赫克歷險記》成為美國文學經典的理由，王教授在本書中多所申論，此處不贅。然而，古今中外文學史上出沒浮沉的例子所在多有，不足為奇。就美國文學而言，狄瑾遜（Emily Dickinson,

1830-1886）生前沒沒無聞，身後聲譽鵲起，與惠特曼（Walt Whitman, 1819-1892）並稱美國詩的雙璧；梅爾維爾（Herman Melville, 1819-1891）雖然曾經走紅一時，但後來乏人問津，去世時幾乎完全為世人所遺忘，然而在20世紀美國文學史家重新評價之後，被遵奉為美國文藝復興時期（American Renaissance）的大師，迄今不衰。王教授也對比了史鐸夫人（Harriett Beecher Stowe, 1811-1896）與道格拉斯、馬克吐溫與詹姆斯（Henry James, 1843-1916）以及海明威與福克納（William Faulkner, 1897-1962）三對作家在文學史上地位的消長（74-75），並指出「經典的定義標準絕非獨一無二，不能死守一套放諸四海而皆準的定律，應該納入作品的時代背景、歷史意義、藝術創意、文學成就、人心向背、典律更替等各方條件」（76）。這些實例所在多有，正如筆者在討論梅爾維爾的際遇時所指出的：「文學及文化的價值無常不定，一向處於形塑的過程中，隨著不同的歷史機緣而浮沉；所謂的經典作家，往往因不同時空環境的需求而變易；同一位作家在不同時代常有不同的評價，而這些都進入其批評傳承（critical heritage）中。因此，文學聲譽既然是建構（construct），便由不同人士在此文化場域中競逐，至於某位作家在何時何地得到何種待遇，實應將該時空的相關因素一併考慮」（283）[4]。 換言之，作家在文學史上的地位有賴於文學內緣與外緣因素在遷流不已的時空中不斷地建構、解構與重構，也反映了一時一地的文學史家的關懷、判斷與評價。

筆者認為，這些在在「印證了文學意義的不確定性（indeterminacy），不同時代及思想背景的讀者，往往在文本中讀出／讀入不同的意義」。再就經典而言，「越是『公認』為偉大的作

---

4　參閱〈梅爾維爾導讀〉，收於筆者《反動與重演：美國文學史與文化批評》（台北：書林，2001），頁273-85。

品，意義越豐富多樣，與時俱進，允許各時代的人從不同角度來從事不同的詮釋，使人產生『永恆』的假象，從而忽略其『公認』究竟來自何時、何地、何人、何標準，以及爲何」（282-83）。換言之，文學經典的地位並非一立永立，屹立不搖，而是必須經由不同時空環境的檢驗與淘洗。另一方面，一時未受青睞的作品，也未必沒有翻身的機會。《赫克歷險記》從「禁書」到「經典」的過程，印證了上述的說法。

然而，馬克吐溫的一生遭遇雖然大起大落（主要因爲經濟因素，非關文學，詳見本書對其生平的介紹），但他生前作品便已風行，享有盛名，身後的聲譽歷久不墜，在學院與書市都受到重視，足證他的作品在一百多年來的讀者、批評家與文學史家的心目中都得到共鳴，維持「一路長紅」的局面，殊爲不易。更何況《赫克歷險記》今天在世界文學占有一席之地，可謂歷經了「經典歷險記」。其中包括了一般意義中的典律作家與作品之起伏，由禁書到經典的波折，手稿的「失而復得傳奇」與多方角力（88-90），以及可能落入壞譯者手中的風險。筆者忝爲文學的愛好者與研究者，深切體會到經典不僅應該爲人稱頌，維持其可見度與「可敬度」，更重要的是要閱讀與重讀，時時與之產生共鳴，從中汲取菁華與智慧。

## 翻譯的重要

任何文學佳構如果僅限於一種語文，未跨出原創作語言的藩籬，其影響仍屬有限，無法成爲世界經典及全人類的文化遺產，因此，翻譯就扮演了不可或缺的角色。對於不懂外文的人，當然非得仰賴翻譯才得以近似「原汁原味」的方式來品嚐作品。即使對於外文學門的學子甚至學者，優良的文學譯本依然可以發揮相當重要的作用。一般人固然在閱讀與品嚐文學經典中獲益，更有少數人深受感動與啓發，甚至生命因而改觀。

在東方甚至全世界，受到《赫克歷險記》極大影響並且卓然有成的，大概就屬日本作家、諾貝爾文學獎得主大江健三郎了。在《讀書人》一書中，他詳述了自己一生受益於讀書之處，提到若干作家與作品，並且坦陳「我是讀了這種人的書，並接受了他們那些書的影響而生活過來的」（14），其中對他的閱讀與人生影響最早且最大的，就是馬克吐溫的《赫克歷險記》[5]。二次大戰期間居住於日本鄉間的大江，從母親那裡得到中村為治翻譯的兩卷本岩波文庫本，年僅九歲的他，因為手邊「只有這部作品，因而每天都在反覆閱讀」，「從九歲至十三歲這五年間，甚至可以說我就生活在那第一本書的影響之中」（23）。大江後來出外求學時，經常前往美國文化中心的圖書館，在那裡發現了「從中學一年級便藉助岩波文庫本幾乎背誦下來的《哈克貝利‧費恩歷險記》〔依許金龍之譯名〕的英語原版書」（251），並花了半年時間讀完全書（30）。他自承：「我就這樣打下了作為『讀書人』的基礎」，甚至說：「回顧自己的一生，從那時起，就再沒改變過這條根本性的道路，過著單純的人生」（251）。他在《讀書人》中文版序裡強調：自從九歲邂逅了這本書之後，就一直在讀它，「雖說我現在已經七十五歲了，卻還能感覺到那種影響仍在當下的我本人身上生機勃勃地發揮著作用」（6）。感念之情溢於言表。

大江提到，童年閱讀此書時，從赫克（許譯為「哈克」）與黑人吉姆一塊坐著竹筏〔木筏〕沿著密西西比河順流而下時，「我就把自己與哈克全然一體化了」（23）。而全書最吸引他、也對他影響最大的一段，就是赫克想要寫信給吉姆的主人華珊小姐，告知吉姆的下落，看她是否派人帶回這個黑奴，也就是她的財產。在那之前，赫克提到主日學教會教人說，「像你這樣拐跑黑鬼的人，是會下地獄，受永恆烈火煎熬的」（322）。因此，他的內心掙扎於向有恩於他的奴隸

5　參閱大江健三郎，《讀書人：讀書講義》，許金龍譯（台北：聯經，2010）。

主通風報信或保護黑人好友之間。當他毅然決然撕毀自己所寫的那封信時，心中說道：「那麼，好吧，我去下地獄吧！」（"All right, then, I'll *go* to hell."）〔依許金龍譯文，王譯則爲「好吧，那麼，我就下地獄吧」（324），不僅符合原文句法，也更切合中文語法。〕

　　對於基督教徒而言，下地獄是最嚴厲的懲罰，永世不得超生。當赫克下此決心時，已在自己的天堂之路和友誼／人道之間作了抉擇，這個對他而言石破天驚的決定閃耀著人性的光輝。就是這種「即使下地獄也在所不惜」的決心，讓大江極爲震撼，不僅背下了這段話的原文和譯文，甚至說：「我所接受的影響就是這一行。」因爲年幼的他該年遭到喪失外婆及父親之慟，周遭的環境也讓他覺得有如身處地獄，「儘管我還是個小孩，卻也將面對一些要下決心的事情了。然後，我就繼續想到：自己就這樣做吧，一生都不要改變這個想法地生活下去吧！」（25）。大江在六十多年後回憶，他在得之不易的筆記本的第一頁寫上這句話，「此後，我一直以此爲原則生活到今天」（26）。他也鼓勵讀者，「只要發現自己的第一本書，便可以由此延續下去，從而創建成一個平台」（39）。總之，此書情節的關鍵一句，直接影響了大江的整個人生觀以及對於若干關鍵事件的判斷，包括日本對華侵略以及對沖繩的統治；也由於他熱愛文學與翻譯，多年獻身創作，而成就了自己的文學志業。

　　大江的現身說法爲「文學影響人生」提供了最佳的見證與示範。如果沒有馬克吐溫筆下的赫克，大江的個人生命與文學生命將大爲改觀。馬克吐溫若地下有知，想必也會對自己一部作品中的一句話時隔多年竟能在萬里之外的異域發揮如此大的影響力咋舌不已。然而，這正呈現了人類的文學與文化的傳承與創新不拘於一時一地，而可能遠達異時異地。大江這個例子雖然較爲極端，但強有力地見證了文學的重大作用，而翻譯在其中扮演了不可或缺的角色。他在《讀書人》中舉了諸多例子，說明自己如何精讀細品外國文學作品，出入於原文與

日譯之間，有時自己也試譯，並從原文與譯文的內容與文體吸取養分，發展出自己獨特的風格。他的文學生涯與傑出表現在在與閱讀原文及翻譯相關。

外文系經常存在著一種迷思，認為要學好外國文學就非得全然閱讀原文，不得借助翻譯，才能精進學生的外語能力。然而筆者個人的閱讀、學習與翻譯經驗，與上述看法存在著相當的落差。筆者於1970年代初期就讀國立政治大學西洋語文學系時，今日世界出版社的美國文學譯叢發揮了很大的作用，讓我不致囫圇吞棗、生吞活剝美國經典文學作品，而能與原文相互參照，更深入了解作品的意義與旨趣，以及作者的用心之處。當時由新亞出版社發行的閱讀輔導（Study Guide）系列，雖然未附作品中譯，但是透過中外學者合作的中文詳細注解與詮釋，也發揮了很好的指引之功。

此外，筆者花費六年、參考十一種英文注解本及其他中英文資料，並加上譯者的一得之愚所譯注的《格理弗遊記》，承蒙王教授多年在台大課堂上使用，證明確實有利於學生對原作的了解與學習。靜宜大學的吳蕚洲博士也告知，他的高足蔡松甫先生前往加拿大卡加利大學（University of Calgary）就讀英文系博士班，發覺經典譯注計畫的《格理弗遊記》，對其研究以及擔任助教的教學工作，都發揮了很大的作用，表示比國際著名的諾頓版助益更大，甚至在許多層次上超越原作[6]。

此處以《格理弗遊記》為例，並無自詡之意，因為筆者在2011年12月6日與著名的綏夫特專家、耶魯大學的勞森（Claude Rawson）教授也就此事深入交換意見。他表示在美國的外文學界，學習外國文學該不該使用翻譯本也是爭議的話題之一：一派主張學習外國文學就該只是閱讀原文，另一派主張不妨借助翻譯。我們兩人的結論是，為了

---

6　Sungfu Tsai 於2011年11月10日致吳蕚洲博士之電郵。

發揮更佳的學習效果，若有好譯本，尤其是譯注本，就該善加利用。而較佳的使用方式是兩相對照，以原文爲主，譯（注）本爲輔[7]。必要時也可讓學生評論翻譯、甚至試譯，以期更深入了解原文，體會在轉換成其他語文時可能遭遇的困難，親身感受其中的可譯性與不可譯性（translatability and untranslatability），藉此凸顯原文與翻譯的特色，加強對於兩種語文的掌握。

愈是繁複的經典，愈是需要用心鑽研。即使閱讀本國文學，良好的注釋都能發揮作用，有時甚至成爲批評傳承的一部分（如中國文學裡有關詩經、楚辭、杜詩的箋注，以及英國文學裡最具代表性的有關喬伊斯的《尤利西斯》的注釋），所以學習外國文學時，宜善加利用良好的譯（注）本，以確保學生的了解與吸收。嚴禁使用譯本，若是學生完全遵守，不免有浪費資源之嫌（花費心血的佳譯未能轉化爲本國讀者可充分利用的文化資產）；不遵守，則又是陽奉陰違，有違教育的宗旨。其實，翻譯原本就是確認學習外語效果的最有效工具之一，因此譯（注）本本身都可成爲切磋與攻錯的對象，若是因而建立起學生見賢思齊、甚至取而代之的信心，進而以之爲職業或志業，爲翻譯大業增添新血，更是額外的收穫。而翻譯對於國家軟實力的提升，由大江健三郎的實例可得到強有力的佐證。

## 重譯的必要

「這本書以往沒有人翻譯過嗎？」1998至2004年間，當我跟別人，尤其是外國學者，提到自己正在翻譯《格理弗遊記》時，經常有人如此詢問。我總是不厭其煩加以說明：此書不但早有中文翻譯（第一個譯本／改寫本於1872年在上海《申報》連載四天），而且一百多

---

7　本書〈譯注者聲明〉中「閱讀《赫克歷險記》譯注經典的方式」一節對此有所發揮，值得參考、遵行，必能有所體會。

年來譯本不勝枚舉。正因爲如此,更凸顯了重譯的必要,而不是重複的浪費。一般說來,重譯的主要原因如下:(一)不滿於前譯——先前雖然已有譯本,但未能充分信實傳達原作,省略、添加(即所謂"sin of omission"與"sin of commission"),誤譯連連,以訛傳訛,誤導讀者,愧對作者,甚至「陷作者於不義」;(二)內容與版本不同——原作的版本不一,內容有異,有必要根據不同內容的版本重新翻譯,以期充分呈現作者的發展與原本的繁複多樣;(三)年代不同——不同時代有不同的用語,先前譯本所使用的表達方式已有隔閡(尤其中文裡又有文言與白話之分),必須以當代讀者熟悉的語言爲原作注入新的生命;(四)地區不同——中譯雖然以國語(大陸所謂的「普通話」)爲準,但不同地區的人難免有不同的用語(台灣與大陸用語之歧異便是明顯的例子),必須使用適合特定地區對象讀者(target audience)的語言與風格,以利於傳播;(五)知識的累積與翻新——隨著不斷的研究,對於作者與原作累積了更多的知識與領會,認真的翻譯必須結合研究,將新知納入翻譯中方能與時俱進[8]。

　　當然,在選擇重譯之前,也必須面對嚴肅的考量。首先就是,既然已有翻譯,再次投入是否有資源浪費之虞,將同樣的時間與精力——質言之,譯者的生命——用來翻譯其他未曾翻譯的作品,對於作者、譯者與讀者甚至整個譯入語(target language)、譯入文化(target culture)是否更爲划算?其次,投入重譯也等於選擇進入作者與作品翻譯的接受史(reception history),與其他翻譯同場較技,愈是著名

---

8　其實,重譯的現象在世界翻譯史上屢見不鮮,文學與宗教經典尤其如此。如王文顏在《佛典重譯研究與考錄》中便提到了幾個重譯的原因:「一、因原典諸問題而引起重譯」,如「(一)胡本、梵本、天竺部派本」等版本來源不同,「(二)原典不全」;「二、因漢譯本諸問題而引起重譯」,如「(一)舊譯本思想不正確」,「(二)舊譯本語彙不妥當」,「(三)舊譯本採用節譯、抽譯的方法」;「三、因譯人亡故或時局動亂而引起重譯」。詳見王文顏,《佛典重譯經研究與考錄》(台北:文史哲出版社,1993),頁13-54。

的作家愈是如此，莎士比亞的中譯就是最明顯的例子，不同的翻譯與改編進入同一場域，成爲莎士比亞在華文世界的一部分，在「擂台」上接受公開的評論與挑戰。譯者若無相當的信心與勇氣，想必不敢接受這種挑戰。

因此，初譯固然有開疆闢土、奠定基礎之功，值得肯定，重譯也有踵事增華、修訂匡正之效，而且愈是重要的作家與作品，愈有重譯的必要，使經典之作能夠與時俱進，結合累積的研究成果，運用當代、當地熟悉的表達方式，使其生命不斷延續、拓展與創新。因此，重譯之重要與貢獻實在超過一般認知。至於王教授重譯《赫克歷險記》的動機，則結合了上述諸種理由。因爲《赫克歷險記》雖然在海峽兩岸已有許許多多的翻譯，但沒有任何翻譯是完美的，總是存在著大大小小值得商榷與改進的空間。更重要的是，由於新版本的發現，海峽兩岸的中文舊譯已不敷所需，必須有新譯／重譯將第16章之「筏伕章節」（"the Raftman's Passage"）與相關插圖以及其他的版本修訂納入書中，以符合作者的原意與作品的原貌（*87-88*）。

王教授鑽研馬克吐溫多年，早在1977年便於美國文學前輩學者朱炎教授指導下，針對《赫克歷險記》撰寫論文 "Satire in Mark Twain's *Adventures of Huckleberry Finn*"（《馬克吐溫〈頑童流浪記〉中的諷刺》），取得國立台灣大學外國語文研究所碩士學位。日後在課堂上更多年講授此部文學經典，累積了豐富的研究與教學心得。此次在國科會經典譯注計畫的支持下，以當代的語言重譯最新版本，不僅不是資源的浪費，反倒是「譯」學相長，嘉惠中文世界讀者，並使原作獲得新生，作者的原意再現，創造作者、譯者、讀者、贊助者（國科會）和出版者（聯經出版公司）「五贏」的局面。

## 譯注的作用

國科會經典譯注計畫自1998年啓動，轉眼已經十四年，到2011年

11月爲止已經出版了有關文學、哲學、歷史、政治、社會、經濟、教育、法律、宗教等學門的譯作總共48本，成績斐然，其中文學經典譯注共計33本，比例高達三分之二，這當然與學門的特性有關[9]。外文學界前輩學者胡耀恆教授甚至宣稱，國科會所補助的計畫中，五十年後仍有人閱讀的就是經典譯注系列了。

　　猶記得在規劃之初，不同學門的學者集思廣益，綜合出一些作業要點，以後歷經幾次修訂，目的在於藉由國科會的獎助與規範，提升翻譯及譯者的學術地位與社會形象，爲華文世界的學術扎根打下良好的基礎。其詳細內容如下：

　　一、具有深度及份量的學術性導讀（critical introduction），
　　　　含關鍵詞、作者介紹、著作發表的時代、典範意義、版
　　　　本及譯本的介紹。
　　二、歷代重要相關文獻的檢討。
　　三、原典原文之翻譯。
　　四、注釋（annotation）。
　　五、譯注術語的討論與解釋。
　　六、重要研究書目提要。
　　七、年表。
　　八、原典頁碼對照，以利查索。
　　九、其他項目，例如譯注者認爲重要的相關資料等[10]。

---

9　相關數據由國科會承辦人魏念怡女士提供。有關經典譯注的報導，可參閱國
　　科會爲慶祝成立五十週年所出版的《閃亮50科研路：五十科學成就》中之〈爲
　　時代譯經典：人文社會經典譯注系列計畫〉（台北：二魚文化，2010），頁
　　223-27。
10　國科會人文及社會科學經典譯注研究計畫作業要點，見於〈http://web1.nsc.gov.
　　tw/lp.aspx?CtNode=349&CtUnit=536&BaseDSD=5&mp=1〉。

其實，多年前梁實秋先生任教於國立台灣師範大學英語系時，便曾向吳奚真等人提出了有關（文學）翻譯的信念及具體做法：

1. 我們相信，一個負責任的翻譯家應該具備三個條件：
   (1) 對於原作盡力研究，以求透徹之了解。
   (2) 對於文字之運用努力練習，以期達到純熟之境地。
   (3) 對於翻譯之進行慎重細心，以求無負於作者與讀者。
2. 譯第一流的作品，經過時間淘汰的作品，在文學史有地位的作品。
3. 從原文翻譯，不從其他文字轉譯。
4. 譯原作的全文，不隨意刪略。
5. 不使用生硬的語法；亦不任意意譯。
6. 注意版本問題，遇版本有異文時，應做校勘功夫。
7. 在文字上有困難處，如典故之類，應加注釋。
8. 凡有疑難不解之處，應臚列待考。
9. 引用各家注解時，應注明出處。
10. 譯文前應加序詳述作者生平及有關資料[11]。（吳奚真 51）

兩相對照，我們發現雖然梁氏討論的是文學翻譯，但兩者的雷同度甚高，不僅是英雄所見略同，而且數十年前他就提出了這麼詳細的見解與實作指引，並且拳拳服膺，親身示範。眾所周知，梁氏最重要的成就之一就是莎士比亞全集的翻譯，數十年來如一日，撰寫導論，悉心翻譯，翔實注釋，不僅提供學者／學子參照與學習之用，其認真

---

11　吳奚真，〈悼念實秋先生〉，收於《雅舍閑翁》，劉炎生編（上海：東方出版社，1998），頁42-59。

與堅持也爲後來有意從事翻譯者立下了良好的楷模。經典翻譯原已不易，相關研究又頗爲繁多，譯注更加困難，如何在有限篇幅之內提供讀者必要的訊息，充分而不冗沓，簡要而不疏略，取捨之間在在考驗著譯注者。

其實，譯注者有如導遊，在讀者閱讀文本的旅途中，隨時提供必要的資訊，讓讀者能夠了解大大小小「景點」的特色、重要性，甚至背後的典故、歷史與故事，以及可能具有的啓示。這會使得表面上相似的旅途，卻因爲導遊的功力與態度而截然不同。一位稱職的導遊根據相關的資料與自己的心得，讓遊客不致走馬看花，呼嘯而過，而是五步一亭（停），十步一閣（擱），時時解說，讓人有機會細細尋思，深深體會。因此，譯注者在注釋上所花的時間與心力，往往數倍於譯文本身。此外，導論與譯注等譯文之外的附文本（paratexts），既是譯者現身的最佳機會（有別於晚近翻譯研究中所批判的「譯者隱而不現」〔the translator's invisibility〕），也是區隔不同譯者和譯本的標記。其實，翻譯本身已經在在考驗著譯者的功力與用心，導論與注釋更是考驗著譯者的學養與拿捏的功夫，參考研究書目則是提供資料出處以示負責，並方便有心的讀者進一步探尋之用。總之，一個好的譯注本既是讀者進入作品的導覽，也是譯者進入翻譯史的通行證；若爲重譯，則更能與其他譯者同台競技，平添異采。

## 馬克吐溫在台灣

樽本照雄的《新編增補清末民初小說目錄》收錄了15條有關馬克吐溫的書目，其中最早的是1905年6月翻譯入中文世界的「馬可曲恆」的〈俄皇獨語〉（"The Czar's Soliloquy"），譯者爲嚴通，刊登於《志學報》第二期，換言之，馬克吐溫生前即有中文譯本問世，迄

今已逾百年[12]。至於台灣方面，張靜二教授的《西洋文學在台灣研究書目：1946年-2000年》收錄了278條有關馬克吐溫的書目，其中翻譯就佔了111條，論著及其他有167條，足證台灣對於馬克吐溫的濃厚興趣，以及其中翻譯所佔的重要地位[13]。在國科會人文學研究中心贊助的「台灣地區的英美文學研究」有關20世紀以前的美國文學研究中，李欣穎發現總共有309篇作品處理40位作家，其中有關馬克吐溫的有24篇，排名第七（10-11），由此可見學界對於馬克吐溫的青睞[14]。此外，學位論文最能反映年輕學子的興趣，根據台灣碩博士論文知識加值系統，自1977年至2012年6月，有關馬克吐溫的論文總共22篇，均為碩士論文，其中有關《赫克歷險記》的碩士論文就有15篇，佔全部的三分之二。然而，比對張靜二教授的資料與國家圖書館館藏目錄查詢系統，就會發現漏掉了四篇有關馬克吐溫的碩士論文（包括王安琪教授本人的論文），其中三篇有關《赫克歷險記》。綜言之，有關《赫克歷險記》的學位論文佔所有馬克吐溫學位論文的三分之二，由此可見台灣研究生對於此書的青睞。

在馬克吐溫的中文翻譯裡，一般讀者印象最深的就是《湯姆歷險記》。其實，此書雖然有名，但並非其最重要的作品，況且馬克吐溫一生創作不懈，著作等身，《湯姆歷險記》也不過是以管窺豹，只

---

12　樽本照雄，《新編增補清末民初小說目錄》，賀偉譯（濟南：齊魯書社，2002），頁132。

13　張靜二，《西洋文學在台灣研究書目：1946年-2000年》（台北：行政院國家科學委員會，2004），頁1525-42。根據此項書目研究，台灣最早的馬克吐溫譯本是1953年姚一葦先生翻譯的《湯姆歷險記》（*The Adventures of Tom Sawyer*），由正中書局出版（1525），而*Adventures of Huckleberry Finn*一書則多譯為《頑童流浪記》，包括王安琪教授早年撰寫碩士論文時也採用此譯名。至於台灣出版的諸多馬克吐溫翻譯中，有哪些是根據中國大陸的舊譯、盜版或改譯，則有待進一步考證。

14　李欣穎，〈臺灣地區英美文學研究回顧：二十世紀以前的美國文學〉，國科會人文學研究中心「英美文學書目研究計畫」子計畫，2003。全文可參閱國科會人文學研究中心〈http://www.hrc.ntu.edu.tw/〉。

見一斑。其實,我國對馬克吐溫較有系統的翻譯計畫就是齊邦媛教授在國立編譯館任職時所推動的。她在2011年6月20日接受筆者訪問時提到:「馬克吐溫的翻譯是我最大的一個英翻中計畫,拿出去的書一共六本,交稿的有四本,也算不錯了……這四本書中有蕭廉任翻譯的《古國幻遊記》(*The Connecticut Yankee in King Arthur's Court*, 1889)、丁貞婉翻譯的《密西西比河上的歲月》(*Life on the Mississippi*, 1883)、林耀福翻譯的《浪跡西陲》(*Roughing It*, 1872)、翁廷樞翻譯的《乞丐王子》(*The Prince and the Pauper*, 1881),都翻得很棒」(261-62)。然而後來出版時未能按照她原先構想,由同一家出版社出版,以致有各奔東西之憾[15]。多年後齊教授提起此事,依然憤憤不平:「我稱那套書為『馬克吐溫孤兒』,可惜了譯者當年的功力」(262)。筆者雖曾試圖為這群孤兒另覓歸宿,可惜未果。這也算得上是馬克吐溫在台灣的歷險記之一。

筆者走訪中國大陸時也時時留意《赫克歷險記》的中譯本,蒐集並贈送若干供王教授參考。然而,那些譯本的出發點及執行方式迥異於國科會經典譯注計畫。王教授為了執行此一經典譯注計畫,多方蒐集中英文資料,功夫之深由書末之參考研究書目便可看出,可惜未能充分呈現於目前的譯注本,希望其撰寫「馬克吐溫在中國」的計畫能早日實現(*83*),充分呈現此書在英文與中文脈絡裡的情況,達到筆者多年來主張的「雙重脈絡化」(dual contextualization)的目標,進一步嘉惠華文世界讀者[16]。

---

15　參閱筆者之〈齊邦媛教授訪談:翻譯面面觀〉,《編譯論叢》5卷1期(2012年3月),頁253-77。至於該系列四本書的出版資料如下:《乞丐王子》(黎明文化事業公司,1978)、《古國幻遊記》(黎明文化事業公司,1978)、《密西西比河上的歲月》(國立編譯館出版,茂昌圖書有限公司印行,1980)、《浪跡西陲》(國立編譯館,1989)。

16　有關「雙重脈絡化」的主張,可參閱筆者《翻譯與脈絡》(台北:書林,2009),尤其頁1-7。

## 王譯之特色

　　《赫克歷險記》在華文世界的翻譯本與改寫本不勝枚舉，王教授此次重新翻譯並詳加注釋，結合多年研究與教學的心得，並如筆者當初翻譯《格理弗遊記》般，尋找不同年齡層的人試讀（從王教授高齡94歲的父親到同事、友人及學生），提供意見，足證用心良苦與察納雅言。誠如譯注者在〈中譯導讀〉開宗明義所宣示的目標：「本譯注計畫目的在於結合學術研究與專業翻譯，將殿堂文學經典大眾化、平民化、普及化，同時也將通俗文化的大眾品味導向經典化，在學術殿堂菁英與芸芸眾生庶民之間的鴻溝上架起橋梁，藉以提升全民閱讀水準，增進個人人文素養，同時也為有志於閱讀西洋文學經典原著的初學者指點迷津」（*69*）。綜觀全書，我們可以發現此譯注本至少具有底下幾項特色：

　　（一）**版本完整**：馬克吐溫新資料的發現，為近年來美國文學界難得一見的盛事，尤其自傳的出版更是多人長年引頸期盼。新發現之一就是《赫克歷險記》版本的增訂，加入了以往被刪除的〈筏伕章節〉，使其更接近作者的原意，一些具有代表性的出版社，如加州大學出版社、諾頓出版社、牛津大學出版社、藍燈書屋等，紛紛依此推出新版。譯注本依照最具代表性、而且宣稱是「根據完整原稿與全部原插圖的唯一權威版本」（"THE ONLY AUTHORITATIVE EDITION BASED ON THE COMPLETE ORIGINAL MANUSRCRIPT WITH ALL OF THE ORIGINAL ILLUSTRATIONS"）的加州大學出版社新近版本（見原書封面），並附上187幅原作插圖，務求「盡善盡美，以便超越坊間已有的諸多譯本」（*37*），為《赫克歷險記》在華文世界的接受史創立新猷。

　　（二）**譯文審慎**：譯注者鑽研馬克吐溫數十載，於1977年便在朱炎教授指導下針對此書完成碩士論文，對此書早已頗為熟悉。此後

多年先後任教於公私立大學，教授美國文學，並專門講解此書。因此，在翻譯本書時便多方考量如何盡力傳達原文的意思與不同的風格，如〈譯注者聲明〉中之「『信、達、雅』的原則取捨」一節提到要如何再現作者「俚俗卻隱藏典雅」、「樸拙卻匠心獨運」的文風〔38〕），也提到其中的不可譯性（如「聽音辨字、拼字錯誤、文法不通」〔38〕），翻譯過程中的斟酌（包括在仔細考量後決定不使用台灣國語〔39〕）。該節除了指出自己盡力忠於原文之外，也提到有時為了顧及中文讀者的習慣而更動之處，如中譯以粗體字取代原文之斜體字（41）。足見譯注者對於採取的翻譯策略頗有自知之明，審慎行事，得失之間自有分寸。

　　(三) **譯注詳細**：譯注者在向國科會申請此計畫之前，便配合教學，多方研究，蒐集資料，進行試譯。計畫審查通過後，更潛心譯注，歷時六載，其譯注參考國內外學者研究成果，並加上自己多年教學心得，全書約33萬字，其中正文翻譯逾20萬3,000字，譯注386個，逾四萬六千字，接近譯文的四分之一，對於全書歷史的背景，地理的環境，典故的運用，技巧的用心，文字的拿捏，文化的底蘊，情節的安排，尤其是伏筆，譯者的巧思……都細注詳解，以「盡量說明這本書的微言大義、主旨與主題、套用譬喻的成語、寫作手法與文字技巧、字裡行間的弦外之音等等」（43）。讀者在閱讀譯文時若能時時參照，處處留意，必有額外的收穫，切勿入寶山而空回。

　　(四) **資料豐富**：譯注者除了提供譯文與譯注之外，年表歸納了馬克吐溫的生平大事及出版訊息，在導讀與參考研究書目中更列出許多紙本、網路與影音資料，包括多種《赫克歷險記》的新舊不同版本、英文研究成果、中文譯本、中文研究成果與報導等，其中研究參考書目逾一萬六千字，一方面顯示譯注者蒐集資料功夫之深，另一方面也方便讀者按圖索驥，更上層樓，至於網路與影音資料則充分利用現代科技，更有利於經典之普及化。

（五）用心懇切：譯注者有心將多年喜愛的美國文學經典之作，透過自己的咀嚼、消化與吸收，以忠實、通暢、貼切的中文呈現給讀者。〈緣起緣後〉、〈譯注者聲明〉、〈馬克吐溫生平〉、〈馬克吐溫年表〉、〈中譯導讀〉等逾六萬四千字，內容豐富，時時真情流露，處處苦口婆心，不厭其煩，反覆申論，既如導遊，仔細介紹沿途優美或特殊景點，也如老師，深入詮解文本細節（譯注者提到自己「將心比心把讀者當成我的學生」〔43〕，如第五章第三註即是一例〔43〕），並將自己多年研究諷刺文學的專長運用於解析此書（詳見「《赫克歷險記》中的『曼氏諷刺』（Menippean satire）」一節〔126-28〕），務期將自己對於此部文學鉅作的領會與喜愛傳達給讀者，使文學經典重獲新生，字斟句酌，愛深行切，令人佩服。

　　王教授的心血結晶筆者有幸先睹為快，心中甚有所感，完全同意此譯注本是目前為止「最完整的中文『全文譯注插圖本』」（34），因此特別針對涉及文學、經典、翻譯／重譯、譯注、馬克吐溫在中文世界的流傳，以及此譯注本的特色等相關議題論述如上，提供讀者參考。相信讀者在閱讀本書時，在字裡行間也能領會到譯注者的用心、辛勤以及對於文學經典之愛。

　　《赫克歷險記》譯注計畫完成之後，筆者於2011年12月承蒙王教授欣然告知，她向國科會申請譯注《湯姆歷險記》與《赫克與湯姆印地安歷險記》（*Huck Finn and Tom Sawyer among the Indians and Other Unfinished Stories*），「學者自提書單構想表」初審通過，並將送出申請計畫，更證明了王教授對馬克吐溫的由衷喜愛與對翻譯的使命感。在此謹祝她接二連三，再接再勵，完成這一系列三部歷險記的譯注計畫，成為完整的三部曲，讓馬克吐溫的佳作能夠飄洋過海，在華文世界成長茁壯，成為巨構，造福後來的讀者。

　　筆者在談論「學術翻譯」時，曾指出此詞可能具有的三重意義：翻譯的原作是具有學術價值的文本，結合了學術研究的翻譯，本身可

成爲學術研究對象的翻譯[17]。由上述討論可以看出，此譯注本兼具三者，因爲《赫克歷險記》本身便是具有學術價值的經典文本，本書是結合了學術研究的翻譯，而且此譯注本本身也可成爲學術研究對象的翻譯。

　　有感於王教授的願景與實踐，筆者不揣淺薄，謹撰數語如下：

| | | | |
|---|---|---|---|
| 巨河小說 | 史詩鉅作 | 大師筆下 | 頑童活現 |
| 爭議時起 | 命運多舛 | 百年風華 | 世界經典 |
| 本國揚威 | 全球聞名 | 失而復得 | 原版再顯 |
| 字字斟酌 | 句句推敲 | 含英吐華 | 六載心懸 |
| 踵事增華 | 後來居上 | 文從字順 | 妙筆生蓮 |
| 隨譯隨解 | 作師作友 | 精讀詳註 | 導讀析辨 |
| 直探本心 | 曲盡原意 | 細細品嚐 | 時時體驗 |
| 一期一會 | 再接再勵 | 接二連三 | 蔚爲奇觀 |
| 歡喜甘願 | 嘉惠讀者 | 智珠在握 | 深入寶山 |
| 交流共感 | 雅俗共賞 | 功不唐捐 | 善莫大焉 |

---

17　參閱筆者，〈我來・我譯・我追憶──《格理弗遊記》背後的「遊記」〉，
　　《人文與社會科學簡訊》8卷4期（2007年9月），頁75。

# 緣起緣後

　　中研院歐美所單德興所長當年完成國科會經典譯注《格理弗遊記》（*Gulliver's Travels*）後，把聯經出版公司的排版校樣寄給我過目，因為我的博士論文寫的就是這部作品，我如獲至寶逐字逐句精讀，一面欽羨一面汗顏，有生以來第一次讀翻譯作品讀得這麼深得我心，*Gulliver's Travels* 是18世紀英國文學最偉大的小說，文字精湛風格高超，單德興裡裡外外讀得透透徹徹，中英文造詣登峰造極，博學多聞引經據典。國科會舉辦16場西洋經典系列講座，我還榮幸成為他那一場的講評人。後來我擔任逢甲外文系創系主任，也把這16場講座全部搬到台中，聽了16場之後我躍躍欲試，何況我也從單德興的譯注本偷偷學了幾招，於是想起自己當年碩士論文寫的《頑童流浪記》。重起爐灶之後，才驚覺「士隔三十年，刮目相看」，馬克吐溫已經今非昔比，聲望一路攀升，現已如日中天，當年被美國列為「禁書」的 "Adventures of Huckleberry Finn"（本譯注更名為《赫克歷險記》以正本清源，詳見〈譯注者聲明〉），如今已成世界公認的「經典」。

　　馬克吐溫這本膾炙人口的曠世鉅著，1885年問世125年來從「禁書」變成「經典」，大家往往只知其偉大，但不知其何以偉大，希望我的全文譯注插圖本能夠發揮「提味」的作用，佐以精闢的導讀和注釋，解釋字裡行間的微言大義，闡釋經典作品「典律轉移」的現象，剖析爭議議題的前因後果，以讓讀者閱讀更透徹、享受更極致，畢竟這是我前後投注近六年心血的結晶。

譯注過程一波三折，蹉跎多年讓我有機會經常回顧省思，不斷修改訂正我的文稿，同時也累積教授此書的豐富經驗，拖著拖著當然情緒低落，擔憂六年工夫前功盡棄，不料竟然出現意外驚喜。譯注完成之後，巧逢馬克吐溫逝世一百周年，他晚年口述的自傳也遵照遺旨如期在他死後百年由柏克萊加州大學出版，世人引頸盼望的三大冊*Autobiography of Mark Twain*（《馬克吐溫自傳》）高達2000頁超過50萬字，號稱"unexpurgated"，原汁原味毫無刪節，第一冊配合馬克吐溫175歲誕辰（11月30日）於11月底出版，隨即造成大轟動，全世界報章雜誌轉載訊息，讀者更是瘋狂搶購，導致供不應求，根據林博文專欄（2010年11月24日）所述，第一冊原本打算印行7千5百本，後來加印到27萬5千本，原書定價35美元，我搶到的加印本才19美元，令我樂不可支。

　　從自傳「序論」得知這本自傳已經全文放在Mark Twain Project Online網站上（http://www.marktwainproject.org），提供免費線上閱讀，沒買到書的讀者有福了，於是立刻上網查詢，更令我欣喜若狂雀躍三丈的是，*Adventures of Huckleberry Finn*（2003）和未完成的續集"Huck Finn and Tom Sawyer among the Indians"（1989）也在上面，而且都有鉅細靡遺的詳細注釋和查詢介面功能，我的譯注就是根據這個版本，這個根據馬克吐溫失而復得手稿而重新訂正改版的權威本，讀者更有福了，可以中英參照閱讀，還可以讀到馬克吐溫當年繼續撰寫的續集，如果《赫克歷險記》沒有被列為「禁書」的話。網站並預告陸續三部作品的免費線上閱讀版：*Tom Sawyer*、*Roughing It*、*Connecticut Yankee*。我很納悶柏克萊加州大學何以如此大手筆的慷慨，難道是那本自傳，那本「六十年來最賺錢的一本書」讓他們賺飽了，因而回饋大眾？

　　馬克吐溫是美國人最鍾愛、最引以為豪的幽默大師，開創「美式本土幽默」，擅長「罵人的藝術」和「玩弄文字遊戲」，妙言雋語和

軼聞佳話後世廣爲流傳，令人回味無窮一再引述。最爲人津津樂道的就是他曾說過：「美國國會議員有一半是笨蛋」，當然引發群起抗議要求道歉，於是他從善如流立刻更正：「美國國會議員有一半不是笨蛋」，一字之差，奧妙盡現，另外一半還是笨蛋，該更正也更正了，該罵的還是照罵，真是大快人心。

馬克吐溫12歲喪父輟學打工協助家計，相當於只念到小學畢業而已，日後成爲世界級大文豪，到了晚年終於贏得學術界肯定，知名大學紛紛頒贈榮譽學位給他：

1）Yale University（耶魯大學）1888年頒贈Master of Arts（文學碩士）榮譽學位；

2）耶魯大學1901年又頒贈Doctor of Letters（文學博士）榮譽學位；

3）University of Missouri（密蘇里大學）1902年頒贈文學榮譽學位；

4）英國Oxford University（牛津大學）1907年頒贈文學博士榮譽學位。

1907年他已高齡72歲，還專程遠赴英國光榮接受殊榮，英國國王愛德華二世在溫莎古堡設宴款待，並拍下一張他引以爲傲的照片。89年之後牛津大學爲他出版全世界第一套馬克吐溫全集共29冊，號稱 *The Oxford Mark Twain*，由Shelley Fisher Fishkin主編。

著名的20世紀愛爾蘭大文豪George Bernard Shaw（蕭伯納，1856-1950，1925年諾貝爾文學獎）曾經在1907年7月3日寫信給馬克吐溫：「未來美國的歷史學家會發現你的作品不可或缺，正如同法國歷史學家發現伏爾泰的政治文冊不可或缺一樣。」[1]果然如此，馬克吐

---

1 Fishkin, Shelley Fisher, ed. *A Historical Guide to Mark Twain*. Oxford: Oxford UP, 2002. p. 3.

溫終於在美國文學史上贏得一席之地，而且是很關鍵性的地位。

　　馬克吐溫一生奮鬥不懈，樂觀進取，自學有成，憑著一枝筆為自己打拚出一片天下，可說是美國人最推崇的self-made success（白手起家）楷模。他12歲喪父輟學，沒有顯赫家世，沒有飽讀詩書，但他天資聰穎，觀察入微，對人情世故的省思，對人性的深度觀察，完全出自個人的體驗與領悟，其貼切傳神獲得讀者高度共鳴與肯定，再配合個人特有的機智幽默風格，成為當時最受讀者大眾歡迎的作家。馬克吐溫生長在變動的年代，他的人生經歷見證美國民族歷史與社會變遷，他的作品傳達對傳統意識型態的文化批判。

# 譯注者聲明

（本書譯注者模仿馬克吐溫，特此發表聲明，解釋譯注過程、原則、重點取捨）

## 書名由《頑童流浪記》改譯為《赫克歷險記》的緣由

*Adventures of Huckleberry Finn* 中文譯名《頑童流浪記》傳之久遠，達半世紀以上，近年來新版譯名則琳琅滿目五花八門，如《哈克貝利・費恩歷險記》、《哈克貝利・芬歷險記》、《赫克爾貝里・芬歷險記》、《哈克歷險記》、《哈克流浪記》、《頑童歷險記》等等（見本書〈研究書目〉）。比較二十多本譯名可看出，幾乎都在主角人名姓氏上有所變異，反觀《湯姆歷險記》（*The Adventures of Tom Sawyer*）中譯書名則從一而終，幾乎沒有異議，也很少人在湯姆的姓氏上做文章。

在多年譯注本書過程當中，經過長期掙扎與深思熟慮，越來越覺得《頑童流浪記》書名不夠貼切；再加上國科會計畫審查人的評審建議：「經典譯注的用意之一乃是修訂、改善過去不妥之中譯，包括書名在內」；並參照彭鏡禧教授（*Hamlet* 譯為《哈姆雷》）及單德興教授（*Gulliver's Travels* 譯為《格理弗遊記》）的成功先例，我終於在全書譯注完畢之後決定更改書名，由通俗的《頑童流浪記》改為《赫克歷險記》，以與《湯姆歷險記》對照並稱，何況兩書原著書名都是「歷險記」（Adventures）。

本譯注書名改為《赫克歷險記》原因有四：

1）主角人物名字Huck，在音譯上「赫克」[ʌ]當然比「哈克」[a]更近似；

2）赫克並不是「頑童」，真正的頑童是那個調皮搗蛋、折騰煞人、鬼點子層出無窮、不管他人死活的湯姆，相對之下，赫克孤苦無依、自生自滅、身為社會邊緣人物、抗拒世俗文明的洗腦，反而擁有一顆不被污染的赤子之心，稱他為「頑童」非常委屈他；

3）赫克積極協助吉姆爭取自由，自己則逃避禮教羈束，「歷」經各種逾越道德標準的風「險」與挑戰，也是一種「歷險記」，並不是純粹外出「流浪」而已；

4）譯為《赫克歷險記》可與《湯姆歷險記》互相對稱前後呼應，各有中心人物為主角，兩本書互為表裡，主角配角互換地位。

這樣做有點像是打自己的嘴巴，因為我自己1977年碩士論文就將這部作品中譯為《頑童流浪記》，而且本次申請國科會經典譯注計畫名稱也是以《頑童流浪記》稱之。但是，改譯為更貼切的《赫克歷險記》總算了卻一椿多年心願，自我釐清諸多疑點，希望是「創舉」而不是「敗筆」。

## 《赫克歷險記》的文本與版權問題

本書譯注者特別感謝國科會贊助兩年經典譯注計畫，也感謝聯經出版公司版權部接洽英文原著的文字授權及插圖授權事宜，這本原著的文本與版權問題相當複雜。1990年發生馬克吐溫《赫克歷險記》手稿前半部「失而復得」的傳奇故事（詳見本書〈中譯導讀〉），往後這本書的文本全面改版，還恢復了插圖。

依照國際智慧財產權慣例，作家逝世50年（美國作家70年）之後，其作品成為public domain（公共財產）。但馬克吐溫

（1835-1910）是特例，全部作品主權由其女兒Clara捐給Mark Twain Foundation（「馬克吐溫基金會」），該基金會聲稱對馬克吐溫著作 "reserves all reproduction or dramatization rights in every medium"（「保有任何形式的複製或改編權利」），由設於University of California at Berkeley（柏克萊加州大學）Bancroft Library（班克福特圖書館）的 Mark Twain Papers and Project（馬克吐溫文獻及計畫中心）統籌處理所有"previously unpublished text, forword, and afterword"（「先前未曾出版的文稿及序跋」）。

柏克萊加州大學在數十位學者專家共同努力之下，費時多年，逐字逐句比對手稿及所有現存資料，集思廣益精心編輯，修正1885年第一版的文字，恢復1885年版所附的174幅插圖，植回第十六章"the Raftman's Passage"（「筏伕章節」）及其13幅插圖，整理出所謂的"the California scholarly edition"（「加州大學學者版」），號稱是"the only authoritative text based on the complete original manuscript"（「根據**完整**原本手稿的唯一權威版」），於2001年出版，由Victor Fischer和Lin Salamo主編，Harriet Elinor Smith及Walter Blair協助，獲得三大機構的經費贊助。

這個「學者版」是多位學者精心整理出來的心血結晶，完整呈現原始手稿的文本，比較前前後後各種版本差異，加上注釋和考證可能原因，說明時代背景，附上地圖和圖片輔助解說。新發現前半部手稿顯示，有一百多個用字及上千個標點和文法上的差異。2010年又推出125th Anniversary Edition（125周年紀念版）售價19.95美元。目前這個版本已提供免費線上閱讀版於Mark Twain Project Online網站（http://www.marktwainproject.org）。

同樣根據「失而復得」手稿而重新校定修正出版的還有兩大版本。一是英國牛津大學版：*Adventures of Huckleberry Finn. The Oxford Mark Twain*（Foreword by Shelley Fisher Fishkin. Introduction by Toni Morrison. Afterword by Victor A. Doyno. Oxford: Oxford UP, 1996）。一是美國藍燈書屋版：*Adventures of Huckleberry Finn* （Introduction by Justin Kaplan. Foreword by Victor A. Doyno. New York: Random House, 1996）。

為了尊重作者原旨（authorial intention）及保持全書應有原貌（不被出版社竄改），本譯注即是根據這個號稱擁有唯一版權的「權威學者版」，而且我堅持非用這個版本不可。協助接洽版權的聯經出版公司版權部上網查詢，果然這是有版權保護的，於是向柏克萊加州大學出版部門申請這個版本的「文字授權」及「插圖授權」事宜，等待了漫長的八個多月之後，終於在2010年7月得到對方回函，確認這本書的original text and illustrations（「原始文本與插圖」）現在屬於公共財產，但不是全部作品都屬於公共財產，其他未完成或生前未出版的作品，其版權依然歸於「馬克吐溫基金會」，譬如他特別指示死後一百年才能出版的自傳，也就是2010年出版的*Autobiography of Mark Twain*。

## 最完整的中文「全文譯注插圖本」

本譯注堪稱是最完整的中文「全文譯注插圖本」，而且是學者們根據「失而復得」手稿校正並植回「筏伕章節」後的最新版本，最大的特色在於保留全書187幅插圖（包括1885年初版的174幅插圖，加上「筏伕章節」的13幅插圖）。

目前市面上中譯本幾乎全無插圖，附插圖的只有一本：成時譯的《哈克貝利‧費恩歷險記》（人民文學出版社，2004），封面註明「插圖本」，但全書只有13幅插圖而已（內封底、頁7、12、21、45、77、115、137、179、217、251、279、293），與原著187幅相去甚遠。

本書英文版最早期的版本都附有插圖，但後來都被刪除，僅保

留文字文本。那個時代流行附插圖，爲了促銷、通俗化、普及化等原因。本書插圖畫家Edward Windsor Kemble所畫共174幅，都在角落簽名E. W. K或E. W. Kemble或Kemble，第十六章重新植回本書的「筏伕章節」13幅插圖則由John J. Harley爲原載於1883年的*Life on the Mississippi*（《密西西比河河上生涯》）而畫，加起來總共187幅。1990年代馬克吐溫手稿失蹤一百多年後重見天日，往後出版的各種新版本又恢復插圖，以Norton Critical Edition的教學版本爲例，第一、二版都只有舊的文本沒有插圖，1999年第三版（Thomas Cooley主編）才完全改爲「學者版」，並加入Kemble和Harley兩人的插圖共187幅。

馬克吐溫以往其他的作品，固定都是由Truman W. Williams負責畫插圖，包括《湯姆歷險記》，但Williams長年酗酒，情緒不穩定。馬克吐溫在時間緊迫之餘，看到Kemble在*Life*雜誌上的卡通畫，印象不錯，主動找上他，Kemble當時才23歲，還是初出茅廬的卡通畫家，但天分極高，174幅插圖要價2000美元，透過出版商討價還價，最後以1000美元成交。馬克吐溫和Kemble沒見過面，對他所畫的插圖可以接受，雖然不是非常滿意，認爲有些扭曲誇張，尤其認爲赫克天性善良，應該畫得更好看一些。這麼多年來，也有不少其他畫家爲《赫克歷險記》畫插圖，但大家還是公認Kemble最能展現人物特質，連*Saturday Evening Post*（《星期六郵報》）赫赫有名的畫家Norman Rockwell也爲1940年Heritage Press出版的版本畫了幾幅插圖，可是*The Annotated Huckleberry Finn*（2001）的主編Michael Patrick Hearn還是認爲他未能掌握原著的幽默諷刺風味（頁xlvi）。Kemble從此以後聲名大噪，因爲他把吉姆畫得很有喜感，往後許多南方作家紛紛找他畫黑人人物插圖[1]。

---

1　Briden, Earl F. "Kemble's 'Specialty' and the Pictorial Countertext of *Huckleberry Finn.*" *Mark Twain Journal* 26（Fall 1988）: 2-14.

## 譯注依據參考

　　爲了譯注這本美國文學經典，我收集了市面上（兩岸三地）能夠找到的中文譯本，還包括大陸河北教育出版社2001年的全套19冊精裝本《馬克‧吐溫十九卷集》。展讀之下發覺沒有一本是十全十美、完全忠於原著的，有時候同樣一句話，卻是好幾本譯本「各自表述」，南轅北轍，令人無所適從。當然，這也情有可原，因爲馬克吐溫用了太多19世紀美國中西部的俚俗成語與鄉野方言，即使請教美國母語人士（我曾經拿著其中的方言成語請教過幾位美籍教授），也莫衷一是，當然更沒辦法把馬克吐溫從墳墓裡叫出來請問一下，只好各憑本事發揮想像，從前後文尋找蛛絲馬跡，做出最合理的解釋，見仁見智在所難免。

　　所幸美國專門出版文學書籍教科書的Norton公司，2001年出版了一本Michael Patrick Hearn主編的注釋本 *The Annotated Huckleberry Finn*。該書爲大開本22x27 cm版面（相當於一般書籍兩頁），每一頁左右雙欄並列，一欄文本一欄注釋相互對應，注解周詳備至，附加大量文字、照片、圖片、剪報、時事等參考資料，說明背景典故與來龍去脈，一應俱全，鉅細靡遺。

　　除了有權威學者版及注釋版當作譯注參考依據，我還參考各式俚語、成語辭典、網路字典與詞庫、Google網路。即便如此，還是會碰上鄉野俗諺我也不敢確信百分之百掌握真義，當我把幾個中譯本攤開比對，往往禁不住啞然失笑，佩服各家想像力之豐富，同時也禁不住心虛，擔心自己也是其中一員，「五十步笑百步」，嘲人者人恆嘲之。這才深刻體驗到，翻譯的確需要博學多聞、學貫中西與古今。

　　因此，譯者也模仿馬克吐溫，特此發表聲明，不能保證本書百分之百精確，但是差可安慰的是，多多少少做到了截長補短、去蕪存菁的地步。這也是爲什麼這本譯注拖了這麼多年才完成，修修改改沒完

沒了，雖然我不是完美主義者，但總要做到盡善盡美，以便超越坊間已有的諸多譯本。

## 「信、達、雅」的原則取捨

譯注此書最大的困擾在於，如何「兩利」或「兩害」相權的取捨問題，如何「傳神」是我努力的目標，「直譯」與「意譯」之間分寸掌握，明知「信、達、雅」的原則「知易行難」。

馬克吐溫的文字表面上看似簡單低俗又錯誤連篇，其實是一種策略性的特殊寫作技巧，底下蘊含非常豐富的譬喻及典故。全書那種「俏皮機智」、「話中有話」、「一語雙關」、「自我揶揄」，絕非翻譯可以捕捉的神韻，還好每一頁下緣有footnote（「腳注」或「腳註」）幫助說明，因為赫克的俚俗口語，事實上是一種「障眼法」，他也經常成語連篇、引經據典，套用各種典故，使用行家術語，如領航員、法律契約、希臘羅馬神話、聖經、醫學、拳擊、賭博、紋章學、印地安文化等。馬克吐溫高明之處就是將各種典故和譬喻，巧妙的融入赫克看似粗俗的口語情境之內，而且鑲嵌完美，不著痕跡，渾然天成，若是沒有注釋加以說明，還真的難以捕捉神韻。我以前寫碩士論文時已經熟讀過這本書，那只是為了對自己交代，但這次譯注此書，是為了向廣大的讀者和學生們交代，就怕碰上「打破砂鍋問到底」，不得不「上窮碧落下黃泉」追根究柢，這才由衷佩服馬克吐溫的博學多聞與寫作天分。然而，注釋固然可以說明一二，也不得不慨嘆翻譯有時候會「隔靴搔癢」，中西語言文字的隔閡有時真是一道難以跨越的鴻溝。不過，偶爾發現中文裡也有巧妙的相似成語可以套用，也常欣喜若狂。

我暗地裡佩服全書的豐富譬喻及套用典故，一方面在腳注裡詳細說明，一方面也在譯文添加幾個字捕捉一點神韻，但願讀者不要怪我「畫蛇添足」。譬如第四章裡赫克說他仿效阿拉丁神燈故事，也去找

了一盞舊油燈和一只鐵指環,想搓出一個精靈來,左搓右搓,搓得全身汗如雨下,sweat like an Injun,字面上看起來只是「像印地安人流汗」,讀者一定不明就裡,原來有典故,北美印地安人有所謂的「蒸氣浴小屋子」(sweat-houses或sweat-lodges),勇士們在悶燒的小屋子裡熬上一整夜,熬得汗如雨下,第二天清早躍入冰冷的河水裡,除了鍛鍊體魄之外,還兼具宗教儀式功用,因此我多加幾個字,譯成「活像從印地安人蒸氣浴小屋子熬出來似的」,洗過三溫暖的讀者更能體會那種流汗滋味。

譯注過程中,往往為了一句話,我經常改過來又改回去好多遍,自己頭都昏了,懊惱才疏學淺。但我也挺得意,終於決定把公爵自稱的Bridgewater譯為「橋梁水公爵」,而國王稱人家Bilgewater譯為「污艙水公爵」,以「意譯」取代傳統「音譯」人名姓氏,反而更能襯托其對比作用。另外,我也頗得意原文nigger這個字我特別譯為「黑鬼」,希望兼顧音譯與意譯,就像我們口語常說「日本鬼子」或「洋鬼子」,有幾分親切口吻,未必有蔑視意味。

美國20世紀女作家薇拉凱塞(Willa Cather, 1873-1947)說她讀馬克吐溫這本名著讀了二十幾遍,有一次在巴黎遇見一位蘇俄小提琴家,說他讀過俄文譯本,書中描述密西西比河的壯觀景象讓他印象深刻,但Willa Cather懷疑這本美國名著的語言特色,在翻譯過程中一定很難保留原貌。

這話真是一語道破玄機,我個人翻譯此書最大的困擾就是,難以呈現馬克吐溫那種「俚俗卻隱藏典雅」、「樸拙卻匠心獨運」的文字技巧,行雲流水,彷彿信手拈來,得來全不費工夫。英文裡面有聽音辨字、拚字錯誤、文法不通,可惜這個特色在翻譯過程中呈現不出來。中文裡面有破音字、白字、別字,也完全派不上用場。

我曾經考慮使用低俗的白話中文,來傳達馬克吐溫的創意文字,但發覺完全失真。如果把赫克的連篇錯誤還原成正確英文後,會發覺

其實並不低俗；我也曾考慮譯為台灣國語，但那樣又似乎畫地自限，忽略廣大華人讀者。師大翻譯研究所林孺妤2001年的碩士論文，嘗試將若干章節翻譯轉換成土腔土調的台灣國語[2]，創意值得嘉獎，不過似乎只有台灣讀者才能欣賞其中奧妙。

「黑人方言」當然是最大的困擾與挑戰，西方有一位學者用社會語言學的觀點，討論翻譯吉姆的語言成德文的問題[3]。大陸人民出版社有一中譯本，為了模仿原著黑人英語特色，刻意使用大量字音接近卻字義偏離的字詞，並在每一字詞後面以括弧標示正確意義，反而造成極大的閱讀障礙，讀來困頓蹣跚，不僅不傳神，反而破壞渾然天成的口語特質，很多地方「畫虎不成反類犬」。

蔡孟琪2008年的碩士論文〈馬克吐溫《哈克歷險記》譯本評析與台灣讀者反應研究〉，比較評析五個中譯本如何呈現方言特色，從字彙與句型結構探討「靈活對等」（張友松、黎裕漢、文怡虹、賈文浩和賈文淵）和「形式對等」（林孺妤）的效果，並問卷訪問30位讀者，在魚與熊掌不可兼得之下，結論是讀者偏好流暢易懂的「靈活對等」[4]。楊惠娟2012年的碩士論文〈從翻譯的忠實度比較馬克吐溫《頑童流浪記》三個中譯本〉，比較近年三冊植回筏伕章節的全文中

2　Lin, Sophie Ju-yu 林孺妤。"Translation and Commentary of Mark Twain's *The Adventures of Huckleberry Finn*."（〈馬克吐溫《哈克歷險記》之中譯與評析〉）。國立台灣師範大學翻譯研究所碩士論文，2001年。

3　Berthele, Raphael. "Translating African-American Vernacular English into German: The Problem of 'Jim' in Mark Twain's *Huckleberry Finn*." *Journal of Sociolinguistics* 4.4（2000）: 588-613.

4　Cai, Meng-qi 蔡孟琪。"The Translation and Reception of Mark Twain's *The Adventures of Huckleberry Finn* in Taiwan."（〈馬克吐溫《哈克歷險記》譯本評析與台灣讀者反應研究〉）。國立高雄第一科技大學應用英語系碩士論文，2008年。

譯本，其中包括本譯注的初稿版本[5]。

以現代英文的統一標準規格來看，原著裡「標點符號」有時候真的是亂點一通，因爲那是半文盲赫克寫的書，不是大文豪馬克吐溫的錯，本譯注盡量保留原著此一特色，因爲那也是一種寫作策略的風格。

原著裡「語助詞」和「連接詞」特別多，諸如oh、well、why、then、so、by and by、pretty soon等等，因爲是模仿口說故事的文字，譯注本也盡量保留，但也參酌前後語意稍加變化，避免單調一成不變。我在邀請親朋好友和學生們爲我試讀時，他們給我的意見也是說「語助詞」和「連接詞」過多，但那是原文特色，用來轉折語氣，敘述故事一步一步發展的來龍去脈，省略掉了也就失去原味了，我們用中文講故事時，不也是一大堆沒啥意義的「這個」、「那個」、「於是」、「所以」、「然後」、「接著」、「沒多久」、「久而久之」嗎？所以我也堅持保留，畢竟這也是《赫克歷險記》的口說故事一大特色。

第四十一章裡有一大堆鄉下農夫和農婦聚在莎莉姨媽家裡，七嘴八舌拉拉雜雜的說著俚俗方言。譯者爲了傳達其說話神韻，保留許多語氣助詞及連接詞，呈現口語對話特色。原文是極其傳神的colloquial（口說）語言，聽來十分「順耳」，開口閉口「我說」、「你說」、「他說」，但讀來不太「順眼」，忠實翻譯成中文，會顯得十分累贅，造成閱讀障礙。此乃情非得已，只是爲了尊重馬克吐溫模擬方言的文學創舉，以符合他在本書開頭「說明啓事」所說，都是有所依據絕非瞎掰，希望讀者發揮想像力，努力揣摩鄉巴佬說話時那種振振有

---

5　Yang, Huei-juan楊惠娟。"A Comparative Study of the three Chinese Versions of Adventures of Huckleberry Finn from the Perspective of Faithfulness."（〈從翻譯的忠實度比較馬克吐溫《頑童流浪記》三個中譯本〉）。國立彰化師範大學英語學系應用英語碩士論文，2012年。

詞的聒噪口吻與誇張神情。

原著中有很多強調語意或特殊語氣之處，在英文以「斜體字」表示，本書中文翻譯則以「粗體字」表示，因為「斜體字」在中文印刷體比較少見，不如「粗體字」來得醒目。原著中有的句子很長很長，但斷句斷得七零八落，也順應裁剪成合身的口語，企圖多少呈現原著某種抑揚頓挫的神韻。

讀者也請注意，本譯注〈中譯導讀〉有很多中英對照的專有詞彙或文學術語，還有人名、地名、書名、篇名等，基本上都是源自西洋文學傳統，因此大多數都以英文為主體，英文原文在前，本人的中譯在後（括弧裡）。主要因為翻譯畢竟見仁見智，很多譯詞尚未統一標準化，譬如irony，有人譯為「反諷」，有人譯為「弔詭」。有些書籍篇章尚無中譯本，即使有中譯本也是譯名不一，一般原則是如果沒有中譯本則保留原文名稱不翻譯，但有時為了讓讀者多多少少知道相關內容，我也粗略大致譯出意義，希望不會誤導讀者以為已有中譯本。而「文本翻譯與注釋」部分則以中文為主體，因地制宜的中文在前、英文在後。

另外，通常學術書籍中譯西文人名時，姓氏與名字之間中間都會用「‧」點開。但大家早已熟悉「馬克吐溫」，而非「馬克‧吐溫」，感覺上有「‧」是比較現代學術的標點符號。本書為了配合全書inner consistency（內在一致）起見，因此有些姓氏與名字大都直接連在一起，不用「‧」點開，同時也因為這本書講故事是「口述」方言文學性質，以拚音串聯為主，策略性的文法標點故意錯誤一大堆。

## 閱讀《赫克歷險記》譯注經典的方式

讀者可以到書店購買重新校訂出版的英文原著插圖本，將原著英文本與譯注中文本並列閱讀，一句英文對照一句中文，一方面讀經典，一方面學英文。閱讀文學文化的確能夠學習精深的語文及內涵，

難怪learning English through literature已經成為目前全世界語文學習的主流趨勢。本譯注所根據的「權威學者版」，目前已免費提供線上閱讀：Mark Twain Project Online（http://www.marktwainproject.org），這個電子版還加入很多注釋說明背景和語意。

另外特別推薦一個lit2go網站，意思是literature to go，裡面提供幾百部文學作品，都可以免費下載「聲音檔」存在個人MP3裡，帶著耳機聽走到哪裡聽到哪裡，另外還有PDF「文字檔」存在電腦裡，一面閱讀一面傾聽。這個網站（http://etc.usf.edu/lit2go/title/h/hf.html）是美國University of South Florida（南佛羅里達大學）設計提供的教學服務，用現代科技呈現文學的影音資料，真是造福不淺。由專人朗讀錄製全書，像聽廣播劇似的非常有趣，尤其是《赫克歷險記》裡方言土語和黑人英文，抑揚頓挫更是繪聲歷歷，耳聽其聲恰如目睹其人，把閱讀non-standard English（非標準英文）的障礙減化到最低程度，聽過的人都讚嘆不已，就不會嫌棄赫克的爛英文，只要還原文法及拚字錯誤，即可發現赫克的語法謬誤其實有相當模式可循，讀慣了就會視而不見，自動矯正回來，而吉姆的黑人英文其實也接近大舌頭說話，多看一些黑人主演的電影，耳朵自然而然也會適應，還有中西部及南方英文，也是同樣道理。

原著裡有很多聽音辨字和拚字錯誤，也讓我聯想到《赫克歷險記》反而更是一本適合口述朗讀的audio book（有聲書），由各個角色操其道地方言，呈現polyglot（多語）或heteroglossia（眾聲喧譁）的交會交集，背景則是赫克敘事者旁白的聲音，赫克是個半文盲，會「說」勝過會「寫」，以至於這本書作為"silent-reading text"（「默讀文本」）會出現文本矛盾現象，因為書中有很多段落的字彙完全超乎赫克的認知水準，譬如他逐字逐句轉述他人言語時，或照章全錄薛柏恩上校臭罵一群烏合之眾時，或轉述文謅謅的"Hamlet soliloquy"（〈哈姆雷特獨白〉）時，所使用的深奧詞彙，絕非他一個半文盲小子所能

勝任的，還好讀者們都睜一隻眼閉一隻眼，學者們也群起捍衛這一創新的敘事策略，畢竟馬克吐溫的文字造詣是大家有目共睹的高超，赫克這個敘事者角色也運用到極致的地步。《赫克歷險記》躋身經典之列，不是浪得虛名。

我個人自從下工夫譯注《赫克歷險記》之後，發覺看電影時聽力突然增進了很多，以前聽不懂的，現在也適應其腔調與抑揚頓挫了，相對的，閱讀能力也加強很多，以前讀不懂的，現在也熟悉其語法與拚音了，這是我個人的最大收穫。

## 經典平民化的譯文

譯注本書最大目的在於提供社會大眾與莘莘學子一個中文讀本，將學術殿堂的經典予以平民化、普及化，以提升全民閱讀水準與人文素養。在每一頁下方的注釋說明中，我會盡量說明這本書的微言大義、主旨與主題、套用譬喻的成語、寫作手法與文字技巧、字裡行間的弦外之音等等，將心比心把讀者當成我的學生，因此我特別把譯稿給不同背景及年齡層的親朋好友和學生，請他們試讀並修飾我的「西式中文」，試讀過的人都盛讚注釋建立汗馬功勞，讓他們更深入體會字裡行間隱藏的豐富涵義。

我譯注本書時，處處以中研院歐美所單德興教授的《格理弗遊記》為楷模，那是國科會經典譯注計畫的第一批成果，他的譯注本鉅細靡遺面面俱到，無所不用其極的詳盡，雅俗共賞，同時滿足學術研究水準與兼顧大眾閱讀口味，我自嘆弗如，安慰自己只要做到一半就好了，畢竟他是「梁實秋翻譯獎」的得主。他那本《格理弗遊記》真的可以作為傳家之寶的必備讀物，擺在家家戶戶的書架上，取代洋酒櫃。在此特別鼓勵家長們，帶領著孩子早一點開始閱讀經典，開拓視野增廣見聞，畢竟那都是文化的「瑰寶」，有口皆碑代代繼承的「薪傳」。也希望我這本六年心血精心譯注的《赫克歷險記》，能夠讓讀

者得以一窺全豹，提供深度閱讀的樂趣，原來馬克吐溫幽默大師的美譽當之無愧。

同時，我也仿效單德興邀請不同年齡層的讀者試讀，他請國小兒子拜讀，我則請到我高齡94歲的老爸，他國學底子深厚，飽讀詩書，但很少閱讀西洋翻譯作品，爲了這個迷糊蛋外文系女兒，戴起老花眼鏡，花了十多天的工夫啃完32萬字，逐字搜尋類似我當年所犯的「罄竹難書」錯誤。那是有典故的，當年胡耀恆老師在《中央日報》主持「全民英語專刊」，我奉命寫稿，其中誤用了「罄竹難書」爲正面、肯定語氣，結果早上報紙登出來，晚上他就打電話來指正我，說我望文生義，用錯了一個負面、否定的詞彙。老爸讀完譯注之後的結論是：沒想到馬克吐溫寫的故事這麼有趣。贏得他的肯定，是我最大的回饋。我還請了妹夫王英生，他是個詩人攝影家，幫我把西式中文修整得詩情畫意。當然，還有過去二十多年好幾籮筐的舊雨新知學生，他們中英對照逐字閱讀，發揮「前人種樹，後人乘涼」精神，提供學生立場的意見，嘉惠學弟妹。

有趣的是，每次開始教這個作品之前，我都會先把馬克吐溫說得天花亂墜，學生們也都久仰這位世界級幽默大師之名，垂涎已久躍躍欲試，但是等他們開始下口「啃」原著時，每一個學生都愁眉苦臉的回來問我：「老師，有沒有搞錯？馬克吐溫到底在寫些什麼？英文寫得比我還爛，讀那種爛英文我怎麼學到好英文？」我當然費盡唇舌耐心解釋馬克吐溫的寫作策略，說得滿頭大汗，一說就說了二十幾年，連我自己都煩了，真想用錄音機錄下來算了，現在我終於可以把這本譯注丟給他們，「我要說的都在裡面了」。

# 馬克吐溫生平

　　馬克吐溫（原名Samuel Langhorne Clemens）1835年11月30日出生於密蘇里州的一個小村莊Florida（佛羅里達），4歲時全家遷居至密西西比河畔另一個小村莊Hannibal（漢尼拔）。他的兩本知名小說，《湯姆歷險記》與《赫克歷險記》，所描述的小鎮St. Petersburg（聖彼得堡），就是這個家鄉村莊的縮影，那是他的idyll（田園牧歌）兼nightmare（夢魘），既有美好的童年回憶，又有無奈的社會暴力，往後在他作品反覆出現。

　　馬克吐溫出生時早產兩個月，體弱多病，七個兄弟姊妹當中排行第六，上有大哥Orion、大姊Pamela、二哥Pleasant（只活了6個月）、二姊Margaret、三哥Benjamin，下有小弟Henry。可惜兄弟姊妹當中有三個早夭，而小弟21歲時因蒸汽輪船鍋爐爆炸而意外身亡。那個時代的密西西比河流域屬於落後地區，衛生環境很差，嬰兒和孩童夭折率極高，所以《赫克歷險記》及其他作品裡經常充滿死亡陰影。

　　8-12歲每年夏天到姨丈家（Uncle John A. Quarles）的農場Quarles Farm過暑假，離家鄉村莊才4哩，直到12歲時父親去世為止。《赫克歷險記》第三十二章到最後第四十三章所描述的費浦斯農莊（Phelps Farm），與第十七、十八章所描述的葛蘭哲福家族（Grangerford family），都是以姨丈的農莊為藍本。他們每年來這裡歡度暑假，和表兄弟姊妹們白天上山下河、採集野花、撿拾核果、摘食野莓、晚上聽黑人講鬼故事，是他一生最快樂的時光，在《湯姆歷險記》、《密西西比河河上生涯》、《赫克歷險記》及晚年寫的《自傳》裡都有動

人的描述。

馬克吐溫的父親John Marshall Clemens經營一家鄉下雜貨店，投資購買了一塊土地卻未如預期升值，家中食指浩繁，日用捉襟見肘。他同時也是一位受人尊重的鄉下律師與地方法官，密蘇里州當年屬於蓄奴州，家裡也曾經養過一位黑奴女孩Jenny，後來賣掉，他擔任巡迴審判法庭的陪審員時曾經判決abolitionists（廢奴主義者）入監牢，後來被選爲地方Justice of the Peace（治安法官），負責審理小案件，也是收入微薄。馬克吐溫11歲時父親友人背信忘義借款不還，因而債台高築，全家只好搬到當地一位藥劑師家裡，爲他們烹煮三餐作爲交換房租。12歲時父親獲選爲檢驗法庭的書記官，風風光光前往宣誓就職，沒想到回程遇上暴風雪，遭受風寒而死於肺炎，全家頓時陷入經濟困境。

母親Jane Lampton天性活潑、樂觀進取、爽朗豁達、機智幽默，影響了馬克吐溫一輩子，是他生命中最重要的人物，她也是說故事的高手，馬克吐溫很明顯的遺傳了這個天分，《湯姆歷險記》中的Aunt Polly（波麗姨媽）及《赫克歷險記》中的Aunt Sally（莎莉姨媽）都是以她爲寫照，馬克吐溫母子情深，1890年母親以九十高齡逝世時，家人整理出馬克吐溫寫給她的信件足足裝滿四大皮箱。

父親去世時馬克吐溫才12歲，身爲男孩子，即使是七個孩子中的老六，也得輟學去工作，他先後在印刷廠當學徒，並在雜貨店、書店、藥房打工，幫忙維持家計。馬克吐溫先到印刷廠當了幾年學徒，15-16歲時大哥Orion買下報社*Western Union*（《西部聯合報》），又貸款購併*Hannibal Journal*（《漢尼拔日報》），以促使報紙發行量大幅成長，然而銷售成績仍不足以維持一家生計，這兩年協助大哥新聞編務，並撰寫一些輕鬆小品。17歲時發表處女作"The Dandy Frightening the Squatter"（〈紈绔子嚇唬霸占者〉）於波士頓的幽默周刊*Carpet-Bag*（《氈製旅行包》），當時使用第一個筆名W.

Epaminondas Adrastus Perkins。

18歲時離開漢尼拔村，先後在聖路易、費城、紐約、愛荷華、辛辛那提等城市的幾家報社印刷廠工作，當按日或論件計酬的journeyman printer（走路印刷工）[1]。後來加入工會，有機會長期利用印刷廠的圖書室，免費徹夜閱讀各式各樣的文章書籍，飽讀詩書博覽群籍，偶爾也為大哥的報社寫寫旅遊文章，這幾年的工作經驗讓他深入了解印刷出版業的種種專業訣竅和市場行情。馬克吐溫20歲時住在聖路易，往返於家鄉漢尼拔村與愛荷華州的克伊奧卡克鎮（Keokuk, Iowa）之間。21歲時發表生平第一場公開演講於Keokuk印刷界餐會上，並為*Keokuk Daily Post*（《克伊奧卡克每日郵報》）撰寫書信專欄，使用第二個筆名Thomas Jefferson Snodgrass。馬克吐溫12歲輟學幫助家計，相當於只念到小學畢業而已。後來能夠成為大文豪，完全靠自學工夫，在印刷廠當學徒及報社當特派員記者時期有機會讀了不少書，而且時勢造英雄，環境逼得他必須自立自強。美國文學史上還有另外兩位大師，年輕時也在印刷廠及報社工作，因而獲得大量閱讀和寫作磨練的機會，一是開國元勳富蘭克林（Benjamin Franklin, 1706-1790），一是大眾詩人惠特曼（Walt Whitman, 1819-1892）。

21歲的某一個夏日晚上，偶然閱讀到一本關於Amazon River（亞馬遜河）的遊記，深受吸引，決定前往探險。22歲時果真坐著蒸汽輪船Paul Jones（「保羅瓊斯號」），順密西西比河而下來到New Orleans（紐奧爾良）港口，夢想從那兒登上遠洋輪船，到中南美洲做生意賺錢，到亞馬遜河地區探險，可惜天不從人願，紐奧爾良當年沒有遠洋輪船開往巴西的Rio de Janeiro（里約熱內盧）。不過，他卻在順流而下的航程中結識蒸汽輪船的領航員Horace Bixby，拜他為師學習領航

---

1　《赫克歷險記》裡的「公爵」（the duke）就幹過這種「走路印刷工」，懂得印刷技術但是沒有機器，所以走到哪裡，就借用人家機器接印刷生意，四處打零工，印些海報或傳單之類，論件計酬。

技術長達一年半，也付出相當昂貴的學費。23歲受訓期間也幫助小弟Henry在蒸汽輪船*Pennsylvania*（「賓夕法尼亞號」）上謀到一份差事，然而1858年6月船上發生鍋爐爆炸意外，弟弟遇難重傷去世，馬克吐溫爲此深深自責。24歲時取得正式領航員執照，開始擔任從小夢寐以求的工作，一償童年夙願，從見習受訓到正式出師總共當了4年風風光光的領航員，收入也大爲增加。

他的筆名Mark Twain也是領航員術語，原意爲「兩噚深」，即12呎深，表示船隻可以安全行駛的河水深度，也是領航員引導大船通過沙洲水域時大聲叫喚的響亮口令（見本書〈中譯導讀〉「筆名馬克吐溫的由來」）。

1861年馬克吐溫26歲時南北戰爭爆發，密西西比河輪船被迫營運中止，不得不離開高薪的領航員工作，戰後河道運輸也沒有恢復，被鐵路運輸取代。戰爭爆發時密蘇里州還是蓄奴州，所以馬克吐溫加入南軍的Confederate（邦聯），但爲期只有兩周左右。這時候大哥Orion被林肯總統任命爲Nevada Territory（內華達區）政府的秘書與檔案總管，當年尚未成爲Nevada State（內華達州），大哥帶著他走馬上任，這個新職是林肯總統給他的政治酬庸，因他一貫支持林肯總統的反對蓄奴立場。他和大哥坐了整整兩個星期的驛馬車，千里迢迢跋山涉水，穿越Great Plains（大平原）和Rocky Mountains（洛磯山脈），這一段非常艱苦的旅程，成爲他後來*Roughing It*（《苦行記》）的背景題材。

大哥Orion比馬克吐溫大了整整十歲，「長兄若父」，當然要帶他外出磨練，闖蕩江湖、增長見識，不然留在窮鄉僻壤沒什麼出頭機會。馬克吐溫自己則因熱中淘金夢而跟隨大哥前往內華達州，但並未圓夢，也買過一些股票，但也未致富。27歲淘金夢碎，開始擔任當地報社特派員，撰寫礦區趣聞軼事，斷斷續續寫短文投稿給報章雜誌，嘗試「旅遊見聞錄」的寫作路線。

1863年他28歲，持續在報紙發表文章，文章大多取材自礦區，將其聽到的各種趣聞寫成幽默小品。這時候才首次以Mark Twain（「馬克吐溫」）為筆名，這一年他在紐約*Saturday Press*（《星期六郵報》）發表短篇小說"Jim Smiley and His Jumping Frog"（〈吉姆史邁利與其跳蛙〉），深獲好評，各處紛紛轉載，一時聲名大噪，這是他嶄露頭角的第一部作品，後來收錄在1867年於紐約出版的第一本短篇小說集*The Celebrated Jumping Frog of Calaveras County, and Other Sketches*（《卡拉維拉斯郡著名的跳蛙和其他隨筆》）。這個短篇小說結合了演說家的敘事策略與「大話故事」（tall tale）的誇張手法，深獲讀者歡迎。這一年他也在雜誌上開始連載一系列的書信，報導往來於舊金山與檀香山之間輪船的新航線見聞，用了一個虛構的人物Mr. Brown，來發表各種見解與批判，彷彿ventriloquism（腹語術）的手法，馬克吐溫這才發現他大可為所欲為，只要聲稱他只是在轉述他人所言，這種手法借刀殺人、能屈能伸，奠定他往後作品的成功基礎，尤其是《赫克歷險記》裡的赫克，簡直奧妙到極點，小說理論家更是讚不絕口，處處以此為範例。

　　31歲時前往舊金山，擔任加州報社特派通訊員，被派往夏威夷旅行四個月，撰寫遊記發表於*Sacramento Union*（《沙加緬度聯合報》），從此開始撰述一連串旅遊見聞書信專欄。這一年他在舊金山發表第一場成功的「職業演講」，從此展開往後國內國外巡迴演講的生涯，甚至在破產之後也靠著全世界巡迴演講的收入，清償龐大債務，可見他的演講多麼風靡。馬克吐溫一直都是非常著名的演說家，他每次演講都座無虛席，人們長途跋涉不遠千里而來，他經常把滿堂聽眾逗笑得前仰後合，自己卻始終維持一副「冷面笑匠」（deadpan）的面孔，他的寫作技巧也採取這種演說式的手法而馳名，敘事者彷彿都是向著讀者面對面說話，別有intimacy（親切感）和immediacy（臨場感），這個特色在《赫克歷險記》裡發揮得淋漓盡致，讀者就

是那個聆聽故事的現場聽眾。

就是因為他的旅遊見聞書信專欄大受歡迎，32歲時應出版公司邀約，為撰寫一本遊歷歐洲的書，搭乘遊輪*Quaker City*（「貴格城號」）前往歐洲地中海及中東聖地旅遊五個月。在遊輪上結識未來妻子Olivia的哥哥Charles Langdon，馬克吐溫聲稱第一眼看到她的照片就愛上了她，於是展開追求Olivia的長期過程，還與其家人同赴狄更斯（Charles Dickens, 1812-1870）訪美的朗讀會，狄更斯是當年英國最暢銷的幽默作家，馬克吐溫親眼目睹狄更斯獲得滿堂喝彩，非常崇拜其結合幽默與諷刺的寫作風格，當然也受到相當的影響（見本書〈中譯導讀〉「馬克吐溫：美國的狄更斯」）。

34歲時將從事特派通訊員期間所寫的文章，編選成*Innocents Abroad*（《傻子放洋記》），出版後大為暢銷，年銷售量高達十萬多冊，名利雙收，有錢之後才開始有身價，才能匹配東部煤礦鉅子的女兒，出身寒微的窮小子終於贏得岳父的好感，終於贏得美人歸。34歲與Olivia訂婚之後，透過未來岳父傑爾維斯藍頓（Jervis Langdon）的資助，買下*Buffalo Express*（《水牛城快報》）股權，成為知名報社老闆。他的巡迴演講也遍布東部及中西部，來到波士頓演講時，結識當年文壇盟主的著名刊物*Atlantic Monthly*（《大西洋月刊》）主編William Dean Howells，受其賞識與提攜，成為莫逆之交達40年之久。又透過Olivia關係，認識*Uncle Tom's Cabin*（《黑奴籲天錄》）作者Harriet Beecher Stowe（史托夫人），並與著名黑人作家及演說家Frederick Douglass結為好友，開始同情黑人地位，關心黑人人權。

35歲時與Olivia於1870年2月2日結婚，婚後住在水牛城（Buffalo, New York），同年11月長子Langdon（以岳父之名命名）早產出生，體弱多病。36歲全家移居康乃迪克州西北部的哈特福（Hartford, Connecticut），利用暢銷書的收入及岳父的資助，開始建造由名建築師設計的豪宅。37歲時出版*Roughing It*（《苦行記》），記述早年闖

蕩西部時的艱苦漫長歲月。這一年長女Susy出生，但是長子藍頓罹患diphtheria（白喉症）夭折，只活了19個月，慧眼識英雄的岳父也因癌症去世，這一年馬克吐溫首度赴英旅行，往後也經常往返英國旅遊演講或短期居住。

38歲時與鄰居作家Charles Dudley Warner（1829-1900）合著*The Gilded Age*（《鍍金時代》），指的是美國1865年南北戰爭結束後到1900年之間的35年，書中根據馬克吐溫父執輩的兩位人物為藍本，他們一輩子克勤克儉，努力打拼夢想致富，但歷盡千辛萬苦，仍然落得一無所有，而獲利者卻是巧取豪奪的政客及投機客。這本書諷刺當時金融界與政治界的腐敗，具體描繪當時社會景況，表面雖是繁榮富庶金光閃閃，實質卻是腐敗墮落破銅爛鐵，成為美國歷史上一個特別年代的代表作，同時也創造了一個新興詞彙，至今經常被人引用來比喻拜金社會唯利是圖的物質主義。

39歲時搬進落成的豪宅，這棟豪宅也是今日Mark Twain House（「馬克吐溫紀念館」）所在地，馬克吐溫在此度過其一生最幸福而且創作最豐富的17年歲月（1874-1891）。這棟豪宅有19間臥房、5間衛浴，聘請建築師特別設計，前陽台像一艘蒸汽輪船的甲板，樓上陽台則像駕駛艙，結合了密西西比河蒸汽輪船、英國古堡、維多利亞教堂的風格，費時三年多才完成，造價二十多萬美元。這裡經常高朋滿座，文人雅士絡繹不絕，成為藝文界名流聚會場所，招待從波士頓到紐約的各方名人貴客，以至於維護這棟豪宅，需要動用六位僕人及每年高達10萬美元的費用，馬克吐溫一向以hospitality（好客）著稱，當然也多少有一點點show-off（炫耀）心理。

但也因為賓客絡繹不絕，害得馬克吐溫沒有辦法在家裡專心寫作，必須躲到紐約州Elmira附近他小姨子家的Quarry Farm，這位Olivia家收養的姊姊Susan Langdon Crane特別為馬克吐溫蓋了一座octagonal（八角樓）書房，書房坐落在小山坡上，形狀像駕駛艙，每一面都有

窗戶，花木扶疏，爬藤遮蔽，清涼幽雅，遠離正屋的喧囂，眺望鄉間的遠山近水，儼如世外桃源，馬克吐溫多部作品及《赫克歷險記》都在此地完成。真正住在那棟豪宅裡的歲月，平均一年只住三個月，總共加起來沒有幾年。這一年次女Clara出生，馬克吐溫年老時妻女相繼病逝，只剩這個女兒活得最久，給他送終。這一年他開始撰寫《湯姆歷險記》，並把《鍍金時代》改編成劇本在紐約上演，演出大獲成功。

1876年美國建國一百周年，馬克吐溫41歲出版《湯姆歷險記》，書中重溫童年舊夢，引起廣大共鳴，老少咸宜大為暢銷，奠定他在美國文壇地位。這年夏天乘勝追擊，提筆開始寫《赫克歷險記》，起初頗為順利，但是後來碰到幾次寫作瓶頸，停停寫寫居然拖了八年，這中間他也重回故鄉、重遊密西西比河，還出版了《密西西比河河上生涯》及 *The Prince and the Pauper*（《王子與乞丐》）。

馬克吐溫曾經發表文章"Old Times on the Mississippi"（〈密西西比河上昔日時光〉）於William Dean Howells主編的《大西洋月刊》，大受歡迎，後來1882年專程重遊密西西比河流域，由聖路易一路遊到紐奧爾良，為《大西洋月刊》繼續撰寫密西西比河系列文章，這些文章收集成書於1883年出版《密西西比河河上生涯》。書中真實記錄他所觀察到的種種社會現象，如奴隸販賣、搶劫槍殺、賭博詐騙等，但也詩情畫意地描繪自然景觀、浪漫情懷、甜蜜回憶，把密西西比河形容得出神入化壯觀無比。這本書與梭羅（Henry David Thoreau, 1817-1862）的 *Walden*（《湖濱散記》，1854）同被譽為美國最優美的散文文學作品，也把密西西比河和Walden Pond（華頓湖）變成名留青史永垂不朽的文學景觀[2]，文學家真的可以化平凡為不朽、化腐朽為

---

2　我個人1991-1992年國科會贊助赴哈佛大學研究時，一年之內就去華頓湖「朝聖」了五、六次，帶外文系的同學好友，去看那棟梭羅親手搭建的小木屋，撩一下那清新透涼的湖水，感受住在湖邊融入大自然的情境。

傳奇，有趣的是，這兩部作品當年都不被看好，都被打入冷宮，直到20世紀才被扶回正室奉爲經典。

馬克吐溫剛出道時年輕氣盛，挾中西部粗獷豪邁的文風年少出名，不知天高地厚，不習慣東部地區的禮教拘謹，也厭惡上流社會的繁文縟節，1877年12月17日受邀於波士頓詩人John Greenleaf Whittier（惠提爾）七十壽慶晚宴餐會上發表演講，因抨擊當時文人雅士的genteel tradition（「斯文傳統」）文化，得罪Emerson、Holmes、Longfellow等文壇知名人士，還好出身名門貴族的妻子Olivia居間斡旋始得平息。

1879年44歲時受邀在芝加哥舉辦頌揚General Grant（格蘭將軍）的晚宴上演講，他是美國南北戰爭時北方聯邦軍隊總司令，戰後擔任兩任美國總統（1869-1877），是馬克吐溫多年好友。格蘭總統在任期間曾應馬克吐溫要求，寫信給清廷政府，設法挽救留學生被遣返回國，因爲馬克吐溫也是清朝「留學生之父」容閎（1828-1912）的好友[3]，當年（1872-1875）由容閎與李鴻章倡議奏請赴美留學的120位學生，被官僚擔心「以夷變夏」而遭全部撤回，雖然終究無法挽回他們被遣返的命運，但馬克吐溫見義勇爲的義氣也可見一斑。

1881年46歲出版《王子與乞丐》，這是他爲三個女兒量身打造的兒童故事，每寫完一個章節就在妻女面前朗讀或搬演，看他們享受的神情就是他最大成就。書裡兩個孩子一個是王子愛德華，一個是乞丐湯姆，湊巧長得一模一樣，兩人陰錯陽差互換衣服，卻也互換了命運，但是王子看到了民間疾苦，而乞丐改變了朝廷迂腐，真相大白後也皆大歡喜。

這一年他開始與外甥女婿Charles L. Webster（他姊姊Pamela的女

---

3　吳鈞陶．〈光輝的彗星——《馬克・吐溫十九卷集》總序〉。石家庄：河北教育，2001。

婿）籌備合開出版公司，投資新型排版印刷機器Paige Compositor，以便掌握自己作品的出版事宜，並計畫出版格蘭將軍回憶錄。《赫克歷險記》開頭有一段NOTICE（「警告啓事」）：「企圖在本書中找尋寫作動機者將被起訴；企圖在本書中找尋道德寓意者將被放逐；企圖在本書中找尋情節結構者將被槍斃」，馬克吐溫故意很嚴肅的聲稱是「奉兵工署署長G. G.指示而發布命令」，G. G.可能指General Grant（格蘭將軍）。1885年12月出版格蘭將軍回憶錄，收益極高，使格蘭家族免於破產，也使馬克吐溫深信自己具有投資天分。

1884年《赫克歷險記》的部分章節在*Century Magazine*（《世紀雜誌》）連載，隔年2月在美國出版。爲了促銷新作《赫克歷險記》，馬克吐溫和朋友George W. Cable展開所謂的"Twins of Genius" tour（「天才雙人組」旅行），從1884年11月5日到1885年2月18日，巡迴全美國七十多個城市演講，並當場朗讀作品片段，觀眾哄堂大笑鼓掌叫好，達到很好的宣傳效果。

1885年初Webster & Co.（韋氏公司）正式成立，2月立刻出版《赫克歷險記》。3月麻州康考德公立圖書館（Concord Public Library, MA）委員會發表聲明，該書不得列入館藏，接著有紐約市立圖書館等單位紛紛跟進。儘管如此，5月時該書已售出51,000本。這一年馬克吐溫在「天才雙人組旅行」全國巡迴宣傳演講途中，遇見全美第一批就讀耶魯大學的黑人學生，開始資助其中一位黑人學生Warner T. McGuinn上法學院，該生後來成爲律師，專長於處理黑人人權訴訟案，這也多少證明馬克吐溫沒有外傳的種族歧視偏見。

馬克吐溫人生顛峰就是50歲出版《赫克歷險記》的前後幾年，50歲之後開始內憂外患。1886年買下Paige Compositor公司一半股權，答應承擔廠房機器製造及銷售的全部費用，4年之後取得全部股權，先付160,000元，之後17年內每年付25,000元。這新型排版印刷機器由James W. Paige設計，號稱可能取代傳統的印刷機，可以造就印刷界

的工業革命，馬克吐溫引進新的機器，成立新的出版公司，由他的外甥女婿Charles L. Webster主持，《赫克歷險記》就是這家韋氏出版公司印行的業務。但是，這家公司耗損嚴重，十年下來把馬克吐溫一生積蓄全部賠光，馬克吐溫把過錯都推到這個外甥女婿身上，Charles L. Webster四十歲英年早逝（1891年4月26日），馬克吐溫甚至拒絕參加喪禮。其實馬克吐溫很喜歡新科技，也很會投資理財，只是投資這種新式印刷排版機蝕了老本，債台高築。

1889年韋氏公司出版*A Connecticut Yankee in King Arthur's Court*（《亞瑟王朝的康州北佬》），描寫一個工業革命時代的美國北佬，透過時光隧道來到中世紀亞瑟王朝，教導圓桌武士使用現代工業科技，還要用民主政治取代封建制度。這部作品比科幻小說史上H. G. Wells（1866-1946）著名的時光旅行小說*Time Machine*（《時光機器》，1895）還要早六年[4]。這部小說諷刺亞瑟王朝貴族昏庸愚昧，讚美本土美國人機伶聰明，呼應馬克吐溫在《赫克歷險記》嘲諷貴族的一貫作風，也曾拍成笑鬧電影，由Whoopi Goldberg（琥碧歌柏）主演。

1890年55歲時母親逝世，享年90歲，奉母至孝的馬克吐溫十分傷心。岳母也相繼去世。三女Jean首次epilepsy（癲癇症）發作。56歲時因家庭財務吃緊，哈特福豪宅維持費用高昂，暫時關閉以節省開支，開始攜帶妻子及三個女兒旅居歐洲，往後十年大多旅居國外。

1892年為了妻子健康前往義大利佛羅倫斯，這一年他寫了《傻瓜威爾森》，講兩個孩子被掉包的故事，連載於1893年12月至1894年6月《世紀雜誌》，但只刊出原稿三分之二，另三分之一則是短篇小說〈一對怪異孿生兄弟〉。兩個故事合併之後於1894年出版*The Tragedy of*

---

4 陳漢平。〈馬克吐溫與高科技〉。《聯合報副刊》。2007年11月12日。http://udn.com。

*Pudd'nhead Wilson and the Comedy of Those Two Extraordinary Twins*
（《傻瓜威爾森的悲劇與一對怪異孿生兄弟的喜劇》）。這本小說寫
一個只有十六分之一黑人血統的女奴，生了一個只有三十二分之一的
黑人血統的男嬰，因此嬰兒皮膚與白人一樣白皙，而同年同月同日主
人家也出生了一位男嬰，爲了避免自己親生骨肉將來持續淪爲奴隸，
於是偷偷將自己嬰兒與主人家男嬰互換。兩個孩子長大成人後，在主
人家長大的兒子耳濡目染上流社會惡習，犯下謀殺案，在奴隸家長大
的兒子則經歷逆境的磨練，正直善良。謀殺案被一位稱爲傻瓜的威爾
森律師依據指紋偵破，才揭發這兩個人的身世，這個故事驗證後天環
境對人格養成的影響。

　　1894年馬克吐溫59歲時，經營十年的韋氏出版公司宣告倒閉，投
資研發多年的新型排版機血本無歸，耗盡畢生積蓄，還負債累累，馬
克吐溫遭受嚴重打擊。他的好友是Standard Oil（「標準石油公司」）
總裁，願意提供財務支援，他的書迷們也發起募捐，支票蜂擁而至，
但都被他拒絕。他始終不肯宣告破產逃避債務，因爲他堅持「文人的
名譽」是他的生命，他錢財上可以窮困，但「品德」上卻不可以損失
分毫。爲了籌款還債，他關閉了豪宅，搬到歐洲去住以節省開支，又
放下身段，拖著60歲垂垂老矣的身軀，展開巡迴美國各地及環球演
講，夜夜棲宿於異鄉旅館，足跡遍及太平洋西北部及澳洲、紐西蘭、
印度、錫蘭、南非等國，在印度時還遇見Mahatma Gandhi（聖雄甘
地）。三年之後63歲終於清償所有債務，馬克吐溫此一事蹟令全世界
爲之肅然起敬，至今仍然津津樂道爭相傳誦，畢竟他是禁得起大風大
浪、大起大落的人物，破產之後還可以東山再起，堪爲後世楷模。

　　1895年馬克吐溫終於完成了「聖女貞德」的故事*The Personal
Recollections of Joan of Arc*（《聖女貞德的個人回憶》），號稱是他
個人最喜歡的作品，他策劃了十多年，閱讀史料文獻，但一直因雜
事債務纏身而分心。有趣的是，這本書出版時卻未署名作者是馬克

吐溫，反而假借是一個侍從和秘書親眼目睹的經歷，由另一個人從法文譯爲英文，因此書名強調是「個人回憶」，當然這也是馬克吐溫的寫作策略。「聖女貞德」是一個出身農家的小女孩，百年戰爭（1337-1453）時率領六千民兵打敗英軍，拯救法國，然而這位民族英雄卻被誣賴爲女巫，慘遭火刑燒死，死時才19歲。數百年來文學家和歷史家爲她立碑、作傳、編劇、寫小說、拍電影，馬克吐溫憑其優越的想像力，添加虛構的情節，精心塑造他心目中的非凡角色，爲緬懷傳奇人物再添一筆。

爲了還債，馬克吐溫1897年出版了*Following the Equator*（《赤道環遊記》），記錄他在夏威夷、印度、錫蘭、非洲等地的所見所聞，但因債務纏身喪失雅興，沒有以往的閒情逸致，內容卻是揭露白人帝國主義掠奪殖民地的殘忍內幕，往後他的關懷重心轉向人道主義，反對帝國侵略剝削弱勢族群。馬克吐溫曾經環遊世界巡迴演講，雖然沒有到過中國，但心儀中國的山川秀麗與宅心仁厚，也與中國頗有淵源[5]，他長期關懷修築鐵路華工所受的不人道對待[6]，更在1900年11月23日於紐約博物館公共教育協會上發表演講，抨擊當時八國聯軍侵略中國及火燒圓明園，宣示其反帝國主義立場，因爲馬克吐溫是「美國反帝國主義聯盟」發起人之一，並於次年發表兩篇文章"To the Person Sitting in Darkness"（〈致黑暗中的人〉）及"To My Missionary Critics"（〈致傳教士評論家〉），強烈抨擊帝國主義的侵略[7]。

1900年他65歲由倫敦返回紐約定居，也受到媒體熱烈報導，這一年出版著名的短篇小說集*The Man that Corrupted Hadleyberg and Other Stories and Essays*（《敗壞海德里堡的人及其他故事與論說

5　鄧樹楨。《馬克吐溫的中國情結》（上下冊）。台北：天星，1999。

6　張錯。〈馬克吐溫與華工〉。《中國時報》1983.07.11。

7　Zwick, Jim. "Mark Twain and Imperialism." In *A Historical Guide to Mark Twain*. Ed. Shelley Fisher Fishkin. Oxford: Oxford UP, 2002. 227-55.

文》），這篇1899年寫的短篇小說〈敗壞海德里堡的人〉也是馬克吐溫的代表作，寫一位外鄉人來到海德里堡這個素以清高誠實而聞名的小鎮，卻受到羞辱，因此設下陷阱報仇，要破壞其名聲。他託人送來一大袋金幣，說是要酬謝曾經幫助過他的一位不知名鎮民，鎮民個個見錢眼開，紛紛編造謊言來爭奪金幣，人人撕下清高的面具，露出貪婪的真面目，到最後才發現這一袋金幣竟然只是鍍金的鉛塊，可是人人都已反目成仇，殘忍相待到無以復加的地步。這篇小說諷刺人性邪惡陰險，描繪得淋漓盡致，讀來大快人心，也成為馬克吐溫的代表作之一，深受讀者喜愛。此時他的寫作風格也逐漸蛻變，以往機智幽默的冷嘲熱諷，變成現在尖酸刻薄的破口謾罵。

1902年起，妻子Olivia的健康開始走下坡，他們搬到陽光充足的義大利，但她的病情未見好轉，終於在1904年與世長辭，享年59歲，結婚34個年頭的馬克吐溫當時69歲，悲痛欲絕，頓時失去生活重心。

1904年初馬克吐溫已經開始口述自傳，由秘書記錄，但因愛妻病逝而告中斷。1905年70歲時Theodore Roosevelt（羅斯福總統）邀請入白宮共進晚宴，著名的Harper出版公司也舉行盛宴，祝賀馬克吐溫七十壽辰，賓客眾多，冠蓋雲集。1906年繼續口述自傳，並約請好友Albert Bigelow Paine住到家裡，然而這位好友卻隻手遮天，隨意銷毀珍貴文獻、偽造面談訪問資料，實在愧對馬克吐溫對他的信任（見本書〈中譯導讀〉「馬克吐溫傳記」）。馬克吐溫口述自傳也不忘開玩笑，說他的後裔或繼承人膽敢在2006年前印行，就會被活活燒死；又在稿頁上寫道：任何人皆不得過目，2406年才可出版。

73歲時移居Redding, Connecticut（康乃迪克州瑞丁鎮）義大利別墅式的新寓所Stormfield，也是其最後寓所。馬克吐溫晚年時妻女相繼病逝（長女Susy腦膜炎猝死、妻子病逝義大利、三女Jean癲癇症發作溺斃浴缸），次女Clara又經常不在身邊，自己也常困於支氣管炎和心絞痛，心情大受打擊，人也變得消極悲觀，寫作風格也為之大變，

對the damned human race（該死的人類）絕望透頂，只喜歡the human individual（少數的個人）。

　　馬克吐溫誕生的那一年Halley's Comet（哈雷彗星）掃過地球邊緣，75年後（1910）哈雷彗星再度經過時，他說可能會隨之離去，果然於4月21日因狹心症逝世，安葬在紐約州Elmira的家族墓園。

# 馬克吐溫年表

| 1835年 | 0歲 | 11月30日出生於美國中西部Missouri（密蘇里州）的Florida（佛羅里達），排行第六，早產兩個月，體弱多病，原名為Samuel Langhorne Clemens。父親John Marshall Clemens，母親Jane Lampton，父親經營一家鄉下雜貨店。 |
|---|---|---|
| 1837年 | 2歲 | 小弟Henry出生。 |
| 1839年 | 4歲 | 二姊Margaret去世。全家遷居至密西西比河畔的Hannibal（漢尼拔），當時全鎮人口只有450人。 |
| 1841年 | 6歲 | 父親擔任巡迴審判法庭的陪審員時，曾經判決abolitionists（廢奴主義者）入監牢。 |
| 1842年 | 7歲 | 三哥Benjamin去世。大哥Orion搬到聖路易市（St. Louis）。開始每年到姨丈家的農場Quarles Farm過夏天，直到12歲時父親去世為止。 |
| 1843年 | 8歲 | 父親被選為地方Justice of the Peace（治安法官），負責審理小案件，收入微薄。 |
| 1846年 | 11歲 | 因父親友人背信忘義借款不還，家中債台高築，全家搬到當地藥劑師家裡，以供應三餐交換房租。 |
| 1847年 | 12歲 | 父親獲選檢驗法庭書記官，前往宣誓就職之日回程遇暴風雪，遭受風寒而死於肺炎，全家陷入經濟困境。開始在印刷廠當學徒，並在雜貨店、書店、藥房打工，幫忙維持家計。 |
| 1848年 | 13歲 | 中途輟學，進入當地*Missouri Courier*（《密蘇里信使報》）印刷廠當了兩年排版工人。 |
| 1850年 | 15歲 | 大哥Orion買下的報社*Western Union*（《西部聯合報》），往後兩年協助大哥新聞編務，並撰寫一些輕鬆小品。 |
| 1851年 | 16歲 | 大哥Orion貸款購併*Hannibal Journal*（《漢尼拔日報》），以促使報紙發行量大幅成長，然而銷售成績仍不足以維持一家生計。 |

| | | |
|---|---|---|
| 1852年 | 17歲 | 發表處女作 "The Dandy Frightening the Squatter"（〈紈綺子嚇唬霸占者〉）於波士頓的幽默周刊 *Carpet-Bag*（《氈製旅行包》）。使用第一個筆名W. Epaminondas Adrastus Perkins。 |
| 1853年 | 18歲 | 離開漢尼拔村，先後在聖路易、費城、紐約、辛辛那提等城市的幾家報社印刷廠工作，當按日或論件計酬的journeyman printer（走路印刷工）。加入工會，夜間在圖書室大量閱讀自我進修，偶爾也為大哥的報社撰寫旅遊文章。 |
| 1855年 | 20歲 | 住在聖路易，往返於Hannibal與Keokuk, Iowa（愛荷華州克伊奧卡克鎮）之間。 |
| 1856年 | 21歲 | 發表生平第一場公開演講於Keokuk印刷界餐會上。為*Keokuk Daily Post*（《克伊奧卡克每日郵報》）撰寫Thomas Jefferson Snodgrass letters專欄，這是他第二個筆名。某一個夏日晚上偶然閱讀到一本關於Amazon River（亞馬遜河）的遊記，深受吸引，決定前往探險。 |
| 1857年 | 22歲 | 坐著蒸汽輪船*Paul Jones*（「保羅瓊斯號」），來到New Orleans（紐奧爾良）港口，夢想登上遠洋船，到中南美洲做生意，到亞馬遜河地區探險，但紐奧爾良沒有船開往巴西。不過，他卻因此結識蒸汽輪船領航員Horace Bixby，跟他學習領航技術兩年，嘗試成為河上的「輪船領航員」（riverboat pilot）。 |
| 1858年 | 23歲 | 受訓期間幫助弟弟Henry在蒸汽輪船*Pennsylvania*（「賓夕法尼亞號」）上謀到一份差事，弟弟卻在6月不幸因船上鍋爐爆炸而遇難去世，馬克吐溫為此深深自責。 |
| 1859年 | 24歲 | 取得正式領航員執照，開始擔任從小夢寐以求的工作，一償童年夙願，在密西西比河當了四年風風光光的領航員，收入也大為增加。 |
| 1861年 | 26歲 | 南北戰爭爆發，密西西比河輪船營運中止，離開領航員工作，因密蘇里州為蓄奴州，所以加入南軍的Confederate（邦聯），為期只有兩周左右。大哥Orion赴內華達州擔任州長秘書，馬克吐溫因熱中淘金夢而前往，但未致富。他和大哥坐了兩周的驛馬車，跋涉穿越Great Plains（大平原）和Rocky Mountains（洛磯山脈）的艱苦旅程，成為往後*Roughing It*（《苦行記》）題材。 |

| 1862年 | 27歲 | 淘金夢碎之餘，擔任當地報社特派員，撰寫礦區趣聞軼事。 |
|---|---|---|
| 1863年 | 28歲 | 持續在報紙發表文章，文章大多取材自礦區，將其聽到的各種趣聞寫成幽默小品。首次以Mark Twain（「馬克吐溫」）為筆名，Mark Twain為領航員術語，原意為「兩噚深」，即12呎深，表示船隻可以安全行駛的河水深度，也是領航員駕小船在前面在引導大船通過沙洲水域時叫喚的口令。 |
| 1865年 | 30歲 | 在紐約*Saturday Press*（《星期六週報》）發表成名作短篇小說 "Jim Smiley and His Jumping Frog"（〈吉姆史邁利與其跳蛙〉），深獲好評，各處紛紛轉載，一時聲名大噪。 |
| 1866年 | 31歲 | 前往舊金山，擔任加州報社特派通訊員，應邀赴夏威夷旅行四個月，寫遊記發表於*Sacramento Union*（《沙加緬度聯合報》），從此開始撰述旅遊記聞書信專欄，並於舊金山發表第一場職業演講。 |
| 1867年 | 32歲 | 應出版公司之約撰寫一本遊歷歐洲的書，搭乘郵輪*Quaker City*（《貴格城號》）前往歐洲地中海及中東聖地旅遊五個月。在遊輪上結識未來妻子Olivia的哥哥Charles Langdon。於紐約出版第一本書*The Celebrated Jumping Frog of Calaveras County, and Other Sketches*（《卡拉維拉斯郡著名的跳蛙和其他隨筆》）短篇小說集。 |
| 1868年 | 33歲 | 開始追求Olivia，與之同赴Dickens（狄更斯）朗讀會。展開國內巡迴演講。 |
| 1869年 | 34歲 | 將從事特派通訊員期間所寫的文章，編選成*Innocents Abroad*（《傻子放洋記》），出版後大為暢銷，年銷售量高達10萬多冊。與Olivia訂婚，透過岳父Jervis Langdon的支持，買下*Buffalo Express*（《水牛城快報》）股權，成為知名報社老闆。巡迴演講遍布東部及中西部，來到波士頓演講時，結識當年文壇盟主的著名刊物*Atlantic Monthly*（《大西洋月刊》）主編William Dean Howells，受其賞識與提攜，成為莫逆之交達40年之久。透過Olivia關係，認識著名的《黑奴籲天錄》作者Harriet Beecher Stowe（史托夫人），及《奴隸自述》作者Frederick Douglass，開始同情黑人地位，關心黑人人權。 |

| 1870年 | 35歲 | 2月2日與Olivia結婚，婚後住在Buffalo, New York（紐約州水牛城）。同年11月長子Langdon（以岳父之名命名）早產出生，體弱多病。 |
|---|---|---|
| 1871年 | 36歲 | 全家移居Hartford, Connecticut（康乃迪克州哈特福），利用暢銷書的收入及岳父的資助，開始規劃建造名建築師設計的豪宅。 |
| 1872年 | 37歲 | 出版Roughing It，記述早年闖蕩西部時的艱苦漫長歲月。長女Susy出生。長子藍頓罹患diphtheria（白喉症）夭折，只活了19個月。岳父因癌症去世。首度赴英旅行。 |
| 1873年 | 38歲 | 與鄰居作家Charles Dudley Warner合著*The Gilded Age*（《鍍金時代》），諷刺當時金融界與政治界的腐敗，成為美國歷史上一個特別年代的代表作。再度赴英，於倫敦演講。 |
| 1874年 | 39歲 | 搬進豪宅，成為文人雅士絡繹往來的聚會所，也是今日*Mark Twain House*（「馬克吐溫紀念館」）所在地，馬克吐溫在此度過其一生最幸福而多產的歲月，1874-1891年。次女Clara出生。開始撰寫*The Adventures of Tom Sawyer*（《湯姆歷險記》），並把《鍍金時代》改編劇本在紐約上演，演出大獲成功。 |
| 1875年 | 40歲 | 發表 "Old Times on the Mississippi"（〈密西西比河上昔日時光〉）於*Atlantic Monthly*（《大西洋月刊》）。 |
| 1876年 | 41歲 | 出版《湯姆歷險記》，書中重溫童年舊夢，十分暢銷，奠定他在美國文壇地位。夏天開始撰寫*Adventures of Huckleberry Finn*（《赫克歷險記》）。 |
| 1877年 | 42歲 | 12月17日於波士頓惠提爾七十壽慶餐會上發表其著名的演講，抨擊當時文人雅士的genteel tradition（「斯文傳統」）文化，得罪Emerson、Holmes、Longfellow等文壇知名人士。 |
| 1878年 | 43歲 | 前往歐洲旅行，為撰寫旅遊新書收集材料。 |
| 1879年 | 44歲 | 在芝加哥舉辦頌揚General Grant（格蘭將軍）的晚宴上演講，他是美國南北戰爭時北方聯邦軍隊總司令，戰後擔任美國總統（1869-1877），是馬克吐溫多年好友，6年後為他出版回憶錄。 |

| | | |
|---|---|---|
| 1880年 | 45歲 | 出版*A Tramp Abroad*（《流浪漢放洋記》）。三女Jane（又稱Jean）出生。 |
| 1881年 | 46歲 | 出版*The Prince and the Pauper*（《王子與乞丐》）。開始投資新型排版印刷機器Paige Compositor。 |
| 1882年 | 47歲 | 重遊密西西比河流域，由聖路易一路遊到紐奧爾良，為《大西洋月刊》繼續撰寫密西西比河系列文章，準備出版成書。 |
| 1883年 | 48歲 | 出版*Life on the Mississippi*（《密西西比河河上生涯》）。 |
| 1884年 | 49歲 | 與George Washington Cable展開巡迴演講。與外甥女婿Charles L. Webster籌備合開Webster & Co.（韋氏出版公司），以便掌握自己作品的出版事宜，並計畫出版格蘭將軍回憶錄。《赫克歷險記》部分章節在*Century Magazine*（《世紀雜誌》）連載，年底於英國出版。 |
| 1885年 | 50歲 | 韋氏公司正式成立，立刻於2月出版《赫克歷險記》。3月Concord, MA（麻州康考德）的公立圖書館委員會發表聲明，此書不得列入館藏，接著有紐約市立圖書館等單位紛紛跟進。儘管如此，5月時該書已售出51,000本。再度走訪故鄉漢尼拔。巡迴演講時遇見全美第一批就讀耶魯大學的黑人學生，開始資助Warner T. McGuinn上法學院。12月韋氏公司出版格蘭將軍回憶錄，收益極高，使其家族免於破產，也使馬克吐溫深信自己具有投資天分。 |
| 1886年 | 51歲 | 罹患慢性風濕。買下Paige Compositor公司一半股權，答應承擔廠房機器製造及銷售的全部費用。 |
| 1888年 | 53歲 | 獲頒耶魯大學Master of Arts（文學碩士）榮譽學位。 |
| 1889年 | 54歲 | 韋氏公司出版*A Connecticut Yankee in King Arthur's Court*（《亞瑟王朝的康州北佬》）。取得Paige Compositor公司全部股權，先付160,000元，之後17年內每年付25,000元。 |
| 1890年 | 55歲 | 10月母親逝世，享年90歲。岳母也相繼去世。三女Jean首次epilepsy（癲癇症）發作。 |
| 1891年 | 56歲 | 因家庭財務吃緊，哈特福豪宅維持費用高昂，暫時關閉以節省開支，攜帶妻子及三個女兒旅居歐洲，為了妻子健康前往義大利佛羅倫斯，往後10年大多旅居國外。 |

| | | |
|---|---|---|
| 1893年 | 58歲 | 出版*The 1,000,000 Bank-Note and Other New Stories*（《百萬英鎊鈔票及其他新故事》）。Standard Oil（「標準石油公司」）總裁提供財務支援。 |
| 1894年 | 59歲 | *Tom Sawyer Abroad*（《湯姆海外遊記》）由韋氏公司出版。經營10年的韋氏出版公司宣告倒閉，投資研發多年的排版機也血本無歸，遭受嚴重打擊。但他始終不肯宣布破產，為了償還債務，開始巡迴美國各地演講。*The Tragedy of Pudd'nhead Wilson and the Comedy of Those Two Extraordinary Twins*（《傻瓜威爾森的悲劇與一對怪異孿生兄弟的喜劇》）由美國出版公司出版。 |
| 1895年 | 60歲 | 7月起展開環球演講計畫，以籌款償還債務，足跡遍及太平洋西北部及澳洲、紐西蘭、印度、錫蘭、南非等國，在印度時遇見Mahatma Gandhi（聖雄甘地）。出版*The Personal Recollections of Joan of Arc*（《聖女貞德的個人回憶》）。 |
| 1896年 | 61歲 | 長女Susy因腦膜炎猝死於哈特福，當時馬克吐溫及妻子正在英國。*Tom Sawyer the Detective*（《湯姆莎耶偵探》）由Harper公司出版。 |
| 1897年 | 62歲 | 出版論文集*How to Tell a Story and Other Essays*（《說故事的方法及其他論說文》）、演講集*Following the Equator*（《赤道環遊記》）。 |
| 1898年 | 63歲 | 6月「美國反帝國主義聯盟」成立，馬克吐溫為發起人之一。11月償清所有的債務。寫了一齣喜劇*Is He Dead? A Play in Three Acts*（《他死了嗎？》），但生前從未公開也未出版。 |
| 1899年 | 64歲 | 在奧地利維也納時，結識當地一些藝術家及知識分子，其中包括心理學大師Sigmund Freud（佛洛依德）。 |
| 1900年 | 65歲 | 出版*The Man that Corrupted Hadleyburg and Other Stories and Essays*（《敗壞海德里堡的人及其他故事與論說文》）。10月由倫敦返回紐約居住，受到媒體熱烈報導。11月23日在紐約博物館公共教育協會上發表演講，抨擊當時八國聯軍侵略中國及火燒圓明園，宣示其反帝國主義立場。 |

| 1901年 | 66歲 | 獲頒耶魯大學Doctor of Letters（文學博士）榮譽學位。於 *North American Review*（《北美評論》）發表政論文章 "To the Person Sitting in Darkness"（〈致黑暗中的人〉）及 "To My Missionary Critics"（〈致傳教士評論家〉），強烈抨擊帝國主義的侵略。擔任紐約「美國反帝國主義聯盟」副會長。 |
| --- | --- | --- |
| 1902年 | 67歲 | 出版 *A Double Barrelled Detective Story*（《一個雙重偵探的故事》）。最後一次重返故鄉漢尼拔村。獲頒密蘇里大學榮譽學位。 |
| 1903年 | 68歲 | 陪同妻子赴義大利養病。 |
| 1904年 | 69歲 | 年初開始對秘書口述自傳，6月妻子病逝於義大利佛羅倫斯，口述自傳中斷。三女Jean癲癇症經常發作。二女Clara進療養院。 |
| 1905年 | 70歲 | 應邀與Theodore Roosevelt（羅斯福總統）在白宮共進晚宴。Harper出版公司舉行盛宴祝賀馬克吐溫七十壽辰，賓客眾多，冠蓋雲集。 |
| 1906年 | 71歲 | 正式約請好友Albert Bigelow Paine住進家裡，為其作傳記，繼續口述自傳。 |
| 1907年 | 72歲 | 出版 *Christian Science*（《基督徒科學》）。最後一次橫渡大西洋，接受牛津大學授予的文學博士榮譽學位，英王愛德華二世在溫莎古堡設宴款待。 |
| 1908年 | 73歲 | 移居Redding, Connecticut（康乃迪克州瑞丁），住進義大利別墅式的新寓所Stormfield，也是其最後寓所。 |
| 1909年 | 74歲 | 被診斷出心臟病。二女Clara嫁給鋼琴家，兩人前往歐洲旅行。三女Jean癲癇症去世。與一群仰慕他的年輕女孩，他稱之為angelfish（「天使魚」），組一社團Aquarium（「水族館」）。 |
| 1910年 | 75歲 | 最後一次前往百慕達旅行。健康開始惡化，4月21日因狹心症逝世，安葬在紐約州Elmira的Woodlawn Cemetery，與其妻子、兒子，及兩個女兒合葬在其家族墓園。 |

# 中譯導讀

　　儘管市面上充斥馬克吐溫作品，琳琅滿目良莠不齊，高低深淺各自有其預設讀者，但本譯注計畫目的在於結合學術研究與專業翻譯，將殿堂文學經典大眾化、平民化、普及化，同時也將通俗文化的大眾品味導向經典化，在學術殿堂菁英與芸芸眾生庶民之間的鴻溝上架起橋梁，藉以提升全民閱讀水準，增進個人人文素養，同時也為有志於閱讀西洋文學經典原著的初學者指點迷津。其實經典作品並沒有那麼嚴肅，讀起來也可以很輕鬆，當今的經典作品很多都是當年的通俗或前衛作品。多讀經典就會了解為什麼有些作品禁得起時代考驗，能夠歷久彌新，而且薪火相傳代代傳承下去，發揮「文學反映人生，文學照亮人生」的啟蒙作用，譬如莎士比亞歷經四百多年來的聲譽始終維持不墜，因為他對人性與人生詮釋透徹，贏得古今中外讀者的認同與激賞。

　　馬克吐溫可能是國內最受歡迎的美國作家，無人不知無人不曉，《赫克歷險記》是他最膾炙人口的代表作，但一般社會大眾對其印象僅止於兒童文學而已，不明白這本通俗暢銷書為何能夠鯉魚躍龍門，突然躍升為美國文學主流的一等經典。本導讀深入淺出，讓社會大眾了解學術界如何看待這部美國人民引以為豪的作品，討論其「邊緣文學主流化」的現象，從「禁書」過渡到學術界「經典」的歷程。

　　《赫克歷險記》是美國文學的里程碑，是第一部純然以美國本土文化及方言為背景的美式幽默傑作，走出英國文學傳統的陰影，創造

美國文學的獨立革命，海明威曾說："All American literature begins with a book called *Huckleberry Finn*."（「全部美國文學始於《赫克歷險記》一書」）[1]。這本小說表面上是一個無家可歸叛逆男孩離鄉背井四處流浪的故事，實際上是深入美國社會各階層文化的cultural critique（文化批判）或ideology critique（意識型態批判），以南北戰爭前密西西比河沿岸鄉鎮村莊為縮影。以一個半文盲14歲男孩的另類角度，旁觀成人的世故世界，運用irony（反諷）手法間接暴露其價值觀的荒謬虛偽，對人性的剖析諷刺尤其深入。馬克吐溫最大的成就是，開創嶄新的敘事策略與文字風格，其技巧向來為諸多小說理論家大力讚揚，以14歲男孩第一人稱敘事觀點，運用半文盲非常有限的字彙，在極為局限的範圍之內大耍關刀，拿捏分寸，寫出美國文學中最優美的詩意散文，展現幽默大師處處戲謔的效果。

此書跨界多種不同閱讀領域：兒童文學、諷刺文學、旅行文學、成長文學等等。兒童讀者讀取其捉弄大人自得其樂的趣味；成年讀者享受其重溫舊夢與創意想像；社會民眾附議其顛覆體制與影射時局；研究學者則鑽研其主題結構與技巧典故。作者浪跡天涯閱歷豐富，對世界文化認識廣博，對祖國同胞愛之深責之切，本書也可從比較文學方向切入，或從意識型態論述與文化批判的角度加以觀察。

《赫克歷險記》於1885年出版時曾引起美國文壇譁然，衛道人士與公立圖書館紛紛公然抵制查禁，嫌其言語低俗、充滿種族歧視、誤導青少年離經叛道、凸顯white trash（白人垃圾）的負面印象、間接肯定黑奴是noble savage（高貴野蠻人）。所幸真金不怕火煉，經典畢竟禁得起時代考驗而傳承下來，125年以來該書地位逐年攀升，歷代知名作家與研究學者紛紛為該書正言，注入活水，使之成為世界文學中少數老少咸宜雅俗共賞的作品。

---

1　Hemingway, Ernest. *Green Hills of Africa*. New York: Scribners, 1936.

## 《赫克歷險記》被查禁的理由

馬克吐溫的《赫克歷險記》於1885年2月出版，3月就被Concord Public Library, MA（麻州康考德公立圖書館）委員會排除在館藏之外，據*Boston Transcript*（《波士頓文摘》）報導，該委員會認定「這本書幽默很少，而且是一種非常粗俗的幽默，……全然的垃圾，……粗糙、庸俗、毫不優雅，處理一系列不崇高的經驗，整本書比較適合低賤貧民，而非睿智體面人士」[2]。紐約及波士頓的市立圖書館和其他單位也紛紛跟進，說詞不外乎言語粗俗、不登大雅之堂、教壞年輕人等。

馬克吐溫得知這個消息一時很憤怒，立刻寫了一段反擊文字，本來要公開發表，但被友人勸阻，那段文字說《赫克歷險記》肯定會因此而賣到25,000本，沒想到第一個月就賣了39,000本。據英國劍橋大學2007年出版的*The Cambridge Introduction to Mark Twain*所言，《赫克歷險記》於1990年代全世界就已經出版了2,000萬本以上[3]，而且是每年都在增加。實際上全世界各大學都陸續採用作為美國文學教材，到目前為止總銷售量時時刻刻都在增加，很難精準估計數量。

在這本書裡馬克吐溫真的把白人與黑人讀者同時都給得罪了，白人被描寫成「白人垃圾」，nigger（「黑鬼」）一詞充斥全書觸犯禁忌（出現219次之多）。時至今日，經過知名學者與作家多年來的捍衛，已經成為美國本土文學的曠世經典，當年的缺點和詬病，現在都變成優點與特色。

馬克吐溫50歲時出版《赫克歷險記》，距離他75歲去世的25年之

---

2　"contains but little humor, and that of a very coarse type... the veriest trash... rough, coarse, inelegant, dealing with a series of experiences not elevating, the whole book being more suited to the slums than to intelligent, respectable people."

3　Messent, Peter B., ed. *The Cambridge Introduction to Mark Twain.* Cambridge: Cambridge UP, 2007. 489-90.

間，這部作品飽受抨擊，雖然不至於抑鬱以終，但多少也含冤莫白，如今被奉爲經典，馬克吐溫地下有知差可安慰。不過，以馬克吐溫豁達開朗的個性，應該不會在意這件事。

馬克吐溫的一生充滿傳奇色彩，《赫克歷險記》書裡書外也都有戲劇性故事，足以見證文學史的有趣現象，興衰消長不足爲奇，好的作品禁得起時代考驗。不過，大家還是禁不住扼腕嘆息，如果《赫克歷險記》沒有被衛道人士抵制，馬克吐溫很可能還會繼續寫出第三、第四部更有趣的青少年歷險小說，大家最喜歡的也是他這種重溫童年舊夢、回味年少猖狂的小說：捉弄大人、陽奉陰違、挑戰紀律、抗議懲罰、暴露大人世界的迷思與矛盾。

### 《赫克歷險記》有續集嗎？

《赫克歷險記》最後結尾時赫克說，他還想再蹺頭到印地安保留區去闖一闖，事實上馬克吐溫也接著寫了 *Huck Finn and Tom Sawyer among the Indians*（《赫克與湯姆印地安歷險記》），只是才寫了不到一百頁就束之高閣，1989年柏克萊加州大學整理馬克吐溫手稿，把這篇和其他未完成作品集結出版成書：*Huck Finn and Tom Sawyer among the Indians and other Unfinished Stories*。我個人買了這本書，仔仔細細讀了這篇，努力把它和《赫克歷險記》比較，但覺空留遺憾，不過回頭一想，要是馬克吐溫把它寫完，印地安人就要抗議了，因爲這第三部作品呈現的印地安人形象實在不太好：野蠻、暴力、威脅、不文明。整體而言，這三部歷險記都是從「孩童」觀點看印地安人，不能代表馬克吐溫個人的立場，可能是當時當地小孩子們一路被嚇唬長大的緣故。長久以來，黑人讀者及學者一直在抗議《赫克歷險記》充滿種族歧視，但我覺得真正該抗議的應該是印地安人，可惜他們是少數族裔邊緣社群，無法發聲澄清他們被誤解的事實，美國早期文學中有許多所謂的Indian captivity narratives（殖民時期白人被印地

安人俘虜去而又劫後歸來的經驗敘述，以Mary Rolandson為代表），我們今天從印地安原住民文學中得知，其實他們一向是個愛好和平、反對戰爭、善用環境資源、與自然和諧共存的民族，有別於一般社會大眾迷思，誤認他們驍勇善戰、剝人頭皮，事實上種族之間的誤解摩擦，基本上都是出自於生存競爭和弱肉強食。

值得一提的是，《湯姆歷險記》的英文書名有定冠詞The，表示僅此一部，而《赫克歷險記》的英文書名沒有定冠詞The，表示不只這一部，可能還會有續集，馬克吐溫寫赫克一連串歷險寫得得心應手，這也是手稿重見天日之後的新發現。

## 從「禁書」到「經典」的歷程

馬克吐溫是美國最膾炙人口的暢銷通俗作家，他的幽默機智和冷嘲熱諷永遠為大家津津樂道，《赫克歷險記》從當年的「禁書」，到如今躍登「經典」之林，馬克吐溫作夢也不會想到有這麼一天。

關於「經典」（classic），馬克吐溫也說過很有名的笑話，很符合他的筆調："A classic is something that everybody wants to have read and nobody wants to read."（「經典就是每一個人都希望讀過，但卻沒有人想讀的東西。」）[4]他也曾經嘲弄地說，所謂「經典」就是"a book which people praise and don't read"（「大家都稱讚卻從來不讀的一本書」）[5]。曾幾何時，他的作品居然也成了文學經典。Michael Patrick Hearn在*The Annotated Huckleberry Finn*的「序論」中斬釘截鐵地說，如今《赫克歷險記》已經是 "a classic which is both praised and still read"（「既稱讚又愛讀的一本經典」）。Hearn指稱，美國文學有

---

4 出自馬克吐溫1900年11月20日發表的演講"The Disappearance of Literature"（〈文學的消失〉），收錄於*Mark Twain's Speeches*. Ed. Albert Bigelow Paine, 1923。

5 語出"Pudd'nhead Wilson's Calendar," Chapter 25, *Following the Equator,* 1897（《赤道環遊記》第二十五章〈傻瓜威爾森的曆書〉）。

史以來沒有一本書遭遇這樣矛盾的經歷：既是文學經典傑作，又是種族歧視垃圾；既是推薦給孩子們的禮物書，又被排除於圖書館的兒童讀物書架；既是國內外大學課程的指定教材，又不列入中小學閱讀書單。一百多年來，《赫克歷險記》依然是大家既愛又恨、最具爭議性的一本書（xviii-xiv）。

《赫克歷險記》在文學史上的地位極富傳奇性，先被打入冷宮，攻擊得體無完膚，後又扶為正室，吹捧得如日中天。歷盡滄桑125年之後，當年避之唯恐不及的「禁書」，現在已被公認為美國文學中數一數二的「經典」。正如同馬克吐溫人生際遇的大起大落，先是白手起家，後又晉身顯貴，接著投資失敗，但拒絕宣告破產，藉著巡迴世界演講，終於清償債務，然後又東山再起。世界文學中有很多經典作品都遭遇過起起落落，從馬克吐溫和《赫克歷險記》的起落消長，可以印證文學界"shift of paradigms"（「典律更替」）的現象。

「典律更替」影響很大，但往往與作品的價值不成正比，梵谷的畫作現在是全世界最高價的，但他生前卻一幅畫也沒賣出去，窮苦潦倒了一輩子。「典律更替」現象很有趣也很不可思議，我教了多年美國文學之後，觀察到三組作家的文壇聲譽有著極為奧妙「互為消長」現象。第一，*Uncle Tom's Cabin*（《黑奴籲天錄》，1852）當年在美國銷售量僅次於《聖經》，作者Harriet Beecher Stowe（史托夫人，1811-1896）獲林肯總統推崇[6]，促成南北戰爭黑奴解放，也算是一本改變歷史的書，但是當Frederick Douglass字字血淚的*Narrative of the Life of Frederick Douglass, an American Slave, Written by Himself*（《奴隸自述》）問世，黑人文學崛起當道之時，*Uncle Tom's Cabin*的地位一落千丈，被貶為白人觀點的刻板形象，還好最近重新獲得平

---

6　林肯總統見到作者身材嬌小的史托夫人時，說了一句傳誦多年的話："So you're the little woman who wrote the book that made this great war!"（「原來妳就是那位嬌小的女人寫了一本書引起這場大戰！」）

反。第二，馬克吐溫當年幽默風趣紅極一時，同時代的Henry James
（亨利詹姆斯，1843-1916）睿智深沉，卻完全無人賞識，還被美國民
眾嫌棄，說他瞧不起自己同胞，過度重視歐洲輕視美國，因為他語重
心長的批判美國膚淺文化，當年沒人看得懂，難怪他臨死之前憤而歸
化為英國籍。第三，海明威生前享盡榮華富貴名利雙收，但女性主義
興起之後，他變成了男性沙文主義者，反而是福克納後來居上，被封
為當今小說語言和技巧的創新楷模。

　　19世紀後葉美國文壇三位年齡相近的文學大師鼎足而立：馬克吐
溫、亨利詹姆斯、William Dean Howells（豪爾思，1837-1920）。豪爾
思是當年舉足輕重的文壇盟主，著作有兩百多部，聲望遙遙領先，只
是不知為什麼，後來鋒芒完全被另兩位大師掩蓋，他曾稱頌馬克吐溫
為"the Lincoln of American literature"（「美國文學中的林肯」），林肯
是美國第一位平民總統，馬克吐溫則是第一位平民作家。馬克吐溫和
亨利詹姆斯兩位大師都在20世紀中期開始如日中天，近幾年來亨利詹
姆斯的小說一部接一部被改編成極有水準的精緻電影，如*Daisy Miller*
（《黛絲米勒》，1878）、*The Portrait of a Lady*（《一位女士的畫
像》，市面譯為《妮可基嫚之風情萬種》，1881）、*The Bostonians*
（《波士頓人》，1886）、*The Wings of the Dove*（《白鴿之翼》，市
面譯為《慾望之翼》，1902）、*The Golden Bowl*（《鑲嵌金碗》，市
面譯為《金色情挑》，1904）等，顯示美國民眾的文化水準終於提升
到可以欣賞他那圓熟世故的程度。

　　世界文學經典作品歷盡滄桑從「邊緣」到「主流」的例子屢見
不鮮，主要是因為經典的條件游移不定，隨著不同時代社會的藝術價
值觀而搖擺起伏，完全沒有一個放諸四海皆準的衡量標準，「昨是今
非」或「昨非今是」難以捉摸，前世的「前衛」作品被後世翻案平反
的例子比比皆是。

　　1940年代起《赫克歷險記》開始進入美國學術界academic canon

（經典行列），這背後有很複雜的因素，也頗具爭議性，目前雖已近乎「蓋棺論定」，仍有少數人認為《赫克歷險記》固然傑出，但還沒有達到一等一的地步，也有學者指出其中有hyper-canonization（過度經典化）的狀況，有些詮釋幾乎是不分青紅皂白的盲目崇拜，有些則穿鑿附會斷章取義。的確，《赫克歷險記》需要re-accentuation（重新定位），它在文學史上的價值今非昔比，但經典的定義標準絕非獨一無二，不能死守一套放諸四海而皆準的定律，應該納入作品的時代背景、歷史意義、藝術創意、文學成就、人心向背、典律更替等各方條件，所謂「天時、地利、人和」。《赫克歷險記》有其特色，也有其瑕疵，絕非完美，只能說是瑕不掩瑜。

　　《赫克歷險記》從當年的「禁書」，到如今躍登「經典」之林，是好幾位大師作家和知名學者力挺的結果，第一位慧眼識英雄的當然是他多年好友William Dean Howells[7]，接著有海明威、福克納、Lionel Trilling[8]、T. S. Eliot[9]、Leo Marx[10]、Ralph Ellison[11]、Toni Morrison[12]等等。其中T. S. Eliot是1948年諾貝爾獎得主，Toni Morrison是1993年諾貝爾獎得主，有了行家的「加持」當然不同凡響。

---

7　*My Mark Twain: Reminiscences and Criticisms*. Ed. Marilyn Austin Baldwin. Baton Rouge: Louisiana State UP, 1967.

8　Introduction. *The Adventures of Huckleberry Finn*. New York: Rinehart, 1948. v-xviii.

9　Introduction. *The Adventures of Huckleberry Finn*. London: Cresset P, 1950. Rpt. *Adventures of Huckleberry Finn*, 3rd Norton Critical Edition. Ed. Thomas Cooley. New York: Norton, 1999. 348-54.

10　"Mr. Eliot, Mr. Trilling, and *Huckleberry Finn*." *American Scholar* 22（1953）: 423-40.

11　*Shadow and Act*. New York: Random House, 1953.

12　Introduction. *Adventures of Huckleberry Finn*. The Oxford Mark Twain. Ed. Shelley Fisher Fishkin. Oxford: Oxford UP, 1996. xxxi-xli.

## 筆名「馬克吐溫」的由來

馬克吐溫在密西西比河河岸的小鎮出生長大，從小看著大型的riverboat（江輪）或steamboat（蒸汽輪船）南下北上來往頻繁，是當地不可或缺的交通運輸工具，但是密西西比河流域廣闊，泥沙淤積嚴重，大大小小沙洲很多，每次下大雨或洪水氾濫之後，河道就會大幅改變，大型輪船在通過危險水域時，很容易擱淺沙洲，必須由一位當地的、熟悉水域的、領有執照的riverboat pilot（江輪領航員），在前面駕著小船協助指引水道，大型輪船完全聽命於這艘小船，叫它向左它不敢向右，馬克吐溫他們一夥小孩子覺得幹這種領航員真是神氣極了、非常有權威，而且薪水很高，個個立志將來要當領航員。馬克吐溫長大之後因緣際會認識一位資深領航員Horace Bixby，拜師學藝，果然如願以償取得一張執照，連受訓在內總共當了四年領航員。可惜1961年南北戰爭爆發，密西西比河輪船營運被迫中止，不得不離開這個風光又高薪的領航員工作。

在大型輪船前面駕著小船的領航員，利用專業工具sounding（測錘），一根十呎或十二呎的長桿探測器，沉入水中探測河水深度及安全水域，以免輪船擱淺沙洲，然後對著輪船大喊："Mark three-and-a-half!"（「標示三噚半！」）或"By the mark four!"（「標示四噚深！」），表示可以安全通過的水深。測量水深的單位名詞是fathom（噚），一噚為6呎深，相當於一百八十多公分。馬克吐溫筆名裡Mark是「標示」的意思，是個動詞，Twain是two的諧音（類似我們區分1、0、7為么、洞、拐），Mark Twain指的是"Mark two fathoms deep!"（「標示兩噚深！」），這是危險河水深度的臨界點，當前面小船領航員緊急大叫「兩噚深」的響亮口令時，輪船舵手就要當心了，要努力迴避以免擱淺。

馬克吐溫終其一生都非常懷念這四年擔任領航員的歲月，認為

那是他活得最充實、最有價值、最能掌控自我的日子，《湯姆歷險記》、《赫克歷險記》、《密西西比河河上生涯》三本書中，處處可見馬克吐溫對河道深淺與水流緩急瞭若指掌，尤其是《赫克歷險記》經常引用領航員專業術語，化爲metaphor（譬喻）和allusion（典故），在商言商，內行人讀來十分窩心。他在擔任領航員時期南來北往，見識三教九流形形色色人等，聽過光怪陸離的故事，如家族世仇、筏伕生涯等。在《赫克歷險記》第五章結束時，馬克吐溫就引用了這個領航員行家術語「測錘」，比喻老爹把年輕法官家裡的客房搞得一塌糊塗，非要用「測錘」才能下手整理。

這是他第三個筆名，但跟定他一輩子，甚至比他本名更響亮。他喜歡用筆名，因爲他的個性直率暴躁，口誅筆伐人性虛僞與社會黑暗，仗義執言時往往口無遮攔，下筆時又與人針鋒相對，因此經常得罪人，甚至還遭人挑戰要求決鬥。

他的原名是Samuel Langhorne Clemens，大家都以爲「馬克」是他的名字，「吐溫」是他的姓氏，有人稱他爲「吐溫先生」。但我個人認爲，考量他筆名由來，應該完整稱呼他爲「馬克吐溫先生」，不應該只稱他爲「吐溫先生」。值得注意的是，馬克吐溫不僅只是他的筆名，還是他刻意營造出來的一個公眾形象，他很注重外表，穿著體面而有品味，永遠保持最受歡迎的演說家兼作家派頭，表面上他妙語如珠嬉笑怒罵，而私底下他也有不爲人知的消極焦慮，他一生歷盡滄桑大起大落，都能履險如夷，經營這個形象無人比他更成功，也難怪他能夠從鄉下小夥子白手起家變成世界大文豪[13]。

1974年4月30日，我在南海路泉州街的美國新聞處林肯中心，聆聽了一場關於馬克吐溫的演講，演講者是我當年台大外文研究所的老師傅述先教授，我記得會後討論時我曾舉手發言，補充「馬克吐溫」

---

13　參閱Paul Fatout、 Horst Kruse。

這個筆名的由來，傅老師很高興我提醒他，說這麼重要的事怎麼忘了講。32年後的2007年10月13日，我也獲邀到美國在台協會台中美國文化中心演講馬克吐溫，這多少也算是一種感念師恩及回饋社會吧，至少在知識傳承接力賽當中，我也與有榮焉地跑了其中的一棒。

## 「赫克」姓名的由來

本書主角姓Finn名Huckleberry。Finn這個姓氏雖然罕見，但馬克吐溫家鄉就有這麼一個叫Old Finn的醉鬼，成天醉醺醺的不務正事，就是書中那個老爹Pap的藍本。

赫克（Huck）是Huckleberry的暱稱，通常沒有人取這個名字，馬克吐溫以此為這個化外小子命名，實在別具用意。huckleberry（黑木漿果）是一種低矮灌木的深黑色漿果，網路上可以找到很多這種野生漿果圖片，原產於北美洲密西西比河流域，一般都是野地摘採回家做糕餅點心，不是值得種植的經濟作物，甚至被當成雜草，因為它的種子繁殖能力很強。這多多少少象徵了赫克的出身卑微與欠缺教養，不被人重視，也不被人珍惜，土生土長，自生自滅，同時也象徵他能夠隨遇而安、適應環境。字典上也說，huckleberry引申指毫不起眼、毫無價值、無關緊要、被人忽略的人或事物，馬克吐溫給赫克這樣命名，真是貼切極了[14]。

根據馬克吐溫朋友所述和學者考證，赫克是他兒時玩伴Tom Blankenship的寫照，鎮上孩子們都喜歡這個野孩子，但被家長們禁止和他交往，Tom Blankenship長期和一個十多歲的小黑奴男孩混在一起，所以赫克對黑奴心態言行很了解。

書裡的赫克天生天養，時勢造英雄，野外求生本領高強，逆勢環

---

14  Fite, Montgomery. "Mark Twain's Naming of Huckleberry Finn." *American Notes and Queries* 13.9（May 1975）: 140-41.

境造就他一番「見人說人話、見鬼說鬼話」的工夫。赫克是一個典型的邊緣人物，馬克吐溫將心比心，設想一個化外小子的心境，從另類角度觀察文明世界，可以進出穿梭兩套價值觀世界。赫克的出身卑微令他常有自卑感，經常責怪自己不學好，天生的壞胚子，天堂有路卻不走，地獄無門偏硬闖。殊不知那世俗文明的價值觀卻是矛盾百出荒謬之至，而他自己渾然天成、遵循自然法則發展出來的概念，反而更合乎人性準則。他抗拒文明的羈束，常因欠缺教養而自慚形穢，南北戰爭前的文明世界把人們洗腦到相信黑人不是人，只是財產而已，唯獨赫克肯定黑人吉姆的人性與人權，他明明出污泥而不染，反而時時責備自己未能融入社會。反諷的是，他認同那個社會，卻不認同他自己，三番兩次天人交戰，越是肯定世俗「良心」的價值，反諷的效果就越強烈，我們看著他飽受煎熬，鑽沒有必要的牛角尖，心痛之餘，也不得不佩服馬克吐溫運用這麼一號人物製造出來的戲劇張力。

## 《赫克歷險記》的敘事策略

以赫克第一人稱現身說故事，作為小說的敘事觀點，是馬克吐溫最大創舉，赫克這個敘事者冷眼旁觀，觀察敏銳，能夠「見人所未見」，以他的知識水準和半文盲程度，要他寫一本書實在是緣木求魚，有些字詞根本超乎他的認知範圍，讀者明知其不可能，但也睜一隻眼閉一隻眼，不予追究，堪稱所謂的"temporary suspension of disbelief"（「姑且相信」，或照字面「暫時中止疑慮」），然而赫克說故事說得太有趣，掌握分寸恰到好處，得到讀者高度認同，自然而然隨之起舞，不知不覺忘了語言障礙。

馬克吐溫最擅長套用他人之口說話，他用過三個筆名和各種報社特派員身分寫文章，轉述他聽來的故事，假他人之口而盡情發揮，肆無忌憚也不怕得罪人，這種手法好比特技ventriloquism（腹語術），他運用得非常成功因而食髓知味，《赫克歷險記》裡的赫克就是那個

動嘴巴的玩偶。赫克很容易就贏得讀者認同，讀者一路被牽著鼻子走，很難跳脫開來，也沒時間去細究當中是否另有蹊蹺，在《赫克歷險記》裡我們大部分時間都非常信賴赫克，透過他的眼睛看世界，透過他的聲音聽故事，他經常看穿事理，看到別人看不到的層面。大部分時候我們相信他說的一切，但也有少部分情況我們偵測到弦外之音，有時候赫克永遠不知道，他所看到說出來的故事其實背後蘊藏另一層深遠意義，這時候他就成了典型的"unreliable narrator"（「不可信賴的敘事者」），那是Wayne Booth在他那本經典理論*The Rhetoric of Fiction*（《小說的修辭》，1961）裡所創造的術語。精明的讀者會對赫克所敘述的故事持「保留態度」，智慧型讀者更會看到between the lines（字裡行間）的「反諷」。

馬克吐溫大膽啟用這樣一個十四歲的半文盲化外小子作為敘事者，用各式俚俗方言說故事，就是美國文壇一大革命，在此之前的美國文學一向活在英國陰影之下，追隨所謂genteel tradition（斯文傳統），敘事者不論是第一人稱或第三人稱，幾乎全是閱歷豐富、博學多聞、文筆優雅的上層社會菁英人士，他們所說的一切都毋庸置疑，出自權威口吻，完全值得信賴。

馬克吐溫在1875年完成《湯姆歷險記》之後，曾寫信給好友William Dean Howells，懊悔沒用第一人稱寫它。赫克的第一人稱敘事觀點是《赫克歷險記》最大特色，直接和讀者you對話，讓讀者如聞其聲、如歷其境，既有「親切感」又有「臨場感」，既有「可信賴」又「不可信賴」，被後世小說理論家大為推崇，甚至拍案叫絕。

赫克有時候「見人所未見」，但他也有盲點，有時候又「未見人所見」，讀者也不能盡信之；他有時候「一針見血」，有時候又「霧裡看花」。就是這樣遊走於赫克這個「既可信賴」又「不可信賴」的敘事者之間，馬克吐溫的authorial intention（作者意圖）與meaning/significance（作品寓意）令人捉摸不定，很容易誤導讀者，造成曲

解和爭議，難怪大家議論不休。其實《赫克歷險記》可以說是一部double text（雙重文本）的作品，我們讀到的文字部分是upper-text（上層文本），而寓意深遠的部分是sub-text（下層文本），表面的嬉笑怒罵，引發出哄堂大笑，底下蘊藏的是意識型態文化批判，值得反省深思。套用海明威的iceberg principle（冰山原理），文字文本是那個露在海面上的八分之一，另外八分之七隱沒在水裡的部分，要靠讀者自己去揣摩想像。

拜馬克吐溫之賜，我們今天已經很習慣「故事人人會說，巧妙自在不同」，說故事技巧推陳出新，小說的narrative strategy（敘事策略）千變萬化無奇不有，而且還有專門的narrative theories（敘事理論）或narratology（敘事學）。敘事者不必是熟練世故的權威人士，白癡弱智也可以現身說故事，而且其可信度還超越以往傳統小說裡博學睿智的敘事者，譬如福克納*The Sound and the Fury*（《聲音與憤怒》）裡的白癡Benji，和*As I Lay Dying*（《當我彌留之際》）裡的弱智Vardaman，他們思想單純沒有心機，有什麼說什麼，陳述的故事反而更貼近事實，而正常人卻死愛面子，避重就輕，顧左右而言他。

## 《赫克歷險記》的語言

《赫克歷險記》當年被挑剔為「言語粗俗」的缺點，到了20世紀卻成了優點，而且被譽為最佳literary language（文學語言）。這本書是美國文學有史以來第一部本土方言著作，密西西比河流域上、中、下階層鄉土人物的日常生活語言，都被馬克吐溫栩栩如生的呈現出來，貼切其身分地位，符合其教育背景，真的是「什麼人說什麼話」。赫克這個敘事者的語言更是一大革命，文法拚字錯誤百出，在當年是「標新立異」，如今卻已「司空見慣」，馬克吐溫的卓著貢獻堪稱「篳路藍縷，以啓山林」，啓發後輩靈感。

馬克吐溫書前的「說明啓事」是嚴肅的，不是開玩笑，強調他採

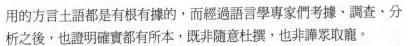

用的方言土語都是有根有據的，而經過語言學專家們考據、調查、分析之後，也證明確實都有所本，既非隨意杜撰，也非譁眾取寵。

馬克吐溫被譽為「美國文學中的林肯」（林肯出身於隔壁的伊利諾州），也是因為他運用大眾平民的語言和題材，走出英國殖民傳統的陰影，建立美國文學本土文化的特色，因此《赫克歷險記》也被譽為美國cultural independence（文化獨立）或national literature（國家文學）的代表作。

## 「馬克吐溫研究」現況

我前前後後花了六年多的時間收集研究資料，從2004年準備申請國科會經典譯注計畫前，到2010年計畫完成，原先擬定專注於《赫克歷險記》一部作品而已，後來撰寫「學術性導讀」、「作者生平」、「作者年表」、「研究書目」等章節時發現，所有環繞該部作品的重要議題，都與馬克吐溫人生際遇及中心思想息息相關，因此決定把我花費多年工夫近乎地毯式搜尋的結果，一併呈現在本書書後〈參考研究書目〉內，不過以英文學術資料居多，希望也為國內莘莘學子提供閱讀與研究導向，原先還奢想整理出一個「馬克吐溫在中國」的計畫，但發現中文研究資料實在零散雜亂，水準不一良莠不齊，因而暫時作罷。譯注文本24萬多字我兩年多即已完成，但是花在收集和閱讀馬克吐溫評論資料的時間很多，幾乎是「一發不可收拾」，因為過去125年來《赫克歷險記》引發的爭議此起彼落，風水輪流轉，「十年河東、十年河西」，不知道下一個議題又會是什麼。

2008年年底Google開放「學術性進階搜尋」，真是造福不淺，實現「學識無國界」的理想，把原來專屬大專院校學術界的圖書館採購典藏資料庫，免費開放給一般社會民眾，許多以往在台灣找不到的圖書，現在居然可以看到一小部分PDF檔的內文，得以「管窺」到好幾本全台灣各大學沒有採購的書籍。當然其中能夠看到的頁數有所上

限，無法看到整本書，但已令我如獲至寶欣喜若狂，更令我感激的是還有「文內搜尋」，只要輸入關鍵字詞，就可以看到字詞出現的那幾頁。以往大學圖書館「期刊論文資料庫」需透過認證，現在許多都可以輕易取得full-text或PDF檔案。回想當年申請出國作研究，花費昂貴的機票錢，到國外大學竟日窩在圖書館裡，甚至透過「館際借閱」，然後在影印機前一頁接著一頁影印，勞民又傷財，真是不可同日而語。除了學術領域以外，網路搜尋部落格結果，也找得到市井小民一籮筐的個別感想和意見心得，點點滴滴發自內腑，也證明馬克吐溫廣受大眾愛戴的程度，是少數跨學術界與暢銷榜皆風行的文學家。

參閱本書書尾〈參考研究書目〉即可發現，研究馬克吐溫及《赫克歷險記》的學術專書和期刊論文多不勝數，用「滿坑滿谷」、「五花八門」、「日新月異」來形容都不為過，而且更新速度很快，「長江後浪推前浪」，每年都有新作出現，幾乎任何大大小小的論點或議題，都可以發展成一篇論文或一本專書。光是學術研究的bibliography references（書目索引工具書）也很可觀，居然還有*The Mark Twain Encyclopedia*[15]（《馬克吐溫百科全書》）、*Mark Twain's Library: A Reconstruction*[16]（《馬克吐溫圖書館：重新整理》）、*Mark Twain A to Z*[17]（《馬克吐溫A到Z》）、*The Oxford Companion to Mark Twain*[18]（《牛津版馬克吐溫伴讀手冊》）。馬克吐溫研究總整理目前屬Alan Gribben於2005年的文章"The State of Mark Twain Studies"（〈馬克吐溫研究現況〉）做得最好，分門別類提綱挈領，夾

15 LeMaster, J. R., and James D. Wilson, eds. New York: Garland, 1993.
16 Gribben, Alan. Boston: G. K. Hall, 1980.
17 Rasmussen, R. Kent. New York: Facts on File, 1995.
18 Camfield, Gregg. Oxford: Oxford UP, 2003.

敘夾議公正客觀[19]。

　　早期的馬克吐溫研究偏於主觀論斷，隨學者個人好惡而詮釋，近年來方向有所調整，比較客觀中肯。縱覽過去百年論述，每當某一門派理論興起，就被引用來推翻或修正前人的觀點，過了幾年又被另一派新興理論所取代或置換。如此長江後浪推前浪，在衝撞蕩漾的學術激流裡，尤其在20世紀各種文學理論風起雲湧之際，很多作品重新出頭，也有很多作品慘遭淘汰，然而《赫克歷險記》始終未曾滅頂，反而不斷因為爭議而注入活水，不時有學者指控，但不時也有學者跳出來辯護，形成幾場壁壘分明的文壇論戰，有名又有趣，所幸都是君子之爭，真理越辯越明。

　　隨著批評理論的後浪推前浪，如新批評形式主義、歷史主義與新歷史主義、女性主義、解構主義、讀者反應理論、馬克思主義、殖民主義／後殖民論述、心理分析、文化研究理論等等，新的議題陸續被發掘出來討論。我在撰寫〈中譯導讀〉之時，雖然不敢說遍覽群籍，但是看了那麼多資料後，我也很想寫一本中文書，因為其中牽涉繁多複雜問題，絕非區區這一篇數萬字的〈中譯導讀〉三言兩語可說清楚。有趣的是，我看得越多越無所適從，同樣一部《赫克歷險記》，居然會有如此兩極化或多元化的詮釋，同樣一個馬克吐溫的生平傳記，居然會有如此差異或見仁見智的解讀。我越來越相信，詮釋文學作品不能依據某種單一理論學派，否則會有「瞎子摸象」的局限性，或「南轅北轍」的彼此矛盾，譬如新批評主義就作品論作品的方式，就會讓評者以個人好惡天馬行空，事實上，作者生平傳記及作品歷史背景互為表裡的關係也不容忽視。

　　《赫克歷險記》的游移評價問題，正好凸顯了一世紀以來文學

---

19　In *A Companion to Mark Twain.* Eds. Peter Messent and Louis J. Budd. London: Blackwell, 2005. 534-54.

評論準則的擺盪，見證文學理論也有fashion（時尚）的流行現象。Jonathan Arac的專書*Huckleberry Finn as Idol and Target: The Function of Criticism in Our Time*討論《赫克歷險記》在當今文學批評時代已成爲「崇拜偶像」或「攻訐對象」的議題。Arac還寫了幾篇文章討論《赫克歷險記》「過度經典化」，呼籲大家重新審視其「美學價值」。另外，Gerald Graff也出版了一本書*Adventures of Huckleberry Finn: A Case Study in Critical Controversy*，聲稱《赫克歷險記》正是討論critical controversy（評論爭議）的最佳個案。

廖炳惠的meta-critical（後設批評）文章直截了當切入重點，〈作品中有文字共和國嗎？討論《哈克貝里芬歷險記》對多元文化及公共場域的啓示〉[20]，分析比較三位知名學者解讀《赫克歷險記》，因爲出發點不同，所以導致三種不同的詮釋結果：Jonathan Arac著重hyper-canonization（過度經典化）；Toni Morrison著重Africanism（非洲主義）；Myra Jehlen著重multiculturalism（文化多元）。

「馬克吐溫研究」近年來如雨後春筍與日俱增，主要有三大契機，一是1985年《赫克歷險記》「百年紀念」，二是手稿1990年「失而復得」，三是2010年自傳逝世百年後終於出版。

慶祝《赫克歷險記》出版一百周年紀念，1985年有不少活動，主要爲：

1）美國百老匯上演歌舞劇（musical）*Big River*（《大河流》）。
2）英國劍橋大學出版論文集*New Essays on* Huckleberry Finn[21]。

---

20　《第四屆美國文學與思想研討會論文集》。何文敬主編。台北：中研院歐美所，1995。193-214。
21　Budd, Louis J., ed.

3）美國密蘇里大學出版論文集*One Hundred Years of* Huckleberry Finn: *The Boy, His Book, and American Culture*[22]。

4）美國出版論文集*Huck Finn Among the Critics: A Centennial Selection*[23]。

5）紐約哈潑公司出版百年紀念版*Adventures of Huckleberry Finn. Centennial Facsimile edition*。

6）公共電視*American Playhouse*（「美國劇院」系列）推出《赫克歷險記》迷你影集。

7）公共電視拍攝90分鐘的*The Adventures of Mark Twain*（《馬克吐溫歷險記》），以創意方式回顧馬克吐溫一生經歷及創作生涯。

1990年《赫克歷險記》的前半部手稿在失蹤一百多年後戲劇性重現於加州，不僅造成轟動，報章雜誌爭相報導。此後版本也因而更動，尊重作者原旨，恢復作品原貌，補回當年被出版社擅自刪掉的「筏伕章節」。其實在此之前，即有某些版本將此一章節列在書後「附錄」，許多學者強力主張這一章節的特殊功能，在主題與結構連貫性都有不可或缺的意義，代表密西西比河特殊人文景觀的「筏伕」行業，十幾艘木筏前後連結成一長串，漂流河面運送木材或貨物，靠岸時筏伕忙著搬運貨物，但漂流河面時速度緩慢，窮極無聊就靠鬥嘴、吹牛、說故事互娛，他們的故事通常誇張離譜荒誕不經，構成美國早期中西部拓荒文學的一種特殊文類"tall tale"（姑且譯爲「大話故事」或「荒誕故事」），吹牛不打草稿，牛皮吹破了不償命，無所不用其極的誇張。這種文類也是馬克吐溫的專長之一，許多短篇小說具

---

22　Sattelmeyer, Robert, and J. Donald Crowley, eds.

23　Inge, M. Thomas, ed.

此色彩而聞名[24]。

這背後有一個相當曲折的插曲。馬克吐溫寫《赫克歷險記》寫寫停停費時七年，寫到第十六章時，碰到寫作瓶頸暫時中斷，本來寫了一段很長的章節，是關於「筏俠」的故事，歷歷如繪的呈現他們的性格與神態，「筏俠」是密西西比河上一大營生與特色，所以馬克吐溫把這一大段文字放入1883年出版的自傳體散文《密西西比河河上生涯》。但是出版商在1884年預備出版《赫克歷險記》時，為了縮短篇幅，希望該書在頁數上接近《湯姆歷險記》，以便兩本書以4.75美元的套裝價趕在聖誕節出售，因而要求馬克吐溫配合促銷，同時警告他可能會有「一稿兩登」的版權問題，因為這個章節已被出版過了。馬克吐溫從善如流，出版商是他外甥女婿，於是刪掉該段章節。

多年來學者們據理力爭，聲稱該段文字為全書結構與主題發展的關鍵一環，主張尊重作者原始意願，將此一章節完璧歸趙。1990年馬克吐溫手稿在失蹤一百多年之後，重見天日，從此以後出版的《赫克歷險記》都是將此一章節物歸原位的完整版（包括加州大學版、諾頓版、藍燈版等）。

這個事件對往後《赫克歷險記》的版本及文本影響頗大，多少也關係著解讀詮釋方向。《赫克歷險記》問世才125年，手稿就失蹤了一百多年，這期間大家讀的只有後半部馬克吐溫原始手稿的版本，原來1885年的第一版是被「修正」或是「竄改」過的（也有人稱之為corrupted）。

## 馬克吐溫手稿「失而復得傳奇」

《赫克歷險記》背後最有趣的故事是1990年馬克吐溫手稿前半部

---

24　Wonham, Henry B. *Mark Twain and the Art of the Tall Tale*. Oxford: Oxford UP, 1993.

失蹤一百多年後重見天日，被戲稱爲 "the Lost-then-Found Romance"
（「失而復得傳奇」）[25]，曲折離奇、充滿戲劇性，是一椿文壇津
津樂道的軼事與佳話，全世界報章雜誌也爭相報導。這個故事說來話
長，但容我簡單道來。

原來《赫克歷險記》1885年出版當年的11月，水牛城Young Men's
Association（「青年會」）圖書館的館長，也是一位律師的James
Fraser Gluck，寫了一封信徵詢馬克吐溫意見，可否將《赫克歷險記》
手稿捐贈給當地的圖書館收藏，因爲馬克吐溫1869-1871年（結婚前後
兩年間），曾住水牛城在報社工作，跟當時擔任圖書館負責人Joseph
N. Larned是好朋友。馬克吐溫慷慨答應，隨即將小說後半部的手稿寄
給Gluck轉交圖書館，但他說前半部手稿一時找不到。兩年之後，馬
克吐溫找到了這前半部手稿，再寄給圖書館，1887年來自圖書館的一
封致謝函成了關鍵證物，顯示圖書館的確曾經收到這份捐贈的手稿，
還好當年這些往來信件都被完整保留下來，成爲日後爭奪手稿主權的
確鑿證據。據推測可能是館長Gluck把手稿帶回家閱讀，沒想到猝然病
逝，沒來得及交代遺言，以至於這前半部手稿就被當成他的遺物，收
入一具steamer trunk（可以放在蒸汽輪船艙房床底下的扁平行李箱），
隨著家人搬遷到加州，輾轉來到孫女Barbara Gluck Testa家中閣樓，就
這麼失蹤了一百多年，大家原先還一直以爲是印刷廠搞丟的。

1990年10月Barbara Gluck Testa在她好萊塢自家閣樓裡，發現祖父
遺留的文物箱內有一疊手稿，共有664頁，身爲圖書館員的她，直覺
就知道那是失蹤一百多年的《赫克歷險記》手稿，公諸於世後立刻得
到證實，確實是馬克吐溫真跡。於是三方人馬開始角力：Buffalo and
Erie County Public Library（水牛城伊瑞郡公共圖書館）、Sotheby's

25　"Notes on the Text," *Adventures of Huckleberry Finn*, The Mark Twain Library
　　edition. Eds. Victor Fischer and Lin Salamo. Berkeley: U of California P, 2001.
　　540-61.

（蘇富比拍賣公司）、Mark Twain Foundation（馬克吐溫基金會）。謠言四起，聽說手稿商們醞釀集資標購，喊價高達150萬美元。還好經過三方律師團隊多年的斡旋協商，終於妥協底定，和平落幕，手稿主權歸於水牛城伊瑞郡圖書館，而馬克吐溫基金會和蘇富比拍賣公司則享有手稿出版權。

擁有第一手主權的水牛城伊瑞郡公共圖書館，基於資源共享原則，2003年整理原稿出版了一張完整的教學研究CD-Rom，名稱是 *Huck Finn: The Complete Buffalo & Erie County Public Library Manuscript – Teaching and Research Digital Edition, 2003*。

著名的Random House（藍燈書屋）於1996年從蘇富比公司取得版權，出了一本418頁的《赫克歷險記》手稿新版本，但未分析手稿和舊版的差別。

「馬克吐溫基金會」是馬克吐溫的女兒Clara所創，「保有任何形式的複製或改編權利」，基金會委託大任於柏克萊加州大學班克福特圖書館所設的「馬克吐溫文獻及計畫中心」，該中心在數十位學者專家共同努力之下，費時多年整理出所謂「加州大學學者版」，號稱「根據完整原本手稿的唯一權威版」，完整呈現手稿的原始文本，加上學者們的注釋和考證，比較新舊版本差異，說明可能更動原因與時代背景因素，還附上不少地圖和圖片輔助解說。新發現664頁的前半部手稿顯示有一百多個用字及上千個標點和文法上的差異，手稿中還有描述第九章赫克和吉姆在山洞內閒聊時談起鬼魂，吉姆回憶他曾在停屍間被一具正在解凍的屍體嚇得魂不附體的情節，但這些在1885年第一版時統統都被出版社刪除。

我很喜歡這本書的獻辭：

The Mark Twain Project dedicates this volume to WALTER BLAIR in appreciation of his contributions to the field of Mark

Twain studies and also to the TEACHERS OF AMERICAN LITERATURE who have continued to find new ways to bring *Huckleberry Finn* alive in their classrooms.

馬克吐溫基金會謹將此書獻給已故的知名馬克吐溫學者 Walter Blair，感謝他對馬克吐溫研究領域的貢獻，以及所有 教授美國文學的教師們，感謝他們陸續尋找新的詮釋，使 《赫克歷險記》在課堂裡永垂不朽。

在外文系教美國文學多年的我，看了這後半句也有那麼一點點沾 沾自喜，感覺與有榮焉，也希望我這個全文譯注插圖本，能夠使這本 美國名著在課堂裡有更好的詮釋。

除此以外，還有一個非常重要的注釋版*The Annotated Huckle-berry Finn*（Norton, 2001），厚達650頁，文本與注釋雙欄並列，附加 大量文字、照片、圖片、剪報、時事等參考資料，說明背景典故與來 龍去脈，一應俱全，鉅細靡遺，當然是最理想的讀本，雖然精裝燙金 本定價昂貴，但非常值得珍藏品味。但是這個版本把「筏伕章節」放 入書尾的「附錄」中，並未植回文本第十六章。

目前教學大多以第三版的Norton Critical Edition最為普及，由 Thomas Cooley編選，這個版本簡化注釋，但附上節錄知名學者的評論 文字精華，如T. S. Eliot、Shelley Fisher Fishkin、Toni Morrison等。

《赫克歷險記》在全世界印行與外文翻譯的統計資料很難正確掌 握，而且更新的速度快到沒人去做精確統計，用「與日俱增」、「日 新月異」來形容也不為過。有憑有據的是2001年柏克萊加州大學出 版的《赫克歷險記》統計，《赫克歷險記》單單在美國境內就有一百 多個不同的英文版本，除印刷紙本外，還有電子書、有聲書，電影、 VHS、VCD、DVD等也有一兩打，被譯成53國語言，國外版本多達 七百種以上（xxvi-xxvii）。光是哈佛大學Widener Library收藏各種版

本的馬克吐溫原著及長篇評論書籍，就已高達六百餘種[26]，這還不包含散見於各種學術期刊或電子資料庫的研究論文，及報章雜誌的書評新聞報導等等。美國公共電視2000年初步估計，這本書在全世界已有超過六十種譯文，七百種以上的外文版本[27]。

## 《馬克吐溫自傳》逝世百年出版

馬克吐溫晚年口述的自傳（1906年1月至1909年12月）遵照遺旨如期在他死後百年出版，世人引頸盼望的三大冊*Autobiography of Mark Twain*（《馬克吐溫自傳》）高達2000頁超過50萬字，號稱原汁原味毫無刪節（unexpurgated），第一冊配合馬克吐溫175歲誕辰（11月30日）於11月底由柏克萊加州大學出版，隨即造成大轟動，全世界報章雜誌轉載訊息，讀者更是瘋狂搶購，導致供不應求，根據林博文專欄（2010年11月24日）所述，第一冊原先打算印行7千5百本，後來加印到27萬5千本。

馬克吐溫個性耿直思想激進，辯才無礙筆鋒犀利，路見不平拔刀相助，因為得理不饒人，所以經常得罪人，再加上對宗教、政治、還有the damned human race（該死的人類），表達過許多反傳統反世俗的理念。馬克吐溫有自知之明，怕別人捷足先登，不如自己先下手為強，生前早就想替自己寫自傳，1870-1905年間起起停停不下三、四十次之多，其間還出版過一本fictional autobiography（虛構的自傳）*Mark Twain's Burlesque Autobiography*（《馬克吐溫的諧擬自傳》）。

---

26　潘慶齡。〈哈克永遠在微笑〉（代譯序），《哈克貝利‧費恩歷險記》。《馬克‧吐溫十九卷集》第10卷。吳鈞陶主編。石家庄：河北教育出版社，2001年。頁11。

27　黃碧端。〈文學史上不朽的頑童：馬克‧吐溫筆下的小英雄〉。《聯合報副刊》2006.08.23。http://udn.com。

馬克吐溫希望暢所欲言呈獻真實世界的自我和他人，但也很矛盾能否毫無偏見的講出自己對周遭人事物的感覺，而不傷害當事人（甚至他們子子孫孫）的感情，延後百年才公開完整原貌目的在此。馬克吐溫生前曾經批准修改幾篇自傳手稿刊登在*North American Review*（《北美評論》）雜誌上，而且每篇序言聲明絕對不得於作者有生之年出版專書，但還是有三位明知故犯：Albert Bigelow Paine的*Mark Twain's Autobiography*（1924）、Bernard DeVoto的*Mark Twain in Eruption*（1940）、Charles Neider的*The Autobiography of Mark Twain, Including Chapters Now Published for the First Time*（1959）。這三位假冒聖旨竄改文字，刪除其所不樂見部分，矇騙世人多年，現在終於真相大白。馬克吐溫自傳的中文譯本（譯自Neider）在台灣也已行之多年，如今捧讀*Autobiography of Mark Twain*，雖然沒有被騙的感覺，但也百感交集，只能怪馬克吐溫名氣太大，大家都對他傳奇人生至感興趣，希望從他口裡聽到第一手親身體驗，而不是他人輾轉相告。

　　*Autobiography of Mark Twain*第一冊編輯了六年才出版，這項浩大工程除了National Endowment for the Humanities（國家文建會）撥款贊助，還有柏克萊加州大學校友（Class of 1958）籌募一百萬美元，及Mark Twain Luncheon Club（馬克吐溫午餐會社）的一百位會員等等的資助，讀著書前「銘謝啓事」不得不感動這麼多學者和社會人士慷慨相助，原來他們都是那麼熱愛馬克吐溫。「序論」裡透露終於推出馬克吐溫要的自傳版，總算對他有所交代了，差可安慰在天之靈，同時也彰顯馬克吐溫率性而為的瀟灑個性，他依然擇善固執的認定「自傳」就是應該這樣的寫法：「不必非從某個定點寫起，隨興之所至遨遊一生，一時想到什麼就講什麼，講到乏味就棄之不談，改講隨時進

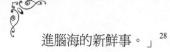

進腦海的新鮮事。」[28]

## 馬克吐溫傳記

　　大概因爲馬克吐溫一生太富於傳奇色彩與說不完的故事，爲馬克吐溫立傳著述的人接二連三，傳記版本多得不勝枚舉，各種版本也是五花八門，非常熱鬧也非常有趣。一個世紀以來，學者們根據新發現的資料或手稿各憑想像展延，著墨點不同，偶爾也難免稍有出入，甚至彼此矛盾，叫人簡直不知道要聽信誰的才好。

　　最早的一本傳記是Albert Bigelow Paine於1912年（馬克吐溫死後兩年）出版的三大巨冊傳記（共1719頁）：*Mark Twain: A Biography. The Personal and Literary Life of Samuel Langhorne Clemens*。Paine得天獨厚，有幸成爲馬克吐溫晚年的好友，經常出入他家，甚至住進他家。他仰賴（卻也辜負）馬克吐溫對他的信賴，大量運用面談訪問資料，但有很多文獻也在那時之後失蹤，無從查證，令人扼腕，大概是一心一意要把馬克吐溫塑造成他心目中的理想形象，但時至今日，他這個literary executor（遺囑執行人）反而成了literary executioner（死刑劊子手）。更荒唐的是，他與Frederick A. Duneka在1916年合作出版一本馬克吐溫小說*The Mysterious Stranger: A Romance*（《神秘的陌生人》），這本書在學術界及出版界多年來一直占有一席之地，我自己上研究所時就曾讀過這一部作品，但是這幾年來卻發現這本書突然銷聲匿跡了。原來後人根據手稿考證，居然發現馬克吐溫生前根本沒有寫過這本書，這真是令人匪夷所思，可見當年某些傳記家隻手遮天的

---

28　"start it at no particular time of your life; wander at your free will all over your life; talk only about the thing which interests you for the the moment; drop it the moment its interest threatens to pale, and turn your talk upon the new and more interesting thing that has intruded itself into your mind meantime"（"The Latest Attempt, "one of the prefaces written to introduce the final form of the autobiography）.

本領[29]。學者們後來使用Paine這本傳記做研究時，常存半信半疑態度，也有學者爲文檢討此一現象[30]。

往後標準版傳記於1960年代才開始陸續出現。Justin Kaplan的*Mr. Clemens and Mark Twain*（1966）比較受到普遍信任，他運用心理學派手法，探討馬克吐溫一生複雜的雙重矛盾心態和分裂人格，這種緊張力反而激發創造力。巧合的是，2003年有另外一位Fred Kaplan（兩人同姓氏但無親屬關係）也寫了一本傳記*The Singular Mark Twain*，指出Justin Kaplan過度強調馬克吐溫筆名的公共形象和本名真實自我之間的隔閡。

1970年代接著有Hamlin Hill的*Mark Twain: God's Fool*（1973），深入觸探馬克吐溫內在心境與隱私經驗，這位嬉笑怒罵出口成章又洞悉世事的哲學老頑童，事實上他的人生經歷了太多外人難以想像的挫折與悲劇，他筆下的馬克吐溫是the aging Twain as a nearly pathetic, Lear-like figure（老邁可憐而近乎李爾王的角色）。這本傳記影響後代深遠，似乎暗示馬克吐溫過度沉溺於菸酒來排解焦慮。

1990年代延續修正馬克吐溫的公共形象，以呈現真正的作家自我。Guy A. Cardwell的*The Man Who Was Mark Twain: Images and Ideologies*（1991）著重呈現當時美國文化的現狀。Andrew Jay Hoffman的*Inventing Mark Twain: The Lives of Samuel Langhorne Clemens*（1997）甚至暗示馬克吐溫行爲舉止的同性戀傾向，不過目前尚無其他人附議這個荒謬論點。

有的傳記著重馬克吐溫中年婚後創作期，如John Lauber的*The*

---

29  19世紀著名的美國作家Edgar Allan Poe（愛倫坡）也蒙受不白之冤，他的好友不僅竄改其傳記，甚至栽贓於他，冒名僞造他的親筆書信詆毀他人，還好後來歷史考據還他清白，經過法國的肯定評價，才又紅回美國，從20世紀至今變成公認的一流經典作家。

30  Hill, Hamlin. "The Biographical Equation: Mark Twain," *American Humor* 3.1（1976）: 1-5.

*Making of Mark Twain: A Biography*（1985）；有的則追蹤婚前養
成教育期，如Margaret Sanbom的*Mark Twain: The Bachelor Years, A
Biography*（1990）和Jeffrey Steinbrink的*Getting to Be Mark Twain*
（1991）。曾經獲得普立茲獎的Ron Powers於1999年寫了一本*Danger-
ous Waters: A Biography of the Boy Who Became Mark Twain*還不夠，
過了七年又於2006年寫了第二本傳記*Mark Twain: A Life*。

　　除此之外，還有各種傳記單點切入馬克吐溫人生不同層面的論
述，五花八門多到難以贅述：譬如他在家裡女人群（一個老婆加上三
個女兒）中的地位；他和老婆婚前的交往情形；他在國外歐洲、亞
洲、澳洲的時光；他的理財生意經；他投資破產的來龍去脈；他平均
一個月抽三百根雪茄的嚴重菸癮；他的宗教觀；他女秘書與女兒之
間的衝突[31]；還有臨終前幾年因排解寂寞而跟一群仰慕他的年輕女
孩，他稱之為「天使魚」（angelfish），過從甚密的故事。

　　馬克吐溫與他大哥Orion的關係也值得探討，他們父親早逝，大
哥要他輟學幫助家計，派他到印刷廠當學徒，馬克吐溫雖不情願但也
只好聽從，同時他們兄弟倆為了贏得母親的歡心，手足之間也不免競
爭激烈。大哥比他大上整整十歲，多年來「長兄若父」，帶著他闖蕩
江湖，提攜他、也磨練他，馬克吐溫當然心存感激，但偶爾也略有怨
言，這一對兄弟長年關係的恩恩怨怨與瑜亮情節也有專書分析討論，
如Philip Asley Fanning的*Mark Twain and Orion Clemens: Brothers,
Partners, Strangers*（2003）。

### 馬克吐溫：「美國的狄更斯」

　　Charles Dickns（狄更斯，1812-1870）是英國19世紀維多利亞時

---

31　楊照。〈名人的女兒，有女兒的名人〉。《聯合報副刊》2008.03.05。<u>http://udn.
　　com</u>。

赫克歷險記

代最知名的作家，幽默風趣嬉笑怒罵，他的作品膾炙人口，如*Oliver Twist*（《孤雛淚》，1837-39）、*David Cooperfield*（《塊肉餘生錄》，1849-50）、*Bleak House*（《荒涼之屋》，1852-53）、*A Tale of Two Cities*（《雙城記》，1859）等，紅遍大西洋兩岸，引發後輩諸多模仿。

馬克吐溫常被稱爲"the American Dickens"（「美國的狄更斯」）[32]，因爲他們的文字風格相像，都是以機智幽默及冷嘲熱諷著稱，尤其是挪揄當時的社會制度與宗教虛僞，還有某些作品的情節與內涵互相對應：狄更斯的*A Tale of Two Cities*和馬克吐溫的*Tom Sawyer*都出現掘墓事件；狄更斯的*Martin Chuzzlewit*類似馬克吐溫的*The Gilded Age*。著名的20世紀英國詩人W. H. Auden（1907-1973）還寫過一篇文章"Huck and Oliver"，比較《赫克歷險記》裡的赫克和《孤雛淚》裡的孤兒奧利佛。

狄更斯兩度訪美，分別於1842年及1867年。第一度訪美之後寫下*American Notes*一書[33]，描述他兩天遊歷俄亥俄河及密西西比河的惡劣印象，只見沿岸充斥泥濘、破敗、落伍、骯髒，那番情景近似馬克吐溫《赫克歷險記》書中背景時代所描繪的岸邊村鎮。第二度訪美於1867年12月底，馬克吐溫那時剛剛認識未來的妻子Olivia，就與其家人結伴去聆聽大師演講與朗讀會，事後他還寫了一段文章登在報紙上[34]，那一年馬克吐溫才32歲，目睹狄更斯獲得滿堂彩的盛況，也奠定他自己日後寫作風格與巡迴演講的基礎。

狄更斯與馬克吐溫分別是19世紀英國與美國最暢銷的通俗作家，

---

32  Bradbury, Malcolm. *Dangerous Pilgrimages: Trans-Atlantic Mythologies and the Novel*. London: Secker & Warburg, 1995.

33  Oxford: Oxford UP, 1996.

34  "The Great Dickens." San Francisco *Alta California* 5 February 1968. http://twainquotes.com/18680205.html.

也是非常值得比較研究的作家，雖然他們之間並沒有明顯具體的互動，足以構成比較文學"influence study"（「影響研究」）的證據，但他們作品的相似度在質與量方面都極為可觀，都反映當時社會的政治、歷史、文化、經濟狀況，他們的小說甚至比歷史還更真實貼切，比較這兩位作家的研究還不少[35]。狄更斯批判英國社會的成就有目共睹，而馬克吐溫的*The Gilded Age*（《鍍金時代》）也創造了一個歷史名詞[36]，指的是美國南北戰爭1865年結束後到1900年之間的35年，以諷刺手法具體描繪當時社會，表面繁榮富庶，實質腐敗墮落，至今經常被人引用來比喻拜金社會唯利是圖的物質主義。

## 妻子Olivia的功過

馬克吐溫的妻子奧莉薇雅（Olivia，暱稱Livy）（1845-1904）比馬克吐溫小了10歲，在他生命中扮演非常關鍵的角色，他婚後所寫的作品第一個讀者一定是她，她也提供「忠言逆耳」的修改建議，馬克吐溫也大都虛心接受。馬克吐溫剛出道時年輕氣盛，不知天高地厚，得罪不少文壇知名人士，還好出身名門貴族的妻子Olivia居間斡旋始得平息。

Olivia出身東部望族名門，家學淵源，飽讀詩書，替馬克吐溫中西部色彩的粗獷質樸文字，加以潤飾到市場能夠接受的程度。另外，她也慧眼識英雄，把一個粗野庸俗桀驁不馴的鄉下小子，調教成文質彬彬談吐優雅的翩翩紳士，引薦馬克吐溫進入東部上流社會，拓展他的事業與人際關係，使他更上一層樓，成為一流的作家，沒有她，馬克吐溫不會有今天的成就與聲望。

---

35　參閱Christopher Gair、Joseph H. Gardner、Nicholas Mills、Howard G. Baetzhold。

36　French, Bryant Morey. *Mark Twain and "The Gilded Age": The Book That Named an Era*. Dallas: Southern Methodist UP, 1965.

馬克吐溫十幾歲就離家闖蕩江湖，一生歷盡挫折，但他越挫越勇，把阻力變成助力，把危機化爲轉機，娶了東部望族煤礦大亨的富家千金之後，當然壓力很大，爲了報答岳父的賞識，成全「門不當戶不對」的婚姻，爲了報答老婆慧眼識英雄，當然要奮發圖強。但她也曾經是學者熱烈爭論的議題，1920年代心理學派成爲當道顯學，Van Wyck Brooks出版*The Ordeal of Mark Twain*引起相當大的震撼，說他妻子跋扈傲慢掌控一切，甚至扼殺他的創作才華，企圖"turn Caliban into a gentleman"（「將卡力班變成紳士」）（116）。還好1931年Bernard DeVoto的*Mark Twain's America*正本清源洗刷冤屈。這一來一往的文壇論戰，形成著名的"Brooks vs. DeVoto debate"。其實馬克吐溫夫妻恩愛一生的確是事實，而且是有目共睹傳爲佳話[37]。

## 馬克吐溫全集

　　英文版的馬克吐溫全集有兩大套，分別由兩大集團出版，一是英國牛津大學1996年出版共29冊的*The Oxford Mark Twain*，一是美國柏克萊加州大學比對原稿整理後的學者版，還在一本接一本陸續出版當中。中文版唯一的馬克吐溫全集《馬克・吐溫十九卷集》於2001年由河北教育出版社出版。

　　*The Oxford Mark Twain*（《牛津版馬克吐溫全集》），號稱The Oxford University edition，由Shelley Fisher Fishkin主編，在其精心安排下，每一冊前面由一位知名當代作家撰寫「序論」，後面由一位傑出研究學者撰寫「評論」。Fishkin面子很大，受邀幫忙寫序論的當代作家和學者都赫赫有名。

　　《赫克歷險記》的「序論」出自諾貝爾獎得主Toni Morrison之

---

37　Willis, Resa. *Mark and Livy: The Love Story of Mark Twain and the Woman Who Almost Tamed Him.* New York: Atheneum, 1992. London: Routledge, 2003.

手，以權威口吻論定該書的經典價值，經常被引用。「評論」則由另一位知名馬克吐溫學者Victor A. Doyno撰寫。

另外幫馬克吐溫其他作品撰寫序論的知名作家還包括：

E. L. Doctorow（*The Adventures of Tom Sawyer*）；

Kurt Vonnegut（*A Connecticut Yankee in King Arthur's Court*）；

Malcolm Bradbury（*The £1,000,000 Bank-Note and Other New Stories*）；

Gore Vidal（*Following the Equator and Anti-Imperialist Essays*）；

Cynthia Ozick（*The Man Who Corrupted Hadleyburg and Other Stories and Essays*）；

Ursula K. Le Guin（*The Diaries of Adam and Eve*）；

Arthur Miller（*Chapters from My Autobiography*）；

Eric Jong（*Is Shakespeare Dead?*）。

29冊序論作家族繁不及備載，如今Arthur Miller及Kurt Vonnegut都已作古令人欷噓。

Fishkin不愧是最著名的馬克吐溫學者，她別具用心的精心策劃才有如此成就，29冊每一冊作品「序論」和「評論」都極具水準，精闢中肯，最特別的是，她邀請當代作家從創作藝術的觀點來看馬克吐溫的造詣，他們將心比心，直指重點。「評論」部分的學者都是學術界一時之選，文筆精鍊，字字珠璣。

另一大集團是美國柏克萊加州大學出版社，出版號稱The Mark Twain Library edition，在總主編Robert H. Hirst的領導下，動用數十位學者，分工合作，把「馬克吐溫基金會」捐贈給他們典藏的手稿，有系統的逐字逐句整理出一個個權威版本，每一冊都由兩三位學者負責統領，每整理完一冊就出版一冊，據說他們可能會出版到70冊左右。目前整理和出版工作都繼續在進行之中，工程非常浩大，未來將

會相當可觀，訓詁、考據、查證、比對、注釋都非常嚴謹周詳，印刷精美字體講究，讀來賞心悅目，我個人就買了其中五本：*Adventures of Huckleberry Finn*、*The Adventures of Tom Sawyer*、*Huck Finn and Tom Sawyer among the Indians and Other Unfinished Stories*、*The Prince and the Pauper*、*No.44, The Mysterious Stranger*。這幾本書封面上都標示著「權威版」、來自「馬克吐溫計畫」、附「全部原始插圖」。

中文版唯一的馬克吐溫全集是由吳鈞陶主編的《馬克‧吐溫十九卷集》，河北教育出版社2001年出版，我個人也買了這套簡體字精裝本中文版的馬克吐溫十九卷全集，雖然我買不起29冊的 *The Oxford Mark Twain*。

茲表列於下，方便讀者查詢（注意有些作品中譯名稱稍有出入）：

第一卷　　《馬克‧吐溫中短篇故事全集》（上）

第二卷　　《馬克‧吐溫中短篇故事全集》（中）

第三卷　　《馬克‧吐溫中短篇故事全集》（下）

第四卷　　《傻瓜國外旅遊記》

第五卷　　《風雨征程》

　　　　　《傻瓜在國內》

第六卷　　《鍍金時代》

第七卷　　《湯姆‧索耶歷險記》

　　　　　《湯姆‧索耶出洋記》

　　　　　《湯姆‧索耶當偵探》

　　　　　《湯姆‧索耶的密謀》

第八卷　　《海外浪迹》

　　　　　《王子和乞丐》

第九卷　　《密西西比河上的生涯》

目前馬克吐溫作品有網路版（online）、電子版（e-text）、PDF檔，讀者可以上網閱讀或下載。

除了長篇小說，短篇小說也是馬克吐溫的專長，他總共寫了65篇左右，最膾炙人口的代表作為：

"The Celebrated Jumping Frog of Calaveras County";

"The Man That Corrupted Hadleyburg";

"The £1,000,000 Note"。

## 馬克吐溫不見經傳的作品

馬克吐溫創作高峰期的1883年，寫過一篇一萬八千字左右的短篇小說"1002nd Arabian Night"（〈第一千零二夜天方夜譚故事〉），但沒

有人願意出版。他還把《湯姆歷險記》改編成四幕劇，也沒有人願意製作演出。儘管如此，他還是奮力不懈，繼續埋頭苦寫。馬克吐溫女兒捐出的全部手稿，學者們埋首多年，整理出不少當年的遺珠之憾。

馬克吐溫1898年寫了一齣喜劇*Is He Dead? A Play in Three Acts*（《他死了嗎？》），生前從未公開也未出版過，那時他63歲住在維也納，還處於長女Susy腦膜炎猝死的傷痛。馬克吐溫學者Shelley Fisher Fishkin發現這齣劇的手稿，整理出來於2003年由柏克萊加州大學出版，2007年11月百老匯Lyceum Theatre推出這齣舞台劇，並被提名戲劇界Tony Award（「東尼獎」）。此劇描述在法國的一群國際藝術家，懷才不遇窮苦潦倒，被油嘴滑舌的經紀商逼得走投無路，於是刻意製造其師友米勒（Jean François Millet）的死亡消息，米勒則扮裝其寡婦妹妹，並安排一場正式喪禮，以便哄抬其畫作價碼，嘲諷人類勢利本性及繪畫市場價值觀，畫家不死畫作便不值錢，這齣劇充滿典型馬克吐溫式的詼諧、挖苦、鬧劇、諷刺。文化大學英文系2004年畢業公演曾經演出此劇，文化大學圖書館也典藏牛津版29冊馬克吐溫作品全集及相當多的研究專書資料。

據2009年3月16日《中國時報》報導[38]，學者整理馬克吐溫手稿時又有嶄新發現，2009年4月出版一本文集*Who is Mark Twain?*（《誰是馬克吐溫？》），蒐羅24篇生前未曾發表的一些短篇小說及文章，其中一篇把英國國寶級小說家Jane Austen（珍奧斯汀）說得一文不值，震驚世人。馬克吐溫的「毒舌」一向筆鋒犀利尖酸刻薄，不知得罪過多少人，罵起人來連自己也不放過，這本書書名就是摘自一篇挖苦自己的文章，說他第一次在紐約登台演講前非常焦慮，擔心沒有觀眾，於是在全紐約張貼宣傳廣告，結果有兩個人瞪著他的

---

38　林欣誼。〈馬克吐溫遺作：毒批珍‧奧斯汀〉。《中國時報》2009.03.16。http://www.chinatimes.com。

廣告問：「誰是馬克吐溫？」另一個回答：「鬼才知道！」這又再度證明馬克吐溫開玩笑開到自己頭上的本領。美國文學季刊*The Strand Magazine*（《岸邊雜誌》）搶先在2009年3月號刊出其中一篇小說"The Undertaker's Tale"（〈送葬者故事〉），描述殯葬業人員的幸災樂禍，反而樂見人類多多病痛，他們就會生意興隆。可是，馬克吐溫信中曾提過：「你最好把這東西扔進火爐，我可不想在我入土之後，還有所謂的馬克吐溫遺作或書信集出版。」如今他的遺作或書信紛紛出版，學者和讀者都樂不可支，難道這是馬克吐溫又在「自我挖苦」？

## 《赫克歷險記》影音資料

文學作品改編電影一向是大家的最愛，雖然成功者如鳳毛麟角，但相當適合當作輔助教材。讀者可以上網路電影資料庫IMDB（Internet Movie Database）、Amazon網路書店，或其他網站搜尋，都可輕易查詢得到。

《赫克歷險記》從1920年的silent movie（默片）起，被改編有十多次，有黑白、彩色、劇情片、紀錄片、卡通片、歌舞片，其中值得一提的有：

1）1939年黑白片，Micky Rooney主演，Rooney後來成為知名諧星，但他當年演赫克好像年紀大了一些。

2）1954年CBS（哥倫比亞廣播公司）攝製的影片。

3）1960年米高梅電影，13歲的Eddie Hodges演赫克，年齡貼切，但是長得太可愛，不夠精靈刁鑽。

4）1968年真人搭配卡通的影片，以法國電視影集為底本。

5）1970年蘇聯也拍了一部，馬克吐溫在蘇聯一直很受歡迎。

6）1974年*Reader's Digest*（《讀者文摘》）與United Artists聯合出品歌舞劇，在這之前一年他們還聯合出品《湯姆歷險記》，由Johnnie Whittaker演湯姆，及後來大紅大紫贏得奧斯

卡獎的Jodi Foster（茱蒂佛斯特）演Becky Thatcher（貝琪）。

7）1975年ABC（美國廣播公司）電視影片，Ron Howard主演。

8）1985年PBS（公共電視）*American Playhouse*（美國劇院）推出《赫克歷險記》4小時迷你影集，由Patrick Day演赫克，Samm-Art Williams演吉姆，被認為是目前比較好的版本。

9）1993年Disney出品*The Adventures of Huck Finn*，由Elijah Wood主演[39]，這部Disney電影是典型的家庭式風格，比以前幾部好一些，但深度廣度不足，導演Stephen Sommers刻意規避種族刻板形象化，使得一部攻擊「種族主義」的作品完全剝奪種族色彩。Elijah Wood後來主演《魔戒》（*The Lord of the Rings*）大紅大紫，不過當年演赫克時白白胖胖營養太好，有人說應該找一個乾乾瘦瘦營養不良的小子來演，才比較貼切書中那個無父無母、有一頓沒一頓、餐風宿露的孤苦小孩。

可惜這麼多部改編《赫克歷險記》的電影都不很成功，除了迷你影集之外，幾乎全不被推薦，因為都無法掌握原著精髓，沒有一部夠精緻夠格調，真是令人扼腕。主要可能是因為沒有使用大量的旁白加以補充說明，因為這本書採用第一人稱敘事觀點說故事，尤其是最高潮的時候赫克面臨掙扎煎熬，完全是內心戲的自我告白，外在的表情行為根本呈現不出那種戲劇張力。我和學生常開玩笑，有那麼難嗎？請李安來幫他們拍一部吧，你看人家英國的《理性與感性》（*Sense and Sensibility*），美國的《斷背山》（*Brokeback Mountain*），拍得多麼好啊！

我個人最夢寐以求卻又緣慳一面的是《赫克歷險記》歌舞劇*Big*

---

39 Goldner, Ellen J. "Screening Huck Finn in 1993: National Debts, Cultural Amnesia, and the Dismantling of the Civil Rights Agenda." *Literature Film Quarterly* 37.1（2009）: 5-17.

River（《大河》）。1984年慶祝《赫克歷險記》百年紀念，在哈佛大學所在地的Cambridge, MA（麻州劍橋）推出這齣歌舞劇，由鄉村歌手Roger Miller譜曲填詞，結合黑人與白人音樂傳統，深獲好評，1985年移往百老匯上演，獲得七項「東尼獎」殊榮，包括年度最佳歌舞片的大獎[40]。聽說這齣歌舞劇反而能夠藉著詞曲抒發歌詠書裡的濃厚感情，大家都期待將來能夠出現這齣歌舞劇的電影版本，讓全世界也能有一飽「眼福」與「耳福」。

公共電視的「美國劇院」系列影集，還製作了一些頗有水準馬克吐溫其他作品：

1) 1980年*The Man that Corrupted Hadleyburg*（《敗壞海德里堡的人》）；

2) 1980年*Life on the Mississippi*（《密西西比河河上生涯》）；

3) 1982年*The Mysterious Stranger*（《神秘的陌生人》）；

4) 1983年*Innocents Abroad*（《傻子放洋記》）；

5) 1984年*Pudd'nhead Wilson*（《傻瓜威爾遜》）。

公共電視1985年還推出一部十分特別的影片*The Adventures of Mark Twain*，導演Will Vinton以高度想像的創意方式介紹馬克吐溫及其作品，影片開始時馬克吐溫駕駛著輕氣球飛船旅行（這個點子靈感顯然來自《湯姆出國記》），帶著三個偷渡者：湯姆、赫克、貝琪，一路上的遭遇都是他生命中發生的事件與作品裡的情節，被栩栩如生的扮演出來，90分鐘內環顧馬克吐溫一生的豐功偉業，別出心裁也不同凡響（http:www.pbs.org/marktwain/index.html）。

另外還有Discovery Channel的Great Books（「偉大的書」）系列影片（60分鐘），及Peter H. Hunt的*Life on the Mississippi*（115分

---

40 "Big River." *Tonyawards.com*. 5 Feb. 2005. http://www.tonyawards.com/en_US/nominees/shows/B/bigriver.html.

鐘），都極有水準值得一看。

討論馬克吐溫作品改編電影電視的評論很多，有專門討論《赫克歷險記》改編電影功過成敗，當然評語不佳[41]，也有討論其他作品的[42]。《王子與乞丐》被拍成電影最多，至少有16次，每隔幾年就翻拍一次，我們也是從小看到大，算是歷久彌新的兒童文學，又寓教於樂。

## 馬克吐溫學者Shelley Fisher Fishkin教授

2005年8月30日，著名的馬克吐溫學者Professor Shelley Fisher Fishkin（費雪金教授）應國科會之邀訪台，於中研院歐美所演講[43]，我也是座談會引言人之一。我非常榮幸幫忙國科會接待她，對她的崇拜仰慕溢於言表，她那和藹可親的笑瞇瞇模樣完全出乎我預期，原先以為她學術地位那麼崇高可能會高不可攀的嚴肅，她的專業著作洋洋灑灑擲地有聲（見〈參考研究書目〉）。我先前買了她那兩本著名的研究論述，請她簽名，也告知我正在進行國科會《赫克歷險記》經典譯注計畫。我陪她在中研院一下午，在副所長何文敬的陪同下，參觀博物館和歐豪年畫展，全台灣沒有人比我更覺得受寵若驚。2010年馬克吐溫逝世百年，美國在台協會的美國文化中心舉辦一場越洋視訊文學講座「超越時空、跨疆越界的馬克吐溫」，我也榮幸參與。

Fishkin卓爾超群，堪稱當代馬克吐溫研究首屈一指的學者，她任

---

41  參閱Robert Irwin、L. F. Ashley、Perry Frank、Clyde V. Haupet。

42  參閱John Seelye、Wesley A. Britton、Shelley Fisher Fishkin、Mark Dawidziak、R. Kent Rasmussen and Mark Dawidziak。

43  雪莉・費許・費雪金（Shelly Fisher Fishkin），蔡昀伶譯。〈跨國美國研究與亞洲的交會〉（"Asian Crossroads/Transnational American Studies"）。《中外文學》35.1（2006.6）:87-119。

教美國Stanford University（史丹福大學），並擔任American Studies Association（「美國研究協會」）會長五年。兩本專書可說是里程碑之作，一是1993年出版的*Was Huck Black?: Mark Twain and African-American Voices*（《赫克是黑人嗎?馬克吐溫與非裔美籍之聲》），二是1997年出版的*Lighting Out for the Territory: Reflections on Mark Twain and American Culture*（《蹺頭到印地安保留區：馬克吐溫與美國文化的反思》）。她提出令人耳目一新的見解，大力辯解馬克吐溫種族歧視爭議，在學界備受推崇，經常被人引述。她還主編29冊的*The Oxford Mark Twain*（1996）及*A Historical Guide to Mark Twain*（2002）。2010年馬克吐溫逝世百年，她又出版了一本*The Mark Twain Anthology: Great Writers on His Life and Works*，收錄全世界知名作家對馬克吐溫的評論，其中還包括魯迅和老舍，令人佩服她作學問地毯式收集資料的工夫。除了評論之外，她還從馬克吐溫手稿當中發現整理出一本從未發表的劇本*Is He Dead? A Play in Three Acts*。

　　Fishkin在*Was Huck Black?*一書中，重新詮釋《赫克歷險記》結尾部分的象徵意義，誠可謂一大創舉，她說這一段"freeing a freed slave"（「釋放一個自由的黑奴」）的矛盾鬧劇，正象徵美國南北戰爭結束後，在法律上黑奴已經獲得自由，但在實質上卻依然是奴隸身分，戰後政府執行的Reconstruction（「重建計畫」）完全失敗。Reconstruction儘管有各種措施，但都不切實際，執行效果不彰，黑奴不但未被解放，反而境況更爲悽慘，頓失所怙，顚沛流離，以往有農莊白人可以依靠，現在身無一技之長，落得流離失所。Fishkin這個論點目前已獲得普遍認同，大家都了解奴隸制度正式廢除之後許久許久，黑奴還是沒有真正的得到自由，黑奴問題諸多層面仍待解決，一直要到一個世紀之後， Martin Luther King（金恩博士）1963年8月28日在華府發表著名演說"I Have a Dream"（〈我有一個夢〉）之後，黑人才算開始得到真正人權，才得到「遲來的正義」。

在眾多馬克吐溫研究當中，讀來最深得我心的當屬Fishkin的論述，她的治學態度嚴謹，合乎邏輯推理，而且言必有據，遣詞用字精準，行雲流水優美易讀，毫無某些理論家的晦澀難懂，難怪她的這本論著*Was Huck Black?*獲得*Choice*（《精選雜誌》）Outstanding Academic Book（年度傑出學術論著獎）。她的研究曾兩度被紐約時報當作首頁特別報導。2009年又獲Mark Twain Circle（「馬克吐溫協會」）頒發獎項，因她對「詮釋說明馬克吐溫作品、思想、生活與藝術的長期與傑出的服務」。

2010年馬克吐溫逝世一百周年，美國在台協會與師大英語系合辦一場越洋視訊會議，由Fishkin在美國史丹福大學發表演講，透過衛星連線現場直播，演講之後有五位教授進行座談會議，我很榮幸也是引言人之一。那時候我的譯注本還在漫長的等候柏克萊加州大學出版社給我文字及插圖授權（因為如果得不到這個權威版的正式授權我就前功盡棄，白做了五年工，還要賠償國科會已付給我的兩年計畫主持費），與會的學術界人士都知道我這個譯注計畫做了好多年，美國在台協會辦公室文化新聞組了解此事之後，還問我需不需要透過美國國務院幫忙，我聽了感動得眼淚差點掉下來，怎麼可以勞駕國務院？所幸過了幾個月，授權問題就圓滿解決了。越洋視訊會議那天我們與會學者都收到Fishkin剛剛出爐的新書*The Mark Twain Anthology: Great Writers on His Life and Works*，我如獲至寶，立刻展讀。

## 解讀《赫克歷險記》的「警告啟事」

翻開《赫克歷險記》第一頁，讀者會嚇一大跳，「警告啟事」（NOTICE）寫著：

Persons attempting to find a Motive in this narrative will be prosecuted; persons attempting to find a Moral in it will be banished; persons attempting to find a Plot in it will be shot.

企圖要在書中尋找寫作動機的人會被起訴；

企圖要在書中尋找道德寓意的人會被驅逐；

企圖要在書中尋找主題情節的人會被槍殺。

　　看了這一則「警告啓事」，「起訴」、「驅逐」、「槍殺」，嚇死人了，讀者會納悶馬克吐溫在玩什麼把戲，還是純粹在製造噱頭。不過，驚嚇之餘我們似乎也應該檢討，是否以往對《赫克歷險記》的閱讀詮釋都過度局限於道德意識層面，忘了馬克吐溫曾振振有詞的告誡讀者，千萬不要從中一味探求motive（寫作動機）、moral（道德寓意）、與plot（主題情節）。馬克吐溫的確不要讀者正經八百的讀這本書，長久以來學院派的研究似乎過度強調「文以載道」或「獎善懲惡」，用道德教誨的尺度來衡量所有的作品，忽略了娛樂性，西方文學理論常說的to instruct and to delight，比較接近我們所謂的「寓教於樂」。從結構上看，《赫克歷險記》有其承先啓後的用意，上承《湯姆歷險記》，下啓印地安保留區，或許馬克吐溫只是單純的想寫一本續集，重溫童年舊夢而已，如果《赫克歷險記》沒有被宣告爲禁書，可能還會有第三本小說，繼這本探討白人與黑人微妙關係的書之後，再寫一本探討白人與印地安人微妙關係的書，正如未完成的"Huck Finn and Tom Sawyer among the Indians"。

　　《赫克歷險記》被禁原因很多，原因之一是因爲馬克吐溫嘲弄的對象，正是新英格蘭地區清教徒傳承下來、一向主宰美國民心社會的思維言行與社會規範。他不客氣的指出他們言行表裡不一的自相矛盾，宗教過度熱忱沖昏了頭，剝奪判斷是非能力，變得不分青紅皂白，思想過度嚴謹，把道德尺度設定過高，自鳴清高，泯滅人類本性，以高標準要求自己，也要求別人，大家都飽受壓抑而不敢承認，馬克吐溫最喜歡戳破大家的假面具，因此他的作品與演講廣受歡迎，

他的諷世名言流傳久遠。《赫克歷險記》的場景設在中西部，他也批評中西部文化水平低落，顯現窮鄉僻壤的小格局，弱肉強食的環境，逼得人心險惡，爾虞我詐，毫無道德標準可言，形成強烈對比。赫克歷盡滄桑，冷眼旁觀，看透人情冷暖，他一路上接受密西西比河河水的洗禮，也從拘謹的宗教禮儀慢慢領悟過渡到Deism（自然神論），尊重宇宙萬物之間的自然規律。

檢視過去百年來的閱讀方式和評論，可以看出大多數都著重赫克的道德成長經驗，同樣也用過高的道德標準解讀《赫克歷險記》，實在應該被「槍殺」。西洋有一句諺語："blame an orange tree for not producing apples"（責怪橘子樹不結蘋果），搞錯了對象，強人所難。馬克吐溫當初並無意圖寫一本經典之作，他只是誤打誤撞，不小心被擠進了經典之林，也正因為他無此企圖野心，只想把故事寫得更有趣，別無其他宏觀目的，啓用一個半文盲小子的聲音替他說故事講實話，實在是前所未見的顛覆傳統。

馬克吐溫只是一個通俗作家，沒有書香世家的薰陶，沒有典雅作家的訓練，他崛起於典雅文學傳統之末，那個時代的美國文人活在英國傳統的陰影下，師承英國文風，而馬克吐溫正代表文學史上的一個轉捩點，呈現純粹本土化、在地化、大眾化的美國風格。在這之前的美國文學作品的敘事者大多是飽讀詩書、滿腹經綸，以權威口吻傳達上流菁英社會主流意識的價值觀，而馬克吐溫來自中下層社會，當然與之格格不入，偏偏他又天生反骨，想要挑戰權威。

## 《赫克歷險記》是否為兒童文學的爭議

讀了那段嚇人的「警告啓事」，讀者可能不知道，馬克吐溫原先寫的序言並非如此，而是一段非常溫馨感人的抒情文字，充滿懷鄉念舊之情：

To the Once Boys & Girls

who comraded with me in the morning of time

& the youth of antiquity, in the village of

Hannibal, Missouri,

this book is inscribed, with affection for themselves,

respect for their virtues,

& reverence for their honorable gray hairs. [44]

謹獻給

那些當年一度與我為伍的男女孩們，

伴隨我在家鄉密蘇里州的漢尼拔村，

度過晨昏的時光與古早的青春歲月，

此書題贈給他們，

懷念其濃情友誼，

尊重其德高望重，

景仰其睿智灰髮。

　　由這段文字來看，《赫克歷險記》和《湯姆歷險記》這兩部作品獲得眾多成年讀者共鳴與好評的原因，就是那股情懷：緬懷往日情誼、追憶童年舊事。馬克吐溫與友人信件往來時曾不只一次表示過，他寫這兩本書是專給成年人看的，「中年憶往」，重拾當年荒唐事蹟，回憶年少猖狂的點點滴滴。

　　他寫這兩部作品時年齡介於40-50歲之間，那時正值三個女兒童年成長時期，他還寫了《王子與乞丐》，這三部作品都以孩童為主角，因此經常都被歸類為「兒童文學」，但是彼此之間關係有待釐清。

---

44　Fischer, Victor, and Lin Salamo, ed. "Foreword." *Adventures of Huckleberry Finn*, The Mark Twain Library edition. Berkeley: U of California P, 2001. xxiv.

《王子與乞丐》是標準的兒童文學，他寫這部作品時，經常對著妻女家人朗誦，甚至排演給他們看，滿足於聽他們嬉笑，再三斟酌修改文字，盡量迎合他們興趣，難怪後來一而再、再而三被搬演成電影或舞台劇，娛樂效果極高，兼備教誨意義。所以intended reader（設定讀者群）就是兒童或青少年，其遣詞用字、思維邏輯、說故事的口吻、寓教於樂的主題等，都是針對兒童或青少年，就像典型的兒童文學作品如*Alice in Wonderland*（《愛麗絲夢遊記》）、*The Chronicles of Narnia*（《納尼亞傳奇》）、*The Lord of the Rings*（《魔戒》）、*Harry Potter*（《哈利波特》）等。

相較之下，《湯姆歷險記》反而是從成人心態去回憶年少猖狂，重溫童年舊夢，所用詞彙就比較深奧一些，句型結構也相當複雜冗長，倒是更像與成年讀者分享童年往事，多了那份老氣橫秋的世故老練，少了那種未經世事的天真無邪，湯姆的世故老練好像超越年齡本分，整本書令人聯想到是一場"memory recollected in tranquility"（「寧靜憶往」），語氣之中自然流露歷盡滄桑後的自我揶揄，有些片段回憶年少癡迷、少男懷春的文字韻味，堪與James Joyce（喬艾思）的經典短篇小說"Araby"相比。這也是為什麼《湯姆歷險記》大為暢銷，超越兒童文學，變成老少咸宜雅俗共賞，老少讀者各取所需，難怪馬克吐溫乘勝追擊，立刻提筆接著寫《赫克歷險記》。

《赫克歷險記》有更多超越兒童文學的範圍，甚至碰到諸多難以處理的棘手問題，書中背景設在南北戰爭之前的密西西比河流域，馬克吐溫野心勃勃想要包羅萬象，可是一時又無法全然囊括，難怪斷斷續續寫了8年之久，他在1876年美國獨立一百周年開始動筆，這時南北戰爭結束才11年，美國政治社會經濟文化各方面都面臨轉型過渡期，馬克吐溫觀察入微，關心斯土斯民，當然也面臨無所適從的矛盾，我們從他發表於報章雜誌的文章，也可以看到他思想觀念的逐步演變。

《赫克歷險記》固然是《湯姆歷險記》的續集，但也是青出於

藍、卓然獨立、自成一局的作品。兩部作品被歸納為兒童文學實在不很貼切，如果硬要給兒童看，就得另備「淨化版」或「簡易版」，只取其冒險犯難的趣味部分，剔除批判成人社會矛盾價值觀的複雜部分；不過，那樣也會害得這兩部作品失去準頭意義盡失，這兩本書可說是「微言隱大義」，批判社會意識型態，讓小孩子看到大人看不到的盲點。《赫克歷險記》更有過之而無不及，暴露成人世界的種種缺失：正經八百、道貌岸然、自相矛盾、荒唐謬誤、庸人自擾、自欺欺人等，由於出自兒童觀感，自然而然降低嚴肅性，發揮「童言無忌」模糊焦點的作用，解除讀者武裝防衛心理，大家也樂得歸類於「兒童文學」，淡化諷刺批判的苦楚，對人性弱點一笑置之，延展童年階段的無憂無慮，延遲現實世界的幻想破滅。

## 《赫克歷險記》中湯姆扮演的角色

湯姆這個角色的人物刻畫不是本著某一特殊個別人物，而是三個現實人物的綜合體：John Briggs、Will Bowen、馬克吐溫本人。不過，馬克吐溫的媽媽卻說，她的兒子更像赫克，可能也是因為經常惹是生非。

在《湯姆歷險記》裡，湯姆是個大英雄，俠情浪漫冒險犯難，他和赫克兩個小孩子居然能夠打敗奸詐狡猾的盜賊，光榮贏得美人歸與六千金幣大洋。為何到了《赫克歷險記》他卻從「英雄」變成了「狗熊」、「過街老鼠人人喊打」，究竟怎麼回事？這絕非馬克吐溫所樂見。在《湯姆歷險記》裡，湯姆的造型有太多馬克吐溫自己的影子，在《赫克歷險記》裡，他依然是慧點精明的孩子王，依然是鬼點子層出不窮，可是他卻被當成Don Quixote（唐吉訶德）式人物看待，好高騖遠不切實際，為了滿足自己的冒險慾望，不顧他人死活，糟蹋忠心耿耿的吉姆，甚至於連自己中了一槍生命瀕危，居然也興奮不已，到頭來他的一條小命還是吉姆犧牲自己自由而換來的。

就小說技巧的characterization（人物塑造）而言，他並無偏離consistency（前後統一）的原則，爲何突然「昨是今非」？仔細比對推敲兩本書，馬克吐溫並未明顯的差別待遇，反而更強調赫克對湯姆的崇拜，崇拜到近乎盲目，有時候也一針見血的看到他的盲點，只是不方便點破而已。

平心靜氣而言，湯姆對"chivalric romance"（「俠義傳奇」）的迷戀也無可厚非，那個時代整個歐洲就是流行這種文類，馬克吐溫年少時一定也著迷過這類作品，在窮鄉僻壤長大的小孩，誰不想化身英雄，仗義行俠屠龍救美？誰不想闖蕩江湖，到外面見見世面？難怪湯姆一心一意想出外闖蕩當海盜，難怪赫克自始至終也想蹺頭換環境。馬克吐溫寫這兩本書時年過四十，回首當年，重新看待自己成長過程，對待這類作品也是兩樣心情。

英國19世紀最暢銷的*Ivanhoe*（《劫後英雄傳》）等名作，描寫森林俠盜Robin Hood（羅賓漢）等英雄豪傑劫富濟貧的故事，大家都耳熟能詳，作者是Sir Walter Scott（史考特爵士，1771-1832），但是馬克吐溫卻痛恨他，在《密西西比河河上生涯》一書中指控他害人不淺，說他害得全世界都著迷於一種過時落伍、庸俗頹廢、愚蠢幼稚、好高騖遠、不切實際、感傷濫情的浪漫主義，尤其塑造了美國南方社會盲目崇拜貴族制度與英雄主義，間接導致死傷慘重的南北戰爭，阻礙了民主政治的正常發展。《赫克歷險記》全書都在冷嘲熱諷這種瀰漫於整個南方社會的意識型態。不過，今日讀者平心而論，馬克吐溫即使義憤填膺言之有理，但對Walter Scott個人似乎有些言之過重，那種全民的風氣與觀念，並不是Walter Scott一個人所造成的，而是那個時代整個大環境的問題，成因很多。在《赫克歷險記》裡，湯姆似乎陰錯陽差成了替死鬼，扮演了代罪羔羊，替Walter Scott背了黑鍋。

## 《赫克歷險記》結尾是否敗筆的爭議

《赫克歷險記》的結尾部分，也是小說的第三部分（第三十二章到最後第四十三章），引發長久以來的廣泛爭議。知名作家如海明威和諸多學者，都對這第三部分不予苟同，認為這是「狗尾續貂」，小說到了第三十一章赫克終於戰勝內心矛盾衝突之後就應該結束，好比偉大的交響樂章，在登峰造極之後就應該戛然而止，留給聽眾餘音繞梁的回味。

　　就主題發展而言，這第三部分向來被視為本書的一大敗筆，特別是當赫克歷經三場天人交戰的內心煎熬之後，真情的赤子之心，終於戰勝世俗道德良心，他選擇犧牲自己的尊嚴，決定揚棄歪曲的是非觀念，為了協助潛逃的黑奴吉姆追尋自由，他全盤豁出去了，第三十一章時赫克說："All right, then, I'll go to hell!"（「好吧，那麼，我就下地獄吧！」）一副慷慨成仁的樣子，「我不下地獄，誰下地獄？」就道德意識的主題而言，這是赫克道德成長到達顛峰境界的超然之舉。

　　然而，這個高潮卻未在這個節骨眼上見好就收，整本書離開滌清焦慮的河面，又回到岸上農莊的文明社會，赫克變成了配角，湯姆卻喧賓奪主變成主角，模仿 *Monte Cristo*（《基度山恩仇記》）情節，主導一場英雄豪傑evasion（越獄）的farce（滑稽鬧劇），而事實上湯姆明明知道華珊小姐遺囑早已釋放吉姆自由，卻故意隱瞞事實捉弄大家，搞得全家全鎮雞飛狗跳，不為什麼，只為滿足自己的私欲而已："I just want the *adventure* of it."（「我只是要那份刺激冒險而已」），就這麼一句話，害他「英雄」變「狗熊」，落入萬劫不復的地步，不顧別人死活，最後自己還挨了一槍差點送了命，幸好吉姆再度發揮高貴情操，犧牲自己拯救湯姆。

　　多年來也有許多學者跳出來為馬克吐溫辯護，唇槍舌劍爭論不休，終於在Shelley Fisher Fishkin的圓滿詮釋後大致落幕。不過，從另一個角度看，就情節結構而言，全書一首一尾互相呼應，構成完整循環，整本書以鬧劇開始，也以鬧劇結束。我個人深入閱讀多次，發覺

並無大礙，馬克吐溫描述笑鬧場合的本領依然展露無遺，撇開道德意識不談，人生本來就是沒有標準可言，因此也越來越覺得沒有必要過度強調moralistic reading（「道德化閱讀方式」）。我們應該多多尊重作者的原旨，而不是堅持「文以載道」，強行加諸傳統「獎善懲惡」的意見，不知不覺犯了所謂一廂情願的affective fallacy（「主觀論定的謬誤」）。赫克為了吉姆而甘心下地獄，事實上並沒有那麼神聖偉大值得歌頌，也不必把他當成不可一世的英雄人物，他依然崇拜湯姆的博學多聞，願意同他繼續胡鬧瞎搞也不為過，畢竟他全力配合演出，也是委曲求全，一心一意只是為了拯救吉姆。

## 《赫克歷險記》種族歧視爭議

種族歧視議題一向是《赫克歷險記》引發的最大爭議，論戰持久不歇，值得深思探討。

儘管《赫克歷險記》早已奉為經典，但時至今日仍有少數的黑人學者[45]和頑固道學家不以為然，一口咬定馬克吐溫是典型的racist（種族歧視者），因為全書使用藐視黑人的字眼nigger（黑鬼），這個字在全書內出現219次之多，引發本書最大的爭議與誤會。他們認定全書充斥「白人至上」、「黑人下等」、「黑人不是人」、「黑人只是財產」的心態。這種責怪方式似乎是張冠李戴，怪錯了對象，《赫克歷險記》的時代社會背景是南北戰爭之前，不能用今日比較進化、比較民主開放的現代標準，來衡量過去時空背景的閉關自守現象。指控馬克吐溫是種族主義者，等於模糊了焦點，套一句馬克吐溫學者很貴切的說法："confusing the messenger with the message"（「混淆了信差與口信」，不苟同口信內容，因而遷怒錯殺傳達口信的信

---

45　Leonard, James S., Thomas A. Tenney, and Thadious M. Davis, eds. *Satire or Evasion? Black Perspectives on "Huckleberry Finn."* Durham: Duke UP, 1992.

差）[46]。

　　原文nigger這個字在20世紀是非常忌諱的字眼，現在大家都用African American（非裔美國人），或Black（黑人），或colored people（有色人種），但在南北戰爭之前的18、19世紀蓄奴時代裡，一般而言是對黑人人種Negro的「暱稱」，甚至連黑人都以此自稱或互稱，大家習以為常，未必懷有特別惡意，也不具有強烈貶損意味。赫克開口閉口稱黑人為「黑鬼」，害馬克吐溫背了種族歧視的大黑鍋，其實赫克也是人云亦云，並不表示馬克吐溫本人有種族歧視，話說回來，赫克不稱黑人為nigger，那他要用什麼字眼？

　　根據*The Oxford English Dictionary*（《牛津英語字典》），這個字出現於18世紀，即使是在蓄奴時代的美國南方，也只限於低下階層使用，有教養的中上階層會盡量避免，暢銷名著*Gone with the Wind*（《飄》，1936）裡的女主角郝思嘉就曾說過，她媽媽不許她說這個字。即便是20世紀的福克納小說中也經常出現這個字眼。赫克出身更是低落，連低下階層都不入流，以他的出身背景用這個字眼，實在是再貼切不過了。許多20世紀的讀者與學者，一味針對這個字眼找碴，等於犯了anachronism（時代倒置）的錯誤，那個時代就是流行nigger那種字眼，根本不流行colored people或African American這樣文謅謅的進步說法。

　　馬克吐溫生於1835年，南北戰爭爆發時他才26歲，被迫終止領航員的高薪工作。南北戰爭是美國歷史的轉捩點，林肯率領一批有志之士，為黑人人權打上一場戰爭，一打打了四年，白人打白人幾乎玉石俱焚，國家幾乎分裂，如果林肯沒有打贏這場戰爭，美國今天會分裂成兩個國家。四年內戰傾家蕩產，嚴重耗損國力，因此療傷止痛的

---

46　Fischer, Victor, and Lin Salamo, eds. "Forword." *Adventures of Huckleberry Finn*, The Mark Twain Library edition. Berkeley: U of California P, 2001. xxiv.

恢復期也拖延長久。1865年戰爭結束，黑奴終於獲得解放，但那畢竟只是法律上的說法，整個社會民心一時還無法完全扭轉過來，尤其是南方各州的經濟重心依然建立在黑奴制度上，以農業爲主的南方需要大量黑人人力，何況社會結構不是短期就能重建的，一切都還處於進行式階段。馬克吐溫成長期見證了這個過渡時期，他個人即使有先見之明，也只能鳳毛麟角零星呈現，畢竟他不是偉大的思想家，未能發展一套完整的思想體系。他最專長的就是說故事，說得動聽有趣就是最大成就，他的故事就是所見所聞的其人其事，周圍不外乎白人、黑人、印地安人。

學者們常質疑馬克吐溫描寫黑人及印地安人頗有偏見，出自「白人至上」優越心態，可是，反觀他描寫白人時，不也是冷嘲熱諷不遺餘力嗎？事實上馬克吐溫寫的不是racial stereotypes（種族刻板化形象），而是痛恨所有人類的人心險惡、泯滅人性、互相傾軋、兇殘以報，他更痛恨矯揉造作，假仁義之名，行虐待之實，而這些人性弱點與愚思蠢行大都展現在白人世界裡。比起其他美國作家，馬克吐溫算是與黑人及印地安人接觸最多最廣的，他呈現的黑人及印地安人算是最接近真相、最擺脫刻板形象的，他個人和他們的互動良好出自真誠，完全沒有紆尊降貴的心態，他篤信天賦人權與人道主義，爲弱勢發聲，爲受害者仗義執言，還替華工討公道，對抗壓榨與剝削，還替菲律賓撐腰，對抗帝國主義侵略。

有些膚淺的讀者只讀了《湯姆歷險記》和《赫克歷險記》，就對馬克吐溫處理黑人及印地安人態度大放厥詞，攻擊他的種族歧視，甚至以偏概全，在片面的少數案例上大做文章，其實大家心裡都明白，不管人種不管族群，都有好人壞人，不能一竿子打翻一船人。

我們不能強人所難，要求馬克吐溫當一個聖人，要求活在19世紀的他，具備20世紀「政治正確」的種族平等意識，要求他擁有經典作家的高規格條件。事實上馬克吐溫對黑人及印地安人的矛盾心態，正

好反映那個時代處於過渡期的遞變，他的虛構小說反映周遭民眾的意識型態，他的非虛構散文呈現他個人的獨到見解，我們都知道馬克吐溫觀察入微、文筆犀利、嫉惡如仇。

全世界種族問題一向是極端複雜，剪不斷理還亂，兩三千年來的紛爭持續上演，此起彼落。美國處理黑人及印地安人問題，也是耗費幾百年還不得其解，幸好美國人勇於承認錯誤，承認他們對黑人及印地安人的迫害，提出補救措施雖然為時已晚，但還算差強人意，殖民初期生存競爭弱肉強食在所難免。既得利益的白人願意放下身段，許多作家與學者的人道精神功不可沒，馬克吐溫當然不如《黑奴籲天錄》的作者史托夫人那樣寫出一本改變美國歷史、促成黑奴解放的書，但他肯定吉姆的高貴人格也算是捍衛黑人人權的一大貢獻。

馬克吐溫很小的時候家裡也有一個黑人女孩奴僕幫助家務，後來轉賣出去。他對黑奴人權的認知和頓悟過程，一如赫克一樣的緩慢而痛苦，但他長大以後「行萬里路，讀萬卷書」，經常有機會接觸黑人，傾聽他們心聲，為他們發言，結交黑人作家朋友如Frederick Douglass、W. E. B. DuBois等，也曾資助一位黑人男孩上耶魯大學法學院。多年來為馬克吐溫辯護的學者層出不窮，其中以Shelley Fisher Fishkin最為用心，一一列舉實例為證，最具說服力。

《赫克歷險記》裡馬克吐溫挑戰禁忌甘犯眾怒，以「反諷」的手法烘托出那個社會對待黑人的態度，應該視為別具用心，企圖顛覆意識型態，凸顯大家以往「視為理所當然」的隱藏問題，奇怪的是，很多人卻沒有看出「反諷」底層的內涵，只看表面就信以為真。邵毓娟的論文探討《赫克歷險記》裡種族問題和意識型態的糾葛，一針見血的指出，從赫克角色可以看出種族偏見「形成、傳遞、墨守的動機與危機」，赫克和社會的疏離使他得以游離社會的規範，使他成為「顛

覆偏見的良知」[47]。所以，真正有種族偏見的不是馬克吐溫，而是赫克，但赫克會有種族偏見，就是因爲那個社會規範差點也把他徹頭徹尾的brain-wash（洗腦）了，幸虧他拒絕同流合污，那顆赤子之心克服了社會偏見。

怪罪馬克吐溫是種族主義者，正好像怪罪莎士比亞是大男人主義者一樣，因爲莎士比亞在*Hamlet*（《哈姆雷特》）裡讓哈姆雷特說了一句亙古名言："Frailty, thy name is woman."（「弱者，妳的名字是女人。」），但哈姆雷特說那句話的場合是在責怪他的母后，在父王屍骨未寒就禁不起甜言蜜語的誘惑，倒向叔父的懷抱，而哈姆雷特自己即使復仇動機強烈，畢竟天生個性優柔寡斷，舉棋不定飽受煎熬，他一時激憤的言語不並不代表理智的心態。莎士比亞並不是在指責全天下的女人都是弱者，縱覽他五十多部劇本可以歸納其女性人物通常都相當有個性，有時甚至比男人還要明理清醒、顧全大局、解決問題，莎士比亞絕對不是male chauvinist（男性沙文主義者），在某些層次上而言，他反而是forerunner of feminist awareness（女性意識的先驅），肯定女人也有才華、有智慧、有自主意識。

同理而言，《赫克歷險記》的第一人稱敘事者赫克是個半文盲的14歲男孩，上學才上了幾個月而已，他有個酒鬼老爸，卻比沒有更糟糕，他是個化外小子，不受文明羈束，所以也不受文明的污染腐化，反而看到文明人的盲點和弱點，但他也經常覺得未受文明洗禮而自慚形穢。他的一言一語充滿真情，也充斥著「反諷」，很多讀者瞧不出端倪，看不懂字裡行間的奧妙，誤以爲這就是馬克吐溫個人的態度，因此嗤之以鼻，甚至嫌其語言低俗、不入流、教壞小孩子等等，詆毀之餘發起反制運動，好幾個公立圖書館紛紛公告列爲禁書。然而，這

47　Shao, Yu-juan邵毓娟。"Ideology and the Problem of Race in *Huckleberry Finn*."（〈從馬克吐溫的《頑童歷險記》探種族問題和意識型態的糾葛〉。《師大學報》41期（1996年6月），頁355-66。

種低俗的語言卻是後來文壇一致大力推崇的創舉，這種非傳統、非主流、非文人的敘事策略是文學理論公認的創意突破，馬克吐溫地下有知，一定也會慨嘆十年河東十年河西，當年的禁書現在竟成了經典，總算還他公道，被打入冷宮又扶回正室，的確應該加倍補償。

討論《赫克歷險記》種族議題的論述，儼然成為一大主流，從方興未艾到塵埃落定，歷經一段很長的時間，也投注很多的學者人力，其辯爭過程也很值得反省。長期辯爭的結果，似乎目前大多認同，《赫克歷險記》不但不是一部「種族歧視」的書，反而是一部「反種族歧視」的書，採取的策略是「以子之矛，攻子之盾」。

## 《赫克歷險記》裡的吉姆

吉姆與赫克聯袂順流而下，追尋各自心目中理想的「自由」，吉姆逃離奴隸制度，赫克逃離文明社會，在整個接受自然洗禮的過程當中，吉姆在赫克生命中扮演一個亦師亦友的啟蒙角色。

討論《赫克歷險記》種族議題的論述，也特別著重馬克吐溫所描繪刻畫的吉姆這個角色，很多黑人讀者和學者忿忿不平，因為他們認為吉姆被醜化、被刻板形象化，成為一個滑稽、迷信、愚蠢、憨厚的人物，沒有知識水平，也沒有邏輯概念，只有小聰明小本事，只會被湯姆擺布利用。類似的抱怨也發生在史托夫人《黑奴籲天錄》裡的Uncle Tom（湯姆大爺）身上，認定那只是白人作家眼中的黑人形象，不能代表全體的黑人，他們作品設定的對象也以白人讀者為主，似乎只以為當時的黑人大多是不識字的文盲。

近年來越來越多的種族議題論述環繞著吉姆[48]，2009年還有

---

48　參閱Daniel G. Hoffman、Thomas Weaver、David Lionel Smith、Stephen Railton、Forrest G. Robinson、Ernest Mason、Betty H. Jones、Thomas Quirk、Jocelyn Chadwick-Joshua、L. C. Minnick、Laurel Bollinger、Terrell Dempsey、Victor A. Doyno、Gene Jarrett。

一篇論文採用中國孟子「人性本善」與「天生好德」的理論，來詮釋吉姆這個人道模範的角色如何影響赫克的道德成長[49]。吉姆是赫克的surrogate father（替身父親），取代他那白人垃圾、不務正業的biological father（親生父親）老爹，照顧他憐惜他。他也是赫克的啓蒙大師，促使他頓悟體會黑人的人格，沒有他，赫克的心智也無法成長。

吉姆常被誤解，因爲讀者看到的吉姆是赫克口中的吉姆，需要抽絲剝繭撥雲見日，才能看到真正的吉姆，其實他也有主觀個性，也有一貫原則，也有推理邏輯和思維模式，更難得的是他還有人道關懷，沒有心機，不會算計陷害別人，與書中諸多人物相比，尤其是在惡名昭彰的「國王」和「公爵」襯托之下，他反而顯現出「高貴野蠻人」的特質。

馬克吐溫曾說，吉姆是他臨摹現實生活中的一個人物，他12歲以前，每年都到姨丈John A. Quarles的農莊過夏天，那是他童年生活最美好的回憶，本書第三部分所描寫的農莊生活，就是以這個農莊爲本。農莊有一個黑奴叫Uncle Dan'l，他是所有黑奴中最真誠、最聰明、最有感情、最有耐心的，50歲時被姨丈釋放自由，馬克吐溫他們一群孩子們深受其感召，開始尊重黑人種族的民族特性與智慧。除此之外，吉姆這個角色還摻雜著馬克吐溫熟悉多年的兩個朋友，一是他在紐約州Elmira住家附近的一個農夫John Lewis，另一個是他在康乃狄克州Hartford住家的總管George Griffin，這位總管的altruism, strength and courage（「利他主義、毅力和勇氣」令馬克吐溫景仰不已[50]，1903年兩人在家門口合照的那張照片，可爲他們的老交情作證，馬克吐溫

49  Lee, Jung H. "The Moral Power of Jim: A Mencian Reading of *Huckleberry Finn*." *Asian Philosophy* 19.2（July 2009）: 101-18.

50  Fishkin, Shelley Fisher. "Part Three: Jim." *Was Huck Black? Mark Twain and African American Voices*. Oxford: Oxford UP, 1993. 77-108.

那時68歲，看得出來兩人都已垂垂老矣，但莫逆之交歷久彌堅。

## 《赫克歷險記》課堂爭議

目前《赫克歷險記》面臨的另一大爭議在於教學的困擾，反對聲浪大多來自中學教師，他們說黑人學生受到二度傷害，書中此起彼落的nigger字眼高達219次，已經讓他們癒合的歷史創傷再度被揭瘡疤，再加上白人學生經常輕率戲謔以此呼喚，好容易建立起來的種族融洽，又再度產生隔閡。因此，他們呼籲，在學生心智與年齡尚未臻於成熟之前，在沒有人引導閱讀其「反諷」奧妙之前，這本書不應該被列入青少年學子的「閱讀書單」，不能任由學生自行摸索，必須放在課堂裡由教師帶領著閱讀，學生也應該被教育不可濫用「黑鬼」字眼而觸犯禁忌殃及無辜。馬克吐溫學者Alan Gribben因應中學教師們的呼籲，2009年出版*The Adventures of Tom Sawyer and Huckleberry Finn: The NewSouth Edition*，修改馬克吐溫這兩部青少年作品裡的爭議性文字，nigger全部替換成slave，Injun替換成Indian，立刻引起公憤群起攻之。諾貝爾獎得主黑人女作家Toni Morrison在1996年牛津版《赫克歷險記》的序論裡，就提起她中小學時兩次閱讀的類似慘痛經驗，但現在身為桂冠小說家，她最肯定的就是這本書的價值。

在大學裡，《赫克歷險記》當然是最佳閱讀文本，美國文學史的里程碑之作，集創意想像與幽默文筆於大成，早已從「禁書」轉變成公認的「經典」，還驗證「典律轉移」現象。可是，早期也出現很大的爭議，著名的學術期刊*College English*在1955年10月同時刊登了兩篇文章："Why *Huckleberry Finn* is a Great World Novel"與"Why *Huckleberry Finn* Is Not the Great American Novel"[51]，各有各的立場和訴

---

51　參閱Lauriat Lane, Jr.、William Van O'Connor。

求。還好這麼多年來經過諸多學者辯證[52]，總算肯定作爲大學教材的價值。

我個人認爲這本經典更應該是青少年必讀之書，它反而是族群教育的最佳示範教材，與其一再反對列入「閱讀書單」，還不如多舉辦幾次研討會或教學工作坊，大家交換經驗集思廣益，研究如何教導學生閱讀的方法，特別是書中的「反諷」和「寓意」。同年齡層的青少年在閱讀過程中，會完全認同赫克的感受，也會經歷一段歷練的ordeal（考驗），也會像赫克一樣成長，from ignorance to enlightenment（從無知到啓蒙），達到epiphany（頓悟）境界，認同吉姆的人性價值，以及黑人的人權和他們世世代代所受的委屈。黑人地位與人權在美國社會與歷史上獲得肯定，本來就是一段漫長而艱苦的奮鬥過程，赫克就是最好的見證，他那一段順流而下的旅程，就是一段initiation（入世）的過程，讓他有機會體驗現實世界與人生哲理，只是馬克吐溫運用極其微妙的「反諷」方式呈獻給讀者，再添上「機智幽默」作爲調味劑。全世界人類彼此還有許多需要克服的族群問題，譬如猶太人、回教徒、同性戀等「非我族類」（異己或「他者」）之間的誤解，基本上都是長期「刻板形象化」所造成，文學家把這些紛爭用故事來比喻說明，反而戲劇化地凸顯問題所在，因此文學作品往往比長篇議論更能打動人心，引起廣泛共鳴，《黑奴籲天錄》就是一個很好的例證，如果沒有這本書，說不定美國南北戰爭會延後幾年才開打，黑人人權問題還會延後解決。

赫克會帶壞小孩子嗎？據黃碧端引述，雷根總統有相反的意見：「我多希望我們的學校能教給孩子，像哈克〔赫克〕在小木筏上優美地航過密西西比河一樣的能力，航過他們的人生；教會他們像哈克一

---

52　參閱Eric Solomon、Jocelyn Chadwick-Joshua、James S. Leonard、Shelley Fisher Fishkin、Phillip Barrish、Sharon E. Rush、Dudley Barlow。

樣痛恨偏見、愛周圍的人，尤其是愛他的大朋友Jim。」[53]

## 《赫克歷險記》中的「曼氏諷刺」

　　我當年碩士論文寫《頑童流浪記》中的諷刺，朱炎老師是我的指導教授，1976年寫的，1977年1月通過口試取得學位。距今已有35年之久，我的看法改變了不少，證明我心智年齡有在成長。當年碩士論文寫的是這部作品裡的「諷刺」主題，教書多年之後，更體認馬克吐溫偉大之處在於，他的冷嘲熱諷是隱藏在字裡行間、給內行人看的，所謂「外行人看熱鬧，內行人看門道」。35年後我更相信，《赫克歷險記》裡的諷刺屬於「曼氏諷刺」，屬於一種「文化批判」或「意識型態批判」，不是針對個人恩怨或社會腐敗，而是針對壟斷人心的意識型態、習以爲常的人生盲點、顯學當道的拘泥迂腐、假正義之名的行暴虐之實、滿口仁義道德的喪盡天良。

　　「曼氏諷刺」採取的策略是「以子之矛，攻子之盾」，自欺欺人或自我暴露弱點，讓讀者經常有機會檢討反省許多傳統觀念的自相矛盾。套用Northrop Frye（傅萊）的anatomy（剖析）文類理論[54]，它是剖析當代社會意識型態與當道顯學的一幅浮世繪，屬於一種encyclopedic satire（百科全書式的諷刺）。套用Mikhail Bakhtin（巴赫汀）的menippea（「曼氏文類」）理論[55]，它是嘉年華式的subvert orthodox and authority（顛覆正統與權威），以另類觀點暴露當道顯學價值觀的矛盾，挑戰禁忌。我曾用這種新興的「曼氏諷刺」理論與手

---

53　同注27。

54　*The Anatomy of Criticism*. Princeton: Princeton UP, 1957.

55　*Problems of Dostoevsky's Poetics*. Trans. Caryl Emerson. Minneapolis: U of Minnesota P, 1984.

法，在我的博士論文裡詮釋《格理弗遊記》與《鏡花緣》[56]。

我們在《赫克歷險記》裡處處可見馬克吐溫揶揄宗教，特別是傳統基督教洗腦了社會民心，造成某些教徒執迷不悟、虛假偽善、言行矛盾、口是心非。其實馬克吐溫自己並不是無神論者，他的母親、姊姊Pamela、妻子Olivia等親朋好友都是虔誠的基督徒，他自己也是上主日學上教堂長大的，但他厭惡某些教徒過度狂熱，以致強行加諸個人信仰於他人，盲目崇拜到不分青紅皂白，欠缺獨立判斷能力，濫用慈善心與同情心，善心反而被人利用，或是假借宗教之名行詐騙之實，或是提槍上教堂去聆聽牧師宣揚手足之情的證道。這一切看在赫克眼中，更襯托得荒謬可笑，連小孩子都看得到的矛盾，為什麼大人自己卻看不到？明明上帝只有一個，為什麼會有「兩個上帝」（two Providences）？道格拉斯寡婦和華珊小姐這一對姊妹，信奉同樣的基督教，卻用截然不同的方式詮釋教義和信奉上帝，道格拉斯寡婦的上帝慈悲為懷，華珊小姐的上帝卻嚴厲恫嚇，赫克只好說大概上帝有兩個。華珊小姐強迫赫克讀聖經，差點把他逼瘋了，連她姊姊都看不過去。鎮上新來的法官，濫用人類同情心，活該被老爹騙得很慘。「野營布道會」的群眾一廂情願善心捐款，也活該被「國王」這個騙子騙得很慘。

因此我很高興看到後來也有學者在專書裡討論到「曼氏諷刺」，關如Chadwick-Joshua引用Northrop Frye的觀念，呈現《赫克歷險記》裡大大小小人物所代表的各種社會心態[57]，吉姆的形象經常被誤解，主要是因為讀者常被赫克誤導。的確如此，事實上馬克吐溫對

56　這本博士論文1995年被國外Peter Lang Publishing, Inc.出版，並在亞馬遜網路書店（Amazon）銷售。An-chi Wang. Gulliver's Travels *and* Ching-hua yuan *Revisited: A Menippean Approach.* New York: Peter Lang, 1995.

57　Chadwick-Joshua, Jocelyn. *The Jim Dilemma: Reading Race in Huckleberry Finn.* Jackson: UP of Mississippi, 1998.

待吉姆是「寓褒於貶」，對待湯姆是「寓貶於褒」。還有學者引用Bakhtin的menippea理論詮釋《赫克歷險記》，把順河而下的旅程比喻成下地獄之旅[58]，因為赫克決定寧可下地獄，犧牲自我成全吉姆。

　　這麼多年來我也難免被各種門派的文學批評理論牽著鼻子走，相信權威大師之言，追求「當道顯學」評論，當然我也深受學者專家的啟迪，可惜年輕時沒有自信也沒有能力發揮自己的見解。等到我自己開始在課堂上教這個作品，要說服學生欣賞這本書，慢慢開始「將心比心」，從學生們得到很多意想不到的看法，他們的課堂討論和學期報告往往提出另類思考角度，令我重新檢討自己思維模式，真的是受益匪淺，也讓我深深體會到，學術論述的「瓊樓玉宇高處不勝寒」，與大眾口味的「腳踏實地實事求是」，都各有其可取之處，兩者並非涇渭分明。學院派的指標常與大眾品味的流動產生奇妙的互動，有時相輔相成，有時背道而馳。我譯注此書目的也在拉近這兩大陣營的距離，讓這部作品「雅俗共賞」。

## 教授《赫克歷險記》的經驗

　　我教《赫克歷險記》的教學經驗不算很豐富，自認還有許多改善的空間，隨著年齡的成長，我的心智年齡也在成長，對這本書的見解也愈趨成熟，或許我說成熟是太抬舉自己，但我也慢慢能夠把自己的人生經驗融入閱讀，朝向所謂「融會貫通」的境界。我在外文系大學部和研究所都教過《赫克歷險記》，在大學部的「美國文學」、「小說選讀」、「西洋經典研讀」，在研究所的「諷刺小說與文化批判」，上課時數伸縮彈性很大，其實這本小說相當長，慢慢閱讀才能細細品味。

---

58　Obenzinger, Hilton. "Going to Tom's Hell in *Huckleberry Finn*." *In A Companion to Mark Twain*. Eds. Peter Messent and Louis J. Budd. London: Blackwell, 2005. 401-15.

大學部學生如果是外文系的，當然要直接挑戰英文原著，但如果程度不夠好，我也不反對初學者參照中譯本，左手一句英文右手一句中文，同時增進兩種語文能力，萬丈高樓平地起，我們也都是從這個階段過來的，只要廣泛閱讀用心體會，英文絕對會進步。研究所學生直接閱讀原文當然不成問題，他們都可以讀到字裡行間的弦外之音，心有靈犀一點通的那種成就感真是美妙，讓我真正體驗到「得天下之英才而教之」的快感。近年來我在台大外文系夜間部和逢甲外文系開「小說選讀」時，一學期就讀《格理弗遊記》和《赫克歷險記》這兩本英美經典小說，挑戰很大，我特別把單德興的譯注本《格理弗遊記》推薦給學生，備受好評，聯經出版公司也給予學生極優惠的團體折扣價，希望我這本《赫克歷險記》譯注將來也能比照辦理。有一個學期在台大開課居然收到了92個學生，都是慕這兩部作品之名而來。2009年在亞洲大學外文系開授「西洋經典研讀」課程，整個學期讀《赫克歷險記》原著，正式選修這門課有78位學生，還不包括旁聽的，2010年再度開授則有95位學生，可見學生有意願閱讀經典，只是欠缺「師父」領進門。

　　在過去幾年教學過程當中，我提供譯注初稿給學生們對照閱讀（但嚴禁外流），也懇請他們提供修正建議作為回饋，果然「恩恩相報」，獲利良多，心思縝密的學生逐字閱讀，一一指正我的盲點，貢獻更好更貼切的譯詞文字，修正我的「西式中文」，令我感激涕零，誠所謂「教學相長」，真想把他們的名字羅列於此以示感恩，但又擔心「掛一漏萬」，還有不少學生「為善不欲人知」。

　　教《赫克歷險記》真是快樂極了，書裡書外都有一連串有趣的故事，堪稱是一部老少咸宜、雅俗共賞的文學經典，「淺者讀其淺，深者讀其深」。俗話說「少不猖狂枉少年」，重溫童年舊夢的感覺真好。中國文學好像還沒有這樣有趣的書，如果我這本經典譯注導讀能夠激勵類似的作品出現，也很值得了。

如果讀《赫克歷險記》能夠搭配《湯姆歷險記》當然最好，可以比較兩者異同，這兩本書很多學生小時候都讀過簡化版、淨化版、漫畫版、卡通版、電影版，等他們讀到原著都會很有成就感，大叫：「怎麼和小時候讀的差那麼多？怎麼和影片截然不同？」學生們非常享受那種「長大了、成熟了、超越了自我」的感覺，其實長大了再讀原典也不遲，心智年齡成熟到某一階段更能真正體會精義。單德興譯注本《格理弗遊記》描述的類似經驗，我也深有同感，西洋文學飄洋過海，多多少少都會經歷「誤讀誤導」甚至「改頭換面」的遭遇，因此我也希望我這《赫克歷險記》譯注插圖本能夠像單德興的《格理弗遊記》，發揮一點「正本清源」的效果。

教了多年《赫克歷險記》之後，我逐漸傾向於加強文本閱讀，逐字逐句解釋原文優美的片段，發掘文字修辭之美。馬克吐溫行雲流水的詩意散文，渾然天成，得來全不費工夫，從赫克嘴裡說出來別具意義，用最簡單的字詞，表達最崇高的境界。譬如「河上日出」、「與良心天人交戰」等等章節，三言兩語不見斧鑿，不落窠臼不沾世故。

《赫克歷險記》全書充滿幽默，但赫克卻是個沒有太多幽默感的孩子，很多幽默效果反而是建立在讀者與馬克吐溫之間的默契，赫克是那個「冷面笑匠」，有時候說起笑話卻常不知其可笑之處，譬如他說他喜歡上學，非常得意他的「九九乘法表」已經背到7×6=35了，小學生都知道好笑在哪裡。又譬如他和吉姆用剝了皮的野兔做餌，在河裡釣到一條超大的鯰魚，像一個人那麼大，6呎2吋長，超過200磅，在淺灘掙扎甩來甩去，沒法招架，怕牠尾巴一甩，會把他們甩到大河對岸一兩哩外的伊利諾州去（這顯然誇張得可笑），只好耐心的等那條魚「淹死」再說。讀者不禁會質疑：「魚」會淹死嗎？從小孩子的觀點當然會，有趣之處也在這裡，赫克沒有科學常識，但智慧型讀者都有。

## 莊嚴先生墨寶

　　還有一事值得一提，2009年初茉莉二手書書店在網路上拍賣（由傅月庵主持）一本《頑童流浪記》中譯本，那是民國41年香港人人出版社的第一本中譯版本，珍貴之處在於封面內頁有前故宮博物院副院長莊嚴先生題辭，贈送給他的兒子莊靈，莊嚴先生是著名書法家，那一頁毛筆字的題辭當然是千古難得的珍貴墨寶，題辭中父親對兒子的殷切期許之情溢於言表。網路拍賣最後以八千多元成交，我的學生也幫我多次參與競標，雖然最後沒有標到，但也慶幸這本墨寶沒有落到我手中，因我實在不知如何好好保存它。我原先志在必得，因為民國41年前後莊嚴先生在霧峰護衛輾轉來台的故宮國寶，而我在霧峰的亞洲大學外文系任教了五年，不為什麼，只因著地緣之故。 同時也感謝亞洲大學沒有給我行政職務，讓我專心完成譯注計畫。

# 赫克歷險記

▲ 赫克像

# 赫克歷險記
## （湯姆的夥伴）[1]

場景：密西西比河流域[2]

時間：四十至五十年前[3]

作者：馬克吐溫

附187幅插圖[4]

紐約：韋氏出版公司[5]

---

1 這部根據「失而復得」手稿重新編排並附原版插圖的作品，現已放在免費線上閱讀網站：Mark Twain Project Online（http://www.marktwainproject.org），有興趣讀者可以中英對照閱讀原著，不過這個電子版（electronic text）與印刷紙本在分段段落上稍有不同，尤其是第十六章「筏伕章節」部分。本書原文書名*Adventures of Huckleberry Finn*，是《湯姆歷險記》（*The Adventures of Tom Sawyer*）的續集，赫克是湯姆的兒時遊伴死黨，因此而有副標題「湯姆的夥伴」。

2 世界古文明多孕育於大河流域，如埃及尼羅河流域、西亞兩河流域、中國黃河流域等。密西西比河（The Mississippi River）是北美洲第一大河，由北至南縱貫美國內陸，孕育出鄉土風味的美國文明，見證美國歷史的時代變遷，《赫克歷險記》是第一部以大河為場景的美國本土文學，馬克吐溫描繪河上特殊景觀的文筆被譽為「大河史詩」。

3 這個「背景時間點」需要特別說明，馬克吐溫於1876年開始動筆撰寫本書，其間寫寫停停共8年，所以此處封面頁所述「四十至五十年前」，若以開始寫作1876年而論，應指1826-36年間；若以寫完出版的1885年而論，則應指1835-45年間。都是南北戰爭（1861-65）之前三、四十年間的時代背景。這個「背景時間點」很重要，因為有許多讀者和學者都「溯及既往」，以戰爭之後的「現代」標準，去衡量戰之前的「過去」觀念，導致種種誤會與爭議。

4 本書早期出版的版本都附有插圖畫家Edward Windsor Kemble所畫的174幅，第十六章重新植回本書的「筏伕章節」（the Raftman's Passage）13幅插畫，則由John J. Harley為《密西西比河上生涯》（*Life on the Mississippi*）而畫。本譯注合併兩位畫家插圖總共187幅，有別於其他中譯本（見本書〈譯注者聲明〉篇）。

5 這是馬克吐溫和他的外甥女婿Charles L. Webster，投資新型排版印刷機器而合開

# 1885年[6]

（續）————————
的「韋氏出版公司」（Webster & Co.）。

6　本書1884年12月配合聖誕假期於英國出版，但因其中有一幅插圖的版畫需要重
　　新製作而延誤，隔年2月才在美國出版，因此《赫克歷險記》出版年代有不同說
　　法，但大多以1885年為準。

# 警告啓事

　　企圖在本書中找尋寫作動機者將被起訴；企圖在本書中找尋道德寓意者將被放逐；企圖在本書中找尋主題情節者將被槍斃。[1]

　　　　　　　　　　　　　　本書作者特頒布命令
　　　　　　　　　　　　　　奉兵工署署長G. G. 指示[2]

---

1　這一段「警告啟事」（NOTICE）文字非常有名，英文非常漂亮，由三句平行結構語法寫成：Persons attempting to find a Motive in this narrative will be prosecuted; persons attempting to find a Moral in it will be banished; persons attempting to find a Plot in it will be shot。這一段文字是他專長的遊戲文章手法之一，展現特殊幽默風格，要求讀者不要道德說教，不要一本正經，不要循傳統模式，來探討寫作動機、道德寓意、主題情節。然而，一百多年來讀者和學者不聽警告，不尊重作者原旨，紛紛在這方面大作文章，難怪斷章取義，問題層出不窮。

2　馬克吐溫故意很嚴肅的聲稱奉上級之命，違者槍斃。這裡的G. G.很可能指General Grant（格蘭將軍），美國南北戰爭時，北方聯邦軍隊的總司令，戰後擔任美國總統（1869-77），是馬克吐溫多年好友，1879年在芝加哥舉辦頌揚格蘭將軍的晚宴上，馬克吐溫曾發表演講，1885年新創的「韋氏公司」為他出版傳記。另有一種說法，說G. G.可能指George Griffin，馬克吐溫家裡的總管，原先是黑奴，也是南北戰爭榮民，後來成為馬克吐溫家族成員，這個說法可能性較低。

# 說明啓事

　　本書用了好幾種方言,那就是:密蘇里州黑人的方言;西南偏遠地區極端俚俗的方言;「派克郡」的普通方言;以及最後這種方言的四種微調變種。這些方言彼此之間的些微差異,不是偶爾隨興,或臆度揣測而來,而是煞費苦心的結果,佐以作者個人通曉這幾種語言的可信度為依據。

　　我之所以特此說明是因為,如不加以說明,許多讀者會以為,這些人物彷彿都努力用相似的方式說話,卻又不成功似的[1]。

作者謹具

---

1　這一段「說明啟事」(EXPLANATORY)不是開玩笑,而是句句屬實,絕非虛張聲勢,而且經過語言學學者專家多方考證,的確名副其實,事出有據。本書被譽為第一部美國本土文學,大量使用鄉下地方的俚俗方言土語,呈現說話人的生動語氣,栩栩如生,如見其人、如聞其聲,既增加「臨場感」(immediacy),又增加「親切感」(intimacy)。這種方言土語,有別於繼承自英國傳統的仕紳菁英高雅語言,在敘事策略上是一大突破,當年被視為粗俗卑劣不堪入目,卻是近半世紀以來文學理論家激賞的重點,俚俗方言作為「文學語言」(literary language)我們今天早已見怪不怪,但當年實屬一大創舉。針對這一方言土語的特色,本書中文譯注難以完全兼顧「信、達、雅」原則,只求盡量貼切語意,必要時在每頁腳注中詮釋其奧妙精義,或許因此導致閱讀過程中稍有頓挫,但這也是深入體驗一代幽默大師文筆精髓的機會。

# 情節提要

# 第一章

　　要是沒看過《湯姆歷險記》那本書的話[1]，你就不曉得我是誰[2]；不過，那也沒關係。那本書是馬克吐溫先生寫的[3]，他說的是真人真事，大部分都是。有些事情是有點誇大其詞，不過，主要還都是真的。那沒什麼大不了。我還沒見過從不撒謊的人，偶爾撒個一兩回，除了波麗姨媽，或是寡婦，或許還有瑪莉以外。波麗姨媽——她是湯姆的波麗姨媽——和瑪莉，還有道格拉斯寡婦，都在那本書裡面講過了——

▲ 寡婦家

---

1　《湯姆歷險記》是第三人稱敘事觀點，主角人物是湯姆，赫克則是裡面的一個配角，到第六章才出現，兩人著迷海盜故事，結伴追蹤強盜藏寶地點，因而發了大財。兩本書的題材，都是描述青少年調皮搗蛋的荒唐事蹟，「人不猖狂枉少年」，讓成年讀者重溫童年舊夢，因此常被歸類為「兒童文學」，而事實上馬克吐溫自己曾說過，這兩本書是為成年人而寫，他真正寫的兒童文學作品是《王子與乞丐》（The Prince and the Pauper），是為他三個寶貝女兒寫的。

2　《赫克歷險記》這本小說的第一人稱敘事者「我」全名為「赫克貝里・芬」（Huckleberry Finn），但大家都叫他「赫克」（Huck）。huckleberry是一種野生藍莓，並非馬克吐溫家鄉密蘇里州原產，而是他後來住在東部康乃迪克州見到的野生漿果，小得像獵槍鉛彈，很少人吃它，多用來做飲料、釀酒、點心，正好用來象徵赫克這個天生天養、孤苦伶仃、四海為家、隨遇而安的化外小子。Finn這個姓則採用馬克吐溫家鄉漢尼拔鎮的一個老酒鬼Jimmy Finn，書中赫克的老爹Pap就是以他和鎮上其他的酒鬼為藍本。赫克的人物塑造原型（prototype）則來自鎮上一個特立獨行的流浪小子Tom Blankenship。

3　馬克吐溫的幽默也展現在這樣的「自我調侃」（self-mocking）裡，等於幽了自己一默，開玩笑開到自己頭上；同時也達到自我推銷的目的，也算是一種行銷「套書」的策略。

那本書十之八九都是真人真事，只是有些地方誇大其詞，就像我剛剛說的。

那本書是這樣結尾的：我和湯姆找到了強盜們藏在山洞裡的錢財，這下子，我們都發了大財。我們每人分到六千塊錢——全是金幣喔！那麼多金幣疊在一起，看來非常壯觀。柴契爾法官，他拿這筆錢去，幫我們放利息，這麼一來，我們一年到頭，每人每天都可以拿到一塊錢的利息——多得簡直不知道怎麼花。道格拉斯寡婦，她收我作養子[4]，說是要教化我[5]；可是，整天從早到晚，都要住在屋子裡面，可真難受，想想那寡婦正經八百一板一眼，什麼事都要照著她的規矩來；所以，等我再也忍耐不住時，就蹺頭溜了。我又穿回以前的破爛衣服，又回去住我那特大號裝糖的木桶裡，這才覺得自由自在、心滿意足。可是湯姆索耶，他找上了我，說他打算搞一個強盜幫，如果我肯回去寡婦家，學著體面一些，他才讓我加入。於是，我又乖乖回去了。

我一回去，寡婦就為我哭上好一陣，說我是一隻可憐的迷途羔羊[6]，還罵了我一大堆這個那個的字眼，但我曉得她絕對沒有惡意。她又給我穿上那些新衣服，害我實在沒轍，除了流汗還是流汗，好像全身裹著緊箍咒[7]。然後，那一套老規矩又再從頭開始。晚飯前，寡

---

4　因為先前在《湯姆歷險記》裡面，道格拉斯寡婦是一位法官的遺孀，赫克救了她一命，使她免於被強盜謀財害命，而道格拉斯寡婦也沒有孩子，所以收養赫克。

5　「教化我」（原文故意拼成sivilize me，而非正確的civilize me），這裡馬克吐溫故意使用赫克半文盲的錯誤拼字，sivilize這個字已經成為本書的經典名句之一，也是赫克抗拒世俗文明的顛覆策略。

6　典故出自《新約聖經‧馬太福音》第十八章第12-14節、〈路加福音〉第十五章第1-7節，即使是一隻微不足道的迷途小羔羊，牧羊人都必須熬費周章把牠找回來，這反映基督徒講究憐憫珍惜，任何一個卑微人物的靈魂都不容忽略。在此寡婦以傳統方式自顯其慈悲胸懷，特別憐憫誤入歧途的赫克。

7　原文feel all cramped up中的cramp有一義為「用鐵箍（cramp iron）夾緊」，cramped up指「束縛、限制、關在裡面」，此處譯為「全身裹著緊箍咒」，希望

婦會先搖一陣子鈴鐺，你就得及時趕到。等你坐在餐桌前，還不能馬上開動，還得先等寡婦低下頭去，對著食物咕咕噥噥好一陣子，雖然食物也沒有什麼不對勁[8]。只不過是，每一樣食物都是單獨煮的。要是所有雜七雜八的食物，都放在一個桶子裡一起煮，味道就大不相同了；各種食物混在一起，湯汁彼此互相交換，味道當然好多了[9]。

晚飯過後，她拿出她的書，教我摩西和蒲草人的故事[10]；我急得要命，想知道摩西的一切；可是，隔了好久，她才透露摩西老早以前就死掉了；於是我就不再管他了；因為我對死人根本沒什麼興趣。

（續）

呈現赫克極度厭惡新衣服的綁手綁腳。

8　寡婦是在循例做飯前禱告，感謝上蒼賜予食物，赫克卻以為她在抱怨飯菜不好。此處的幽默建立在「人人皆知，而當事人卻不知」的差距上，給智慧型讀者一種優越的喜悅。

9　這裡說的是「大鍋菜」或「大雜燴」（hotchpotch），各種食物的「湯汁彼此互相交換」（the juice kind of swaps around），比起「每一樣食物都是單獨煮」（everything was cooked by itself），味道當然好多了，顯示赫克知道什麼才是真正好口味，同時也暗示赫克以往都是自己煮飯給自己吃。但也有人認為是赫克窮慣了，沒有福氣吃家常菜，只會吃大鍋菜，不懂美食。讀者見仁見智，各取所需。

10　典故出自《舊約聖經‧出埃及記》第二章，當年以色列人祖先約70人因家鄉饑荒，到埃及投靠當宰相的家人約瑟，一同成為貴族。但四百多年後漸漸淪為奴隸，男丁人口超過六十萬，埃及法老王擔心他們造反，又聽信預言說以色列人當中將有救世主誕生，便下令格殺所有以色列新生男嬰。嬰兒摩西被放在一只「蒲草」（bulrush）編織的籃筐裡，由姊姊刻意放到尼羅河漂流。籃筐漂向法老王的女兒洗澡之處，被她拾獲收養，並撫養長大，姊姊還找來自己的母親當奶媽。日後摩西率領以色列子民逃出埃及，在後有追兵的緊急情況下，出現奇蹟，紅海一分為二，讓他們安然通過海底，抵達對岸，前往上帝「應許之地」（promised land）的「迦南地」（Canaan），這就是著名的〈出埃及記〉故事。「蒲草」是古埃及沼澤地區及水邊的一種燈芯草，埃及人用來造紙，又稱「紙莎草」。赫克對《聖經》一知半解，把以色列子民說成了「蒲草人」（the Bulrushers），因為他沒上過幾天主日學，也正因為如此，他才沒被教會洗腦，馬克吐溫作品中充滿類似的幽默嘲諷，挪揄教徒們不分青紅皂白的宗教狂熱。這裡道格拉斯寡婦收養赫克，彷彿自擬埃及法老王的女兒收養摩西；摩西後來拯救了全體以色列奴隸，而赫克後來拯救了奴隸吉姆。

過了沒多久，我想抽一口菸[11]，就請求寡婦准我抽。可是她不准，她說抽菸是壞習慣，又不乾淨，要我以後盡量別再抽了。有些人就是這樣，對一些事情還不明就裡，就先反對再說。眼前她開口摩西閉口摩西，摩西又不是她什麼親戚，既然老早就死掉了，當然對誰也都沒用處，你瞧，現在我想做一件多少有點好處的事，她又一個勁兒的找碴。其

▲ 教我摩西和蒲草人的故事

實，她也吸鼻菸，當然那沒什麼大不了，因為那是她自己常做的事。

她的妹妹，華珊小姐，一位瘦得有夠瞧的老小姐，臉上掛著眼鏡，剛剛搬來跟她一起住，如今拿一本拼字課本盯上了我[12]。她逼著我辛辛苦苦磨上一個鐘頭，寡婦這才要她鬆一口氣。我可沒辦法再撐下去了。接著，又是一個鐘頭的死氣沉沉，搞得我如坐針氈。華珊小姐會說，「赫克貝里，不要把腳蹺在那上面」；還有「赫克貝里，

---

11　赫克小小年紀還不是菸槍，他抽的是「玉米穗軸菸斗」（cob pipe），菸斗四處是用玉米穗軸（corncob）做成的，用來抽清淡的菸草，抽著玩可以抽很久，大人小孩都喜歡，也是鄉村地區家常享樂之一。本書第十七章提到葛蘭哲福家裡，「巴克和他媽和全家人都在抽玉米穗軸菸斗」。第三十六章也提到「吉姆有很多玉米穗軸菸斗和菸草葉；所以，我們著實好好享受了一陣子閒話家常」。馬克吐溫自己就很喜歡，還常叫人幫他照相，照他抽著菸斗的瀟灑英姿。

12　在《湯姆歷險記》裡，赫克是沒上過學的野孩子，天生天養，自生自滅，現在華珊小姐執意要教他讀書寫字。

不要那樣縮頭縮腦——身子坐直起來」[13]；沒多久，她又說，「赫克貝里，不要那樣打呵欠伸懶腰——你為什麼不守點規矩？」然後，她告訴我有一個「壞地方」[14]的種種壞處，而我說，我巴不得到那裡去。她當然氣壞了，可是，我並沒有什麼惡意啊。我只是想去個什麼地方而已；只是想換個環境，也不挑剔去哪裡。她說，我敢那樣說，實在很缺德；她說，不管是什麼理由，她也不會那樣說；**她**[15]這一輩子活著的目的，就是為了將來可以去那個「好地方」[16]。好罷，我實在看不出，去那個

▲ 華珊小姐

「好地方」有什麼好處，所以，我打定主意不想那種事。不過，我嘴裡不說出來，因為說了只會招惹麻煩，而且一點好處也沒有。

既然起了頭，她就嘮嘮叨叨沒完沒了，說那個「好地方」的種種好處。她說，在那兒，一個人只要整天走來走去，彈著豎琴唱著歌，

---

13　原文"Don't scrunch up like that, Huckleberry – set up straight;"中的scrunch有兩類意義，一指「喀嚓喀嚓的咀嚼或壓碎」，一指「捲縮或揉成一團」，兩者都可以形容赫克毛毛躁躁的行為，但是參照後半句set up straight（正確拼法應該是sit up straight）「身子坐直起來」，此處取其第二義，譯為「縮頭縮腦」。

14　這個「壞地方」（the bad place）指的是「地獄」，華珊小姐是個虔誠的清教徒，相信壞人死後下地獄，好人死後上天堂。

15　整本書中有很多強調語意或特殊語氣之處，在英文以「斜體字」表示，本譯注特別以「粗體字」表示，因為「斜體字」在中文印刷體比較少見，不如「粗體字」來得醒目。

16　這是赫克一貫的處世原則：「息事寧人，隨遇而安」，往後會經常出現，凡事順其自然，碰到惹不起的就不要惹，麻煩的事能省就省，尊重異己，寬以待人，因此也常讓他全身而退。

永遠永遠[17]。所以，我不覺得那有什麼意思。當然我也沒說出來。我只是問她，湯姆索耶會不會去那個地方？她回答，看來不太可能。我聽了滿心歡喜，因爲我巴不得跟他常常在一塊兒。

華珊小姐一直挑我的毛病，害我覺得又厭倦又寂寞。過了一會兒，她們叫幾個黑鬼進來，一起晚禱告，然後大家各自回去睡覺。我端著一根蠟燭上樓，回到房間，把蠟燭放桌上。坐在靠窗的椅子上，努力想點開心的事，可是沒有用。只覺得寂寞孤單，巴不得死掉算了[18]。天上星星一閃一閃，林中樹葉那麼哀悼的沙沙作響；我聽見遠處一隻貓頭鷹，正爲某個死去的人嗚呼哀鳴；還有一隻夜鷹和一條狗，正爲一個快要斷氣的人哀嚎；還有那風聲，好像對我低聲訴說什麼，可是，我又聽不懂牠在說什麼，害得我全身打冷顫。然後，我又聽到樹林裡有一種聲音，那是一個鬼魂想要說出心裡的話，可是又說不清楚，所以沒法安安分分地躺在墳墓裡，孤魂野鬼被迫每晚四處哭嚎遊蕩。這時刻我心情低落又害怕到了極點，真希望身邊有個同伴陪陪我[19]。沒多久，一隻蜘蛛爬上我肩膀，我用手指一彈，沒想到正巧落在蠟燭上；我還來不及搶救，牠就已經燒成焦黑一團。不用

---

17　那個「好地方」（the good place）當然指「天堂」，所有教徒夢寐以求的死後歸宿，但從赫克的觀點而言，那兒實在單調無聊透頂，永遠只能「整天走來走去彈琴唱歌」，毫無刺激可言。典故出自《新約聖經·啟示錄》第十五章第2-4節，描述在天堂裡聖徒可以彈著上帝的琴，唱讚美詩，歌頌上帝的偉大。

18　小小年紀居然就巴不得死掉，這一點讓讀者深感同情。馬克吐溫曾說，14、15歲時的男孩子，最甘願嘗試及接受一切外界事物，那也是他自己人生最快樂的日子。他年老時曾寫信給童年老友，說他15歲以前都活在傳奇當中，15歲以後的人生都是乏味虛假，真希望活到15歲就淹死算了。

19　赫克孤家寡人固然自由自在，但也怕寂寞怕得要死，夜深人靜時，聽得孤魂野鬼幽怨哀泣，渴望有人陪伴或有家庭溫暖。馬克吐溫自己小的時候，也經常籠罩在死亡的陰影裡，因為那個時代的密西西比河流域屬於落後地區，衛生環境很差，嬰兒和孩童夭折率極高，他的六個兄弟姊妹當中有三個早天，而小他兩歲的弟弟Henry則於21歲時因蒸汽輪船鍋爐爆炸而意外身亡（本書第三十二章也有鍋爐爆炸而導致傷亡的事件）。馬克吐溫自己早產兩個月，體弱多病，他的長子藍頓（Langdon）也是早產，不到兩歲就天折。

別人告訴我，我當然曉得，那是天大的凶兆，鐵定會給我帶來厄運，所以害怕得一直發抖，幾乎把全身衣服都抖掉。我站起來，在原地轉三圈，每轉一圈，都在胸口畫一個十字；然後，拔下一束頭髮，用繩子綁起來，以便趕走巫婆。其實，我也沒把握這方法會有效。通常人家是撿到馬蹄鐵，沒有釘在門楣上，反而弄丟了的時候，才用這個方法來避邪；可是，我從沒聽過，有誰殺死了蜘蛛，也能用這個法子消災避禍的。

▲ 赫克偷溜出去

我又坐下來，渾身上下還是抖個不停，掏出菸斗抽了一口菸；此時此刻，全家都已熟睡，安靜得像死了一般，所以寡婦不會知道我抽菸。過了好一陣子，我聽到遠處鎮上的大鐘，噹——噹——噹——敲響了12下——接著又是一片安靜，比原來更安靜。沒多久，我聽到一根小樹枝折斷的聲音，在樓下樹叢深處——有個東西在騷動。我坐著不動仔細傾聽。果然聽到下面隱隱約約傳來「喵嗚！喵嗚！」太棒了！我也盡可能輕柔的發出「喵嗚！喵嗚！」然後熄滅蠟燭，爬出窗框，爬到屋棚頂上。然後，溜下到地面，彎腰爬進樹林裡，果然不錯，湯姆索耶[20]就在那兒等著我。

---

20　湯姆索耶再度出場，他的人物刻畫不是本著某一特殊個別人物，而是三個現實人物的綜合體：John Briggs、Will Bowen、馬克吐溫本人。不過，馬克吐溫的媽媽卻說，她的兒子更像赫克，可能也是因為經常惹是生非。湯姆在本書裡成為最具爭議性的人物，在《湯姆歷險記》他是「英雄」，到了本書他變成了「狗熊」、「過街老鼠人人喊打」，究竟怎麼回事？敬請讀者往後用心閱讀揣摩，採取公正客觀立場，讀完之後再平心而論。

# 第二章

　　我們沿著樹林裡的一條小路，躡手躡腳，繞過寡婦家後院花園盡頭，一路上彎著腰，免得樹枝刮到腦袋。經過廚房外邊的時候，我被一截樹根絆了一跤，摔倒時弄出聲響。我們立刻臥倒在地，趴著不動。華珊小姐的大個子黑鬼[1]，名叫吉姆[2]，正好坐在廚房門口；我們看他看得很清楚，因為他背後有一盞燈。他站起來，伸長脖子，四處看了一分鐘，豎起耳朵聽了又聽。然後說：

　　「誰在那兒？」

　　他又聽了一陣子；然後，踮著腳尖走過來，正好站在我和湯姆之間；我們幾乎可以摸到他。好像過了很久

▲ 他們躡手躡腳前進

---

1　原文nigger此處譯為「黑鬼」，希望兼顧音譯與意譯，就像我們常說「日本鬼子」或「洋鬼子」。這個字在全書內出現219次之多，引發本書最大的爭議與誤會（見本書〈中譯導讀〉）。

2　這個吉姆（Jim）將成為本書另一主角，與赫克聯袂順流而下，追尋各自心目中理想的「自由」，並在赫克生命中扮演亦師亦友的啟蒙角色。隨著本書展演下去，讀者會慢慢體會這樣一個其貌不揚卻影響深遠的人物，比起《黑奴籲天錄》（Uncle Tom's Cabin, 1852）裡神聖完美的老黑僕湯姆，吉姆顯得更貼近真實、更栩栩如生、更充滿喜感。可是，就是因為太真實了，也引起一些黑人讀者反彈，認為強調吉姆的迷信與愚忠，簡直侮辱黑人的尊嚴與智慧。但也有許多黑人作家和學者起而為馬克吐溫辯護，正反兩面你來我往，很有看頭，真理也越辯越清（見本書〈中譯導讀〉）。

很久，一點聲響也沒有，而我們彼此那麼接近。這時候，我腳踝有個地方突然癢起來；可是，我不敢去抓癢；接著，耳朵也開始癢起來；接著是我的後背，就在兩個肩膀中間那裡。要是不能抓一抓，看樣子我會癢得死掉。喔，我倒是注意到，從那以後還發癢過好幾次。每次有重要人物在場、或是在葬禮上，或是該睡覺卻又不睏的時候——不管你在哪兒，反正不能隨便抓癢的場合，全身上下就會有上千個地方發癢。不一會兒，吉姆又開口了：

「說——你是誰？你在哪兒？要是我沒聽到什麼，那才是見鬼了呢[3]。好罷，我知道該怎麼辦。我就是要坐在這兒，一直等到再聽見聲音。」

於是，他就在地面坐下來，就在我和湯姆之間。背後頂著一棵樹，一雙長腿直直伸出來，其中一條腿還差點碰上我的一條腿。這時候，我的鼻子開始發癢，癢得眼淚都出來了，可是我不敢抓癢。然後，我鼻孔裡面開始發癢。接著，屁股發癢。癢得我根本坐不住。這樣的慘狀持續了6、7分鐘；可是，在我感覺比那更久。這時候，我全身已經有11個地方同時在癢。我想我實在沒法再熬上一分鐘，不過，我還是咬緊牙根，繼續努力抗癢。正巧這時候，吉姆呼吸變得沉重；接著開始打鼾——我這才又覺得舒坦起來。

湯姆給我打了一個暗號——用嘴巴發出那麼一點點聲響——我們手腳並用爬著離開。等我們爬到10呎外，湯姆低聲對我說，為了好玩，他要把吉姆綁在樹邊；但我說不行；他隨時會醒過來，引發一場騷動，到時候大人們就會發現，我們不在房間裡。湯姆又說，他帶的蠟燭不夠多，要溜回廚房，多拿幾根。我當然不要他冒險。我說，吉姆隨時會醒，會回廚房。但是，湯姆就是要冒這個險；於是，我們溜

---

3　原文"dog my cats ef I didn' hear sumf 'n"（這是典型黑人英語，正確是dog my cats if I didn't hear something），dog my cats裡dog當動詞用，形容狗見了貓往往窮追不捨，就像見了鬼一樣，引申指「見鬼了！」

回廚房，拿了三根蠟燭，湯姆還掏出一個5分錢銅板，放在桌上，當作付費。然後我們才離開，我急得滿身大汗要走人；可是，湯姆說什麼也要手腳並用爬回吉姆身邊，捉弄他一下。我等在一旁，感覺時間過了好久好久，四周一片寂靜孤單。

▲ 吉姆！

湯姆一回來，我們立刻繞過後院圍籬，沿著小路走，沒多久來到屋子後方，一個陡峭小山坡頂上。湯姆說，他剛才偷偷摘下吉姆的帽子，掛在他腦袋正上方的樹枝上，吉姆動了一下，還好沒醒。這事發生過後[4]，聽吉姆說，他被女巫下蠱，給催眠了，女巫騎著他，飛遍整個密蘇里州，然後放他回樹下，把他的帽子掛在樹枝上，證明是誰幹的。等吉姆第二次說這個故事的時候，他說女巫騎著他，一路到了紐奧爾良[5]；從此之後，每次他再說這個故事，就加油添醋一番，直到說女巫騎著他，飛遍全世界，把他累得半死，背上還被磨得起水泡。吉姆

---

4 一般說故事的過程中，常見「當時」（present）與「過去」（past）穿梭交會，在追溯敘述以往發生的事件叫「回溯敘述」（flash-back），這裡馬克吐溫用了一個敘事技巧叫「超前敘述」（flash-forward），提前敘述「當時」之後的「未來」（future）所發生的事件，交代單一事件的來龍去脈，使情節發展的前因後果更具邏輯性與完整性。

5 紐奧爾良（New Orleans）在美國南方路易斯安那州，密西西比河河底注入墨西哥灣的港口。

對這事驕傲得離譜，幾乎不把其他黑鬼放在眼裡。黑鬼們會大老遠的走上好幾哩路，專程來聽他講這個故事，而他在這個鄉下地區，比任何其他黑鬼更受人尊敬。外地來的黑鬼站著聽他講故事，嘴巴張得大大的，把他從頭看到腳，彷彿望著傳奇人物似的。黑鬼們老是喜歡躲在廚房灶邊暗處，談論女巫妖怪；每次有黑鬼談起他們碰上這類怪事時，吉姆就會過來打岔說：「哼！你懂得哪門子女巫啊？」而那個黑鬼就像被軟木塞堵住嘴巴一樣，乖乖退到後面座位去。吉姆用一根細繩子，把那5分錢銅板拴起來，掛在脖子上，帶來帶去，說那是魔鬼親手交給他的護身符，可以用它替人治百病，對著它說咒語就可以隨時隨地召喚女巫前來；吉姆從來不說，是什麼咒語。黑鬼們會從四面八方來到這裡，把手邊僅有的好東西送給他，只是為了看一眼那個5分錢銅板；但是，他們都不敢碰它一下，因為魔鬼曾經對它下咒。吉姆已經不配當個僕人了，只因為見過妖怪，又被女巫騎過，就跩得目空一切。

　　湯姆和我來到山坡頂上，回頭俯看山下村莊[6]，只見3、4盞燈光閃閃爍爍，大概那些人家有人生病；我們頭頂上的星星閃耀得如此燦爛；村莊下邊就是那一條大河，足足有一哩寬，肅靜而又壯觀得令人敬畏。我們下了山坡，來到老舊的製革廠，找到躲在那兒的喬哈波和班羅傑，還有另外兩三個男孩。我們解開一艘平底小船，順著河流划了兩哩半，划到山坡一處礁岩，上了岸。

　　我們來到一片灌木叢，湯姆要每個人發誓保守秘密，然後領著大家，來到最茂密樹叢裡的一個山洞口。隨後，我們點上蠟燭，手腳並用爬進去。大概爬了200碼，洞裡豁然開朗。湯姆在山壁上摸索了一陣，突然頭一低，鑽到一面山壁底下，原來那兒有個洞口，外人不會

---

6　這是「聖彼得堡」（St. Petersburg），是馬克吐溫家鄉小鎮「漢尼拔」（Hannibal）的縮影，那是他的「田園牧歌」（idyll）兼「夢魘」（nightmare），既有美好的童年回憶，又有無奈的社會暴力。

▲ 湯姆索耶強盜幫

注意到。我們穿過一個狹窄通道，進到某個空空的地方，那兒濕答答的、冒著露水、又冷又冰，我們停下來。湯姆說：

「現在，我們要組一個強盜幫，稱之為湯姆索耶幫。想要加入的每一個人，都要發下重誓，用鮮血在誓詞上簽上名字。」[7]

大家都心甘情願。於是湯姆掏出一張紙，上面已經寫好了誓詞，讀給我們聽。內容是每個人都要誓死效忠幫派，永遠不得洩漏秘密；若是有人背叛幫內兄弟，不管指派誰去殺那個背叛者及其全家，都非殺不可，而且不得吃飯、不得睡覺，直到殺盡那一家人為止，還要在他們胸口劃上幫派的十字標記。凡是不屬於我們幫派的，絕對不可使用幫派標記，如果冒用，我們就要控告他；如果再度冒用，我們就要殺了他。屬於我們幫派的成員，如果洩漏秘密，就要割斷他的喉嚨，

---

7 幫派宣誓效忠的「歃血為盟」。

燒毀他的屍體，四處揮灑他的骨灰，用血把他的名字從成員名單中抹掉，幫裡永遠不許再提他，他的名字會被詛咒、被忘記，永遠永遠。

大家都稱讚這個誓約寫得盡善盡美，問湯姆那是不是他自己腦袋瓜子想出來的。他說，一部分是，其他的則來自海盜書、強盜書，那是每個高水準幫派都該有的誓詞。

有人說，若是有人洩漏秘密，就應該把他**全家**斬盡殺絕。湯姆說，這真是好主意，又提筆把這一條寫進去。可是，班羅傑說：

「那赫克芬呢？他又沒有家人——你們要拿他怎麼辦？」

「咦，他不是有個爸爸嗎？」湯姆索耶說。

「沒錯，他是有個爸爸，可是，這一陣子誰也找不到他。他以前常常喝得爛醉，在製革場跟豬睡在一起，可是，最近一年多來，大家都沒看到他出現在那些地方。」

他們一而再再而三討論，正打算把我排除在外，因為他們都說，每個入幫的都要有家屬或親人，可以被處死，否則對別人不公平。唉，大夥兒實在想不出什麼辦法——所有人都被難倒了，呆坐不動。我急得快哭出來；突然，我想到一個解決辦法，提供華珊小姐給他們——他們可以去殺她[8]。所有人都說：

「對啊，她可以，她可以。那就好辦了。赫克可以加入了。」

接著，大家各自用針扎破手指，擠出血來簽上名字，我也在紙上畫一個我的專屬標記[9]。

「現在，」班羅傑問：「我們這個幫要走什麼路線？」

「不外就是搶劫和殺人，」湯姆說。

「可是我們要搶什麼？打家劫舍——或是牛羊牲口——或是

---

8 注意赫克為什麼推出華珊小姐作人質，而非道格拉斯寡婦？往後讀者會發現這一對姊妹對待赫克的方式，一個寬容仁慈，一個嚴謹苛刻，赫克當然傾向寡婦，所以萬一要殺就先殺華珊小姐。

9 赫克這時候還不會寫自己的名字，只好「畫押」，畫上個人專有標記。

——」

　　「胡說八道！搶牛羊牲口根本不是搶劫，那是偷竊，」湯姆索耶說：「我們又不是小偷，當小偷一點格調都沒有。我們是攔路俠盜，要戴著面具，在大馬路上，攔住公共驛車和私家馬車，把人給殺了之後，搶走他們的手錶和錢財。」

　　「每次都非殺人不可嗎？」

　　「唉呀，那當然嘍。這樣最好。有些行家不以爲然，但大多數都認爲，最好全部殺光。除了少數幾個，你要押回來山洞這裡扣留，直到他們被贖爲止。」

　　「贖？那是什麼意思啊？」

　　「我也不曉得。不過，他們都是這樣做。我在書上看過；所以，我們當然也要這樣做。」

　　「可是，既然不曉得是怎麼回事，那要怎麼去做呀？」

　　「喃，去你的，反正我們**非得**照做不可。我不是告訴過你們，那些都是書上寫的嗎？難道你打算做得跟書上不一樣，把事情全都搞砸嗎？」

　　「嘿，湯姆索耶，你**說起來**倒是挺容易的，要是我們根本不曉得怎麼樣去贖，那他媽的這些傢伙怎麼樣才能被贖[10]？這是**我**唯一想搞懂的，現在，你**推想一下**，贖究竟是啥意思？」

　　「好吧，我是不懂。不過，或許我們扣留他們，直到他們被贖爲止，意思大概是說，扣留他們到死爲止。」[11]

　　「嗯，這才**像是**那麼一回事。那就對了。那你之前爲什麼不早說呢？我們會扣留他們，直到他們被贖死爲止——可是，到時候他們也

---

10　原文"how in the nation are these fellows going to be ransomed?"裡的in the nation是詛咒罵人的詞語，這裡譯爲「他媽的」以迎合這群小強盜的口氣。

11　有趣的是，這群小強盜，包括湯姆自己，根本不知道「贖」（ransom）這個字是什麼意思，居然還要幹擄人勒贖的勾當。

會變成一大堆麻煩，吃掉所有糧食，還隨時想逃跑。」

「班羅傑，你在說什麼呀！他們怎麼逃得掉啊？會有一個守衛天天看守他們，誰敢亂動一步，就殺了他們。」

「一個守衛。哇，那**倒是**很好。所以，要有人整夜不睡覺，牢牢看守他們。我倒覺得這樣有點愚蠢。為什麼他們一被擄來時，不立刻就拿根棒子把他們給贖了呢？」[12]

「因為書上不是這麼寫的——這就是為什麼。喂，班羅傑，你到底要照規矩來，還是不要？——反正就是這麼一回事。你想想看嘛，寫這些書的人，難道會不曉得什麼是最正確的？你以為**你**能反過來教他們嗎？門兒都沒有。不，先生，我們還是得繼續下去，照著規矩來贖他們。」

「好吧。我不反對；但我得說，不管怎樣，那真是個笨方法。還有——我們也殺女人嗎？」

「喲，班羅傑，即使我像你一樣無知，也不會假裝無知。殺女人？才不呢——還沒看過書裡有寫殺女人那一回事。你把她們擄來山洞裡，對她們彬彬有禮客客氣氣得不得了[13]，過不了多久，她們就會愛上你，再也不想回家了。」

「那麼，如果是這樣，我同意，但是，我還是不相信那一套。很快的，我們山洞就會擠滿了女人，還有一堆等著被贖的傢伙，那我們強盜就沒有空間了。不過，還是繼續吧，我沒什麼好說的了。」

這時候，小湯米巴恩斯已經睡著了，我們叫醒他時，他害怕得哭

---

12　他們的意思應該是一開始就把擄來的人給殺了，省得麻煩，哈哈！原來他們錯把「贖」當成「殺」（kill）的意思，可是，「贖了」和「殺了」意義差很多呢。

13　原文as polite as pie，pie（「派」或「餡餅」）在當時是相當奢侈的食物，不是天天都吃得到，尤其對「有一頓沒一頓」、「三餐不繼」的赫克而言，他作夢都希望天天有「派」可吃。引申指「特別美好的東西」，也就是給予這些擄來的女人特殊禮遇。

▲ 赫克爬進窗內

了起來，說要回家找媽媽，再也不要跟我們當強盜了。

　　於是大夥兒都取笑他，叫他哭孩兒，這可惹毛了他，他說，一回去，就要把我們的秘密統統抖出來。湯姆趕快給他一枚5分錢銅板，封住他的口，然後要我們各自回家，下星期再見面，開始動手搶劫和殺人。

　　班羅傑說，除了星期天以外，他不能常出門，於是他要下個星期天才開始；但是哥兒們又說，星期天幹這種事會很邪惡，一切又作罷。大夥兒同意再聚一次，盡快敲定一個日子，接著，大家推選湯姆索耶爲大幫主，喬哈波爲二幫主，之後才各自回家。

　　就在破曉之前，我爬上屋棚頂，鑽進窗戶，回到房間。新衣服全沾滿了油污和泥巴，我也累得像條狗。

# 第三章

第二天早上，華珊小姐爲了我一身髒衣服，狠狠地訓我一大頓；寡婦倒是沒有罵我，只是幫我把衣服上的油污和泥巴清理乾淨，那一臉難過的表情，讓我真想好好守規矩一陣子，要是我辦得到的話。然後，華珊小姐帶我到櫥櫃裡面去禱告[1]，但沒什麼作用。她要我天天禱告[2]，就會得到我想要的任何東西。我試過了。卻不是那麼一回事。有一次我得到一條釣魚線，可是沒有魚鉤。沒有魚鉤的釣魚線，對我一點用處也沒有。爲了魚

▲ 華珊小姐的訓話

鉤，我又禱告了三、四次，可是，就是沒辦法發揮作用。後來，有一天我拜託華珊小姐替我試試看，但是，她說我是笨蛋。她從沒告訴我爲什麼，我也怎麼都搞不懂是爲什麼。

---

1　這裡馬克吐溫揶揄有些教徒，像華珊小姐一樣咬文嚼字，拘泥於聖經文字，而造成嚴重誤讀誤解。《新約聖經·馬太福音》第六章第6節：「當你禱告時，要進你的內室，關上門，禱告你在黑暗中的父。」（But thou, when thou prayest, enter into thy closet, and when thou hast shut thy door, pray to thy Father which is in secret.）closet這個字的字面意義固然是「櫥櫃」，但事實上是引申指「內室」、「心房」、「自己的房間」，閉門禱告要誠心誠意，發自內心心室，直接與上帝對話，而不是跑到櫥櫃裡面去禱告。這是馬克吐溫慣常的幽默手法，利用讀錯意義而產生戲謔效果。

2　清教徒相信個人藉著「祈禱」可以跟上帝直接溝通，不必透過牧師或神父等神職人員的媒介，睡覺前和吃飯前都要禱告。

有一次，我坐下來，在後面的樹林裡，把這個問題想了好久。我對自己說，如果只要禱告，就可以得到想要的任何東西，那麼，教會執事文恩買賣豬肉虧本的錢，爲什麼討不回來？寡婦被偷的銀製鼻菸盒，爲什麼找不回來？華珊小姐爲什麼一直胖不起來？不，我對自己說，根本沒那回事，實在是沒什麼道理。我去把這個想法告訴寡婦，她說，一個人能夠靠禱告得到的東西，是「精神的恩賜」[3]。我可聽不懂，但她告訴我，她的意思是——我應該多多幫助別人，盡可能爲他人設想，隨時隨地照顧他們，不要永遠只想到自己。據我了解，這當然也包括華珊小姐在內。我回到樹林裡，心裡把這事想來想去想了好久，可是，我實在看不出有什麼好處——除了對別人以外——所以，最後我決定，不再爲這事操心，由它去吧。有時候，寡婦會把我拉到一旁，跟我說上帝有多好多好，好得叫小孩子聽了直流口水；可是，也許就在第二天，華珊小姐又會把我拉到一旁，把寡婦說的全給推翻掉。因此，我判斷，大概有「兩個上帝」[4]，一個可憐傢伙要是碰到寡婦的上帝，就有福了，要是碰上華珊小姐的上帝，他就慘了[5]。我把整件事理出了頭緒，推想我會跟隨寡婦的上帝，要是祂肯要我的話，儘管我也搞不懂，祂要了我有什麼好處，祂的日子不會比以前更好過，因爲我這個人就是那麼無知，又有點下三濫和卑鄙惡劣。

　　我老爹有一年多沒露面了，這讓我覺得很自在；我壓根兒不想見

<hr />

3　禱告祈求不可能有求必應，得到的應該只是「心靈上的恩賜」（spiritual gifts），而不是「物質上的報酬」（material reward），這裡馬克吐溫在嘲諷有些教徒把禱告變得功利主義化。

4　「兩個上帝」（Two Providences），這是馬克吐溫揶揄清教徒最戲謔的部分。上帝只有一個，怎麼可能有兩個？同一個宗教，怎麼會同時有「寬容仁慈」與「嚴屬苛刻」截然不同的上帝？

5　寡婦的教義建立在「良知良能」的基礎上，講求「動之以情」，鼓勵慈悲為懷，積德行善；而華珊小姐的教義是建立在「世俗道德」的基礎上，講求「恫之以嚇」，鼓勵嚴以律己，規避懲罰。

到他。他以前沒喝醉時，一逮到我，就會狠狠地揍我一頓；而我呢，只要有他在，一定溜到樹林裡去。這一回，人家發現他淹死在河裡，離鎮12哩的上游處，他們是這麼說的。不管怎麼樣，他們斷定，這淹死的人是他；說這人身材大小跟他一樣，穿得破破爛爛，頭髮非比尋常的長——這一切都很像我老爹——但是，他們沒法從臉面上判斷出來，因為那張臉泡在水裡太久，早已不像一張臉了。他們說，他臉朝上浮在水面。他們把他撈上來，埋在河岸邊。可是，我並沒有自在太久，因為我突然想到一件事。我心裡明白得很，一個淹死的男人浮在水面，不會臉朝上，而是臉朝下[6]。所以我知道，那淹死的人不是我老爹，而是一個穿著男人衣服的女人[7]。所以，我又開始不自在了。我猜想，那個老傢伙很可能隨時隨地再出現，雖然我巴望他不要出現[8]。

　　我們三不五時當強盜，玩了一個月，然後我就洗手不幹了。大夥兒也都不幹了。我們並沒有真的搶劫人家，也沒有真的殺過什麼人，一切只是假裝而已。我們常常從樹林裡蹦出來，攻擊趕豬的人，還有用小車載運青菜去市場的女人，可是，我們也沒有真的搶劫他們。湯姆索耶稱這些豬是「金塊」，那些蘿蔔之類的是「珠寶」，事後回到山洞裡，就會大肆慶祝戰果，吹牛我們殺了多少人，在他們身上畫下幫派標記。可是，我實在看不出，這當中有什麼收穫。有一次，湯姆派了一個男孩，舉著一根燃燒的火把，到鎮上跑一圈，稱那火把是「標語」（召告幫內成員集合的信號），然後說，他從密探那兒得到內線消息，第二天會有一大隊伍的西班牙商旅和阿拉伯富商，路過此

---

6　根據民間習俗傳說，男性浮屍臉朝下，女性浮屍臉朝上，是因為人體骨盆腔結構不同。但是也有驗屍的法醫說，並非百分之百如此。

7　當時女人出遠門，為了安全起見，常以男人裝束保護自己。

8　這一段文字是「伏筆」（foreshadowing），到了第五章會出現「呼應」（echoing），那時候他老爹就會出場。

地，要在「山凹穴」那個地方歇腳紮營，他們帶著兩百頭大象、六百頭駱駝，還有一千多匹「駄騾」，全都滿載著鑽石，而他們卻只有四百名士兵護送，所以，套用他的話說，我們可以埋伏突擊，把人殺光，把東西搶走。他說，我們一定要擦亮刀劍槍枝，做好萬全準備。他就是那樣，哪怕只是追一輛載運蘿蔔的小車而已，也要大夥兒擦亮刀劍槍枝；其實所謂的刀劍槍枝，也只是一些細木棍子和掃帚把柄而已，再怎麼用力擦，擦到你自己都

▲ 強盜們落荒而逃

累垮了，那些東西也沒比原來好到哪裡去，連一口灰燼都不值。我不相信我們可以打敗這一群西班牙人和阿拉伯人，可是，我很想親眼看一看駱駝和大象長得什麼樣子，所以隔天，星期六，我們就埋伏在那裡；等到號令一下，立刻從樹林裡竄出來，衝下山坡去。不料，眼前根本沒有什麼西班牙人和阿拉伯人，也沒有駱駝和大象，什麼都沒有，只有主日學野餐會，而且還是初級班小學生。我們把小孩子們衝散，趕進山凹裡；可是，什麼也沒搶到，只搶到一些甜甜圈和果醬，雖然班羅傑搶到一個破布娃娃，喬哈波搶到一本讚美詩集和一本福音冊子；這時候，主日學老師殺了過來，嚇得我們丟下到手的東西，落荒而逃。我根本沒看見什麼鑽石，也對湯姆實話實說了。湯姆卻說，那兒就是有一堆又一堆的鑽石，還有阿拉伯人，還有大象等等其他東西。我說，那我們為什麼看不見呢？他說，如果我不是那麼沒知識，

而是讀過一本書叫《唐吉訶德》[9]的話，那不用問就曉得了。他說，這一切都是有魔法在作怪。那兒的確是有好幾百個士兵，還有大象和金銀財寶等等，可是，我們碰上了死對頭，他稱之為魔法師，他們滿腹惡意存心搗鬼，故意叫這一切，變成主日學兒童野餐會。我說，好罷，我們乾脆去找那些魔法師算帳。湯姆又說，我是個笨蛋。

「當然，」湯姆說：「魔法師會召喚一大群精靈，說時遲那時快[10]，一下子就輕而易舉把你搗成肉醬。這些精靈，身子像大樹一般高，像教堂一般大。」

「好罷，」我說，「假設我們也找一批精靈來幫**我們**──不就能打敗他們那一夥了？」

「你怎麼去把精靈弄來呢？」

「我不知道。**人家魔法師**是怎麼把精靈弄來的？」

「那還用問？人家把一盞舊油燈，或是一只鐵指環，拿來用力搓幾下，立刻引來一陣打雷加閃電，冒起一團煙霧，剎那之間，一群精靈就飛來你面前[11]，你吩咐他們做什麼，他們就做什麼。哪怕叫他們把一座砲塔連根拔起，砸到主日學老師頭上──或任何其他人頭

---

9　西班牙小說家賽凡提斯（Cervantes, 1547-1616）的《唐吉訶德》（*Don Quixote*, 1605），是馬克吐溫耳熟能詳的傳奇小說之一。馬克吐溫非常推崇《唐吉訶德》，還推薦給他的妻子，說那是有史以來寫得最精緻的一本書。在《唐吉訶德》裡，主人翁唐吉訶德滿頭滿腦都是浪漫而不著邊際的幻想，他的隨從桑丘（Sancho Panza），雖然無知可笑，反而務實而腳踏實地，常常把唐吉訶德從虛幻迷失當中拉回現實世界。這兩個人的關係碰巧跟湯姆與赫克有點類似，湯姆鬼點子很多，但執迷不悟，為滿足自我而折煞別人；赫克雖然崇拜湯姆，但很清楚理想與現實之間的差異。

10　「說時遲那時快」（before you could say Jack Robinson）是一句流行於英美歷史悠久的成語，馬克吐溫在他擁有的那本《通俗用語字典》（Francis Grose's *Classical Dictionary of the Vulgar Tongue*, 1785)書上曾註明，這個說法典故來自一個名叫Jack Robinson的急驚風紳士，他會拜訪鄰居，在他的名字還沒有被通報之前，他就已經結束造訪了。

11　這裡湯姆說的是《天方夜譚》（*Arabian Nights*, 1838-41）的故事。馬克吐溫他童年時候沒有什麼書可讀，全鎮只有一本《天方夜譚》，還是他爸爸擁有的。

上，他們都輕而易舉，不算一回事兒。」

「誰能叫他們這麼快飛來？」

「當然是搓那油燈或指環的人啊。誰搓那油燈，誰搓那指環，誰就是精靈的主人，主人吩咐什麼，精靈都得照辦。如果要他們用鑽石造一座40哩長的皇宮，裡面裝滿口香糖或任何你想要的東西，還到中國去把皇帝的女兒找來嫁給你，他們都得照辦——而且，在第二天早上，太陽出來之前，都會辦妥。另外——要是你願意，他們還會抬著這座皇宮，周遊全國，你要去哪兒，就去哪兒，懂吧。」[12]

「嘿，」我說，「我倒覺得這群精靈是一幫子傻瓜，有皇宮不留給自己住，卻為別人到處瞎忙一場。再說——如果我自己是那種精靈的話，我寧可下地獄[13]，也不要丟下自己正事，跑去聽那個搓舊油燈的人使喚。」

「赫克芬，你說的什麼話嘞，只要人家搓了油燈，你就一定非來不可，不管你願不願意。」

「什麼話！我的身子像大樹一般高、像教堂一般大，居然還要聽人使喚？好罷，我會來，不過，我會把那個人嚇得爬到全國最高的一棵樹頂上去。」

「呸，赫克芬，跟你說話等於白說。看來你什麼都不懂，簡直是——十足的傻瓜蛋。」

---

12　讀者應該耳熟能詳，這是《天方夜譚》阿拉丁（Aladdin）神燈的故事。

13　赫克說他「寧可跑到遠遠的耶利哥去」，原文是I would see a man in Jericho，典故語出《聖經》，Jericho（耶利哥）是巴勒斯坦古都，摩西死了之後，約書亞（摩西繼承者）率領以色列人進攻迦南地，第一站就是攻陷此城，並且詛咒不得重建。Jericho也指遙遠的地方，英文裡有一句成語Go to Jericho!意思是「滾遠一點！見鬼了！去你的！」根據Michael Patrick Hearn主編的 *The Annotated Huckleberry Finn* (2001)，Jericho是「地獄」（Hell）的委婉說法或「美言法」（euphemism），see a man in Jericho意思是「看一個人被詛咒、被懲罰」，照此說法，I would see a man in Jericho可解釋成「我寧可下地獄」。好笑的是，赫克用另外一個角度來看這個故事，模糊了焦點。

我把這事反覆想了兩三天，然後，想試一下到底靈不靈。我找到一盞舊油燈和一只鐵指環，帶到樹林裡，左搓右搓，搓得全身汗如雨下，活像從印地安人蒸氣浴小屋子熬出來似的[14]，心裡盤算著要造一座皇宮，然後把它賣掉；可是，好像根本都沒用，什麼精靈也沒跑出來。我因此斷定，這玩意兒只是湯姆索耶編出來的謊話之一。我推想，他真的相信有阿拉伯人和大象什麼的，但是，我想的不一樣，種種跡象顯示，那明明就是主日學啊[15]。

▲ 搓神燈

---

14　原文sweat like an Injun，其中有典故。北美洲印地安人有所謂的「蒸氣浴小屋子」（sweat-houses或sweat-lodges），勇士們在悶燒的小屋子裡熬上一整夜，熬得汗如雨下，第二天清早躍入冰冷的河水裡，除了鍛鍊體魄之外，還兼具宗教儀式功用，16世紀就有歐洲殖民者提到。參閱Farmer, John S. *Americanisms Old and New* (1889)。

15　湯姆果然像「唐吉訶德」一樣，天馬行空，執迷不悟，自欺欺人，還好赫克看清事實，「同流但不合污」。

# 第四章

　　就這樣，三、四個月過去了，此時已經進入冬天。我也一直都有上學，現在已經會拼字、會閱讀、會寫一點點東西了，還會背九九乘法表，背到6乘7等於35[1]，剩下的我不認爲有那個本領繼續背下去，即使一輩子長生不老也辦不到了。不管怎樣，我就是對數學不靈光。

▲！！！！！

　　起初我痛恨上學，但是，上著上著也就熬下去了。實在受不了的時候，我就逃學，第二天就會挨上一頓鞭子，挨鞭子也有點好處，讓我振作起來。上學上久了，也越來越簡單了。慢慢的我也習慣了寡婦的那一套，她們也不那麼挑剔我了。住在屋子裡、睡在床鋪上，總是把我繃得夠緊的，天氣還沒變冷之前，我還是偶爾溜出去，睡在樹林裡，那才算是好好休息。我最喜歡以前那樣過日子，不過，現在我也慢慢習慣了，也有一點點喜歡這種生活了。寡婦說我挺上道的，慢是慢了一點，但還穩定，也令人滿意。她說我沒丟她的臉。

---

1　九九乘法表（multiplication table）人人會背，6乘7應該是42，而不是35，赫克洋洋得意「自暴其短」，博人會心一笑。這是馬克吐溫幽默之處，這種寫作技巧屬於一種「情境反諷」（situational irony），當事人不知自己暴露矛盾或弱點，但讀者心知肚明話中玄機，會很高興被當成「智慧型讀者」對待，增加閱讀樂趣。

有一天早上，吃早餐的時候，我不小心打翻了鹽罐子。我立刻伸手，說多快就有多快，想要抓起那一點點鹽，往左肩背後灑過去，希望能夠躲掉霉運，可是，華珊小姐動作比我更快，攔住了我。她說：「赫克貝里，手拿開──你老是搞得一團糟。」寡婦也替我說好話，但是，那都沒用，完全擋不掉霉運，我心裡有數。吃過早餐，我出了門，一路上擔憂得心驚肉跳，不曉得何時會觸霉頭，也不曉得會走什麼樣的霉運。有些霉運是可以避掉的，但是這一回可不是那種霉運了；所以，我壓根兒沒嘗試任何補救，只好一路晃蕩，垂頭喪氣，提心吊膽。

　　我走出屋門來到前院，爬上台階，翻過高高的柵欄籬笆。地面上有一吋新飄的雪，上面有人踩過的足跡，那些足跡從採石場那邊過來，在台階附近繞了一會兒，又沿柵欄籬笆繞圈子。奇怪的是，這些足跡卻沒有走進院子，只在柵欄外圍繞來繞去。我搞不懂怎麼回事。不管怎樣，這真是古怪。正打算順著足跡摸索過去，但我彎下腰，先看一眼那個足跡。起先，我沒注意到什麼，但仔細一瞧，瞧出端倪了。那足跡的左靴後跟，有兩根大鐵釘釘成的一個十字架，用來避邪的[2]。

　　我立刻站起來，拔腿狂奔衝下山坡。不時轉頭過肩向後張望，可是，沒看到什麼人。我一口氣跑到柴契爾法官那兒[3]。他說：

　　「唉呀，孩子，看你跑得上氣不接下氣。是來拿利息嗎？」

　　「不，先生，」我說：「有利息給我嗎？」

　　「噢，有啊，昨天晚上剛收進來半年的利息。有一百五十多塊錢。不少的一筆錢呢。你最好讓我幫你，把這筆錢和那六千元本金，

---

2　這裡是第二個「伏筆」，到下一章開頭就會出現「呼應」，我們後來知道，原來赫克看到的這個鞋印，不是別人的，只有他自己心知肚明。

3　馬克吐溫很會營造氣氛，在這裡賣一個小小的關子，先不告訴讀者真相，只讓精明的赫克拔腿就跑，跑到法官那兒去採取預防措施。

▲ 柴契爾法官大吃一驚

一起再拿去放利息，因爲你拿走的話，會花光的。」

「不，先生，」我說：「我不想花錢。我根本不要這筆錢——連那六千元也不要了。希望你收下這些錢；我要全部給你——六千元，連本帶利。」

他看來大吃一驚。完全摸不著頭緒。他問：

「咦，孩子，你到底是什麼意思？」

我說：「拜託，不要問我任何問題。你把錢收下——好嗎？」

他說：

「喔，你把我搞糊塗了。怎麼回事啊？」

「拜託收下錢吧，」我說：「不要問我任何問題——那麼，我就不用說謊了。」

他想了一陣子，然後，他說：

「噢喔，我想我懂了。你要把全部財產**賣**給我——不是送給我。這個主意就對了。」

然後，他在一張紙上寫了一些東西，讀給我聽，說：

「瞧——這上面寫著『作爲報酬』[4]，意思是說，我從你那兒買來，報酬也付給你了。這一塊錢給你。現在，你簽個名吧。」

我簽了名，就走了。

---

4　柴契爾法官是個德高望重正直可靠的人，很愛護赫克，絕對不會侵占赫克的錢財，也不會因爲赫克不識字而占他便宜。原文for a consideration（作爲報酬）裡的consideration是一個法律契約術語，他這樣做等於是把那一大筆錢以「法定信託」的方式保障起來，以免意外被他那個見利忘義的老爹搶走。

華珊小姐的黑鬼，吉姆，有一個毛球[5]，大得像個拳頭，是從一頭公牛的第四個胃裡取出來的，他用來做法術。他說毛球裡面有一個精靈，無所不知無所不曉。當天晚上，我就去找他，說我老爹又回來了[6]，因為我在雪地上看到他的足跡[7]。我想知道的是，他要幹什麼，會不會待下去[8]？吉姆拿出毛球，對著它念念有詞，然後舉高，讓它落在地上。它結結實實落在地上，滾了一吋遠。吉姆再試了一次，接著又一次，它反應都一樣。吉姆跪在地上，耳朵貼著它，仔細的聽。可是沒用；他說，它不肯講話。他說，有時候它不講話，因為沒給錢。我告訴他，我有一個25分錢的假銀幣，破舊滑溜，已經沒啥用處，因為表層鍍銀被磨掉了一點，露出銅的內餡，再怎麼都瞞不過人，即使不漏銅餡，因為它已經滑溜得摸起來油膩膩的，每一回都露出馬腳。（我想還是別提我剛從法官那兒領來的一塊錢。）我說，這銀幣滿糟糕的，不過，毛球說不定會收下，因為它分不出真假。吉姆聞了一聞，咬了一咬，又擦了一擦，說他想會辦法，讓毛球相信是真錢。他說，他會剖開一個生的愛爾蘭馬鈴薯[9]，把那個硬幣夾進去，放上一夜，第二天早上，便看不見露出來的銅餡，摸起來也不會油膩[10]，鎮上任何人都會毫不遲疑的收下這枚錢幣，更不用說毛球

---

5　淵源自非洲民俗傳統：公牛常舐自己毛皮，久而久之會在胃囊裡形成一個毛球，聽說有預言或召靈能力。

6　馬克吐溫寫作很有戲劇性，有時候先把讀者蒙在鼓裡，只有赫克本人才知道是怎麼回事。

7　這裡「呼應」前面一章的的「伏筆」，赫克見了雪地足跡拔腿就跑，原來是他老爹回來了，可是，為什麼他嚇成那樣？

8　這裡顯示赫克也很機靈，採取預防措施是先找法官幫忙保住財產，其次是找吉姆用毛球求神問卜。

9　其實這Irish potato就是普通的馬鈴薯，美國南方習慣這樣說，是為了和「番薯」（sweet potato）有所區分。馬鈴薯原產於南美洲秘魯，被帶回西班牙，並於1610年引進愛爾蘭，但直到19世紀，才普遍成為全世界人民主食之一。

10　馬鈴薯裡面的「酶」或「酵素」（enzyme），可以溶解清除銅綠。

▲ 吉姆聆聽

了。唉呀，我以前就曉得馬鈴薯可以這麼用，居然給忘了。

　　吉姆把那枚錢幣放在毛球底下，又趴下去聽著。這回毛球有回應了，他說要是我願意聽，它會講出我的命運。於是毛球告訴吉姆，吉姆告訴我。他說[11]：

　　「你老爹還不曉得要怎樣，他一會兒想走，一會兒又想留下來。你最好按兵不動，由那個老頭子自個兒決定。有兩個天使徘徊在他身邊，一個白亮亮的，另一個黑漆漆的。白天使領他走正道，走上一會兒，黑天使又從中攔下，胡搞瞎搞一通。誰也說不準，最後哪一個天使會找上他。不過，你還好。命裡注定多災多難，但也大吉大利。有時候你會受傷，有時候你會生病；不過，每次都能逢凶化吉。你命中有兩個女孩：一個白的，一個黑的。一個富有，一個貧窮。你先娶窮的，再娶富的。你命中忌水，最好離水越遠越好，不要冒險，因為生死簿上清楚寫著，你將來會被吊死。」[12]

　　當天晚上，我點著蠟燭上樓，一進了房間，老爹就坐在那兒，就是他本人！

11　注意吉姆這一段卜卦固然煞有介事，但聰明讀者仔細推敲，卻是模稜兩可，非彼即此，恰似一般算命人的說詞。

12　古老的說法：「命中注定被吊死的就不會淹死。」馬克吐溫聽他媽媽說過，命中注定被吊死的人「在水裡很安全」。往後赫克順流而下，也會碰上幾次風險，但也都逢凶化吉。

# 第五章

我把門關上。然後轉過身來，他就在那兒。我以前一直很怕他，他動不動就把我鞭打成棕褐色[1]。我以為現在還怕他，可是很快的，我才發現錯了。或許可以這麼說，嚇了這麼一大跳，一時連氣都喘不過來——他這麼出乎意料現身；可是，我馬上發現，實在犯不著那麼怕他。

他快50歲了，看上去就是這個年紀。頭髮長長，糾結成團，油膩膩的，披散下來；穿過那團亂髮，你可以看見他的眼睛閃亮著，好像躲在一

▲ 「老爹」

叢藤蔓後面。他的頭髮全是黑的，沒有灰白；落腮鬍也是，長長的一團亂麻。露出來那一部分的臉，一點血色也沒有；白是白；白得和別人的白不一樣，而是白得叫人惡心，白得令人起雞皮疙瘩——像樹蛙的白，像魚肚的白[2]。至於衣服——簡直就是破布，如此而已。他一隻腳踝架在另一條腿膝蓋上；那隻腳上的靴子裂了口，兩個腳趾露出

---

1 馬克吐溫在這裡用了一個很妙的字，tan當動詞用，是「以鞣酸製造皮革」、「曬成棕褐色」、「用鞭子抽打」，老爹睡在廢棄的製革廠，動不動就操起生牛皮鞭子，把赫克鞭打成棕褐色。

2 赫克具體而生動的描述這個「老爹」（Pap），特別強調他那病態的蒼白臉色，白像「樹蛙」（tree-toad）、像「魚肚皮」（fish-belly），這種比喻一般讀者罕見，卻是赫克生活圈裡常見的小動物。讀者往後請特別注意，這個「老爹」和吉姆在很多方面形成的強烈對比：膚色、個性、生存原則、對待赫克的態度等，是一個典型的「白人垃圾」（white trash），他的「白」非比尋常，更凸顯他的變態。

來，不時扭來扭去。他的帽子躺在地上；帽簷黑黑舊舊，帽頂塌陷扁扁，活像一只鍋蓋。

我站在那兒看著他；他坐在那兒看著我，椅子往後稍微蹺著。我放下蠟燭。注意到窗戶開著；原來他是從屋棚外面爬上來的。他把我從頭到腳打量了好一陣子。不一會兒，他開口說：

「衣服漿得挺挺的——很挺嘛。你以為自己是個大人物了，是吧！」

「也許是，也許不是，」我說。

「不要給我頂嘴，」他說：「我不在的時候，你這小子可就學會裝模作樣擺架子了。看我先殺殺你的威風，再跟你了斷。他們說，你也上學了，會讀書寫字了。現在，你自以為比你老爸強，是嗎，因為他不會？**我要**把你這些本事去掉。誰叫你去瞎攪胡搞這些高檔子的傻事，嘿？——誰說你有本事搞這些的？」

「是寡婦。她告訴我的。」

「寡婦，嘿？——那又是誰告訴寡婦，說她可以插手管人家的閒事，跟她一點關係也沒有的事？」

「沒人叫她管的。」

「好罷，我要教訓她怎麼管閒事。現在，你給我聽著——馬上給我退學，聽見沒有？我要好好教訓這些人，只會把別人的孩子教得對他老爸擺架子，裝得比**他老爸**強。可別再給我逮到你又去學校瞎混，聽見沒有？你老媽到死之前都不會讀書，也不會寫字，全家人**他們**到死之前統統不會。**我**也不會；可是眼前的你，神氣得跩成這個樣子。我可是嚥不下這口氣的——聽見了沒有？喂——念幾句書給我聽聽看。」

我拿起一本書，開始念一些華盛頓將軍及獨立戰爭之類的事，念了半分鐘，他猛地一巴掌把書抄了過去，狠狠地砸到房間另一頭。他說：

「果然如此，你還真行。剛才聽你說，我還不太相信。現在給我聽著，不許再給我擺臭架子。老子不吃這一套。你這個自以爲是的小子，以後當心一點；要是給我逮到你又在學校附近晃蕩，一定結結實實揍你一頓。你知道，上學就會跟著信教。我可沒養這樣的兒子。」

▲ 赫克和他爸爸

他拿起一張又有藍色又有黃色的小圖片，上面畫著幾頭牛和一個男孩，問道——

「這是什麼？」

「這是他們給我的獎品，因爲我有好好念書。」

他一把撕爛了那圖片，說——

「我教你更好的東西——給你一頓生牛皮鞭子[3]。」

他坐在那兒，又是喃喃自語，又是低聲咆哮，然後說——

「那麼，**難道**你變成了一個香噴噴的公子哥兒？一張睡床；還有床罩褥子；還有鏡子；地板上還有一塊地毯——而你自己老爸，還得跟豬一起睡在製革廠裡。我從來沒有這樣的兒子。非得先殺殺你的威風，再跟你了斷不可。你的臭架子還擺個沒完——他們說你發財了。

---

3 「生牛皮鞭子」（cowhide），hide是「獸皮」，剛剛剝下來的皮叫rawhide或green hide，要經過鞣酸處理（tan）後，才會變成皮革。這種沒有處理過的生牛皮做成鞭子，打在人身上很痛，還會連皮膚一起扯下來，打得鮮血淋漓，是懲罰奴隸最殘忍的酷刑，奴隸往往聞之色變。往後我們會看到hide這個字當動詞用，意思是「用這種生牛皮鞭子打人」。

嘿？——怎麼回事？」

「他們胡說——就這麼回事。」

「聽著——小心你跟我說話的態度；我可是已經忍耐到了極點
——不要再頂嘴。我回來鎮上才兩天，別的沒聽說，倒是聽說你發財
了。在大河下游老遠就聽說了。我就是爲這個才回來的。你明天就把
那些錢拿來給我——我要用錢。」

「我什麼錢也沒有。」

「騙人。錢在柴契爾法官那兒。你去跟他要來。我要用錢。」

「告訴你，我真的沒錢。不信你去問柴契爾法官，他也會這麼
說。」

「好。我去問他；叫他把錢交出來，不然，也要搞清楚原由。喂
——你口袋裡有多少錢？我要用錢。」

「我只有一塊錢，打算用來——」

「你要用來做什麼我不管——反正給我掏出來就是了。」

他接過金幣，還用牙齒咬一咬，看是不是真金，然後說，他要
到鎮上喝口威士忌；已經一整天沒喝酒了。等他爬出窗戶到屋棚上，
又探頭進來，再罵我幾聲擺臭架子和想比他強；等我估計他大概走遠
了，沒想到他又折回來，再把頭伸進窗戶，叫我別忘記退學的事，因
爲他會埋伏監視，要是我還不退學，就要揍我一頓。

第二天，他喝醉了，跑去柴契爾法官那兒大吵大鬧一頓，逼他交
出錢來，可是辦不到，於是發誓要打官司逼他。

法官和寡婦也上法院，要求法院判決我們脫離父子關係，讓他們
其中一人當我監護人；可是，偏偏碰上一個剛上任的新法官，根本不
了解老頭子的底細；還說法院本來就不應該介入家務事，萬不得已也
不該拆散家庭；說他寧可不要硬把兒子從父親身邊抽走。於是，柴契
爾法官和寡婦不得不退出這檔子事。

這下子老頭子可樂透了，樂得停不下來。他說，要是我不湊點錢

給他，就要用生牛皮鞭子把我抽得渾身烏青。我從柴契爾法官那兒借了3塊錢金幣，老爹拿了錢去，喝得爛醉，一路不停的鬼叫、詛咒、狂囂，沒完沒了，還拿著一個白鐵鍋子，走到哪兒敲到哪兒，鬧遍全鎮，一直到三更半夜；於是，他們把他拘留起來，第二天送進法院，判他坐牢一個星期。可是，他卻說他很滿

▲ 改造醉鬼

意，畢竟他現在是兒子的主宰，他要好好教訓他一番。

老頭子出獄後，新法官說要給他洗心革面。把他帶回自己家裡，給他穿上乾淨體面的衣服，讓他和家人一起吃早餐、中餐、晚餐，對他簡直是好到了極點。晚餐之後，新法官給他講戒酒之類的大道理，老頭子聽得哭了起來，說他以前是個笨蛋，一輩子光陰都瞎混掉了；但是，現在他要改頭換面，重新做人，再也不讓人家瞧不起他，希望法官能幫助他，別看不起他。法官說，聽了這番話，真想擁抱他；於是他哭了，他老婆也哭了。老爹說，他以前一直都被人誤會，法官說，他相信他。老頭子說，一個淪落的人最需要的，就是同情；法官說，的確如此；於是，他們又哭成一團。到了睡覺時間，老頭子站起來，伸出手，說：

「先生們、女士們，看看我的手吧；抓著它、握著它。這隻手以前連豬的腳都不如；現在可不一樣了；這隻手的主人，已經改邪歸正重新做人，就是死也不再走回頭路了。記住我說的話——別忘了我說過的話，這隻手現在乾乾淨淨；握握手吧——別害怕。」

於是，大家都來和他握手，全家人，一個接一個，又都哭了。法官太太還親吻了一下。接著，老頭子簽了一張誓詞——畫了押。法官

**▲ 跌失恩寵**

說，這是有史以來最神聖的一刻之類的話[4]。然後，他們把老頭子安置在一個漂亮的房間裡，那是一間客房，可是，夜裡不知什麼時候，老頭子酒癮嚴重發作，從窗戶爬出來到門廊屋頂，順著一根廊柱溜下去，把他的新衣服拿去典當，換了一壺「四十桿烈酒」[5]，再爬回房間，過足了酒癮；快天亮的時候，他又爬出去，喝得爛醉如泥，從門廊屋頂滾了下來，左手臂摔斷了兩處，還差點凍死，直到第二天太陽出來後，大家才發現他。後來，他們去那間客房一看，裡面已經一塌糊塗，非得用測錘[6]才有辦法下手整理。

法官當然覺得心痛。他說，要改造老頭子，恐怕得用獵槍才行，不然，他實在想不出，還有什麼其他法子。

---

4 這個年輕的新法官是外地來的，不知老爹來頭，濫用職權，把赫克判給他老爹，還自以為可以讓老爹浪子回頭，這是「濫用人類同情心」（abuse of human sympathy），三個人哭成一團，難怪會遭到報應，這種「濫情主義」（sentimentalism）或是「感情用事」（sentimentalization），一向是馬克吐溫最厭惡的，全書這種裝模作樣的感傷場面層出不窮。參閱de Canio, Richard。"Blue Jeans and Misery: Critical Tradition and the Sentimentalization of *Huckleberry Finn.*"《中華民國第三屆英美文學研討會論文集》。185-208。

5 一種廉價劣質但非常強烈的威士忌，通常是私釀的，人喝了之後走上「四十桿」（forty rods）（「桿」是長度單位，1桿＝5.5碼），相當於200公尺，就會醉倒或死掉。

6 「測錘」（sounding）是河上導航術語，用一根10呎或12呎的長桿探測器，探測河底深度及安全水域，以免輪船擱淺沙洲。馬克吐溫幹過四年領航員，在商言商，常常引用行家術語做隱喻（metaphor）。

# 第六章

　　沒多久，老頭子傷勢復元，又開始四處走動，還跑到法院去控告柴契爾法官，逼他交出錢來，又找上我，怪我不退學。他逮到我兩次，用鞭子抽我，不過，我還是照樣去上學，處處躲避他，大半時候跑得比他快，讓他追不上。以前我不喜歡上學，現在上學是故意要氣他。官司一打起來就有得拖的；好像他們根本不打算開庭似的；所以，每隔幾天，我就得向法官借個兩三塊錢，來打發老頭子，躲掉挨一頓鞭子。每次他拿了錢，就去喝得爛醉；每次喝醉了，就大吵大

▲ 離群索居

鬧[1]，搞得全鎮雞犬不寧；每次大吵大鬧，就被關進監獄。他就是適合這一套──這種事就是他的本行[2]。

　　他在寡婦家附近逗留過久，寡婦最後說，要是再繼續逗留下去，

---

1　原文 raise Cain 指的是「大吵大鬧」、「引起大騷動」，典故來自《舊約聖經·創世記》第四章第1-16節，該隱（Cain）是亞當和夏娃的第一個兒子，因為嫉妒積怨而殺了他的弟弟亞伯（Abel），還佯裝不知情，向上帝抱怨一番，十分狂野。（參閱本書第十八章腳注，該隱和亞伯之間的積怨由來）。

2　赫克太了解他的老爹了，真是「知父莫若子」，前面伏筆說他跑去法官那兒，要把自己的六千金幣轉給法官，就是在保護他自己的財產，免得落入老爹手裡。整本書裡赫克真是聰明機靈極了，隨機應變創意豐富，不過這個本領也是後天環境磨練出來的，所謂「時勢造英雄」。

▲ 實實在在的快活

她就要找他麻煩了。這還得了，他**哪能**不生氣？他說，他倒要看看，到底誰才是赫克芬的老爸。於是，進入春季之後，他開始監視我，有一天終於逮到了我，然後帶我駕著小船，往大河上游划了3哩，越過河面，來到對岸的伊利諾州，那邊河岸的樹林茂盛，沒有住家，除了一棟老舊的小木屋，隱藏在茂密的樹叢裡面，要是不認得路，一定找不到。

他要我隨時跟著他，我根本沒機會逃脫。我們住在那棟小木屋裡，每晚他鎖上門，鑰匙藏在枕頭下面。他有一把槍，想必是偷來的，我們釣魚、打獵，靠著魚和獵物過活。每隔一陣子，他就把我鎖在小木屋裡，自己走上3哩路，到渡船碼頭附近那家商店，用魚和獵物交換威士忌酒，回來喝得爛醉，自己快活一番，再把我打一頓。沒多久，寡婦打聽到我在哪裡，派了一個人來接我，但老爹用槍趕跑了他，之後沒過多久，我又習慣了現在的生活，也滿喜歡這一切的，除了牛皮鞭子以外。

日子過得有點懶散而快活，整天舒舒服服，不做什麼，抽抽菸、釣釣魚，不必念書，不必寫功課。兩個多月就這麼過去了，我的衣服變得破爛又骯髒，搞不懂爲什麼我以前會喜歡在寡婦家過的那種日子，每天洗澡、用盤子吃飯、梳洗乾淨、準時睡覺還準時起床，還要永遠爲一本書[3]煩惱，還有老華珊小姐嘮嘮叨叨沒完沒了。我可不想

---

3　這本書指的是《聖經》，虔誠的北美清教徒奉之爲圭臬。

再回去了。我以前戒掉了說髒話的習慣，因為寡婦不喜歡；現在又恢復了，因為老爹不反對。大體說來，樹林裡的日子過得挺愜意。

只不過，老爹動不動就掄起胡桃木棍子，痛打我一頓，打得太順手了，我實在忍受不了。遍體鱗傷。他又老是把我鎖在小木屋裡面，自個兒出去逍遙。有一次，他把我鎖起來，一去就是3天。我寂寞得要死，推斷要是他淹死了，那我就甭想重見天日了。我嚇得要命。打定主意要想個辦法離開那兒。我嘗試逃出小木屋很多次，就是找不出門路。那棟小木屋，連一個讓小狗逃出去的窗戶也沒有。煙囪又太窄，我爬不上去。門是實心橡木板，又厚又結實。老爹也很小心，外出的時候，連一把小刀之類的任何東西，都不留在屋裡；我搜索了整棟小木屋，大概有一百遍以上；幾乎時時刻刻都在找，因為唯有那樣，才能打發時間。這回，我總算找到一樣東西——一根破舊生鏽的木鋸，沒有把手；夾在屋梁和屋頂木板之間。我給它抹了一點油，開始工作。小木屋另一頭有張桌子，桌子後面的圓木柱牆壁上，釘著一張舊馬氈，防止冷風從圓木柱縫隙之間灌進來吹滅蠟燭。我爬到桌子底下，掀起馬氈，想用鋸子鋸下一截底部圓木柱，大小正好容我鑽得過去。費了很大的一番工夫，終於快要大功告成時，突然聽到老爹在樹林裡放槍，我趕緊清除鋸木的木屑，放下馬氈，藏好鋸子，很快的，老爹就進來了。

老爹好像心情不好——他本性就是這樣。他說，他到鎮上走了一趟，每件事都不順心。他的律師說，有把握打贏官司，把錢拿到手，只要法院能夠開庭審這個案子；但是，人家也有辦法，盡量拖延這個案子，柴契爾法官就很懂得竅門。又說，大家都料定會另外開庭，審理脫離父子關係，把我的監護權判給寡婦，推測這個案子他們會贏。這可讓我非常震撼，因為我並不想再回到寡婦那兒去，再被嚴格管教，教化成他們所謂的文明人。隨後，老頭子開始罵髒話，想到什麼事、什麼人，統統都罵，罵完了又從頭再罵一遍，唯恐遺漏了什麼，

還包括一大夥兒他不知道名字的人，都照罵不誤，罵到沒法指名道姓的人時，就用「那個叫什麼名字來著的」帶過去，然後一路繼續叫罵。

他說，他倒想看看，寡婦怎樣把我搶到手。說他要隨時提防，如果他們真的要玩這種把戲的話，他知道6、7哩外有一個地方，可以把我窩藏起來，任憑他們怎麼找都找不到，到最後只好放棄。我聽了，又擔心起來，還好只擔心了一分鐘；我估計不會待到那個時候，讓他有機會爲所欲爲。

老頭子叫我到小船上，把他弄來的東西搬下來。有一袋50磅的玉米粉、一大排醃肉、火藥、一桶4加侖的威士忌、裝填槍藥用的一本舊書和兩份報紙，還有一些麻繩。我搬了一趟之後，回到小船上，坐在船頭上休息，前前後後想了一遍，心裡盤算著，等我逃到樹林裡，要帶走那把槍和幾根釣魚線。我心想，我不會在同一個地方待很久，我要浪跡天涯，走遍全國，晝伏夜出，靠打獵釣魚爲生，去到遙遠的地方，遙遠得讓老頭子和寡婦都再也找不到我。我估計，要是哪個晚上老頭子再醉得不省人事，我就要鋸穿那個洞，溜之大吉，我也斷定他會喝醉。我滿腦子想著這事，竟然忘記待了多久，直到老頭子大聲叫罵，問我是睡著了，還是淹死了。

等我把東西都搬進屋子裡，天差不多黑了。我做晚飯時，老頭子灌了好幾口威士忌下肚，好像酒性發作，又開始破口大罵。其實，他在鎮上就已經喝醉了，在水溝裡躺了一整夜，那模樣一

▲ 前前後後想了一遍

定夠瞧的。人家看到他全身是泥巴，還以為他是「亞當」再生呢[4]。每次他發酒瘋，一定罵政府。這一回，他說：

「把這個叫做政府！你瞧瞧，這算哪門子的政府。居然有一條法律，要奪走人家的兒子——親生骨肉咧，人家可是費了多少心血、擔了多少憂慮、花了多少金錢，好不容易才拉拔長大。是啊，正當人家終於把兒子養大了，有能力工作了，可以孝敬一下**老子**了，讓他喘一口氣了，偏偏這時候法律插手刁難他。他們把**那個**叫做政府！這還不算嘍，法律還替那個老傢伙柴契爾法官撐腰，幫他掠奪人家的財產。這又是法律幹的好事。這法律搶走人家價值六千多元的現金，把人家塞進這棟破舊陷阱般的小屋，逼人家穿連豬都不穿的破爛衣服。他們把這個叫做政府！這樣的政府，無法讓人享受應有的權利，有時候，我還會生起一股強烈念頭，乾脆永遠離開這個國家算了。是啊，我是這麼**告訴**他們的，我還當著柴契爾老法官面前這麼說，很多人都聽過我這麼說，可以告訴你我說過些什麼。我說啊，只要給我兩分錢，我就會離開這個該死的國家，再也不回來。這些都是我說過的話嘍。我說啊，瞧瞧我這一頂帽子吧——要是這也算帽子的話——帽頂高高的，帽簷垮垮的，垂到下巴，根本不能算是一頂帽子，倒是更像我的腦袋從爐灶煙囪裡拱上來。我說啊，你瞧瞧——這樣的破帽子給我戴——要是真能享受到該有的權利，我可是鎮上最有錢的人之一呢。」

「噢，是啊，這個政府真是了不起，了不起。嘍，你瞧瞧，有那麼一個自由之身的黑鬼，俄亥俄州[5]來的；一個黑白混血種，但皮膚

---

4　這裡的幽默也有典故，《舊約聖經・創世記》第二章第7節記載，上帝用泥土塑造了「亞當」，而老爹醉倒在水溝裡一整夜，全身都是泥巴，赫克想像一定活像泥土塑造的「亞當」。

5　俄亥俄州（Ohio）早在1803年加入北方聯邦政府時就宣布廢除奴隸制度，也成為廢奴主義者的天堂，許多黑奴因而獲得自由，馬克吐溫家鄉小鎮有幾位這樣自由之身的黑人。

白得像白人一樣[6]。他穿著天下最白的襯衫，戴著耀眼的帽子；身上那套衣服，說有多體面就有多體面，鎮上沒人比得上；還帶著金懷錶和金鍊條，拿著一根鑲銀頭的手杖——是整個州最有派頭的銀髮大人物。還有，你猜怎麼著？他們說，他是個大學教授咧，會講好幾種語言，無所不知，無所不曉[7]。這還不是最糟的。他們說，他在家鄉有**投票權**。這就叫我納悶了，心想，這個國家到底怎麼啦？選舉日那一天，我本來打算出門去投票，要不是醉得走不動；可是聽人家說，這個國家居然有這麼一個州，准許黑鬼投票，我一聽就不幹了。我說，我再也不投票了。大家都聽見了，我話是這麼說的；這個國家要爛就去爛——而我，只要活著一天，就再也不投票了。瞧瞧那個黑鬼的神氣模樣——哼，走在路上，要是沒把他給推到一旁，他根本不會讓路給我。我問大家，為什麼沒有人把這個黑鬼拖到拍賣場上賣掉？——那才是我想知道的。你猜他們說什麼？他們說，要等他在這一州住滿六個月，才能拍賣他，現在還不滿六個月呢。瞧啊——那就是一個例

---

6 「黑白混血」（原文mulatter，正確應是mulatto），mulatto這個字與「騾子」（mule）有點相關，取其「公驢與母馬所生」的貶損之意。通常是黑人女奴隸被白人男主人強暴所生，但其身分依然是奴隸，白人主人既滿足自己淫慾，又平白增加奴隸財產。這種黑白混血的女奴隸，具有二分之一黑人血統，如果又被白人男主人強暴，其所生孩子則只有四分之一黑人血統，英文稱之為quadroon，取其英文字首quadr-（四）之意，這種黑白混血再混血的孩子，膚色相當白皙。動物學及植物學所謂的quadroon是指「前一代雜交的雜種」。《黑奴籲天錄》第三十四章"The Quadroon's Story"，講的就是這樣一個黑白混血女子親手殺死初生嬰兒，只是為了解救子女趁早脫離奴隸悲苦生涯。

7 根據史實記載，1860年代的美國，的確有一位博學多聞的黑人教授，名叫密契爾博士（Dr. John C. Mitchell, 1827-1900），皮膚顏色頗淡，獲得神學博士學位，在俄亥俄州的一所大學（Wilberforce University, Ohio）教授希臘文、拉丁文，和數學。雖然無法考據馬克吐溫知不知道這件事，但馬克吐溫曾經是Frederick Douglass的好友，Frederick Douglass生為黑白混血，其父親即為其主人，但因身分特殊反而飽受虐待，幸好自修上進苦讀成功，成為著名黑人作家與演說家，其自傳《逃奴自述》（*Narrative of the Life of Frederick Douglass, an American Slave, Written by Himself*, 1845）一字一血淚，敘述自己一生悲慘經歷，句句發自肺腑，深深感動人心，現在已經成為美國黑人文學經典。

子。他們把這個叫做政府，這個政府，不能拍賣一個自由之身的黑鬼，要等他住滿六個月以上。這個政府，自稱是個政府，冒充是個政府，自以為是個政府，卻按兵不動，非得等上整整六個月以上，才去抓那個鬼鬼祟祟、偷偷摸摸、窮凶惡極、穿白襯衫、自由之身的黑鬼，而且——[8]」

▲ 嚎啕慘叫

老爹就這麼一路破口大罵，卻沒注意到，自己那雙軟弱的老腿帶他往哪兒去，結果，撞上一個裝鹹豬肉的木桶子，摔了個倒栽蔥，兩條小腿都磨破皮，這麼一來，他罵得更火爆了——多半還是罵黑人和政府，偶爾也對著桶子順便罵個幾句。他在屋裡蹦過來蹦過去，一會兒用這條腿跳，一會兒用那條腿跳；一會兒握住這條小腿，一會兒握住那條小腿，最後，他猛地提起左腳，霹靂啪啦狠狠地踹了桶子一陣。可惜沒算準，踹桶子的那隻腳，恰巧是靴子破了、露出兩個腳趾的那隻腳；當然，他嚎啕慘叫的聲音真夠瞧的，叫人聽了毛髮豎立，只見他撲通倒地，捧著腳趾，滿地打滾；罵起髒話，比以往叫罵過的更兇惡。事後，他自己也這麼說。他曾聽過索貝里哈根那老頭子當年不可一世的臭罵法，說自己有過之而無不及；但我心想，很有可能，他又在自吹自擂。

晚飯後，老爹抱起酒壺，說裡面的威士忌足夠他大醉兩回，外加

---

8 這兩段大聲咒罵政府及黑人教授的文字，表面上義憤填膺，實際上反而呈現老爹的自卑心理，在文學技巧上屬於一種「自暴其短」（self-exposure）的手法，越是狂妄自大，越是凸顯他的個人偏見和種族歧視。

一頓精神錯亂[9]。那是他一貫的說法。我斷定，一兩個鐘頭之內，他會爛醉如泥，到時候我就可以偷出鑰匙，或是鋸個小洞鑽出去，看哪一個辦法行得通。他一口接一口灌著酒，沒多久，就癱滾在毯子上；然而，運氣並沒落在我頭上。他也沒睡熟，反而很不安穩。一直呻吟怨嘆哼哼唉唉，手臂甩過來甩過去，折騰了大半夜。到最後，我睏得張不開眼睛，還搞不懂自己在哪兒，就睡著了，蠟燭還燒著沒有弄熄。

我不知道睡了多久，突然聽到一陣可怕的尖叫，就嚇醒了。眼前的老爹，滿臉瘋狂，四處跳來跳去，尖叫說屋裡有蛇。他說，蛇爬上了他的腿，接著，又跳起來尖叫說，說蛇咬了他臉頰──可是，我根本沒看到什麼蛇。他開始滿屋子跑，一圈又一圈，嘴裡大叫：「抓走牠！抓走牠！牠咬到我脖子了！」我從沒看過有人眼神這麼狂野。沒多久，他累垮了，倒下去喘氣；接著，又滿地打滾；速度飛快，兩腿踢來踢去，兩手憑空亂抓亂打，連聲尖叫，說有妖怪糾纏他。鬧了一會兒，他又累垮了，暫停一下，口裡呻吟著。然後，他動也不動躺在那兒，一聲不吭。我聽見外面遠遠的樹林裡，貓頭鷹和野狼在叫，一片恐怖的寂靜。他躺在角落那邊。沒多久，又站起來，歪著腦袋聽著。壓低聲音說道：

「?──?──?；那是死人的腳步聲；?──?──?；他們要來抓我了；我偏偏不去──噢，他們來了！不要碰我──不要！手拿開──你們手好冰；放開我──噢，饒了我這可憐蟲吧！」

然後，只見他四肢著地的爬著，苦苦哀求他們饒了他，還用毯子

---

9　老爹倒是很有自知之明，明白自己長期酒精中毒導致delirium tremens（精神錯亂），虧他這個文盲老酒鬼也懂得這個醫學術語，而難得赫克也拼得正確。馬克吐溫在《密西西比河河上生涯》第五十六章提到故鄉鎮上的老酒鬼吉米芬（Jimmy Finn），本書「老爹」的人物造型就是以他為本，老酒鬼吉米芬最後因為「精神錯亂」與「自體燃燒」（spontaneous combustion）而自然死亡，死在一座鞣酸染缸裡。

裏著自己，滾到那一張舊松木桌子底下，繼續苦苦哀求，接著哭了起來，隔著毯子都聽到他在哭。

沒多久，他又從桌子底下滾出來，發瘋似地跳起，看到我就撲過來。手裡拿著一把彈簧刀，追著我團團轉，叫我「死亡天使」[10]，說要宰了我，免得我一直糾纏他。我求饒，說我是赫克，不是別人，他卻發出**那麼**尖銳刺耳的笑聲，又吼又罵，繼續追殺我。追著追著，我突然一轉身，正想從他胳臂下方閃躲過去，沒想到他伸手一抓，揪住我兩個肩膀之間的夾克領子，我以為我完蛋了；還好我也像閃電一樣快，掙脫夾克，來個金蟬脫殼，救了自己一命。過了一會兒，他也折騰得筋疲力竭，一屁股坐在地上，背頂著門，說要休息一分鐘，待會兒再來宰我。他把刀子放在身下，說要先睡片刻，養精蓄銳，等會兒再看看鹿死誰手[11]。

很快的，他打起盹來。沒多久，我慢慢移過那張木條編的舊椅子，輕手輕腳爬上去，取下那把槍，不敢弄出絲毫聲響。我用通條輕輕地捅了一下槍膛，確定裡面裝著彈藥，接著，把槍架在裝蘿蔔的桶子上，槍口瞄準老爹，然後坐在後面，等候他的動靜。時間拖呀拖的，慢得幾乎靜止了。

---

10 聖經裡的天使都是男性，主要是上帝的軍隊與僕人，也是基督徒的僕人。天使的工作是保護信徒，追殺惡人，《新約聖經・啟示錄》一再提到天使是執行死亡任務者。

11 老爹這些吵吵鬧鬧發酒瘋的言行，還差點兒把赫克給殺了，正是典型酒精中毒導致嚴重精神錯亂和「幻聽幻覺」（hallucination）的徵狀，自以為看到蛇和魔鬼等等，並產生被迫害妄想症。有學者考據過，1861年6月11日聖路易市的《密蘇里民主報》（St. Louis *Missouri Democrat*）曾刊登精神錯亂相關報導。參閱Branch, Edgar M. "Mark Twain: Newspaper Reading and the Writer's Creativity."

# 第七章

「起來！你在幹嘛！」

我睜開眼睛，四處看看，想搞清楚我在哪兒。太陽早就出來了，我睡得真熟。老爹站在面前，俯看著我，板著一張臉——也是病懨懨的。他說——

「你拿槍幹嘛？」

我估計，他大概不曉得自己幹了什麼事，因此我說：

「有人想闖進來，所以我要埋伏提防著。」

「你幹嘛不叫醒我？」

▲「起來！」

「我叫過你，可是叫不醒；也推不動。」

「好罷，算了。別整天站在那兒廢話連篇，趕快出去看看有沒有魚兒上鉤，好用來做早餐。我一會兒就過來。」

他打開門鎖，我趕緊出去，來到河邊。看到河面漂來一些木材之類的東西，還有稀稀落落的樹皮；因此我知道，河水開始上漲了。我心想，要是我還住在鎮上，這時候就走運了。每年6月總是給我帶來好運；一旦河水上漲，就會有大堆大堆的木材漂流下來，還有零零星星的圓木柱木筏——有時候會有整打圓木柱捆成一排；只要撈上來，就可以拿到木材場或鋸木廠賣錢。

我沿著河邊往上游走的時候，一隻眼睛留意著老爹的動靜，另一隻眼睛留意水面漂來什麼東西。這時候，突然漂來一艘獨木舟；真

是標致，大約有13、14呎長，高高的漂在水面，活像一隻鴨子。我衣服都沒脫，立刻像隻青蛙，縱身一躍跳進水裡，朝獨木舟奮力划水游去。我原先以為，會有人躲在獨木舟裡面，因為常常有人喜歡惡作劇，當人家划著小船出去追獨木舟時，躲在裡面的人會突然坐起來，把人家取笑一頓。可是，這回不一樣。這獨木舟肯定是漂流物，我爬進去，把它划回岸邊。我心裡想，老頭子看了會很高興——值上10塊錢呢。等我上岸，沒看見老頭子身影，於是，把它划入一條像水溝般細長的小溪，兩岸覆蓋著藤蔓和柳樹，這時候，我突然有個念頭；倒不如把它好好藏起來，等我要逃走的時候，就不用躲到樹林裡，可以乘著它順流而下[1]，划個50哩左右，找個地方搭個營帳住久一點，不必再徒步流浪，跋山涉水。

藏獨木舟的地方離小木屋很近，我好像一直聽見老頭子走過來；於是，急忙把獨木舟藏好；等我走出來，在一片柳樹林附近張望時，這才看到老頭子在小路那頭，用槍瞄準一隻鳥。看來他應該什麼也沒看見。

等他走過來，我正在用力拉起一串「排鉤」釣魚繩[2]。他罵了我幾句，怪我動作太慢，我就說我滑倒掉進河裡，所以才耽誤了。我早知道，他看我全身濕透，一定會盤問為什麼。我們從釣繩上取下5條鯰魚，然後回家。

早餐後，我們想躺下來睡覺，兩人都累壞了，我在想，要是能夠想出一個辦法，讓老爹和寡婦都完全不想追蹤我，一定比光靠運氣、想趁人家逮回我之前能逃多遠就逃多遠，那可好太多了；你知道，什

---

1　這艘獨木舟就是赫克以後逃離老爹掌控，與吉姆順流而下的工具之一，拴在以後找到的木筏邊，由於輕巧方便，赫克划著它到處去探路。

2　原文trot line是一大條釣魚繩，懸掛在河面上，繩上附著一連串短短的釣魚線，每根釣魚線的魚鉤上掛著魚餌。既不需要釣竿，也不必在旁守候，時候到了再一起拉上來，省事又方便，有點像「放長線釣多魚」，也算是懶人釣魚法，往後赫克和吉姆一路上就是用這個方式釣魚，晚上布線，早上收穫。

▲ 簡陋小屋

麼事都可能發生。但好一陣子，我卻一點辦法也想不出來；過了一會兒，老頭子爬起來，又喝了一桶子的水，他說：

「下次再有人來附近鬼鬼祟祟，你要叫醒我，聽見沒？來這兒的人絕對沒好事，我會一槍斃了他。下次，要叫醒我，聽見沒？」

然後，他倒下又睡著了——可是，他剛剛說的話，正好給了我靈感。我告訴自己，要安排妥當，不讓任何人來追蹤我。

中午12點鐘左右，我們出門，沿著河岸往上游走。河水漲得很快，一大堆漂流木浮在水面流過去。過了一會兒，漂來一艘解體的木筏——9根圓木柱綑綁在一起。我們划小船出去，把它拖上岸。然後吃午餐。要是換了別人，一定會守在那兒一整天，撈上更多好東西；但是，老爹可不這麼做。一次撈上9根圓木柱，已經夠好了；一定要馬上拖到鎮上去賣。於是，他又把我鎖在小木屋裡，划著小船拖著木筏走了，那時已經下午3點半。我判斷，那天晚上他不會回來。一直等到他走遠了，我才拿出鋸子，繼續鋸那圓木柱牆壁上的洞。老頭子還沒划到對岸，我已經從洞裡鑽出來；從這兒望過去，他和木筏已經在遙遠的水面上，變成一個小小黑點。

我搬出那一袋玉米粉，扛到藏獨木舟的地方，撥開藤蔓和樹枝，放進獨木舟裡；接著，用同樣手法搬醃肉，還有威士忌酒桶；我還拿了全部的咖啡和糖，還有全部的彈藥；還有捅槍膛的通條；拿了水桶和葫蘆瓢子；拿了長杓子和鐵杯、我那把舊鋸子和兩條毯子、長柄煎

鍋和咖啡壺。我還拿了釣魚線和火柴等東西——凡是值上一分錢的東西，全都拿走。我幾乎搬得一乾二淨。這時候，我需要一把斧頭，屋裡沒有，外面木柴堆上有一把，但是，我故意不帶走那把斧頭，另有用處。最後拿出那把槍，該做的都做完了[3]。

　　我從那個洞裡爬進爬出，一趟又一趟拖出那麼多東西，把附近地面幾乎都磨平了。於是，我盡量恢復原狀，在那兒撒了一些泥土，蓋住磨平的地面和鋸木屑。然後，把鋸下來的那截圓木柱，嵌回原位，還在底下墊了兩塊石頭，外加一塊石頭撐著——因爲那根圓木柱有點往上翹，沒有貼著地面。要是你站在4、5呎以外，又不知道那兒曾經被鋸開過，那你就完全注意不到其中破綻；更何況，這兒是小木屋的背面，不會有人閒著無聊，跑來這兒鬼混。

　　從小木屋到獨木舟那兒，全是青草地，所以我沒有留下痕跡。我在周圍繞了一圈，四下看看。又站上岸邊，望望河面。一切平安無事。於是，我扛起槍，走入樹林裡，正想獵個幾隻鳥兒，突然看見一隻野豬；草原農場上經常有圈養的豬隻逃脫後，來到河邊低窪地區，日子久了就變成野豬。我開槍打死這隻野豬，拖回小木屋。

　　我掄起斧頭，在門上猛砸——又是劈又是

▲ 射殺野豬

---

3　赫克整個逃亡計畫真是周詳到無懈可擊，環環相扣，顯示他的聰明才智與邏輯思考能力，處處設想周到，每一步動作都有用意，從外人的觀點來布局，故意要誤導別人陷入圈套，以爲他已經被謀殺，就不再追蹤他了。

砍，費了好大的勁。隨後，把死豬拖進來，拖到桌子附近，用斧頭砍牠喉嚨，讓豬血流在土地上——我說土地上，因為那**確實是**土地——堅硬而結實的泥土地，沒有鋪地板。下一步，我找了一個舊布袋，往裡面裝滿石頭——拖得動多少就裝多少——然後，從死豬那兒一路拖到門口，穿過樹林，拖到河邊，扔下河去，看它沉下去，不見蹤影。這麼一來，地面留下明顯痕跡，好像有東西被拖走。我巴不得湯姆索耶也在現場，他一定會喜歡這種玩意兒，搞不好還會異想天開的添上鬼點子。這種事天下沒人比湯姆索耶更內行。

最後，我把斧頭沾滿豬血，再拔下一撮自己的頭髮，黏在斧頭的刀鋒上[4]，把斧頭甩到木屋角落。接著，我把那隻死豬抱在懷裡，用夾克裹著（免得豬血滴下來），抱著牠往屋外走上一大段路，才把牠丟進河裡。這時候，我又想起另一個點子。於是，我跑回獨木舟，把那一袋玉米粉和那一把舊鋸子，又帶回小木屋。我把那一袋玉米粉放回原位，用鋸子在底下割開一個小洞，因為屋內沒有刀子或叉子——老爹做飯時，不管切什麼，都用他那把摺疊刀。然後，我扛著那袋玉米粉，走上100碼左右，越過草地，穿過木屋東面的柳樹林，來到一個只有5哩寬的淺水湖，湖裡滿是蘆葦——你不妨說，趕上那個季節，還有野鴨子。湖的那一面有一條小水溝或小溪，水往外流出去好幾哩，也不知流到哪裡，反正不是流進湖裡。玉米粉從割破的袋口撒下來，一路撒到湖邊，連成一道小小痕跡。我還把老爹的磨刀石也丟在那兒，讓人以為不小心掉落的。然後，我把玉米粉袋的破口用繩子綁起來，不會再漏了，這才把那袋玉米粉和那一把舊鋸子，又帶回獨木舟。

這時候天快黑了；我把獨木舟推到水裡，划到岸邊柳樹叢下，準

---

4 還好赫克這個「詐死」的故事，是發生在18世紀中葉，否則以今日犯罪現場鑑識技術發達，可以檢驗出人血與豬血的DNA不同，那麼，故事就發展不下去了。

備等月亮升起。我把獨木舟拴在一棵柳樹上；然後弄點東西吃了，吃完之後，躺在獨木舟裡面，嘴裡抽著菸斗，心裡構想計畫。我告訴自己，人家一定會順著那袋石頭拖行的痕跡，一路追蹤到河邊去找我。他們還會順著那玉米粉的痕跡，一路追蹤到湖邊的小溪，溯溪而上，去找那個殺了我、又搶走所有東西的強盜。他們會在河裡打撈一切，偏偏就是撈不到我的屍體。用不了多久，他們就會厭煩，不再浪費力氣找我。太好了，那我就可以愛去哪兒就去哪兒。傑克遜島就很不錯；那座小島我熟悉得很，也不會有別人上那兒去。以後我可以晚上划船回鎮上，偷偷摸摸到處溜達，撿我要的東西。傑克遜島[5]，對，就敲定這個地方了。

我實在很累，不知不覺就睡著了。醒來的時候，一時還搞不清楚自己在哪兒。我坐起來，四下張望，不免有點害怕。過了一會兒才回想起一切來。大河河面一望無際，彷彿有好幾哩寬。月光分外明亮，順流而下的漂浮木，看起來黑暗而深沉，雖然離岸幾百碼，但我可以清楚地數出來。周遭一片死寂安靜，天色看起來已晚，而且用鼻子**聞起來**也晚。你曉得我意思——我只是不曉得該用什麼字眼來形容[6]。

我痛快的打了一個呵欠，伸一伸懶腰，正要解開纜繩划走，突然遠處水面傳來一陣聲響。我仔細一聽。立刻明白怎麼回事。那是在

---

5　這座小島也出現在《湯姆歷險記》第十三至十六章，湯姆、赫克、喬哈波他們逃家扮演海盜，就藏身在這個小島上。馬克吐溫描述的這個傑克遜島，是以當年的Glasscock's Island為藍本，位於他家鄉Hannibal下游3哩左右，是孩子們夏日的世外桃源，但現在已被水流沖蝕完全消失。幸虧馬克吐溫把這個小島寫入經典文學作品，讓消失的地理景觀走入青史永垂不朽，美好的童年歲月長存記憶，這也是文學的功能之一，保存人類的文化史蹟與地理景觀。

6　原文it looked late, and *smelt* late，looked（看起來）和smelt（聞起來）對稱，用的都是感官動詞，但是怎麼用鼻子「聞」就知道夜色已晚？這是「矛盾修飾法」（oxymoron）造成的詩情畫意，赫克終於擺脫老爹的暴虐，看著周圍寧靜祥和，心情輕鬆極了，重享自由自在的閒情逸致。幽默之處也在於，赫克也自知矛盾，補上一句「你曉得我意思——我只是不曉得該用什麼字眼來形容」，再度證明馬克吐溫開玩笑開到自己頭上的本領。

寂靜的暗夜裡，船槳在槳架上划動，所發出來的一種沉悶而有節奏的聲音。我從柳樹縫隙偷偷往外看，就在那兒——一艘小船，在遠遠河面上。一時看不出有幾個人。小船一直朝向這兒划過來，等到和我並駕齊驅時，我才看出裡面只有一個人。我心想，也許是老爹，儘管我不指望是他。他順著水流，划到我下方，不久又掉頭，划向靜水處的岸邊，而他離我如此之近，我幾乎可以舉出槍去碰到他。啊，**正是老爹**，確定沒錯——從他划槳的方式看，人還清醒的呢[7]。

我毫不遲疑。立刻沿著岸邊陰影處，輕悄而飛快地順著水流划出去。划了兩哩半之後，又往大河中央划了四分之一哩，因為待會兒就要經過渡輪碼頭，會有人看見我，跟我打招呼。我划到大河中央一群漂浮木當中，躺在獨木舟底部，任它漂流。我躺在那兒，好好休息了一陣子，抽著菸斗，仰望天空，只見萬里無雲。月光之下，仰面望向天空，天空顯得格外深邃；我以前居然不曉得。在這樣寂靜的夜晚，水面上聽到的聲音也那麼遙遠！我聽見渡輪碼頭上人們在聊天。每一個字都聽得一清二楚。有一個人說，現在快到晝長夜短的時候了。另一個人說，依他看，**今夜**可不算短——說著，他們都笑了起來，接著他又說了一遍，他們又笑了一場；然後，他們叫醒另一個傢伙，把這話告訴他，大家又笑了，可是他沒笑；他狠狠地罵了一句粗話，叫他們別妨礙他睡覺。最初說話的那個人說，他要把這些對話告訴他老婆——她一定覺得很好玩；只不過，比起他當年講過的那些話，這實在不算什麼。我聽到有人說，快三點鐘了，他希望不要等上一個星期才天亮。在這之後，他們的話聲越來越遠，慢慢的，就再也聽不見了，只隱約聽見喃喃語聲；偶爾也傳來一聲笑聲，但是，似乎離我很遠。

這時獨木舟已過碼頭。我爬起來，看見傑克遜島就在下游兩哩半

---

7 可能是老爹回到小木屋，發現兒子赫克被謀殺，嚇得醉意全消，趕緊划著小船出來。

左右的地方，島上林木茂盛，矗立在河流當中，龐大、結實、漆黑，像一艘熄燈的蒸汽輪船。小島前方的沙洲已經不見蹤影——被上漲的河水完全淹沒了。

不一會兒工夫，我就划到那兒。水流湍急，獨木舟瞬間越過灘頭，接著，我划進靜水

▲ 休息一下

處，在向著伊利諾州的河邊靠岸。我撥開柳樹枝條，把獨木舟划進我所熟悉的一處深水灣，拴好繩纜，從外面根本看不出這兒停靠著一艘獨木舟。

我從島的前端上了岸，坐在一根圓木柱上，望著眼前的大河和黑壓壓的漂流木，遠眺著3哩外的小鎮，鎮上只有3、4處燈火闌珊。一艘巨大的木筏，從上游1哩處漂下來，上面有一盞燈籠。我看著它慢慢漂過，漂到與我齊肩時，船上有人說：「喂！划動尾槳——船身向右靠。」聲音聽得一清二楚，彷彿就在我耳邊說話。

這時天空已現灰白；於是我走進樹林裡，躺下來，早餐之前先打個盹兒再說。

# 第八章

　　一覺醒來，太陽已經高高在上，所以我推斷，大概已經過了8點鐘。我躺在陰涼的草地上，想著事情，睡飽了，渾身舒服，心滿意足。偶爾從一、兩處樹葉空隙之間看見太陽，周圍多是高大樹木，置身其中有些陰鬱。陽光從樹葉之間篩落下來，地面灑滿了細碎斑點，這些斑點彼此輕移換位，證明有微風吹過樹梢頂上。兩隻松鼠坐在樹枝上，友善的對我吱吱叫[1]。

　　我渾身懶洋洋的，舒服透頂——根本不想爬起來煮早餐。不知不覺，又迷糊睡去，突然聽到「轟！」的一聲巨響，從遠處

▲ 樹林裡

河面傳來。我驚醒過來，手肘撐起身體，仔細聽著；沒多久，又是一聲。我一躍而起，越過樹葉間隙往外看，看見遠遠的水面上，冒起一團煙霧——差不多在碼頭那附近。還有一艘渡輪載滿了人，正順流而下。這下子我明白怎麼回事了。「轟！」一團白色煙霧，從渡輪側面噴出。你瞧，他們正在往水裡放砲，想把我的屍體，從水底下震盪出

---

1　這段寫景文字幽雅流暢，讀者隨著赫克心曠神怡，睡飽了心情好，連松鼠都友善。

來，浮到水面上[2]。

　　我肚子很餓，這個節骨眼兒，我不敢生火，因爲他們會看見炊煙。只好坐在那兒，看著放砲的煙霧，聽著轟隆隆的砲聲。大河流到這兒，河面有1哩寬，夏日清晨的景色真是優美——我坐在那兒享受美景，眼睛看著他們努力搜尋我的屍體，心裡想著怎麼找一口東西來吃。後來我想到，他們常常在麵包裡夾上水銀，放水漂流，那麵包就會漂向淹死人的屍體上方，隨即會停著不動。

▲ 觀看渡輪

於是，我特別留意，要是有麵包漂到我這兒，我一定不放過。我跑到小島上面向伊利諾州的那一邊，看看運氣如何，果然沒叫我失望。一大條雙糰麵包漂過來，我用一根長棍子差點搆到它，可惜腳下一滑，又漂走了。我站的位置是離岸最近、水流最急的地方——這一點我當然很清楚。沒多久，又漂來一條麵包，這回我贏了。我拔掉塞子，抖掉裡面的一點點水銀，大口咬下麵包。那是「麵包師傅的特製麵包」——給上流人士吃的——不是我們窮人家吃的粗糙玉米麵包[3]。

　　我在樹林枝葉中找到一個好位置，坐在一根樹幹上，嚼著麵包，

---

2　根據民間傳說，朝水裡放砲，可以劇烈震盪水流，讓卡在河床石縫間的屍體因而鬆脫，浮上水面。

3　原文baker's bread，是麥子磨成麵粉做的白麵麵包，而且是麵包房師傅特製的，專門給上流社會人士（the quality）吃的，而美國中南部鄉下人一般吃的corn-pone，是用粗磨的玉米粉做的，通常不會添加雞蛋或牛奶，價錢便宜很多，口感就比較粗糙難以下嚥。

看著渡輪，真是心滿意足。突然，我又想起一件事，寡婦或牧師或某人，一定都在祈禱這麵包會找到我，果然正如他們所料，麵包真的找到我了。所以，無疑的，這其中還真有幾分奧妙呢。等於說，寡婦或牧師的禱告果真靈驗，無奈我的禱告偏偏不靈，我猜想，大概只有好人禱告才會靈驗。

我點上菸斗，好好抽了一陣，繼續觀看著河面。渡輪順著水流開過來，等它繞過來這裡時，正好給我機會看看，究竟有誰在船上，因為渡輪是跟隨著麵包漂流的方向。等它靠近時，我熄了菸斗，來到剛才我撈起麵包的地方，趴在一根樹幹後面的地上，從樹幹分叉處往外偷看。

沒多久，渡輪來到面前，離我非常近，近得只要架上一塊踏板，他們就可直接走上岸來。幾乎該來的都在船上，老爹、柴契爾法官、貝琪柴契爾、喬哈波、湯姆索耶、他的波麗姨媽、席德、瑪莉，還有好多其他人。所有人都在談論謀殺的事，渡輪船長突然打岔，說：

「請大家留神；河水主流在這兒離岸最近，說不定他被沖上岸，掛在水邊的樹叢裡。不管怎樣，我希望如此。」

我可不希望如此。他們全都擁到船的這一邊，靠著欄杆往外看，幾乎正對著我的臉，大家都不出聲，聚精會神地看，不過，我看他們很清楚，而他們卻看不見我。只聽船長突然大嚷一聲：

「閃開！」隨後砲口在我面前轟出一聲巨響，砲聲差點把我震聾，煙霧差點把我燻瞎，我以為完蛋了。萬一那砲膛裡面真的裝有砲彈，他們可能真的就會找到我的屍體了。謝天謝地，我總算沒受傷。渡輪繼續往前開，繞過小島的肩岬後，就消失不見了。不時還傳來一兩聲隆隆砲聲，一個鐘頭後就聽不到了。這座小島有3哩長，我估計到了小島的尾端，他們就會放棄。可是，他們不死心，又多撐了一會兒，繞過尾端後，又繼續沿著密蘇里州那一邊的水道，逆流而上，每隔不久就轟上一砲。我也跑到小島的另一邊去觀察他們。他們回到小

島的起點時，才停止放砲，然後從密蘇里州那一邊上岸，各自回家去了。

　　我曉得現在平安無事了。誰也不會再來找我[4]。我從獨木舟取出東西，在濃密的樹林裡，給自己安頓了一個舒服的窩，用毯子搭了一個營帳，把東西放在裡面，免得被雨淋濕。我捉到一條鯰魚，用鋸子剖開魚肚，太陽快下山時，我升起營火煮晚餐。然後，在河裡放置一串排鉤釣魚繩，準備捕魚當明天早餐。

　　入夜之後，我坐在營火邊抽菸斗，覺得心滿意足；可是沒多久，我又開始覺得寂寞，於是走到岸邊，傾聽河水拍岸的聲音，數著天上的星星，數著漂流下來的木材和木筏，然後去睡覺；人感覺寂寞的時候，也找不出更好的方法打發時間；你也不能一直在感覺寂寞，很快就克服了。

　　就這樣過了三天三夜。沒什麼變化——天天都一樣。第四天，我開始到處探險，走遍全島。我是這座小島的主宰；可以說，整座小島都歸屬於我，我當然要弄清楚島上的一切，不過，主要還是在打發時間。我找到許多熟透了的大顆草莓；還有綠色的夏季葡萄和綠色的覆盆子；綠色的黑莓剛剛冒出來。看來，沒多久，就可以吃了。

　　我在樹林深處亂闖一通，估計快走到小島的尾端了。我也一直槍不離手，雖然從沒開過槍；多半只是為了防身；打算回到紮營的家附近，再來獵一點野味。就在這時候，我差點踩到一條不小的蛇，蛇立刻鑽進花草叢裡去，我追上去，想給牠一槍。正在飛奔之際，我突然踩到一堆營火餘燼，還在冒煙呢。

　　我的心臟差點從肺裡跳出來。還沒來得及多看一眼，我立刻拉下槍的扳機，踮起腳尖，躡手躡腳，盡快往後退。三不五時停下來四處

---

4　赫克詐死成功，從此擺脫老爹的威脅虐待和文明禮教的束縛，開始過起逍遙自在的日子，「求仁得仁」，也象徵著「死後復生」（rebirth-after-death），另一條生命誕生。

▲ 發現營火餘燼

觀望，聆聽著濃密樹葉間的動靜；偏偏我自己喘氣太大聲，害我根本聽不到別的聲音。我每退一段路，就停下來再聽一下；一而再，再而三，跑跑停停。每看到半截樹幹，就以為是一個人。每踩斷一根枯枝，就以為被人掐住喉嚨，害我只剩下半口氣，而且還是小半口氣[5]。

回到紮營的地方時，我已經沒有原先那種興致，原先那股勇氣也所剩不多[6]；不過，我說，現在沒時間再亂闖了。於是，我把所有東西，都再搬回獨木舟，藏起來不讓人發現；也熄滅了營火，把灰燼撥散開來，讓人以為是去年殘留下來的舊營火，接著，我爬上一棵樹。

我大概在樹上待了兩個鐘頭；可是，什麼也沒看見，什麼也沒聽見——只是**自以為**看見和聽見千百樣東西。當然哪，我又不能永遠待在樹上；於是爬下樹來，不過，盡可能地躲在濃密樹林裡，隨時隨地

---

5　赫克原本以為整座小島都是他一個人的，現在突然發現島上居然有外人，他差點踩到那堆營火，嚇得魂不附體，他那又驚又慌的反應，令人聯想到《魯賓遜漂流記》（*Robinson Crusoe*, 1719）裡，魯賓遜在荒島上發現「星期五」（Friday）的腳印。所幸他們都是處於極端寂寞孤獨清況下，碰上同類的人類，自然而然發展出超種族的純真友誼，這是在世俗的、階層分明的文明社會裡，不可能發生的事。

6　原文there warn't much sand in my craw，craw是動物的「胃」或鳥類的「嗉囊」，sand in the craw是「沙囊裡面的沙」，用來磨碎食物，現在沙囊裡沒有沙了，引申指失去了「勇氣」。

提高警覺。只能吃吃野生漿果和早餐剩菜。

　　天色暗下來的時候，我肚子好餓。熬到天色全黑，趁月亮還沒出來之前溜到岸邊，划著獨木舟到對面伊利諾州岸邊——大約四分之一哩遠。上岸之後，到樹林裡煮了晚餐，正打算要在那兒過夜，忽然聽見**踢－躂，踢－躂**的聲音，我對自己說，有人騎馬過來了；接著，就聽到人的說話聲。我趕緊又把東西全部搬回獨木舟，然後爬回樹林，看看怎麼回事。還沒爬多遠，就聽見一個人說：

　　「要是找得到好地方的話，我們最好在這兒紮營；馬兒都累壞了。先四處看看吧。」

　　我不敢耽擱，馬上把獨木舟推出去，輕輕划離。回到小島上，把獨木舟拴在老地方，心裡想，乾脆今晚睡在獨木舟裡。

　　我一夜不得好眠。就是睡不著，沒辦法，有心事。每次醒來，就以爲有人掐住我脖子似的。所以，這個睡法對我也於事無補。過了一會兒，我對自己說，總不能這樣提心吊膽過日子；總得弄清楚，到底是誰和我同在這座小島上；不弄清楚的話，我就會完蛋。這麼一想，頓時舒服多了。

　　於是我操起槳，划離岸邊一兩步遠，隨即讓獨木舟沿著樹蔭，自行順流而下。明月當空照耀，樹蔭以外的地區，明亮如白晝。我小心翼翼地划了一個鐘頭，周圍一切寂靜如岩石，萬物都在沉睡。這時候，我已經差不多划到小島的尾端了。一陣細如漣漪的清涼微風，開始吹動，表示黑夜即將過去。我用槳把獨木舟撐著轉彎，船頭擱在岸邊；然後扛起槍，溜上岸，來到樹林邊緣。我坐在一根樹幹上，從樹葉間隙向外張望。只見月亮正在下沉，黑暗開始籠罩著大河。隔了一會兒，樹頂出現一道灰白，我知道天快亮了。於是，我提著槍，朝向那乍見營火的地方，輕悄悄地走過去，每一兩分鐘，就停下來聽聽動靜。但是，我好像運氣不好；竟然找不到那個地方。還好，不久之後，我從樹林之間，遠遠瞥見火光。於是，小心翼翼慢慢走過去。走

到可以看清的距離時，見到地上躺了一個人。我不禁打了個冷顫。他的頭用毯子蓋著，腦袋快要伸到火堆裡去了。我坐在離他6呎左右的樹叢後，眼睛緊緊盯著他。這時候，天色已經逐漸發亮。沒多久，他打了一個呵欠，伸了一個懶腰，掀開毯子，原來是華珊小姐的黑鬼吉姆！一見到他，我喜出望外。我說：

「哈囉！吉姆！」我蹦了出來。

他猛地彈跳起來，一臉驚恐望著我。然後撲通一聲跪下，雙手合十，說：

▲ 吉姆與鬼魂

「不要害我——不要！我這一輩子連個鬼都沒有得罪過。我一向喜歡死人，他們要我做什麼，我就做什麼。你從河裡來，就往河裡去罷，別跟老吉姆過不去，我們一向都是好朋友啊。」

還好，沒費多大工夫就讓他明白，我並沒有死。真高興遇見吉姆。現在，我不再寂寞啦。我說，我不怕**他**告訴別人我在哪兒。我一直講個不停，可是，他就坐在那兒，看著我；一言不發。我接著說：

「天已經亮了。我們來吃早餐。把營火生起來吧。」

「幹嘛生起營火來，煮草莓之類的東西呀？你有一把槍——不是嗎？我們可以弄點比草莓更好吃的東西來。」

「草莓之類的，」我說，「你就靠這些東西過活啊？」

「我弄不到別的東西呀！」他說。

「吉姆，那你到島上多久了？」

「你被殺的那天晚上我就來了。」

「什麼？這麼久了？」

「是啊，沒錯。」

「那你除了那些鬼東西，就沒吃過別的？」

「沒──沒別的。」

「那你不都快餓死了？」

「差不多，我餓得可以吞下一匹馬。你在島上待了多久？」

「從我被殺的那個晚上起。」

「不會吧！那，你吃什麼過活啊？不過，你有槍，喔，對了，你有槍。好極了。你去獵點什麼來，我來生火。」

於是，我們來到停放獨木舟的地方，當他在林間空曠草地上生火的時候，我搬回來玉米粉、醃肉和咖啡，還有咖啡壺和煎鍋，還有糖和鐵杯，這些東西讓吉姆這黑鬼看了大吃一驚，以為我施法術變出來的。我還捉到一條大鯰魚，吉姆用刀把魚處理乾淨，用鍋子煎了。

早餐做好了，我們坐在草地上，吃了熱騰騰的一頓。吉姆拚了老命地吃，因為他幾乎快餓死了。把肚子填滿之後，我們躺下來，懶洋洋的。

沒多久，吉姆說：

「你倒說說看，赫克，要是在小屋裡被殺的不是你，那會是誰呢？」

我把事情的經過一五一十說了，他說我很了不起。還說連湯姆索耶都想不出這麼絕妙的計策。接著，我問：

「吉姆，你怎麼到這兒的？你怎麼過來的？」

他神色大為不安，整整一分鐘沒說話。然後才說：

「我還是不說的好。」

「吉姆，為什麼？」

「唉，我有我的理由。赫克，要是我告訴你，你要答應不跟別人說，可以嗎？」

「要是我說了，天誅地滅。」

「好，赫克，我相信你。我──我是**逃出來的**。」

「吉姆！」

「記住，你答應不說的──赫克，你說過不告訴別人的。」

「是，我說過。我答應過不告訴別人，一定會信守承諾[7]。奉誠實**印地安人**[8]之名，我一定。人家可能會罵我是個卑鄙的廢奴主義者[9]，而且瞧不起我，因為我保持緘默[10]──可是，那無所謂。我不會告發你，反正我也不打算回去了。既然如此，你就全盤告訴我吧。」

---

7　馬克吐溫的哥哥曾有類似經歷，他在野外釣魚時認識一個逃奴，儘管捉拿逃奴有50元的高額懸賞獎金，還有藏匿逃奴刑罰的法律威脅，他不但沒舉發他，還暗中送了好幾天食物給他。參閱 Wecter, Dixon. *Sam Clemens in Hannibal* (1952), 148。這裡算是寫作技巧的「伏筆」，赫克既然對吉姆有所承諾，果然一諾千金。往後赫克為了要不要舉發吉姆，三番兩次發生天人交戰的內心衝突，世俗的道德良心與天生的赤子之心兩相纏鬥，成為本書的重頭戲。他的正義感與善良本性是渾然天成的，只是從小到大被世人的價值觀洗腦了而不自知，因而更凸顯了本書對當時社會意識型態的批判諷刺。

8　一百多年來，馬克吐溫作品的種族意識經常引起爭議，近年來學術界逐漸釐清了作者與人物之間的距離，作品人物的思想言行並不代表作者本人，馬克吐溫的種族歧視污名才被洗刷。他對印地安人的態度也是模稜兩可，美國早期開拓史常見白人與印地安人爭奪地盤，冤冤相報彼此屠殺，弱肉強食的現實世界，常與理想浪漫的「高貴野蠻人」（noble savage，盧梭等人所倡）有所出入。《湯姆歷險記》中的印地安喬 Injun Joe 是個盜墓者和殺人犯，給人完全負面的印象。在未完成的續集〈赫克與湯姆印地安歷險記〉（"Huck Finn and Tom Sawyer Among the Indians"）中，湯姆對赫克說，印地安人從不說謊，即使割了舌頭，也不會洩漏秘密。此處赫克以「誠實」之名發誓遵守信諾，應是給印地安人正面形象。

9　赫克深以「廢奴主義者」為恥，這裡誤說成 Ablitionist。這個詞彙 Abolitionist 在黑奴自由區是深獲肯定，是人道主義者為黑人爭取人權的運動，但在蓄奴地區卻是一大指控，意義完全相反，這個字來自「廢除奴隸制度」（abolish slavery），始於1830年代，是美國人權史上最重要的正面觀念。注意其中很有時代變遷「昨非今是」或「昨是今非」的反諷意味。

10　在蓄奴時代裡，黑奴制度被視為理所當然，整個社會都認定黑奴不是「人類」（human being），而是一項「財產」（property）。偷一匹馬或一頭乳牛是微不足道的罪刑，但是收留或窩藏黑奴、或有機會告發黑奴而保持緘默，是一項至為嚴重的罪刑，是人生不可抹滅的污點，難怪赫克往後會因此耿耿於懷，世俗道德與赤子之心嚴重衝突。

「好吧，你瞧，事情是這樣的。老小姐——就是華珊小姐——她一天到晚挑我毛病，雖然對我很不好，可是她常說，絕對不會把我賣到下游紐奧爾良去[11]。但是，最近我注意到，有一個奴隸販子經常在附近走動，我開始擔心起來。有一天晚上，很晚了，我偷偷溜到門口，門沒關緊，我聽見老小姐對寡婦說，她要把我賣到紐奧爾良去，本來不想賣掉我，但是，人家出價800元，這麼一大筆錢，她很難抗拒。寡婦也勸她別這麼做，但是，我沒心等她們說下去。告訴你吧，我很快就溜了。

　　「我一溜出來就往山下跑，打算到鎮上的河邊偷一艘小船，可是，那裡人來人往的，所以，我就一直躲在河邊那個破破舊舊的製桶舖子裡，等到四下無人時再說。就在那兒，我待了一整夜。人來人往也沒少過。大概到了早上6點鐘，河上開始有小船走動，到了8、9點鐘的時候，每一艘路過的小船都在說，說你老爹回來鎮上了，說你被殺了。來來往往的船上坐滿了男男女女，都是要到出事地點去看熱鬧的。有的船停靠在岸邊一會兒才過河，這時候我從他們嘴裡，才聽到你被殺的整個故事。赫克，聽到你被殺，那時候我很難過，現在可不了。

　　「我在木屑堆裡躲了一整天，肚子很餓，但不害怕；因為我知道老小姐和寡婦用完早餐之後，就要去參加野營布道大會，會在那兒待上一整天，她們也知道，天一亮我就要趕牛群出去，即使看到我不在家，也不會懷疑，所以，要到晚上天黑之後，才會發現我失蹤了。其他的僕人也不會發現我失蹤，因為只要這兩個老女人一出門，她們也都會跟著自動放假一天。

---

11　紐奧爾良是密西西比河下游注入墨西哥灣的大港口。黑奴被賣到下游南部各州會非常悲慘，不但遠離家鄉和親人，還要在甘蔗田或棉花田從事辛苦勞動工作，日子過得遠比北部各州艱苦得多，而且返鄉機會渺茫，所以黑奴視此為畏途。

「天黑之後，我沿著河邊的大路，往上游方向走，走了差不多兩哩多，到了沒有房舍的地方。這時候我打定主意，知道該怎麼計畫。你瞧，要是繼續這樣用腳走，獵犬會循著足跡追上我；要是偷一艘小船渡過河去，人家會發現船丟了，你瞧，人家還會知道，我從對面哪兒上岸，繼續從那裡追蹤我的足跡。所以我說，找一排木筏就得了，就不會**留下**足跡啦。

　　「沒多久，我看到大河灣那兒有一道亮光過來，於是涉水游過去，推著一根樹幹往前游，游過河中央，來到一群漂流木當中，把頭盡量壓低，逆著水流游泳，等到那排木筏漂來眼前。然後，我游到木筏排尾端，一把抓住它。這時候天上起了烏雲，天色昏暗。於是，我爬上去，趴在木板上。木筏上的人都遠在中間有燈光那兒。河水繼續上漲，造成一股急流，因此我估計，大概到了清晨4點鐘，我就會順著這股急流，漂到25哩外了，就可以趕在天亮之前，溜過去，然後游泳上岸，躲到伊利諾州[12]那一邊的樹林裡。

　　「可是，我運氣不好，當我們才漂到小島的前端時，有一個人拿著燈籠過來了，我看等不及了，只好溜回水裡，往小島的上方游過去。原先我以為隨便從哪兒都可以上岸，沒想到不行──河岸都很陡峭。就這樣，一直游到小島的尾端，才有機會上岸。一上岸，我就鑽進樹林裡，心想再也不要瞎闖木筏排了，上面老是有人提著燈籠走來走去。還好，我把菸斗、菸草塊和火柴都放在帽子裡，沒被沾濕，這才安心。」

　　「所以說，這幾天你都沒有肉和麵包可吃？為什麼不抓一隻烏龜來吃？」

　　「你怎麼抓呀？難道偷偷溜過去空手抓；還是用石頭去砸？夜晚

---

12　伊利諾州雖然是黑奴自由區，但該州法令不承認從外州逃過來的黑奴為自由人，反而會遭到拘留，等待其主人來認領，並有賞金可拿。所以吉姆從蓄奴地區的密蘇里州這邊，直接逃到河對岸的伊利諾州那邊，風險也很大。

黑漆漆的，哪看得見啊？白天又不敢公然出現在岸邊，暴露自己。」

「啊，說得也是。當然哪，你得一直躲在樹林裡。你有聽到他們往河水裡放砲嗎？」

「噢，是啊。我曉得他們在找你。我從樹叢裡面往外看；看到他們經過這兒。」

這時有幾隻小鳥飛過來，每次飛個一兩碼，就歇一會兒；吉姆說，那是快要下雨的前兆。他說，若是小雞那樣飛，也是一種前兆[13]，所以他推想，小鳥那樣飛，也是一樣。我正想抓個幾隻來，但是吉姆不准。他說，那等於找死。他說，他爸爸有一次病得很重，有人抓來一隻鳥，他老祖母說，他爸爸會死，果然他爸爸就死了。

吉姆說，你要煮來吃的東西，絕對不能數，因為會帶來霉運。同樣的，太陽下山之後，不可以抖桌布。他還說，有人養了一窩蜜蜂，萬一他死了，一定要在第二天太陽升起之前，告訴他的蜜蜂，不然，所有的蜜蜂都會衰竭、不採花蜜、死光光。吉姆說，蜜蜂絕對不叮白癡[14]，但我不相信，因為我自己試過很多次，蜜蜂就是不叮我[15]。

這些說法我以前也略知一二，但沒有這麼多。吉姆懂得各式各樣的徵兆。他說他幾乎什麼都懂。我說，看來好像所有的徵兆，都是關於霉運的，於是我就問他，到底有沒有任何好運的徵兆。他說：

「很少——**好運的徵兆**對人沒多大用處。好運會上門，幹嘛要預先知道？難道還要躲避好運不成？」他說：「要是你手臂和胸口

---

13　鄉下普遍傳說，雞隻聚在一起時，就表示要下雨了。（When chickens flocked together, it was going to rain.）

14　古有傳說，上帝會賜福並保佑某些具有「童真」（innocence）特質的人，如處女，小孩，神父、白癡、殘障者，使他們免於被蜜蜂螫咬。馬克吐溫曾說，他從George White的 *The Natural History and Antiquities of Selborne* (1789)知道這個迷信，有一個白癡男孩著迷於蜜蜂，卻從來沒被螫過。

15　幽默之處是，赫克自以為不是白癡，但是蜜蜂卻不叮他，所以他覺得吉姆說的沒道理。其實赫克應該不是白癡，而是具有某些赤子的「童真」，沒被世俗給洗腦，出污泥而不染。

都長了毛，就是日後會發財的徵兆。這種徵兆就很有用，因為它離眼前還遠著呢。你瞧，或許你會先窮上一段日子，要是沒有這個徵兆，說你將來有那麼一天會發財，搞不好你活得心灰意冷，就先自殺了[16]。」

「吉姆，你的手臂和胸口都長滿了毛嗎？」

「那還用問？你看不出來嗎？」

「那麼，你很有錢嗎？」

「沒有。不過，我以前曾經很有錢，以後也會很有錢。我曾經有過14塊錢，但拿去做投資生意，統統賠光了。」

「吉姆，你投資了什麼？」

「喔，我先搞股票。」

「什麼樣的股票？」

「活生生的股票[17]。牛，你知道。我花10塊錢，買了一頭母牛。不過，以後我再也不會花錢買這種股票了。那頭母牛一到我手上，就死掉了。」

「這麼說，你損失了10塊錢？」

「不，我沒有損失那麼多，才損失差不多9塊錢而已。我把牛皮和牛油賣了1塊又10分錢。」

「你還有5塊又10分錢，後來又投資了什麼？」

「有啊。你曉得布萊迪胥老頭家的那個獨腳黑鬼嗎？他開了一家

---

16　吉姆很迷信，但有時候迷信也有道理，這裡他說的是人生「有希望最美」，才有勇氣活下去。他的觀念還滿正確的，不必急著「趨吉」，能夠「避凶」就好。

17　這裡玩弄文字遊戲，展現馬克吐溫幽默之處，可惜翻譯難以具體傳神，需加注解說明。吉姆說他投資搞「股票」（stock），但不是一般的股票，而是「活生生的股票」（live stock），livestock原意指馬、牛、羊、豬的「牲口」，他買了一頭母牛，一頭活生生的股票。股票會生股息，母牛會生小牛，也都是生財工具。

錢莊，說只要存一塊錢進去，年底就可以拿回4塊多錢。這一來，所有黑鬼都去了，但大家手頭都沒太多錢。我是唯一有錢的，於是，我就堅持要比4塊錢更高的利息，不然的話，我就自己也開一家錢莊。當然哪，那個黑鬼不要我搶生意，因為根本沒有那麼多生意，需要兩家錢莊，所以，他答應我，可以存5塊錢，到了年底，給我35塊錢。

▲ 布萊迪胥老頭家的黑鬼

「當然我答應了。原本計畫年底拿了35塊錢，再繼續投資。有一個叫鮑伯的黑鬼，撈到了一艘平底木船，他的主人不知道；我向他買了這艘船，叫他到了年底，去取那35塊錢；沒想到，那艘船當天晚上就被人家偷走了，第二天，那個獨腳黑鬼又說，錢莊倒閉了。所以，我們誰也沒拿到錢。」

「吉姆，那你剩下的10分錢怎麼用的？」

「唉，我正要把它花掉，可是，我做了一個夢，夢見有人叫我把那10分錢，給一個叫巴蘭姆的黑鬼——他們都簡稱他「巴蘭姆的仙驢」[18]，你知道，他是那種蠢蛋腦袋。但是，人家說他傻人傻福，

---

18　「巴蘭姆的仙驢」（Balum's Ass），其實正確拼字應是Balaam，背後有個典故，故事見《舊約聖經‧民數記》第二十二章第7-35節。Balaam這位先知不是以色列人，被派去詛咒以色列。他騎著一匹仙驢，仙驢看見上帝派來的「報仇天使」（the Avenging Angel）擋住去路，持刀要殺他。仙驢連續三次改道避開天使，要保護Balaam，而Balaam自己看不見，卻一再鞭打仙驢。上帝讓仙驢開口說人話，詢問為何挨打，Balaam回答說，他害自己看來像個傻瓜，上帝開了Balaam的天眼，讓他看見眼前擋路的天使，Balaam才坦承犯錯。這個聖經故事常被拿來教訓美國黑奴的主人，不識黑僕忠誠。

而我呢，天生倒楣。夢裡要我把那10分錢給巴蘭姆去投資，他會幫我多賺一點。於是，我把錢給了巴蘭姆，有一天，他上教堂做禮拜，聽到牧師說，誰接濟窮人，就等於借錢給上帝，一定會收回一百倍的錢。就這樣，巴蘭姆把那10分錢捐給了窮人，等著看看結果怎麼樣。」

「那，吉姆，結果怎麼樣？」

「結果什麼也沒有。我沒辦法收回那筆錢；巴蘭姆也沒辦法。以後我再也不把錢放出去了，除非先看到抵押的東西。牧師說，會收回一百倍的錢！要是能夠收回那**10分錢**，我才覺得公平，也高興有這種機會。」

「好啦，算了吧，吉姆，好歹你將來會再有錢就好了。」

「是啊——我現在就很有錢，回過頭來看看。我擁有我自己，而我價值八百元呢。真希望我有這筆錢，多的我也不想要。」

# 第九章

　　我很想去看看小島正中央的一個地方，那是上次四處探險時發現的；於是，我們動身前往，很快就到了，因爲這座小島只有3哩長，四分之一哩寬。

▲ 探索山洞

　　這地方是一個相當長而陡峭的山坡或山脊，大約40呎高。我們費了一番工夫，才爬到山頂，周圍坡面都很陡峭，樹叢又濃密。我們繞著四周坡面連走帶爬，沒多久，在岩石當中，快接近山頂的地方，面向伊利諾州那邊，找到一個很棒的大山洞。山洞有兩三個房間合併起來那麼大，連吉姆都可以在裡面站直身子。洞裡很涼爽。吉姆主張馬上把東西都搬進去，但我不想爬上爬下的搬東西。

　　吉姆說，要是我們把獨木舟藏在一個好地方，把所有的東西都搬到山洞裡，要是有人來到島上，我們就可以立刻衝上山洞，而他們沒有狗跟著，也找不到我們。何況，他說，那些小鳥那樣飛，表示快要下雨了，難道我要讓東西都淋濕嗎？

　　於是，我們回去把獨木舟划到山洞下方，把所有的東西拖上山。然後，我們找了一個比較近的地方，在濃密的柳樹枝葉下，藏好獨木舟。我們從排鉤釣魚繩取下幾條魚之後，繼續布餌，然後準備午餐。

　　山洞洞口很大，大到可以滾進一個大木桶，有一邊洞口的地面往

▲ 在山洞裡

外延伸，很平坦，是個生火的好地方。我們就在那兒生起火來，煮午餐。

我們在山洞裡面鋪了毯子當地毯，在那兒吃午餐。把所有東西放在山洞深處，隨手可拿的地方。很快的，天色昏暗，開始雷電交加；所以，小鳥們那樣飛是有道理的。緊接著，開始下起傾盆大雨，雨下得怒氣騰騰，我從來沒見過，風也吹得那麼猛烈。那是常見的夏日午後雷陣雨[1]。外面天色昏暗，看來黑得發青，但也分外好看；密集的雨點橫甩過去，遠方樹木看來朦朦朧朧，好像布滿蜘蛛網；這時吹來一陣狂風，把樹木吹得彎下腰，葉片都翻轉過來，露出灰白的底面；接著，又一陣超強的狂風跟來，吹得樹枝亂搖胳臂，彷彿發瘋似的；然後，天色黑青到極點——**唰**！天空亮得好像天堂之光顯現一樣耀眼，一剎那之間，你看見遠處樹梢在狂風暴雨當中翻滾，幾百碼以外更遠的地方，看得比平常更清楚；下一秒鐘，天空立刻暗得好像地獄之罪蓋頂一樣漆黑[2]，眼前只聽到雷聲，先是一聲震耳欲聾的巨響，接著一連串轟隆隆、轂轆轆、啪啦啦，從天上一直滾到地

---

1  這一段描寫夏日午後雷陣雨的寫景文字是本書特色之一，往後還會有好幾段文字描寫密西西比河河上特殊景觀，被譽為美國文學最優雅簡潔而又鮮活傳神的散文，從一個半文盲小男孩的嘴裡描述出來，完全不落窠臼，尤其是馬克吐溫喜好使用擬聲詞疊字，用文字造成特殊音韻效果，信筆拈來，毫不費功夫。

2  這段文字形容閃電的一來一去，亮的時候「好像天堂之光顯現一樣耀眼」（bright as glory），暗的時候「好像地獄之罪蓋頂一樣漆黑」（dark as sin），這裡用的是當時流行的「宗教意象」（religious imagery），「榮耀」（glory）和「罪惡」（sin）的對比，「天國的光輝燦爛」對比「地獄的罪惡懲罰」。

赫克歷險記

底下，你知道，好比一些空空的大木桶，滾下樓梯，而樓梯又很長很長，木桶活蹦亂跳下來好一陣子[3]。

「吉姆，這真是棒透了，」我說，「我只想待在這兒，哪兒都不想去。再給我一大塊魚肉，還有熱騰騰的玉米麵包。」

「是啊，要不是因為吉姆，你不會在這兒。你會在下面樹林裡，沒飯吃、還被雨淋得快淹死，寶貝，你就會落得那樣。孩子，小雞都知道要下雨了，小鳥也知道。」[4]

河水一直漲一直漲，漲了10天、12天了，到最後淹沒了河岸。島上的低窪地區，和面向伊利諾州那邊的河灘深處，水深有3、4呎深。河面變得有好幾哩寬；然而，面向密蘇里州這邊的河面沒變——還是半哩寬——因為面向密蘇里州的河岸，是一堵高牆的懸崖峭壁。

白天的時候，我們划著獨木舟繞遍全島。即使外面豔陽高照，在密林深處仍很陰涼。我們在樹叢之間划進划出；有時候，碰上低垂的藤蔓太濃密，就退著划出來，另往它處划去。每一棵枯老傾倒的樹下，都看得到野兔和蛇之類的動物；當棲地被水淹個一兩天之後，牠們都變得非常溫馴，大概是餓壞了，要是你願意的話，你可以划過去，用手摸摸牠們；可是，千萬別摸蛇和烏龜——牠們會從水裡溜走。我們山洞所在的那座山脊，有很多蛇和烏龜。高興的話，還可以養來當寵物，要養多少，就有多少。

有一天晚上，我們撈到一排木材筏——9根松木樹幹。12呎寬，

---

3　這裡形容閃電之後雷聲滾滾真是傳神極了，被譽為馬克吐溫神來之筆，他喜歡用押韻的疊字，三個狀聲詞rumbling、grumbling、tumbling連在一起，「音韻」效果配合「動作」效果。接著又用了一絕妙的比喻，形容雷聲隆隆好比「空空木桶滾下長長樓梯」，嘰哩咕嚕聲不絕於耳，也令人拍案叫絕。

4　馬克吐溫手稿失蹤一百多年後重見天日，也使得另外幾頁前所未見的原稿首度曝光，原來馬克吐溫寫到這裡時，還寫了一個吉姆在山洞裡說的鬼故事，說他在醫學院碰上的一則靈異傳奇，那是解凍待解剖屍體的生理變化，卻把他嚇得魂不附體。這則鬼故事早已被馬克吐溫自己從初版中刪除，因此不像「筏伕章節」在主題及結構上那麼不可或缺。

15或16呎長，浮在水面上的部分就有6、7吋高，上面有一層結實平坦的地板[5]。有時候，白天也會有鋸成一截截的樹幹漂下來，可是，我們只能讓它們漂過去；不敢去撈，因為我們白天不敢露面。

▲ 吉姆看到一個死人

還有一天晚上，我們來到小島的頭端，天還沒亮，西邊河面漂來一艘船屋。兩層樓的，整艘船屋歪斜得很厲害。我們划過去，登上了船──從樓上的窗戶爬了進去。但是，裡面暗得什麼都看不見，於是，我們把獨木舟拴在船邊，坐在舟裡等天亮。

我們還沒漂到小島的尾端，天就開始亮了。從窗戶外看進去，依稀能分辨出有一張床、一張桌子、兩把椅子，周圍地板上還有許多其他東西、牆上還掛著幾件衣服。遠遠的地板角落，還躺著一個東西，看起來像一個人。於是我說：

「哈囉！你好！」

那東西沒有動靜。我又叫了一聲，接著吉姆說：

「那個人不是在睡覺──他死了。你待在這裡別動──我過去看看。」

他進去，彎下腰，看了看，說：

「是個死人。是啊，沒錯；還沒穿衣服呢。背後被打了一槍。看

---

5　這個木柴筏就是往後赫克和吉姆要搭著順流而下的工具。到了第十二章，吉姆的巧手會加以整修，並在上面蓋一個帳篷擋風遮雨。

樣子死了兩三天。赫克，進來吧，不過，千萬別看他的臉——太嚇人了。」

我根本沒看他的臉。吉姆丟了一些破布蓋在他身上，其實他不必如此；我根本不想看他。地板上散落著一堆堆油膩膩的舊紙牌，和威士忌舊酒瓶，還有兩個黑布做的面具；四面牆壁上布滿了木炭塗抹的字畫，非常不堪入目。牆上還掛著兩件骯髒破舊的棉布印花洋裝，一頂女用綁帶遮陽帽[6]，幾件女用內衣，還有一些男人的衣服。我們把這些都搬回獨木舟，將來或許會派上用場[7]。地板上有一頂男孩子戴的斑點草帽，我也帶走[8]。還有一個裝牛奶的瓶子，瓶口塞著給小娃娃吸奶的布奶嘴，我們本來也想帶走，但瓶子是破的。另外，還有一口破爛的舊箱子，及一口動物毛皮箱子，鉸鍊壞了，箱子都開著口，裡面沒什麼值錢東西。從這些東西凌亂的現象來看，我們推測，他們走的時候一定很匆忙，大半的東西都沒帶走。

我們找到一盞舊的鐵皮燈籠，一把沒有把柄的屠刀，和一把嶄新的巴羅牌摺疊刀，不管在哪家商店，都值得上25分錢，還有好多根牛油蠟燭，一座白鐵蠟燭台，一個葫蘆瓢，一個鐵杯，一張扔在床邊的破爛棉被，一個提袋，裝著縫衣針、大頭針、蜜蠟、鈕扣、縫線這類的東西，一把短柄斧頭和幾個釘子，一條像我小指頭那麼粗的排鉤釣魚繩，上面掛著超大的魚鉤，一捆鹿皮，一個皮製狗項圈，一塊馬蹄鐵，幾個沒貼標籤的玻璃小藥瓶；最後，正要離開前，我又找到一個很棒的馬梳子，吉姆也找到一根破舊的提琴琴弓和一條木頭假腿。假腿上的皮帶已經斷裂鬆脫，不然的話，倒是挺好的一條腿，可惜對

---

6　這裡他們撿到的印花棉布衣服，很快的也會派上用場，因為往後到了第十一章時，赫克要假扮女孩，上岸探聽消息，穿的正是這裡撿來的衣服。

7　他們從這艘船屋裡撿到很多東西，也不忌諱是不是死人用過的東西，在物資缺乏的窮鄉僻壤地區，「廢物利用」還是很值得。

8　往後一路上赫克戴的那頂草帽，出現在封面插圖裡的，也是這裡撿來的。

我而言太長，對吉姆而言太短，雖然我們又到處找，還是找不到另一條。

　　全部加總起來，我們的收穫倒是不少。準備離開船屋時，我們已經漂到離小島下方四分之一哩了，而且天色已經大亮；因此，我趕快叫吉姆躺在獨木舟底部，用一條棉被蓋住他，因為如果他坐起來，人家一定老遠就看到他是黑鬼。我划到向伊利諾州那邊的河面，再漂流將近半哩左右，接著，我緊貼著岸邊靜水處划回島上，一路上沒出意外，也沒看到什麼人。終於安全回到家裡[9]。

---

9　赫克也有意無意把他和吉姆在島上的山洞當成「家」，赫克最害怕夜深人靜時的寂寞，甚至於巴不得死掉。「家」的感覺對赫克意義重大，他從小孤苦伶仃自生自滅，即使有個老爹也比沒有更糟糕，那個老爹酗酒、虐童，還差點誤殺他。往後他一路上所編造的各種故事裡，他自己都是有「家」的小孩，有父有母、有兄弟姊妹，可見他對「家庭溫暖」的嚮往與渴望。

# 第十章

　　早餐後，我想聊聊那個死人，猜猜他怎麼被殺的，但是，吉姆不願意。他說那會招來霉運；還說，搞不好那死人的鬼魂，會回來糾纏我們；他說一個人死後，沒得入土安葬，就會變成孤魂野鬼，到處遊蕩，跟舒舒服服埋進土裡的，大不相同。這話聽來滿合理的，所以我就不多說了；可是，心裡忍不住想弄清楚，希望知道，究竟是誰槍殺了他，爲了什麼殺他[1]。

　　我們仔細翻檢來的衣服，找到8塊錢銀幣，縫在一件舊呢子大衣的襯裡。吉姆說，有可能是那船屋裡的人，偷了這件大衣，因爲要是他們曉得衣服裡面有錢，就不會丟下不帶

▲ 他們找到8塊錢

走了。我說，也有可能他們殺了他；但是，吉姆一直不願意多談。我說：

　　「這時候你認爲談論死人會招來霉運；可是，前天我從山頂上撿回蛇皮，那時候你怎麼說的呢？你說，用手摸弄蛇皮，會招來天下最

---

1　這個死人是非常重要的一個「伏筆」，要到全書結束時才有所「呼應」，在最後真相大白時刻，吉姆才把隱藏多時的秘密說出來，原來這具死屍不是別人，他的身分非比尋常。爲了尊重作者旨意，此處只是提醒讀者注意一下而已。馬克吐溫的寫作技巧看是隨意，彷彿信筆拈來，其實在結構上環環相扣，前後呼應。

▲ 吉姆和蛇

大的霉運。現在，我們白白賺到這麼多東西，還有8塊錢現金，你說這是霉運！吉姆，我倒是希望，每天都有這樣的霉運呢。」

「別這麼說，寶貝，別這麼說。你不要自以為精明。遲早要來的。我告訴你，遲早要來的。」

霉運果真來了。我們講那番話的時候，是星期二。到了星期五，吃完午餐後，我們躺在山坡的草地上，發現菸草不夠了。我回山洞裡去拿一點，看到洞裡有一條響尾蛇。我殺了那蛇，把死蛇盤起來，放在吉姆的毯子腳邊，死蛇看起來活生生的，以為待會兒吉姆發現時，會滿好玩的。可是，到了晚上，我完全忘了這回事，一直到吉姆跌落到毯子上，我點了火柴一看，才看到死蛇的伴侶，正盤在那兒，還咬了吉姆。

他大叫跳起來，火柴亮時，只見那條蛇身子捲起來，正準備再度攻擊。我立刻一棒子打死牠，吉姆則一把操起老爹的威士忌酒瓶子，對著嘴大口猛灌。

他那時光著腳丫，所以蛇一口咬在他腳踝上。這一切都是我這個大笨蛋造成的，居然忘了，不管你在哪兒打死一條蛇，牠的伴侶一定會來到那兒盤據。吉姆叫我剁下蛇頭扔掉，然後剝了蛇身的皮，切下一截蛇肉，用火烤一烤。我照著做了，他吃了那烤蛇肉，說有助於治療蛇毒。他還要我割下蛇尾巴的響麟，綁在他手腕上。他說，那也有一點點用處。然後，我一聲不吭溜出來，把兩條死蛇丟到樹叢裡；

因爲我不想讓吉姆知道，那全是我的錯，能不讓他知道，就別讓他知道。

吉姆一口接一口的灌著威士忌，每隔一陣子，就瘋瘋癲癲，東倒西歪，又吼又叫；不過，每次他一清醒過來，就繼續猛灌威士忌。他的腳腫得好大，整條腿也是；過了一會兒，他這樣喝法，好像發揮了一點作用，所以，我判定他大概熬過來了；不過，我寧可被蛇咬，也不要喝老爹的威士忌。

吉姆躺了整整四天四夜。後來腳腫消退了，也開始走動了。我下定決心，以後再也不敢用手摸弄蛇皮了，現在，我總算見識其中厲害了。吉姆說，他認爲下次我該相信他的話了吧。他說，摸弄蛇皮會招來窮兇極惡的霉運，搞不好我們的霉運還沒走完呢。他說，他寧可從左邊肩膀側頭望新月一千次，也不敢用手摸弄蛇皮。是啊，我也正開始那樣想，雖然我明白，從左邊肩膀側頭望新月，是一件最輕率最愚蠢的事。漢克邦柯那老頭子就這麼做過，還自吹自擂一番，結果不到兩年，就遭報應，喝醉了從砲塔頂上摔下來，整個人癱在地面上，可以這麼說，稀爛得像一片肉餅；人家用兩扇穀倉門板做棺材，把他的屍體斜斜的塞進去，才安葬了他，人家是這麼說的，雖然我沒親眼看到。我老爹告訴我的。不管怎樣，這一切都是因爲他像個笨蛋，笨到從左邊肩膀側頭望新月。

▲ 漢克邦柯老頭子

日子一天天過去，河水也消退到原來的位置；我們幹的第一件事，就是放餌釣魚，用剝了皮的野兔做餌，掛在最大的魚鉤上，結果

釣到一條超大的鯰魚，大得像一個人那麼大，差不多有6呎2吋長，重量超過200磅[2]。當然，我們沒法搞定牠；牠會一下子把我們掃到對岸的伊利諾州去。我們只好坐在那兒，看著牠翻滾折騰，直到淹死為止[3]。剖開魚腹後，我們在牠胃裡找到一粒銅鈕扣、一個圓球，還有雜七雜八的垃圾。用斧頭劈開那個圓球，發現裡面是一個線軸。吉姆說，那線軸在牠胃裡很久了，胃液長年累月一層又一層，才包裹成那樣一個球。我猜想，這條魚可能是密西西比河有史以來捕獲的最大的魚吧。吉姆也說，他沒看過更大的。要是賣到鎮上，可以賣上很好的價錢哩。這種魚在那邊的市場上，可是論磅叫賣的嘞；每個人都會買上一點；魚肉雪白，煎了很好吃。

第二天早晨，我說日子過得又慢又沉悶，不妨來點刺激熱鬧的事。我說，我想溜到對岸去，看看有何動靜。吉姆也喜歡這個主意；但是他說，要夜晚去，還要特別小心。於是，他想了一想，然後說，可不可以要我穿上那些舊衣服，打扮成女孩子？這也真是個好主意。於是，我們把一件花布洋裝改短，然後我把長褲褲管捲到膝蓋上面，穿上那件洋裝，吉姆用鉤子把後面收緊一些，讓衣服更合我身。我戴上那遮陽帽，帽帶綁緊在下巴，這麼一來，誰要想看看我的真面目可就難了，好比從爐灶煙囪口往下看一樣，污漆墨黑什麼也看不見。吉姆說，誰也認不出我來，即使是白天，也幾乎認不出來。我練習了一整天，摸索當女孩子的訣竅，慢慢的也學得挺像的，只是吉姆說，我走路還是不像，叫我別老是撩起裙子，去掏褲子後面的口袋。我記在

---

2  這是馬克吐溫誇張幽默之處，野生淡水鯰魚會長得很大，密西西比河、泰國湄公河、西班牙River Ebro都出現過巨大鯰魚，但是大到這種「6呎2吋長、兩百多磅重」的地步的確罕見。這裡真是一個典型的、不折不扣的、所謂的"fish story"（「吹牛故事」），指荒誕不經、匪夷所思、難以置信的故事，信不信由你。

3  這個幽默很可愛，魚居然會「淹死」？這完全是從小孩子的觀點來看。事實上，魚應該是掙扎到筋疲力盡而死。

心裡，越學越好了[4]。

天黑之後，我上了獨木舟，朝伊利諾州岸邊划過去。

我越過河面，划向渡船碼頭下方的鎮上，但是湍急的水流，把我沖到鎮的下游。我把獨木舟拴好，沿著河岸走。前方有個小茅屋亮著燈，那兒很久沒人住，我想看看是誰住進去了，就溜

▲「衣服很合我身。」

過去，從窗戶往內偷看。裡面有一個四十多歲的女人，就著松木桌子上的燭光，正在織毛線。她的面孔我不認識，大概是個外來人；因為整個鎮上，沒有一張面孔我不認識。現在，我算走運了，因為剛才我還有點作賊心虛，還在後悔走這麼一遭，擔心有人會認出我的聲音，看穿我。不過，即使這個女人來到這個小鎮才兩天，她就會告訴我，所有我想知道的事；於是我上前敲門，打定主意，絕對不可忘記自己是個女孩子。

---

4　赫克穿上女孩子的衣服，只是為了喬容探聽消息，純屬「穿異性服裝」（cross-dressing），好玩而已。不同於「異性裝扮癖」（transvestism）藉換裝來獲得性滿足，也不同於「人妖」或「扮女裝的男人」（drag queen）。

# 第十一章

「進來，」那女人說，我推門進去。她說：

「找個椅子坐。」

我坐下來。她用一對發亮的小眼睛，把我全身打量一遍，說：

「妳叫什麼名字？」

「莎拉威廉斯。」

「妳住在哪兒？住這附近嗎？」

「不，大娘。我住霍克鎮，再下去7哩遠。我一路走過來的，實在累死了。」

「我想，妳也餓了吧？我弄點吃的給妳。」

▲「進來。」

「不，大娘，我不餓。我剛才很餓，不得不在兩哩外的一個農場停留一下，吃了一點東西，所以現在不餓了。也因此才弄得這麼晚。我媽病倒了，我們沒錢，又一無所有，要我來告訴舅舅阿布納摩爾。她說，他住在鎮上那一頭。我從沒來過這兒，妳認識我舅舅嗎？」

「不認識，我還沒認識大家。才搬來兩個星期而已。要走到鎮的那一頭，還有好長一段路呢。妳最好在我這兒過夜。把帽子脫下來吧。」

「不，」我說，「我想我休息一下子就好，還要繼續趕路。我不怕摸黑趕路。」

她說，她不能讓我一個人上路，但是，她丈夫過一會兒才會回

來，大概一個或半個鐘頭之後，到時候，再叫他陪我走這段路。隨後，她談起她丈夫，談起她住在上游的親戚們，還有住在下游的親戚們，談起以前他們過的日子多麼好，可惜打錯算盤，搬到這鎮上來，放著好好的日子不過——說東說西沒完沒了，害得**我**也以為自己打錯算盤，不該上門來找她探聽消息；但過了一會兒，她隨意說起老爹和那件謀殺案，我這才樂意聽她繼續囉嗦下去。她還說起，我和湯姆每人找到了六千元（只是她說成一萬元），還說到老爹，說他多麼命苦。我也多麼命苦。最後，終於說到我被謀殺的那一部分。我問：

「是誰幹的？我們在霍克鎮那兒也聽說了不少，可是，我們不曉得究竟是誰殺了赫克芬。」

「是啊，我相信很有可能**我們這兒**也有不少人想知道，到底是誰殺了他，有人認為是他老爹自己幹的。」

「不會吧——怎麼會是他？」

「起初大多數人也都這麼認為。他自己也沒想到，我們還差點把他私刑吊死呢。可是天黑之前，他們態度大轉彎，斷定是那個名叫吉姆的落跑黑鬼幹的。」

「怎麼會是**他**——」

我突然住口。覺得最好保持安靜。她又繼續說了起來，根本沒注意到我插嘴說了一句話。

「就在赫克芬被殺的那個晚上，黑鬼落跑了。有人懸賞捉拿他——300元，也有人懸賞捉拿老頭子——200元。妳瞧，謀殺案發生的第二天早上，他來到鎮上告訴大家，還跟著大家坐渡輪搜尋屍體，緊接著又離開了。天黑之前，大家正要私刑吊死他，他卻消失了。嘿，第二天，大家又發現，那個黑鬼也消失了；大家發現，從謀殺案發生那天夜裡10點鐘以後，他就沒再露面。妳瞧，於是大家就把罪過全都推到他身上，可是呢，正當大家熱烈討論時，第二天，那個老頭子芬又回來了，哭哭鬧鬧的向柴契爾法官要錢，說是要到伊利諾州去捉

拿那個黑鬼。法官給了他一些錢，當天晚上他又跑去買醉，有人看見他跟兩個面貌兇惡的陌生人，混在一起到深更半夜，還一塊兒離開。唉，從那之後，他就再也沒回來，至少在這場風波稍微平息之前，沒人指望他會回來，大家都認為，既然他殺了自己兒子，然後又布置得像是強盜幹的，這樣他就不用浪費太多時間打官司，就可以把赫克的錢弄到手。可是又有人說，他沒有精明到那個地步。喔，我認為，他很奸詐。只要赫克一年之內沒回來，他就沒事了，妳知道，根本沒法證明是他幹的；到時候，一切都會平靜下來，他就可以名正言順輕而易舉的拿到赫克那筆錢了。」

「是啊，大娘，我想也是的。我不認為有法子治他。大家就不再懷疑那個黑鬼了嗎？」

「喔，不，不是所有的人。還是有不少人懷疑是他幹的，不過，現在他們快要逮到那個黑鬼了，可能嚇唬一下，他就會招出來。」

「怎麼，大家還在追捕他？」

「啊，妳真是天真，不是嗎？難道是天天都有300元讓人撿？有些人認為，那黑鬼沒跑遠，我是其中之一——可是我還沒到處聲張。前幾天，我跟住在木屋隔壁的一對老夫婦閒聊，他們偶然提到，如今幾乎沒人會去遠處那個叫「傑克遜」的小島了。我就問，有人住在那兒嗎？他們說，沒有啊。我就不多說話了，但心裡一直在想。我很確定，我看到那兒在冒煙，一兩天之前，就在小島的前端，於是我告訴自己，說不定那個黑鬼就躲在那兒；我說，不管怎樣，畢竟值得費點工夫到小島上跑一趟，去搜索一番。不過，從那以後，沒再看到冒煙，所以我猜想，如果是他的話，大概已經溜了；但是，我丈夫正要過去看看——他和另一個人。他之前到上游去了，今天才回來，一進門，我就告訴他那件事，這已經是兩個鐘頭以前的事了。」

我聽了，開始心神不寧，再也坐不住。兩隻手急著要找點事做；於是，順勢拿起桌上的針，準備往針眼裡穿線。我兩隻手一直發抖，

就是不聽使喚。這時那女人說話停了，我抬頭一看，她正好奇地看著我，有點笑瞇瞇的。我把針和線放回桌上，假裝聽得很有興趣——事實上我也很有興趣——嘴裡說：

▲「他和另一個人。」

「300元可是一大筆錢呢。真希望我媽有這筆錢。妳丈夫今晚要去小島上嗎？」

「哦，是啊，他們到鎮上去了，跟剛才我說的那個人，去弄一艘船，順便看看能不能再借一把槍。他們打算下半夜過去。」

「難道不能等到白天再去，看得更清楚嗎？」

「是啊，白天那個黑鬼不是也看得更清楚了嗎？下半夜，他大有可能會熟睡，這時候他們就可以穿過樹林，繞過去逮到他，要是他還生著營火，黑夜裡就更容易找到他了。」

「我沒想到這一點。」

那女人繼續好奇地看著我，看得我渾身不舒服。沒多久，她說：

「寶貝，妳剛才說妳叫什麼名字啊？」

「瑪——瑪莉威廉斯。」

然而，我好像想起，剛進門時說的不是瑪莉，所以沒有抬頭；好像我說的是莎拉，所以感覺像陷入絕境，又擔心臉上表情露出破綻。巴不得那女人再說點什麼；她越不吭聲，我越不自在，總算她又說了：

「寶貝，我記得妳剛進門時說的是莎拉？」

「喔，大娘，是的，我是這麼說的。莎拉瑪莉威廉斯是我全名。

莎拉是第一個名字，有人叫我莎拉，有人叫我瑪莉。」

「噢，是這樣嗎？」

「大娘，是的。」

我這才覺得好多了，巴不得趕快離開這兒，但還是不敢抬頭。

所幸那女人開始說到別的，說起了艱苦歲月，說起以前他們日子過得窮困，老鼠自由進出旁若無人，以為房子是牠們的，東拉西扯，諸如此類的事，讓我又自在起來。老鼠的事，她說的沒錯。你可以看到，有一隻老鼠三不五時，就從角落的洞裡伸出鼻子。她說，她一個人在家時，手邊要隨時準備一些砸老鼠的東西，不然牠們會搞得她不得安寧。她拿了一塊鉛絲扭成團的東西給我看，說她通常都射得很準，可是，一兩天前扭傷了手臂，現在可能失了準頭。但是，她也看準了時機，朝一隻老鼠直直砸過去，可惜沒打中，差得遠呢，只聽得「唉喲！」一聲，看樣子又傷了手臂。於是，她要下一回換我試試看。我一心一意只想在她丈夫回來之前，趕緊離開這兒，不過，我當然不動聲色。我拿起鉛絲團，對準一隻剛伸出鼻子的老鼠，一揚手砸過去，還好那隻老鼠縮得快，不然就會傷得很重。她說，我的工夫一流，她斷定，我一定能夠打中下一隻。她走過去把鉛絲團撿回來，順便取來一束毛線，要我幫她忙繞成團。我舉起兩隻手，讓她把一束毛線套在我手上，接著，她又開始講起她和丈夫的事。不過，又突然中斷話題，說：

「眼睛好好盯著老鼠。妳最好把鉛絲團放在腿上，隨時備用。」

說著，就在那一剎那，她把鉛絲團往我懷裡一扔，我趕緊兩腿一夾，接住它，而她繼續講下去。不過，才講了一分鐘而已。接著，她把那束毛線從我手上取下，緊緊地盯著我的臉，非常和顏悅色地說：

「現在，說吧——你的真名到底是什麼？」

「大娘，什——什麼？」

「你到底叫什麼名字？是比爾、是湯姆、是鮑伯？——或者是別

的？」

我想，我全身抖得像一片樹葉，幾乎不知要怎麼辦。不過，我說：

「大娘，拜託不要戲弄像我這麼可憐的一個女孩子。要是我在這兒礙手礙腳，我就——」

「不，你不必。坐下來，就在那兒。我不會傷害你，而且也不會舉發你。你只要告訴我秘密，信任我。我會為你保密；不但如此，我還會幫你忙。要是你願意，我丈夫也會幫你忙。依我看，你是一個逃跑的學徒——就是這麼一回事。這沒什麼大不了的。也沒害到什麼。你被虐待，打定主意要逃跑。上帝保佑你，孩子，我不會舉發你，現在，把你的事全說給我聽吧——那才是個好孩子。」

於是我想，反正繼續裝下去也沒什麼好處，乾脆一五一十全盤托出，不過，她不可以違背諾言。於是，我告訴她，我爸爸媽媽都死了，法院把我抵押給一個刻薄的老農夫，在離河邊30哩的鄉下，他對我很不好，我再也受不了；等他出門兩天時，我抓住機會，偷了他女兒的舊衣服，就落跑了，三個晚上下來，我走了30哩路；晚上趕路，白天躲起來睡覺，一路上吃著我從家裡帶出來的一袋子麵包和肉，現在還剩下不少。我說，我相信舅舅阿布納摩爾會照顧我，所以我才往這個高陞鎮走來。

「孩子，高陞鎮？這兒不是高陞鎮，這兒是聖彼得堡。高陞鎮還要再沿著河往上游走10哩路。誰告訴你這兒是高陞？」

「怎麼，今天早上天亮時我碰到的一個人，那時我正要進樹林裡去睡覺，他告訴我，碰到岔路的時候，要走右手邊那一條，5哩之後就會看到高陞。」

「我想，那他大概是喝醉了。他指給你的路，是完全錯的。」

「哦，他看起來也像是喝醉了，不過，現在沒關係。我趕緊上路就好了。天亮之前會趕到高陞。」

第十一章

▲ 她弄了一盤點心

「等一下。我弄個點心給你吃。你路上需要。」

她弄了點心給我，說：

「說說看——一頭臥著的母牛，要站起來，是前腿先站起來，還是後腿先站起來？現在，馬上回答——不要停下來想。哪一邊先站起來？」

「大娘，後腿。」

「好，那麼，一匹馬呢？」

「大娘，前腿。」

「樹的哪一面青苔長得多？」

「北面。」

「15頭母牛在山坡上吃草，有多少頭朝同一個方向吃草？」

「大娘，15頭全部。」

「好，我相信你**果真是**鄉下長大的孩子。我原先還以為你又在唬弄我。你的真正名字是什麼？」

「大娘，喬治彼得斯。」

「好，喬治，這回要記住這個名字。別再忘了，免得待會兒你走之前，又跟我說你叫亞歷山大，然後等我逮到你講錯時，又說你叫喬治亞歷山大來哄我。還有，別再穿那件舊花布洋裝到女人跟前去，你扮女孩子可真彆腳，騙騙男人或許還可以。上天保佑，孩子，當你穿針引線的時候，別拿著線不動，用針孔去湊合線；而是要拿著針不動，用線去湊合針孔——那才是女人的做法；男人正好相反。還有，當你扔東西砸老鼠或什麼的，要踮起一隻腳尖，把手高舉過頭頂，越笨拙越好，而且要偏離目標老鼠6、7呎才行。扔的時候，手臂到肩膀

保持僵直，好像肩膀裡面有一個軸在轉動手臂似的——那才像個女孩子；而不是手臂往外伸，單靠手腕和手肘的力量，像個男孩子。還有一件事要提醒你，女孩子要接住落在懷裡的東西時，膝蓋會往兩邊張開；而不是用兩個膝蓋去夾住，就像你剛才夾住鉛絲團一樣。當然，你開始穿針引線的時候，我就發現你是男孩子，然後，我又設計了其他點子來確認。現在，快去找你舅舅吧，莎拉瑪莉威廉斯喬治亞歷山大彼得斯，萬一你碰上麻煩，派人捎個信給茱迪絲羅夫特思太太，那就是我，我會盡我所能幫你解決。沿著大河，一路走下去就到了。下次出遠門時，記得帶著鞋子和襪子。河邊那條路盡是石頭，等你走到高陸，你那兩隻腳就慘了。」

　　我沿著河邊往上游走了差不多50碼，隨後又折回原路，溜回我藏獨木舟的地方，離那房子已有一大段距離。我跳進舟裡，急急忙忙划出去。我先逆流划一陣，算準了與小島前端的距離，然後才橫著划越過去。我脫掉遮陽帽，因為已經不需遮臉偽裝了。划到河中央的時候，鎮上的鐘聲響了，我停下來聆聽，鐘聲越過水面傳來，雖然微弱，但還清晰——11下。來到小島前端一靠岸，儘管我已累得幾乎氣喘吁吁，可是，連換一口氣的時間都沒浪費，馬上鑽進樹林裡，來到我第一次在這島上露宿的地方，選了一塊地勢高而乾燥的地點，生起一堆旺盛的營火[1]。

　　接著，我又跳回獨木舟，朝下游划向我們住的地方，盡我所能，拚命用力地划了1哩半。一上岸，穿過樹林，爬上山脊，鑽進山洞。吉姆躺在地面上，睡得正熟。我把他叫醒，說：

　　「吉姆，趕快起來，緊急行動！一分鐘也不能耽擱，他們來追我

---

1　這裡是個「伏筆」，讀者不免納悶：時間急迫，為什麼赫克不先逃，而要大費周章，先跑到小島的另一端生起一堆營火？讀到下一章就會恍然大悟。

▲「緊急行動！」

們了！」[2]

吉姆也沒問任何問題，一語不發；但是，接著半個鐘頭，從他收拾東西的緊張情況，可以感覺他有多麼害怕。半個鐘頭後，我們已把所有的東西都搬到木筏上，木筏藏在柳樹下的水灣裡，隨時待命出發。我們首先撲滅洞口的營火，離開山洞後，摸黑下山，連一根蠟燭也不敢點。

我先把獨木舟划離岸邊一小段距離，再回頭觀望一下，不過附近即使有一艘船，我也看不見，因為在星光下和陰影裡，實在無法看得清楚。隨後，我們才拖出木筏，順著陰影往下游漂流，靜悄悄地漂過小島的尾端，什麼話也沒說。

---

2　「他們來追我們了！」（They're after us!）這句話在主題上非常重要，人家追捕的只有吉姆一個人，因為吉姆「涉嫌」謀殺赫克，而且吉姆決心逃跑追求自由。赫克根本沒有理由要跟著逃，又沒有人要捉拿他，他跑什麼跑？其實他只是希望自由自在過日子，不想再接受文明社會的禮教羈束。很多讀者因而相信，赫克發揮道義精神，認同吉姆的困苦，幫忙扛起吉姆的責任，往後這一黑人一白人跨越種族與階層藩籬，形成莫逆之交，甚至情同父子。另外，這句話在本書結構上，也是一個「轉捩點」，從此他們要開始順流而下密西西比河的航程，本書也進入重頭戲的精華部分，開啟美國本土文學「大河史詩」的經典一頁。

# 第十二章

　　最後，我們離開小島尾端時，應該快要一點鐘了，木筏的確漂得非常慢。一旦有船靠近，我們打算立刻坐上獨木舟，往伊利諾州岸邊划過去；幸好沒有什麼船過來，因爲我們當初根本沒想到，要把那把槍放進獨木舟裡，還有排鉤釣魚繩或是其他吃的東西。我們那時急得滿頭大汗，沒想到那麼多。把**全部家當**統統放在木筏上，確實不是好主意。

　　要是那些人追到島上，我就指望，他們先找到我生的那堆營火，在那兒守上一整夜，等吉姆回來[1]。不管怎樣，總算遠離他們了，要是我生

▲ 木筏上

的營火騙不了他們，那也不是我的錯，對付他們，我已經極盡卑鄙了。

　　天邊露出第一道曙光時，我們在伊利諾州岸邊的一個水灣靠岸，把木筏拴在沙洲上，用斧頭砍下一些白楊樹的樹枝，蓋在木筏上面，讓它看起來好像河岸坍方了一塊似的。沙洲是新形成的沙灘[2]，上面

---

1　這裡是「呼應」前面生營火的「伏筆」，赫克真是機靈，知道怎樣布局，以爭取時間，在小島這一頭生起一堆營火，轉移追兵的注意力，好讓自己和吉姆從小島另一頭從容逃走，使用的是「聲東擊西」的牽制戰略。

2　原文tow-head本是「嬰兒」的意思，也指「新生的、成長中的島嶼」，主要是指新近形成的「沙洲」，這種沙洲與河口攔沙形成的「沙洲」（sand-bar）有所區別。密西西比河泥沙淤積嚴重，每逢夏季河水氾濫，就會改變河道，形成新的沙洲，也有舊的沙洲被沖蝕消失。

長滿了白楊樹，茂盛得像農具的耙齒一樣。

密蘇里州河岸都是高山，伊利諾州河岸都是密林，這一河段的水道在靠密蘇里州那邊，所以我們不擔心會在這一邊撞見什麼人。我們整天躺著，看河面上木筏和蒸汽輪船，沿著密蘇里州那邊的河道南下，而北上的蒸汽輪船則走中間的河道，和逆流搏鬥。我告訴吉姆，我和那個女人閒聊瞎扯的內容；吉姆說，她是個精明的女人，要是她來捉拿我們，**她**絕對不會坐下來，死守著營火枯等——不，她會去弄一條狗來。不過，我說，那為什麼她不叫她丈夫去弄一條狗來？吉姆說，他敢打賭，她丈夫他們出發時，她一定有想到過，而且他也相信，他們有到鎮上去弄一條狗，以至於耽擱了，錯失良機，不然的話，此時此刻，我們怎麼可能在這個沙洲上逍遙，遠離村子16、17哩——不，說實在的，我們搞不好就會被逮回鎮上。因此我說，我才不在乎他們為什麼沒有逮到我們，只要沒被逮就好了。

等到天色開始昏暗，我們從白楊樹叢裡探出頭來，上下左右張望了一番，再看到對岸，視線範圍之內都沒事；於是，吉姆取下木筏頂層的幾塊木板，在木筏上搭了一座舒舒服服的帳篷[3]，遇上烈日當空或大雨滂沱時，我們可以躲在裡面，也避免東西淋濕。吉姆還在帳篷裡鋪了地板，地板架高，離水面1呎，現在，蒸汽輪船經過時掀起的波浪，也不會濺濕我們的毯子和衣物。在帳篷正中央，我們鋪了一層5、6吋厚的泥沙，周圍用一個木框圈住，固定位置；遇上惡劣或陰冷的天氣，可以在裡面生個營火；營火有帳篷遮蔽，不會被看見。我們還做了一根備用的舵槳，因為原來的槳有可能會斷掉，撞上水裡的障礙物或什麼的。我們還架起一根分叉的木棍，掛上舊燈籠；因為每次看到蒸汽輪船順流衝下來時，就得趕快掛起燈籠，免得被撞翻；但

---

3　原文snug wigwam，這裡用的wigwam是北美五大湖區印地安人搭建的傳統「帳篷」，供住家用，有別於臨時搭建的野營「帳棚」（camp）或「帳篷」（tent）。

是，看到船隻逆流而上，就不用點燈籠，除非是在他們所說的「渡口水道」[4]上；因為這時河水高漲，岸邊的低窪地區都浸在水裡，逆流而上的船隻，不見得都走固定航道，反而會另走平緩的深水航道。

第二天晚上，我們順著一道水流，漂流了7、8個鐘頭，流速超過每小時4哩。我們釣魚、聊天，隔一陣子就跳下水去游泳，免得打瞌睡。順著寬廣平靜的大河漂流而下，躺著仰望天空的繁星，有時也懶得大聲講話，也不常常大笑，只有偶爾低聲輕笑一下，這種感覺倒是有點莊嚴肅穆。大致說來，天氣都很好，那天晚上，什麼事也沒有發生，接著第二天、第三天也是。

每天晚上，我們都會經過某些鄉鎮，有的坐落在遠遠的黑色山坡，夜色中只見一片燈海，看不見一棟房子。第五天晚上，我們過了聖路易市，舉目望去，好像整個世界都點著燈。以前在聖彼得堡聽人說，聖路易市有兩三萬人口，我一直不信，等到我親眼看到，一整片神奇的燈海，半夜兩點鐘依舊亮著，才知此話不假。整座城市一點聲音也沒有；大家都已熟睡。

現在，每天晚上，接近10點鐘時，我會溜上岸，來到某個小村莊，買個價值10分錢或15分錢的飯菜，或醃肉，或其他吃的東西；偶爾，我會順手拾走一隻雞，誰叫牠不好好在窩裡睡覺，只好帶走牠。老爹總是說，有機會帶走一隻雞的話，就帶走，因為即使你自己不要那隻雞，也很容易找到需要那隻雞的人，而這樣的善行，人家是不會忘記的。不過，我從來沒看過，老爹自己不想要一隻雞，不管怎樣，反正他以前就一直是這麼說的。

每天大清早，天亮前，我會溜到玉米田裡，借一個西瓜，或一個甜瓜，或一個南瓜，或新鮮玉米，或那類東西。老爹總是說，借東西

---

4 輪船在密西西比河上航行，都有固定南下或北上的行駛航道，但有時為了選擇流速比較平緩的深水水流，會在河中某些地方，從這一邊水道橫渡航向另一邊水道，就是當地人所謂的「渡口水道」（crossing）。

▲ 他偶爾拎走一隻雞

不算是什麼壞事，假若你心裡想著，將來有一天會歸還；可是寡婦說，那只是為偷竊找一個冠冕堂皇的藉口而已，正經的人是不幹那種事的。吉姆說，寡婦的話有幾分道理，老爹的話也有幾分道理；所以，最好的辦法是，我們列出一個單子，從裡面選出兩三樣東西，說我們再也不借這些東西了——那麼，他認為，以後我們借其他東西，就沒關係了。於是，我們順河漂流而下時，整個晚上都在討論這件事，一心想要拿定主意，到底要放棄西瓜，還是哈密瓜，還是甜瓜，還是什麼。一直到天快亮，我們才圓滿解決問題，結論是放棄山楂和柿子。在這之前，我們還覺得很過意不去，現在，總算心安理得了。也真高興能夠做出這樣的決定，因為山楂真的不是很好吃，而柿子現在還沒成熟，還要再過上兩三個月。

我們偶爾也獵殺水鳥，只殺早上太早起來的和晚上不早點睡覺的。大致說來，我們日子過得挺不錯。

第五天晚上，過了聖路易市，半夜之後，我們碰上一場暴風雨，雷電交加異常凶猛，大雨像水簾子一樣，鋪天蓋地傾瀉而下。我們躲在帳篷裡面，讓木筏自己照顧自己[5]。電光閃亮的一剎那，我們看

---

5 「讓木筏自己照顧自己」（let the raft take care of itself），簡簡單單一句幽默話，從赫克嘴裡說出來，貼切他身分與心態，不費吹灰之力。也就是他們自顧不暇了，只得聽天由命，任憑木筏隨波逐流，赫克碰到危機，一向順其自然，把自己交給上帝，也不患得患失，反正他已一無所有，無所畏懼，套句常說的英文：He has nothing to lose.

見一條巨大而筆直的河流就在眼前，兩岸盡是高聳的懸崖峭壁。沒多久，我說：「哈─囉，吉姆，看那邊！」那是一艘蒸汽輪船，自殺撞上礁石。我們正慢慢地漂向它，閃電照得它一清二楚。船身已經傾斜，上層甲板只剩一部分露出水面，閃電照耀時，連固定煙囪的細小鋼纜都清晰可見，大鐘旁邊還有一把椅子，椅背上掛著一頂破舊的寬邊呢帽。

此時此刻，正是深夜，風雨交加，一切顯得神秘莫測，眼看這艘破船，如此哀悽而孤單地漂在河中央，我感覺就像其他男孩一樣，不禁想要登船，探索一番，看看能夠找到什麼寶物。於是我說：

「吉姆，我們登船吧！」

起初，吉姆死命反對，他說：

「我可不要上那破船去瞎闖。我們一路上過得不賴，就像聖經上說的，就繼續下去吧。搞不好那破船上有守夜人。」

「去你奶奶的守夜人，」我說，「沒有什麼值得看守的，除了甲板統艙[6]和領航室以外；你以為，有人會冒著生命的危險，在這樣漆黑的夜晚，來到一艘隨時會解體淹沒的破船上，看守甲板統艙和領航室？」吉姆一時無言以對，沒說話。「還有，除此之外，」我說：「說不定我們可以從船長的特等艙房裡，借點什麼東西。**我**敢跟你打賭，一定有雪茄──價值5分錢一根的，還有白花花的現金。蒸汽輪船船長都是很有錢的，你知道，一個月薪水60塊錢呢，只要是想買的東西，**他們**從不計較價錢多少。吉姆，我等不及了，趕快塞一根蠟燭在口袋裡，跟我上船，去大肆搜刮吧。你以為湯姆索耶會輕易錯過這

---

6　載客往來密西西比河的蒸汽輪船上，大大小小的艙房通常以美國各州州名命名，船上最大的一間艙房，依美國最大州德克薩斯州（Texas）之名，命名為texas，這個艙房通常在甲板上，也稱之為「甲板統艙」（texas），位於「領航室」（pilot-house）隔壁或下層，屬開放空間，人來人往，成為「大眾統艙」（deck passage），有別於「特等艙房」（stateroom）的單獨睡房，票價最便宜，往後赫克和吉姆就是想買這種票。

個機會嗎？拿最好的東西跟他換，他都不肯[7]。他會稱之爲「歷險」
──他一向那麼說；他一定會登上那艘破船，即使那是他人生最後一
場戲。而且，他一定會搞得很有格調，難道不是嗎？──他會寧爲玉
碎，不爲瓦全，難道不是嗎？當然，你可以想成那是哥倫布發現來世
天國一樣。我巴不得湯姆**就在**這兒。」

吉姆嘀咕幾句，還是讓步了。他說，我們要盡量少說話，即使要
說，也要放低聲音。閃電又一次照亮破船，我們抓準時機，攀上右舷
起重機，並把木筏拴在那兒。

這頭甲板高高翹著。我們偷偷摸摸沿斜坡往左舷走，摸黑走向甲
板統艙，用腳探路慢慢往前走，兩手張開地摸東摸西，防備被鋼纜絆
倒，因爲一片漆黑，伸手不見五指。很快的，我們來到天窗前端，爬
了上去；下一步，來到船長室門口，門開著，老天爺啊，甲板統艙走
道的那一頭，居然有燈光！那一瞬間，我們好像聽到，那一頭有人低
聲說話！

吉姆對我耳語，說他覺得非常不對勁，要我跟他一起離開。我
說，好吧；正要往木筏那兒過去；就在此時，突然聽到有人哭嚷著
說：

「噢，兄弟們，拜託別這樣；我發誓絕對不說出去！」

另外一個聲音，很大聲地說：

「吉姆特納，你騙人。你以前就要過這一招。每次分油水，你
總要拿得比份內多，每次也都讓你多拿，因爲你老是發誓，不這樣的
話，就要去告密。這回你又這麼說，可不管用了。你是天底下最卑
鄙、陰險的畜生。」

這時候，吉姆已經往木筏那兒走去。我卻被好奇心沖昏了頭；

---

7 原文Not for pie, he wouldn't，在口語裡pie指「特別美好的東西」，見本書第三章
　腳注。

對自己說，湯姆索耶絕對不會這時候撤退，所以我也不會；我要去看看，到底發生了什麼事。於是，我趴下來，手腳並用，沿著狹小走道，摸黑爬向船尾，一直爬到甲板統艙甬道廳旁，最後一個特等艙房。在那艙房裡，我看見一個人橫躺地板上，手腳被綁，另外兩個人站在旁邊，其中一人手上提著一盞昏暗的燈籠，另一人手上拿著一把手槍。拿槍的人一直用槍抵著地板上那個人的腦袋，說著──

「我真想斃了你，我也應該斃了你，你這個卑鄙傢伙！」

地板上那人蜷縮起身子，說：「噢，比爾，拜託，別殺我──我沒打算告發你。」

每次他這麼說，提燈籠的那人就冷笑，說：

「你當然**不會告發**嘍！你從沒說過更可靠的話，你自己打賭吧。」後來又說：「聽他那麼苦苦哀求！要不是我們把他摔倒綁起來，他早就殺了我們兩個。**為了**什麼？不為

▲「比爾，拜託別殺我。」

什麼，只是因為要捍衛我們的**權利**──就這樣而已。吉姆特納，我保證，你再也不會威脅任何人了。比爾，把槍**收起來**。」

比爾說：

「傑克帕克爾，我才不要。我主張殺了他──他不也同樣地殺了老哈特菲爾──他不是罪有應得嗎？」

「可是，我不**要**殺他，而且我有我的理由。」

「傑克帕克爾，老天爺保佑你，說這樣的好話！只要我活著，就忘不了你！」躺在地上的人說，感激得口齒不清。

帕克爾倒是沒注意到他說什麼，而是把燈籠掛在釘子上，朝我

所在的暗處走來，還示意比爾一起過來。我立刻像螯蝦一樣倒退著爬[8]，越快越好，爬了兩碼，但因船身傾斜太厲害，我爬不了多快；為了避免被趕上而逮到，趕緊躲進上層的一間特等艙房。那人帕噠帕噠摸黑走過來，等帕克爾進了我這間特等艙房，他說：

「這裡——進來這裡。」

他就進來了，比爾跟著。還好他們進門之前，我已經爬到上鋪，躲在角落，懊悔得很。他們就站在那兒講話，手搭著上鋪邊緣。我看不到他們，但聞著他們呼出來的威士忌酒氣，知道他們在哪裡。幸虧我沒喝威士忌；不過也沒差，反正他們也聞不到我，因為我根本不敢呼吸。真的嚇壞了。何況，聽了他們講的話，任誰也**不敢**呼吸。他們說話低沉而認真。比爾要殺特納。他說：

「他說他要告發，就一定會告發。**現在**，既然我們已經撕破臉，又這樣惡整了他一頓，就算把我們兩個人的份都給他，也起不了作用。事實就擺在眼前，他一定會到州政府法院作證檢舉我們；現在，你聽**我**的話吧。我主張把他一了百了，省得麻煩。」

「我也要，」帕克爾靜靜地說。

「該死的，我原先還以為你不要呢。好了，就這麼辦。一起動手吧。」

「等一下；我話還沒說完。你聽我說，用槍斃了他固然很好，但是，**勢在必行**的話，還有比較安靜的法子。**我**要說的是；要是可以用別的方法，也同樣能夠達成目的，又不用冒風險，那就犯不著非要冒險被法庭判處絞刑。難道這樣不對嗎？」

「當然對。但是，你這次打算怎麼做呢？」

---

8　赫克這裡用了一個很生動的字，「淡水螯蝦」（crawfish或crayfish）是美國河川常見蝦類動物，也是赫克熟悉的動物，蝦子通常是倒退著爬。赫克在甲板上倒退著往後爬，就像螯蝦一樣：I crawfished as fast as I could，把螯蝦這個名詞當動詞用，從赫克嘴裡說出來，非常有趣又傳神，也展現馬克吐溫駕馭文字的高強手段。

「我的主意是這樣：特等
艙房裡忘了拿走的那些寶物，我
們趕快搜刮一空，搬到岸上，藏
起來。然後，等著瞧。我敢說，
不出兩個鐘頭，這艘破船就會解
體，被沖到水底下。瞧？他就會
被淹死，那怨不了別人，只能怨
他自己。我判定，比起親手殺死
他，這個方式可是高明太多了。
只要還有轉圜的餘地，我是不贊
成殺人的；殺人既沒道理，又是
傷風敗俗之事。我說的對嗎？」

▲ 「殺人是傷風敗俗之事。」

「對啊——我想你說得對。
可是，萬一這艘破船不解體也不淹沒，怎麼辦？」

「好歹我們可以等上兩個鐘頭，再看看，不好嗎？」

「好啊，那麼；就這麼辦吧。」

他們總算走了，我也溜出來，渾身冷汗，連滾帶爬往前行。眼
前依舊伸手不見五指；我嗓子沙啞，低聲輕叫「吉姆！」而他也回應
了，聲音有點哭喪，原來他就在我手肘邊。我說：

「吉姆，快，沒有時間瞎鬧和哭喪了；那邊有一幫殺人兇手；要
是我們不馬上找到他們的救生艇，解開纜繩讓它漂走，阻止他們離開
這艘破船的話，那麼，他們當中就有一個人會身陷絕境。不過，要是
我們找到他們的救生艇，就可以讓他們三個人**全都**身陷絕境——因為
警察會來抓他們。快——趕快！我去左舷找，你去右舷找。你從木筏
那兒開始，還有——」

「噢！天哪，天哪！**木筏**？木筏不見了，繩子斷掉，木筏被沖走
了！——我們困在這兒啦！」

▲「噢！天哪，天哪！」

# 第十三章

我倒吸一口氣，差點昏倒。居然就這樣，跟一幫強盜被困在破船上！然而，這可不是唉聲嘆氣的時候。現在，我們**非得**找到救生艇不可——給自己逃命用。於是，我們全身哆嗦，戰戰兢兢往右舷摸索過去，真是度秒如年——好像花了整整一個星期，才摸到船尾。根本沒有救生艇的影子。吉姆說，他沒法再往前走——害怕得一絲力氣也沒了。但我說，撐下去，要是被困在這艘破船上，我們就會身陷絕境，

▲ 陷於困境

一定的。於是，我們繼續摸索前進。目標是尾端的甲板統艙，到了那兒，只見天窗邊緣已經淹沒在水裡，只好手腳並用，抓著天窗邊緣往前爬，從一個百葉窗板懸吊著攀到另一個百葉窗板。到了艙房甬道廳，救生艇就在那兒，沒錯！我隱隱約約看見它。心裡充滿感激。我幾乎立刻就要登上小艇；偏偏在這個節骨眼上，門突然開了。他們其中一人伸出腦袋，離我只有兩呎遠，我以為我完蛋了；不過，他又縮回去，說：

「比爾，拿開那個該死的燈籠！」

他先把一袋子東西拋到救生艇裡，隨後自己進去，坐下來。這人正是帕克爾。隨後比爾，**他**也出來了，進了小艇。帕克爾低聲說道：

「都收拾好了——開船！」

我全身癱軟，差點從百葉窗板跌下來。不過，比爾說：

「等一下——你搜過他身子了嗎？」

「沒。你也沒？」

「沒。所以，他分得的那一份現金，還在他身上。」

「既然如此，來吧——光是帶走東西，卻留下現金，沒有道理。」

「那麼——難道他不會懷疑我們要幹嘛？」

「可能他不會。可是，不管怎樣，我們好歹也要把錢拿到手。一塊兒來吧。」

於是，他們出了救生艇，又進入破船。

門砰的一聲關上了，因為是向著傾斜的那一面；半秒鐘之內，我就進了救生艇，吉姆也連滾帶爬跟來。我掏出小刀，割斷繩索，立刻溜走！

我們沒有碰一下船槳，沒有說話，也沒有低語，甚至沒敢呼吸。小艇飛快地順流而漂，周圍一片死寂，漂過了船翼，漂過了船尾，兩三秒鐘之後，我們就遠離破船100碼以外了，黑暗淹沒了它，幾乎不見蹤影，而我們也安全了，也心知肚明。

我們順流而下了300、400碼之後，遠遠地看到破船的燈籠，像一點小小火，在甲板統艙門口閃現了一秒鐘，我們知道，那些強盜發現他們的救生艇不見了，就會明白，現在他們也身陷絕境，和剛才的吉姆特納一樣慘。

隨後，吉姆划起船槳，加速追尋我們的木筏。這時候，我才頭一次開始替那些人發愁——以前沒時間去想。我開始揣摩，身陷絕境有多麼可怕，即使是殺人犯。我對自己說，說不定有朝一日，我自己也

可能變成殺人犯，到那時候，**我**怎麼看待自己[1]？於是，我對吉姆說：

「等會兒看到第一戶人家燈火，我們就在那上游或下游100碼的地方上岸，找個好地方把你和小艇藏起來，然後我編一個好故事，叫人去把那幫傢伙救出來，等他們真正該死的時辰到了，才把他們吊死。」

可惜，我的美意落空，沒多久，又開始狂風暴雨，比之前更猛烈。傾盆大雨直直落，根本沒有一戶人家亮著燈火；我推想，大概所有的人都在睡覺。我們順著水流漂得很快，留意著岸上燈火，也留意著我們的木筏。過了很久，雨終於停了，但烏雲依然不散，閃電若隱若現，過了一會兒，一陣閃光照亮，前方漂著一個黑黑的東西，我們趕上前去。

那正是我們的木筏，再度登上自己的木筏，我們欣喜若狂。這時候，我們看見右前方岸上有個燈火。於是，我說我要過去。小艇有一半空間裝著贓物，是那些強盜們從破船上搜刮的。我們趕緊都堆到木筏上，我關照吉姆繼續往下漂流，估計到兩哩外時，點上一盞燈，直到我回來為止；然後，我划起槳，往燈火處前進。等我到了那兒，已經有3、4戶人家燈火亮起來——都在山坡上。那是一個小山莊。接近岸邊燈火時，我收起船槳，任船漂浮。經過時，我看見一具燈籠，掛在一艘雙殼渡船的起重機桿子上。我圍著渡船繞一圈，找尋守夜人，真不知道他在哪兒睡覺；沒多久，發現他蹲在船頭纜繩柱旁，腦袋埋在膝蓋之間。我推了他肩膀兩三下，然後開始大哭起來。

他醒過來，有點驚慌；不過，一看是我而已，就深深地打了個呵欠，伸了個懶腰，才說：

---

1　赫克能夠將心比心，實在令人佩服他悲天憫人的情懷，這也是由於他天生的赤子之心。

「哈囉，什麼事啊？小兄弟，別哭啊。惹了什麼麻煩？」

我說：

「我爸、我嗎、我姊、還有——」

接著，我大哭起來。他說：

「噢，該死的，**不要**哭得這麼傷心，我們都有碰上麻煩

▲「哈囉，什麼事啊？」

的時候，事情過去就好了呀。他們怎麼啦？」

「他們——他們——你是這艘船上的守夜人嗎？」

「是啊，」他說，有點洋洋得意似的。「我是船長、兼船主、兼大副、兼舵手、兼守夜人、兼水手頭子；有時候，我是貨物、兼乘客。我不像老吉姆霍恩貝克那麼有錢，不能像他那樣慷慨大方，好好對待湯姆、迪克、哈利，也不能像他那樣，到處揮灑金錢；可是，我告訴他很多次，絕對不會和他交換地位；因為，我說，水手的生命就是我的生命啊，要叫**我**去住在離鎮兩哩外，什麼新鮮事兒也沒有的地方，那我就死定了，就算把他全部的錢統統給我，甚至再加上一倍，我也不幹。我說啊——」

我插嘴說道：

「他們碰上麻煩透頂的事兒了，而且——」

「誰呀？」

「我爸、我媽、我姊，還有胡克小姐；要是你不趕快把渡船划過去那裡的話——」

「過去哪裡？他們在哪兒？」

「在那艘破船上。」

「什麼破船？」

「啊，就是那一艘。」

「什麼，你是說那艘：《華特史考特號》[2]嗎？」

「是啊。」

「唉喲！老天爺啊，他們到**那兒**去做什麼？」

「他們不是故意要到那兒的。」

「我打賭，他們當然不是！唉，老天爺啊，要是不趕快離開，他們就要遭殃了！他們到底怎麼回事，竟然惹上這個麻煩？」

「很簡單哪，胡克小姐到那邊鎮上作客——」

「對，布斯碼頭，繼續說。」

「她要去布斯碼頭作客，天快黑的時候，她帶著黑鬼女傭，坐上載馬的渡輪，準備到朋友家裡過夜，那個朋友叫什麼小姐來著，我忘了她名字，半路上，那艘渡輪的舵槳掉了，船在水面上打轉，船尾朝前，漂流而下，漂了兩哩多，攔腰撞上那艘破船，黑鬼女傭和那個渡輪船主，還有馬匹，都被水流沖走，但是，胡克小姐一把抓住破船，爬了上去。天黑之後一個鐘頭，我們乘著載貨平底駁船正好經過，天太黑，我們沒注意到那艘破船，等發現時，**我們**也攔腰撞上去了；還

---

2　根據史載，1829-38年間確實有一艘蒸汽輪船名為Walter Scott，往來航行於密西西比河，但與本書關係不大。在這裡，一艘蒸汽輪船撞上礁石，遭遇船難，即將沉沒，破船上搭載著三個奸詐的強盜，因分贓不均而互相殘害，甚至「貪心不足蛇吞象」，陰險到設計沉船謀殺同伴的地步，最後三個人同歸於盡，遭受報應。馬克吐溫如此命名這艘破船，別有用心，也引起相當大的爭議。Sir Walter Scott（1771-1832）是英國19世紀最暢銷的「俠義傳奇」小說家，著有《劫後英雄傳》（*Ivanhoe*）等名作，描寫森林俠盜羅賓漢劫富濟貧的故事，人人耳熟能詳。但是馬克吐溫向來痛恨他，在其《密西西比河河上生涯》第四十六章中指控他害得整個美國南方都著迷於「過時落伍、庸俗頹廢、愚蠢幼稚、好高騖遠、不切實際、感傷濫情的浪漫主義」（sham grandeurs, sham gauds, and sham chivalries of a brainless and worthless long-vanished society），尤其塑造了美國南方社會盲目崇拜貴族制度與英雄主義，間接導致死傷慘重的南北戰爭，阻礙了民主政治的正常發展。

好，我們都獲救，除了比爾惠普以外——唉，他確實是天大的一個好人！——真希望淹死的是我，真的。」

「我的老天！這是我聽過最不幸的事。**後來你們怎麼啦**？」

「唉，我們大聲喊叫，拚了老命，可是，那兒河面太寬，沒人聽得見我們呼救。所以我老爸說，總要有人上岸求救才行。我是唯一會游泳的，當然義不容辭跳下水。胡克小姐說，要是我一時找不到人來搭救，可以來這兒找她舅舅，他一定有辦法。我在下游1哩處上岸，就開始一路瞎闖，想找人幫忙，可是，他們都說：『什麼？夜這麼深，水流這麼急？沒道理冒死去救人；還是去找蒸汽渡輪吧。』現在，要是你肯去的話，而且——」

「老天在上[3]，我是**願意**去，該死的，我不知道願不願意，可是我會去；但是，誰會來**付**這筆救援費用呢？你想，你老爸他——」

「當然，**那個**沒問題。胡克小姐，她**特別**告訴我，說她舅舅霍恩貝克——」

「好傢伙！**他**是她舅舅嗎？聽我說，你往遠處那亮燈的地方走，到了那兒再往西拐，走上四分之一哩，就會到一個小酒館；叫他們馬上帶你到吉姆霍恩貝克家去，他會付這筆錢的。可別閒蕩耽誤了時間，他一定急著知道這個消息。告訴他，在他趕到鎮上之前，我會把他外甥女平安救回來。快去吧；我這就到轉角那兒，把我的輪機手叫醒。」

我立刻往亮燈處走，可是等他一轉過彎，我立刻折回到小艇上，把裡面的積水舀出去，隨後在600碼外的靜水區靠岸，藏身在好幾艘木船當中；因為我要親眼看到這艘渡輪下水去救人，才會安心。不過，話說回來，我總算覺得心裡舒坦一些，能夠替那幫強盜解危，

---

3　原文By Jackson!是一種發誓的感嘆詞（interjection），也有By George!或My George!的說法。這位守夜人對天發誓願意去救人，但是要有錢才肯辦事。

世上不會有很多人肯這樣做。我巴不得寡婦知道這事。據我判斷，她一定會以我為榮，能夠幫助那幫流氓，因為流氓和無賴，一向是寡婦和好人們最有興趣的對象[4]。

▲ 那艘破船

沒過多久，那艘破船過來了，昏暗而陰鬱，緩緩漂流而下！一陣冷顫突然貫徹全身，我朝它划過去。它已深深陷入水中，我一眼就看出來，船上的人完全不可能有機會生還。我在周圍轉了幾圈，叫喊了幾聲，但是，都沒回應，一片死寂。想到那幫強盜，我心情有點沉重，還好不多，因為我想，如果他們能捱得過去，我也捱得過去。

隨後，那艘前去搭救的渡輪過來了，我趕緊順著一道水流斜著划向河中央；等人家看不到我了，我收起槳，回頭看那渡輪，正繞著破船，尋覓胡克小姐的遺物，因為船長以為，她舅舅霍恩貝克會想保留作紀念；沒多久，渡輪放棄了，回岸邊去，我趕緊埋頭苦幹，大力划槳，飛快朝下游衝去。

划了很長的一段時間，才看見吉姆木筏上的燈光；那道燈光出現時，好像幾千哩外那麼遠。等我趕上時，東方天邊已經有點灰白，於是我們划向一個小島，把木筏藏好，把小艇鑿沉，然後倒頭就睡，睡得像死人一樣。

---

4　根據《新約聖經》傳統，基督徒認為世人都是罪人，當然希望罪人都能悔改而皈依上帝，而流氓和無賴正是罪人中的罪人，所以寡婦和好人們最關心這些人，希望拯救他們的靈魂，也自顯虔誠的愛心。

▲ 我們倒頭就睡

# 第十四章

　　沒多久，我們醒了，起來翻檢那幫強盜從破船上搜刮的贓物，找到靴子，毯子，衣服，雜七雜八的東西，還有不少書，一個小望遠鏡，三盒雪茄。我和吉姆有生以來，從來不曾這麼富有過。那些雪茄都是上等好貨。整個下午，我們躺在樹林裡聊天，我讀著那些書，日子過得相當愉快。我把破船裡面和渡輪碼頭發生的事，一五一十說給吉姆聽；我說，這一切都是探險，但他說，他再也不要任何探險了。他說，當我進了甲板統艙，而他爬回去，卻發現木筏不見了，

▲ 翻檢贓物

他嚇得差點當場死掉；因為他斷定，不管怎樣，**他**都死定了，無路可走了；如果他沒有獲救，他就會淹死；如果他獲救了，救他的人就會把他送回老家，去領一筆賞金，然後，華珊小姐一定會把他賣到南方去，準沒錯。是啊，他說的對；他說的永遠都是對的；以一個黑鬼而言，他有一個超水準聰明的腦袋。

　　我讀了很多書給吉姆聽，關於國王、公爵、伯爵之類的故事，他們穿著多麼華麗，舉止多麼有派頭，互相稱呼時，說的不是先生，而是陛下、殿下、閣下等等，吉姆眼珠凸出來，聽得津津有味。他說：

　　「我真不知道這種人有這麼多，除了所羅門國王那個老傢伙以外，我都沒聽說過，幾乎沒有，除非撲克牌裡面的國王也算在內。一

個國王一個月能賺多少錢啊？」

「賺？」我說：「要是他們想賺，一個月就能賺個一千元吧；他們想賺多少就有多少；反正什麼東西都歸他們所有。」

「那**不是**很快活嗎？赫克，那他們都做些什麼事？」

「**他們**什麼事都不用做。瞧你問得多麼外行，他們每天都無所事事。」

「不會吧——真的那樣？」

「當然是那樣。他們就是無所事事。除非發生戰爭，他們才去打打仗。其他時候，他們就是懶洋洋的混日子；要不然，就帶獵鷹去打獵——只是打獵和——噓！——你聽見什麼聲音了嗎？」

我們跳出來，東張西望；什麼都不是，只是一艘蒸汽輪船從轉彎那邊過來，排輪打水發出的聲音；於是，我們回到原位。

「是啊，」我說：「其他時候，日子閒得無聊時，他們就跟議會作對；誰要不順著他，他就砍掉誰的腦袋。不過，大部分時間他們都在後宮鬼混。」

「在哪裡？」

「後宮。」

「後宮是什麼？」

「他養老婆們的地方。你不曉得什麼是後宮？所羅門王就有一個；他大概有一百萬個老婆[1]。」

「噢，是啊，原來如此；我——我已經忘了。依我看，後宮是一個管吃管住的宿舍。育嬰室大概是最吵鬧的地方。而且我相信那些老婆們大概也吵得很凶；因此就更熱鬧了。不過，大家都說所羅門王是天下最聰明的人，我不相信。理由很簡單：一個聰明人，哪會想要住

---

1　《舊約聖經‧列王紀》第十一章第3節，記載所羅門王有妃七百，嬪三百，赫克在這裡吹牛，把一千個說成一百萬個，未免太離譜，但這也是美國文學典型的「大話故事」（tall tale）誇張手法。

在這麼一個吵鬧的鬼地方？
不——絕對不會。一個聰明
人寧可去蓋一個鍋爐廠；什
麼時候想清靜一下時，只
要把鍋爐廠**一關**，不就得
了。」

▲ 所羅門王和他的一百萬個老婆

「好罷，不管怎樣，反
正他**還是**最聰明的人；因為
寡婦這麼告訴我的，親口說
的。」

「我可不管寡婦怎麼說的，反正他也**不是**聰明人。他做了一些我
沒見過的殘忍事。他硬是要把一個小孩劈成兩半的事，你聽過吧？」

「是啊，寡婦都跟我說過。」

「**好吧**，那麼！這不是天下最殘忍的事嗎？你只要好好想一想。
比方說，那兒有個樹樁——就算它是個女人吧；這兒是你——算是另
一個女人吧；我是所羅門王；而這一張一塊錢的鈔票，是那個小孩。
你們都在爭這張鈔票，我該怎麼辦？我是不是應該去左鄰右舍打聽
一下，看看這張鈔票**到底**是誰的，然後把它安全完整的物歸原主，任
何有點腦筋的人，都會這樣做？不——我偏要把這張鈔票唰的撕成**兩
半**，一半給你，另一半給那個女人。所羅門王就是這樣處理那個小孩
的。現在我問你：半張鈔票有什麼用？——什麼也不能買。那麼，半
個小孩又有什麼用？即使給我一百萬個劈成一半的小孩，我也不會要
的[2]。」

「見鬼了，吉姆，你根本沒有抓到故事的重點——該死的，你差

---

2　吉姆舉的「類比」（analogy）例證真是神來之筆，展現他的邏輯推理能力，令
　人嘆為觀止。

▲ 「所羅門王」的故事

了十萬八千里呢。」

「誰？我？算了吧，別跟**我**講你的重點了。我想我一見到道理，就曉得道理在哪裡；像那樣的事，真是一點道理也沒有。那兩個女人爭的不是半個小孩，她們爭的可是一個完整的小孩；而那個人卻以為，他可以用半個

小孩，來解決一個完整小孩的爭端，笨得連下雨了，都不曉得進屋裡躲雨。赫克，別再跟我講所羅門王的事，我早就看透他了[3]。」

「可是，我要告訴你，你還是沒有抓到重點。」

「去你的重點！我應該心裡有數吧。你聽著，**真正的**重點還在下面——更深一層。這就關係著所羅門王是怎麼被養大的。比方說，有一個人只養了一兩個小孩，那個人會隨便糟蹋小孩嗎？不，絕對不會，他糟蹋不起，**他**曉得怎麼疼惜小孩。而另一個人養了五百萬個小孩，滿屋子跑來跑去，那就大不同了。**他**可以隨時隨地抓起一個小孩，劈成兩半，像劈一隻貓一樣簡單。反正他還有的是小孩，多幾個少幾個，對所羅門王一點關係都沒有，那個該死的傢伙[4]！」

---

3　原文I knows him by de back（正確是I know him by the back），據馬克吐溫在《密西西比河河上生涯》第二十八章解釋，這是賭博術語，指有能力從紙牌背面看穿對手拿的什麼牌。

4　所羅門王英明機智斷案的故事（《舊約聖經‧列王紀》第三章第16-28節），重點在稱讚他的睿智，利用天生母性的特質，解決兩個女人搶奪嬰兒的爭端。幾千年來大家都認為理所當然毋庸置疑，而吉姆卻是從母親與嬰兒的觀點，從人道主義切入，指控所羅門王不珍惜小孩生命，這裡也反映吉姆愛小孩愛家庭的基本人性。

我從沒看過像吉姆這樣的黑鬼，一旦他腦子裡有了某個想法，就再也趕不出去了。我所見過的黑鬼當中，他是最瞧不起所羅門的。於是，我只好把所羅門擱到一邊，講講別的國王。我提起路易十六，那個很多年以前，在法國被砍掉腦袋的，還講到他的兒子，也就是法國海豚[5]，本來也要當國王的，但是，被抓去關監牢，有人說他死在裡面。

　　「可憐的小傢伙。」

　　「可是，也有人說他逃出監牢，流亡到美國。」

　　「那可好啊！不過，他會挺寂寞的——我們這兒沒有國王，赫克，有嗎？」

　　「沒有。」

　　「那他一定沒搞頭。他在這裡能做什麼呢？」

　　「啊，我不清楚。他們有的去當警察，有的教人家說法國話。」

　　「咦，赫克，難道法國人說的話，跟我們不一樣？」

　　「**不一樣**，吉姆，他們講的什麼，你完全聽不懂——一個字也不懂。」

　　「噢，那真是要我的命，怎麼會這樣呢？」

　　「**我**也不知道；不過，確實是這樣。我從一本書上學到幾句皮毛。假設一個人過來跟你說『**波里夫佛朗茲**』[6]——你會怎麼想？」

---

5　此處算是「伏筆」，為本書第十九章即將出場的「國王」（the king）與「公爵」（the duke）而鋪路。法國大革命期間，國王路易十六及皇后於1793年被送上斷頭台，皇太子那時才8歲，雖然掛名為路易十七，但後來與皇室成員都被關入監獄，根據考證，他確實於1795年死在獄中，但民間謠傳他逃亡至美國或他國，此後的幾十年當中，有三十多人聲稱是皇太子。這裡幽默之處在於巧妙利用「同音異義」字，法文的「皇太子」或「王儲」是dauphin，赫克說成是英文的「海豚」（dolphin），這裡故意將錯就錯，把「法國皇太子」譯為「法國海豚」，以凸顯馬克吐溫幽默趣味。

6　這句法文被赫克說得荒腔走板，原文應是Parlez-vous français?（你會說法文嗎？）

「我什麼都不想；只想一拳砸在他腦袋上。也就是說，如果他不是白人的話。我不許黑鬼那樣罵我。」

「去你的，他又沒有罵你。他只是問你，會不會說法國話而已。」

「噢，那麼，他幹嘛不**說明白**呢？」

「是啊，他**是**說明白了。那正是法國人的說話**方式**。」

「噢，真他媽的滑稽方式，我再也不要聽到他們了。實在一點道理也沒有。」

「吉姆，你聽我說，貓是不是像我們一樣說話？」

「不，貓不一樣。」

「那，母牛呢？」

「不，母牛也不一樣。」

「那貓說話像母牛一樣，還是母牛說話像貓一樣？」

「不，他們都不一樣。」

「所以，他們說話不一樣，是自然而然又理所當然的事？」

「當然。」

「那麼，貓和母牛說話和**我們**不一樣，不也是自然而然又理所當然的事？」

「喔，確實沒錯。」

「好，那麼，**法國人**和我們說話不一樣，為什麼不是自然而然又理所當然的事？你給我回答這個問題。」

「赫克，貓是人嗎？」

「不是。」

「好，那麼，沒有道理要貓說話和人一樣。母牛是人嗎？──或母牛是貓？」

「不，母牛都不是。」

「**好**，那麼，母牛沒有道理說話像貓或人一樣。法國人是人

嗎？」

「是。」

「**好**，那麼，要死喲，為什麼法國人**說話**不能像人一樣？你給我回答**這個問題**！」

我這才明白，不該浪費口舌——你永遠沒法教會一個黑鬼怎麼辯論[7]。我投降了。

---

7 這裡兩則故事是有名的馬克吐溫幽默笑話，故事當然好笑，也頗耐人尋味，所羅門王到底英明在哪裡？法國人也是人，為什麼不說人話？乍聽之下，好像也有某種「似是而非」的邏輯，端看是從誰的立場去詮釋。在這裡赫克嗤之以鼻一笑置之，但也不由自主的洩漏白人的種族優越感，以自己強勢者的主觀立場，去衡量弱勢者的邏輯推理能力。

# 第十五章

我們原先預估，再過三個晚上，就會到達伊利諾州底部的開羅鎮[1]，俄亥俄河在那兒匯入密西西比河，那兒正是我們要去的地方。我們打算到了那兒，賣了木筏，搭上一艘蒸汽輪船[2]，一路溯河北上，去到俄亥俄州，進入黑奴自由區，然後，就天下太平了[3]。

第二天晚上，起了一場大霧，我們想找一個沙洲停靠，大霧之中想走也走不了；於是，我在前面划著獨木舟，帶著準備拴木筏的繩索，卻發現可以拴的只

▲ 我們打算賣了木筏

有幾棵小樹而已。我把繩索套在峭壁邊的一棵樹上，但是，那兒有一

---

1　兩河交會點是「開羅鎮」（Cairo，重音在第二音節），過了這個小鎮之後，再沿俄亥俄河往東北方向溯流而上，就可以通到自由州地區，吉姆就有機會達成追求自由的目的。所以赫克和吉姆非常在意，一心一意在尋找這個河口小鎮。密西西比河沿岸的各州，都是蓄奴地區，包括密蘇里州、肯德基州、阿肯色州、田納西州。

2　俄亥俄河從東北往西南方向注入密西西比河，所以他們必須逆流而上，而木筏沒有動力，只能順流而漂，因此必須改搭有動力的蒸汽輪船。

3　俄亥俄河是一條方便又安全的管道，可以連接水路與陸路，形成黑奴逃生路線，沿路有黑奴解放主義者的協助，他們的家園提供庇護休息站，站站相連形成一條隱形的、抽象的、所謂的「地下鐵路」（"Underground Railroad"），幫助黑奴逃到反對蓄奴的東北方幾州，所謂的「自由州」（free states），包括伊利諾州、俄亥俄州、賓夕法尼亞州等東北部各州，甚至加拿大。

股強勁的急流，木筏被猛烈地沖下去，把那棵樹給連根拔起，木筏也沖走了。眼看著大霧鋪天蓋地而來，我心裡又難過又害怕，有半分鐘之久的時間，我動也不敢動，呆若木雞──等回過神來，木筏已經無影無蹤；20碼之內，什麼也看不見。我跳進獨木舟裡，跑到船尾，操起船槳，拚了老命用力划。可是，它就是不前進。原來，我太急了，竟然忘了解開纜繩；於是，我爬起來去解開纜繩，可是，我又心慌意亂，兩手一直發抖，抖得幾乎解不開纜繩。

一划出去，我就立刻去追趕木筏，衝下沙洲，心頭火熱，心情沉重。沿著沙洲還算順利，但是，那個沙洲才60碼長，我一飛過沙洲尾端，就立刻衝進濃濃白霧裡，搞不清楚往哪一個方向，完全像個死人一樣。

我心裡想，光是拚命划槳沒有用；我知道這樣一定會撞上岸邊，或是沙洲，或是什麼的；我應該坐著不動，隨水漂流，然而，在這個節骨眼，要我雙手不動坐著，會讓我更忐忑不安。我嘴巴喊叫著，耳朵傾聽著。遠遠的那邊，某個地方，好像也聽到小小聲的喊叫，我精神就來了。我趕緊追過去，豎著耳朵，想聽聲音再出現。等聲音再出現時，才發覺我不是對著它去，而是偏到右邊。等聲音又再出現時，我又發覺是偏到左邊──兩邊都沒有靠近多少，因爲我東飛西飛的，忽左忽右的，卻又覺得聲音一直都在正前方。

我真希望，吉姆那個笨蛋，能夠想到敲敲鐵鍋子，而且一直不停地敲，偏偏他沒想到，而令我最困擾的，就是在喊叫聲一起一落之間的寂靜空檔。我往前直衝時，猛的又聽見喊叫聲就在我**背後**。我被搞得七葷八素。感覺好像是別人在喊叫，要不然，就是我掉轉了方向。

我扔下船槳，又聽見喊叫聲；聲音在我背後，只是換了位置；聲音一再出現，又一再換地方，我也一直回應，直到聲音又出現在我前方，而我也知道，水流又把我的獨木舟沖得轉向下游，只要那是吉姆的喊叫聲，而不是其他筏伕的，那我就安心了。大霧當前，很難分辨

▲ 身陷殘枝斷椏當中

聲音,因為霧裡的一切看起來失真,聽起來也失真。

喊叫聲依然陸續傳來,過了一分鐘,我突然撞上一處峭壁,上面長滿了鬼影幢幢般的參天大樹,接著,一股急流又把我拋向左邊,飛箭似的,把我沖進一窪激盪咆哮的殘枝斷椏當中,然後,那股急流又從旁呼嘯而過。

才過了一兩秒鐘,四周又是白茫茫的一片,寂靜無聲。我靜靜坐著,聽著自己心臟怦怦跳,好像一口氣都還沒換過來,而心臟就已經跳了一百下之多。

我只好放棄,明白怎麼一回事了。原來峭壁是一座小島,吉姆一定是到了小島的那一面。那不是沙洲,不是10分鐘就可以從旁漂流過去的。那裡有一般小島上才會生長的大樹;而這小島應該有5、6哩長,半哩多寬。

我一聲不響,豎起耳朵,估計聽了15分鐘。我順著急流漂浮,時速大概有4、5哩,可是,你不覺得有那麼快。不,你**感覺**像是躺在靜止的水面上;偶爾瞥見身邊,有一小截斷枝漂過去,你也不會覺得**自己**漂得有多快,反而是倒吸一口氣說,哇!那一截**斷枝**漂得可真快。要是你以為,三更半夜,四下迷霧,一個人坐獨木舟在河上漂流,而不覺得那很悽慘寂寞的話,那你不妨自己試一次看看,就知道了。

隨後,有半個鐘頭的光景,我每隔一陣子就喊叫一聲;最後,聽到前方老遠傳來回應,想要追趕過去,可是沒辦法,我當下研判,大概是陷入一窩子的沙洲裡面了,因為左右兩邊望去,老是瞥見朦朦

朧朧的沙洲影子，有時只是沙洲之間的一條狹窄水道；有的雖然看不見，但曉得在那兒，因為聽得見湍急水流，沖刷著懸掛岸邊的枯老灌木和殘枝碎葉。然而，沒多久就聽不見沙洲之間的喊叫聲了；而我也只追趕了一下子而已，因為簡直比追趕鬼火[4]還要累人。你永遠不會曉得，聲音居然可以這樣躲來躲去，忽焉在前，忽焉在後，交換位置這麼快速、這麼頻繁。

有那麼4、5次，我不得不使勁把獨木舟從岸邊撐開，免得把這些小島給撞沉了；因此我推測，木筏一定也不時在岸邊被撞來撞去，不然它早就漂得老遠了，也聽不到喊叫聲了——它只不過漂得比我快了一點點而已。

過了一會兒，我好像又漂到寬闊的河面上，卻再也聽不到喊叫聲從任何地方傳來。我猜想，吉姆搞不好撞上一截斷枝殘椿，可能遭遇不測了。我已經累得筋疲力盡，所以，躺在獨木舟裡面，不想再操心了。我不能睡覺，那當然；可是，又睏得不得了；所以我想，我只要打一個小盹兒就好了。

可是，我不只打了一個小盹兒，因為一覺醒來，已是滿天星斗，濃霧全都散盡，我的獨木舟船尾在前，飛快地沿著一個河灣往下漂。一時搞不清楚我在哪兒；以為在作夢；待我一一回想起來，感覺卻依稀像上個星期發生的事。

這一帶河面寬廣浩瀚得嚇人，兩岸都是最高大最濃密的參天老樹，藉著星光，極目看去，彷彿一堵結實的高牆。我往河的下游看去，看到老遠的水面上，有一個小黑點。我加速划過去，划到面前，卻什麼也不是，只是捆在一起的兩根鋸木而已。然後，我又看到另一

---

4　這裡赫克說的Jack-o-lantern，並不是西方萬聖節時用南瓜雕刻（carved Halloween pumpkin）的那種燈籠，而是will-o'-the wisp（「鬼火」、「燐火」）的另一種說法，是沼澤地區晚上常見、撲朔迷離的亮光，由懸浮於水面細菌叢中的甲烷沼氣或硫化氫所導致，傳說是邪靈的附身。

▲ 在木筏上睡得正熟

個小黑點，又追上去；然後又一個，這回我可對了。正是我們那艘木筏。

等我趕上了，只見吉姆坐在上面，腦袋垂在膝蓋之間，睡得正熟，右手懸掛在舵槳上面。另外一支槳已經撞碎，木筏上散落著碎葉、殘枝，和泥巴。看樣子，木筏也經歷過好一番摧殘。

我把獨木舟拴好，溜上木筏，躺在吉姆的跟前，開始打呵欠伸懶腰，拳頭碰到吉姆，嘴裡說：

「哈囉，吉姆，我睡著了嗎？幹嘛不叫醒我？」

「老天爺啊，赫克，是你嗎？你沒死——沒被淹死——你又回來了？太好了，我不敢相信，寶貝，好得不敢相信是真的。孩子，讓我看看你，讓我摸摸你。不，你沒死！你又回來了，活蹦亂跳的，跟以前的赫克一模一樣——還是那個老樣子，謝天謝地啊！」

「吉姆，你怎麼回事呀？喝醉了嗎？」

「喝醉？我喝醉啦？我哪有時間喝醉？」

「那麼，你幹嘛胡說八道啊？」

「我怎麼胡說八道啊？」

「怎麼？那你**幹嘛**一直說，我又回來了之類的事，好像我有離開過似的？」

「赫克——赫克芬，你正眼瞧著我的眼睛，**難道**你從沒離開過？」

「離開？你究竟在說什麼啊？我哪兒也沒去。我能去哪兒呢？」

「啊，你瞧，少爺，這其中一定有什麼不對勁。我是**我**嗎，我又**是**誰？我在這兒嗎，我**在**哪兒？這些是我要搞清楚的嗎？」

「喔，我想，你是在這兒，顯而易見的，但是，吉姆，我想你是一個腦筋打結的老笨蛋。」

「我是，是嗎？你給我好好回答，你不是划著獨木舟，要用纜繩把木筏拴在沙洲上嗎？」

「沒，我沒有啊。什麼沙洲？我沒有看到沙洲呀。」

「你沒看到沙洲？你聽著──纜繩鬆脫了，木筏被沖走了，而你和獨木舟都消失在大霧裡了，不是那樣嗎？」

「什麼大霧？」

「啊，**那場**大霧，就是籠罩了整晚的那場大霧啊。難道說，你沒有喊叫過，我也沒有喊叫過，直到闖進那群小島裡面，暈頭轉向，一個迷了路，另一個走散了，因為根本不曉得自己在哪兒？難道說，我沒有撞上那些小島，碰上許多可怕的麻煩事，還差點兒淹死？少爺──難道都是那樣嗎？是那樣嗎？你回答我呀。」

「哇，吉姆，這麼多事，搞得我糊裡糊塗了，我既沒看到大霧，也沒看到一群小島，也沒碰上麻煩事，也沒看到任何事啊。整個晚上，我就坐在這兒跟你聊天，聊到你睡著了，差不多10分鐘以前，我想我也睡著了。這一會兒工夫，你不可能喝醉啊，所以，你一定是在作夢。」

「那還有一點道理，我怎麼可能在10分鐘之內，夢到那麼多？」

「噢，信不信由你，你是在作夢，因為你剛才說的那些事，一件也沒發生過。」

「可是，赫克，這一切都清清楚楚在我面前，就像──」

「再清楚也沒差別啊，反正都沒發生過。我當然曉得，因為我一直都待在這兒。」

吉姆一言不發，有5分鐘之久，只是坐在那兒研究了很久。然

後，他說：

「好罷，赫克，就算我是在作夢；不過，見鬼了，我這一輩子作的夢，都沒這麼驚心動魄。以前也沒作過任何夢，把我累成這樣的。」

「噢，沒關係，因為有時候作夢確實會把人累成那樣。不過，這個夢真的是緊湊生動——吉姆，講給我聽吧。」

於是，吉姆開始把整件事，從頭到尾講給我聽，正如同實際發生的，只是加油添醋一番。然後，他說，他必須好好的「解」這個夢，因為夢是老天送來的警示。他說，第一個沙洲代表著一個會幫助我們的貴人，但水流代表另一個要阻撓貴人的小人。那些喊叫聲代表三不五時傳來的警示，要是我們不用心傾聽，不弄清楚這些警示，就會招致厄運降臨，反而沒法趨吉避凶。那一大群沙洲，就是即將招惹的麻煩，我們會碰上一些凶神惡煞和卑鄙小人，但是，只要我們安分守己，不頂嘴，也不激怒他們，就會逢凶化吉，遠離大霧，回到清澈的大河水域[5]，也就是奴隸自由區，到了那兒，以後就再也沒有麻煩了。

剛才我爬上木筏之後，烏雲密集，天色昏暗，現在，又再度雲淡風清。

「喔，好，吉姆，到目前為止，你解夢解得真好，」我說，「可是，**這些**東西，又代表什麼意義呢？」

我指的是木筏上的破葉和垃圾，還有撞碎的船槳。這會兒，這些東西你看得一清二楚。

吉姆看看這些垃圾，又看看我，再回頭看看垃圾。他滿腦子全是那個夢，根深柢固的，一時也甩不掉，也沒辦法馬上再拉回原位，接

---

5　此處吉姆指的是俄亥俄河，從山區流下來的河水清澈，有別於密西西比河中下游泥沙淤積的渾濁。他把希望寄託在投奔自由的夢想，朝思暮想自我勉勵，可見其樂觀而積極進取的個性。

受現實。但是，等他把事情理出頭緒之後，他目不轉睛地看著我，一笑也不笑，說道：

「那些代表什麼？我正要告訴你。之前我因為拚命划槳，又大聲喊叫你，累得半死，才睡著了，我的心都碎了，因為你不見了，我完全不在乎自己或是木筏會怎麼樣。等我醒過來，發現你又回來了，安安全全毫髮無傷，我高興得眼淚都流出來，幾乎要跪下來，親吻你的腳，真是謝天謝地。然而，你想到的，卻只是怎樣說謊，來戲弄老吉姆。那些東西都是**垃圾**；而那種人也是垃圾，那種人，只會把爛泥澆在朋友的頭上，讓人家難堪[6]。」

然後，他慢慢站起身，走向帳篷，進到裡面，除此之外，沒有再多說任何話。但是，那就夠我受的。我覺得自己真是卑鄙到了極點，巴不得親吻**他的**腳，拜託他把剛才那一番話收回去。

我花了足足15分鐘，才鼓起勇氣，上前去向一個黑鬼低聲下氣的道歉——但是，我的確這樣做了，而且今後也永遠不會後悔。從那以後，我再也沒用卑鄙手法戲弄過他，早知道他會覺得那麼傷心的話，我也不會那樣戲弄他了[7]。

---

6　這段文字顯示馬克吐溫寫作功力，用文盲黑人土話，也可說得如此義正辭嚴。文字淺顯，卻語重心長，令赫克與讀者深深感動。吉姆對赫克由衷的關懷，卻被澆了一頭冷水，難怪傷心透頂，所以用的是黑人最瞧不起白人的字眼，「垃圾」（trash），可謂愛之深責之切。但是，從反諷的角度來看，這並不是吉姆斗膽挑戰顛覆權威，而是馬克吐溫這個白人作家，藉著黑人之口，在教訓白人小孩赫克，赫克也從中學習到寶貴教訓，而且這是當時白人社會裡學不到的。

7　這一小段文字非常有名，經常被引用，赫克花了整整15分鐘，才鼓足勇氣向吉姆道歉，白人居然會紆尊降貴，向黑人道歉。這也很有教育意味，赫克學到人生的第一課，學得尊重別人，黑人也是人，也有人權。反諷的是，白人小孩的成長教育，居然由黑人來協助擔綱，而小孩自己的父親卻是典型的「白人垃圾」。這裡是本書三個重要的啟蒙階段之一，往後還有接二連三的機會，讓赫克一課接著一課，逐漸獲得「頓悟」（epiphany），學習人生智慧與哲理。赫克總共會經歷三次矛盾衝突天人交戰（inner conflicts）的場面，每一次都是他道德成長的機會。

# 第十六章

　　白天我們睡上一整天，夜晚才上路，跟在一長列木筏後面，保持距離，那木筏超長的，像一列遊行的隊伍。兩端各有四根長槳，所以我們推測，可能載有30人之多。上面總共有五座大大的帳篷，彼此相隔甚遠，中間還有一堆露天營火，一頭一尾各有一根高高的旗桿。看來很有氣派，在這樣的木筏上當筏伕，**意味**著非常了不起。

▲ 當個筏伕真是了不起

　　我們順流漂到了一個大河灣，夜晚天空雲集，天氣變熱。河面很寬，兩面豎立著高牆般的大樹；樹木濃密得幾乎看不到空隙，或亮光。我們聊著開羅鎮，懷疑就算到了那兒，會不會認不出地方來。我說，很可能認不出來，因為以前聽人說過，那兒只有十幾戶人家，萬一那天晚上，那十幾戶人家湊巧都沒點燈，那我們怎麼曉得經過一個小鎮？吉姆說，要是兩條大河在那兒交會，應該很容易看出來。但我說，搞不好我們以為經過的是一個小島的尾端，而事實上是還在同一條大河裡。吉姆聽了很困惑──我也很困惑。問題是，怎麼辦呢？我說，等會兒看到第一戶人家的燈光時，我立刻划槳上岸，

告訴他們，我爹在後面，駕著載貨平底駁船，是這個行業的新手，想打聽離開羅鎮還有多遠。吉姆認爲這是好主意，於是，我們一邊抽菸，一邊等著。

▲ 我沿著木筏游泳

　　然而，你也知道，年輕人想要一探究竟時，是根本沒有耐性等的[1]。我們商量了一陣子，沒多久，吉姆說，既然現在天這麼黑，游到那個大木筏，爬上去偷聽，應該不會有什麼風險——他們應該會聊到開羅鎮，因爲他們可能計畫上岸去找點樂子，或是派人乘小船上岸，去買威士忌或鮮肉或什麼的。吉姆的腦袋瓜子聰明機靈，不是一般黑鬼有的；只要你需要，他隨時隨地都會擬出一個萬全的計畫。

　　我站起來，抖掉一身破布衣服，撲通一聲跳進河裡，游向大木筏燈光處。不一會兒，接近它時，我緩和下來，放慢速度，小心翼翼的。還好，一切順利——長槳那兒沒人。於是，我沿著木筏下方繼續游，游到木筏中央營火處附近，然後爬上去，一吋一吋往前移，來到營火迎風處外面，躲在那幾捆擋風木板之間。那兒有13個人——當然

---

1　本書原著重大的版本差異出現在這裡，馬克吐溫本來寫了一段關於河上「筏伕」的故事，但寫到下一章（第十七章）時碰到寫作瓶頸而暫時擱筆，在停停寫寫過程中他把這一段筏伕故事登在《大西洋月刊》上，並收入《密西西比河河上生涯》第三章，後來出版商不准他把此一章節放回本書。多年來學者們力爭，堅持「筏伕章節」爲全書「結構」及「主題」發展的關鍵一環，主張重新植回。1990年馬克吐溫手稿戲劇性的重見天日，此後版本全都還原此一章節（包括加州大學版、諾頓版、藍燈版等）。本譯注採用重新修訂版本，納入此一「筏伕章節」。

都是值班守夜的人，也是一群長相粗野的傢伙。他們有一個酒壺，幾個白鐵酒杯，酒壺傳來傳去。有一個人在唱歌——倒不如說，他是在鬼吼；歌也不正經——上不了廳堂的那種歌。他從鼻子裡吼出聲音，每句歌詞的尾音都拉得好長。等他唱完了，大夥兒都給他那種印地安人打仗的吶喊聲，接著，他又唱起另一首。歌詞開頭是：

> 咱們鎮上有個娘兒，
> 她就住在咱們鎮上，
> 她愛丈夫有夠親親，
> 卻愛情郎加倍多多。

> 唱啊，哩囉，哩囉，哩囉
> 哩透，哩囉，哩雷——咿
> 她愛丈夫有夠親親，
> 卻愛情郎加倍多多。

　　如此等等——十四段歌詞。唱得有點蹩腳，正要再唱另外一首時，有一個人說，老母牛就是聽了那首難聽的歌才死的；另一個說，「讓我們耳根清淨一下吧。」還有另一個說，你乾脆去散散步吧。大夥兒一個勁兒取笑他，他火大了，跳起來，咒罵那一夥人，說他們是賊，要挑斷他們腳筋[2]。

　　大夥兒正要整他，其中個子最高大的一個傢伙跳起來，說：

---

2　「筏伕」在工作之餘窮極無聊時，會喝酒唱歌、鬥嘴吹牛、說故事互娛，他們的故事通常誇張離譜荒誕不經，構成美國早期中西部拓荒文學的一種特殊文類tall tale，姑且譯為「大話故事」或「荒誕故事」，吹牛不打草稿，牛皮吹破了不償命，無所不用其極的誇張，拉高再拉高，「語不驚人死不休」。這種文類也是馬克吐溫的專長之一，他有好幾篇短篇小說具此色彩。

赫克歷險記

「先生們，坐著別動，把他交給我，他是我的獵物。」

說著，他往空中彈跳三次，每次鞋跟在空中互擊，發出聲響。他一把甩掉綴滿流蘇的鹿皮上衣，說：「你們以為整他一頓就夠了。」又一把甩掉鑲滿飾帶的帽子，說：「你們以為他已吃過苦頭了。」

然後，他又再度彈跳起來鞋跟互擊，大叫：

▲ 他往空中彈跳

「嗚呼！我就是當年那個來自阿肯色州荒野的鐵下巴、騎銅馬、銅肚子的殺人魔王本人！──看看我！我就是人稱為「猝死死神」和「廢墟將軍」的那個人[3]！颶風是我爸爸，地震是我媽媽，霍亂是我同父異母兄弟，天花是我媽媽那邊的近親！看看我！當我身強體壯時，早餐要吃19條鱷魚和1桶威士忌；當我體弱多病時，要吃一籮筐響尾蛇和一具死屍！我只消看上一眼，就能劈裂亙古的岩石，我一旦開口說話，雷聲就要三緘其口。嗚呼！你們給我退後，留下空間讓我施展本領！鮮血是我的天然飲料，垂死的哀嚎在我聽來是美妙音樂！先生們，眼睛都看著我！──伏下身子，憋住呼吸，我馬上就要發威

---

3　這樣大言不慚的自吹自擂，無所不用其極的誇張，就是大話故事（tall tale）的典型特色。

啦！」

他自吹自擂時，不斷地搖晃腦袋，表情兇惡，旋轉著小圈子，袖口捲上去，還不時挺起胸膛，用拳頭搥打，說著：「先生們，看著我！」耍完之後，又再度彈跳起來鞋跟互擊三次，爆出吼聲：「嗚呼！我是天底下最嗜血若渴、殺人如麻的野獸！」

接下來，先前惹出爭端的那個傢伙，壓低寬邊舊帽的帽簷，遮住右眼；然後彎著腰，弓著背，屁股翹得高高，一對拳頭在胸前伸出去又縮回來，旋轉著小圈子3次，挺著身子，大聲呼氣。接著，他站直了，彈跳起來鞋跟互擊三次，然後落地（大夥兒鼓譟叫好），他開始這麼叫著：

▲ 旋轉著小圈子

「嗚呼！你們都給我低下頭去，趴在地上，因為悲傷之國就要降臨人間！快把我按倒在地上，因為我感覺身上的威力就要發作！嗚呼！我是罪孽之子，別讓我發威！喏，這是遮陽護目鏡，給大家戴上！先生們，別用肉眼看我！我想玩樂的時候，就拿地球上的經線和緯線，織成大漁網，在大西洋拖網獵捕鯨魚！我用閃電抓頭皮癢，讓雷聲哄我入眠！冷的時候，就在墨西哥灣暖流泡澡；熱的時候，就用赤道風暴來搧涼；渴的時候，就伸手抓下一朵雲彩，像吸海綿一樣吸乾它；餓的時候，我走到哪裡，飢荒就跟到哪裡！嗚呼！低下頭去，趴在地上！我把手搗在太陽臉上，地球頓時變成黑夜；我把月亮啃掉

一口，四季就會加速運行；我抖一下身子，山岳就會崩塌！若想觀測我，務必透過皮革遮擋——千萬別用肉眼！我的心臟堅硬如石，我的腸道好比鑄鐵！我閒來無事的消遣，就是屠殺散居的部落，我人生的嚴肅正經事，就是毀滅成群的民族！廣闊無垠的美國大沙漠，是我圈起來的私人地產，我把自家的死人葬在自家的產業上！」他又彈跳起來鞋跟互擊三次，然後落地（大夥兒鼓譟叫好），當他落地時，又叫著：「嗚呼！低下頭去，趴在地上，因為災禍之子即將降臨！」

這時候，另外那個人——一開頭那個——他們叫他鮑伯的，也轉起圈子開始吹牛皮；隨後，災禍之子又插進來，牛皮吹得更大；接著，兩個人同時進到場子中央，彼此繞著轉圈圈，拳頭揮舞著差點打在對方臉上，像印地安人那樣叫囂挑釁；然後，鮑伯咒罵災禍之子，災禍之子也咒罵回去；接著，鮑伯用一大堆更粗野的話咒罵災禍之子，災禍之子也用一大堆更難聽的話咒罵回去；隨後，鮑伯一拳打掉災禍之子的帽子，災禍之子撿起自己帽子，把鮑伯的緞帶帽子一腳踢到6呎外；鮑伯過去撿起來，說沒關係，反正這件事沒完沒了，因為他是那種從不忘記也從不原諒冤仇的人[4]，要災禍之子最好當心一點，總有一天，只要他還活著，他就會血債血還。災禍之子說，沒人比他更心甘情願期待那一天來臨，**現在**，他也要給鮑伯一個警告，千萬別再擋他的道，因為他非要蹚過他的血才肯罷休，因為他天性就是這樣，眼前先饒過他這一回，看在他家有老小的份上，要是他也有家的話。

兩個人朝不同方向緩緩橫著移動，嘴裡咆哮著，腦袋搖晃著，說著要怎麼修理對方；這時，一個留著黑色鬍髭的小個子，跳起來，

---

4　馬克吐溫這裡寫的對應詞句真是漂亮：he was a man that never forgot and never forgive，巧妙的是，英文裡forget與forgive兩個字共用一個字首for-，但中文裡的「忘記」與「原諒」卻彷彿沒有字源上的關聯。譯成「他是那種從不忘記也從不原諒冤仇的人」，中文讀者可以聯想到，相當接近「有仇必報」的意思。

▲他打得他們滿地翻滾

說：

「回來，你們兩個膽小鬼懦夫，輪到我來教訓兩位了！」

他果真教訓了他們，揪住他們，甩過來甩過去，用靴子前後左右痛踢，打得他們打得滿地翻滾，爬都爬不起來。當然，不出兩分鐘，兩個人像狗一樣跪地求饒──大夥兒從頭到尾又是喊、又是笑、又是拍手，嘴裡叫著：「殺人魔王，開殺戒呀！」「嗨！災禍之子，再打他呀！」「大衛小子，以暴制暴啊！」有好一陣子，場面熱鬧得像印地安祈靈法會。這一切結束之後，鮑伯和災禍之子兩個人都鼻頭紅腫、眼圈發黑。大衛小子教訓得他們自知理虧，承認自己不過是偷雞摸狗的懦夫，連跟狗一起吃飯或跟黑鬼一起喝酒[5] 都不配；之後，鮑伯和災禍之子很慎重地握手言和，說他們以前其實還很尊重對方的，現在，心甘情願的既往不咎。說完之後，用河水洗了把臉；就在此時，傳來一聲吆喝，說要越過渡口水道了，命令大家靠邊閃避；於是，有一些人趕緊就位划長槳，其他人則到船尾去划尾槳。

我趴著不動，等了15分鐘，還順手撿起人家丟在一旁的菸斗，抽了一口菸；等越過渡口水道之後，他們又都集結回來，繼續喝酒、聊

---

5 原文not fit to eat with a dog or drink with a nigger，蓄奴時代許多白人認為，只有最低下階層的白人，才會低俗到與黑人一起吃飯或喝酒。

天、唱歌。隨後，他們找來一把老舊小提琴，一人拉起琴來，另一人拍手擊膝，跳起「朱巴舞」[6]，其他人也開懷的跳起舞來，跳的是那種古早時代，平底駁船航行時期的老式踢踏舞[7]。跳呀跳的，沒跳多久，個個氣喘

▲ 老式踢踏舞

如牛，於是，慢慢的再坐下來，圍著酒壺喝酒。

他們唱起〈快樂快樂的筏伕生涯屬於我〉[8]，振奮的大聲合唱；接著，講起如何區分不同品種的豬，以及各種豬的習性；又講起女人，及不同女人的作風；房子著火了，應該怎樣迅速撲滅；應該怎樣跟印地安人打交道；一個國王該做什麼，賺多少錢；怎樣叫貓兒打架；還有，人家痙攣發作時，怎麼處理；還有，怎樣辨別清水河流與濁水河流。他們稱之為艾德的那傢伙說，渾濁的密西西比河河水比較有益健康，勝過清淨的俄亥俄河河水[9]；他說，如果你把一品脫渾濁

---

6　這種「朱巴舞」（juba）是一種踢踏舞（tap dance），源自非洲，Juba是邪靈的名字，配合著快速的音樂節奏，舞者重複拍打雙膝、雙手、右肩、左肩。

7　「老式踢踏舞」英文是 breakdown，流行於黑奴之間，是一種狂野熱鬧節奏快速的舞步。

8　這首歌"Jolly, jolly raftsman's the life for me"是1844年由Daniel Emmett作曲、Andrew Evans作詞的一首歌，美國早期流行「滑稽說唱團表演」（minstrel show），由白人扮演黑人做誇張搞笑演出。

9　俄亥俄的河水源自美國東北部重山峻嶺的山脈地區（Allegheny Mountains，屬Appalachian山脈的支脈），水質清澈，有點像中國三峽上游的長江；而密西西比河一路流經平原，泥沙淤積嚴重，水質渾濁，有點像中國的黃河。當地傳說兩河

的密西西比河河水放著沉澱，杯子下層會沉澱出半吋到四分之三吋的泥巴，看當時是什麼季節[10]，上層的水比俄亥俄河河水好不到哪裡去——你該做的是，不停地攪拌，保持水的渾濁——手邊還要隨時準備一些泥巴，當河水水位低落時，把泥巴放進河水裡，把水攪和到應有的渾濁度。

災禍之子說，確實如此；他說，泥巴裡面有某種營養成分，人要是喝了密西西比河河水，胃裡可以種玉米，要是想種的話。他說：

「你看看那些墳墓吧，就明白故事不假了。辛辛那提州的墓園裡，長出來的樹，呸！一文不值。可是，聖路易市的墓園裡，大樹直直往上長，可以長到800呎那麼高呢。原因就在入土的人生前喝的水。辛辛那提州的死屍沒法滋潤出肥沃的土壤。」

接著，他們又說起，俄亥俄河河水不喜歡跟密西西比河河水混在一起[11]。艾德說，你比一比就知道，當密西西比河水位高漲時，而俄亥俄河水位低落時，你會看到一道寬寬的清澈水域，沿著密西西比河東岸綿延百哩以上，可是，一旦你離開岸邊四分之一哩，跨過那道分界線，河水馬上變得渾濁濃黃。然後，他們又講到，怎樣保持菸草乾燥不發霉，從那又講到鬼魂，講了很多別人親眼目睹的景象；但是，艾德說：

---

（續）

差異的故事相當有趣，富有地方色彩。至於「渾濁的密西西比河河水比較有益健康」則是眾說紛紜，譬如：有淨化功能、中和胃酸、治療搔癢及各種皮膚病，甚至不孕症，不過可想而知，以訛傳訛成分多於科學根據。

10 密西西比河夏日雨季經常洪水氾濫，夾帶上游沖刷下來的大量泥沙，水質當然渾濁，沉澱的泥沙當然很厚，不過厚到半吋以上實在難以置信，這也是「大話故事」的誇張特色。

11 傳說「清流」拒絕與「濁流」「同流合污」，其實也是河流交會河口常見的自然現象，兩河匯流一段距離之後，自然而然合而為一。這裡生動可愛之處在於，「信者恆信」那種振振有詞的口吻，還有「敝帚自珍」那種自我捍衛的心態。

「幹嘛不講講你們自己親眼目睹的事？讓我來說上一段吧[12]。五年前，我在一艘也是這麼長列的木筏上工作，有一天也是來到這一帶，那晚月色皎潔，輪到我守夜，負責右舷前長槳，有一個夥伴名叫迪克阿爾布萊特，他走來我坐的地方——打著呵欠，伸著懶腰——先在木筏邊緣蹲下，用河水洗把臉，然後過來坐在我身邊，掏出菸斗，填滿菸絲，抬起頭來，說——

「『喂，你瞧，』他說，『前面河灣那兒，不正是巴克米勒的家嗎？』

「『是啊，』我說，『正是他家——怎麼啦？』

「他放下菸斗，手托著頭，說，『我還以為我們早就過了那兒。』[13]

「我說，『剛才我值完班時，也以為是』——我們每六個鐘頭換一次班——『但是，那些兄弟們說，』我說，『剛剛那一個鐘頭內，木筏好像根本沒前進似的，』——我說，『雖然現在走得很順了，』

---

12　以下是赫克轉述這位筏伕艾德講的故事，等於是「故事中的故事」（story-within-a-story），這是一個特殊的敘事手法。就敘事理論而言，一般敘事小說（prose narrative）裡，說故事的人叫「敘事者」（narrator），聽故事的人大多是閱讀小說的讀者。但有的小說narrator周圍還有聽眾在現場聆聽故事，甚至發問或互動，大大增加故事的真實性與臨場感，譬如康拉德（Joseph Conrad, 1857-1924）的小說《黑暗之心》（*Heart of Darkness,* 1902）裡，聆聽馬羅（Marlowe）講故事的那一群水手；還有《天方夜譚》（*Arabian Nights*）裡，每晚聽新娘講故事講得欲罷不能的妹妹，還包括那位在旁偷聽也聽得欲罷不能的國王。這個聽眾角色英文就叫做naratee（重音在最後音節），目前還沒有統一的中文譯名，姑且譯成「敘事對象」。本書裡這一群在現場聆聽故事的筏伕，還包括躲在一旁偷聽的赫克，就是naratee。

13　譯文為了傳達說話人的口吻，和紓解讀者閱讀上的混淆和困擾，因此稍微更動某些段落和引號，主要因為中文語法及標點符號不同於英文，在中文裡，說話人通常放在引號前面，而在英文裡，說話人有時放在前面，有時放在後面。但基本一個原則是，「單引號」內是說故事人艾德說的話，『雙引號』內是他引述自己和那位當事人（迪克阿爾布萊特）的對話，引述之言前後連著「我說」、「他說」，藉以顯示「口語」對話特質，難免造成一點點閱讀困擾。

我說。

「他好像呻吟了一聲，說，『我曾經看過一艘木筏，也是這樣不對勁，就在這一帶，』他說，『依我看，過去兩年來，這一處水灣上游的水流，好像停止流動了。』

「隨後，他站起來兩三次，張望著前方遠處及四周水面。我也跟著他張望。人總是這樣，看到別人怎麼做，就不由自主的跟著做，哪怕是一點也沒道理的事。不一會兒，我看到河面上漂著一個黑黑的東西，離右舷遠遠的，一直跟在我們後方。我看到他也在盯著看。

「我說：『那是什麼？』

「他有點生氣地說：『只不過是一個空的舊木桶。』

「『一個空木桶？』我說，『奇怪了，』我說，『望遠鏡好像比不上**你的**眼睛。隔著那麼遠，你怎麼知道那是個空木桶？』

「他說：『我也不知道；我想應該不是木桶，但我原先以為是木桶。』

「『是啊，』我說：『可能是，但也可能是別的東西；隔著這麼遠，實在看不出是什麼。』

「我們沒別的事可做，只好盯著它。

「沒多久，我說，『喂，迪克阿爾布萊特，你瞧，我覺得那個東西好像一直在靠近我們。』

「他沒說什麼。那東西越來越靠近，我以為是一條狗，游得快累死了。接著，我們漂進了渡口水道，那東西也漂進了月光下的明亮地帶，天哪！那**真的是**一個木桶。

「我說：『迪克阿爾布萊特，剛才它在大半哩路以外，為什麼你會覺得那是個木桶？』

「他說：『我也不知道。』

「我說：『迪克阿爾布萊特，你給我說清楚。』

「他說：『好罷，我知道那是個木桶；我以前見過；很多人也見

過；他們說那是一個幽靈木桶。』

「我招呼其他守夜的人，他們都過來，站我身邊，我告訴他們，迪克剛說的事。那木桶漂到和我們並列，就不再靠近，大約20呎外。有人主張把它撈上來，其他人反對。迪克阿爾布萊特說，以前那些戲弄過它的木筏，都遭了厄運。船長說他不信邪。他認為，那個木桶會靠過來，是因為沖著它的另一道小水流，比沖著我們的水流快。他說，一會兒它就會離開了。

▲ 神秘的木桶

「然後，我們又講到別的事情，唱了一首歌，跳了一陣踢踏舞；之後，船長要大夥兒再唱一首歌；這時候，烏雲開始湧上來，那個木桶還賴在原地不走，然而，唱歌也沒讓大夥兒熱絡起來，連歌都沒唱完，也沒有任何喝采聲，唱得洩氣了就停了，有一分鐘之久，沒人說話。於是，大夥兒都努力找話說，有人講了一個笑話，但也無濟於事，大夥兒都沒笑，講笑話的人自己也笑不出來，這有點不尋常。我們只好悶悶不樂地坐在那兒，盯著木桶，既不自在又不舒服。突然，天色漆黑，一片寂靜，接著，狂風開始四處哀嚎，接著，閃電開始玩遊戲，雷聲開始發牢騷。很快地來了一場道地的暴風雨，狂風暴雨之中，有人往船尾快跑，不小心絆倒，摔了一跤，扭傷了腳踝，不得不臥床休息。大夥兒都直搖頭。每次閃電照亮河面時，就看到木桶在那兒，桶子周遭藍光一閃一閃的。我們一直留意觀察著木桶。沒多久，

▲ 沒多久，來了一場道地的暴風雨。

接近破曉時，木桶消失了。天亮之後，到處都找不到木桶，我們也不覺得遺憾。

「可是，第二天晚上，9點半左右，正當大夥兒照樣唱歌跳舞狂歡作樂時，木桶又回來了，依舊停留在右舷側面的老位置。狂歡作樂就停了下來。每個人面色凝重；沒人說話；你也沒法叫任何人做任何事，大夥兒都圍坐在一起，兩眼盯著木桶。烏雲又開始湧上來。守夜換班之後，輪完班的人沒進去休息，留下來繼續守夜。暴風雨撕扯怒吼了一整夜，狂風暴雨之中，又有一人失足跌倒，也扭傷了腳踝，也被抬到床上。隨後，接近天亮時，木桶又消失了，沒人看到它離去。

「接下來的一整天，每個人都清醒，但又沮喪。那種清醒並不是來自滴酒不沾——完全不是。大夥兒都很安靜，反而酒喝得更兇——不是大夥兒一起喝——而是每個人溜到一邊去，偷偷地喝，自個兒喝。

「天黑之後，輪完守夜的人，也沒進去休息；沒人唱歌，沒人聊天；兄弟們也沒散在四處，反而靠攏在一起，個個臉朝前方；一坐就是兩個鐘頭，安靜極了，眼睛發直，看著同一方向，偶爾嘆氣一兩回。就在這時候，木桶又出現了。停在老地方。停了一整夜，沒人進棚去睡。午夜之後，暴風雨又來了。天色漆黑，大雨滂沱，還夾雜著冰雹；雷聲爆漲、怒吼、咆哮；狂風肆虐彷彿颶風；閃電強光覆蓋萬

物，照亮整列木筏一如白晝，河面上波濤
洶湧，浪花潔白得像牛奶，盡眼望去綿延
數哩，而那個木桶在水裡載浮載沉，一如
往日。船長下令，要一批人去船尾划長
槳，以便越過渡口水道，但是沒人敢去
——他們說，不想再有人扭傷腳。甚至連
**走路過去**到船尾都不肯。就在此時，天空
突然霹靂爆開，隨著一聲巨響，閃電當場
劈死了兩個守後半夜的人，癱瘓了另外兩
個人的腳。你問，怎麼癱瘓的？當然，**扭
傷了腳踝啊！**

▲ 閃電劈死了兩個人

「破曉之前，那木桶消失了，消失在
閃電間歇的黑暗裡。當天早上，沒有人吃
得下一口早餐。之後，大夥兒三三兩兩結
伴，在木筏上消磨時間，彼此低聲說話。
但是，沒有人要跟迪克阿爾布萊特作伴。對他非常冷淡。每次他靠近
任何一個，那夥人就趕快分散走避。沒有人願意跟他一同划長槳。排
長把所有的小艇都拖上木筏，靠在他的帳篷旁邊，也不肯派人把兩個
死人運上岸去埋葬；他不相信，被派出去的人一旦上了岸，還會再回
來木筏；他說得沒錯。

「黑夜降臨之後，大夥兒當然心知肚明，那個木桶要是再出現，
災禍就會再降臨，因此耳語不斷。不少人要殺了迪克阿爾布萊特，因
爲他在別艘船上看過木桶，難怪他面目陰沉。有人要把他驅逐上岸。
有人說，要是木桶再出現，大夥兒乾脆就統統上岸。

「類似的耳語繼續流傳，大夥兒都三兩成群，聚在木筏前頭，等
著木桶出現，突然，瞧啊，真是不可思議！木桶又出現了。木桶慢慢
地、穩穩地漂過來，來到它的老位子。四周安靜得連一根針掉在地上

都可聽見。

　　「只見排長過來了，說：『兄弟們，別像一堆小孩和傻瓜那樣膽小；我可不要那個木桶一路跟蹤我們，到紐奧爾良去，你們也不想吧；好，那麼，有什麼好辦法可以擋住它？一把火把它燒了，──就這麼辦。我這去把它撈上來。』大夥兒還沒來得及吭一聲，他已經跳入水。

　　「他游向木桶，等他把木桶推回來，大夥兒退到一邊讓出路來。那個老傢伙把它弄上來，劈頭砸開木桶，裡面竟然有一個嬰兒！沒錯，一個赤裸裸的嬰兒。那是迪克阿爾布萊特的嬰兒；他承認，也親口說的。

　　「他說：『是啊，』俯身向著嬰兒，『是的，這是我慟失的心肝寶貝，我可憐的、死去的查理威廉阿爾布萊特，』──這傢伙只要有心，可以用舌頭捲起英語當中最絕妙的字眼，說給你聽，處處不見一絲勉強[14]。是啊，他說他以前住在這個河灣上游那邊，有一天晚上，因為小孩哭鬧不停，他失手掐死了小孩，原本無心殺害的──這可能是謊話──因此嚇壞了，趕緊趁老婆回來之前，把它藏在一個木桶裡，然後就跑了，走北方的小路，在河上當起筏伕；這已經是那個木桶跟蹤他的第三年了。他說，厄運一開始都還算輕微，一直到死了4個人才罷休，之後木桶就不再出現。他說，要是大夥兒能夠再多忍一個晚上──就像之前發生過的一樣──可是，大夥兒都受夠了。他們打算卸下一條小船，把他弄上岸，吊死他，但這時候，他突然一把抱

---

14　這一段文字是馬克吐溫的絕妙之筆，形容有些人天生具有駕馭語言文字的功力，原文是 ...he could curl his tongue around the bulliest words in the language when he was a mind to, and lay them before you without a jint started, anywheres，此處 jint 即是 joint（關節），指字與字之間的勉強接合痕跡。批評家也往往利用這句話，回過頭來盛讚馬克吐溫的文筆就是這樣，說他就是有本領把日常俚俗口語，轉化為高乘文學語言，而且渾然天成，絲毫不費吹灰之力、不見斧鑿痕跡。

住嬰兒，縱身一躍，跳下水去，懷
中摟著嬰兒，臉上淌著淚，從那以
後，就再也沒見過他，可憐苦命的
老爸，也沒見過查理威廉。

「是**誰**淌著淚呀？」鮑伯問，
「是迪克阿爾布萊特，還是那個嬰
兒？」

「唉，當然是迪克阿爾布萊
特，我不是說過，那嬰兒早就死了
嗎？死了3年──怎麼會哭呢？」

「好了，別管他會不會哭──
屍體怎麼**保持**那麼久而不腐爛？」
大衛小子說，「你回答我呀。」

▲一把抱住嬰兒

「我不知道怎麼會那樣，」艾
德[15]說，「反正他就是不腐爛──我就只知道那樣。」

「那──他們把那個木桶怎麼樣了？」災禍之子說。

「當然，他們把它推下木筏，它一下子就沉下去了，像一個鉛塊
似的。」

「艾德華，那個小孩看起來是被掐死的嗎？」一個人說。

「他的頭髮有分邊嗎？」另一個說。

「艾迪，那個木桶是什麼牌子的？」一個叫比爾的說。

「艾德蒙，你有沒有那些書面證據？」吉米說。

---

15 說這個「靈異傳奇」故事的是艾德（Ed），往後大夥兒陸續取笑他，老是問
　　一些離譜可笑又不著邊際的問題，甚至不相信他，把他搞得老羞成怒。他們
　　故意一會兒暱稱他艾迪（Eddy），一會兒又叫他艾德華（Edward）、艾德蒙
　　（Edmund）、艾德溫（Edwin），事實上這些名字都可簡稱為艾德，為了避免
　　讀者困擾，以為是不同的4個人，此處統一譯為艾德。

「那，艾德溫，你是被閃電殺死的其中之一嗎？」大衛小子說。

「他，噢，不，被殺死的兩個都是他，」鮑伯說。大夥兒一陣爆笑。

「那，艾德華，你不覺得該吃一顆藥嗎？你臉色不好——不覺得蒼白嗎？」災禍之子說。

「喔，艾迪，算了吧，」吉米說，「拿出證據來；你一定是有所保留，尤其是證明事情曾經發生過的那個部分。給我們看看那木桶口的塞子吧——**拜託**——那我們才會相信你。」

「兄弟們，好吧，」比爾說，「我們平均分配，這裡有13個人，我可以把這個故事吞下去十三分之一，要是你們也可以吞下其他部分的話。」

▲ 艾德很生氣地站起來

艾德很生氣地站起來，叫他們統統滾到那個他用髒話罵的地方，說完就氣呼呼地走到船尾，邊走邊罵，大夥兒叫嚷著奚落他，吼叫和嘲笑的聲音大得1哩外都聽得到。

「兄弟們，我們為這事來切個西瓜吃吧，」災禍之子說，於是，他過來暗處摸索著，就在我躲藏的木條堆裡面，他的手一下子就摸到我頭上，我是熱烘烘的、軟綿綿的、光溜溜的，他叫了一聲「唉喲！」往後一跳。

「兄弟們，拿個燈籠來，或弄個火把來——這兒有一條蛇，大得像一頭母牛！」

大夥兒拿著燈籠跑過來，擠成一堆，往裡面看著我。

「你這個乞丐，給我出來！」一個人說。

「你是誰？」另一個說。

「你在這兒想幹嘛？快點說，不然把你扔下水去。」

▲「你是誰？」

「兄弟們，把他揪出來。抓住腳跟，倒著拖出來。」

我開始求饒，全身哆嗦著爬到他們面前。他們仔細打量了我一番，搞不懂怎麼一回事，災禍之子說：

「原來是個可惡的小偷！幫我一個忙，我們合力把他掀到河裡去！」

「不，」大個子鮑伯說，「油漆罐子拿來，把他從頭到腳漆成天藍色，**然後**扔到河裡去。」

「好！就這麼辦。吉米，去拿油漆罐子來。」

油漆罐子來了，鮑伯拿起刷子，正要動手，其他人在旁邊笑鬧著，摩拳擦掌。我哭了起來，大衛小子好像被我打動了，說：

「住手！他不過是個小孩子而已，誰敢碰他一下，我就把油漆塗在誰身上！」

於是我左看右看著他們，他們有些人咕噥著、咆哮著，鮑伯放下油漆罐子，其他人也沒敢接過去。

「過來營火這邊，讓我們知道你上這兒來做什麼，」大衛說。「來，坐在那兒，說一說你的狀況。你上來這兒多久了？」

「先生，還不到15秒鐘。」
我說。

「那你身上怎麼乾得這麼
快？」

「先生，我也不知道。我一
向都這樣，多半時候。」

「喔，這樣，是嗎？你叫什
麼名字？」

我不想報出我的真名，但
是，一時不知要說什麼，所以脫
口而出說：

「先生，我叫查理威廉阿爾
布萊特。」

▲「先生，我叫查理威廉阿爾布萊特。」

一時大夥兒笑得前仰後合——全部的人，我也很得意自己這麼
說，因為這麼一笑，緩和了大夥兒的情緒。

等他們笑夠了，大衛說：

「根本不可能吧，查理威廉，你不可能在五年之內，一下子長
這麼快，你知道，你從木桶裡出來的時候，還是個嬰兒，還是個死了
的。來吧，講一個真實的故事吧，沒有人會害你，只要你不是存心要
做壞事。你到底叫什麼名字？」

「先生，我叫艾列克霍普金斯。艾列克詹姆斯霍普金斯。」

「好，艾列克，你打哪兒來，這附近嗎？」

「我從一條載貨平底駁船來的。船停在河灣上游那邊。我在那船
上出生的。我爹這一輩子，都在這條河南來北往做生意；他叫我游來
這兒，因為他看到你們經過，想問問看你們當中有沒有人，可以給一
個住在開羅鎮的約拿斯透納先生傳個話，告訴他——」

「喔，快說吧！」

「是，先生，我說的絕對是真的；我爹他說——」

「喔，去你奶奶的！」

他們都大笑，我打算繼續說下去，但他們打岔，不讓我說。

「現在，你瞧，」大衛說，「你真是嚇壞了，講起話來胡說八道。說真的，你到底是住在載貨平底駁船裡呢，還是在說謊？」

▲ 跳下水

「是，先生，住在載貨平底駁船裡。它就停靠在河灣上頭那邊。但我不是出生在船上。這是我們第一回做生意。」

「現在你講的才像話！你上來這兒做什麼？偷東西？」

「不，先生，我沒有——我只是想搭一段順風船而已。所有男孩子都想搭的。」

「好，我了解。但是，你幹嘛躲躲藏藏的？」

「有時候他們會趕人。」

「他們是會趕人。因為那些男孩子會偷東西。你瞧，要是我們這回放了你，你能保證以後不再幹這種事了嗎？」

「老闆，絕對不再幹了。不然你可以考驗我。」

「那就好了。你現在離岸邊不算遠。下水去吧，以後別再幹這種傻事了。——去吧，孩子，換了別的筏伕，可能會用生牛皮鞭子抽你一頓，抽得你青黑一片！」

我等不及和他們告別，就立刻跳下水，游向岸邊。過了一會兒，

等吉姆過來時，那一長列木筏已經繞過河灣不見了。我游過去，上了我們的木筏，心裡真是高興又回到了家[16]。

眼前沒事可做，只要特別留意開羅鎮那個小鎮，免得錯過了。吉姆說，他肯定一眼就認出開羅鎮，因為他一看到開羅鎮的那一刻，就覺得自由了，不過，萬一錯過了，他又會回到蓄奴區，就再也沒機會得到自由。每隔一會兒，他就跳起來，說：

「開羅鎮，就在那兒！」

可是並非如此。那是鬼火，或是螢火蟲；於是，他又坐下，像以前一樣，緊緊盯著。吉姆說，距離自由這麼近，讓他全身發抖又發燒。那，我告訴你，聽他這麼一說，我也全身發抖又發燒，因為我到現在才開始全盤思考，他幾乎**就要**自由了——那要責怪誰呢？當然責怪**我**啊。不管怎樣，不管用什麼方法，都不能把這事趕出我的良心。我煩惱得不得安寧。沒法坐在原地不動。以前從來沒有認真地想過，我正在做的這件事，究竟是什麼。但是，現在這件事就在眼前了；而且揮之不去，越來越像烈火焚身。我一直告訴自己，不能責怪**我**，因為**我**並沒有唆使吉姆，叫他從合法主人的身邊逃走，但是沒用，每次良心[17]都會現身，說：「你明明知道他在投奔自由，你大可划船上

---

16　重新植回本書的「筏伕章節」到此告一段落，往後赫克和吉姆繼續追尋自由的行程。在這一章節裡，赫克又編了一個故事，說自己是有家庭的，老爸是河上兜售商品的小販，可見赫克這個孤兒對溫馨家庭的「潛意識」嚮往。回到木筏，赫克再度肯定「家」的感覺，他和吉姆建立的家，兩個天涯淪落人不知不覺相濡以沫。

17　「良心」（conscience）是本書最奧妙，也是最有反諷意味的一個字眼，和我們一般所謂的道德良心有所出入。赫克始終為良心譴責所苦，不信任自己赤子之心的良知良能，協助黑奴投奔自由本是人道的行為，可是在那個蓄奴社會時代的價值觀之下，他一直以為自己做的是一件萬惡不赦的事，所以這個「良心」完全是個「反諷」，一個變質的、被世俗腐化的良心，是意識型態被洗腦的結果。馬克吐溫於1895-96年巡迴演講時朗讀這一段章節時曾表示，「在道德緊要關頭時，一顆赤子之心比起錯誤訓練的良心，是更安全的嚮導」（in a crucial moral emergency a sound heart is a safer guide than an ill-trained conscience），而

岸，告訴別人啊。」事實也是如此──我怎麼都說不過去，沒辦法。就是這個在刺痛我。良心對我說：「可憐的華珊小姐怎麼對待你的，你居然眼睜睜看著她的黑鬼，從你面前逃走，而你連一句話也不說？那位可憐的年長女士，哪裡虧待了你，你居然會這麼卑鄙地對待她？她教你讀書寫字，她教你禮貌規矩，她想盡辦法對你好。她**就是**那麼對待你的呀。」

我越來越覺得自己很卑鄙、很悽慘，巴不得死掉[18]。我怨自己、怪自己，在木筏上煩躁得走來走去，吉姆在旁邊也煩躁得走來走去。我們兩個都坐立不安，每次他手舞足蹈地說「開羅鎮，就在那兒！」我就感覺一箭穿心，心裡想，如果那**真的是**開羅鎮，我就會死得很慘。

我在自言自語，而吉姆卻一直大聲地講講講。他說，一旦到了自由區，他第一件要做的事，就是努力存錢，一分錢也不花，等存夠了錢，就把老婆買回來，他老婆屬於另一個農莊，離華珊小姐住處很近；然後，夫妻兩個繼續努力，把他們的孩子買回來；要是孩子的主人不肯賣，他們就去找一個廢奴主義者，去把孩子偷回來。

聽他這麼一說，我嚇得全身冰冷。從前，他一輩子也不敢講這種話，現在，你看他多麼囂張，也不過是前一分鐘才知道有可能自由。真的應驗了俗話說的：「給黑鬼一吋，他就進一呎。」[19]我心想，

(續)
　　赫克的道德掙扎就是一個例子，「一顆赤子之心與畸形變質的良心遭逢爭戰，而良心戰敗」（a sound heart and a deformed conscience come into collision and conscience suffers defeat）。歷年來，學者們與讀者們一致肯定，本書中赫克經歷三次天人交戰的道德掙扎，是馬克吐溫最偉大的創舉。到了本書第三十三章最後一段，讀者才恍然大悟，這裡先賣個關子。

18　赫克之所以這麼痛苦自責，是因為當時的「社會」和「教會」都認同奴隸制度，即使他天性質樸，但也難逃意識型態的掌控。

19　這裡在翻譯過程中出現不得不「移橘為枳」的現象。「得寸進尺」是中文傳統俗語，但在英國和美國卻各有稍微差異的說法。本書裡這句話原文是Give a nigger an inch and he'll take an ell，比較接近英式的說法，ell是英國丈量單位，

這都是我沒有好好想一想的結果。我一直在幫眼前這個黑鬼脫逃，這個笨手笨腳的黑鬼，居然大言不慚，說要偷他的孩子——那孩子屬於另外一個我甚至不認識的人[20]，而那個人從來沒有得罪我。

聽了吉姆那樣說，我很難過，那真是降低他的身分啊。我的良心煽動得更厲害了，最後，我只好對著良心說：「饒了我吧——現在還不算太晚——待會兒看到第一戶燈火，我就立刻划槳上岸，去告發他。」話一說完，馬上覺得自在、愉快、輕如羽毛。煩惱統統一掃而空。我開始密切留意岸邊燈火，甚至哼起歌來。過了一會兒，燈火出現，吉姆大聲叫喊：

「我們自由啦，赫克，我們自由啦！彈跳起來鞋跟互擊吧，終於來到可愛的老開羅鎮了，我就知道！」

我說：

「吉姆，我划獨木舟去看看。你也知道，有可能不是。」

他跳起來，準備好獨木舟，把他的外套鋪在裡面給我坐，把槳遞給我；我正要往外划，他說：

「再過一會兒，我就要高興得大喊大叫了，我要說，這都是老友赫克的功勞；我是個自由人，要不是赫克幫忙，我哪有可能自由；赫克辦到了。吉姆永遠不會忘記你，赫克，你是吉姆這一輩子最要好的朋友；而且還是老吉姆現在**唯一**的朋友。」

---

（續）

由手肘到中指指尖的距離，相當於45吋（3呎9吋）。這句俗語在美國相對應的說法通常是Give a man an inch and he'll take a mile，mile相當於1.6公里（5280吋）。馬克吐溫之所以採用英式說法，可能與他的黑人好友有關，這位著名作家和演說家Frederick Douglass，曾於其黑人奮鬥血淚史一書《美國黑奴自述》（*Narrative of the Life of Frederick Douglass, an American Slave, Written by Himself,* 1842）中第六章，寫過一句白人主人罵他的話：If you give a nigger an inch, he will take an ell。

20　注意這裡有一個極大的「反諷」，吉姆的親生孩子竟然不是歸屬他自己，而是歸屬他的主人，而且法律明文規定，在那個蓄奴時代裡，黑人不是人，只是財產而已，沒有人權，只因為他們是奴隸。

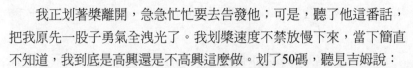

　　我正划著槳離開，急急忙忙要去告發他；可是，聽了他這番話，把我原先一股子勇氣全洩光了。我划槳速度不禁放慢下來，當下簡直不知道，我到底是高興還是不高興這麼做。划了50碼，聽見吉姆說：

　　「你去吧，真誠的老友赫克，會對老吉姆信守諾言的唯一白人君子。」

　　我聽了心裡真難過。但我說，我**一定得**這樣做，已經**無**路可走了。就在那時候，來了一艘小艇，上面坐著兩個男人，帶著槍，他們停下來，我也停下來。其中一人說：

　　「那邊，是什麼？」

　　「一艘木筏。」

　　「你是那上面的？」

　　「是的，先生。」

　　「上面有男人嗎？」

　　「只有一個，先生。」

　　「今天晚上，在河灣上游那邊，有五個黑鬼逃走了。你木筏上那個男人，是白人還是黑人？」

　　我沒有馬上回答。我想說話，可是，話就是出不了口。我又試了一兩秒鐘，想鼓起勇氣把話說出來，可是，我沒有男子氣概——連一隻兔子的膽子都沒有。我曉得自己已經敗下陣來，所以乾脆放棄，於是，我挺起來說——

　　「他是白人。」

　　「我想我們還是過去親自看一看。」

　　「我希望你們過去看看，」我說，「因為在那兒是我爸，或許你們可以幫我拖木筏，拖到岸邊有燈光那兒。他病了——還有我媽和瑪莉安。」

　　「噢，見你的鬼！孩子，我們很忙的呢。但是，我想我們還是得過去看看。來吧——用力划你的槳，我們一塊兒過去。」

我用力划起我的槳，他們也划起他們的槳。划了一兩下之後，我說：

「我老爸會非常感激你們，一定的。每次我請人家幫忙拖木筏上岸的時候，人家都跑掉，我自己一個人又拖不動。」

「那真是卑鄙得該下地獄。也很古怪。孩子，說，你老爸害的是什麼病？」

「那是——呃——是——啊，其實也不算多麼，嚴重。」

他們突然停止划槳。這時已經離我的木筏不算太遠了。其中一個說：

「孩子，你在說謊。你老爸到底是怎麼回事？你給我老老實實地回答，誠實才是上策。」

「我會，先生，我會，誠實——但是，拜託，可別離我們而去。那是—— 是—— 先生

▲「孩子，你在說謊。」

們，只要你們在前面拉，讓我把拖繩丟給你們就好了，你們完全不用靠近木筏——拜託幫幫忙。」

「把船退回去，約翰，把船退回去！」一個說。他們撤退了。「離我們遠一點，孩子——待在下風處就好。該死的，我擔心風會往我們這兒吹。你老爸得的是天花，你一定心裡有數。為什麼不早說？你要把它傳染得到處都是嗎？」

「啊，」我說，哭哭啼啼的，「我以前有明白說，可是，人家聽了統統都跑掉，不管我們了。」

「可憐的小鬼，說的也有幾分道理。我們也打心底裡為你們難

赫克歷險記

過，不過，我們──該死的，我們也不想染上天花，你也知道。這樣好了，我告訴你怎麼辦。不要急著自己一個人靠岸，不然獨木舟會被撞得稀爛，先往下游划個20哩左右，你會看見左手邊的河岸有一個小鎮。那時候天色應該已經大亮，然後，等你找人幫忙時，告訴他們，你家人都病了，害冷又發熱。別再傻呼呼的，讓人家猜疑是什麼病。現在，我們要幫你一點小忙，只要你離我們20哩，那才是個好孩子。在燈火那兒靠岸，對你沒什麼好處──那兒只是個木材供應場。好吧──我想你老爸大概也很窮；而我不得不說，他也是命很苦。來──我放了20元的金幣，在這塊浮板上，等它漂到你那兒，你再撿起來。丟下你們不管，我也覺得很卑鄙，但是，老天爺啊！染上天花可不是好玩的，你難道不懂嗎？」

「派克，慢著，」另一個說，「這兒是20元，也幫我放在浮板上 [21]。孩子，再見吧，派克先生告訴你的，就照著去做，你們會沒事的。」

「孩子，就是那樣──再見，再見。要是你看到落跑的黑鬼，找人幫忙抓住他們，還可以靠這賺一點錢。」

「先生，再見，」我說，「要是我辦得到的話，我不會讓落跑的黑鬼從我面前溜掉。」

他們走後，我上了木筏，情緒惡劣又低落，因為我非常明白，這事我做錯了，也曉得沒辦法要我學會把事情做對；一個人從小**開始**就不學好，長大當然沒出息──碰到人生緊要關頭時，就沒力量支撐他度過難關，當然就遭受打擊。後來，我想了一分鐘，對自己說，慢

---

21　這兩個人到處捉拿逃脫的黑奴，為了領取懸賞，那個年代有這種行業叫做「逃奴獵人」（slave hunter），拿著槍四處搜捕獵物，獲利極為豐富，難怪這兩個人一出手就是各20元金幣。他們見死不救，只會用錢財收買安撫自己的良心，以為這樣可以逃避譴責。一路上赫克和吉姆最害怕的，就是這種帶槍追捕逃奴的「獵人」，把黑奴當野獸，不屈服就格殺勿論，難怪赫克要捏造各式各樣的故事當藉口，來保護吉姆。

著——假設你做對了，把吉姆交出去，難道你會覺得比現在好受嗎？不，我說，我會覺得難受——就像現在一樣難受。好罷，我說，把事情做對卻惹麻煩，把事情做錯反而沒事兒，而報酬是一樣的，那麼，你想學會把事情做對，又有什麼用呢？我被卡住了，回答不了這個問題[22]。所以我想，再也不要為這事傷腦筋了，從今以後，當下什麼最順手，就做什麼吧[23]。

我進了帳篷，吉姆不在。我四處看看，都找不到他。我說：

「吉姆！」

▲「赫克，我在這兒。」

「赫克，我在這兒，他們走遠了嗎？別大聲說話。」他在水裡，尾槳底下，只有鼻子露出水面。我說他們已經走遠了，他才上來木筏。

「我一直在偷聽你們講話，萬一他們登上我們木筏的話，我打算溜進水裡潛上岸。等他們走遠，再游回木筏。天哪！赫克，你把他們哄得團團轉！那真是最精明的絕招啊！孩子，說真的，你救了老吉姆——寶貝，老

---

22 這是赫克第二次內心衝突天人交戰（inner conflict）的場面，到底要不要舉發吉姆，到底是非黑白怎麼區分，他左右為難、進退維谷、痛苦萬分，這是赫克第二次「道德成長」（moral growth）的機會。讀者眼睜睜看著一個天真無邪的小男孩，忍受大人世界這樣複雜無解的難題，真希望他永遠不要長大。

23 還好最後赫克總算領悟出一個小小道理，秉持「隨遇而安」的原則（do whichever come handiest at the time），暫時不再煩惱太多，果然從此之後凡事順遂多了。

吉姆永遠忘不了你的大恩大德。」

隨後，我們講到那筆錢。那真是一大筆外快，每個人20元哩。吉姆說，我們可以坐蒸汽輪船甲板統艙了，這筆錢可以用很久，用到我們到了黑奴自由區之後。他說，撐著木筏再走上二十多哩，並不算遠，雖然他巴不得現在就到那兒。

快天亮時，我們靠了岸，吉姆特別小心，把木筏藏得好好的。接著，他忙上一整天，收拾一切東西，打包成一捆一捆的行李，準備不久之後，棄木筏搭輪船。

那天晚上，10點鐘左右，我們看見左岸河灣下游，有一座小鎮亮著燈火。

我划著獨木舟過去，想打聽消息。不一會兒，看到一個人乘著小船，正在布放排鉤釣魚繩。我划上前去問：

「先生，那個鎮是開羅鎮嗎？」

「開羅鎮？不。你一定是他媽的一個傻瓜。」

「先生，那是什麼鎮？」

「要想知道，自個兒去那裡打聽吧。要是再煩我半分鐘，就叫你吃不了兜著走。」

我只好划回木筏。吉姆失望透頂，不過我說沒關係，估計下一個地方就是開羅鎮了。

天亮之前，我們又經過一個小鎮，我本來想划過去看看；但那裡是高地，因此沒去。吉姆說，開羅鎮不會在高地上。我忘了。一整個白天，我們藏在離左岸頗近的一個沙洲上。我開始覺得很不對勁，吉姆也覺得。我說：

「說不定，我們在大霧的那一個晚上，錯過了開羅鎮。」

他說：

「赫克，別談這事。可憐的黑鬼一向沒有好運。我一直懷疑，那響尾蛇蛇皮作怪還沒作完呢。」

「吉姆，我巴不得沒見過那蛇皮——我真的巴不得沒看過它一眼。」

「赫克，那不是你的錯；你那時不知道。別老是責怪你自己[24]。」

天色大亮時，靠岸的這一邊已經是清澈的俄亥俄河水，千真萬確，而外面依然是渾濁的黃泥漿水！果然，早就過了開羅鎮[25]。

我們討論了很久。上岸走陸路是行不通的；當然也不可能撐著木筏逆流而上。什麼辦法也沒有，只好等到天黑，再划獨木舟回去，碰碰運氣看看。於是，整個白天，我們躲在白楊樹叢裡睡覺，養精蓄銳，準備晚上奮鬥，可是，天黑時我們回到木筏，卻發現獨木舟不見了！

有好一陣子，我們都沒有說話，反正說什麼也沒用。我們都心知肚明，響尾蛇蛇皮還在繼續作怪；那還有什麼好說的呢？再說下去，只會看起來更像我們在挑毛病，那會招來更多厄運——而且，還會繼續招來厄運，直到我們學乖了閉嘴為止。

過了一會兒，我們才討論到，究竟該怎麼辦，最後，認定沒有其他法子了，只好暫時先順其自然，隨木筏漂流而下，看看有沒有機會買一艘獨木舟，再划回去。這回我們不打算趁四下無人時用「借」的，就像我老爹以前常順手牽羊，因為擔心會引發人家來追捕我們。

所以，等天黑之後，我們乘著木筏上路。

眼看那蛇皮帶給我們這麼多厄運，要是還有人不相信，玩弄響尾蛇蛇皮是愚蠢的事，那麼，繼續把這本書讀下去，只要看到以後發生的事，就該相信這傳言不假了。

---

24 吉姆真是寬宏大度，根本沒有怪罪赫克，反而安慰他說「不知者不罪」，這讓赫克內心更是過意不去，事實上他知道不能玩弄響尾蛇，只是他當時忘了。

25 如果河水全是渾濁的，就表示他們還沒到開羅鎮。現在河水一半渾濁一半清淨，表示已過開羅鎮。而木筏是沒有動力的，無法逆流而上，不能回頭去找開羅鎮。這裡也證明了，重植回來的「筏伕章節」具有結構上的功能。赫克聽了筏伕們說的清水與濁水故事，才確定他們這時候已經過了開羅鎮。

通常要買獨木舟的地方，都是在木筏群集的岸邊。可是，我們又沒看到群集的木筏，於是，我們又繼續漂行了三個多鐘頭。這時天色變得灰濛濛，水氣頗為凝重，這是僅次於大霧最討人厭的天氣。你看不清河流形狀，分不出距離遠近。此時，夜已深沉，四周寂靜。就在這時候，來了一艘蒸汽輪船。我們趕忙點起燈籠，判定船上的人應該看得到我們。逆流而上的蒸汽輪船，通常不會離我們很近，因為他們總是順著沙洲外圍走，專挑礁石下方的深水區域；但是，在這樣漆黑的深夜，他們往往加足馬力逆流而上，蠻衝硬闖彷彿整條河流都是他們的航道。

　　我們聽到它一路轟隆轟隆過來，可是，等到了眼前，才看到它居然這麼近。它瞄準我們而來。他們經常那樣，好像很想知道，究竟可以多麼近的擦身而過，卻不碰到我們；有時候，輪船的側輪會一口咬掉我們船槳，而舵手會伸出頭來大笑，自以為很了不起。就在此時，這艘輪船就那麼筆直衝過來，我們說，它好像要給我們刮鬍子；然而，它一點都沒閃避的意思。它是一艘大型蒸汽輪船，來勢洶洶，好像一大團黑雲，撲面而來，周圍有一串串螢火蟲般的燈光；突然之間，它已經蹦到我們面前，龐然大物嚇死人，前面一長排鍋爐門大大敞開，閃耀著一排彷彿燒得火紅的牙齒，巨大的船頭和護欄，已經強壓我們頭頂。只聽到有人對我們大叫一聲，還聽到引擎停機的警鈴聲、一片吵雜的咒罵聲，以及蒸汽洩氣的呼嘯聲——吉姆往木筏那一邊跳進水裡，我往這一邊跳；蒸汽輪船筆直衝過來，攔腰撞斷了木筏[26]。

　　我猛地潛下水——直接潛往河床深處，因為一個30呎的機輪，就

---

26　以往大家都一直以為，馬克吐溫在1876年夏天，寫到這裡遭遇寫作瓶頸，擱置下來，停頓了三年，但是在1990年馬克吐溫的手稿前半部重見天日之後，才證明他事實上一直寫到下一章（第十七章），寫到赫克問巴克什麼是「世仇」之後，才把寫了466頁的手稿擱置一邊。

▲ 爬上河岸

要從我頭頂上開過去，我需要足夠的空間來躲避。平常我在水裡能夠憋氣憋上一分鐘；這次我估計憋了足足一分半鐘。隨後，我迫不及待地竄出水面，因為快要憋得爆炸了。我竄得很猛，胳肢窩以上都在半空中，鼻孔噴水，嘴巴噴氣。船過之後，自然而然的，一股水流湧現；自然而然的，引擎再度啓動，距離剛剛引擎停機才短短10秒鐘而已，因為他們根本不在乎這些筏伕的生死；於是，它繼續攪盪著河水，溯流而上，在大霧中失去蹤影，雖然引擎聲還聽得見。

　　我呼叫吉姆十幾聲，可是，都沒有聽到回應。在我「踩水」時，一塊木板漂過來，我抓住它，推著往岸邊游去。可是，過了一會兒，我才發現水流是流向左岸，那表示我恰好在渡口水道；於是，我又改變方向，朝那邊游去。

　　這是那種長達兩哩、斜向水道、極度危險的渡口水道；我花了好久時間，才橫渡過去。安全靠邊之後，我爬上河岸。

　　我沒法看得很遠，只好摸索著往前走，走了四分之一哩的崎嶇路，無意間遇上一棟老式大房子，雙層圓木柱搭建的。正想快步從旁邊繞道過去，沒想到一大群狗兒跳出來，對我又吼又叫的，我只好站在那兒，一動也不動。

# 第十七章

　　大約過了半分鐘，有人對著窗外說話，頭沒有伸出來，說：

　　「別亂叫了，狗兒子們！誰在那兒？」

　　我說：

　　「是我。」

　　「誰是我？」

　　「先生，我是喬治傑克森。」

　　「你想幹什麼？」

　　「先生，我什麼都不想。我只想趕快從旁邊過去，可是這些狗兒不讓我過。」

　　「這麼晚了，你在附近鬼鬼祟祟幹什麼——嘿？」

▲「誰在那兒？」

　　「先生，我沒有在附近鬼鬼祟祟；我從一艘蒸汽輪船上掉進河裡了。」

　　「噢，從船上掉下來，是嗎？你們哪一位點個火來，你說你叫什麼名字？」

　　「先生，我叫喬治傑克森。我只是個小孩子。」

　　「聽著，要是你說真話，就不用害怕——沒人會傷害你。可是，別想亂跑；站在原地不要動。你們誰去把鮑伯和湯姆叫醒，帶幾把槍來。喬治傑克森，你身邊還有別人嗎？」

「先生，沒有，沒別人。」

這時，我聽見屋裡的人來回走動，還看見燈火亮起。那個人呼叫著：

「貝琪，快把燈火拿開，你這個老迷糊——難道不會想一想嗎？趕快把燈火放在大門後面的地板上。鮑伯，要是你和湯姆都準備好了，趕快各就各位。」

「準備好了。」

「喬治傑克森，你認識薛普森那一家人嗎？」

「不認識，先生——從來沒聽過。」

「好，你說的也許是真話，也許不是。現在，都準備好了嗎？往前走，喬治傑克森，注意，別急——慢慢的走。如果有別人跟你在一塊兒，叫他留在後面——他一露臉，就會挨上一槍。好了，過來，慢慢走，自己推開門——推開一小條縫，夠擠進來就行了。聽到沒？」

我一點也不急地走過去，想急也急不來，每一次只走一步，四周都沒聲音，只聽見自己心臟怦怦跳。那些狗兒安靜得像人類一樣，緊緊跟在我後面一小段距離。走到圓木柱搭的三級台階時，我聽到裡面的人打開門鎖、拉開門閂、拔掉插銷[1]。我把手放門上，一點點、一點點地推開，直到有人說，「好，那就夠了——把腦袋伸進來。」我照著做了，可是，我擔心他們會把我的腦袋摘掉。

蠟燭放在地板上；他們全家人都在場，看著我，我也看著他們，一看看了15秒鐘。三個高大的男人，用槍指著我，說真的，害我忍不住一直眨眼睛；最老的頭髮灰白，60歲左右，另外兩個30歲或多一點——都長得英俊瀟灑——還有一位最和藹可親的灰髮老夫人，她後面

---

1　馬克吐溫這裡用了三個押「頭韻」又押「尾韻」的疊字，呈現三個連續「開鎖」動作：「打開門鎖、拉開門閂、拔掉插銷」（unlocking、unbarring、unbolting），暗示大門之上門鎖重重、戒備森嚴，赫克一人上門，全家如臨大敵，讀者也不免納悶為什麼戒備森嚴，鄉下地方治安有這麼差嗎？

還站了兩個年輕女人，我一時看不很清楚。那位老先生說：

「好，我看沒什麼問題了。進來吧。」

我一進門，那位老先生就立刻鎖上門鎖、拉回門閂、插上插銷[2]，還叫那幾個年輕人拿著槍進來，大家都來到一個大客廳，地板上鋪了一塊布條編織的新地毯；大家都聚在客廳角落裡，離窗戶有好一段距離——那兒側面沒有窗戶。他們舉著蠟燭打量我，異口同聲地說：「他的確不是薛普森家的——不，他一點薛普森的樣子也沒有。」那位老先生說，希望我別介意被搜身，看看有沒有武器，因為他完全沒有惡意——只是要確認一下而已。所以，他沒有搜我的口袋裡面，只用手摸了摸衣服外面而已，然後說沒什麼問題。他要我自由自在、賓至如歸，要我把自己的事全告訴他們；可是，那位老夫人說：

「索爾，瞧你的，這可憐的孩子全身濕透了；難道你沒想想，他可能肚子也餓了？」

「瑞秋，說得對啊——我倒忘了。」

因此，老夫人說：

「貝琪，」（這是個黑鬼女人），「妳趕快去張羅，越快越好，弄點什麼吃的給他，可憐的孩子；妳們兩個女孩子，有一個快去叫醒巴克，告訴他——噢，他自己來了。巴克，帶這個小客人去，把濕衣服換下來，找幾件你的乾衣服，給他穿上。」

巴克看起來年紀和我差不多——13或14歲上下[3]，雖然他個子比

---

2　等赫克進了大門之後，立刻又有押「尾韻」的疊字，連續三個「上鎖」動作：「鎖上門鎖、拉回門閂、插上插銷」（locked、barred、bolted），前後互相呼應，饒有趣味，緊張之中有輕鬆幽默（comic relief）。赫克明明只是一個孩子，卻被防衛得好像奸細，馬克吐溫製造懸疑氣氛的本領實在高強，也很有戲謔效果。

3　馬克吐溫在本書中從未明確表示赫克到底幾歲，不過這裡可以推算出來，他也曾在筆記裡寫過赫克是14歲。

▲ 巴克

我高大一些。他身上只穿了一件襯衫，頭髮蓬鬆，進客廳時一直打呵欠，一隻手用拳頭揉眼睛，另外一隻手拖著一把槍。

他說：「難道薛普森家的人又來了嗎？」

他們說，沒有，只是一場虛驚而已。

「好，」他說，「不管他們來幾個，我一定要幹掉一個。」

他們都笑了，但鮑伯說：

「巴克，那當然，誰叫你這麼姍姍來遲，他們大有可能早就剝了我們的頭皮。」[4]

「都沒有人來叫我，真是不公平。每次都不讓我站出來，我根本沒有機會表現。」

「巴克，好孩子，別在意，」老先生說，「等時辰到了，你有的是好好表現的機會，別為這事發脾氣。稍安勿躁，照你媽媽說的去做。」

我們上樓到他房間，巴克給我他的一件粗布襯衫、一件短外套、

---

4  17、18世紀時，北美洲的印地安土著打仗時，會把殺死的敵人頭皮剝下來，當作戰利品。美國拓荒時期白人與印地安人爭地盤搶資源，白人最怕被剝頭皮，印地安人也被污名化，被塑造成面目猙獰、殺人不眨眼的暴力形象，這一點在《湯姆歷險記》裡印地安喬（Injun Joe）的人物造型很明顯。另外，馬克吐溫完成本書之後，還接著寫湯姆與赫克到印地安保留區探險的故事，也是寫白人與印地安人弱肉強食的生存競爭，可惜沒寫完，見1989年出版的《赫克與湯姆印地安歷險記及其他未完成作品》（*Huck Finn and Tom Sawyer among the Indians and Other Unfinished Stories*），頁33-81。

一條褲子，我穿上了。在我換穿衣服時，他問我叫什麼名字，我還沒來得及回答，他又說起，他前天在樹林裡抓到的一隻藍檻鳥和一隻小兔子，然後問我，蠟燭熄滅的時候，摩西在哪裡？我說我不知道；以前沒聽過這事，從來沒有。

「那，猜呀，」他說。

「我怎麼猜得出來？」我說，「從來沒聽人講起這事。」

「可是，你可以猜猜看，不是嗎？很簡單的啊。」

「**哪一根蠟燭**？」我說。

「隨便哪一根都可以。」他說。

「我不知道他在哪裡。」我說，「他在哪裡？」

「當然，他在**黑暗**裡啊！那就是他所在的地方！」

「既然你知道他在哪裡，幹嘛還問我？」

「天哪，見鬼了，這是個謎語，難道你不知道[5]？再說，你打算在這兒待多久？你應該永遠留下來。我們可以過得很快樂——現在放暑假不用上學了。你有養狗嗎？我養了一條——你往河裡拋一塊木板，牠會幫你叼回來。你喜歡梳洗穿戴整齊、周日上教堂作禮拜等等，那一套的蠢事嗎？你賭定我不喜歡，可是，我媽逼我去。該死的這些舊長褲，我想我最好穿上，不過，我寧可不穿，穿上了好熱。你換好衣服了嗎？好了——來吧，老馬[6]。」

冷的玉米麵包、冷的鹽醃牛肉、奶油、酸奶酪——下樓來，他們

---

5　這是一個「腦筋急轉彎」的遊戲問題（trick game），小孩子之間很流行，然而赫克死腦筋，居然不懂，讀者可以聯想到赫克也曾取笑吉姆死腦筋。整本書裡充滿馬克吐溫「冷面笑匠」式的幽默，當事人不笑，而觀眾或讀者卻笑不可支，事實上赫克本人卻沒有太大的幽默感，反而充滿憂患意識，相信實事求是，「識時務者為俊傑」。

6　原文old hoss是old horse（老馬）口語化的說法，是「老夥伴」、「老傢伙」、「老小子」的意思，巴克這樣稱呼赫克，為了表示親切和熱絡，讓赫克感覺賓至如歸，也是顯現「南方人好客精神」的特色。

給我準備了這麼多食物，我好久都沒吃過比這更好吃的東西。巴克和他媽媽和全家人都在抽玉米穗軸菸斗，除了那個已離開的黑鬼女傭，和兩個年輕女孩子以外。他們一面抽著菸斗一面聊天，我也一面吃著一面聊天。年輕女孩身上披著拼布貼棉被[7]，長髮垂在背後。大家都在問我問題，我告訴他們，我老爸、我和全家，本來住在一個小農莊上，在阿肯色州下游那邊，我姊姊瑪莉珍私奔[8]結婚去了，再也沒消息，我哥哥比爾去找他們，也沒下落，湯姆和摩特也死了，全家只剩下我和老爸，因為諸多倒楣麻煩事兒，老爸被折磨得一無所有；他死後，我接收了他留下的東西，因為農莊已經不是我們的了，我只得離家出門，往上游走，坐統艙，不小心就跌下船來了，就這樣，我來到這兒。聽完，他們說，我可以把他們家當自己的家，愛住多久就住多久[9]。不久之後，天快亮了，大家都各自回房睡覺，我也跟巴克回他房間去，第二天早上，我醒過來，該死的，居然忘記我的名字了。我躺在那兒努力地想，想了一個鐘頭，等巴克醒來，我說：

「巴克，你會拼單字嗎？」

「會呀。」他說。

「我打賭，你不會拼我的名字，」我說。

---

7　「拼布貼」（quilt），利用各種剩餘碎布（剪裁布料剩下的布邊，或舊衣服堪用的部分）拼貼湊成棉被，一方面是廢物利用，尤其是在拓荒時期物資短缺，女人能省則省，另一方面展現巧思，把碎布拼貼成各式各樣的圖案，匠心獨運，呈現女人的多才多藝。鄉村婦女們在農忙家事之餘，相約群聚設計編織，也是促進「姊妹情誼」（sisterhood）的一種方式。這種手藝代表美國南方極具特色的傳統文化，也表現在美國南方文學作品裡，如 Alice Walker 的著名短篇小說〈日常家用〉（"Everyday Use"），和電影《編織戀愛夢》（*How to Make an American Quilt*）。

8　赫克瞎掰的故事好像有點先見之明，下一章就會發生情人「私奔」一去不回的情節。

9　照赫克編的故事，他現在是個孤兒了，而人家收容他，叫他「愛住多久就住多久」。這裡展現了美國南方人民的好客精神，全書諸多細節也顯示鄉下人的熱情招待及樂於助人，有別於城市人的冷酷勢利。

「我打賭，你會的我也會，」他說。

「好啊，」我說，「來吧。」

「G-o-r-g-e J-a-x-o-n[10]——你看吧，」他說。

「喔，」我說，「你會呀，我原先以為你不會。這可不是阿貓阿狗都會拼的名字[11]——你居然連想都不用想就拼出來了。」

我趕快記下來，偷偷的，因為下次可能會有人要**我**拼出來，我總得要隨時隨地準備好，到時候也能駕輕就熟琅琅上口。

他們是個很棒的家族，還擁有一棟很棒的房子。我在鄉下，從來沒見過比這更棒更有氣派的房子[12]。前面大門沒有那種鐵門閂，也沒有那種用鹿皮繩木門閂，他們家大門上有那種可以轉動的銅製把手，就像鎮上人家的那種。他們家客廳裡沒有床，連擺過床的痕跡也沒有，但是鎮上很多人家客廳裡擺了一大堆床。他們家有一個大壁爐，底座用磚塊砌成，磚塊都刷洗得乾淨而泛紅，他們潑水在磚上，並用另一塊磚去打磨；有時候，他們洗磚塊還用一種叫做西班牙棕的

---

10　巴克讀書比赫克多，結果還是拼錯，正確應該是George Jackson才對，讀者心想「五十步笑百步」，不過以鄉下孩子而言，這種用發音去拼字是常見的錯誤。

11　這句話「這可不是阿貓阿狗都會拼的名字」，原文是It ain't no slouch of a name to spell。slouch這個字在美國俚語原是指「笨拙、無能之人」，但是用於否定式（no slouch）反而是稱讚之辭，赫克在這裡恭維巴克不是笨蛋、不是等閒之輩，不簡單嗒，居然拼出這麼深奧的名字，然而讀者心知肚明覺得好笑，他們兩個其實半斤八兩，這也可算是一種「場景反諷」（situational irony）。

12　本書第十七、十八兩章，描述美國當時南方莊園家族（plantation），他們自命為貴族，過著自以為格調高尚的日子，講究奢侈擺設與排場，而事實上是「金玉其外，敗絮其內」，而且矯揉造作、自鳴清高。特別的是，馬克吐溫藉著赫克這個鄉巴佬的眼睛與嘴巴，用無限崇拜的羨慕口吻，把這個貴族家族捧得高高在上完美之至，明眼的讀者知道事有蹊蹺不盡其然，這是一種諷刺手法，叫做「高格模仿」（high burlesque）。葛蘭哲福上校家中的一切擺設，在在顯示俗不可耐的豔麗，品味膚淺，根本毫無格調可言。南北戰爭之前的美國密西西比河流域，上層社會文化水準如此低落，中下層社會更不用說了，讀者要分辨清楚赫克這個敘事者，什麼時候「可信賴」，什麼時候「不可信賴」，才能掌握馬克吐溫的諷刺意圖，他不是瞧不起南方社會的文化，他瞧不起的是某些人的虛假偽善、裝模作樣、自我膨脹。

紅色水漆,就像鎮上人家一樣。他們家壁爐的銅製柴架,大到可以放上一整根鋸木。壁爐台正中央擺了一個座鐘,玻璃的鐘面下半部有一幅小鎮風景畫,中間有一個圓形代表太陽,你可以看見鐘擺在後面擺動。滴答滴答聲聽來真是美妙;有時候,鐘錶工匠上門來,把鐘刷洗一番,讓它煥然一新,它就會再度啟動,一連敲上一百五十響,直到累得動彈不得為止。不管人家開價多麼高,他們都不肯賣。

那座鐘的兩旁,各有一隻異國品種的大鸚鵡,用石膏之類的東西做的,漆上鮮豔華麗顏色。其中一隻鸚鵡的這邊有一隻陶土做的貓,那邊有一隻陶土做的狗;你用手按一按,它們就會吱吱叫,可是嘴巴沒打開,既沒表情又沒動作。吱吱聲是從底下發出來的。這些東西後面,有兩把展開來的野火雞羽毛大扇子。房間中央的桌子上,擺了一個可愛的陶土籃子,裡面堆滿著蘋果、橘子、桃子、葡萄,顏色都比真的水果更紅、更黃、更漂亮,可惜並不是真的水果,因為有的邊緣都崩裂掉了,露出裡面的白石膏或什麼之類的。

桌子上鋪了一塊漂亮的油布桌巾,上面畫了紅藍兩色展翅翱翔的老鷹,周圍還畫一圈花邊。他們說,那是千里迢迢從費城運來的。桌子的每一個角落還有幾本書,排列得整整齊齊。有一本是大號的家庭版《聖經》,裡面很多插畫。有一本是《天路歷程》[13],關於一個人離開家,但沒說為什麼,我還陸陸續續讀了不少,裡面的句子很有趣,但很難。還有一本是《友誼的奉獻》,充滿美麗的事物和詩歌;可是,我沒讀那些詩。還有一本是亨利克雷[14]的「演說集」,還有一本是葛恩博士的「家庭醫藥全書」,講的都是生了病或死了後該怎

---

13　《天路歷程》(*The Pilgrim's Progress from This World, to That Which Is to Come*, 1678),John Bunyan所著,是有名的宗教寓言故事,寫一位基督徒從即將毀滅的世界之城逃出,歷經艱難與折磨,終於克服萬難而抵達永恆的天國之城。那個時代虔誠的基督徒人手一本,家家戶戶也珍藏一本,馬克吐溫自己也有幾本。

14　Henry Clay美國國會議員、政治家和演說家。

麼辦。另外還有一本「讚美詩集」，以及一些其他的書。還有木條釘成底座的好椅子，也非常堅固——而不是中央凹陷、布滿裂縫、像個破籃子的那種椅子。

周圍牆上掛著圖畫——主要是華盛頓[15]和拉法葉[16]，獨立戰爭，「高原上的瑪莉們」[17]，還有一幅稱為「簽署獨立宣言」的畫。還有一些畫他們稱之為蠟筆畫，是他們家族一個過世的女兒，15歲時親筆畫的[18]。這些蠟筆畫和我以前看過的很不一樣，大部分顏色都比一般暗沉得多。其中一幅，畫的是一個女人，穿著窄窄的黑色衣服，胳肢窩下面用細帶環繞著，兩邊袖子中間像包心菜一樣蓬起來，頭上戴的黑色大帽子像杓鏟，還連著黑面紗，細白的腳踝上橫綁著黑帶子，腳上穿的黑色拖鞋像尖鑿子，她若有所思的，右手肘斜倚著柳樹下的一塊墓碑，另一隻手則下垂，拿著一塊白色手帕和一個提袋，圖畫下方寫著「哀哉此生無緣再相見」。另外一幅，畫的是一個年輕女士，頭髮全部梳攏到頭頂上，挽成一個髮髻，髮髻後面插著梳子髮簪，看起來就像椅背，正用手帕掩面哭泣，另一隻手托著一隻死掉的小鳥，小鳥仰躺兩腳朝天，圖畫下方寫著「哀哉難再聆聽婉轉啼」。還有一幅畫是一個年輕女士，坐在窗前仰望天上一輪明月，淚珠滾落雙頰；手裡拿著一封正在展讀的信，信紙邊緣顯露黑色彌封蠟印，另一隻手把一個項鍊墜子上的小金鎖盒按在嘴唇上，圖畫下方

---

15 General Washington美國獨立戰爭領袖。

16 Marquid de Lafayette法國將軍和政治家，對美國獨立戰爭貢獻極大。

17 Highland Marys是蘇格蘭詩人Robert Burns的兩個情人，名字都叫瑪莉，一個是Mary Campbell，一個是Mary Morison。

18 以下赫克描述才女艾茉琳葛蘭哲福（Emmeline Grangerford），又會作畫又會寫詩，可惜英才早逝，空留遺憾。讀者可不要被赫克崇拜得五體投地的口吻騙了，事實上是馬克吐溫在「高格模仿」當時流行的文藝風氣，「濫情主義」腐化了民心，一窩風沉溺於多愁善感（self-indulged sentimentality），難怪美國文化水準難以提升，艾茉琳很明顯的「為賦新詩強說愁」。

寫著「哀哉一去不歸終不歸」。我看這些都是很棒的畫，但畢竟不是很喜歡，因爲若是心情低落，看了就會更難受。大家都很惋惜她那麼早就死了，還有很多這一類未完成的圖畫，光看她現在完成的畫，就曉得他們損失有多大了。不過，我倒是認爲，以她的性情，她還是在墳墓裡面會比較快活。當她病倒的時候，正在畫一幅畫，他們說是最偉大的作品，她日日夜夜的禱告，希望上蒼能夠讓她活到畫完的那一

▲ 讓她看起來很像蜘蛛

天，可惜沒有如願以償。那幅畫是一個穿白色長袍的年輕女子，站在一座橋的欄杆上，準備縱身一躍，長髮披在身後，仰望天上明月，眼淚灑落顏面，一雙手臂交叉環抱胸前，另一雙手臂下垂向前伸展，第三雙手臂高舉朝向月亮──而她的原意是，看看哪一雙手臂最適合，然後，再把其他的兩雙手臂塗掉；不過，就像我說的，她還沒拿定主意就死掉了，現在他們把這幅畫保留起來，掛在她房間的床頭，每逢她生日就供上鮮花，平日則用小布幔遮蓋。畫裡的女子長得清秀甜美，可惜手臂太多，讓她看起來很像蜘蛛。

這個女孩生前保有一本剪貼簿，經常剪剪貼貼一些《長老會觀察報》刊登的訃聞、意外事故、刻苦修道的故事，然後別具用心的寫一些詩附在後面，都是很好的詩。下面是她寫的一首詩，悼念一個名叫史帝芬道林柏茲的小男孩，他因爲摔落井裡而淹死：

弔祭逝者史帝芬道林柏茲輓詩

年輕史帝芬得病乎？
年輕史帝芬亡故乎？
悲傷心靈皆沉重乎？
弔唁親友皆哭泣乎？

非也；此等命運非屬
史帝芬道林柏茲；
悲傷心靈固然沉重，
然而彼非因病而死。

既非百日咳損形體，
又非麻疹斑點傷身；
此等病痛未曾沾染
史帝芬道林柏茲

失戀苦痛未曾折磨
此一年輕鬈髮少年，
胃腸疾病未曾擊敗
史帝芬道林柏茲。

嗚呼，姑且含淚聆聽，
何以少年遭此命運。
靈魂飛離冰冷世界，
皆因失足墜落深井。

▲ 他們撈起他，擠出水來。

撈起擠水急救生命；
哀哉一切皆已太遲；
靈魂遠颺九霄雲外
安息至善至尊境界。

　　如果艾茉琳葛蘭哲福14歲之前，就能夠寫出這麼棒的詩，她日後成就，說不定非同小可。巴克說，她會輕而易舉出口成詩，甚至不用停下來想。他說，她信筆一揮就寫成一行詩，要是一時找不到押韻的字眼，就會塗掉這一行，另起一行，再接下去寫。她不挑剔，你叫她寫什麼，她就能寫什麼，只要是哀傷的事情就好。每一次有男人死了，女人死了，小孩死了，在屍體變冰冷之前，她就會趕到現場，題獻「祭文」，她稱之為「祭文」。鄰居們說，一向都是醫生第一個趕到，艾茉琳是第二個，然後才是殯儀館老闆──殯儀館老闆從來沒有趕在艾茉琳之前到達，除了一次例外，那一次是因為她要用死者的名字惠斯勒押韻，左想右想遲疑了好一陣子，就給耽擱了。從那之後，她就變了一個人；雖然從不抱怨，但就日漸消瘦，活不長久了。可憐的她，好幾次我看她的畫看得情緒激動時，或覺得有點掃興沮喪時，就常上樓到她以前那個小房間裡，找出她那幾本單薄的舊剪貼簿，讀讀裡面的東西。我很喜歡他們全家人，包括死去的和活著的，不希望彼此有任何芥蒂。可憐的艾茉琳，活著的時候，替所有的死人寫詩，如今她死了，卻沒有人替她寫詩，好像有點不公平；所以，我也打算替她寫個一兩首詩，可是不知怎的，絞盡腦汁卻寫不出來。他們把艾茉琳的房間，收拾得乾淨整齊，所有的東西，都照她

生前喜歡的方式擺設在原位，沒人住在裡面。即使家裡有的是黑鬼僕人，老夫人還是親自照料這個房間，常在裡面做針線活，或讀她那本《聖經》。

對了，我剛才說到的客廳，窗前掛著漂亮的窗簾，白色的，上面印著圖畫，畫的是城堡，牆壁垂滿了藤蔓，成群牛羊在下方喝水。客廳裡還有一架老舊的小鋼琴，我猜想，裡面一定有很多錫盤叮叮咚咚，聽那些年輕女士，邊彈琴邊唱歌，真是美妙，唱《最後一縷情絲已斷》和彈奏《布拉格之戰》。所有房間的牆壁都塗著灰泥，地板上都鋪著地毯，整棟房子連外牆都粉刷油漆。

這是一棟雙併的房子，兩座房子之間有寬大空間，上有棚頂，下有地板，有時候中午時分在那兒擺上一張桌子，實在是個涼爽舒服的好地方。再也找不到比這更美好的了。不僅食物烹煮得美味可口，而且多得滿籃滿筐呢！

▲ 這棟房子

# 第十八章

你瞧，葛蘭哲福上校是一位紳士。他渾身上下都是紳士派頭；他全家也都是。他出身良好，就像俗話說的，這在人類品種就好比純種馬的血統一樣有價值，以前道格拉斯寡婦也這麼說過，沒人否認她是我們鎮上數一數二的貴族世家；我老爹也常這麼說，雖然他自己的身分，比一條黃土鯰魚好不到哪裡去。葛蘭哲福上校個子高䠷，身材削瘦，臉色白裡透黑，不見絲毫紅潤；每天早上，整張瘦臉刮得乾乾淨淨，他的嘴唇特別的薄，鼻孔特別的細，鼻子很高，眉毛濃密，眼睛特別的黑，深陷在眼眶裡，以致讓你覺得，好像他是從山洞裡面往外看你似的。他的額頭很高，頭髮黑而直[1]，垂到肩膀。他的手又長又瘦，有生之年每天一定穿上一件乾淨襯衫和一

▲ 葛蘭哲福上校

---

1　這裡很有趣的是，馬克吐溫似乎忘了在前面第十七章，他已介紹過葛蘭哲福上校是「頭髮灰白，60歲左右」，這裡卻變成「頭髮黑而直」，而負責校稿的編輯也未發現此一「前後不一致」（inconsistency）現象，還好「小瑕不掩大瑜」，文學史上常見。這也正好印證英文俗諺的說法：Even Homer nods 或 Even Homer sometimes nods（即使是荷馬，也有打盹的時候）。這個典故來自西元前10世紀左右，希臘史詩名著《伊理亞德》（*Iliad*）及《奧迪賽》（*Odyssey*）的作者荷馬（Homer），相傳是盲眼詩人，數千詩行全部記憶在心朗誦出口，因而發生先前戰死沙場的將士，在後來戰爭場面時再度出現。中文通常譯成「智者千慮，必有一失」。這典故來自羅馬詩人Horace（65-8 BC）：Sometimes even the noble Homer nods（*Ars Poetica* I. 359），發揚光大於英國18世紀詩人Alexander Pope（1688-1744）的名詩《論批評》（*Essay on Criticism*, 1709），從此成為家喻戶曉的俗諺，Homeric nod指的是高手也難免有出差錯的時候。

整套西裝，從頭到腳都是亞麻布料，顏色雪白得讓你看了覺得耀眼；每到星期天，他就換上一套藍色燕尾服外套，上面綴著銅鈕扣。手上拿著一根桃花心木手杖，杖頭鍍銀。他全身沒有絲毫輕浮之氣，一絲也沒有，也從來不大聲說話。他慈祥到了極點——你可感覺得到，所以，你對他充滿信心。偶爾他會笑一下，那可好看極了；但是，當他把腰桿像一根旗桿挺直，而閃電從濃眉下面爆發出來時，你第一件事就是先爬到一棵樹上再說，然後，再去找出發生了什麼事的原因。他從來不用親口告訴別人，應該注意禮貌——只要他在場，每個人都彬彬有禮。大家都喜歡和他相處，他幾乎永遠是陽光所在——我指的是，他讓天氣變得晴朗。但是，當他化為一團烏雲時，半分鐘之內立刻天昏地暗，那就夠了；一個星期之內，絕對沒有人敢再犯錯。

每天早上，他和老夫人下樓時，全家都從椅子上站起來，向他們請安，他們不坐下，誰也不敢坐下。然後，湯姆和鮑伯就會去餐具櫃的玻璃酒瓶那兒，調製一杯苦艾酒，遞給他，他會把酒端在手中，等湯姆和鮑伯把自己的酒也調好，鞠躬對他們說：「向您致敬，先生，夫人；」然後，**他們**也微微欠身，口說謝謝，接著，三個人一起喝酒，湯姆和鮑伯會把他們酒杯裡喝剩的，一點點威士忌或蘋果白蘭地，還有一點點糖，摻上一杓子水，遞給我和巴克，讓我們也向他們請安。

鮑伯是老大，湯姆是老二，都是高大俊美，肩膀寬闊，面龐古銅色，頭髮長而黑，眼睛烏黑發亮。也像老先生一樣，從頭到腳穿著白色亞麻衣服，頭戴寬邊的巴拿馬草帽。

再說夏綠蒂小姐吧，25歲，個子高，自恃也高，也愛裝腔作勢。沒人惹她時，脾氣能有多好就有多好；可是，一旦被惹毛了，她瞪你一眼，像她父親一樣，就叫你當場委靡不振。她真是美麗。

她的妹妹蘇菲亞也很美麗，但屬於不同類型的美。文雅而甜美，像一隻白鴿，而她只有20歲。

▲ 年輕的哈尼薛普森

他們每一個人都有一個黑鬼專門服侍他們——巴克也有。服侍我的黑鬼輕鬆逍遙得很，因為我不習慣有人跟在身邊，替我做這做那，而巴克的黑鬼，卻經常忙得疲於奔命。

這一家人目前就只剩這幾個人了；以前曾經有更多——三個兒子；都被殺了；還有艾茉琳，死掉的那個才女。

老先生擁有很多農地，和一百多個黑鬼。有時候，會有一大堆人，騎著馬從10哩或15哩以外過來，住上5、6天，在附近遠足或在河上遊玩；白天在樹林裡跳舞或野餐，晚上在家裡開舞會。這些人都是他們家的親戚。男人都隨身帶著槍。說真的，那是好大的一群菁英人士。

鄰近還有另一個貴族世家——5、6戶人家——大都姓薛普森。他們一如葛蘭哲福家族，都是氣質高貴、出身上流、富裕而又氣派。薛普森家族和葛蘭哲福家族共用一座輪船碼頭，就在我們房子上游兩哩外；有時候，我和大夥兒去那兒時，常見到薛普森家人，騎著駿馬溜達。

有一天，巴克和我出門去樹林裡打獵，正要過馬路時，突然聽到一匹馬跑來，巴克說：

「快！跳到樹林裡去！」

我們立刻跳到樹林裡，然後從樹葉縫隙往下看。沒多久，一個帥勁十足的年輕人，騎馬一路飛奔過來，那熟練自如的馬上英姿，好像一位軍人，他的槍橫放在鞍頭上。我先前見過他。他是年輕的哈尼薛

普森，我聽見巴克的槍彈，從我耳邊
飛出去，哈尼的帽子從頭上滾下來。
他抓起槍，向我們躲藏的地方直衝過
來。但是，我們沒等他接近，立刻就
拔腿狂奔，穿過樹林。樹林不是很
茂密，所以我不斷回頭看，為了躲
子彈，看到哈尼有兩回舉槍瞄準了
巴克；不過，他卻掉轉馬頭，往原
路跑回去──我猜想，去撿他掉落的
帽子，雖然我沒看見[2]。我們一口
氣跑到家才停下來。老先生眼中閃過
一絲光芒──主要是欣慰吧，我判斷
──然後，他臉色緩和下來，相當溫
和地說：

▲ 夏綠蒂小姐

「我不喜歡那樣，躲在叢林後面對人開槍。孩子，為什麼你不走
出來，到馬路上？」

「父親，薛普森家的人也沒那樣啊。他們總是暗箭傷人。」

巴克在講這件事的時候，夏綠蒂小姐的腦袋昂得高高的，像個女
王，鼻孔張開，眼睛眨動。那兩個年輕人面色凝重，一語不發。而蘇
菲亞小姐則臉色慘白，聽到那年輕人沒有受傷，臉色才恢復正常[3]。

後來，我把巴克叫到外面，來到樹下玉米穀倉旁邊，四下無人只
有我倆時，我問：

---

2 這裡有一個奧妙之處，也是一個小小伏筆，哈尼兩度用槍瞄準巴克，卻沒下手開
  槍，反而回頭跑了，赫克以為他純粹只是去撿帽子，而事實不然。讀者到後來才
  會明白為什麼，原來他應該是不忍心殺死自己愛人的弟弟。

3 這裡又是一個小小伏筆，蘇菲亞小姐為何臉色蒼白，聽到哈尼安全沒事才放心，
  敏感的讀者應該猜到他們兩個之間一定有某種微妙關係。

「巴克，你剛才真的要殺他嗎？」

「是啊，我賭定是要殺他的。」

「他怎麼惹到你了？」

「他？他從來沒有對我怎麼樣？」

「喔，那麼，你要殺他又是爲了哪樁？」

「完全不爲什麼──只是爲了世仇[4]。」

「什麼是世仇？」

「你是在哪兒長大的？難道你不知道什麼是世仇？」

「以前從來沒聽過──告訴我吧。」

「好，」巴克說，「世仇是這麼回事，有一個人跟另一個人吵了一架，把他殺了；然後，被殺那人的兄弟，就殺了**他**；然後，雙方的其他兄弟，就互相殺來殺去；然後，**堂表兄弟**都加入戰局──久而久之，大家都被殺光光，就不再有世仇了。不過，那是漫長的過程，而且要經過很久的時間。」

「巴克，你們兩家的世仇過程很久了嗎？」

「我**猜想**也是！30年前就開始了，差不多就是那時候。兩家爲某一件事起爭執，後來，靠打官司擺平了；但是，官司對其中一人不利，於是，他就一槍把打贏官司的人給斃了──當然他會那麼做。不管是誰都會那麼做。」

「巴克，那當初是爲了什麼起爭執──土地糾紛？」

「我猜可能也是──我不知道。」

「那麼，是哪邊先開槍的？──是葛蘭哲福家的人，還是薛普森

---

4　讀者要注意以下巴克解釋「世仇」（feud）的定義和來龍去脈，看看究竟是爲了什麼，兩大家族才結下梁子。馬克吐溫寫到這裡時遇到瓶頸而停筆，這其間他去寫《密西西比河河上生涯》，在那本書的第二十六章裡，他提到當年現實世界真有其事的「世仇」，發生在the Darnells及the Watsons兩大家族之間，這也是他在擔任領航員時期聽到的故事。

家的人[5]？」

「老天爺，**我**怎麼知道？那是老早老早以前的事了。」

「難道沒有人知道嗎？」

「噢，是啊，我想我爸爸知道，還有幾個老人家知道。可是，現在已經沒人知道當初是怎麼結下的梁子[6]。」

「巴克，已經有很多人被殺了嗎？」

「是啊——辦喪禮的機會多得很哪。不過，也不是每次都有人死。我爸爸身體裡面，還有幾顆大號鉛彈沒取出來，但是他不在乎，因為也沒有增加多少體重。鮑伯全身曾被獵刀砍了很多刀，湯姆也受傷過一兩回。」

「巴克，今年有人被殺嗎？」

「有啊，我們死了一個，他們也死了一個。大概三個月前，我那14歲的堂哥巴德，騎馬穿越樹林，就在河那邊，沒有攜帶任何武器，真是愚蠢得要命，到了一個偏僻的地方，他聽見後面有馬蹄聲傳來，回頭一看，是鮑迪薛普森那老頭子在追他，手中握槍，白髮迎風飄飄，巴德並沒有跳下馬躲進叢林，他以為他的馬可以跑贏，於是，兩人就這樣亦步亦趨你追我趕[7]，一跑跑上5哩多，那老頭子的馬越

---

5　這裡馬克吐溫給這兩大世仇家族取的名字頗有用意，「葛蘭哲福」家族的名字 Grangerford，取其farmer「務農」（granger）之意，而「薛普森」家族的名字 Shepherdson，取其rancher「放牧」（shepherd）之意，這個典故呼應西方「農」與「牧」傳統之間長久的宿怨，同時也可以追溯到《聖經》裡的典故，亞當的長子該隱（Cain）是農人，奉獻穀物為祭品，次子亞伯（Abel）是牧人，奉獻羊為祭品，上帝喜悅亞伯的羊，不喜歡該隱的穀物，而對該隱態度不佳，導致該隱殺了亞伯，成為西方史上第一宗兄弟鬩牆謀殺案。

6　既然「現在已經沒人知道當初是怎麼結下的梁子」，為什麼還在殺來殺去，為「莫須有」的理由，獻上寶貴的生命，搞得兩大家族火併後同歸於盡？

7　馬克吐溫這裡用的英文成語是nip and tuck，等同neck and neck，指的是賽馬時「並駕齊驅」，引申指不相上下、難分高低、旗鼓相當、勢均力敵、棋逢對手。美國近年流行的電視影集 *Nip and Tuck*（中譯《整形春秋》），即利用這一成語為「雙關語」，nip意思是「偷偷咬掉一小口」，tuck意思是「塞進裡面去」，整

跑越快，到最後，巴德眼看沒轍了，乾脆停下來，掉轉馬頭，和那老頭子面對面，準備正面迎接子彈，你知道，那老頭子騎馬過來，一槍就把他撂倒了。不過，那老頭子的運氣也沒好到哪裡去，不到一個星期，我們的人也把**他**給撂倒了。」

「巴克，我看那老頭子是個懦夫。」

「我認爲他**才不是**懦夫，一點兒也不是。薛普森家族的人，沒有一個是懦夫──一個也沒有。葛蘭哲福家族的人，也沒有一個是懦夫。有一天，那個老頭子奮戰三個葛蘭哲福家的人，奮戰了半個鐘頭，堅持到底，最後，他還是贏了。當時他們都騎著馬，那個老頭子跳下馬，躲在一堆木材後面，讓馬走在前面擋子彈；但是，葛蘭哲福家的三個人騎在馬上，圍著老頭子轉來轉去，朝他霹靂啪啦開槍，他也朝他們霹靂啪啦開槍。最後，他和他的馬渾身血淋淋，一瘸一拐的走回家去，然而，葛蘭哲福家的三個人卻是被**抬**回家的──其中一個死了，另一個第二天也死了。老兄，要是有人想要搜尋懦夫，絕對不要白費工夫在他們薛普森家族裡面找，因爲他們家不會養育出**那種**人。」

接著的星期天，我們全都去教堂做禮拜，教堂在3哩路以外，我們騎馬去的。男人都帶著槍去，巴克也是，他們把槍夾在兩個膝蓋之間，或是豎在順手可得的牆邊。薛普森家的人也一樣[8]。牧師證道挺差勁的──都是講兄弟手足之情[9]，之類的煩人事情；可是，大家都說講得真好，回家的路上還稱讚個不停，講了很多關於虔誠信仰、行

（續）────────────

形手術（plastic surgery）不就是這邊切掉一塊，那邊塞進一塊嗎？影集主角是兩位合作開業的美容整形醫師，兩人有時候狼狽為奸唯利是圖，有時候瑜亮情節勾心鬥角，真的是「勢均力敵、棋逢對手」。

8　兩個鄰近家族的人上同一座教堂做禮拜，這是不得已的事，但是上教堂卻帶著殺人的槍，很離譜也很諷刺。

9　非常反諷的是，台上牧師講道宣揚「兄弟手足之情」（brotherly love），台下信徒卻槍不離手。

善積德、無限恩典、預定宿命[10]，我全都聽不懂，反正對我而言，那是我這一輩子最痛苦的一個星期天。

　　午餐後一個鐘頭左右，大家都在睡午覺，有的歪倒在椅子上，有的回自己房間裡，氣氛相當沉悶乏味。巴克和一條狗兒躺在草地上曬太陽，睡得正酣。我上樓回到我房間，正想也打個盹兒。這時，甜美的蘇菲亞小姐站在她房間門口，就在我房間隔壁，她把我拉進她房間，輕輕關上門，問我喜不喜歡她，我說喜歡，她就問我，可不可以幫她一個小忙，不要告訴別人。我說可以。然後她說，她把《聖經》給留在教堂裡了，夾在兩本其他的書中間，忘了帶回家來，要我偷偷溜出去，到那兒去幫她帶回來，但不要對任何人說。我說可以。於是，我溜出去，溜上大馬路。教堂裡空無一人，只有一兩隻豬，大門沒上鎖，夏天，豬喜歡趴在厚木地板[11]上，貪圖清涼。要是你注意到，你會發覺，人類是迫不得已才上教堂，而豬可就不一樣了[12]。

　　我對自己說，其中必有蹊蹺──一個女孩子這麼在意一本《聖

---

10　這些「虔誠信仰、行善積德、無限恩典、預定宿命」（faith, and good work, and free grace, and preforeordestination），都是基督徒的行為準則，然而，這些人滿口仁義道德，卻殺人不眨眼。赫克在此用了一個很長的字preforeordestination，事實上他是把兩個字，predestination和foreordination，混淆結合在一起，兩者都是清教徒長老教派（Presbytarianism）的基本信條「預定宿命論」，聲言世上萬物皆由上帝預先策劃，上帝早已決定誰上天堂誰下地獄，人類的命運早已生前注定，在人世間活著的唯一目的就是要贖罪，贖人類始祖的「原罪」（original sin），贖亞當墮落犯下的罪（In Adams' fall, we sinned all），虔誠信仰上帝，多做慈善工作，靜待無限恩典。

11　原木的圓樹幹直劈為兩半，粗糙樹皮的那一面朝下，平坦刨光的那一面朝上，這樣鋪的叫做「厚木地板」（puncheon floor）。往後到了本書第十九章，我們會看到一種私刑懲罰犯罪者的方式，給他們全身塗滿「熱柏油」（hot tar），趁柏油未凝固之前，把他們全身灑滿「雞鴨羽毛」（feathers），逼他們「跨騎在一根粗糙木幹上」（astraddle the sharp edge of a split log），就是叫他們騎在粗糙樹皮的那一面。

12　又是「人不如豬」，因為豬不會偽善、不會假惺惺、不會裝得很虔誠、不會帶槍上教堂，更不會滿口仁義道德，卻幹殺人勾當。

經》，實在不尋常；所以，我把那本《聖經》拿起來抖一抖，裡面掉出一張小紙條，用鉛筆寫著「**兩點半**」[13]。我仔細搜查了整本《聖經》，摸不出個什麼名堂來，只好把紙條放回去，等我回到家上了樓，蘇菲亞小姐就在她房門口等著我。她把我拉進房間，關上門，把那本《聖經》翻來翻去，直到找到那張紙條；讀完之後，喜形於色；我還沒來得及想，她一把抱住我，緊緊摟我一下，說我是天下最好的小伙子，叫我不要告訴別人。她的臉

▲「問我喜不喜歡她。」

漲得通紅，有一分鐘之久，兩眼閃閃發光，看來美麗極了。我非常震驚，等回過神來，問她紙條上寫什麼，她反而問我，有沒有看過那張紙條，我說沒有，她又問我，會不會讀手寫的字，我說「不會，只會讀印刷體的字，」然後，她說那紙條不是什麼，只是一張書籤而已，提醒她記得讀到哪裡，然後，她打發我出去玩。

我來到河邊，正在尋思這整件事，沒多久，我注意到，那個服侍我的黑鬼，一路在後面跟蹤著我。等我們走到看不見房子時，他回頭看看，又四下看看，然後跑過來，說：

「喬治少爺，要是你下來沼澤區這兒，我帶你去看一大窩的水腹蛇。」

我心想，這就怪了；昨天他已經說過同樣的話了。他應該曉得，

---

13　這是第三處伏筆，赫克不明白，可是讀者猜得出，「兩點半」他們要做什麼。

沒有人會喜歡水腹蛇，喜歡到四處去尋找牠們的地步。他到底在搞什麼名堂？於是，我說——

「好啊，帶路吧。」

我跟著他走了半哩路，然後進入沼澤區，在水深淹沒腳踝的水裡，又走了半哩路。我們來到一處小而平坦的地面，那兒地面乾燥，長滿了濃密的樹木、叢林、藤蔓，他說——

「喬治少爺，你往裡面走，再走個幾步，水蛇就在那兒。我先前看過了，不想再看了。」

然後，他就踏濺著水走開了，沒多久，隱沒在樹叢後面。我在那兒東撥西弄一陣，來到一處露天土地，像一個房間那麼大，周圍掛滿藤蔓，發現有一個人躺在那兒睡覺——老天爺啊，那居然是我的老吉姆！

我叫醒他，以為他再度看到我會很震驚，事實不然。他很高興見到我，但不很震驚，反而差點要哭出來了。他說，那天晚上，他一直跟在我後面游泳，我每次喊叫他都聽到了，但不敢回答我，因為他不希望，有人因此把**他**抓起來，再抓回去當奴隸。他說——

「我受了一點傷，沒法游得很快，所以，到最後，落在你後面老遠；等你上了岸，我想遲早會趕上你，用不著喊叫，可是，看到那棟房子，我只好慢下腳步。那時，我離你太遠，聽不見他們跟你說些什麼——我很怕那些狗兒——等一切都又安靜下來，我曉得你進了那房子，所以，就躲到樹林裡等天亮。那天早晨，有幾個黑鬼要下田幹活，路上經過看到我，就把我帶來這兒，這兒周圍有水阻隔，所以狗兒追蹤不到我，每天晚上，他們帶食物來給我吃，也告訴我你的狀況[14]。」

---

14　黑奴之間的互相接濟，純屬天生人性的道義之情，不像很多白人無情無義、自私自利、勾心鬥角、互相陷害，往後我們會看到鄉民怎樣為了避免淪為他人笑柄，而陷鄉親同胞於不義。

「吉姆，為什麼你不讓我那個黑鬼傑克早點來找我？」

「赫克，在我們還沒想出什麼點子之前，沒有必要去打擾你——現在，我們有點子了。這段時間內，我一有機會，就去買鍋碗瓢盆和食物，晚上就修補我們的木筏——」

「吉姆，**什麼**木筏？」

「我們那艘舊木筏。」

「你是說，我們那艘舊木筏沒有被撞成碎片？」

「沒，沒有完全撞碎。只是被撞得很慘——有一邊撞得很嚴重——但不是什麼大不了的損傷，只是，我們的家當全都沒了。那天晚上，要是我們沒有潛水潛得那麼深，游泳游得那麼遠，要是天色沒那麼黑暗，我們沒有被嚇昏，像俗話說的，被嚇成笨蛋傻瓜，那麼，我們應該看得到木筏在哪兒。不過，沒有看到也無所謂，反正現在都已經修補好了，像新的一樣好，我還添買了很多新東西，取代失去的那些舊東西。」

「喂，吉姆，你是怎麼把木筏弄回來的——怎麼拖回來的？」

「我一個人在樹林裡面，怎麼去把木筏拖回來？吶，是有幾個黑鬼看見它在這邊河灣裡，被河裡的斷枝沉木卡住，就合力把它拖回來，藏在柳樹叢裡，可是，他們為了木筏應該歸誰，吵個不休，正好被我聽到了，於是，我出面解決紛爭，告訴他們，那艘木筏不歸他們，而是歸我和你所有；我問他們，要是他們搶了一個白人少爺的財產，不被生牛皮鞭子毒打一頓才怪[15]？我給了他們每人10分錢，他們都非常滿意，還期待再有這樣的木筏漂來，他們就可以再發一筆橫財。這些黑鬼對我非常好，我要他們替我辦什麼事，都不用說第二遍。你那個傑克是個很好的黑鬼，而且很聰明。」

---

15　原文git a hid'n for it（正確是get a hiding for it），hiding是用「生牛皮鞭子」（cowhide）打人，是懲罰奴隸最殘忍的酷刑，奴隸往往聞之色變，見本書第五章腳註。

「是啊，他是很聰明。可卻從沒告訴我，你在這兒，他只叫我來，說要給我看一堆水蛇。萬一出了狀況，**他**也不會被牽連在內。他可以說，根本沒看到我們兩個在一起，那也是實話。」

第二天發生的事，我就不想多說了，我還是長話短說吧。黎明時候，我醒過來，正想翻個身繼續睡，這時候，我注意到全家靜悄悄的──完全沒有任何動靜。那可是很不尋常。接著，我注意到巴克已經起床出房門了，於是，我也起床，覺得很納悶，下樓去看看──全家一個人也沒有，一切都安靜得離譜。屋外也是一樣；我心想，這是怎麼回事？我走出來，在木柴堆旁邊，遇到我的黑鬼傑克，我問：

「這一切是怎麼啦？」

他說：

「喬治少爺，你難道不知道？」

「不，」我說：「不知道。」

「是這樣的，蘇菲亞小姐跑走了！她真的跑了。她是夜裡跑的，某個時間──沒人確定什麼時間──她私奔去嫁給那個哈尼薛普森，你知道──至少，他們是這麼認為。家裡的人發現了，大概半個鐘頭前──或許更早一點吧──**告訴**你喔，他們片刻也沒停留。急急忙忙準備了槍枝和馬匹，速度之快是**你**沒見過的！女眷們也跑去通報親戚家，索爾老爺和幾個少爺帶著槍，騎馬往河邊大路去追趕，想在那個年輕人和蘇菲亞小姐過河之前，攔住他，殺了他。我猜想，大概快要展開一場大戰了。」

「巴克走的時候沒有叫醒我。」

「我猜他**故意不叫醒你**！他們不要你被牽扯進去。巴克少爺在填充子彈的時候說，這回他一定要逮一個薛普森家的人回來，要不然就殺一個。他們有不少人在那兒，我猜，你可以打賭，有機會的話，他一定會抓一個回來。」

我沿著河邊大路拚命地跑，沒多久，就聽到遠處的槍聲。看到了

輪船停靠碼頭的木材場和木材堆，就改由樹叢下面鑽過去，找到一個好地方，爬到一棵白楊樹的枝椏上，子彈射不到的地方，守在那兒觀看。樹叢前方不遠處，堆疊著一堆木材，高達4呎，我本來想躲在那後面；現在倒慶幸還好沒有。

木材場前面的空地上，有四、五個人騎著馬，在那兒跳來跳去，邊咒罵邊喊叫，想盡辦法向兩個小伙子開槍，他們躲在輪船碼頭旁的那堆木材後面，就是打不到他們。每次一個小伙子從河那邊的木材堆後面露出臉來，立刻引來一陣子彈。兩個小伙子背對背彎著腰，躲在木材堆後面，可以兩邊都看得到。

▲ 躲在木材堆後面

過了一陣子，那些人不再跳躍和喊叫。他們騎馬過去木材店那邊；這時候，一個小伙子站起來，把槍架穩在木材堆上面，瞄準目標，一槍就把一個人打得滾下馬鞍。其他的人立刻跳下馬，接住受傷的那一個，打算抬他到木材場去，就在這時，兩個小伙子拔腿飛奔。他們跑向我躲藏的這棵樹，跑到一半，被那些人注意到了。他們立刻跳上馬背，追了過來，眼看就要追上小伙子們，不過沒用，小伙子們起步得早，早已溜到木材堆後面，就在我藏身的這棵樹前面，於是，小伙子們又擺了那些人一道。兩個小伙子一個是巴克，另一個是19歲左右的苗條小子。

那些人又在附近衝撞一陣，然後走了。等他們失去蹤影，我對著巴克叫，告訴他我在樹上。起初，他搞不懂，為什麼我的聲音來自樹上，非常震驚。後來，就叫我好好看守著，一旦那些人再露面，就

趕快告訴他；說那些人一定在搞鬼耍詐——一時不會走遠。我實在不想待在樹上，可是又不敢爬下來。巴克開始叫喊又咒罵，說他和他堂哥喬（就是那另一個小伙子）非要報當天的仇不可。他說，他爸爸和兩個哥哥都被殺了，對方也有兩三個被他們殺了。他說，薛普森家的人設下埋伏，突擊他們。巴克說，本來他爸爸和兩個哥哥要等親戚們來到再動手——薛普森家人多勢眾，他們招架不了。我問他，哈尼和蘇菲亞小姐怎麼啦，他說，他們已經過河，很安全了。我聽了很高興 16；可是，巴克很生氣，因為那天哈尼對他開槍時，居然沒想辦法把他殺掉——我從來沒聽過那樣的話。

突然，砰！砰！砰！三或四聲槍響——那些人已經穿過樹林，偷偷溜回來，而且沒有騎馬，從後面過來了！兩個小伙子跳起來，衝向河邊——兩個都受了傷——往下游游去，那些人沿著河岸追，一面對他們開槍，一面叫喊「殺死他們！殺死他們！」這個場景害我難過得差點從樹上摔下來。我現在不想再講，當時發生的**一切**——那樣會害我再難過一次 17。我巴不得那天晚上根本沒有上岸，就不會看到這幕慘劇。我永遠沒有辦法忘記這些——好幾次我還作夢夢到。

我待在樹上好久，一直到天快黑了，還嚇得不敢爬下來。有時我聽到遠處樹林裡傳來槍聲；還有兩次看到小群人馬，帶著槍飛奔過木材場；因此我認定，這場混亂還沒結束。我心情低落到極點；所以，打定主意不再靠近那房子，因為我覺得，這一切多多少少都要怪我。

---

16　兩大貴族世家的世仇，哈尼和蘇菲亞兩個年輕人的戀情，都會引發讀者聯想起莎士比亞著名悲劇《羅密歐與茱麗葉》。雖然兩大貴族世家最後落得同歸於盡，還好哈尼和蘇菲亞私奔成功，逃過一劫，總算是不幸中的大幸。

17　平常赫克描述各種場景都鉅細靡遺，甚至加油添醋，但這裡卻拒絕詳述，甚至連回想都不願意，因為整個火併槍殺場面「太過殘忍而不忍贅述」（too cruel to tell），這裡用的文學技巧不是馬克吐溫擅長的「誇張」（overstatement），而是「輕描淡寫」（understatement），三句兩句就交代，留給讀者想像的空間，想像那場面一定慘絕人寰、令人作嘔。

我判定，那張紙條的意思是，要蘇菲亞小姐在半夜兩點半鐘左右，去和哈尼會面，兩人私奔；我想，我應該告訴她爸爸那張紙條的事，以及她奇怪的表現，那麼，或許他會把女兒鎖在房間裡面，這一場可怕慘劇就永遠不會發生了[18]。

從樹上下來以後，我沿著河岸邊爬了一段路，找到躺在水邊的兩具屍體，我拉拉扯扯把他們拖上岸；然後，掩蓋上他們的臉，之後就盡快跑走。我掩蓋巴克的臉時，還哭了一陣子，因為他實在對我很好[19]。

這時天色剛暗下來，我沒有再靠近那棟房子，而是穿過樹林，前往沼澤區。吉姆不在那個小島上，所以，我連忙涉水退出來，去找那一條小溪，左右撥弄枝條穿過柳樹叢，一肚子火熱巴不得立刻跳上木筏，離開那片傷心之地——可是，木筏不見了！老天爺呀，我嚇壞了！我完全喘不過氣來，足足有一分鐘之久。接著我大叫一聲。這時，離我不到20呎的地方，有一個聲音說：

「我的天哪，寶貝，是你嗎？不要大聲嚷嚷了。」

那是吉姆的聲音——從來沒有比這更美好的聲音。我沿著河邊跑了一段路，上了木筏，吉姆抓住我，擁抱我，他是多麼高興再看到我。他說：

「孩子，上蒼保佑你。我剛剛還以為，你又死了呢。傑克來過，他猜想你也被槍殺了，因為你一直沒有回家去；所以，一分鐘之前，

---

18　赫克在此嚴屬自責，把全部慘劇責任攬到自己身上，令人讀來於心不忍。馬克吐溫在此用的是「棒打無辜者」（punishing the innocent）的諷刺手法，讓一個局外人的孩子，承當大人世界的荒謬過錯。

19　赫克一生沒有幾個朋友，好容易交到像巴克這樣同年齡的知心朋友，才過了十幾天好日子而已，就目睹他被槍殺，還為他收屍，我們很少看到赫克哭，他已被環境訓練出高強的自我防衛機能，但在這裡，他可是哭得真傷心，讀者也不禁一掬同情之淚。回想整個「世仇」火併過程，兩大家族到最後同歸於盡，不禁懷疑他們究竟是為何而戰，連死都死得莫名其妙，馬克吐溫一直認為，都是受了英國「俠義傳奇」小說的影響，為了捍衛一個落伍過時的榮譽觀念而作繭自縛，一心一意「為浪漫而浪漫」（romanticizing）。

我正想把木筏拖到小溪口，準備隨時撐出去，離開這兒，只等傑克再來跟我確認一次，你是否真的已經死了。老天爺，寶貝，我太高興你又回來了。」

我說——

「好極了，那也太棒了；他們不會找到我，會以為我被殺，屍體漂下河流了——那上游正好有某個東西，會讓他們這樣想——所以，吉姆，你就別浪費時間了，趕快把木筏撐到大河中央去，盡你所能，越快越好。」

一直等到我們的木筏離開那兒兩哩以外，往下游漂到密西西比河中央，我才真的鬆了一口氣。然後，我們掛起信號燈籠，確定已經再度自由自在、安全舒服。我從昨天到現在，一口食物也沒下肚，吉姆弄了一些玉米餅、酸乳酪、豬肉、包心菜，還有青菜——世上沒有比這些更好吃的，只要煮得對味——我一邊吃晚餐，一邊跟他聊天，快樂極了。我非常高興能夠遠離那些冤冤相報的世仇，吉姆也非常高興能夠遠離沼澤區。我們都說，畢竟天底下沒有一個地方，比我們的木筏更像個家[20]。看來其他地方都拘束彆扭、令人窒息，而木筏就不會。在木筏上，你會覺得非常自由自在、輕鬆愉快、舒服舒坦[21]。

---

20　赫克經歷這兩章節的慘劇，目睹兩大望族世仇火併同歸於盡的血腥場面，驚魂未定之餘回到木筏，感覺上好像回到了「家」一樣溫暖。從此與吉姆繼續順流而下，兩人畫伏夜出，為追求「自由」的美夢同甘共苦，吉姆追求天賦黑人人權的自由，赫克追求不受文明羈絆的自由。兩人不知不覺共築了一個「象徵式」的家，同時也是一個「實質性」的家。

21　「自由自在、輕鬆愉快、舒服舒坦」（free and easy and comfortable），一直是赫克最嚮往的生活境界。這一路上順流而下的歷程，「木筏歲月」（life on the raft）的優游自在與世無爭，與「岸上生涯」（life on the shore）的虛假偽善勾心鬥角，兩相形成強烈對比。難怪赫克與吉姆接二連三迫不及待逃離人群，奔回木筏上的小窩。馬克吐溫賦予這條故鄉大河新的生命，把它寫成壯觀、美麗、寧靜、祥和，具有「療癒」的補償作用，讓赫克與吉姆「療傷止痛」，脫離文明的戕害，回歸大自然的洗禮。

# 第十九章

兩三個白天和夜晚過去了[1]。我想大可說是游過去了，溜過去了，那麼的寧靜、滑順、可愛。我們多半是這麼消磨時光的。大河流到這兒變得異常寬廣——有的地方河面有一哩半那麼寬；我們夜裡趕水路，白天上岸躲藏；天色即將轉亮，我們就停止航行，把木筏靠岸拴起來——都是拴在沙洲下游水流靜止處；然後，砍下一些白楊和柳樹嫩枝，遮蓋在木筏上。隨後，我們把排鉤釣魚繩撒下水，接著，溜進河裡游個泳，清醒一下，也涼快一下；之後，我們坐在水深及膝的河床沙灘上，守著日光到來。這時候，周圍一點聲音也沒有——臻於完美的清靜——彷彿整個

▲ 晝伏夜出

世界都睡著了，或許，偶爾只有牛蛙咯咯叫上幾聲。朝水面望去，映

---

1 這第十九章前半部描寫密西西比河「清晨破曉」（daybreak on the Mississippi）和「夜晚美景」（night on the Mississippi），是本書最為人稱道的文字，也是美國文學的經典之作，馬克吐溫曾經擔任四年多的輪船領航員，看盡河上風光，摸透每吋水域，這裡他藉赫克之口，用最平凡的文字，呈現最平凡的景致，達到最高超的詩情畫意境界，所用的比喻都極為貼切生動，不落窠臼，給人耳目一新的驚喜。可惜好景不常，後半段出場的是，美國文學有史以來最惡名昭彰的兩大騙子，「國王」（the king）和「公爵」（the duke）。這一前一後形成強烈對比，是馬克吐溫的代表性文字，抒情詩意的田園風格，與辛辣戲謔的人性諷刺，相陳並列。

入眼簾的，只有灰濛濛的一道線——那是大河對岸的樹林——你一時還分辨不出什麼來；然後，天邊出現一小片蒼白，接著，稍微大片的蒼白，向四周慢慢擴散；然後，遠遠的，整個河面變得柔和起來，不再漆黑一片，而呈現灰色——你會看到一些小小黑點漂流過去，那麼老遠的——那是載貨平底駁船之類的東西；還有一條一條的黑色長線——那是木筏；有時候，你會聽到長槳吱吱嘎嘎的聲音；或是水面上沸騰的人聲，因為周遭這麼安靜，所以聲音傳得這麼遙遠；沒多久，你會看到河面上一道波紋，憑著波紋的形狀，你知道那底下有一截斷枝沉木，擋住急流而下的河水，河水沖擊在那截斷枝沉木上，造成那樣的波紋；你看到水面上的薄霧裊裊上升，東方天邊紅了起來，整個河面也跟著紅了起來，在河的對岸，你可以認出樹林邊有一棟小木屋，可能是個木材場，那些騙子商人，故意把木材堆得空隙很大，大到可以讓狗兒鑽進鑽出[2]；然後，舒服的微風吹了起來，從那邊吹過來，好像一把扇子，輕輕搧著你，那麼涼爽清新，聞起來甜甜的，想必是樹林和花草的緣故；可是，有時候也不全是那樣，因為人們把死魚到處亂丟，像雀鱔之類的，那還真的臭氣沖天；接著，一整天都是你的了，萬物在陽光下微微笑，鳥兒們也唱得起勁！

　　這時候，一點點炊煙大概不會被人注意到，於是，我們從釣線上取下上鉤的魚兒，煮上一頓熱騰騰的早餐。之後，我們就坐在那兒，看著大河的寂寞，有點兒懶洋洋地，不知不覺懶洋洋地睡著了。醒過來，慢慢的，抬頭看看眼前光景，或許看到一艘蒸汽輪船，一路咳咳咳往上游駛去[3]，遠在河的那一面，你什麼也看不清楚，只能依稀分

---

2　那時候木材買賣是論「材積」（volume）計價，一捆一捆綁起來賣，木材與木材之間的空隙（gap）照樣算錢，因此投機的不肖商人，故意把木材堆得很寬鬆，造成很多空隙，空隙之大連狗都可以穿梭其間，好多賣一點錢，濫竽充數。商人貪財乃人之常情。

3　「一路咳咳咳往上游駛去」，馬克吐溫的英文真是簡潔生動：coughing along up stream。蒸汽輪船逆流而上總要加足馬力，引擎發出吃力的聲音，好比上坡氣喘

辨出，它是後輪或是側輪推動的；然後，大約有一個鐘頭光景，你什麼也聽不見、什麼也看不見——只有結結實實的寂寞。接著，你看到一艘小木筏溜過去，滿遠的，木筏上或許有一個蠢蛋傢伙在劈柴，因為他們幾乎都是在木筏上劈柴[4]；你會看到，斧頭揚起時閃了一下，然後落下來——這時候你什麼也聽不到；等你看到斧頭再度上揚，舉到那人頭頂上方，這當兒，你才聽到「**鏗鏘**」一聲！——那個聲音就是要花上這麼長的一段時間，才會從河面那兒傳到這兒[5]。我們白天就這樣混過去了，懶洋洋的，聆聽著寂靜的聲音[6]。有一次，起了一場濃霧，木筏之類的小船開過去，都得把白鐵鍋子拿出來，敲得震天價響，讓蒸汽輪船聽見他們。一艘平底駁船或一艘木筏，會離我們這麼近，我們聽得到他們的說話聲、咒罵聲、嘻笑聲——聽得一清二楚；可是，卻看不到他們影子；這真讓你覺得毛骨悚然，就像鬼魂在半空中嘰嘰喳喳似的。吉姆說，他相信那是鬼魂；但我說：

「不是，鬼魂不會說『見鬼的什麼鬼霧』。」

很快的天又黑了，我們撐起篙子推木筏下水；到了河中央之後，就讓木筏順流而漂，水流想帶它到哪裡，就讓它漂到哪裡；然後，我們點上菸斗，兩隻腳泡在水裡擺盪著，天南地北什麼都聊——我們幾

(續)————————

如牛，一路噗噗噗，咳嗽著上去。

4  應該是為了利用時間，反正木筏漂流很慢，閒著也無聊，把柴劈好了，到了目的地，就可以直接卸貨。

5  這是一個「聲學幻象」，「鏗鏘」的聲音應該是斧頭劈在木柴上發出的聲音，但是因為「聲音」傳輸比「光線」慢得多，所以赫克看到那傢伙的斧頭再次舉在半空時，才聽到剛才斧頭落在木材上發出的「鏗鏘」聲，有趣的是，這也表示河面寬廣到連聲音都要旅行的地步。

6  「聆聽著寂靜的聲音」原文是 listening to the stillness，「寂靜」是沒有聲音的，怎麼「聽」得到？這是「矛盾修飾法」的一種修辭策略，表示享受寂靜所帶來的安寧平和心境，令人聯想到英國浪漫詩人華茲華斯（William Wordsworth）的經典名詩〈我如一片浮雲孤獨流浪〉（"I Wandered Lonely as a Cloud"），其中的名句「孤寂所帶來的幸福」（the bliss of solitude）。

乎都是光著身子，不管白天或夜裡，只要蚊子不咬我們——巴克家人
替我做的新衣服太講究，我穿了渾身不自在，何況我一向不講究穿衣
服，一點兒也不。

有時候，會有很長的一段時間，整條河流上就只有我們兩個。
越過河面，遠處是河岸和小島；偶爾看到亮光——某個小木屋窗口的
一點燭光——有時候，也看到水面上一兩處亮光——來自一艘木筏或
一艘平底駁船；或許你會聽到，那些船具之一飄過來的提琴聲或唱歌
聲。在木筏上過日子，實在很愜意。頭頂上有天空，點綴著星星，我
們常常仰面躺著，看那些星星，討論那些星星是製造出來的、還是天
然生成的——吉姆認為，它們是製造出來的，我卻認為，是天然生成
的；我猜測，要**製造**出這麼多星星，恐怕要花很長的時間；吉姆說，
可能是月亮**生出來的**；啊，這聽來好像很有道理，所以我就不再反對
他的說法，因為我曾看過一隻青蛙，一下子就生出那麼多的蛋[7]，
所以，他說的很有可能。我們也常常看一些星星，從天上掉下來，
尾巴拖著一道光芒[8]。吉姆說，那些星星不乖，從窩裡面被推了出
來[9]。

每天夜裡，總有一兩次，我們會看到一艘蒸汽輪船，在黑暗中溜
過去，有時候，煙囪會打嗝，吐出好大的一團火花[10]，火花像下雨

---

7　赫克這種比喻方式可愛又可笑，他沒讀過幾年書，只能用身邊常見的平凡事物來
　　比擬，青蛙下蛋是小孩子常見的事，這個比喻方式很像中國傳統裡的雅俗之別，
　　「撒鹽空中差可擬，未若柳絮因風起」。

8　這指的是「流星」（shooting star），荒郊野外及鄉村地區，沒有光害，看流星現
　　象的機會比較多，也比較清楚。

9　「眾星拱月」很常見，但把月亮說成是星星的媽，好像母雞帶著一窩小雞，也是
　　很溫馨可愛的比喻，沒有媽的赫克會很嚮往「窩」的感覺，會不會懷疑他自己是
　　那個不乖的小孩，「從窩裡面被推了出來」？

10　原文用「打嗝」（belch）這個字非常生動，蒸汽機引擎鍋爐加了煤炭之後，瞬
　　間產生一堆火花星星，從煙囪冒上來，火樹銀花煞是好看，從赫克的觀點來
　　看，感覺好像人吃飽了之後打嗝噴氣，也是絕妙比喻。

一般掉到河裡，煞是好看；隨後，蒸汽輪船轉個彎，船上的亮光一閃一閃之後滅掉，船上的吵雜人聲也跟著關閉，河面又恢復了平靜；等到蒸汽輪船開過去很久，它所掀起的漣漪，才會沖到我們這邊來，木筏隨即跟著上下震盪，在這之後，你聽不到任何聲音，因為你不知道多久之後，才會再聽到聲音，除了青蛙或什麼的叫聲以外。

午夜過後，岸上的人們都上床睡覺了，此後有兩三個鐘頭，岸上一片漆黑——小木屋窗口也看不到燈光。這些燈光是我們的時鐘——等第一道燈光又出現在窗口時，那就意味著天又快亮了，於是，我們得趕緊找一個地方躲起來，拴好木筏。

有一天大清早，天剛放亮的時候，我找到了一艘獨木舟[11]，就划著它越過一道激流，來到了大河岸邊——才200碼遠而已——我沿著柏樹林裡的一條小溪，溯溪而上，划了大約1哩遠，看看能不能採到一些漿果之類的東西。正當我經過一條橫跨小溪的石墩小徑[12]，小徑上突然來了兩個人，拚了老命的朝我狂奔。我心想，這一下子我完蛋了，因為每次有人在追趕什麼人時，那個被追趕的人，一定會是**我**——或是吉姆[13]。我正想趕快開溜，但這時他們已經跑到我跟前了，並且大聲嚷嚷，要我救他們的命——說他們什麼也沒做，卻有人一路在追趕他們——說有一堆人和一群狗兒，就要追上來了。說著說

---

11 馬克吐溫寫到這裡之前曾經停筆三年，等到他回來繼續寫的時候，他忘了在第十六章已經寫過，他們弄丟了那艘獨木舟，原稿寫到這裡是「我上了那艘獨木舟」，校對時發現前後不一致，但來不及了，全書已經寫完無法更動大局，只得改成「我找到了一艘獨木舟」。問題是，赫克和吉姆本來就打算買一艘獨木舟，用人力逆流划回他們錯過的俄亥俄河口，現在找到了一艘獨木舟，為何不馬上派上用場回頭逆流而上？幸好情節安排緊湊，接下去兩個大騙子出場，才繼續演出順流劇，讓馬克吐溫延續發揮，描述他所熟悉的密西西比河流域風土民情。

12 原文是cow-path，指的是為了讓牛群通過溪河而堆砌的石墩小徑。

13 這是赫克「自嘲」（self-mocking）的幽默，赫克自己經常闖禍，作賊心虛，草木皆兵，以為人人都在追趕他和吉姆。

著，就要跳進我的獨木舟，可是，我說：

「你們先別上來。我還沒聽到狗兒和馬兒的聲音；你們還來得及，趕快先鑽進樹叢，沿著小溪往上游跑一小段路，再從那兒涉水過來，上我的船——那樣，狗兒就嗅不到你們的氣味了。」

他們照著做了，等他們一上了我的獨木舟，我就立刻划向我們的沙洲，大約5分鐘或10分鐘之後，才聽到狗兒們和人們的喊叫聲。聽見他們往小溪的那個方

▲ 狗兒們追上來了

向跑去，可是看不見他們；他們好像停下來，瞎摸一陣；後來，我們越划越遠，直到最後，幾乎聽不到他們的聲音；等我們划了大約1哩以外，離開樹林進入大河時，一切都靜悄悄的了，我們一路划向沙洲，躲入白楊樹下，就安全了。

這兩個傢伙，其中一個約莫70歲，或者更老，頂著一個禿頭，兩頰灰白落腮鬍。頭上戴著一頂凹癟的破舊垂邊軟帽，上身一件油膩膩的藍色羊毛襯衫，下身一條破爛的藍色牛仔布褲子，褲腳塞進長統靴裡，還有一對自個兒編的吊褲帶——不，只剩一根了。此外，他手臂上搭著一件長尾巴的藍色牛仔布外套，上面釘著亮晶晶的漂亮銅鈕扣。兩個人都提著大大的、鼓鼓的、看來破舊的氈呢大提袋。

另外那個傢伙，大約30歲模樣，打扮也同樣窮酸邋遢。吃過早餐之後，大家躺下來聊天，第一件事居然發現，原來這兩個傢伙，誰也不認識誰。

「你闖了什麼禍？」禿頭的問另一個傢伙。

「是這樣的，我在賣一種去除牙垢的藥物——那玩意兒除垢是挺有效，可是，卻把牙齒的琺瑯質也一併除掉了——錯就錯在我不該在那兒多住了一晚，剛才我在小徑碰到你，正是我在蹺頭逃走的當兒，你跟我說，他們追上來了，求我幫你擺脫他們。所以我跟你說，我自己也惹了麻煩，乾脆和你**一道**逃吧。這就是整個故事經過——你的呢？」

「喔，我在那裡搞戒酒更生會活動的宣傳，搞了一個星期，女人們無論老少都把我當寵物，因爲我把那些酒鬼們搞得很不爽，**告訴**你喔，我一個晚上可以賺上個5、6塊錢呢——每個人頭收費10分錢，小孩和黑鬼免費——生意一直好得很；直到昨天晚上，不知是怎麼搞的，一個小道消息竟然傳開了，有人說我藏了一小罐私房酒，偷偷喝。今天早上，一個黑鬼跑來叫醒我，告訴我，人家正在偷偷集合，帶著狗兒和馬兒，很快的就要趕來抓我，抓到的話，他們會罰我先跑上半個鐘頭，然後大批人馬追捕我；要是逮到我，就要把我全身淋上熱柏油、黏上雞鴨羽毛、跨騎在一根粗糙木幹上，遊街示眾[14]。我連早餐都來不及吃，就開溜了——也不敢覺得餓。」

「老頭子，」年輕的那個說，「我看，我們可以合起來幹個雙人檔；你看如何？」

「我不反對，你是搞哪一行的——本行是？」

「我的本行是走路印刷工[15]；也買賣一點專利藥品；也是舞台

---

14　原文是they'd tar and feather me and ride me on a rail，這種刑罰方式歷史久遠，源自英國1185年理查一世通過的法令，以懲戒偷竊，美國早期移民將之帶往北美洲。美國19世紀司法制度尚未臻於成熟，流行用「私刑」（lynch）懲罰犯罪者，給他們全身塗滿「熱柏油」（hot tar），趁柏油未凝固之前，把他們全身撒滿「雞鴨羽毛」，逼他們「跨騎在一根粗糙木幹上」，然後抬著他們遊街示眾，讓他們出醜，讓眾人笑罵拷打出氣。這種「私刑」常造成輕重傷，甚至死亡。

15　「走路印刷工」（jour printer，正確說法應該是journeyman printer）懂得印刷技術，但是沒有機器，所以走到哪裡，就借用人家機器接印刷生意，四處打零

劇演員——演悲劇，你知道；有機會的時候，也搞催眠術或顱相學命理[16]；有時候換口味，也教教「歌唱地理學校」[17]；有時候，也來一段傳道演講——喔，我幹過的事兒可多著呢——手邊有什麼，就做什麼，也沒有一樣是老本行。你又是幹哪一行的？」

「我當年幹過一陣子醫生行業。按手治療[18]是我最拿手的——癌症、癱瘓這類的病症；我算命也挺準的，不過，要有人先幫我私下打聽清楚。傳教也是我的專長；主持野營布道會，或是巡迴布道。」[19]

有一會兒工夫，大家都沒說話；隨後，那個年輕的嘆一口氣，說：

「哀哉！」

<hr />

（續）工，印些海報或傳單之類，論件計酬，馬克吐溫12-14歲時在印刷廠當學徒，學過排版印刷術，18-22歲時先後在聖路易、費城、紐約、辛辛那提等城市的報社印刷廠工作，擔任按日或論件計酬的「走路印刷工」。

16 「顱相學」（phrenology）相當於「摸骨算命」，從頭顱骨表面凹凸形狀來判斷一個人的性格。

17 美國1840年代有所謂的「歌唱地理學校」（singing-geography school），把地理知識編成歌曲教唱，以便學生記憶。

18 「按手醫療」（layin' on o' hands），正確說法是laying on of hands，牧師或神職人員把手放在受祝福的人頭上或身體上，病人就可以不藥而癒。落後地區醫療缺乏，常見這種依靠信心或意志力而自療的「信仰療法」（faith healing），靠禱告或念咒語治病，但也有很多是騙人的。

19 以上這兩個惡棍騙徒幹過的所有壞事，都是美國中西部拓荒時期常見的騙術，生活困苦謀生不易，招搖撞騙層出不窮，很多都是類似這種「金光黨騙子」（confidence man，簡稱con man），專門欺負老實人，其伎倆是先取得受害者信心，再行詐騙，但往往受害者的愚昧也有責任，俗話說「一個願打，一個願挨」。往後這兩個超級大騙子所向無敵，那些輕易相信他們而受騙上當的鄉民也難辭其咎，笨到被騙還不知道，甚至還回過頭來惡整自己同胞，活該被騙。英文有一個字gullible可以形容如此「輕易受騙的」人，但我們也不得不佩服「國王」與「公爵」的洞察力，善於利用人性弱點。《赫克歷險記》在文類上不該歸類為所謂的「惡漢流浪小說」（picaresque novel），因為主角赫克和吉姆並不是惡漢，真正的惡漢倒是「國王」與「公爵」，他倆狼狽為奸，走到哪裡騙到哪裡。

「你哀哉什麼呀？」禿頭問。

「想一想，我竟然落魄到過這種日子的地步，墮落到和你們這些人爲伍。」他說著，拿起一塊破布擦拭眼角。

「去你的咧，難道我們這群人配不上與你爲伍嗎？」禿頭說，口氣相當惱怒又高傲。

「是啊，你們**是**配得上我，我也活該配這些人；我以前地位高尚，是誰把我扯下到這麼低落的？還不是**我**自己。先生們，我不怪**你們**──絕對不怪你們，誰也不怪。是我個人自作自受。讓這個冷酷的世界狠狠懲罰我吧；我只知道一件事──不管哪裡，總有一塊葬身之地留給我。這個世界會照常運轉，可能剝奪我的一切──親人、財產、所有的一切──可是，我的葬身之地，是剝奪不了的。終有一天，我會躺在那裡，忘掉一切，我那顆可憐破碎的心，將會得到安息。」說著，就哭了起來。

「見鬼了咧，你那顆可憐破碎的心，」禿頭說，「幹嘛把那顆可憐破碎的心，堆在**我們**身上？**我們**又沒得罪你。」

「沒錯，我知道你們沒得罪我。先生們，我也沒怪罪你們。是我自甘墮落──是的，我自作自受，我活該受苦受難──一點也不冤枉──我沒有任何怨嘆。」

「你從哪裡墮落的？你從原先什麼身分墮落的？」

「噢，你們不會相信的；全世界都不會有人相信──算了吧──沒關係。我出身的秘密是──」

「出身的秘密，你的意思是說──」

「先生們，」那個年輕的，非常嚴肅的說：「我要向你們透露秘密，因爲我覺得我信得過你們。按照名分，我是一個公爵！」

一聽這話，吉姆的眼珠子差點瞪出來，我想我的也是。過了一會兒，禿頭的說：「不，你不會是當真的吧？」

「是真的，我的曾祖父是橋梁水公爵的長子，爲了呼吸純正的自

由空氣，上個世紀末，逃到這個國家來；在這裡結婚、去世，留下一個兒子，他自己的父親也差不多同時間去世。公爵的次子奪取了爵位和資產——真正的公爵嬰兒被冷落。我就是那個嬰兒的嫡傳後代——名正言順的橋梁水公爵；現在的我，孤獨淒涼、身分地位被剝奪、遭人獵捕、被冷酷世界鄙視、衣著襤褸、疲憊不堪、身心破碎，淪落到木筏上，與罪犯為伍！」

▲「按照名分，我是一個公爵！」

吉姆非常同情他，我也是。我們試著安慰他，但他說沒有用，不會因此覺得欣慰；還說，要是我們有心承認他的身分地位，對他會比做什麼事都有好處。所以，我們都說願意承認，只要教我們怎麼做。他說，我們向他說話時，應該彎腰鞠躬，稱呼他「閣下」或「大人」或「爵爺」——他也不介意我們直接叫他「橋梁水公爵」，說那只是一個爵位封號，不是名字；吃飯的時候，我們兩個之一要服侍他，他要我們做什麼，我們就要做什麼。

喔，那非常簡單，我們當然照辦。吃飯時，吉姆從頭到尾站在他身旁，服侍他，嘴裡說「閣下，您要來點兒這個嗎，還是來點兒那個嗎？」等等，看得出來他非常高興。

可是，過了沒多久，那個老頭子變得默默寡歡——不言不語，眼看我們巴結奉承公爵，顯得很不是滋味，好像心事重重。因此，到了下午，他說話了：

「污艙水公爵[20]，我說啊，我為你的遭遇，感到萬分同情，但是，遭遇落難王公之苦的，不是只有你一個人而已。」

「不只我？」

「不，不只你。不是只有你一個人被誣陷迫害，從高高在上，被打下谷底深淵。」

「哀哉！」

「不是只有你一人身世成謎。」天哪！**他**哭了起來。

「慢著！你這話什麼意思？」

「污艙水公爵，我能信賴你嗎？」老頭子說，還在啜泣。

「洩密者天誅地滅！」他拉起老頭子的手，緊緊握著，說：「你身世的秘密，說吧！」

「污艙水公爵，我是已故的法國皇太子！」[21]

這一回，我和吉姆瞪大了眼睛。公爵接著說：

「你說你是什麼？」

「朋友，是的，再真實不過了——此時此刻，在你眼前的，正是那可憐的、失蹤多年的法國皇太子[22]，路易十七，也就是路易十六

---

20 這裡特別以「意譯」取代「音譯」，有其強調對比的作用。公爵自己號稱是「橋梁水公爵」（Bridgewater），而且英國歷史上也的確有此一貴族世襲爵位，可是老頭子孤陋寡聞，把人家叫成「污艙水公爵」（Bilgewater），意思是船艙底座長年累積下來的污水，骯髒惡臭之至。這是馬克吐溫著名的戲謔之詞，同時也挖苦窮鄉僻壤的鄉巴佬，盲目崇拜貴族的生活方式。

21 非常有趣的是，這位老先生糊裡糊塗，還犯了忌諱，把「當年的法國皇太子」（I am the ex-dauphin.）說成了「已故的」（I am the late dauphin.），如果「已故」，人都已經死了，那麼，眼前講話的是誰？譯者在此也故意將錯就錯，以凸顯其中樂趣。

22 法國大革命時期，國王路易十六和皇后被送上斷頭台，他們1785年所生之子路易十七，確實遭長期監禁，最後死於獄中（1795），但民間謠傳他逃過一劫，有一說法說他隱姓埋名逃到美國，老頭子就大言不慚自命皇太子，臉皮實在有夠厚。

赫克歷險記

和瑪莉安東尼所生之子。」[23]

「你！憑你這一大把年紀！算了吧！還不如說，你是已故的查理曼大帝，那你至少就有六、七百歲了。」[24]

「苦難催人老，污艙水公爵，苦難催人老；苦難害我鬢髮飛霜、未老先禿。先生們，是的，在諸位眼前的正是，藍色牛仔粗布衣服、悲慘淒涼、顛沛流離、放逐異鄉、踐踏蹂躪、吃苦受難、合法正當的法國國王。」

▲「我是已故的法國皇太子！」

說著，又嚎啕大哭，不可收拾，我和吉姆幾乎不知道怎麼辦，很同情他──有幸和他共處，也覺得又高興又驕傲。於是，我們擁到他身邊，按照先前對待公爵的方式，想盡辦法安慰他。但是，他說沒有用，除非死了，一了百了，才對他有好處；不過他也說，要是有人能夠比照他的身分對待他，跟他說話時單膝下跪，稱呼他為「陛下」，服侍他用餐，在他面前，除非獲得允許才坐下，那麼，他或許會覺得好受一些。所以，吉姆和我奉他為陛下，為他做這做那，站在他身旁，直到他允許，我們才坐下。這麼一來，他龍心大悅，變得快樂又舒服。但是，公爵又酸溜溜了，很不滿意我們這樣高規格對待他；所幸，國王對他非常友善，說他的父親以前特別尊重公爵的曾祖父和所有世襲公爵們，經常召他們入宮；但是，有好一陣子，公爵還是氣呼

---

23　老頭子荒腔走板，把Louis說成Looy，把Marie Antoinette說成Marry Antonette。

24　以年齡推算，法國皇太子如果活著，這時應該有五十多歲，而老頭子是七十多歲，差太多了。難怪公爵挖苦他，說他還不如自稱是西元800年稱帝的法國第一位帝王查理曼大帝（King Charlemagne, 768-814）吧。

呼的，後來，國王說：

「污艙水公爵，看來咱們還得在這艘爛木筏上，待上該死的一段時間，你這樣酸溜溜，有什麼用呢？只會讓大家都不痛快。我生來不是公爵，那又不是我的錯，你生來不是國王，那又不是你的錯──自尋煩惱有什麼用呢？我說，就逆來順受隨遇而安吧──那是我的座右銘。我們在這兒相遇，也不是壞事呀──食物不虞匱乏，日子過得輕鬆自在──來吧，公爵，握個手，大家交個朋友吧。」

公爵和他握手言和，吉姆和我看了都很高興。所有的彆扭一掃而空，我們覺得非常開心，因為在木筏上，彼此不友善的話，那會是很悲慘的事；因為在同一艘木筏上，你最想要的，沒有別的，就是大家都心滿意足、和樂融融、彼此寬容。

沒過多久，我心裡就斷定，這兩個騙子根本不是什麼國王或公爵，只是兩個卑鄙齷齪的江湖郎中和騙子。但是，我沒說出來，也沒拆穿他們，只是藏在心底；這才是上策；這樣就不會有爭吵，也不會惹來麻煩。如果他們要求我們叫他們國王和公爵，我也不反對，只要能夠維持這個家的和諧就好；告訴吉姆也沒用，所以，我也沒告訴他。雖然我從我老爹身上沒有學到什麼，至少我學到了，怎麼和他那一類的無賴相處，最好的方法就是，由他們愛怎樣，就怎樣[25]。

---

25　這兩段文字再度顯示赫克息事寧人的態度，只要「家和萬事興」，他願意委曲求全。

# 第二十章

他們問了一大堆問題，想知道，為什麼我們要把木筏那樣藏匿起來，為什麼白天不趕路，而要停下來休息——吉姆是落跑的黑鬼嗎？我說：

「老天爺啊！一個落跑的黑鬼會往**南方**跑嗎？」

不會，他們推想也不會。我又得編一個故事來解釋，於是我說：

「我家人本來住在密蘇里州的派克郡，我在那兒出生，家裡的人陸續死了，只剩下老爸、我、弟弟艾克，老爸破產了，想到下游去投靠我叔叔班恩，他在河邊有一塊巴

▲ 在木筏上

掌大[1]的土地，就在紐奧爾良下去44哩。老爸很窮，還欠了一屁股債；等他把債務償清之後，幾乎一無所有，只剩16塊錢和我們的黑鬼吉姆了。16塊錢，根本不夠我們一家人旅行1400哩路，連坐統艙或任何交通工具都不夠。還好河水上漲了，有一天老爸走了一點點好運，

---

1 原文a little one-horse place。"one-horse"是形容一個非常小而又不起眼的地方，或窮鄉僻壤的小鎮，一匹馬就足以擔負所有的拖拉搬運事情。字面上是「單匹馬拉的」或「單馬的」，引申指「丁點大的」、「巴掌大的」。常語帶輕蔑，就像我們說「鳥不下蛋的地方」。

撈到這艘木筏；所以，我們打算靠它一路漂到紐奧爾良去。可惜老爸好運沒維持夠久；有一天晚上，一艘蒸汽輪船撞上我們木筏的前面一角，我們都跳下水，潛到機輪底下；吉姆和我游上來，平安無事，可是，老爸當時喝醉了，而艾克才4歲，結果他們兩個沒浮上來。往後的一兩天，我們碰上挺大的麻煩，因為人家一直坐小船過來，要把吉姆從我身邊搶走，硬說他是落跑的黑鬼。從那之後，我們不敢再白天跑路；晚上上路就沒人來找麻煩了。」

公爵說——

「讓我自個兒來想出一個辦法，看看能不能白天想上路就上路。我會絞盡腦汁——我會發明一個計畫，搞定這個問題。今天暫時不管它，因為我們當然不想白天經過那個小鎮——或許不安全。」

傍晚時分，天色暗下來，好像要下雨。夏季無雷聲的閃電，在低垂的天邊此起彼落，樹葉都開始發抖——顯而易見的，這場暴雨將會很猛烈。於是，國王和公爵走進帳篷，檢閱我們床鋪是什麼樣子。我的床鋪是包著麥稈的床墊——比吉姆的好一點，他的是包著玉米莢殼的床墊，裡面摻雜玉米軸莖，戳到會很痛；躺在上面翻身的時候，乾燥莢殼會沙沙作響，聽起來好像在一堆枯葉上打滾，窸窣聲會吵醒你。於是，公爵想要睡我的床，但是，國王不讓。他說——

「我倒是認為，既然我倆身分階層有所高低不同，照理說你應該想得到，玉米莢殼的床墊不適合我睡。閣下還是自個兒去睡那種床吧。」

那一刻，吉姆和我又急得要命，擔心他們兩個又衝突起來；因此，我們很高興聽到公爵說——

「我命中注定，要永遠被迫害者的鐵蹄踩在爛泥裡。坎坷的命運，早已粉碎我的高傲氣勢；我投降，我臣服；此乃我命也。我在世上孑然一身——讓我受苦吧；我還挺得住。」

一等天色全黑，我們就出發。國王要我們一路划到河中央，先別

急著點燈，等過了那個小鎮一段距離之後再說。過了一會兒，看到一小串燈火——就是那小鎮，你知道——我們從旁邊溜過去，隔著半哩遠，平安無事。等划離小鎮四分之三哩的時候，我們點起信號燈籠；10點鐘左右，狂風暴雨，雷電交加，該來的都來了；國王要我們兩個留守在外面，守到天氣好轉；他和公爵爬進帳篷去睡覺。接著輪到我守夜，要守到12點。反正我也睡不著，即使給我一張床；因為這樣的狂風暴雨景象，可不是一個星期天天都看得到，機會不是很多。老天爺，狂風那樣尖叫呼嘯而過！每隔一兩秒鐘，就有一道閃光，照亮方圓半哩之內的洶湧白浪，河中小島在雨中變得霧濛濛，樹木在狂風裡甩過來甩過去；接著**嘩喀**！一聲巨響——**轟！轟！轟隆！轟隆！轟！轟！轟！轟！**——然後雷聲轂轆轆、帕啦啦逐漸遠去，接著停止——然後又**嘶啦**一聲，出現另一道閃電和另一輪轟天雷[2]。好幾次波浪打上來，差點把我沖下去，不過，反正我身上沒穿什麼衣服，所以也不在乎。河裡的斷枝沉木倒不是威脅，因為閃電的炫光，接二連三的照亮水面，我們看得很清楚，斷枝沉木在哪裡，都來得及調撥木筏，偏左或偏右，避開它們。

　　輪到我中班守夜，你知道，到了那時候我很睏，吉姆說他幫我守前半段；他就是個大好人，一直都是。我爬進帳篷裡，國王和公爵睡得橫七豎八，根本沒有我躺下的空間；我只好出來外面睡——反正我也不在乎下雨，因為天氣暖和，這時的波浪也不太大。然而，半夜兩點鐘左右，波浪又來了，吉姆本想叫醒我，後來改變心意，因為他想波浪不會造成危害；不料，這回他錯了，沒多久，突然來了一波特別大的浪，一下子就把我捲到河裡去了。吉姆笑得差點死掉。總而言之，他是有史以來，最容易動不動就發笑的黑鬼。

---

2　馬克吐溫再度傳神地描述閃電之後雷聲滾滾、萬馬奔騰、浪濤似雪，那是密西西比河典型夏季雷陣雨的壯觀場面。

我接過班，吉姆一躺下來就打呼；過一會兒，暴風雨減弱，最後完全停止；看到第一盞燈火後，我才叫醒他，把木筏划進適合白天藏匿的地區。

早餐過後，國王拿出一副破舊的撲克牌，和公爵玩了一陣子「七點」牌戲，每一局賭5分錢。後來玩膩了，就說要「籌畫一項運動」，照他們說的。公爵從他的氈呢提袋裡，翻出一些印刷的小傳單，大聲念出來。有一張上面印著，「巴黎著名的阿曼德蒙達班博士」，即將要「發表顱相科學演講」，於某某地方、某某日期和時間，入場費每人10分錢，「供應顱相學圖譜，每本25分錢」。公爵說，那位博士就是**他**。另一張傳單上印著：「世界馳名的莎士比亞悲劇演員，蓋瑞克二世，來自倫敦朱理巷劇院。」其他傳單上，他還有一大堆不同的名字，做一大堆了不起的事，譬如用「神棒」找到地下水源和黃金，「解除巫咒」等等。過一會兒，他說：

「文藝女神的戲劇，畢竟還是我的最愛。陛下，您可曾上台演過戲？」

「沒有，」國王說。

「那麼，我們的落難王君，三天之內，您就會上台演戲了。」公爵說。「等我們到一個像樣的城鎮，就去租一個大廳，上演《理查三世》中的〈比武鬥劍〉，和《羅密歐與茱麗葉》裡的〈樓台會〉。不知您意下如何？」

「污艙水公爵，我跟了，只要能賺錢，我心甘情願做任何事情，可是，你也知道，我對演戲一竅不通，也沒看過幾齣戲。當年父王常請戲班子到皇宮演出，可惜那時我還太小。你真能把我教會演戲嗎？」

「簡單！」

「太好了，不管怎樣，我已經迫不及待，要嘗試新鮮的玩意兒。馬上開始吧！」

**▲ 國王扮演茱麗葉**

於是，公爵開始告訴他一切，羅密歐是誰，茱麗葉是誰，說他已經習慣飾演羅密歐，所以，國王可以演茱麗葉。

「公爵，可是人家茱麗葉是個年輕女孩子，我的禿頭和白鬍子，演起她來，可能會是害她變得超乎尋常的古怪哩。」

「不會，你別擔心——這個地方的鄉巴佬，根本不會想到這些。何況，你知道，你會穿著戲服，那就大大的不同了；茱麗葉會出現在陽台上，上床睡覺前欣賞一下月亮，她會身穿睡袍，頭戴皺褶睡帽。這就是演她這個角色的戲服。」

他取出兩三套用窗簾印花粗布做的衣服，說那是中古時期的鎧甲，理查三世跟另外那個角色穿的，還有一件白色棉布睡袍，還有配成一套的皺褶睡帽。國王看了很滿意；於是，公爵取出劇本，朗讀起要上演的台詞，用老鷹展翅的誇張方式，一面神氣活現的走台步，一面展示演戲技巧，教國王應該怎麼演；然後把劇本給國王，要他把那一部分台詞背熟。

河灣下游約3哩處，有一個巴掌大的小鎮，吃過午餐之後，公爵說他已經想出一個好辦法，以後可以白天上路，而且吉姆也不會遇到危險；所以，他要到鎮上去一趟，把這件事搞定。國王說，他也要一塊兒去，看看能不能撈到什麼。我們的咖啡用完了，所以吉姆說，我最好也跟他們一塊兒划獨木舟去，買一點咖啡回來。

我們到了鎮上，發覺鎮上居然連個人影兒也沒有；街道空蕩蕩，

一片安靜死寂，就像星期天大家都做禮拜去了。我們在一戶人家後院裡，看到一個生病的黑鬼在曬太陽，他說，除了太小的、生病的、太老的，其他的人都去參加野營布道會了，就在離鎮兩哩外的樹林裡。國王打聽清楚方向之後，說他想去那兒，看看能不能利用野營布道會，弄出個名堂來，說我也可以跟去。

公爵說，他要找的是印刷廠。我們找到了，一個非常小的店面，在一間木匠鋪的樓上——木匠們和印刷工人們，也都去參加野營布道會了，門都沒上鎖。印刷廠裡髒兮兮的，滿地垃圾，牆壁上都是油墨痕跡，還貼滿各種傳單，上面印著馬匹和落跑黑鬼的畫像。公爵脫了上衣，說他現在找對地方了。於是，我和國王就前往野營布道會。

我們走了半個鐘頭才到那兒，渾身出透了汗，因為那是個要命的大熱天。那兒大概有一千人之多，來自方圓20哩的各個地方。樹林裡都是馬匹和馬車，拴在四處，馬匹吃著食槽裡的草料，還不停地跺著蹄子趕蒼蠅。人們用圓木柱當支架，用枝葉當遮棚，在裡面賣檸檬汁和薑汁餅，還有一堆堆的西瓜和鮮嫩玉米之類的食物。

布道會也在這樣的棚架下進行，只是棚架更大、也容納更多人。長板凳是圓木柱劈成的厚木板做成，圓的那一面鑽洞插上木棍當椅腳，沒有椅背。棚架下方那一頭，牧師們站在高高的講台上。女人戴著綁帶遮陽帽；有的穿著亞麻和羊毛混紡的粗布連身裙，有的穿條紋格子粗棉布衣，年輕一點的穿印花棉布衣裳[3]。有的年輕男人打赤腳，有的小孩子只穿一件粗麻布汗衫。有些老女人在織毛線，有些小伙子和女孩子，在偷偷地談情說愛。

我們來到第一個棚架，牧師正在帶領群眾，唱一首讚美詩。他領頭唱兩句，群眾就跟著唱兩句，群眾人很多，唱得又響亮，聽來聲勢

---

3 赫克根據窮鄉僻壤地區（backwoods society）女人穿的衣服質料來區分她們的社會階層，下階層女人穿亞麻和羊毛混紡（linsey-woolsey），中階層穿條紋格子粗棉布（gingham），上階層穿印花棉布（calico）。

▲ 偷偷地談情說愛

浩大；接著，他又領著大家多唱兩首——就這樣一直唱下去。這些人越唱越有精神，聲音也越來越大；唱到最後，有些人開始呻吟，有些人開始吶喊。然後，牧師開始講道；講得也十分激動；揮舞著手臂，從講台這一邊走到那一邊，俯身傾向講台前方，手臂和身體不停地搖擺，用最高音量，吼得聲嘶力竭；還三不五時捧起《聖經》，攤開來，給群眾來來回回傳閱，嘴裡喊著：「這就是曠野裡的銅蛇！看著它，就可活命！」[4] 群眾也大喊：「讚美主！——阿——阿——門！」牧師又繼續，群眾又是呻吟又是哭喊，說著阿門。

「來啊，來坐懺悔者的板凳[5]！來啊，罪孽深重的！（聽起來聲勢浩大；）生病、受傷的！（**阿門！**）跛腿、殘廢、失明的！（**阿門！**）貧困、潦倒、受盡凌辱的！（**阿——阿——門！**）所有疲憊、

4 典故出自《舊約聖經‧民數記》第二十一章第4-9節。以色列子民被摩西帶領從埃及出來之後，在曠野中無糧無水，於是埋怨上帝和摩西。上帝因他們的悖逆而使毒蛇進入他們當中，咬死很多人，以作懲罰。他們因此懺悔認罪，拜託摩西替他們向上帝求情，上帝就囑咐摩西造一條銅製的火蛇，掛在杆子上，凡是被毒蛇咬過的，只要注視這銅蛇，就必定得活。牧師在此引用這個故事作譬喻，勸人信服上帝，上帝具既有賜福降禍能力，也有慈悲憐憫的情懷。因為這銅蛇就象徵耶穌基督掛在十架上，供認罪的人仰望而得赦免。見《新約聖經‧約翰福音》第三章第14-15節。摩西鑄造銅蛇後700多年，以色列人一直向這銅蛇燒香膜拜，直到〈列王紀下〉第十八章第3-4節，才被猶大王希西家以打破偶像崇拜之名而打碎毀掉。

5 「懺悔者的板凳」原文mourners' bench，或稱anxious seat，最前座位，特別保留給自認罪孽深重、迫切尋求赦免的悔過者（penitents）。

墮落、苦難的！──帶著破碎的
精神！帶著悔悟的心靈！帶著破
衣、罪惡、污穢！洗滌罪孽的
聖水，任你取用，天堂之門，
爲你敞開──啊，進來吧，安息
吧！」（阿──阿──門！讚美
主，讚美主，哈利路亞！）

▲「當了30年海盜」

就這樣一直繼續著。你再
也聽不清楚牧師在講什麼，因爲
群眾的吶喊聲和哭泣聲太大了。
四處都有人站起來，拚命向前推
擠，淚流滿面，湧向懺悔者的
板凳；等他們成群結隊的湧到
前排板凳，他們唱歌、吶喊、縱身撲倒在草墊上，就是那麼瘋癲又狂
野[6]。

我才回過神來，只見國王跑上前去；他的嗓門壓倒所有的聲音；
接著，他衝到講台上，牧師請他向群眾說幾句話，於是他開始講了。
他說，他是一個海盜──在印度洋上當了30年海盜，去年春天，他們
船上的海盜，在一場打鬥中銳減不少，他這次回家鄉來，就是要招募
一批新的人手，作爲補充，謝天謝地，昨天晚上他遭人搶劫，身無分
文，從蒸汽輪船上被趕下來，不過，他爲此慶幸，那是他一輩子最幸
運的事，因爲他現在已經洗心革面，感受到有生以來第一次的幸福；
雖然現在很窮，他要立刻上路，想盡辦法回到印度洋去，把他剩餘的
生命，都用來規勸其他的海盜，要他們改過自新；因爲他了解那些海

---

6 馬克吐溫對某些教徒的宗教狂熱很不以爲然，尤其對他們不分青紅皂白、假神聖
之名行污穢之實，及種種矯揉造作，一向攻擊不遺餘力，這裡又懲罰這些信徒，
活該他們被騙失金。

盗們的行徑，所以會比任何人做得更好；雖然他身無分文，而且要花很長的時間，才能回到印度洋，但是，不論用什麼方法，他一定回去，以後他每次規勸一個海盜改邪歸正時，他一定要對他說：「不必謝我，這不是我的功勞，這完全要歸功於波克鎮的那些鄉親們，那些參加野營布道會的人，他們是人類的親兄弟和大貴人——還有那位親愛的牧師，是海盜所能遇上的最真誠朋友！」

說完，便嚎啕大哭，群眾也跟著嚎啕大哭。這時，群眾當中有人大喊：「替他募捐吧！替他募捐吧！」立刻，就有六個人跳起來要幫他收錢，但是，又有另一個人喊道：「讓他自個兒捧著帽子收錢吧！」大家都附和，牧師也說好。

於是，國王捧著帽子，穿梭於群眾當中，一面擦拭眼淚，一面祝福和讚美大家，感謝大家一片善心，善待天涯海角的海盜們；每隔一會兒，還有一些非常漂亮的女孩子，雙頰垂淚地走過來，請問是否可以親吻他，作為紀念；他當然滿口答應；還摟抱著幾個女孩子，親上5、6次之多——有人邀他留下來一星期，有人邀他住到他們家裡，認為那是一項殊榮；但是他說，既然那天是野營布道會的最後一天，他留下來也沒用處，何況他急著要趕回印度洋去，去規勸那些海盜從善。

我們回到木筏之後，國王把募捐來的錢數一數，發現居然總共募到了87元又75分錢。除此之外，穿過樹林回來的路上，他還順手牽羊，從人家馬車底下，摸了一桶三加侖的威士忌酒回來。國王說，總結起來，這一天到手的錢，比起他幹傳教士那一行以來的任何一天，都多得太多了。他說，空口傳教根本沒用，光憑一場野營布道會，就想讓異教徒信教，何況是海盜，呸！門兒都沒有。

公爵一直覺得**他自己**也幹得不錯，直到國王展現他的收穫，不過，他也自嘆弗如。他在印刷場裡自己操作機器，替農人印了兩份小東西——賣馬的傳單——收了四塊錢。還替報紙做了十塊錢的廣告生

意，他說，要是預先付款，只要四塊錢就可以——人家也照付了。訂閱報紙的訂費是一年兩塊錢，他以半塊錢的優惠價，收了三個訂戶，條件是預付現金；訂戶本來想按照慣例，用木料和洋蔥來抵付，但他說，他剛剛把這個小生意頂下來，已經盡其可能的壓低價錢，只能收現金交易。他還排版了一首小詩，自個兒動腦筋親筆寫的——共有三段詩行——有點甜蜜而感傷——詩名是〈是啊，冷酷的世界，砸爛這顆破碎的心吧〉——他排好了版，隨時可以印在報紙上，完全不收稿費。所以，他總共撈到九塊半，還說他辛辛苦苦幹了一整天的活，才賺到這些錢。

然後，他又拿出另一份印刷傳單給我們看，也是不收費的，因為是為我們特別印的。上面有一張落跑黑鬼的畫像，木棍挑著包袱，扛在肩膀上，畫像下方印著「懸賞200元」的字樣。傳單上印的都是關於吉姆，形容得絲毫不差。說他去年多天，從紐奧爾良下游40哩的聖傑克斯農莊逃走，可能往北走，凡是逮到他送回農莊者，可領到賞金及開銷費。

▲ 另一份印刷傳單

「現在，」公爵說，「過了今晚，以後我們想要白天上路，就可以白天上路。隨時有人過來的時候，就趕快把吉姆的手腳用繩子綁起來，關在帳篷裡面，然後給人家看這張傳單，說我們在上游抓到他，但窮得沒錢坐蒸汽輪船，只好從朋友那兒租了這艘木筏南下，就要去領賞金。若用手銬和腳鍊拴著吉姆會很棒，可是，就不符合我們很窮的說法了，彷彿給他戴上

首飾。繩子才比較合適——我們一定要講究三一律[7]，就像在戲台上。」

我們都說，公爵實在很聰明，以後白天上路，也不會遇上麻煩了。我們打算當天晚上趕個幾十哩路，遠遠離開那個小鎮，躲掉公爵在印刷廠惹麻煩而引起的後續紛擾。——然後，我們就可以隨心所欲，一帆風順開跑了。

我們壓低身子，保持安靜，10點鐘以前不敢上岸；之後，一路漂流下去，離開那個小鎮遠遠的，直到看不見小鎮蹤影，才敢把燈籠點上。

清晨4點鐘，吉姆來叫我換班守夜，他說——

「赫克，你認為，我們往後還會再遇上什麼國王的嗎？」

「不會，」我說，「我想不會了。」

「好，」他說，「那就很好。我不介意有一兩個國王，但那就夠了。這個國王整天喝得醉醺醺，那個公爵也沒好到哪裡去。」

我發現，吉姆一直想辦法讓國王說法國話，因為他想聽一聽法國話是什麼腔調；但是，他說他離開法國太久了，又歷經這麼多滄桑，早已忘記法國話怎麼說了[8]。

---

7 「三一律」（three unities），指的是三方面都必須一致：時間（time）在一天之內、地點（place）不變、情節（plot）前後一致，是17世紀歐洲古典劇作家在創作時遵循的法則，師法希臘亞里斯多德的劇作理論。

8 「國王」居然會忘記母語的法國話，這個藉口未免太牽強了，不過也不用多說，當事人和讀者也都心知肚明。

# 第二十一章

太陽已經升起，但是我們繼續前進，沒有停下來藏起木筏。過了沒多久，國王和公爵走出帳篷，顯得無精打采；等跳下水去，游了一陣泳之後，這才精神充沛。早餐過後，國王坐在木筏角落，脫掉靴子，捲起褲管，兩隻腳在水裡擺盪，舒暢身心，然後點上菸斗，開始背誦羅密歐與茱麗葉的台詞。等他背得差不多了，就和公爵一起排練。公爵一遍又一遍教他，怎麼說每一句台詞，教他嘆氣，把手放在心口

▲ 排練演戲

上。過了一會兒，他說，國王已經做得很不錯了；「只是，」他說，「你不可以那樣吼著『**羅密歐！**』像一頭公牛——你一定要輕聲輕語、病懨懨、有氣沒力的，這樣——『羅—密—歐！』才行；因為茱麗葉是一個甜美可愛的小小女孩子，你知道，她才不會像一頭驢子一樣嘶吼。」

接著，他們拿出一對長劍，公爵用橡木板條做的，開始排練那一幕〈比武鬥劍〉的戲——公爵自稱是理查三世；他們在木筏上，你來我往、互相擊劍的場面，真是壯觀極了。後來，國王絆倒，跌進河裡，他們才暫停一下，休息一陣過後，他們談起在這條河上經歷過的各種冒險往事。

晚餐後，公爵說：

「我說，卡貝皇上[1]，你知道，我們得把這次演出變成一流水準，所以，我們還得多少準備一點小節目，以備觀眾喊『安可』時，可以派上用場。」

「污艙水公爵，什麼是『安可』？」

公爵解釋給他聽了，然後說：

「爲了回應觀眾『安可』，我可以跳蘇格蘭高地土風舞，或水手號笛舞；那你——喔，我想

▲ 哈姆雷特的獨白

想看——啊，有了——你不妨朗誦一段哈姆雷特的獨白。」

「哈姆雷特的什麼？」

「哈姆雷特的獨白，你知道，是莎士比亞最膾炙人口的東西。啊，崇高啊，崇高啊！永遠風靡全場。我身上帶著的這本書，裡面沒有那一段——可惜我只帶了一本——不過，我想我能夠從記憶裡，拼湊出這一段獨白。讓我來回走上幾趟，看看能不能把它從我的記憶寶庫中喚回。」

於是，他開始在木筏上來回踱方步，沉思回想，不時緊皺眉頭；然後，他的眉鋒上揚，接著，用手按住額頭，搖搖欲墜倒退幾步，口中似在呻吟；然後，又仰天嘆息，接著，假裝掉下一滴眼淚。那神情

---

1 Capet是法國路易十六王朝承襲自中古時期祖先的姓氏，法國大革命時「國民公會」（National Convention）將他定罪時，就稱他為Louis Capet。這裡公爵故意戲稱國王為卡貝（Capet），多少也炫耀他的歷史常識豐富，不過公爵引用的典故也有可能斷章取義來自茱麗葉娘家的姓氏Capulet。

真是優雅極了。終於，他回想起來了。要我們注意聽。於是，他擺出一種非常高貴的神態，一條腿向前斜伸，兩隻手臂往上高舉，腦袋向後揚，眼睛望天空；接著，他開始扯開喉嚨，狂言亂語，咬牙切齒；他朗誦這段台詞時，從頭到尾都在嘶吼叫囂，比手劃腳，挺胸鼓氣，**我**這一輩子所看過的戲，全都被他比下去了。他在教國王的過程中，我也學下來了，很簡單——台詞就是這樣子：

　　　　生存呢，還是死亡，那是一柄出鞘的短劍
　　　　把如此漫長的人生變成了災難；
　　　　誰能背負重擔，直到伯南伍德來到登希納，
　　　　但是對死後未知世界的恐懼
　　　　謀殺了無憂無慮的睡眠，
　　　　和大自然的第二運程，
　　　　使我們寧可拋出厄運的毒劍
　　　　也不願投向未知的領域。
　　　　這也是我們裏足不前的緣故：
　　　　但願你能敲門喚醒鄧肯！但願你能；
　　　　只問誰能忍受時光的鞭笞與咒罵、
　　　　迫害者的邪惡、傲慢者的凌辱、
　　　　司法的延宕，和痛苦導致的死亡解脫，
　　　　在死者廢墟與子夜時分，教堂墓園洞開
　　　　穿著禮俗的莊嚴黑色喪服，
　　　　但未曾有過旅人自那神秘王國返回，
　　　　向世間散播瘴癘毒氣，
　　　　剛毅果斷的本色，如同古諺裡的貓兒，
　　　　被憂慮蒙上病容，
　　　　籠罩在我們屋頂的陰霾，

赫克歷險記

也因此改變氣流方向

失去了行動的美名。

這是值得虔誠祈求的圓房。且慢，美麗的奧菲莉雅，

別張開你那笨拙的大理石嘴巴，

快到修道院去吧——去吧[2]！

---

2 「哈姆雷特的獨白」（Hamlet's soliloquy）是莎士比亞最著名的一段文字，公爵這段台詞東拼西湊、顛三倒四、錯誤百出，還把《馬克白》及《理查三世》的詞句穿插進來，真是慘不忍睹。一方面是諷刺半吊子演員的招搖撞騙，「自我暴露」（self-expose）仿諷者的膚淺，另一方面欺負鄉巴佬的愚蠢無知、孤陋寡聞、盲目崇拜、容易被騙（gullible），19世紀美國中西部窮鄉僻壤地區常見這種荒唐誇張的滑稽劇。這種諷刺手法叫做「拙劣模仿」（travesty），屬於一種低格調的「諧擬」（parody），用滑稽、低俗、扭曲、誤導的方式，刻意曲解文人或文學作品，本書對莎士比亞的糟蹋，就是典型一例，在此並不是褻瀆神聖的莎士比亞，應該無損一代文豪的美名。莎士比亞畢竟是西方一等一的文豪，前無古人後無來者，為了維護一代大師清譽，以正視聽，特別舉列「哈姆雷特的獨白」原文如下，中譯取自彭鏡禧《哈姆雷》（聯經，2001）：

| | |
|---|---|
| 要活，還是不要活，這才是問題： | To be, or not to be – that is the question: |
| 哪一樣比較高貴——在內心容忍 | Whether 'tis nobler in the mind to suffer |
| 暴虐命運的弓箭弩石， | The slings and arrows of outrageous fortune, |
| 還是拿起武器面對重重困難， | Or to take arms against a sea of troubles |
| 經由對抗來結束一切？ | And, by opposing end them. |
| 死去——睡去， | To die – to sleep, |
| 如此而已；假如一覺睡去就結束了 | No more; and by a sleep to say we end |
| 內心的痛苦，以及千千萬萬種 | The heartache and the thousand natural shocks |
| 肉體必須繼承的打擊：這種結局 | That flesh is heir to: 'tis a consummation |
| 正是求之不得。死去，睡去； | Devoutly to be wished. To die, to sleep; |
| 睡去，可能還作夢 | To sleep, perchance to dream |
| ——對，這才麻煩。 | – ay, there's the rub, |
| 因為在死的睡眠裡會做哪一種夢， | For in that sleep of death what dreams may come, |
| 即使那時已經擺脫了凡塵的羈絆， | When we have shuffled off this mortal coil, |
| 還是會逼得我們躊躇——也因此 | Must give us pause – there's the respect |
| 苦難的生命才會如此長久。 | That makes calamity of so long life. |
| 誰甘心容忍世間的鞭笞和嘲諷、 | For who would bear the whips and scorns of time, |
| 壓迫者的欺負、傲慢者的侮辱、 | Th' oppressor's wrong, the proud man's contumely, |
| 失戀的創痛、法律的延誤、 | The pangs of despised love, the law's delay, |
| 官員的蠻橫，以及有德之士 | The insolence of office, and the spurns |

老頭子很喜歡這段台詞，很快就學會了，而且演得一流水準。好像他生來就會演戲；等他練得順手了，激動起來了，他那副聲嘶力竭、前傾後仰的神氣模樣，真是可愛極了。

　　我們一有機會上岸，公爵就印了一些傳單海報；之後兩三天的順流而下，木筏變成熱鬧非凡的舞台，不是比武鬥劍，就是——正如公爵所說——排練演戲，從早到晚沒停過。一天早上，我們一路到了阿肯色州南端，在大河灣邊上又看到一個巴掌大的小鎮；於是，我們停靠在小鎮上游四分之三哩處的小溪溪口，溪口兩岸覆蓋著絲柏樹叢，形同一條隧道，除了吉姆，我們三人划著獨木舟，到小鎮看看，有沒有機會上演我們的節目。

　　我們運氣很好；當天下午，小鎮有馬戲團表演，這時，鄉下人已經開始進場，駕著各式各樣的破舊馬車，或騎著馬。馬戲團會在天黑之前離開，我們的節目正好趁這個機會上演。公爵租下大會堂，我們

（續）————

| | |
|---|---|
| 默默承受的小人的踐踏—— | That patient merit of the unworthy takes, |
| 假如他自己單憑一把短刀 | When he himself might his quietus make |
| 就能清償宿債？誰甘心背負重擔， | With a bare bodkin? Who would fardels bear, |
| 在困頓的人生中喘氣流汗， | To grunt and sweat under a weary life, |
| 若不是從死亡那個未明就裡的 | But that the dread of something after death, |
| 國度，沒有一個旅客回來過， | The undiscovered country, from whose bourn |
| 而對死後的恐懼麻痺了意志， | No traveler returns, puzzles the will |
| 使我們寧願忍受現有的苦難 | And makes us rather bear those ills we have |
| 也不要飛向未知的折磨。 | Than fly to others that we know not of? |
| 就這樣，意識使我們懦弱， | Thus conscience does make cowards of us all, |
| 就這樣，決心的赤膽本色也因 | And thus the native hue of resolution |
| 謹慎顧慮而顯得灰白病態， | Is sicklied o'er with the pale cast of thought, |
| 於是乎偉大而重要的事業 | And enterprises of great pitch and moment |
| 由於這種關係改變了方向， | With this regard their currents turn awry |
| 失去了行動之名。且慢！ | And lose the name of action. Soft you now, |
| 是美麗的娥菲麗！仙子，你祈禱時， | The fair Ophelia! Nymph, in thy orisons |
| 要替我一切罪行懺悔。 | Be all my sins remembered. |
| （第三幕第一景56-90行） | (3.1. 56-90) |

赫克歷險記

到處貼海報。海報上寫著：

莎士比亞名劇重演！！！
精采絕倫！

————

只此一晚！

————

舉世聞名悲劇名角，
大衛葛瑞克二世 [3]，
來自倫敦朱理巷戲院 [4]，
與
艾德蒙基恩一世 [5]，
來自倫敦皮克迪里普丁巷白教堂區，
皇家乾草市場戲院，
及皇家歐洲大陸戲院，
聯合演出莎士比亞名劇
《羅密歐與茱麗葉》
中

---

3　此處指David Garrick the younger（1717-1779），英國當時最著名的舞台劇演員、製作人、劇作家，這裡公爵臉皮有夠厚，大言不慚地冒充人家，擺明了欺負鄉巴佬孤陋寡聞，反正誰也沒看過他們長什麼樣子。

4　位於倫敦中部最負盛名朱理巷（Drury Lane）的皇家戲院（Theatre Royal）建於1663年。

5　此處指Edmund Kean the elder（1789-1833），繼承David Garrick the younger成為英國最著名舞台劇演員。事實上Edmund Kean的兒子名叫Charles John Kean（1811?-1868），子承父業，但當年並沒有人稱他為Edmund Kean the younger。注意這裡的自相矛盾，David Garrick死後十年Edmund Kean才出生，怎麼可能同台演戲？公爵混淆這三位著名演員的年代背景，欺負民眾的無知，也暴露他自己的無知。

〈樓台會〉！！！

羅密歐..............................葛瑞克先生

茱麗葉..............................基恩先生

全團演員大力助演！

全新服裝、全新布景、全新道具！

———

同時上演：

驚心動魄、精湛巧妙、腥風血雨的

《理查三世》

〈比武鬥劍〉！！！

理查三世..........................葛瑞克先生

李奇蒙............................基恩先生

———

情商加演：

（應觀眾要求）

〈哈姆雷特不朽獨白〉！！

鼎鼎大名的基恩主演！

曾在巴黎連續演出三百場！

———

僅此一場！

鑑於歐洲檔期緊迫之故，

———

入場費25分錢；兒童與僕人10分錢

———

　　貼完海報之後，我們到鎮上四處逛逛。鎮上的店鋪和住家，都是
小小木造房子，破舊簡陋而乾裂，不曾油漆過的；房子底部用木柱架

高，離地面3、4呎，避免河水氾濫時被淹。房子周圍都有院子，可是好像沒有種植什麼，只有曼陀羅毒野草和向日葵，還有爐灰垃圾、翹捲的破舊鞋靴、破瓶碎片、破布、用壞的鐵器皿。圍牆是用各種不同的木板，在前後不同的時期釘的；而且東倒西歪，大門上的鉸鏈都只剩一個——而且是皮繩子湊合的。有些圍牆曾經粉刷過，但不知曾幾何時，公爵說，有可能是哥倫布發現新大陸時代粉刷過的[6]。院子裡常常有豬跑進來，又常常被人趕出去。

鎮上所有的店鋪，都集中在一條街道上。店鋪門前，都搭著白色的自製帆布遮棚，鄉下人把馬拴在棚柱上。遮棚底下，堆著裝乾貨的空箱子，上面躺著整天遊手好閒的人們，他們用巴羅牌小刀亂割箱子；嘴裡嚼著菸草塊，張大嘴、打呵欠、伸懶腰——真是一大群地痞流氓。他們頭戴寬大如傘的黃色草帽，也沒穿外套或背心；彼此稱呼比爾、巴克、漢克、喬、安迪，講起話來懶洋洋又慢吞吞，滿口三字經髒話。每一根棚柱，都有一個遊手好閒的人斜靠著，雙手永遠插在褲子口袋裡，只有掏菸草塊來嚼或是搔癢的時候，才會伸出來。他們當中最常聽到的話，永遠都是——

「漢克，來一口菸草塊給我嚼嚼吧。」

「不行啊—— 我只剩一口

▲ 「來一口菸草塊給我嚼嚼吧。」

---

6 哥倫布發現新大陸是1492年，本書寫的年代是19世紀中葉，事隔三、四百年，公爵如此說也是一種誇張式的幽默，意思是說「好幾百年前才粉刷過一次」。

了。去跟比爾要吧。」

比爾可能會給他一口；也可能會說謊，騙他說自己也沒了。那些遊手好閒的人，不少人口袋裡，永遠沒有一分錢，也永遠沒有自己的菸草塊可嚼。他們嚼的菸草塊，全是東借西借來的──他們常對一個傢伙說，「傑克，拜託借一口菸草塊給我，我剛剛把我的最後一口，給了班湯普森」──這類的話都是騙人的，每次都是；騙不了任何人，只能騙騙陌生人；但傑克並不是陌生人，因此他說──

「**你**是給過他一口，是嗎？你姊姊家那隻貓的祖奶奶，也可能給過他一口。萊福巴克納，你先把以前向我借的，都還給我，那我就借你一兩噸，而且絕不追加利息。」

「可是，我**以前**曾經還過一些給你了。」

「是啊，你是還過──還了大概六口吧。不過，你從我這兒借去的，是店鋪買的優質菸草塊，還給我的，卻是黑鬼嚼的劣質品。」

店鋪買的菸草塊，是黑色板菸塊，而這些傢伙平常多半是把生的菸葉捲起來嚼。當他們向別人借一口菸草塊時，他們不用刀子割下一小塊，而是把整個板菸塊，放在牙齒中間，用力咬下去，雙手使勁拉扯，直到菸塊一分為二──菸塊原主人接回那剩下的半截菸塊，臉上表情哀痛，嘴裡挖苦地說──

「倒不如把**咬走的那一大塊**給我，你拿**留下的這一小塊**去吧。」

鎮上的大街小巷都是爛泥巴，除了爛泥巴，什麼也沒有──爛泥巴黑得像柏油，有些地方甚至有1呎深；**到處**都是兩三吋。到處都是豬在逛來逛去，嗯嗯叫著。你會看到，一隻全身爛泥的母豬，帶著一窩小豬，懶洋洋地走來，一翻身就橫躺在馬路當中，路人還得繞道而過，牠把腿一伸，閉上眼睛，搖擺耳朵，呼喚牠的小豬們來吃奶，那滿足快樂的模樣，簡直像是有薪水可領。過一會兒，你會聽到，有個遊手好閒的傢伙叫喊：「嘿！**好狗兒子**！老虎，咬牠！」那隻母豬爬起來就跑，慘叫聲尖銳刺耳，有一兩條狗，咬著牠的左右兩個耳朵

不放，還有三、四十條狗兒跟著過來；然後，你會看到，所有遊手好閒的傢伙，統統爬起來，來看這一場精采好戲，樂得哈哈大笑，高興有這麼一場吵吵鬧鬧。接著，又各自坐躺回去，等待下一場狗打架。除了狗打架，沒有別的事能讓這群傢伙完全清醒過來，痛快高興一陣——除非是在野狗身上澆上松節油，再點上火，或在牠尾巴上綁一個鐵皮鍋子，看牠跑到累死為止。

有些房子位於河岸前緣，突出河面，彎腰鞠躬似的，好像隨時會崩塌到水裡。居民大都已經搬出來。河岸有棟房子的一個牆角，地基被淘空得像個山洞，那個牆角懸在半空中。不過，還是有人住在裡面，危險極了，因為有時候，像房子那麼大的地塊，都可能瞬間崩塌。有時候，僅僅一個夏天，河水就會把四分之一哩的土地，逐漸沖蝕殆盡。坐落在這種地理位置的鄉鎮，不得不常常向後撤退，再撤退，再撤退，因為河水不斷地在啃噬岸邊。

當天，離中午越近，街道上的馬車和馬匹越多，而且持續擁入。鄉下來的人，全家大小都自備午餐，坐在馬車裡吃喝。還有不少人，不停地喝著威士忌，喝酒鬧事的，我就看到三場。過了一會兒，有人喊道——

「包格斯老頭[7]來嘍！——從鄉下進城來，來發一場每月一次的酒瘋——大夥兒們，他來嘍！」

所有遊手好閒的傢伙，都樂不可支——看樣子，他們一定常常尋他開心。其中有一個說——

「這回不知道他又要惡整誰了。要是他真能把過去二十年內所有想惡整的對象，都給整遍了，那他現在可就聲名大噪了。」

---

7　以下發生的事件，是馬克吐溫十歲（1845）時在故鄉Hannibal親眼目睹的真實慘劇，被謀殺的是Sam Smarr，殺人的是William Owsley。而參與此一慘案的審判法官（justice of the peace）正是馬克吐溫的父親，採信了28個目擊證人的口供紀錄，不過後來陪審團居然無罪開釋謀殺犯。

▲ 來發一場每月一次的酒瘋

另一個說：「我倒巴不得包格斯也來惡整我一下，那我就知道，自己一定長命千歲！」

包格斯騎在馬上直衝過來，一路吶喊叫囂，像印地安人似的，大聲嚷嚷著——

「喂，快點閃開。我已經大開殺戒了，棺材馬上就要漲價嘍！」

他喝得醉醺醺，在馬鞍上搖搖欲墜；年紀已過五十，臉色紅通通。每個人都對他吼叫，對他大笑，對他咒罵，他也咒罵回去，說等輪到他們時，再一個一個收拾他們，但他現在沒空，因為這一趟來鎮上，就是為了殺掉薛伯恩上校，而他的座右銘是：「先吃主食的肉，最後再把湯喝完。」

他看到我，騎馬過來，說——

「孩子，你打哪兒來的？想找死嗎？」

說完，他又騎馬走了。我嚇壞了；不過有人說——

「他沒有惡意；他喝醉了就是那副德行。其實，他是全阿肯色州，天性最善良的老笨蛋——不管喝醉或清醒，從來沒傷害過誰。」

包格斯騎馬來到鎮上最大的店鋪，彎腰低頭，從棚架下的窗簾往裡面看，接著大吼——

「薛伯恩，你給我滾出來！出來見見這個被你欺騙過的人，我就是來找你這個狗東西算帳，今天非要你的狗命不可！」

他繼續破口大罵，凡是想得出來罵薛伯恩的字眼，全都罵上了，整條街道上擠滿了人，聽著、笑著、看著好戲。沒過多久，一個55

赫克歷險記

歲左右、趾高氣昂的人——也是整個鎮上穿著最講究的人——走出店鋪，群眾立刻退到兩邊，讓路給他過。他很鎮靜很緩慢的，對包格斯說話——他說：

「這一套我已經聽膩了；不過，我會忍耐到下午一點鐘。記著，到一點鐘——絕不延長。過了那時候，你敢再罵我一聲，不管你跑到天涯海角，我都會找你算帳。」

說完，他轉身回店鋪。群眾頓時清醒，沒人騷動一下，沒人敢笑一聲。包格斯騎馬離開，沿著大路一邊走，一邊大聲咒罵薛伯恩，不久之後，他又折回，停在店鋪門口，繼續叫罵。有些人圍著他，想叫他閉嘴，但他不肯；他們說，離一點鐘還有15分鐘，他**應該**回家去——馬上就回家。但是，都沒用。他照樣罵個不停，使盡全力大罵，氣得把帽子甩進爛泥裡，還騎馬亂踩一通，沒多久，他又騎馬狂奔而去，灰髮飄飄。有機會跟他說得上話的人，都想盡辦法哄他下馬，好抓住他，讓他清醒過來；但是，那都沒用——他又騎馬飛奔回到街道上，又把薛伯恩臭罵一頓。過了一陣子，有人說了——

「去把他女兒找來！——快，去把他女兒找來，有時候他會聽她的。別人勸不了他，只有他女兒勸得了。」

於是，有人立刻跑去找她。我沿著街道走了一段路，停下來。大概過了5分鐘或10分鐘，包格斯又回來了——這回沒有騎馬。他東倒西歪橫過馬路，朝我走來，頭上沒戴帽子，兩邊各有一個朋友，架著他的臂膀，催他快往前走。他很安靜，神色顯得不安；不但沒有拖拖拉拉，反而自己往前直衝。這時有人大叫——

「包格斯！」

我望過去，看看是誰在叫，那人正是薛伯恩上校。他四平八穩地站在街道上，右手舉著一把手槍——還沒有瞄準，而是槍管斜斜朝天。就在那時，我看見一個女孩子飛奔過來，兩個男人跟著她。包格斯和架著他的兩個人，回頭看誰在叫他，可是，這兩個人一看見手

槍，就各自往旁邊一跳，只見槍管緩慢而平穩的降到水平——兩根槍管的扳機都已打開。包格斯舉起雙手，說：「上帝啊！別開槍！」砰！響起第一槍，他搖搖晃晃後退，雙手在空中亂抓——砰！響起第二槍，他往後一仰，摔在地上，結實而沉重，手臂伸向兩側。那個女孩子尖叫，衝過來，撲倒在她父親身上，喊叫著說：「噢，他殺了他，他殺了他！」群眾全都圍攏過來，

▲ 包格斯之死

彼此推來擠去，人人伸長脖子，想要看一眼，在內圈的人把他們往外推，嘴裡喊著：「後退，後退！讓他透透氣，讓他透透氣！」

　　薛伯恩上校把手槍往地上一扔，以腳跟為軸，轉過身子，就走了。

　　大家趕快把包格斯抬到一家小雜貨鋪，群眾照樣圍攏四周，整個鎮的人全都來了，我跑過去，在窗戶外面找到一個好位置，離他很近，看得很清楚。他們把他放在地板上，用一本厚厚的《聖經》墊著腦袋，又把另一本《聖經》攤開，擱在他胸口上——他們先撕開他的襯衫，我看到他胸口上，子彈射進去的洞。他大大喘氣，喘了十幾口，吸氣的時候，那本《聖經》高高升起，呼氣的時候，又低低落下——後來，他就一動也不動了；死了。接著，他們把他女兒拉開，她尖叫哭泣，被帶走。她大約16歲，長得甜美又溫柔，但是，面色慘白滿臉驚恐。

　　很快的，全鎮的人都來了，大家往窗口蠕動、簇擁、推擠、撞

擊，就為了看上一眼，既得優勢位置的人，不肯讓位，後面的人不停地說：「喂，老兄，你們也看夠了吧；你們霸占在那裡一直看，實在沒道理，又不公平，也不給別人機會，別人也有跟你們同等的權利啊。」

雙方開始叫陣對罵，我看苗頭不對，好像要出亂子，趕快溜了出來。街道上都是人，每個人情緒激昂。親眼目睹槍擊現場的人，一直不厭其煩地向他人描述，整個事件發生經過，他們每個人身邊，都圍著一圈又一圈的聽眾，大家伸長脖子，仔細聆聽。有一個高瘦修長、留著長髮、帶著白色高頂皮帽的人，用他的彎柄手杖，在地面上畫著出事時，包格斯和薛伯恩分別站的位置，人們跟隨他，從一個位置走到另一個位置，仔細盯著他的一舉一動，聽懂他的意思時，就點頭示意，還彎著腰、雙手撐在大腿上，觀看他用手杖在地面上標示位置；等講到薛伯恩，他也挺直起身子，學他皺著眉頭，拉低帽簷到眼邊，大叫一聲「包格斯！」把手杖當槍，舉到水平位置，嘴裡發出一聲「砰！」同時身體往後倒退幾步，接著又是一聲「砰！」同時仰面摔倒。目睹槍擊現場的人，都說像極了，說事情就是這麼發生的。有十幾個人掏出酒瓶，請他喝酒。

後來，有人說，薛伯恩應該以私刑處死。大家齊聲贊同；於是，大家立刻訴諸行動，前去興師問罪，一路瘋狂又吼叫，見到曬衣繩，就扯下來帶走，打算當作吊刑的繩索。

# 第二十二章

大夥兒蜂擁上街道,往薛伯恩家走去,一路上吶喊、叫囂、憤怒,就像印地安人似的,任何阻擋去路的東西,都必須清除,不然就踩壓過去,踐踏成泥,整個場面嚇死人。孩子們跑在這一群烏合之眾的跟前,尖叫著想要逃離他們;沿路上,每一家窗戶,都擠滿了伸頭看熱鬧的女人,每一棵樹上,都爬滿了黑鬼男孩,每一堵圍牆,牆頭都堆滿了年輕的男女奴隸;等這群烏合之眾擁到面前時,他們就立刻四散開來,退離得老遠。很多婦人和女孩子嚇得半死,甚至哭個不停。

▲ 薛伯恩踏出陽台

大夥兒蜂擁到薛伯恩家的圍籬前面,群眾密密麻麻,擠得水洩不通,而且人聲鼎沸,害你連自己的聲音都聽不到。那是一座20呎的小院子。有人叫道:「拆掉圍籬!拆掉圍籬!」隨即一連串的敲打、拔扯、撞砸,圍籬倒下,最前面的人牆,像浪潮般湧進院子。

正在此時,薛伯恩出現在小小前陽台的屋頂上,手持一把雙管獵槍,站好位置,態度鎮靜,氣定神閒,一句話也不說。喧囂突然停止,人牆開始後退。

薛伯恩還是不說一句話──只是站在那兒,俯視群眾。那種寂靜可怕得讓人難受、起雞皮疙瘩。薛伯恩的眼神,緩慢的掃視群眾;眼

神掃到之處，被掃視的人，都企圖瞪回去，可是都辦不到；一個個眼神下垂，顯得鬼鬼祟祟。過了沒多久，薛伯恩好像笑了一聲；但不是愉快的笑聲，而是那種讓你感覺好像吃麵包吃到沙子一樣。

接著，他開口了，緩慢而語帶輕蔑的：

「**你們**居然膽敢動用私刑！真是滑稽。你們居然有那個膽子，想要私刑吊死一條**好漢**！只因為你們有膽子，用柏油和羽毛黏抹在無親無故、被逐出家園而流浪到此地的孤苦女人身上，難道你們因此就以為，有膽子修理一條**好漢**？算了吧，一條好漢，落在一萬個你們這種人手裡，是絕對安全的──只要是大白天，或是你們不在背地裡動手的話。

「我了解你們嗎？我可是看透了你們。我生在南方、長在南方，也在北方住過；所以，我對一般人瞭若指掌。一般人都是懦夫。在北方，這種人任憑別人擺布欺負，回家後祈求上蒼，賜予卑微意志，以便忍辱負重。在南方，這種人單槍匹馬，光天化日之下攔截驛馬車，搶劫滿座的乘客。你們的報紙還稱讚你們是勇敢的一族，以致你們以為，**自己是**比任何別人都勇敢──其實，你們也只是**一樣**勇敢而已，並沒有更勇敢。你們的陪審團，為什麼不敢吊死謀殺犯？因為他們擔心，謀殺犯的朋友，會在背後在暗處槍殺他們──而他們**就是會**那樣幹。

「所以，他們經常無罪開釋謀殺犯；然後，才會有一條**好漢**出面，趁著天黑，率領一百個戴著面具的懦夫，他們才敢在背地裡，把那個壞蛋私刑吊死。你們犯的錯誤是，缺乏一個有膽子的好漢帶頭；那是錯誤之一，另一個錯誤是，你們沒有等到天黑才來，而且也沒帶面具。你們當中只有**半條好漢**──巴克哈克尼斯，就在那兒──要是他沒帶頭要你們來，你們早就作鳥獸散了。

「你們原本不想來的。一般人都不喜歡麻煩和危險。**你們**當然也不喜歡麻煩和危險。不過，只要有**半條好漢**──像巴克哈克尼斯，

就在那兒——喊一句『吊死他！吊死他！』你們誰也不敢後退——擔心別人發現自己的真面目——**一群懦夫**——於是你們大聲嚷嚷，拽住那半條好漢的衣襬，跟著他氣沖沖的來這裡，信誓旦旦說要幹一些大事。天底下最可悲的，就是一群烏合之眾；軍隊也是一樣——一群烏合之眾；他們打仗，不是靠與生俱來的勇氣，而是靠從同袍、從長官那裡，借來的勇氣。但是，一群烏合之眾，要是沒有一條**好漢**做頭子，那就比可悲**更不如**了。現在，**你們**唯一能做的事，就是垂下尾巴、跑回家去、鑽進地洞。要是你們打算真的動用私刑，那就只有按照南方的慣例，等到天黑再動手吧；來的時候，記得都戴上面具，找**一條好漢**帶頭。現在，**滾吧**——順便帶走你們那半條好漢！」——說著說著，把獵槍架上左手臂，子彈上膛，蓄勢待發。

群眾立刻像潮水一樣湧退，潰不成軍，紛紛向四面八方散去，連巴克哈克尼斯也跟在後面逃走，狼狽不堪。要是我願意，我還可以待在那兒，但是，我不想了。

我來到馬戲團，在後面晃來晃去，等守門人走開了，才從帳棚底下鑽進去。我口袋裡有20元金幣，和一些零錢，但是，我想還是節省下來，說不定以後什麼時候會用到錢，既然離家在外、身處異鄉這

▲ 看白戲的

麼遠，再小心也不為過。要是沒有別的辦法，我不反對花錢看馬戲，但是，沒有必要**浪費**錢看馬戲。

這個馬戲團真的棒透了。所有的男女團員兩兩成雙，並排騎馬入場，真是有史以來最炫麗的景象，男的都穿著緊身衣褲，不穿鞋也不

踩馬鐙，雙手插在臀上，輕鬆而自在——至少有20位——女的都面貌可愛，美若天仙，看來像一群如假包換的女王，穿的衣服價值百萬，還綴滿鑽石。看來真是美不勝收；我從來沒看過這麼美好的東西。然後，他們一個接一個，從馬背上站起來，圍著圓形場地奔跑，那麼輕盈、飄逸、優雅，男的看起來都高大、靈巧、筆挺，腦袋隨著奔跑而上下起伏，幾乎碰到帳棚頂，女的穿著玫瑰花瓣似的短裙，像是一把把漂亮的花陽傘，輕柔滑順的飄舞在大腿周圍。

隨著馬兒越跑越快，他們還在馬背上跳起舞來，一條腿先伸向空中，接著另一條腿；馬兒身子越來越傾斜，馬戲團班主也圍著場中央柱子一直旋轉，皮鞭揮得霹靂啪啦響，嘴裡喊著「嗨！嗨！」小丑跟在後面講俏皮話；接著，馬背上的人都放開韁繩，女的兩手插在腰上，男的雙臂交叉胸前，馬兒也側身拱起背脊！最後，他們一個接一個，縱身下馬，躍入場中，向觀眾彎腰鞠躬，姿態美妙極了，都是我生平未見，最後，他們快樂地跳躍離場，全場掌聲如雷，興奮幾近瘋狂。

整場馬戲驚喜連連；從頭到尾，那個小丑逗得觀眾人仰馬翻。每次班主講一句話，他眨眼之間，立刻回以料想不到的俏皮話；我實在想不透，他怎麼**能夠**想出那麼多的笑話，脫口而出，又恰到好處。換了我，一年也想不出那麼多。過了一會兒，一個醉漢闖進場中——說他也要騎馬；說他也能騎得像他們那麼好。觀眾和他起了爭執，要把他趕出去，可是他不聽，整場表演因此停頓下來。於是，觀眾開始對他叫囂，取笑他，這可讓他火大了，也開始胡鬧鬼叫；這又再度激怒觀眾，很多人陸續離開板凳，擁入場子，嘴裡說著，「打倒他！趕走他！」還有一兩個女人尖叫起來。班主連忙說了幾句話打圓場，說他不希望引起糾紛，要是那個人答應不再惹麻煩，他願意讓他試一試，只要他真的能夠穩坐馬背不摔下來。大家一聽，都大笑說可以，於是，那人騎上了馬。他一上馬，馬就開始翻騰過來跳躍過去，兩個馬

戲團員拚命拉住轡頭,想要穩住馬兒,那個醉漢則死命抱緊馬脖子,馬兒每翻騰一下,他的雙腳就被甩得騰空,全場觀眾都站起來,又叫又笑,直到眼淚掉下來。最後,不管馬戲團員們怎麼努力拉住馬兒,馬兒還是掙脫了,一如脫韁野馬,瘋狂地繞著全場飛奔,一圈又一圈,那醉漢掛在馬背上,依舊死命抱緊馬脖子,先是一條腿倒向這邊,幾乎拖地,然後另一條腿倒向那邊,觀眾都笑瘋了。儘管如此,我卻不覺得好笑;看他那麼危險,我反而全身發抖。還好不久之後,他掙扎著坐回馬鞍,抓住轡頭,忽左忽右,搖晃了好一陣子,接著,猛然彈起來,甩掉轡頭站在馬背上!那匹馬兒也飛奔而跑,快速得像逃離失火房屋一般。最後,他卻穩穩地站在馬背上,輕鬆自在兜著圈子,彷彿一輩子沒喝醉過。——接著,他開始脫衣服,一邊脫一邊扔。脫得又快,一時之間,滿天都是他的衣服,算一算,總共脫掉17套衣服。脫完之後,他終於現出真面目,原來他既苗條又瀟灑,身穿前所未見最鮮豔最華麗的衣服,他揮動皮鞭抽打馬兒,馬兒哼了一聲——最

▲ 他總共脫掉17套衣服

後,他跳下馬來,深度鞠躬,跳著舞揚長而去,奔回更衣室,所有觀眾大聲叫好,又高興又驚喜。

　　班主這才發現被愚弄了,我想,他**真是**有史以來最悲慘的班主。當然,那是他自己的團員哪!這個把戲是他自己一個人想出來的,沒透露給任何人。然而,被人這樣耍了,我心裡覺得夠窩囊的,即使給我一千塊錢,我也絕對不幹那個班主。我不知道,哪裡還有比這更棒

的馬戲團，反正我還沒碰見過。不管怎樣，**我**覺得這已經是夠精采的了；以後不管在哪兒碰見，我一定每一場都**光顧**。

那天晚上，**我們的**戲也上演了；但是，只來了12個人左右，門票收入只夠支付開銷。看戲的觀眾從頭笑到尾，公爵大為光火；戲還沒演完，觀眾都走光了，只剩下一個睡著的小男孩。因此公爵說，這些阿肯色州的呆頭傻瓜，根本不懂得欣賞莎士比亞；他們要的是低俗喜劇——搞不好比低俗喜劇還更低級的東西。他說，他會特別迎合他們的口味。所以，第二天早上，他弄來一些大張的包裝紙和黑色油漆，畫了幾張海報，張貼在全鎮。海報上寫著：


本鎮市政大廳上演！

只演三晚！

世界馳名悲劇演員

大衛葛瑞克二世！

與

艾德蒙基恩一世！

來自倫敦與歐洲大陸劇院，

驚心動魄曠世悲劇

《帝王的駝豹》[1]

又名

《皇家奇獸》[2]！！！

---

1　原文The King's Cameleopard，或稱cameleopard，是古代稱長頸鹿（giraffe）的說法，原先指一種傳奇的動物，具有駱駝的體積，和花豹的斑點，所以譯為「帝王的駝豹」。

2　原文The Royal Nonesuch，nonesuch意思是「無以匹敵的人或物」（something unmatched and unrivaled），所以搭配前文譯為「皇家奇獸」，但這裡也發揮「雙關語」的作用，nonesuch也暗示no such thing，天下根本沒有這種東西，願意上當的儘管來，反正「姜太公釣魚，願者上鉤」。

入場費50分錢。

在海報下方，他加了斗大的一行文字：

婦女與兒童恕不招待。

「等著瞧吧，」他說，「要是那一行文字還不夠把他們招來，我算是對阿肯色州一無所知了。」

# 第二十三章

一整個白天,公爵和國王忙得要命,搭建戲台,掛上布幕,還擺上一排蠟燭當作腳燈;那天晚上,戲院很快就擠滿了男人。等大廳再也擠不下人,公爵就放下守門的工作,從後面繞過去登上戲台,站在布幕前面,發表一篇小小的演講,大力稱讚這齣悲劇,說那是有史以來最驚心動魄的戲;還把這齣悲劇,以及即將飾演男主角的艾德蒙基恩一世,好好吹捧了一番;就這樣,他把觀眾的胃口吊到最高點之後,才升起布幕,接著,國王出場了,他四肢著地,在戲台上到處爬來爬去,全身赤裸;渾身上下塗抹著五顏六色的油彩,一道道一條

▲ 悲劇

條,像彩虹般鮮豔燦爛。然而——其他部分的裝扮就甭提了,反正是狂野胡鬧,不過,確實滑稽可笑。觀眾笑得差點死掉;國王在戲台上跳來跳去,跳夠了才回後台。觀眾大聲吼叫、拍手鼓掌、激情爆發、哎哎叫嚷,直到他回到戲台,從頭再表演一遍;之後,他們又要他再表演了一遍。真的,那個老白癡表演的鬼把戲,真的會讓母牛也笑出來。

接著,公爵降下布幕,向觀眾一鞠躬,說這齣偉大的悲劇,只能再表演兩場,迫於倫敦檔期之故,朱理巷戲院的票,早已銷售一空;

然後，再度向觀眾鞠躬，說他很高興，能夠成功地取悅觀眾又教化觀眾[1]，他會很感激，大家也能夠轉告親朋好友前來觀賞。

有20個人叫囂：「什麼，結束了？這樣就**全部**演完了？」

公爵說是的，一時場面很糟糕。每個人都大叫「上當了」，統統站起來，準備衝上戲台，去和演員們理論。但是，有一個高大俊帥的男人跳到長板凳上，大叫說：

「先生們，慢著！且聽我說一句話。」他們停下來聽。「我們上當了──上了天大的當。可是，我們不能變成全鎮人的笑柄，不能這一輩子永遠讓人家取笑。**不**。我們應該做的是，大家安安靜靜離開這兒，向別人誇讚這齣悲劇，哄騙鎮上**其餘的人**也來上當！那我們就同舟共難[2]，誰也別取笑誰了，有沒有道理？」（大家同聲附和，「太有道理了！──法官說的對極了[3]！」）「好，那麼──隻字不提上當的事。大家回家去，去奉勸別人也來看這齣悲劇。」

第二天，全鎮的人不談別的，都在談論這齣戲多麼了不起。當天晚上，大廳又擠滿了觀眾，我們用同樣的戲法，讓這批人上當。我和國王和公爵回到木筏，吃了晚餐；然後，到了午夜時分，他們要吉姆和我把木筏撐出那條小溪，漂進大河中心，在小鎮下游兩哩處靠岸，藏起來。

---

1 「取悅」（to delight, to please, to entertain）與「教化」（to instruct, to teach, to educate）是西方傳統所認定的文學兩大功能，公爵在此大言不慚、自抬身價，很有自嘲、嘲人雙重作用。

2 「那我們就同舟共難」（Then we'll be in the same boat），這裡幽默之處在於，英文成語in the same boat意思是「處境相同、共同命運」，一般通常取其正面意義，「同舟共濟、共患難」，這裡用的是負面反諷意義。

3 諷刺的是，連鎮上最顯赫的權威人士都克制不了「婦女與兒童恕不招待」那一行文字的誘惑，更諷刺的是，身為正義化身的法官，不但不主持正義當場出面制裁，反而帶頭陷害其他鎮民。人心險惡，為了保全自己面子，居然可以陷害同胞到這種地步，真是應驗了本書一貫主題：「人類居然可以如此殘忍相待。」（"Human beings can be awful cruel to one another."）見本書第三十三章結尾。

▲ 他們的口袋都鼓鼓的

第三天晚上，大廳又再度爆滿——這次來的不是新觀眾，而是前兩個晚上來過的。我跟在公爵身邊，站在門口，看見他們的口袋都鼓鼓的，要不然就是外套下面藏著東西——一眼看去立刻就知道，絕對不是芳香味道。我聞到整桶壞雞蛋的臭味，還有腐爛的包心菜，諸如此類的東西；要是附近有死貓，我當然知道是什麼味道，我敢打賭，現場進來了64隻死貓。我鑽進大廳待了一會兒，但是，那麼多種惡臭的味道，我實在受不了。等到大廳裡再也擠不下一個人時，公爵給了一個傢伙25分錢，要他幫忙守一下門，然後，他繞到戲台門口，我跟著他；不過，一轉過拐角，到了黑暗處，他就說：

「現在，快走，過了這些房子以後，就用跑的，好比有鬼在追你似的，拚命跑，跑去木筏那兒！」

我照著做了，他也一起跑。我們同時到達木筏，兩秒鐘之內，我們已經順著大河往下游漂去，四周一片漆黑寂靜，我們摸索著漂向大河中央，誰也不敢吭聲。我猜想，可憐的國王，一定在鎮上被觀眾活逮，正在受罪；結果，根本不是那一回事兒；不一會兒，他從帳棚裡爬出來，還說：

「公爵，這回我們那一套成功了嗎？」

原來他根本沒有去到鎮上。

一路上，我們不敢點燈，直到離開村莊下游10哩以外。後來，我們才點上燈吃晚餐，國王和公爵講到他們怎樣對付那些人時，笑得骨

頭都散了。公爵說：

「那些沒見過世面的笨蛋、傻瓜！我就知道，第一天晚上的觀眾會悶不吭聲，還會讓其他人也受騙；我就算準了，他們打算在第三天晚上收拾我們，還以為輪到**他們**收拾我們了。沒錯，這回**是**輪到他們了，我願意付出任何代價，來知道他們怎麼面對這個後果。我**只想**知道，他們怎樣利用這個全村男人聚在一起的機會。要是他們願意的話，搞不好還可以來個野餐——他們可是帶來很多食物的喲。」

這兩個壞蛋在這三個晚上，總共撈到了465塊錢[4]。以前我從來沒見過像這樣，一整車一整車的拉錢進來。

後來，他們都睡著打起呼來。吉姆說：

「赫克，這些國王們這樣胡搞瞎搞，你不覺得奇怪嗎？」

「不，」我說，「不奇怪。」

「赫克，為什麼不奇怪？」

「當然不奇怪，因為他們就是這樣一脈相承。我想他們都像這個樣子。」

「但是，赫克，我們這些國王都是道道地地的壞蛋；他們就是那種壞蛋，如假包換的壞蛋。」

「對啊，那就是我一直說的啊；就我所了解的，所有的國王大部分都是壞蛋。」

「真的嗎？」

「只要讀過一回他們的事蹟——你就知道了。看看亨利八世吧；跟**他**一比，我們身邊的這位國王，可就溫和得像一位主日學老師。你再看看查理二世、路易十四、路易十五、詹姆斯二世、艾德華二世、理查三世，還有其他四十幾位國王；還有古代撒克遜七小國的統治

---

4　馬克吐溫又讓這兩個騙子狠狠懲罰這些陰險的鄉民，誰叫他們陷害自己同胞？讀者應該不會有人同情這些受害者，反而會覺得他們遭受報應罪有應得，全體鄉民總共被騙了465元，在當時是非常巨大的數目。

者，他們都搞得亂七八糟、天翻地覆。天哪，你應該看看老亨利八世當年全盛時期的模樣。他**是**一個花花太歲。每天要娶一個新老婆，第二天早上就把她的腦袋砍掉[5]。他是那樣的毫不在乎，就好像早餐點一個白煮蛋來吃。他會說：『把妮兒瑰恩找來！』他們就把她找來。第二天早上，『砍掉她的頭！』他們就砍掉她的頭。他說：『把珍蕭爾找來！』她就來了。第二天早上，『砍掉她的頭！』他們就砍掉她的頭。『按鈴叫菲兒羅莎蒙來！』菲兒羅莎蒙立刻應召而至。第二天早上，『砍掉她的頭！』[6]他還逼迫她們，每個人每晚講一個故事給他聽[7]；就這樣，收集了一千零一個故事，然後編成一本書，書名叫《末日審判書》[8]——書名倒是很恰當，因為名副其實。吉姆，你不懂國王們的所作所為，可是我懂。我們身邊這個老傢伙，算是有史以

---

5　讀者讀到這一大段，一定啞然失笑，這是典型馬克吐溫幽默。赫克東拉西扯，張冠李戴，交織事實與虛構，混淆時空與歷史背景，無所不用其極，令人對他瞎掰的本領嘆為觀止，虧他想得出來。他把英國亨利八世（1491-1547）的故事，錯置在虛構的阿拉伯《天方夜譚》背景，亨利八世前前後後娶了六位皇后，休了兩位，但只處決過兩位皇后而已，並沒有每天早上砍掉新婚老婆的腦袋。

6　這三個女人都是英國歷史上有名的情婦，分別屬於不同時代的國王：菲兒羅莎蒙（Fair Rosamond Flifford）屬於12世紀的亨利二世、妮兒瑰恩（Eleanor Nell Gwyn）屬於17世紀的查理二世、珍蕭爾（Jane Shore）屬於16世紀的愛德華四世，但沒有任何一個是亨利八世的老婆或情婦，赫克指名道姓的亂點鴛鴦譜，說得煞有介事，把吉姆唬得一愣一愣的。

7　要求每天晚上講一個故事的是《天方夜譚》裡的國王，所以《天方夜譚》（*Arabian Nights*）又稱《一千零一夜的故事》（*One Thousand and One Nights*）。有趣的是，馬克吐溫自己曾經寫過一個枯燥的諧擬諷刺故事，名為"1002nd Arabian Night"（〈第一千零二篇天方夜譚故事〉），但是好友建議他不要發表，所以生前未曾出版。後來收入*Mark Twain's Satires and Burlesques*（1968）一書中（頁91-133）。

8　這裡很妙的是，赫克心裡想的是《末日審判書》（*Doomsday Book*），嘴裡說的是《地籍簿》（*Domesday Book*），而事實上兩個都不對，應該是《天方夜譚》才對。赫克混淆了Domesday與Doomsday兩個意義相差甚遠的字，Domesday Book是英國國王「征服者威廉」，於1086年對英格蘭土地進行丈量而編纂的調查清冊，作為徵收土地稅及其他稅捐的根據；而Doomsday是Day of Reckoning（審判末日），是上帝於世界末日時清算世人罪惡，給予報應的日子。

來最清白的了。講到亨利八世，他
還突發奇想，要給美國這個國家找
麻煩。他怎麼做呢——先下詔書？
——給這個國家一點顏色？不，突
然之間，他把停泊在波士頓港口
貨船上的茶葉，統統都倒在海裡
了[9]，還推出一份獨立宣言，向人
家挑戰[10]。那就是**他的**作風——
從來不給別人一個機會。他甚至於
懷疑自己的父親，威靈頓公爵，
知道他怎麼做嗎？——要他出面表
明立場嗎？不，——把他淹死在一

▲亨利八世在波士頓港口

個馬姆齊甜酒的酒桶裡，像淹死一隻貓一樣[11]。假如有人不小心把錢
留在他身邊——他會怎麼做？他就據為己有。假如他簽合約要做一件
事；你付了錢給他，但沒有坐下來盯著他做事——他會怎麼做？他做
的是另外一件事。假如他開口講話——怎麼樣？要是閉嘴不夠快，每

---

9　這是美國獨立時期著名的「波士頓茶葉事件」（Boston Tea Party），1773年英國
　　政府向美國殖民地課徵茶葉直接稅，引起激烈反彈，波士頓居民因而偽裝成印
　　地安人，夜間襲擊停泊港內的三艘英國船隻，將船上已課稅的342箱茶葉倒入海
　　裡，其他港口也拒絕茶葉入境。這事件跟亨利八世完全扯不上關係，時代前後差
　　了兩百多年。

10　「獨立宣言」（Declaration of Independence）是1776年美國向英國要求獨立而發
　　表的宣言，脫離英國統治。根本不是英國亨利八世推出來的。

11　「威靈頓公爵」（Duke of Wellington, 1769-1852）是英國著名將領和首相，以
　　1815年滑鐵盧之役（Battle of Waterloo）而聞名於世，徹底打敗法國拿破崙，比
　　亨利八世小了278歲，怎麼可能是他父親？「淹死在一個馬姆齊甜酒的酒桶裡」
　　的是克萊倫斯公爵（Duke of Clarence, 1449-1478），被他的哥哥英國國王愛德
　　華四世下令秘密謀殺，淹死在一個酒桶裡，「馬姆齊甜酒」（malmsey）是一種
　　希臘、西班牙出產的白葡萄酒，香甜而濃烈。這個謀殺案還被莎士比亞改編寫
　　進《理查三世》（*Richard III*）的劇本裡（第一幕第四景第84-280行）。

次講的一定是謊話。亨利八世就是這麼一個混球；萬一我們這一路跟的是他，而不是我們這兩位王公貴族的話，那個小鎮上的人會被騙得更慘。我並不是說，我們的國王是善良的羔羊，因為他們根本不是，你看他們的所作所為就知道；但是，和亨利八世**那頭**老公羊[12]一比，他們算是小巫見大巫了。我說的意思是，國王就是國王，你要體諒人家。把他們兜在一起，都是一大群地痞流氓。他們就是這樣被教養長大的。」

「赫克，可是我們這位國王，身上臭味**難聞**得要命。」

「吉姆，說真的，他們都是那樣。國王身上有臭味，**我們**一點辦法也沒有；歷史又沒有教我們怎麼辦。」

「至於這位公爵，他好像還挺不錯的，在某些方面。」

「是啊，公爵比較不一樣。但也差不了太多。按照公爵的標準，他也算是夠無賴了。他喝醉的時候，有點近視的人都分不清楚，他和真正的國王有什麼差別。」

「赫克，不管怎麼說，我可不巴望以後再遇上這種人。這兩個已經夠我受的了。」

「吉姆，我也這麼覺得。既然我們已經和他們打交道，就只有心裡記住他們是什麼貨色，多少體諒一下。有時候，我真希望聽到哪個國家沒有國王。」

跟吉姆明白說，這兩個傢伙根本不是什麼國王或公爵，又有什麼用？一點好處也沒有；更何況，就像我所說的，你實在分不清楚真的

---

12 「老公羊」（old ram），ram是未閹割的公羊，可能暗喻亨利八世風流成性，為所欲為，甚至與羅馬教廷鬧翻，脫離天主教，自創英國國教。不過，把亨利八世描繪得這樣惡形惡狀，把所有王公貴族的種種弊端缺陷，統統栽在他一個人頭上，也有點言過其實，讀者當笑話聽聽就好。馬克吐溫痛恨君主專制與封建社會的暴虐，認為美國南方著迷於貴族制度腐化了民心，他推崇的是民主與人權，當時美國文壇盟主William Dean Howells稱讚他是「美國文學中的林肯」（the Lincoln of American literature）。

假的。

　　我去睡覺，輪到該我守夜時，吉姆沒有叫醒我。他常常這樣替我守夜。等我醒來，天正破曉，只見他坐在那兒，腦袋埋在兩膝之間，正在獨自唉聲嘆氣。我沒特別留意，也沒假裝知道。但是，我明白怎麼回事。他一定是在想念老婆和孩子，遠在上游家鄉，思念老家情緒低落；因為他這一輩子還沒離開過家；我也相信，他思念家人的心情，正如同白人思念親人一樣。這聽起來有點奇怪，但我猜想一定如此[13]。他經常在夜裡那樣唉聲嘆氣，以為我睡著了，就自言自語說：「可憐的小伊麗莎白！可憐的小強尼！我真是心痛啊；我可能這一輩子都看不到你們了，看不到了！」吉姆真是一個好心腸的黑鬼，說真的。

　　但是這一次，不知怎的，我竟然跟他談起他老婆孩子，過了一會兒，他說：「我這次覺得特別難過，是因為剛才聽見遠方岸邊有聲音，像是摔東西打耳光，讓我想起從前，曾經有一度對待我的小伊麗莎白很殘暴。那時她才4歲左右，染上了猩紅熱，病得很嚴重；後來病好了，有一天，她站在我附近，我對她說話，我說：

　　「『關上門。』」

　　「她一動也沒動；只是站在那兒，微微仰頭對我笑。我生氣了，又說了一遍，很大聲的。我說：

　　「『沒聽見我說的嗎？關上門。』」

　　「她還是站著不動，抬頭向我微笑。我很生氣！我說：

　　「『看我怎麼**教**你聽話！』」

　　「說完，我打了她一個耳光，打得她趴在地上。之後，我進了

---

13　這裡也是本書有名的「反諷」，赫克又引發馬克吐溫被批評種族歧視，事實上當時幾乎所有的人都被意識型態洗腦，不承認黑人有人權，認為黑人只是財產，既然不是人，怎麼會有人的情感？似乎暗示只有白人才是人，才有情感。赫克和吉姆朝夕相處，一步一步慢慢體會他的人性。

另一房間，待了大概10分鐘左右；等我回來，那扇門**還是**開著，那孩子低頭站在門邊，哭得傷心，眼淚直流。天哪，**我那時**氣瘋了，正想過去揍她一頓，就在那一刻——那扇門是向內關的——突然刮來一陣風，就在孩子身後，**啪的一聲**把門關上！——然而，老天爺啊，她居然一動也沒動！我的心臟差點跳出來，覺得那麼——那麼——我不知道**怎麼說**那種感覺。我跌跌撞撞走過去，全身發抖，小心翼翼地慢慢打開那扇門，從她身後把腦袋伸過去，溫柔而緩慢，那一刹那我用全力**哇的**！大叫了一聲。**她居然一動也不動！**噢，赫克，我立刻放聲大哭，雙手將她抱進懷裡，我說，『噢，可憐的小東西，拜託全能的上帝，原諒可憐的老吉姆，因為他這一輩子，永遠不會原諒自己了！』噢，她居然是又聾又啞，赫克，又聾又啞——而我竟然那麼狠心的對待她！」

# 第二十四章

第二天，傍晚時分，我們停泊在河中央一處沙洲的柳樹叢下，河兩岸都有小村莊，公爵和國王開始針對這些村莊籌備計畫。吉姆對公爵說，希望我們離開幾個鐘頭就好，因為他被繩子綁著，窩在帳篷裡一整天，實在很難熬、很辛苦。你瞧，每次我們留他一人在木筏上，就得把他綁起來，因為要是有人來了，看到他單獨在那裡，又沒有被綁起來，你知道，一看就十足像個落跑的黑鬼。於是公爵說，被繩子綁著一整天確實很難受，

▲不會傷人

他要再想一個辦法，幫吉姆解決這個問題。

公爵真是個聰明絕頂的傢伙，很快就想出辦法。他給吉姆穿上李爾王的戲服——一件窗簾花布做的長袍，戴上白色馬尾毛做的假髮和鬍鬚；另外用演戲的化妝顏料，塗在他的臉、手、耳朵、脖子上，全部都是一種死氣沉沉的灰藍色，害他看起來活像一具淹死了九天的屍體。那是我有生以來見過最恐怖的裝扮。公爵還拿了一塊木板，在上面寫著——

生病的阿拉伯人——但不發病時不會傷人

接著，他在木板上釘一根木條，豎立在帳篷前面4、5呎。吉姆很滿意，說這模樣好太多了，先前被綁著時，感覺每一天像兩年，每次

聽到一點風吹草動，就嚇得全身發抖。公爵說，他現在可以自由自在活動，要是有人上門來找麻煩，他一定要從帳篷裡跳出來，胡鬧一陣子，學野獸吼叫個一兩聲，他相信，上門來的一定曉頭跑掉，不敢招惹他。這個判斷絕對合情合理，不過，要是膽小的普通人碰上了，用不著他吼叫就嚇跑了。當然哪，他不僅看起來像死人，那模樣簡直比死人還恐怖[1]。

這兩個壞蛋本來還打算再試試《皇家奇獸》那一招，因為上次賺了那麼多錢，不過，他們也判定不太保險，搞不好到這時候，風聲也傳到下游來了。一時之間，他們想不出恰當的鬼點子；最後，公爵說，他需要躺下來，好好動腦筋，考慮一兩個鐘頭，看看怎麼樣，才能在這個阿肯色州小村莊撈上一票；國王說，他要到另一個村莊去碰碰運氣，也沒有什麼預定計畫，而是信任上帝，指引他一條發財之路——我心想，他指的應該是魔鬼。我們上次靠岸的時候，都在商店買了一些衣服，現在國王穿上了他的，還叫我也穿上我的，我當然照辦。國王的行頭是全黑的，看起來時髦體面，漿得筆挺。我以前從來不知道，衣服居然可以大大改變一個人的外貌。在這之前，他一直都是一個邋遢齷齪的糟老頭；可是，眼前的他摘下那頂白色水獺毛皮帽子，鞠個躬，笑一笑，那模樣可真是莊嚴、好看、虔誠極了，你會以為他是個大聖人，剛從諾亞方舟裡走出來的「利未提克斯」老頭子本人[2]。吉姆把獨木舟打掃乾淨，我也把划槳準備妥當。在河上游離鎮

---

1　把吉姆打扮成三分像人七分像鬼的模樣，這裡是一個「伏筆」，要到第二十九章快結束時才會出現「呼應」，有人會被嚇得倒栽蔥翻下船去。

2　這不正應驗了中國俗話說的「佛要金裝，人要衣裝」？此時國王打扮起來人模人樣的，很像一位牧師，所以赫克驚嘆之餘，努力聯想聖經典故來形容他。《舊約聖經‧利未記》記載猶太祭司「利未提克斯」（Leviticus）如何以五種獻祭儀式敬奉上帝，也記載各種律例典章，指示人當如何過一種合乎宗教禮節的生活。赫克又張冠李戴，以為他是一個老頭子，還把他當成《舊約聖經‧創世記》裡建造方舟（ark）而躲過大洪水的諾亞（Noah）。

3哩左右的碼頭邊，停靠著一艘很大的蒸汽輪船——那艘輪船已經停靠了兩個多鐘頭，正在裝卸貨物。國王說：

▲阿道佛斯

「既然我穿得這麼體面，我想最好說，我是從聖路易或辛辛那提來的，或是從某個大城市來的。赫克貝里，划向那艘蒸汽輪船吧，我們就搭那艘船到村莊裡去。」

一聽到要搭輪船，我不用等他吩咐第二遍，立刻划去。我把獨木舟划到離村莊半哩處的岸邊，然後沿著陡峭的河岸，在靜水處快速往前划。不久之後，我們遇上一個長相老實的鄉下小伙子，正坐在一截圓木柱上，擦著臉上的汗水，因為這一天天氣非常炎熱；他身邊放著兩個氈布大提袋。

「船頭對準岸邊，」國王說。我也照辦。「小伙子，上哪兒去？」

「要去搭輪船，到紐奧爾良去。」

「上來吧，」國王說。「稍等一下，我的僕人會幫你把行李搬上來。阿道佛斯，跳下去，幫忙這位先生」——這指的是我，我當然知道。

我照辦，然後我們三個人便又出發了。那個小伙子很感激我們，說天氣這麼熱，提著兩大袋行李趕路，真是辛苦。他問國王要去哪裡，國王回答他一路從上游下來，今天早晨剛剛在另一個村莊上岸，現在要到幾哩外的農場，去看一個老朋友。小伙子說：

赫克歷險記

「我剛才一看到你，就對自己說：『這一定是魏爾克斯先生，他來的正是時候。』可是我又說了，『不，我想不可能是他，他怎麼會往上游走呢？』你**不會是他**，是嗎？」

「不是。我的名字是卜洛傑特——亞歷山大卜洛傑特——亞歷山大卜洛傑特**牧師**，我想我應該說，我是上帝的謙卑僕人。不過，要是魏爾克斯先生因為沒有及時趕到，而耽誤了什麼，儘管如此，我還是替他感到難過，——但願他沒有耽誤什麼。」

「還好，他來遲了也不會損失什麼財產，因為份內應得的，他還是會得到；只是，他錯過了見他哥哥彼得最後一面的機會——或許他不會很介意，外人不得而知——但是，他這個哥哥可是寧願用天下萬物，來換取生前見**他**最後一面的機會；這三個星期以來，他什麼也不談，只談他哥哥；自幼分離後，就再也沒見過面了——更是沒有見過他那個小弟威廉——又聾又啞的那個——威廉現在不過是30或35歲。當年離鄉背井，來到這裡謀生，只有彼得和喬治兩兄弟；喬治是那個結了婚的弟弟；但是，去年他和他老婆都死了。現在哈維和威廉，是眾兄弟當中僅存的兩個；然而，正如我剛剛所說，他們都沒及時趕上。」

「有人寄過信給他們嗎？」

「噢，有啊；一兩個月以前，彼得剛發病的時候，因為那時候彼得說，他覺得這一回生病，可能好不了。你知道，他年紀很大了，喬治的女兒們又都太年幼，沒法陪伴他，除了紅頭髮的瑪莉珍；所以，喬治和他老婆死後，他覺得有點寂寞；幾乎不想活下去。為了這個緣故，他迫切想見哈維一面——還有威廉——因為他是那種無法忍受寫遺囑的人。他留了一封信給哈維，信裡說明他的錢藏在哪裡，還有其餘財產怎麼分配，好讓喬治年幼的女兒們以後過日子——因為喬治沒有留下任何東西。那封信是他最後還拿得起筆時，他們要他寫下來的唯一東西。」

「你想，哈維為什麼沒來呢？他住在哪裡？」

「噢，他住在英國——雪菲爾德——他在那裡傳教——從沒來過美國。他沒有太多空閒時間——你知道，搞不好他根本就沒有收到那封信。」

「可惜啊，可惜他沒活著見他兄弟們最後一面，可憐的人。你說你要去紐奧爾良，是嗎？」

「是啊，不過那只是我行程的一部分，下星期三我還要搭船，去里約熱內盧，我叔叔住在那裡。」

「你這趟行程挺遠的。但一定很有趣；我希望我也能去[3]。瑪莉珍是那個年紀最大的嗎？其他幾個多大？」

「瑪莉珍19歲，蘇珊15歲，嬌安娜大約14歲——她就是奉獻自己行善積德、有著兔唇的那一個。」[4]

「可憐的孩子們！小小年紀就被遺棄在這個冷酷的世界。」

「他們還算不錯。還好彼得老先生有一些朋友，不會讓別人欺負這幾個小女孩。這些朋友包括浸信會牧師霍卜生，還有教會執事洛特何威，與班瑞克，和阿布納薛克福德，還有律師李維貝爾，魯賓森醫生，還有這些人的老婆們，還有巴特雷寡婦，還有——反正還有一大堆；這些人都是彼得最要好的朋友，他寫信回英國老家時，常常提到

---

3 馬克吐溫自己年輕時也曾野心勃勃，22歲時坐著蒸汽輪船「保羅瓊斯號」（Paul Jones），來到紐奧爾良港口，夢想從那兒登上遠洋船，到中南美洲做生意賺錢，到亞馬遜河地區探險，可是天不從人願，紐奧爾良沒有船開往巴西的里約熱內盧（Rio de Janeiro, Brazil）。他卻因此認識了蒸汽輪船的領航員Horace Bixby，跟他學習領航技術兩年，一償童年夙願，在密西西比河上當了四年風風光光的「輪船領航員」（riverboat pilot），他的筆名「馬克吐溫」典故就由一領航專業術語「兩噚深」而來，即12呎深，表示船隻可以安全行駛的河水深度。人生因緣際遇很奇妙，「未走之路」（the road-not-taken）也不必太遺憾，有夢就好。

4 「兔唇」（harelip）是一種天生上唇畸形分裂，像兔子的上唇，西方傳說是母親懷孕時被兔子嚇到，因此有兔唇的女孩子，需要經常做善事幫助別人、探訪疾病孤獨者、為人祈福傳福音、致送醫藥與食物。今日醫學發達，兔唇都可依靠整形手術治療。

▲他幾乎掏空了那個年輕小伙子

他們；所以，哈維來到這裡，一定知道去哪裡找朋友。」

老頭子不停地問問題，幾乎掏空了那個年輕小伙子。他把那個該死的小鎮上，每一個人每一件事，都問得一清二楚，要是他沒這樣做才怪；還有魏爾克斯一家人大大小小的事；還有彼得的行業——他是製革匠；還有喬治的——他是木匠；還有哈維的——他是反對英國國教的牧師 [5]；這個那個的一大堆。然後他說：

「為什麼你要往上游走那麼遠，去搭輪船呢？」

「因為那是一艘去紐奧爾良的大船，我原先擔心它不會在這裡停靠。這種載貨大船通常走深水，不會隨招隨停。去辛辛那提的船就會停，但這艘是從聖路易來的。」

「彼得魏爾克斯家境不錯吧？」

「是啊，滿有錢啊，他有很多房子和土地，據說還留下三、四千元現金，藏在某處。」

「你剛才說他什麼時候死的？」

「我剛才沒說，不過他是昨晚死的。」

---

5　亨利八世自創「英國國教」（Church of England），反對抗議他而堅持以聖經為最高信仰權威的原有信仰的基督教稱為「新教教會」（Protestantism），成為宗教異議分子，遭到迫害，清教徒（Puritan）因此出走到北美洲，包括公理會（Congregational）、浸信會（Baptist）、長老會（Presbyterian）、聖公會（Episcopal）、衛理公會（Methodist）等教派。Protestantism亦指馬丁路德所激發的新教宗派，反抗天主教、東正教舊勢力的權威。

「明天出殯，可能嗎？」

「是啊，大約是中午。」

「唉，真是可悲啊；不過，我們都要死的，遲早而已。所以我們應該做好準備；到時候就好辦了。」

「先生，是啊，這才是上策。我媽也常這麼說。」

我們划到那艘輪船前面時，貨物已經裝卸完畢，不久就要開航。國王沒有再提搭上輪船的事，而我終究也失去搭輪船的機會。輪船開走之後，國王要我再往上游划個1哩左右，到了一個偏僻的地方，他上了岸，說：

「現在你立刻划回去，把公爵接來這裡，還有那兩個新買的氈呢提袋。要是他已經到了河的對岸，你就過去把他接來，叫他無論如何都要過來。快去吧！」

我知道他要做什麼了；但是，我什麼都沒說，當然。等我把公爵接來以後，我們把獨木舟藏起來，接著，他們兩個坐在一截圓木柱上，國王一五一十全都跟他說了，完全就像那個小伙子說過的——一字不差。他說這些時，一直在學英國人腔調；像他這樣的笨蛋，居然還學得維妙維肖。我模仿不來，也就不想學了；可是，他講得真不賴。然後，他說：

「污艙水公爵，你裝聾作啞的本領如何？」

公爵說，這個角色就交給他了；說他從前在戲台上，扮演過聾子啞巴。於是，他們等候輪船到來。

下午大約過了一半的時候，有兩艘小船過來，但不是來自上游夠遠的地方；最後，來了一艘大船，他們招呼它停下。大船放下舢舨，載我們上去，這艘船是從辛辛那提來的；船上的人一聽說，我們只搭個4、5哩的短程，簡直氣瘋了，把我們臭罵一頓；還說不准我們上岸。但是，國王很鎮定。他說：

「如果搭船的大爺，付得起每1哩1塊錢、外加舢舨接送的高價，

那麼，載他們也算划得來，不是嗎？」

於是，他們口氣馬上緩和下來，說沒問題；到了村莊附近，他們用舢舨送我們上岸。岸邊有二十多個人，一見到我們舢舨靠岸，立刻蜂擁而上；等國王問道——

「先生們，你們誰能告訴我，彼得魏爾克斯先生家住哪裡？」他們相互使了一個眼色，彼此點點頭，彷彿在說：「我說的沒錯吧？」然後，其中一位先生十分溫和平靜地說：

「先生，非常遺憾，我們只能告訴你，他昨晚**以前**住在哪裡。」

一眨眼之間，這個老混蛋渾身一軟，癱在那人身上，下巴搭在人家肩膀上，順著他的後背，嚎啕大哭，說道：

「哀哉，哀哉，我可憐的哥哥啊——居然走了，我們再也見不到他了；噢，真是太、**太悲慘了！**」

接著，他轉過身去，哭泣著，對公爵比劃一大堆很白癡的手勢。**他**把氈呢提**袋**往地上一丟，放聲大哭。這兩個大騙子，真是我有生以來所碰到的最卑鄙最下流的。

▲「哀哉，我們可憐的兄弟。」

這時人群都圍攏上來，深表同情，說著各種安慰的話，幫他們把提袋扛上山坡，肩膀讓他們靠著哭，告訴國王他哥哥臨終前的種種，國王也打手勢，把他們所說的全部告訴公爵，這兩個傢伙為了那個死去的製革匠，哭得肝腸寸斷，好比耶穌的12個門徒統統死了一樣，悲

痛欲絕。也罷，要是碰上這種事，我就不是人，而是黑鬼[6]。這一切真是讓全體人類感到可恥[7]。

---

6　由此可見赫克心底裡還是認定黑人是低人一等，所以發誓賭咒時不知不覺語帶歧視，也因而觸犯種族禁忌，尤其引起黑人讀者公憤。不過，這也不能怪馬克吐溫，赫克只是反映那個時代那種社會的世俗習性。

7　這句話（It was enough to make a body ashamed of the human race）經常被引用來說明馬克吐溫的憤世思想，隨著年齡成長歷盡滄桑看破塵世，馬克吐溫越來越相信人性本惡，對全體人類的所作所為失望透頂，但基本上還是肯定少數個人的高貴性格。「該死的全體人類」（the damned human race）一詞經常出現在晚年的作品中。

# 第二十五章

　　兩分鐘之內，消息就傳遍了全鎮，只見人們從四面八方蜂擁而來，有的人還一面走一面穿外套。沒多久，我們就成了群眾的中心，四周腳步聲踢踢踏踏，好像軍隊在行軍。家家戶戶的窗口和院子，都擠滿了人；每一分鐘都有人隔著籬笆說：

　　「那就是**他們**嗎？」

　　跟著群眾在行軍的，就有人回答說：

　　「賭定是的。」

　　當我們來到他家，他家前面的街道早已擠滿了人，三個女孩子站在門口迎接。瑪莉珍**果然**是紅頭髮的，但這沒有什麼差別[1]，她真是美麗得驚人，臉孔和眼睛都綻放光彩，因為她

▲「賭定就是這麼回事。」

太高興伯父和叔父都來了。國王伸展雙臂，瑪莉珍跳起來抱住他，兔唇女孩也跳起來抱住公爵，大夥兒都**看到**要看的感人場面了！看到他們終於久別重逢，又是這麼愉快的團圓，幾乎每一個人，尤其是女人們，都高興得掉下眼淚。

　　這時，國王推了公爵一下，偷偷的──被我看見了──然後他看

---

1　美國那個時代的審美觀認為紅頭髮不漂亮，但在赫克心目中，這並不影響她的美貌。

了看四周，看到棺材，在角落上，架在兩把椅子上；於是他和公爵，一隻手勾肩搭背，另一隻手搗著眼睛，慢慢的嚴肅的走過去，大家都後退讓路給他們，所有談話聲和吵雜聲統統都停止了，嘴裡紛紛發出「噓！」的聲音，男人們都脫下帽子低垂著頭，氣氛寧靜，連一根針掉在地上都聽得見。他們兩個走到棺材前面，彎下腰看裡面，才看了一眼，立刻放聲大哭，聲音大到連紐奧爾良都聽得見；接著，他們摟著彼此的脖子，下巴搭在彼此肩膀

▲哭成淚人兒

上；然後，一連哭了3分鐘，也許4分鐘，我從來沒看過兩個大男人，哭得這麼厲害。信不信由你，現場每一個人，都哭得一樣厲害；地板濕成這個樣子，我也從來沒看過。後來，其中一個走到棺材這一邊，另一個走到棺材那一邊，兩個都跪下來，把額頭靠在棺材上，假裝在默默禱告。到了這個地步，被煽動的群眾，情緒高昂到前所未見，每個人都崩潰了，頓時放聲大哭——可憐的女孩子們也是如此；每一個女人，幾乎千篇一律的，走向女孩子們，不說一語，莊重的親吻她們額頭一下，然後，手搭在她們頭頂上，仰頭望著天空，淚珠滾滾落下，然後迸出哭聲，啜泣著、擦拭著眼淚離開[2]，留給下一位女人，上演同一套戲碼。我從來沒有看過這麼噁心的事[3]。

---

2　馬克吐溫再度展現同時押「頭韻」（alliteration）與押「尾韻」（end rhyme）的文字技巧，描寫那些女人「啜泣著、擦拭著眼淚」（sobbing and swabbing）離開現場。

3　這裡描述鄉下女人的濫情感傷肉麻噁心，完全是一派「矯揉造作」

過了一會兒，國王站起來，往前走幾步，振作著要發表感言，他滿臉眼淚，也滿口瞎話，說他和他可憐的弟弟痛失兄長，而且千里迢迢旅行了四千哩，居然還錯失見他最後一面的機會，這是多麼傷痛的歷練啊，然而，這個歷練，卻由於大家真摯的同情與神聖的淚水，因而變得甜蜜而聖潔，所以，他和他弟弟發自肺腑的感謝大家，無奈他們口拙詞窮，無法用言語表示，言語畢竟軟弱、冷淡、詞不達意，諸如此類的陳腔濫調，說了一大堆，我聽了都想吐，最後，他又虛情假意說了一聲「阿們」才結束，說完又縱情大哭，哭得死去活來。

　　話才剛剛離開他嘴巴，群眾當中有人唱起讚美詩來，大家都用勁跟著大聲唱，歌聲帶動溫馨氣氛，感覺好像在教堂裡。音樂**確實是**好東西；聽完噁心的連篇廢話之後，我這才知道，音樂居然可以讓人耳目一新，聽起來這麼的誠懇又動聽。

　　然後，國王的下巴又開始動起來，說他和他的姪女們，希望邀請最要好的幾位朋友們，今晚留下來共進晚餐，幫忙料理死者後事；還說，要是他躺在那兒的可憐哥哥，能夠開口說話，他一定會說出是哪幾位的名字，因為那些都是他最親近的、常在信裡面提到的；所以，他要說的名字，也就是如下的幾個：——霍卜生牧師、洛特何威執事、班瑞克先生、阿布納薛克福德先生、李維貝爾、魯賓森醫生、他們的老婆們，還有巴特雷寡婦。

　　霍卜生牧師和魯賓森醫生，到鎮上另一頭聯袂出擊；我的意思是，醫生去幫忙把一個病人送到另外一個世界，牧師則去幫忙指引正確的路 [4]。貝爾律師到上游路易斯維爾出差 [5]。不過，其他的幾位

---

（續）————————————
　　（affectation），而非發自「內心真情」（affection），注意這兩個字只差兩個字母，意思卻相差十萬八千里，馬克吐溫一向對「濫情主義」看不順眼。

4　赫克也故意學著說話文謅謅，使用委婉的說法，其實說穿了就是有人病死了，醫生去處理後事，牧師去主持葬禮，都是把人從人間世界送到天國世界。

5　醫生、牧師、律師代表鎮上具有理性思維能力的人物，能夠看透假象，但是當天

都在場，因此，他們都走過來和國王握手，向他道謝，與他寒暄；隨後，他們又過來和公爵握手，都不說一句話，只是笑臉迎人，一直在點頭，好像一群白癡似的，而公爵則做著各種手勢，嘴裡「咕—咕—咕—咕—咕」個沒完，好像不會說話的嬰兒。

國王又一路說下去，刻意問起鎮上的每一個人和每一條狗，指名道姓的，又提到鎮上曾經發生過的各種瑣碎小事，有些是喬治家裡，有些是彼得家裡；總是說，這都是彼得在信中告訴他的，其實明明就是在說謊，每一個字都是從那個年輕傻小子那兒套出來的，搭我們獨木舟去坐輪船的那個。

後來，瑪莉珍拿出她伯父臨終遺留的那一封信，國王接過來大聲朗讀，邊讀邊哭。信裡提到，把這棟住宅和三千元金幣留給三個女孩子，另外的製革廠（生意一向興隆）、其他房產和土地（價值約七千元），以及三千元金幣留給哈維和威廉，信中還說，那六千元金幣就藏在地窖裡。於是，這兩個騙子說，他們現在就要去把錢找出來，要光明正大當眾公開處理；還叫我帶蠟燭一起去。我們進了地窖，隨手關上門，他們找到那一個袋子後，把金幣全部攤在地上，那景象真是迷人，全是黃橙橙的金幣。天哪，國王的眼睛發亮成那樣！他在公爵肩膀上拍了一巴掌，說：

「啊，**這**豈不是棒透了，什麼都沒得比！啊，不，絕對沒得比！污艙水公爵，這可勝過我們那《皇家奇獸》了，**不是嗎**？」

公爵說，的確是。他們用手掌捧起金幣，聽著金幣從指縫之間篩落到地板上的叮叮噹噹；國王說：

「空口說話沒有用，身為富翁死者的兄弟，唯一國外繼承人的代表，污艙水公爵，這是你和我被安排要走的一條路。這完全是來自我

（續）————
晚上他們都不能來吃飯，因而延遲了揭穿陰謀的機會，讓這兩個騙子繼續多玩一些把戲。

們信任上帝的結果。畢竟，聽天由命是上策。我嘗試過各種招數，沒有比這更好的了。」

有了這麼一大筆錢，換了別人一定心滿意足，而且相信數目多少就是多少；可是，不，他們偏偏要數一遍。於是，他們一個一個數，數完之後，發覺居然短少了415元。國王說：

「該死的他，搞不懂他把那415元拿去做什麼了？」

他們憂慮了一陣子，還東翻西找。最後，公爵說：

「算了，他已經病得嚴重，很可能搞錯了——我猜想，就是這麼一回事。最好的辦法就是，隨它去，不要聲張。我們不在乎短少這幾個錢。」

▲補足「差額」

「噢，去你的，是啊，我們可以**短少**這幾個錢。我當然也不在乎——我在乎的是，錢的**數目**不符。你知道，我們必須光明正大，公開公正處理這件事。我們應該把這一大袋子金幣拖上樓，當著每一個人面前，把數目點清楚——那樣才沒有疑點。你知道，既然死者說有六千元，我們就不能——」

「等一等，」公爵說，「我們補足差額吧」[6]——說著，便從自己口袋掏出金幣來。

「公爵，這個主意太神奇了——你**長**了一個聰明靈活的腦袋，」

---

6　「補足差額」赫克聽到的是make up the deffisit，正確的字應該是deficit，意思是「逆差、虧損、赤字、不足額」。

國王說。「真虧了我們那老把戲《皇家奇獸》，又幫了我們一次大忙」——說著，**他**也從口袋裡掏出金幣，堆在那上面。

就這樣，他們的荷包差不多都掏空了[7]，不過，他們總算湊足了六千金幣，分文不少。

「喂，」公爵說，「我還有一個主意。我們上樓去，當眾把這些錢點數一遍，數清之後，就**全部交給那幾個女孩子**。」

「公爵，老天爺，讓我好好摟你一下！這可是最絕妙的辦法，虧你想得出來。像你這麼絕頂聰明的腦袋，我生平還沒見過。噢，這是最高超的一招，幾乎無懈可擊。要是她們還心存疑慮，這下子肯定一掃而空——這一招把她們都擺平了。」

等我們上樓來，大家都圍攏到桌子周圍，國王把錢數了一遍，一疊一疊的排好，每一疊300元——漂漂亮亮的20疊。每個人都露出飢渴的神情，舔著嘴唇。然後，他們又把錢全部裝進大袋子裡。我看到國王自我膨脹起來，準備再來一段長篇大論。他說：

「各位親朋好友，躺在那兒的，是我可憐的哥哥，他對待傷心哀悼的遺族家屬，一向是非常慷慨的。他呵護有加的這幾位可憐小羔羊，現在成了無父無母的孤兒，他對她們依然慷慨大方。是的，了解他的人都知道，要不是顧慮到，會傷害到他親愛的弟弟威廉和我的話，他一定會**更**慷慨的對待她們，**不是**嗎？在**我**心目中，這是毫無疑問的。那麼——此時此刻，做弟弟的竟然擋在中間，而不成全他的一番好意，這算是哪門子兄弟？此時此刻，做叔叔的竟然想要搶劫——是的，**搶劫**——他心愛的可憐姪女們的財產[8]，這算是哪門子叔叔？

---

7　本書第二十三章裡，這兩個騙子演出《皇家奇獸》，「總共撈到了465塊錢」，讀者還記得嗎？現在，這筆錢幾乎全部倒貼進去了。這一段既是「呼應」前面情節的伏筆，同時也是往後情節發展的「伏筆」，到時候讀者就知道了。

8　這兩個假冒的叔叔，處心積慮的要「搶劫」三位姪女的財產，不小心說溜了嘴，無意中洩漏了心事，從精神分析的觀點來看，這叫做「佛洛伊德式失語」（Freudian slip）。

▲迎向他

若是我了解威廉——我**相信**我了解他——他——好,我先問問他。」他轉過身,開始對公爵比劃一大堆手勢,公爵先是笨笨的、白癡般的看著他一陣子,隨後,好像突然恍然大悟,跳起來奔向國王,嘴裡興奮得拚命咕咕叫,摟抱他有15次之多,才停下來。接著,國王說:「我早就知道,相信他的**動作**也讓大夥兒明白,**他**心裡怎麼想的了。來,瑪莉珍、蘇珊、嬌安娜,把錢拿去——**全部**拿去。這是躺在那兒的那位,送給你們的,他雖然身體冰冷,但內心一定熱活。」

瑪莉珍走向他,蘇珊和兔唇走向公爵,接著,又是一場摟抱和親吻,場面之熱鬧,我從沒見過。大家都熱淚盈眶,圍攏過來,和他們用力握手,差點把這兩個騙子的手臂扯了下來,嘴裡一直在說:

「兩位**親愛的**善心人士!——多麼感人啊!——你們**怎麼**這麼好心啊!」

之後,很快的,所有的人又談起那位死者,說他是多麼好的一個人,死了多麼可惜,諸如此類的話;沒多久,一位面貌嚴峻的高大男人,從外面穿過人群走進來,站著傾聽、觀望一陣子,卻不發一語;因為國王正在講話,大家都忙著聽國王說話,也沒理他。國王說——接續剛才說了一半的——

「——他們這幾位都是死者最要好的朋友。所以,今晚邀請他們來;但是,明天,務必請**大家**統統都來——每一個人;因為他尊重每一個人,喜歡每一個人,因此,大家都應該來,來參加他這場公開的

葬禮狂歡[9]。」

　　他就這樣喋喋不休下去，好像很喜歡聽自己演講，每隔一陣子，就再度提起葬禮狂歡，後來，公爵再也忍不住了；寫了一張小紙條：「你這個笨蛋，是**葬禮儀式**[10]，」然後摺起紙條，咕咕叫著走過去，越過在場群眾的頭頂，傳遞給他。國王讀了紙條，放在口袋裡，嘴裡說：

　　「可憐的威廉，身體殘廢成這個樣子，可是**內心**什麼都明白。他要我邀請每一個人來參加葬禮——要我表示每一個人都受歡迎。不過，他不用擔心——這正是我剛剛跟大家說的。」

　　接著，他又胡扯下去，十分鎮定，三不五時提到葬禮狂歡這個詞，就像之前一樣。當他第三次提起時，他說：

　　「我之所以說葬禮狂歡，並不因為它是普通用詞——葬禮儀式以往一向是普通用語——反而是因為，葬禮狂歡才是正確用語。葬禮儀式這個名詞，現在英國已經不用了——過時了、作廢了。我們英國現在都說葬禮狂歡，狂歡比較好，因為它指的，正是我們要表達的意思，而且更為貼切。這個字結合希臘文的「**狂**」，意思是外面、開放、國外，和希伯來文的「**歡**」，意思是種植、遮蓋；引申為埋**葬**[11]。所以，你瞧，葬禮狂歡就是一種露天公開的葬禮。」[12]

---

9　這裡是典型的「荒唐誤用詞語」（malapropism），尤其指誤用發音相似但意義不同的詞語。國王說的「葬禮狂歡」（orgies）一詞，事實上是誤用「葬禮儀式」（obsequies），orgies源自古希臘羅馬酒神節（Bacchus或Dionysus）的慶典，狂歡作樂的放蕩酒宴；obsequies是極其莊嚴肅穆的葬禮儀式。兩者意義相去甚遠，國王這裡可是鬧了一個超級大笑話。

10　這裡有趣的是，公爵假扮的威廉明明是又聾又啞，怎麼還聽得見國王說錯話？還傳紙條來糾正他。為什麼群眾沒有發現這一點矛盾？

11　國王大言不慚的胡扯，說「葬禮狂歡」（orgies）一詞是結合希臘文的ORGO和希伯來文的JEESUM，存心欺負鄉下人的愚昧無知。

12　在這種嚴肅場合用錯字詞，笑話可是鬧大了，居然還敢硬掰硬拗，東拉西扯，又是希臘文、又是希伯來文，自圓其說不成，反而「自暴其短」，暴露自己的

他真是我所見過最**差勁**的傢伙。這時候，那位面孔嚴峻的高大男人，當著他的面哈哈大笑，每個人都嚇了一大跳，都說：「醫生，怎麼啦！」阿布納薛克福德說：

　　「啊，魯賓森醫生，難道你沒聽到消息嗎？這位是哈維魏爾克斯。」

　　國王熱誠的笑著，伸出手來，嘴裡說：

　　「這位**可是**我可憐哥哥的醫生好友？我──」

　　「手拿開，別碰我！」醫生說。「**你**以為講起話來像個英國人──**不是**嗎？這可是我見過模仿得最糟糕的。**你**自稱是彼得魏爾克斯

▲醫生

的弟弟，其實你是個騙子，不折不扣的大騙子！」

　　這會兒大家都嚇呆了！都擠到醫生身邊，想要安撫他，解釋給他聽，告訴他起碼有四十件事情，可以證明他**就是**哈維本人，他還叫得出每一個人的名字，還有每一條狗的名字，大家再三**懇求**，求他別傷了哈維的心，也別傷了女孩子們的心，諸如此類的話；但是，都沒有用，他就是大發雷霆的一直說下去，說任何一個冒充英國人、模仿說英國話，卻說得這麼糟糕的人，一定是騙徒，一定是撒謊家。那些可憐的女孩子們，勾著國王的脖子一直哭，突然，醫生站起來，轉向**她**

(續)

　　膚淺無知。前前後後諸多事件顯示，國王瞎掰的本領的確令人嘆為觀止，臉皮厚似城牆，還說得振振有詞。妙的是在場的愚蠢鄉下人，就是甘心相信甘願被騙，好比中國俗語說的「周瑜打黃蓋：一個願打，一個願挨」。

**們**，他說：

「我是你們父親的朋友，也是妳們的朋友；**作為**一個朋友，一個忠誠的朋友，我警告妳們，爲的是要保護妳們，免得妳們受到傷害，招惹麻煩；趕緊離那個大騙子遠遠的，再也別理他，他是個無知的流氓，滿口說的什麼白癡希臘文和希伯來文，還自以爲是呢。他是那種很容易就被戳穿的騙徒——不知從哪裡打聽到一堆空洞的名字和事情，就來這裡騙人，而妳們卻當作是**證據**，竟然被這裡的一些傻蛋朋友，幫著這個騙子欺騙自己，妳們應該腦筋比較清楚才是。瑪莉珍魏爾克斯，妳知道我是妳的朋友，也是個沒有私心的朋友，現在，聽我說，趕快把這個無恥的流氓趕出去——**拜託**妳這麼做，好不好？[13]」

瑪莉珍身子一挺，哇，她可是真帥氣！她說：

「**這**就是我的答案。」她把那一袋金幣推到國王的手裡，說道：「把這六千元拿去，替我和我的妹妹們投資，隨你的方式運用，不必給我們收據。」

接著，她的手臂一邊摟著國王，另一邊摟著蘇珊和兔唇。大家都鼓掌叫好，在地板上跺腳，狂暴似雷雨交加，這時候，國王把頭抬得高高的，驕傲地笑著。醫生說了：

「也罷，從今以後，**我**再也不插手管事了。但是，我要警告妳們，將來有一天，妳們一想到今天發生的事，就會非常不舒服」——說完，人就走了。

「醫生，好吧，」國王說道，有點嘲弄的口氣。「到時候，我們會想辦法請你來醫治她們」——這話說得全場都笑了，大家都說，這

---

13　魯賓森醫生（Dr. Robinson）句句箴言發自內腑，代表的是全鎮唯一理性力量，卻不被認同，敗給一群崇拜感性濫情的愚蠢鄉民。唯有他見過世面閱歷豐富，看穿兩位騙子的伎倆，挺身而出主持正義，發揮知識分子的道德勇氣。然而，畢竟「良藥苦口，忠言逆耳」，鄉民聽不進去，赫克和讀者心知肚明，看得非常無奈。

一招真是切中要害。

▲那一袋金幣

# 第二十六章

等大家都走了，國王便問瑪莉珍，有沒有多餘的房間給他們住，她說有一間空房，可以給威廉叔叔住，她自己的房間比較大，可以讓給哈維叔叔，她去妹妹們的房間，睡一張小床，閣樓上還有一個小間，國王說可以讓給他的侍從——指的是我。

於是，瑪莉珍帶我們上樓，看她們的房間，都很簡樸而舒服。她說她的連身衣裙和一些雜物，都還在她房間裡，要是哈維叔叔覺得礙手礙腳的話，她可以拿出去，但是他說不會。她的連身衣裙都沿著牆壁掛著，前面有

▲閣樓小間

一大片印花棉布的簾子擋著，簾子垂到地面。房間角落有一個老舊的毛皮箱子，另一個角落放著一個吉他箱子，到處都是小玩意兒和小擺飾，就是女孩子們喜歡布置房間的那種小東西。國王說，擺這些東西會更有家的氣氛，而且親切怡人，所以，都不必挪開。公爵的房間則小了一些，但也相當舒服，我自己的閣樓小間也很不錯。

那天晚上，她們準備了豐盛大餐，鎮上男人女人都來了，我站在國王和公爵椅子後面，服侍他們，其他人則由黑鬼們服侍。瑪莉珍坐在餐桌一頭，蘇珊坐她旁邊，她一直在說麵包多麼難吃、果醬多麼糟糕、炸雞多麼乾硬——諸如此類的一堆廢話，女人就是那樣，總是要

▲與兔唇同吃晚餐

逼著人家說出恭維的話[1]，大家都明白，每一樣食物都是上上之選，嘴裡也都那樣說——說「這麼焦黃可口的麵包，你們是怎麼烤出來的？」還有「老天爺，這麼棒的醃黃瓜，妳們是哪裡弄來的？」還有種種天花亂墜、猛灌迷湯，你也知道，就是餐桌上那種閒話家常。

等大家都吃完了，我和兔唇在廚房吃剩餘的晚餐，其他的人幫黑鬼們收拾清理。兔唇一直要從我身上搾出英國的事情，害我覺得戰戰兢兢如履薄冰。她說：

「你見過國王嗎？」

「誰？威廉四世嗎？哦，當然見過哪，他去我們教堂做禮拜。」我知道他已經死了多年，不過我沒洩漏。所以，當我說他去我們教堂做禮拜時，她就問了：

「什麼——經常去嗎？」

「是啊——經常啊。他的座位就在我們正對面——講壇的另一邊。」

「我以為他是住在倫敦呢？」

「當然，他是住倫敦，不然他會住哪裡？」

---

1　這句話說得真是貼切極了，令人會心一笑，古今中外的宴客女主人好像都是如此，假裝謙虛，抱怨自己煮的菜不好，雞蛋裡挑骨頭，事實上是要「逼客人說出恭維話」（to force out compliments）。

「可是，我以為**你們**住在雪菲爾德[2]呢？」

這一下我下不了台了。只好假裝被雞骨頭卡到喉嚨，以便爭取時間，趕快想想怎麼解套。於是，我說：

「我的意思是說，他在雪菲爾德的時候，經常去我們教堂。那只有在夏天的時節，當他來泡海水浴的時候。」

「嘿，你說什麼呀——雪菲爾德根本不在海邊啊。」

「喂，誰說它在海邊啊？」

「嘿，你自己說的呀。」

「我才**沒說過**呢。」

「你說過！」

「我沒說。」

「你說過。」

「我根本沒說過那種話。」

「那麼，你說的是什麼？」

「說他來**泡海水浴**——那才是我說過的。」

「那麼，如果你們那裡不在海邊，他怎麼泡海水浴？」

「聽著，」我說，「你見過國會礦泉水[3]嗎？」

「見過。」

「那麼，你非要到國會泉，才弄到那種礦泉水嗎？」

「當然不用啊。」

「所以啊，威廉四世也不必非要到海邊才能泡海水浴。」

「那麼，他怎麼辦到的？」

---

2　雪菲爾德距離倫敦相當遠，有158哩之遙，以當時交通狀況，往返費時。

3　「國會礦泉水」（Congress water）產自美國紐約州海邊城市Saratoga附近的「國會泉」（Congress Spring），以具有醫療效果而聞名。但是馬克吐溫似乎不知道國會泉在1862年才被發現，雖然馬克吐溫1876年動筆寫書時國會泉已被發現14年，然而本書背景卻是設在1826-36年間，照道理那時尚未被發現。好像有點不符史實，不過無傷大雅，只是好玩而已，因為連史詩作者荷馬都會打盹。

「就像這裡的人弄到國會礦泉水一樣——用水桶啊。在雪菲爾德那兒的皇宮裡有鍋爐，他要求水是熱的。他們沒辦法把大海裡的水都給燒熱。沒有那種設備啊。」

「喔，現在我懂了。你一開始講明白，不就省時間了。」

聽她這麼一說，我才明白我又省了一次麻煩，心裡覺得舒坦高興了一下。接著，她又問道：

「你也常上教堂嗎？」

「是啊——常常。」

「你坐在哪裡？」

「當然，坐在我們的座位上。」

「**誰的**座位？」

「當然，**我們的**座位——妳哈維叔叔的座位。」

「他的座位？**他**要座位做什麼？」

「要坐下來的啊，妳**以為**他要座位做什麼？」

「嘿，我以為他應該站在講壇上的。」

糟糕，我忘記他是牧師了。我又下不了台了，於是，我又玩了一次喉嚨卡到雞骨頭的把戲，趁機想一想。然後，我說：

「要死啊，妳以為一個教堂就只有一個牧師啊？」

「嘿，要那麼多個牧師做什麼？」

「什麼！——在國王面前講道？我從來沒有看過像妳這樣的女孩子。他們的牧師不下於17個。」

「17個！老天爺！唉，我寧可**永遠不**上天堂，也絕對沒有辦法，聽這麼一長串牧師講道講個不停。那，他們講道要講上一個星期吧。」

「鬼扯，他們又不是**全部**都在同一天講道——每次只有**一個**講。」

「那麼，其他牧師做什麼？」

「喔，不做什麼，到處閒蕩、傳遞募捐盤子—— 做完這個做那個。主要的是什麼都不做。」

「那麼，**為什麼**要他們？」

「當然，要他們**撐場面**呀。妳怎麼都不懂呢？」

「唉，我完全**不想**弄懂這些愚蠢的無聊事。英國人是怎麼對待僕人的呢？是不是比我們對待黑鬼好一些？」

「**根本不是！** 在那兒僕人根本不算是人，他們對待僕人比狗還不如。」

▲「發誓說老實話。」

「他們也給僕人放假嗎？像我們一樣，聖誕節和新年放假一個星期，還有7月4日國慶日。」

「喔，妳好好聽著！人家一聽到妳這樣問，就知道**妳**根本沒去過英國。喂，兔——喂，嬌安娜，那兒的僕人，從年頭到年尾都沒有一天假期；從來沒到過馬戲團、沒去過戲院、沒看過黑人表演秀，哪裡都沒得去。」

「也沒上過教堂？」

「沒上過教堂。」

「但你說**你**經常上教堂。」

糟糕，我又下不了台了。忘記自己是那個老頭子的僕人。但是，片刻之間我飛快地編出一套解釋，說侍從跟普通僕人不一樣，不管願不願意，都必須去教堂，和家人坐在一起，因為法律是這麼規定的。不過，我解釋得並不太好，等我解釋完，發現她好像不滿意。她說：

「發誓說老實話，你剛剛是不是謊話連篇？」

「發誓說老實話。」我說。

「完全沒有撒謊？」

「完全沒有撒謊，句句是實話。」我說。

「把你的手按在這本書[4]上發誓。」

我看了一下，那不是別的，只是一本字典而已，於是把手按在上面發了誓。她這才看起來滿意了一些，說道：

「好吧，那麼，你剛才說的我可以相信一部分；要我相信其他部分，就得指望老天爺了。」

「妳不相信什麼啊，嬌安娜？」瑪莉珍問道，這時候她走進來，蘇珊跟在後面。「妳這樣跟他說話，實在不應該也不禮貌，他一個外人，來我們這裡作客，離自己親人那麼遠。換成是妳，妳願意別人也這樣對待妳嗎？」

「瑪莉，妳老是這樣——人家還沒覺得委屈，妳就衝進來替人家解圍。我又還沒有對他怎樣。看他東扯西扯了這麼多；我只說，我不會完全相信他；從頭到尾，我**說的**就只有這樣而已。這麼一點小事，他應該不會介意的，不是嗎？」

「我可不管什麼是小事、什麼是大事，他來到我們家，就是一個客人，妳那樣對他說話，就是不對。要是妳處在他的立場，妳一定也會覺得很沒面子；所以，妳根本就不應該說任何的話，讓人家覺得很沒面子。」

「可是，瑪莉，他說——」

「他**說**什麼根本沒關係——那不是問題。問題是，妳應該對人家**客客氣氣**，不能說任何話，害他想起自己身處他鄉又遠離親人。」

---

4 這本「書」指的是《聖經》，西洋人常手按著《聖經》發誓，以示真誠，不然會天打雷劈。赫克鬼靈精，先瞄到這本書只是一本字典，才敢按著發假誓。

我心裡告訴自己，**這麼**一個好女孩，我居然讓那個老壞蛋搶走她的錢！

　　接著，蘇珊**她**也插進來說話，信不信由你，她也狠狠地臭罵了兔唇一大頓！

　　我又對自己說，這是**另一個**好女孩我也讓他搶走她的錢！

　　接著，瑪莉珍把兔唇再了一頓，罵完又甜言蜜語的好言安慰她一陣——那就是她的做法——等她都說完了，可憐的兔唇再也沒話可說。她竟然嚎啕大哭起來。

　　「好了，好了，」她的兩個姊姊說，「妳就向他道歉吧。」

　　她也道歉了，而且話說得真漂亮，漂亮到聽來就舒服，我巴不得對她撒一千個謊，好再聽她對我一直道歉。

　　我又對自己說，這又是**另一個**好女孩，而我也讓他搶走她的錢。等她說完，她們都想盡辦法，讓我覺得賓至如歸，身處親友當中。這樣一來，我更覺得自己卑鄙、下流、無恥，於是我對自己說，就這麼打定主意，一定要幫她們把錢拿回來，不然寧可死掉。

　　於是，我藉故離開——說是去睡覺，其實不急著去睡。等到獨處時，我把整件事好好想了一想。我對自己說，要不要偷偷到那個醫生那兒去，揭穿這兩個騙子？不——這行不通。他也許會透露出來，是誰告訴他的；那麼，國王和公爵就會好好修理我。要不要偷偷去告訴瑪莉珍？不——我也不能這麼做。她的臉色一定會給他們提示；錢在他們手裡，他們隨時可以帶錢溜掉，一走了之。要是她找人幫忙，搞不好事情還沒水落石出，我就已經惹得一身腥了。不，沒有別的好辦法了，除了一個辦法，就是設法去把錢偷出來。我必須偷得很有技巧，讓他們不會懷疑是我偷的。他們在這裡行騙得很順利；一定會把這家人和這個鎮，好好玩弄夠了，把全部的值錢東西都騙到手，才會甘心離開，所以，我應該有足夠的時間找到機會。我要把錢偷出來、藏起來；過了一陣子，等我到了大河下游，再寫一封信給瑪莉珍，告

▲公爵檢查床底下

訴她錢藏在哪裡。所以，要是可以的話，我最好今天晚上就動手，因為那個醫生，即使說過不再插手管事，也未必會真的不管；搞不好他會把他們嚇跑。

於是，我心裡想，我要到他們房間裡搜一搜。樓上的房間很黑，不過，我還是找到公爵的房間，開始雙手到處摸索；但我猜想，國王不可能讓別人保管那些錢，一定放在他自己身邊；於是，我轉往他的房間，用手四處摸索。可是，沒有蠟燭，我什麼也找不到，當然我也不敢點蠟燭。所以，我判斷該換另一個方法──埋伏著等他們，偷聽他們說話。就在那時候，我聽見他們的腳步聲，正要鑽到床底下；於是伸手摸索過去，可是，床不在我想像的位置；不過，我摸索到瑪莉珍掛衣裙的布簾，於是連忙跳過去，躲在布簾後面，鑽到衣服堆當中，一動也不敢動的站在那兒。

他們進來後鎖上了門；公爵第一件事就是，立刻趴在地板上，檢查床底下。我不由得慶幸，剛才想要摸索床卻沒有摸到。不過，你也知道，一般人想要偷聽別人說話，自然而然的都會躲在床底下。隨後，他們坐下來，國王說：

「嘿，怎麼回事？你剛才那樣打斷我說話，要是我們坐在樓下不是更好嗎，哄著大家嚷嚷一些哀悼死人的話，總比上樓來給人家機會在背後議論我們好多了。」

「喔。卡貝國王，是這樣的，我覺得不自在，也很不對勁。那個醫生一直害我提心吊膽。我想知道你的計畫。我有一個主意，自認還

不錯的一個主意。」

「公爵,什麼主意?」

「我看我們最好早早溜走,清晨三點之前,帶著我們已經到手的東西,趕往大河下游。尤其是,眼看著這筆錢得來太容易——我們原本打算要偷回來,可是人家卻,可以這麼說吧,**送還**給我們、砸到我們頭上。我主張趁早收場,趕快溜之大吉。」

我一聽,心都涼了半截。這跟我一兩個鐘頭之前所想的,有點不一樣,但是,現在我心情壞透了、失望極了。國王氣呼呼的,說:

「什麼!其他的田地產,就不變賣了嗎?難道我們要像兩個傻瓜,大跨步的一走了之,價值八、九千元的產業就在那兒,等著我們大撈一筆,我們卻都留在身後?——還有一大堆很搶手的好東西。」

公爵嘴裡嘟噥著;說那一袋金幣已經足夠了,他不想再得寸進尺——不想再把一群孤兒搶劫一空。

「喂,你怎麼這麼說呢!」國王說,「除了這一點點錢,我們什麼也不搶走。**買了**這些田地產的那些人,才是倒楣鬼;因為一旦發現這些田地產根本不歸我們所有——這一點我們走後不久,他們就會明白——那麼,所有交易都不成立,所有田地產都會物歸原主。這些孤兒們還是可以取回田地產,那就足夠**她們**過日子了;她們都還年輕、朝氣蓬勃,可以自己賺錢過活。**她們**不會受苦的。喔,你只要想想——世界上成千上萬的人,都沒有過得這麼好。唉呀,**她們**沒什麼好抱怨的了。」

因此,國王這一番話說得公爵啞口無言,最後,公爵只得讓步,答應繼續下去,但說他還是相信,留下來是愚蠢之至,而且那個醫生依然害他提心吊膽。但是,國王說:

「天詛咒的鬼醫生!我們幹嘛怕**他**?我們不是已經把鎮上所有的傻瓜,都騙到我們這一邊來了嗎?每一個鄉鎮,不都是傻瓜占大多數

嗎？[5]」

　　於是，他們準備再回到樓下，公爵說：

　　「我覺得我們藏錢的地方不太安全。」

　　我一聽心花怒放，原先還以爲我永遠找不到任何線索呢。國王說：

　　「爲什麼？」

　　「因爲瑪莉珍以後要開始穿喪服，你知道，收拾她房間的黑鬼會聽吩咐，把這裡面的衣服都放到箱子裡，收藏起來。你能相信黑鬼看到錢，不會順手牽羊一部分嗎？」

　　「公爵，你的腦袋又變靈光了，」國王說；於是，他走過來在布簾下方摸索了一陣，離我站的地方只有兩三呎。我貼緊牆壁，一動也不敢動，雖然身子發抖；我擔心的是，要是他們逮到我，會對我怎麼樣；同時也努力的想，要是他們逮到我，我要說什麼。在我還沒想到一半的時候，國王就摸到了金幣袋子，根本沒懷疑到我就在那附近。他們拿了金幣袋子，把它塞進羽毛被下面，麥稈床墊中間的一個裂口，往裡面又塞進一兩呎，藏在麥稈堆當中，認爲那樣就安全了，因爲黑鬼鋪床時，通常只會整理羽毛被，麥稈床墊一年只翻動一兩次，所以，現在還不會有被偷的風險。

　　可是，我比他們更精明，他們下樓還沒走到一半時，我就已經把金幣袋子拿出來了。摸索著上到我的閣樓小間，打算先藏在那兒，等找到更好的機會再說。我研判，最好藏在屋子外面某個地方，因爲他們要是發現錢不見了，一定會把整個家翻箱倒櫃，這我當然很清楚。之後，我上床睡覺，衣服也沒脫；可是，即使努力想睡著，我卻怎麼也睡不著，因爲我心裡急著想，趕快把這件事料理妥當。不久，我聽

---

5　這兩個騙子真是洞察人性，把鄉下佬摸得透透的，一路上所經過的鄉村城鎮，果然是傻瓜占多數，除了知識分子如醫生和律師以外，偏偏愚昧的鄉民覺得他們忠言逆耳，反而一廂情願的當傻瓜。

見國王和公爵上樓來了，就立刻
爬下小床，下巴緊貼閣樓樓梯頂
端，等著看看有什麼動靜。可
是，什麼也沒有。

　　我就這樣等啊等的，一直
到晚睡的人上床了、早起的人還
沒有起床；然後才悄悄溜下樓梯
去。

▲赫克取走那袋金幣

赫克歷險記

# 第二十七章

　　我爬到他們的房間門口偷
聽；他們鼾聲如雷，於是，我又
踮著腳尖往前走，下了樓梯。周
遭什麼聲音也沒有。我從飯廳門
邊的一道縫隙，往裡面偷看了一
下，看見守靈的那些人，都癱在
椅子上睡著了。這一扇門通往客
廳，屍體就停放在那裡，兩間裡
面都點著蠟燭。我繼續往前走，
客廳的門開著，可是裡面沒有任
何人，只有彼得的屍體；於是，
我趕快從旁邊走過去，可是前面
大門鎖著，鑰匙不在門上。就在
這個時候，我聽到有人從樓梯下

▲飯廳門邊一道縫隙

來，來到我後方。我跑進客廳，匆忙之間掃瞄一下四周，發現唯一能
夠藏金幣袋子的地方，就是棺材。棺材的蓋子往下挪開1呎左右，露出
裡面死者的臉，臉上蓋著一塊濕布，身上穿著壽衣。我趕緊把金幣袋
子，塞到棺材蓋子底下，正好放在死者雙手交叉處，再往下面一點點
的身上，他的手非常冰冷，害我全身起雞皮疙瘩，然後我趕快越過客
廳，躲到門後面。

　　進來的人是瑪莉珍，她輕手輕腳的來到棺材前面，跪下來，看著
裡面；接著掏出手帕，摀著臉開始哭泣，我看得到她哭，但是，聽不
到哭聲，她背對著我。我偷偷溜出來，經過飯廳時，為了確定不讓守
靈的人看見我，我透過門縫望進去，發現一切都相安無事，他們完全

沒被驚動。

我溜回床上，心裡覺得很憂鬱，因為我為了這件事，費了這麼多心思，冒了這麼大的風險，結果卻搞成這樣。我心裡想，如果金幣袋子留在那裡不動，那就好了；因為等我們到了大河下游一兩百哩之後，我可以寫信回來給瑪莉珍，她可以把死者挖出來，拿回金幣袋子；但也有可能，事情不是那樣發展；事情也很可能發展成這樣，他們釘棺材蓋子時，就會發現金幣袋子。到時候，錢又會落到國王手裡，這麼一來，要把錢從他手上再偷回來，就不知道要等到哪年哪月才有機會了。當然，我**希望**能夠再溜下樓，把錢從那裡拿回來，可是，我不敢再試一次。眼看著越來越接近天亮，沒多久，他們守靈的人就會醒來，說不定我會被逮到──被當場逮到，手裡握著那六千元金幣，沒有任何人叫我保管的金幣。我對自己說，真不願意蹚這個渾水啊。

到了上午，我下樓來，發現客廳門已關上，守靈的人都離開了。在場的只有她們一家人、巴特雷寡婦，還有我們這一夥。我仔細觀察每一張臉，想知道是否發生過什麼事，可是都看不出來。

接近中午時分，殯儀館老闆來了，帶著他的人手，他們把棺材搬到大廳中央，架在兩把椅子上，然後把所有的椅子排成一列一列的，還跟左鄰右舍借了好幾把，把大廳、客廳、飯廳都排得滿滿的。我看見棺材蓋子還是老樣子，可是，當著那麼多人面前，我不敢過去往棺材裡面看。

不久之後，人潮蜂擁而至，這兩個壞蛋和女孩子們坐在前排座位，就在棺材前方，接著有半個鐘頭光景，人們排成一行，緩緩繞到棺材前面，低頭望著死者面孔一分鐘，有人還掉下眼淚，氣氛莊嚴而肅穆，只有女孩子們和兩個老壞蛋用手帕搗著眼睛，低著頭，不時啜泣。大廳裡什麼聲音也沒有，只有鞋底摩擦地板和人們擤鼻涕的聲音──因為大家總是喜歡在葬禮時擤鼻涕，超過其他任何場合，除了教

堂以外。

　　等大廳裡都擠滿了人，殯儀館老闆帶著黑手套走來走去，用他那輕柔撫慰的態度張羅一切，打點妥當最後一樁樁小事，讓人人舒服滿意、讓事事井然有序，輕手輕腳來來去去，無聲無息像一隻貓。他都不用說話，用手勢招呼客人，讓遲到的擠進來，也請別人讓出走道，他這麼做的時候，也都不說話，全靠點頭、打手勢。最後，他找到一個適當位置，靠著牆壁站著。我從來沒見過這麼輕聲輕氣、手腳靈活、行事神秘的人；他臉上掛的笑容，不比一截火腿多到哪裡去。

　　他們借來了一架風琴—— 一架生了病的琴；等到一切就緒，一個年輕女人坐下來開始彈琴，琴聲尖銳刺耳，好

▲殯儀館老闆

像疝氣腹絞痛[1]，不過，大家還是和著琴聲唱起來，根據我的看法，只有死者彼得，才有福氣耳根清淨。接著，霍卜生牧師緩慢而莊嚴的，正要開口說話；可是，地下室突然傳來一陣有史以來最粗暴的喧鬧聲，其實不過是一條狗在叫，但是，叫聲吵得嚇死人，而且還一直叫個沒停；牧師只好站在那兒等，守著棺材——那叫聲搞得你都不知道自己在想什麼。場面真是尷尬極了，大家都不知道怎麼辦。還好，

---

1　這裡有一個可愛的小幽默，赫克形容那一架破舊的風琴（melodeon被拼錯成melodeum）是「生了病的琴」（a sick one），完全是從小孩子的觀點來看，在他眼裡，萬物皆有生命，風琴老舊，形同生病，因此琴聲才會「尖銳刺耳」，好像「疝氣腹絞痛」（skreeky and colicky）。

沒過多久，那個手長腳長的殯儀館老闆，向牧師做了一個手勢，好像是說，「別擔心——交給我處理。」然後，他彎著腰，沿著牆邊快速往外走，越過眾人頭頂看去，只見他的肩膀忽隱忽現。正當他快速前進之際，狗叫聲越來越囂張，最後，他沿著兩面牆壁終於走到盡頭，然後消失進入地下室。接著，兩秒鐘之後，我們聽到「啪」的一聲，那條狗慘烈嚎叫一兩聲之後，突然就停止了，一切又安安靜靜了，於是，牧師又開始嚴肅的講話，接續他剛才中斷之處。一兩分鐘之後，殯儀館老闆回來了，還是縮著肩膀，沿著牆壁快走，繞過三面牆壁之後，他才直起身子，雙手圈成筒狀，罩在嘴巴前方，伸長了脖子，越過眾人頭頂，遙遙向著牧師，用一種沙啞的耳語聲，說：「**牠逮到了一隻老鼠！**」然後，他又低下身子，沿著牆邊快走，走回他原來的位置。你看得出大家都非常滿意，因為大家當然都想知道怎麼回事。就是這類小事，做起

▲「牠逮到了一隻老鼠！」

來不費吹灰之力，卻會讓大家都尊敬喜愛，鎮上沒有任何人，比這個殯儀館老闆，更受人歡迎。

葬禮的講道很好，只是冗長得要命，又乏味；隨後，國王插進來又說了一大堆，還是他那一套陳腔濫調，最後，終於功德圓滿，殯儀館老闆拿著螺絲起子，輕手輕腳走向棺材，我急得要命，目不轉睛盯著他。可是，他手腳俐落；只把棺材蓋子往上推正，輕輕一攏，便鎖上螺絲釘，鎖得又緊又牢。這麼一來，我沒轍了！我不知道錢是否還

在裡面，我心裡想，會不會有人偷偷把錢攔截走了？——**我**現在怎麼知道，該不該寫信給瑪莉珍？要是她把死者挖出來，卻什麼也沒找到——她會把我當成什麼？該死啊，我說，人家可能會捉拿我，把我關進監獄；所以，我最好保持低調，隱瞞身分，根本不要寫信，如今事情已經變得錯綜複雜；本來想糾正壞事，結果反而矯枉過正，比原來更壞上一百倍，惹來這麼一大堆麻煩，我巴不得一開始就別理這件事！

他們埋葬了死者後，我們回到家，我又開始察言觀色——不得已啊，我真的坐立不安。可是，什麼結果也沒有；從他們臉上，什麼也看不出來。

那天晚上，國王挨家挨戶拜訪親友，甜言蜜語，哄得每一個人心花怒放，大家都對他很友善；他還放出風聲，說他在英國那邊教會的信眾們，都非常迫切的盼望他回去，所以，他要快馬加鞭，馬上處理好房地產，以便早點回家。被迫如此，他很難過，大家也很難過；大家都希望他多待一陣子；但是，大家也都明白不太可行。他說，他和威廉當然會帶女孩子們，跟他們一起回家去；大家聽了也很高興，因為女孩子們跟在自己親人身邊，一定都會受到妥善照顧；女孩子們也很高興——開心到完全忘記，自己曾經遭逢不幸；還拜託國王隨他處置，盡快賣掉一切，她們都已準備妥當。這些可憐的女孩子們這麼高興快樂，眼看就要被愚弄欺騙，我心裡很痛，可是，又找不到可靠的辦法介入，改變當前局面。

果然，國王馬上貼出海報，要拍賣房子、黑鬼、所有的財產——就在葬禮結束兩天之後；但是，任何人想要買的話，也可以私下提前預購。

於是，葬禮後第二天，接近中午時分，女孩子們的歡欣，首度遭受打擊；來了兩個奴隸販子，國王按公道價錢，把幾個黑鬼賣給他們，換來幾張所謂的「三天期票」，之後黑鬼們就被帶走了，兩個兒子被帶到大河上游的曼斐斯，他們的媽媽則被帶到下游的紐奧爾良。

我想女孩子們和黑鬼們悲傷得心都碎了，彼此抱頭痛哭，害我心酸得不忍心看下去。女孩子們說，她們作夢也沒想到，把他們家人賣到外地，結果會拆散家庭。可憐的女孩子們和黑鬼們，抱頭痛哭的悽慘景象，我一輩子也忘不了；要不是我私底下知道，這場交易完全無效，這些黑鬼們一兩個星期之後，就會回來老家，不然我會差點按捺不住，幾乎要立刻揭發這兩個騙子。

　　這件事也在鎮上引發一場大風波，不少人挺身而出，直截了當的說，這樣拆散母親與兒子們，實在令人憤慨。這讓那兩個騙子有點丟臉；但是，那個比較老的騙子，還是要蠻幹下去，不管公爵說什麼，我看得出，公爵也著實有點忐忑不安。

　　第二天是拍賣日，早晨天光放亮時，國王和公爵來到我的閣樓小間，搖醒我，從他們臉色看來，有麻煩了。國王問：

　　「前天晚上，你到過我房間嗎？」

　　「陛下，沒有。」——沒有外人在場的時候，我總是那樣稱呼他。

▲「你到過我房間嗎？」

　　「你昨天或昨天晚上，到過我房間嗎？」

　　「陛下，沒有。」

　　「名譽擔保——不准說謊。」

　　「陛下，名譽擔保，我說的是真話。打從瑪莉珍小姐說：領你和公爵去你們房間以後，我就沒有進過你們房間。」

公爵說：

「你有沒有看到別人進我們房間？」

「閣下，沒有，就我記憶所及，我相信沒有。」

「別囉嗦，快點想。」

我琢磨了一會兒，發現機會來了，於是，我說：

「喔，我看到黑鬼進去裡面好幾回。」

他們兩人跳起來；那神情好像是始料不及似的，然後又好像**正如所料**。於是，公爵問：

「什麼，他們**全部**都進去過？」

「不——至少不是一塊兒進去的。我是說，我沒看過他們一塊兒**出來**，只有一次而已。」

「喂——什麼時候？」

「就是我們舉辦葬禮的那一天。那天早上，不是很早，因為我睡過了頭。我正要下樓梯時看見他們的。」

「啊，繼續說，**繼續說**——他們做了什麼？怎麼做的？」

「他們什麼也沒做，也沒怎麼做，依我看，也沒什麼特別。我看到的是，他們躡手躡腳的離開，相當輕鬆自在，原先準備幫陛下收拾房間之類的，以為你已經起床了；後來，發現你**還沒**起床，於是在你被吵醒之前，他們又躡手躡腳地走開，免得惹麻煩，把你給吵醒了。」

「職業扒手，**這**真是一記高招！」國王說；兩人看來有點氣急敗壞，還傻楞楞的。他們站在那兒，想了又想，搔著腦袋瓜子，有一分鐘之久，然後，公爵突然迸出一種有點刺耳的笑聲，說：

「全敗給這一招了，這些黑鬼玩弄的手段多麼高超。馬上就要離鄉背井了，他們裝出**傷心欲絕**的模樣！我還真的相信，他們**真的是**非常傷心，你也相信，大家都相信。別再告訴我，黑人沒有演戲的天分，嘿，單看他們演的這一齣，就能夠唬弄**任何人**。依我看來，他們

身上可還真有賺頭。要是我有一筆資金和一座戲院，我定會好好投資找他們來演戲——然而，我們卻那麼便宜的賣掉了他們，換來一齣特別戲碼。是啊，現在，我們居然還不夠資格唱那齣戲碼。喂，那齣戲碼在哪裡——那張預期支票在哪裡？」

「在銀行裡等著兌換呢，還**會**在哪兒？」

「嗯，**那**倒還好，謝天謝地。」

我，裝作有點膽怯的樣子，問道：

「出了什麼差錯了嗎？」

國王猛的轉過身子來，惡狠狠地對我說：

「不干你的事！不要胡思亂想，只要管好你自己的事——要是你有任何事可管的話。只要你在這鎮上一天，就得記住**這一點**，聽到了嗎？」然後，他對公爵說：「我們得嚥下這口氣，什麼都不說：**我們**保持沉默不聲張。」

他們正要走下樓梯時，公爵又發出笑聲，說：

「薄利而多銷！生意才好——是啊。」

國王咬牙切齒向他咆哮，說：

「我原先只是求好心切，才會盡快賣掉一切。如今利潤化為烏有，虧損累累，還賠了老本，難道全是我的錯，你就沒有責任嗎？」

「唉，要是早一點聽我的勸告，這會兒還待在屋子裡的就會是**他們**，而**不會**是我們。」

國王又頂撞回去，搬出理由為自己辯護，你來我往針鋒相對，又把矛頭指向**我**。他把過錯全都推到我身上，說我明明看見黑鬼們，那樣鬼鬼祟祟從他房間出來，卻不趕緊**通報**他——連傻瓜都**知道**事情不對勁。然後，他話鋒一轉，回過頭來咒罵**自己**好一陣；都怪他自己，那天早晨太早起床，沒有像平常習慣賴床睡懶覺，還說以後他再早起床就該死。他們就這樣，互相數落吵架，然後才各自走開；我覺得非常高興，能夠把這件事都推到黑鬼們身上，卻沒有害黑鬼們受到絲毫傷害。

▲互相數落

# 第二十八章

沒過多久，到了該起床的時候，我走下樓梯，打算到樓下，可是，等我走近女孩子們的房間，發現房門是開著的，我看到瑪莉珍坐在她的毛皮舊箱子旁邊，箱子開著，顯然她在整理衣物——準備去英國。不過，此刻她停了下來，腿上放著一件摺疊好的衣裙，兩手捂著臉，正在哭泣。看她這樣，我心裡很難過；任憑誰看了都很難過。我走進去，對她說：

「瑪莉珍小姐，妳看見別人受罪，就很難過，**我**也是——幾乎總是這樣。說來給我聽聽吧。」

▲陷入煩惱

於是她說了，果然是爲了那些黑鬼們——正如我所料。她說，去英國的夢幻之旅，幾乎被這件事全毀了；想到他們母子，這一輩子再也不能見面了，她不知道往後到了英國，她**怎麼**快樂得起來——說著，她又失聲痛哭，哭得更傷心，兩手向上一伸，說：

「天哪！天哪！想想看，他們母子**永遠**再也見不到面了！」

「他們**會再見面**的——不出兩個星期——我知道！」我說。

老天爺，我還沒來得及想，就脫口而出了！我還沒回過神來，她就兩手摟著我的脖子，要我**再**說一遍，再說一遍，**再**說一遍！

我知道我話說得太快，也說得太多，頓時陷入窘境。我拜託她，讓我想一分鐘；她就坐在那兒，非常的焦躁、興奮、端莊，不過看來既高興又寬心，像一個剛剛拔掉蛀牙的人。於是，我開始研究怎麼說才好。我對自己說，一個人在緊要關頭時，不得不挺身說實話，這是要冒很大的風險，雖然我還沒有實際經驗過，也不敢確定是否如此；但是，不管怎樣，應該大致如此；然而，擺在眼前的這件事，讓我深深覺得，說實話不見得會比說謊話更有利，或**更安全**。我應該把這種事情擱在心裡某處，留待將來有時間再好好想一想；因為這事很奇怪，非比尋常，我從來沒見過。於是，我終於對自己說，還是要碰運氣看看，這一次要挺身說實話，即使說實話就好比坐在一桶火藥上面，然後點燃它，只是為了看看會把自己轟到哪裡去[1]。於是，我說：

　　「瑪莉珍小姐，妳有沒有哪個離鎮上不遠的地方，可以去住個3、4天？」

　　「有啊——羅施洛普先生家。為什麼？」

　　「先別問為什麼——要是我告訴妳，為什麼我知道黑鬼們可以再見面——兩個星期之內——就在這棟房子裡面——而且**證明**我怎麼知道的——妳會願意去羅施洛普先生家住上4天嗎？」

　　「別說4天！」她說，「住上1年也成！」

　　「那可好，」我說，「我不要求別的，就等妳說這句話了——寧可聽信**妳**這麼說，也不願聽信別人親吻《聖經》發的誓。」她笑了，臉紅了一下，非常甜美，於是我說：「要是妳不介意，我想關上門跟妳說——而且插上門閂。」

　　我關好門回來，再坐下來，說：

---

1　赫克一向說謊說慣了，難得痛下決心，要說一次真話，居然這麼痛苦。這樣掙扎煎熬，讀來又可憐又好笑。

▲非常憤慨

「妳可千萬別嚷嚷，要正襟危坐，像個男人一樣。瑪莉珍小姐，我要告訴你實話，妳要鼓起勇氣來，因為這是不好的事實，而且很難讓人相信，不過這也是不得已的。妳的這兩個叔叔，根本不是親叔叔——他們是一對騙徒——不折不扣的壞蛋。現在，最糟糕的部分講完了——剩下的部分，妳就比較能夠接受了。」

果然，這一番話把她嚇得靈魂出竅，好在說完之後，我等於已經渡過淺灘暗礁的危險地帶了，於是我繼續前進，她的眼睛炯炯有神，而且越來越亮，我繼續告訴她，所有那些該死的事，一五一十的，打從一開始碰上那個要去上游搭輪船的鄉下小伙子，一直到她在家門口撲到國王懷裡，讓他親吻了16、17次之多——聽到這兒，她跳起來，羞得滿臉通紅像夕陽，說：

「這個畜生！來——一分鐘——不，**一秒鐘**也別耽擱——我們立刻給他們塗上熱柏油、黏上羽毛，統統丟到河裡去！」

我說：

「那當然。不過，妳是指，去羅施洛普先生家**之前**，還是——」

「呃，」她說，「我究竟在**想什麼**呀！」她說，立刻又坐下來。「別介意我說過的話——請別介意——你**不會**介意吧，**會**嗎？」說著，把她那細嫩柔軟的手，搭在我手上，那股子溫柔，讓我覺得寧可死掉，也不會介意。「我實在是氣壞了，沒有好好想一想，」她說；「你往下講吧，我不再亂發脾氣。你要我做什麼，只要你開口，我都

照辦。」

「好罷，」我說，「這兩個騙子是很難纏的一夥，不管我願不願意，我注定還要跟著他們旅行好一段路——至於為什麼，我最好還是先別告訴妳——如果妳揭發他們，鎮上的人就能夠把我從他們手上救出來，到時候**我自己**是得救了，但是，另外一個妳不認識的人，就要倒大楣了，我們得救救**他**才行[2]，不是嗎？所以，我們暫時不揭發他們。」

我嘴裡說著這些話，心裡倒是想到一個好點子。搞不好我和吉姆可以擺脫這兩個騙子，把他們關進這裡的監牢，然後一走了之。我也不想白天撐著木筏，碰上有人質疑時，只有我一個人答話，沒人幫腔；所以，要等到今晚夜深人靜時，才來執行我的計畫。我說：

「瑪莉珍小姐，告訴你們要做什麼——妳也不用在羅施洛普先生家住那麼久。他家有多遠？」

「不到4哩——就在後面不遠的鄉下。」

「好，那就夠了。妳現在趕快去那裡——窩在那兒，到今晚9點或9點半，到時候請他們送妳回來——說妳突然想起什麼事。要是妳11點以前回到這裡，就在這個窗口點上一根蠟燭，要是我還沒露面，就**等到11點**，**到時候**我還是沒露面的話，就表示我已經走了，安全地逃離這裡了。到那時候，妳再出來把消息散播開來，把這兩個壞蛋關進監牢。」

「很好，」她說，「我就這麼做。」

「但是，萬一事出意外，我沒有逃得成，反而跟他們一塊兒被抓走，到時候妳就要站出來，說我已經事先告訴妳整個事件，妳一定要盡全力替我撐腰。」

---

2　赫克不講是誰，讀者一定知道是吉姆，可見赫克一點也不自私，心裡還是為吉姆設想。

「替你撐腰，我一定會的。他們休想動你一根汗毛！」她說，我看見她說這話時鼻孔微張，眼睛直眨。

「我如果逃離這裡，就沒有辦法證明這兩個惡棍不是妳的叔叔了，」我說，「可是我如果留在這裡，也同樣沒有能耐。我只能發誓，說他們是壞蛋、是無賴，如此而已，雖然多少有一點點作用。應該還有別人可以作證，會比我更有信服力——由我作證大家立刻會懷疑，由他們作證就不會。我告訴你怎樣找到他們，給我一枝筆一張紙，我寫下——**『布里克斯維爾鎮，《皇家奇獸》』**。先收起來，別弄丟了。等法庭要調查這兩個壞蛋的惡行時，要他們派人去布里克斯維爾

▲怎樣找到他們

鎮，跟那裡的人說，他們逮到了扮演《皇家奇獸》的傢伙，請他們派幾個目睹證人過來——到那時候，瑪莉珍小姐，不用一眨眼的工夫，那個鎮上的全體鎮民，都會直奔過來這裡，而且全都怒氣沖沖呼嘯而來。」

現在，我研判，萬事已經安排妥當，於是說：

「姑且讓拍賣會照常進行，別擔心。因為這次拍賣會通告時間太晚，所有買到東西的人，都要等拍賣會結束之後，第二天才會付款，而這兩個傢伙，也一定會等錢拿到手之後才走人——照我們這樣安排，這一次拍賣會肯定無效，而他們也肯定**拿**不到半毛錢。就像他們賣掉的黑鬼一樣——交易完全無效，黑鬼們不久都會回來。嘿，他們拿不到賣**黑鬼**的錢——瑪莉珍小姐，這回他們可就糗大了。」

「那麼，」她說，「我現在先下樓去吃早餐，吃完就去羅施洛普先生家。」

「唉呀，瑪莉珍小姐，**那**可不需要，」我說，「絕絕對對不行，妳得吃早餐**以前**就去。」

「為什麼？」

「瑪莉珍小姐，妳想想看，我到底要妳去那兒做什麼？」

「噢，我沒有想到——不過，現在想一想，我還是不知道。到底是為什麼？」

「那當然，因為妳不是那種厚臉皮的人。別本書上寫的字，不會比你的表情更清楚。人家可以坐下來讀妳臉上的表情，就像讀大寫字體[3]印的書一樣簡單。你以為，當妳叔叔親吻妳道聲早安時，妳能夠沉得住氣，不露聲色，而不——」

「好啦，好啦，別說了！我會早餐之前就過去——也很樂意去。留下兩個妹妹陪他們，可以嗎？」

「可以——別擔心她們，她們留在這裡還可以撐一會兒。要是妳們三個都不在，他們一定會起疑心。我要妳別見他們，別見妹妹們，也別見鎮上任何人——要是今天上午有鄰居問起妳的叔叔們，妳的臉色一定會洩漏秘密。瑪莉珍小姐，妳得趕緊走，由我來向所有的人交代，我會拜託蘇珊小姐替妳向叔叔們問安，說妳出門幾個鐘頭，去換個環境散散心，或拜訪朋友，說妳今晚或明天一大早就會回來。」

「說我去拜訪朋友還可以，可是，我不要向他們問安。」

「好罷，那麼，就不用問安了。」我對**她**說的這些話也還不錯——無傷大雅。只不過做了區區小事一樁，一點也不費力；在大河下游這一帶，往往只要做幾件區區小事，就會讓人一路順遂；瑪莉珍聽

---

3 原文coarse print，指全部用英文大寫字母或正楷字體（capital letters或block letters）。

了很窩心，我也不用費力氣。隨後，我說；「還有一件事──。」

「哦，他們早就拿去了；一想到那一袋金幣**如何**都被他們拿走，我就覺得自己實在太傻了。」

「不，這回妳錯了，那一袋金幣不在他們手裡。」

「那麼，誰拿去了？」

「我要是知道就好了，可是我不知道。那一袋金幣我曾經**擁有**，因為我從他們那兒偷出來；我偷出來是為了還給妳；我知道我把那一袋金幣藏在哪裡，可是，我擔心那一袋金幣現在已經不在那裡了。瑪莉珍小姐，我非常抱歉，能有多麼抱歉，就有多麼抱歉；可是，我已經盡我最大能力了；憑良心說，我真的如此。我還差點被逮到，不得不順手把那一袋金幣，塞進我碰的第一個地方，然後拔腿就跑──那真不是個好地方呀。」

「噢，別再埋怨你自己了──埋怨自己很不好，我也不許你埋怨自己──你也是不得已的；又不是你的錯。那，你把錢藏在哪裡？」

我不想害她又想起悲傷的事；也很為難如何啟口告訴她，讓她想像看見，躺在棺材裡那具屍體的肚子上，壓著一袋沉重的金幣。所以，我足足有一分鐘沒說話──然後，我說：

「瑪莉珍小姐，要是妳能寬恕我不說，我還是不要**告訴**你放在哪裡；不過，如果妳想看，

▲他寫在紙上

我可以為妳寫在一張紙上，妳去羅施洛普先生家的路上可以看看。」

「喔，好吧。」

於是，我寫下來：「我放在棺材裡面，那天晚上妳在那兒哭的時

候，那一袋金幣就在裡面了。瑪莉珍小姐，那時我躲在門後，替妳很難過。」

回想那天晚上，她一個人在那兒哭，而那兩個惡魔住在她的屋簷下，卻丟她的臉，搶她的財產，我忍不住眼睛濕潤起來，等我把紙條摺好遞給她，看見她也含著眼淚；她拉著我的手，使勁搖著，說：

「**再**見了——你告訴我的一切，我都會照著做。若是以後不能再看到你，我會一輩子記得你，會經常又經常想起你，也會為你**祈禱！**」——說完，她就走了。

為我祈禱！我猜想，要是她知道我的底細，一定另當別論，做她更該做的事。不過，我肯定她還是會為我祈禱——她就是那種人。就有那個膽量，甚至敢為猶大[4]祈禱，一旦豁出了的話——我心想，她敢作敢當絕不輕言後退。要怎麼說她都可以，不過，我個人覺得，她比別的女孩子更有勇氣，在我看來，簡直渾身是膽。這聽起來好像是諂媚，但絕對不是。說到美貌——還有善良——她遠遠超越所有女孩子。自從她走出那個家門之後，我這一輩子再也沒有看過她；真的，沒再看過她，但我猜想我一定會想念她，想念上百萬又百萬次，想念她說她會為我祈禱的神情；我也曾經想過，要是為她祈禱，就能夠有益於她的話，我一定拚了老命也要為**她**祈禱。

瑪莉珍大概是從後門走的，我猜想；因為沒有人看見她出門。碰見蘇珊和兔唇時，我說：

「大河對岸那邊妳們常去拜訪的幾個人家，他們叫什麼名字？」

她們說：

「有好幾家呢；可是我們常去的是普羅克特家。」

「對了，就是這個名字，」我說，「我差點忘了。瑪莉珍小姐叫我告訴妳們，說她過河去了，那邊有非常緊急的事——有人生病

---

4　猶大（Judas）是耶穌十二門徒之一，出賣耶穌，成為人盡皆誅的叛徒。

了。」

「誰生病了？」

「我不清楚；不然就是我忘了；我想可能是——」

「老天爺，該不是**漢娜**吧？」

「說來我也抱歉，」我說，「但就是漢娜。」

「我的天哪——上個星期她還好好的！她病得嚴重嗎？」

「別提病得有多嚴重了。瑪莉珍小姐說，他們熬夜陪伴她，說她恐怕活不了幾個鐘頭了。」

「喲，真不敢相信！她究竟生了什麼病？」

▲漢娜得了腮腺炎

一時之間，我也想不出合理的病因，於是我說：

「腮腺炎。」

「去你奶奶的腮腺炎！得腮腺炎的人，用不著熬夜陪伴。」

「用不著，是嗎？最好確定一下他們怎麼處理**這種**腮腺炎。這種腮腺炎不一樣，是一種新的病，瑪莉珍小姐說的。」

「怎麼會是一種新的病呢？」

「因為混合別的病一起發作了。」

「什麼別的病？」

「哦，麻疹、還有百日咳、還有丹毒、還有肺結核、還有黃膽、還有腦脊髓炎、還有我不知道的。」

「老天爺啊，那還叫**腮腺炎**嗎？」

「那是瑪莉珍小姐說的啊。」

「豈有此理，爲什麼他們叫它**腮腺炎**呢？」

「喔，因爲**這就**是腮腺炎。一開始是腮腺炎引起的呀。」

「唉，真沒道理。有人可能絆了一跤，傷了腳趾，後來中毒，接著掉進井裡，摔斷脖子，腦漿迸出來，這時候，人家來問，他是怎麼死的，有個笨蛋回答說，『他是傷了**腳趾**死的。』這話說的有沒有道理？**沒有**。所以，你剛剛說的**這個**，也沒有道理。這種病會傳染嗎？」

「會**傳染**嗎？喂，妳這話怎麼說的？**耙子**會鉤住[5]人嗎——黑夜地上看不見的耙子？妳走過去，被耙子的一根耙齒鉤住了，妳當然也被其他根耙齒一起鉤住，不是嗎？妳不可能單獨甩掉那一根耙齒，妳一走就得拖著整排耙齒一起走，不是嗎？同樣道理，這種新的腮腺炎，可以這麼說，就像是一整排的耙齒——而且還不是鬆垮垮的耙齒，一旦給鉤住，就永遠解不開了。」

「哇，太恐怖了，**我**承認，」兔唇說，「我得快去跟哈維叔叔——」

「啊，對啊，」我說，「我**會**去告訴他。**當然**也會。而且立刻就去，絕不耽擱。」

「喲，幹嘛那麼急呀？」

「稍稍想一下，妳可能就明白了。妳們叔叔們不是想要盡早趕回英國嗎？妳以爲他們會缺德到自己先回去，留下妳們姊妹，日後再獨自長途跋涉過去嗎？**妳**知道他們會等妳們的，至少目前看來如此。妳們的哈維叔叔是個牧師，不是嗎？很好，那麼，一個**牧師**會欺騙輪

---

5　馬克吐溫利用赫克在這裡玩弄一個文字遊戲，catching這個字原意是指「有傳染性的」，腮腺炎是一種傳染性疾病，但是赫克有可能強辯，把這個字解釋成被農具耙子「鉤住」褲管，這也是鄉下農家常有的事，把一連串的傳染病比喻成一整排的耙齒，一旦惹上了就會接踵而來，不得不佩服赫克（其實是馬克吐溫）的想像力。

船職員嗎？會欺騙**小船職員**嗎？——只是爲了讓瑪莉珍小姐上船嗎？**妳**知道他當然不會。可是，他**會**怎麼辦呢？當然哪，他會說，『真是太遺憾了，我的教堂只好自力救濟了，因爲我的姪女曾經接觸過凶猛的綜合性新型腮腺炎，所以，我這個做叔叔的，勢必要留在這裡照顧她，等三個月後，才能確定她是否感染這個病。』但是，沒關係，要是妳們覺得最好早點告訴哈維叔叔的話——」

「胡說八道，本來我們就要去英國過好日子了，難道現在卻要在這裡癡癡地等，等著看瑪莉珍有沒有感染？嘿，你說這話真像個傻瓜啊。」

「那麼，不管怎樣，妳最好告訴幾個鄰居吧。」

「喂，聽你說的那種話，我們都敗給你了，你這個天生的大傻瓜，難道你不**懂**嗎，**他們**一定會奔走相告的？現在幾乎沒轍了，只好**壓根兒**不說出去。」

「喔，或許你說的對——是啊，我想你說的**是**有道理。」

「但是，我想我們是不是應該告訴哈維叔叔一聲，說她有事出門了，免得他掛心？」

「那當然，瑪莉珍小姐要妳們告訴他。她說，『請她們替我，向哈維叔叔及威廉叔叔問好，並親吻一下，說我過河去看——那個什麼先生——那個**叫**什麼名字的先生——彼得叔叔非常關心的那個有錢人家？——我說的是那個——」

「噢，你說的一定是艾普索普斯先生家，不是嗎？」

「的確是，他們那些名字真複雜，叫人很難想起來，半數以上都記不住。是啊，她說，她跑去艾普索普斯先生家，是想拜託他拍賣會時務必到場，來買這棟房子，因爲她認爲，彼得叔叔一定希望他買下來，不要落到別人手裡。她說，她會在那兒待久一點，一直到他們答應來買爲止；到時候，如果她不累的話，她就趕回家；如果很累的話，她就第二天早上再回家。她說，千萬別提普羅克特家的名字，只說艾普索

普斯家就好了——這是千真萬確的事，因為她說，她**就是**過去拜託他們來買房子的；我知道的就這樣，因為是她親口告訴我的。」

「好吧，」她們說，然後就去找她們的叔叔們，去問候他們、親吻他們，並傳口信給他們。

現在，一切都已安排妥當。那兩個女孩子會絕對保密，因為她們非常想去英國，國王和公爵也寧願瑪莉珍出門，去忙拍賣會的事，也不願她去找魯賓森醫生。我感覺很好，自認為做得很漂亮——我猜想，湯姆索耶也不會做得這麼漂亮。當然，他會添加花樣做得更有格調，我可不會他那一套，因為不是那樣被教養大的。

▲拍賣會

他們在廣場上舉行拍賣會，一直搞到將近傍晚時分，拍賣一波接一波，連老頭子都上場，裝著十分虔誠的樣子，站在拍賣主持人身旁，不時插嘴幾句，引用《聖經》章節，或說些仁義道德之類的話，公爵也走來走去，咕咕叫個不停，博取同情，趁機會大出鋒頭。

過了好一陣子，拍賣會終於結束了，東西全部都賣光了，除了墳場上的一小塊畸零地，他們連**那個**也努力拍賣掉——我從來沒看過比國王更貪得無厭，更像長頸鹿那樣，**每一樣東西**都要吞下去的人。正當他們在拍賣這塊地的時候，一艘輪船靠岸了，兩分鐘之後，一群人大呼小叫、又吼又笑的跑了過來，嘴裡喊著：

「你們的競爭對手**來了**囉！現在出現兩組彼得魏爾克斯老先生的繼承人啦——大家掏出錢來押賭注吧，看你選哪一邊下注！」

# 第二十九章

那一群人帶來了一位非常體面的老紳士，還有一位較年輕也體面的人，右手臂用繃帶吊著。天哪！大家又吼又笑，簡直鬧翻天。可是，我一點也不覺得好笑，我猜想，國王和公爵也不會覺得好笑，我猜想，他們一定會臉色發白，可是，不然，**他們**根本沒有臉色發白。公爵完全沒有流露一絲懷疑，懷疑發生什麼事，還是在那裡咕咕來咕咕去，一副滿足快樂的樣子，好像一大罐子的酸奶酪，咕嚕咕嚕地往外倒；至於國王呢，他垂著眼睛、帶著悲哀的表情，瞧了又瞧，看著那兩個剛來的人，彷彿氣得

▲正牌的兩兄弟

胃痛，因為世界上居然有這種騙子和流氓。喔，他的表演令人稱羨。很多有身分的地方人士，都圍到國王身邊，讓他知道他們挺的是他。那位剛來的老紳士，丈二金剛摸不著頭腦，沒多久，他開始說話了，我一聽，立刻就聽出他的口音**真像**英國人，不是國王的那種，雖然國王也**講**得很好，模仿得很像。我不會用這位老紳士的字眼，也模仿不來；只見他轉過身去，面對著群眾，似乎是這樣說的：

「眼前的情況讓我吃驚，完全出乎我所預料；坦白說，我承認我沒有心理準備應付和回應這樣的局面；因為我弟弟遭遇不幸，他摔斷

了手臂，我們的行李昨天晚上被誤送到上游的一個小鎮。我是彼得魏爾克斯的弟弟哈維，這是他弟弟威廉，他聽不見，也不會說話──現在他只剩一條手臂可以活動，連做手勢都表達不了多少意見。我們的身分就是我剛才說的；過一兩天之後，等我們拿回了行李，就可以證明了。在那之前，我不想多說什麼，我們會到旅館等候。」

說完，他和新來的啞巴準備離去；這時，國王大笑一聲，開始胡說八道：

「摔斷了胳臂──**很**可能喲，**不是**嗎？──也是很方便的藉口喔，一個非得打手語的騙子，竟然連手語都還沒學會。行李弄丟了！這也是**很好**的藉口！──真是足智多謀──在這種**情況**之下！」

說著，他又笑了幾聲；大家也跟著笑，只有三、四個人沒笑，或許六個。這其中之一就是那位醫生；另外是一位目光銳利的先生，手上拎著老式的氈呢提袋，剛剛下了輪船，正在跟醫生低聲說話，眼睛不時瞥向國王和公爵，偶爾點點頭──那是李維貝爾，前去路易斯維爾鎮洽公回來的律師；另外還有一個高大粗獷的壯漢，他走過來，聽了老紳士說的一切，現在又再聽國王說話。等國王說完了，這個壯漢開口說：

「喂，聽我說；如果你是哈維魏爾克斯，那你是什麼時候來到這個小鎮？」

「朋友，葬禮的前一天，」國王說。

「那一天的什麼時間？」

「黃昏時分──大概是太陽下山前一兩個鐘頭。」

「你**怎麼**來的？」

「我搭《蘇珊鮑爾號》，從辛辛那提來的。」

「那麼，你們那天**上午**怎麼去到上游小鎮的碼頭──划獨木舟嗎？」

「我那天上午沒有去上游的碼頭。」

「你說謊。」

群眾當中有幾個跳起來，求他不要對一位老先生牧師這樣說話。

「見他牧師的鬼！他是個騙子，漫天說謊。那天上午，他是在上游小鎮的碼頭。我家就住在那裡，不是嗎？沒錯，那天我在那裡，他也在那裡。我**看見**他在那裡。他划著獨木舟來的，跟提姆柯林斯和一個男孩在一塊兒。」

醫生也跟著說：

「漢尼斯，要是再看見那個男孩，你會認出他嗎？」

「我想我認得出來，不過沒把握。嘿，那邊那個就是他。嗯，我輕而易舉認出他了。」

他用手指著我。醫生說：

「街坊鄰居們，我不知道這兩個新來的是不是騙子；但是，如果說這兩個不是騙子，那我就是白癡，如此而已。我認為，我們有責任小心行事，在真相大白之前，別讓他們逃掉。來吧，漢尼斯，來吧，還有大家，我們把這兩個帶到旅館去，讓他們和另外兩個會面對質，到時候，我們就會理出個頭緒。」

▲醫生牽著赫克的手

大家一聽，都同意了，雖然國王的朋友們不怎麼同意，於是，我們出發去旅館。那時候太陽快下山了，醫生牽著我的手，還滿客氣的，可是就是**不放開**我的手。

我們來到旅館的一個大房間，點上幾根蠟燭，找到那兩位新來的。一開始，醫生先說話了：

「我不願意太為難這兩位先生，但是，**我**認為他們是騙子，也許

赫克歷險記

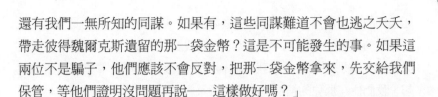

還有我們一無所知的同謀。如果有，這些同謀難道不會也逃之夭夭，帶走彼得魏爾克斯遺留的那一袋金幣？這是不可能發生的事。如果這兩位不是騙子，他們應該不會反對，把那一袋金幣拿來，先交給我們保管，等他們證明沒問題再說——這樣做好嗎？」

　　每一個人都同意了。因此我猜想，他們打從一開始，就把我們這一幫盯得緊緊的。可是，國王只有露出悲哀的表情，說：

　　「各位先生，我但願錢還在那裡，因為我實在沒有資格，阻止大家公平的、公開的、徹徹底底的調查這一件不幸的事；不過，哀哉，錢已經不見了；只要你們願意，可以派人去查查看。」

　　「那麼，錢在哪裡？」

　　「唉，我姪女把錢交給我保管後，我拿去藏在我床下的麥稈床墊裡面，不想拿去存在銀行裡，因為我們只待在這裡幾天而已，以為床鋪底下是個安全處所，可是，我們不熟悉黑鬼們，還以為他們誠實可靠，就像我們英國的僕人一樣。第二天早上，我們下樓之後，錢就被黑鬼們偷走了；黑鬼們被賣掉的時候，我還沒發現錢已經不見，所以，他們捲款潛逃啦。我的僕人在這裡，可以向各位說分明。」

　　醫生和另外幾個人說「胡說八道！」我看也沒幾個人相信他。有個人問我，是否親眼看到黑鬼偷錢，我說沒有，但是，我有看到他們輕手輕腳溜出房間，快速離開，根本沒想到會發生什麼事，只是猜想，他們可能擔心會吵醒我的主人，所以趕緊離開，免得被他找麻煩。他們就問了我這些問題而已。接著，醫生猛轉過身子，問我：

　　「**你**也是英國人嗎？」

　　我說是；他和另外幾個人笑了出來，說，「鬼扯！」

　　然後，他們開始輪番盤問，做例行性調查，翻來覆去沒完沒了，一個鐘頭接一個鐘頭，就是沒有人提起吃晚飯的事，也沒有人想到要吃晚飯——就這樣一問再問，問來問去；**真是**有史以來最混淆難纏的事。他們逼著國王說出他的來歷，也逼著老頭子說出他的來歷，除了一堆

死腦筋的傻瓜以外，每一個人都**看得出來**，那位老紳士說的是實話，這一位說的是謊話。過了一會兒，他們要我講我所知道的事。國王從眼角拋給我一抹邪惡的眼色，我當然懂得什麼該說。我從雪菲爾德開始說起，我們住在那兒的情形，魏爾克斯家族在英國的種種，還有其他的；可是，我還沒來得及說很多，醫生就笑起來；李維貝爾律師說：

「孩子，坐下來，如果我是你，就不會扯這麼大的謊，我猜想，你不習慣說謊，難怪說起來這麼不順口；你需要的是多練習。你剛剛說的，的確相當笨拙。」

我並不在意他的恭維，不過，很高興畢竟他放了我一馬。

醫生又開口說話，轉過身來，說：

「李維貝爾，當初要是你還在鎮上的話──」

國王立刻插嘴進來，伸出手，說：

「嗨，這位就是我那已故可憐哥哥的老朋友嗎？他生前在信裡常提到您。」

律師和他握手，一臉笑容好像很歡喜，兩人立刻寒暄了一陣，接著，走到一旁低聲說話；最後，律師大聲說：

「就說定這樣辦了。我接受委託，把你和你弟弟的訴訟狀呈遞上去，他們就會知道沒問題。」

於是，他們找來幾張紙和一枝筆，國王坐下來，腦袋歪向一邊，咬著舌尖，潦草塗鴉了幾筆；接著，他們把筆給公爵──然而，第一次看到公爵不對勁。不過，他還是接過筆來寫了幾個字。

然後，律師轉向新來的老紳士，說：

「請你和你的弟弟也寫一兩行字，並簽上名字。」

那位老紳士寫了，但是沒有人看得懂。律師看來十分吃驚，說：

「喲，這下子可把**我**難倒了。」──他從口袋裡掏出一疊舊信件，檢視比對了一下，然後檢視比對了老頭子的字跡，然後又再檢視**他們**的，最後說：「這些舊信件是來自哈維魏爾克斯；這裡是這兩人

▲公爵寫了幾個字

的字跡，任何人都看得出來，不是**他們**寫的」（說真的，國王和公爵眼看落入了律師的圈套，臉上一副被出賣的愚蠢表情），「而這兒是**這位**老先生的字跡，任何人都看得出來，也不是**他**寫的──事實是，他畫的根本不是**正規字**。我這裡還有幾封信是從──」

新來的老紳士說：

「可以的話，請容我解釋一下。除了我那弟弟以外，沒有人認識我寫的字──都是他替我抄寫。你手上那些信是他抄的，不是我親筆寫的。」

「喔！」律師說，「情況原來**是**這樣。我這裡也有幾封信是威廉寫來的；要是你能夠叫他寫個一兩行字，我們就可以比──」

「他**不會**用左手寫字，」老紳士說，「要是他現在能夠用右手寫字的話，你會看得出，他的信和我的信都是他寫的，請你們把我倆的信拿來看看──都是出自同一人之手。」

律師看了看，說：

「我相信是如此──即使不是的話，兩者之間也有一大堆相似處，比我原先注意到的還多很多。喔、喔、喔！我還以為我們已經步上解決問題之途了呢，但是，現在又有點像是被一拳打倒在地[1]了。

---

1 原文gone to grass，馬克吐溫這裡用的是拳擊術語，早年拳擊比賽都在露天草地上舉行，所以被打倒在地就是倒在草地上，因此稱之為gone to grass。

不管怎樣，至少證明了一件事——這**兩個人**不是魏爾克斯家人——」說著，他對著國王和公爵搖搖頭。

噢，你猜怎麼啦？——那個頑固的老笨蛋，到了**此時此刻**，還不肯認輸！他就是不放棄。說這樣測試不公平，說他弟弟威廉是天下最頑劣的搗蛋鬼，根本不肯**好好**寫字——所以**他**一看到威廉拿起筆來寫字的樣子，就知道他又要玩把戲了。他興致一來，就這樣大言不慚、滔滔不絕，到最後，連**他自己**都快要信以為真了——過了一會兒，那位新來的老紳士插嘴說：

「我想到了一件事，在場的有沒有人幫我哥哥——已故的彼得魏爾克斯——入殮？」

「有，」有人回答，「是我和亞伯透納幫忙入殮的。我們在此。」

這時，那位老紳士轉向國王，說：

「或許這位先生能夠告訴我們，他胸膛上有什麼刺青嗎？」

這下子，如果國王沒有鼓起勇氣馬上回答的話，他就會垮掉，就像被河水淘空地基的河堤一樣，一下子塌了下去，這個問題來得這麼突然——注意喔，**任何人**都會招架不住而被打垮，這麼突如其來防不勝防的一記狠拳，這麼結結實實的打個正著——因為**他**怎麼可能知道，死者胸膛上有什麼刺青？他臉色發白了一下子；由不得他呀；頓時滿屋子一片肅靜，大家身子都微微前傾，眼睛都緊盯著他。我對自己說，**這回**他該豎白旗認輸了吧——再掙扎也爬不起來了吧。這麼一來，他認輸了嗎？說來沒有人會相信，但是，他就是不肯認輸。我猜想，他以為這樣硬撐下去，就可以把大家都累垮，熬到群眾逐漸散去，他和公爵就可以掙脫，逃之夭夭了。反正他就是坐在那兒，沒多久，他開始笑了起來，說：

「唉，這個問題真是**非常棘手，不是嗎？是啊**，先生。我可以告訴你，他胸膛有什麼刺青。那只是一根小小的、細細的、藍色的箭

——如此而已；不靠近看，還看不出來呢。**這回**，你還有什麼好說的——嘿？」

噢，**我**還沒看過，像這個老傢伙這麼不折不扣死皮賴臉的人。

新來的老紳士輕快的轉過身子，向著亞伯透納和他的夥伴，眼睛閃著亮光，彷彿他已斷定，這一次終於逮到國王的把柄了，說：

「那麼——你們倆都聽到他說的什麼！彼得魏爾克斯的胸膛上，可有這樣的標記？」

他們兩個異口同聲的說：

「我們沒有看到有這樣的標記。」

「好！」老紳士說，「聽我說吧，你們應該在他胸膛上**看到**一個小小的、模模糊糊的P，還有一個B（這個名字縮寫他年輕時就不用了），還有一個W，三個字母中間有破折號相連，所以是：P—B—W」——他邊說邊在一張紙上畫下來。「說吧——你們倆看到的是不是這樣？」

他們倆又異口同聲的說：

「不，我們**沒有看到**，我們根本沒有看到任何標記。」

這下子，大家**全都**火大了，一起喊叫起來：

「這**一整群**傢伙全部都是騙子！給他們淋上柏油、黏上羽毛！把他們丟到水裡淹死！把他們架上木幹押去遊街示眾！」每個人都立刻大聲吶喊叫囂，場面沸騰混亂。還好，那位律師跳起來，站在桌上，對著大家吼道：

「先生們——先生**們**！聽我說一句話——**一句話**就好——拜託！還有一個辦法——我們去把屍體從墳墓裡挖出來，看一看再說。」

這個主意被接受了。

「萬歲！」大家齊聲歡呼，而且打算立刻出發；但是，律師和醫生喊道：

「慢著，慢著！揪住這四個人，還有那個孩子，把**他們**也一起帶

著走！」

「我們會照辦！」大家喊著回應，「要是找不到那些標記，我們就要把這一幫傢伙私刑處死。」

我**真是**嚇壞了，說真的。可是，逃也逃不掉，你知道，他們牢牢地掐著我們，跨步前進，直奔大河下游1哩外的墓園，因為我們聲勢浩大，整個鎮上的人全部跟在我們後面，而那時才晚上9點鐘而已。

路過我們那棟房子的時候，我很後悔打發瑪莉珍出城去；不然的

▲「先生們——先生們！」

話，此時此刻我給她使一個眼色，她一定會跳出來救我，揭發那兩個壞蛋。

我們大堆人馬蜂擁而過，沿著河邊的路，一路嚷嚷叫叫，像一大群野貓；更增添恐怖的是，這時天上開始烏雲密布，夾雜著一絲絲耀眼的閃電，風吹過樹梢沙沙作響。這一輩子我沒惹過這麼大的麻煩，也沒經歷過這麼危險的關頭；嚇得呆若木雞；原先的一切盤算全部落空，本來以為我計畫周全，甚至可以從容不迫袖手旁觀看熱鬧，還有瑪莉珍在我背後撐腰，緊要關頭隨時會跳出來救我，但是，眼前的我與猝死之間，幾乎是一線之隔，關鍵就在那些刺青標記了。可是，萬一他們找不到刺青標記的話——

我簡直不敢再往下想，然而，腦袋裡卻又沒有別的辦法可想。天色越來越黑暗，應該是一個開溜的大好機會；不過，那個健壯的大個子——漢尼斯——緊緊掐著我的手腕不放，要從他手裡逃走，就好像

從巨人歌利亞[2]手裡逃走,一樣困難。他很興奮,一路上拖著我往前走;我不得不用跑的,才跟得上他。

到了那兒,大家蜂擁進入墓園,好像潮水淹沒似的。等大家到了墳墓前面,才發現,帶來的鐵鍬超過需要量的一百倍,卻沒有任何人想到,應該帶一盞燈籠。但是,他們還是靠著間歇的閃電亮光,立刻開始挖掘,同時派人到半哩路外最近的人家,去借一盞燈籠來。

他們挖呀挖的,拚了命似的;天色漆黑,開始下雨,狂風吹來吹去,颼颼作響,閃電越來越激烈,雷聲轟隆轟隆;但是,那些人毫不理會,全心全意專注於挖掘;閃電閃亮的那一剎那,照耀著大地萬物,和群眾中的每一張臉,還有從墳墓裡面向外,一鍬一鍬鏟上來的泥土,到了下一秒鐘,一切又歸於黑暗,什麼都看不見了。

最後,他們終於把棺材抬上來,立刻動手擰開棺材蓋上的螺絲釘,這時候,另一波人潮擁上來,肩膀頂著肩膀,死命推擠,硬要擠到最前面看一眼,場面激動前所未見;黑暗當中那樣推擠,恐怖之至。漢尼斯也拚命往前又推又擠,我猜想,他大概忘了我的存在,那麼激動的一直喘氣,把我手腕揪得好痛。

突然之間,一道閃電從天劃過,雪亮光芒傾瀉而下,有人大聲喊叫:

「老天爺啊,那一袋金幣,就擱在他胸口上!」

像所有的人一樣,漢尼斯發出一聲歡呼,不知不覺鬆開了我的手,拚命往前擠,要擠到前面去看一眼,我趁機拔腿開溜,跑向大路,速度之快,沒有人能想像。

---

2　典故出自《舊約聖經‧撒母耳記》第十七章。大力士巨人歌利亞(Goliath)身高據說有250公分以上,是個兇殘的武士,身材壯碩披戴盔甲,每天早晚出來向以色列人挑戰,達40天之久,大聲辱罵上帝,人人聞之喪膽。當時還是個少年的大衛王(David)跳出來接受挑戰,以鬥智取勝,用甩石帶殺死了歌利亞,還用歌利亞的自己巨刃割下他腦袋。這就是著名的「少年大衛大戰歌利亞」故事,米開蘭基羅雕塑的大衛雕像,就是揣摩少年大衛身背甩石帶迎戰歌利亞的模樣。

整條大路上，只有我一個人，我幾乎像飛一樣的奔跑——一路上除了我以外，就只有伸手不見五指的漆黑，還有此起彼落的閃電白光，還有淅瀝嘩啦的雨聲，還有颼颼拍打的風聲，還有霹靂啪啦的雷聲；而我就像剛出娘胎一樣，拚命往前衝！

　　等我衝到了鎮上，發現暴風雨籠罩的鎮上，一個人也沒有，所以，我也不必躲躲閃閃，不必只鑽後面的小巷，乾脆直接跑上大馬路；快靠近我們那棟房子時，我特別瞄準眼睛看過去。整棟房子黑漆漆的，沒有燈光——讓我覺得難過又失望，不知道為什麼。最後，就在我快要跑過去的時候，瑪莉珍房間的窗口，突然閃了一下亮起燈光！我的一顆心立刻膨脹起來，幾乎要爆裂；下一秒鐘，那一棟房子和以往的種種，全部都沒入背後的一片黑暗之中，再也不會出現在我的世界。她是我所見過最好的女孩子，也最有膽量。

　　我跑到離鎮相當遠的大河上游，看樣子可以過渡到沙洲那邊了，於是開始放亮眼光仔細尋找，看看有沒有小船可以借用一下。第一道閃電照亮之際，讓我看到一艘沒上鎖鍊的小船，我立刻抓住它，把它推出去。那是一艘獨木舟，只用一根繩子拴著。沙洲遠在大河中央，離岸邊有一大段距離，划過去一定會累得氣喘吁吁，可是，我沒時間多想；等我終於划到木筏邊，已經累得上氣不接下氣，巴不得馬上倒下來，好好喘一口氣，但是，我一口氣也不敢喘。我跳上木筏，嘴裡大喊：

　　「吉姆，快點出來，趕快解開木筏！謝天謝地，我們總算甩掉他們了！」

　　吉姆跳出來，滿懷喜悅，兩臂大大的張開來迎接我；可是，就在那一刻，閃電照亮他全身，猛然一看，我的心臟差點從嘴巴裡跳出來，身子頓時往後一仰，倒栽蔥跌到水裡；因為我根本忘記了那回事，原來吉姆是李爾王和淹死的阿拉伯人集於一身，差點把我的肝臟

和靈魂都嚇跑了[3]。還好吉姆把我拎出水面，看到我回來真是高興，還擺脫了國王和公爵，就要摟著我祝福我，不過，我說：

「現在還不是時候——留待明天再說，留待明天再說！趕快解開木筏漂走！」

兩秒鐘之內，我們就離開那兒了，順著大河漂流而下，真是慶幸又能夠自由自在，整條大河全歸我們，沒人來騷擾。我高興得在木筏上蹦過來跳過去，忍不住好幾次彈跳起來鞋跟互擊；

▲「吉姆跳出來。」

等彈跳到第三次的時候，突然聽到一陣相當熟悉的聲音——我摒住氣息，一面傾聽，一面等待——果然確定了！第二道閃電在水面迸裂的那一剎那，他們來了！——他們努力划著槳，小船發出吱吱嘎嘎的聲響！那是國王和公爵。

我一下子癱軟在木筏地板上，完全投降，拚命忍住不要哭出聲音來。

---

3 這裡是「呼應」第二十四章開始時的一個「伏筆」，語調誇張幽默，想必引起哄堂大笑。吉姆被打扮成「三分像人七分像鬼」的模樣，「老李爾王和淹死的阿拉伯人集於一身」（old King Leer and a drowned A-rab all in one），嚇得赫克「心臟差點從嘴巴裡跳出來，身子頓時往後一仰倒栽蔥跌到水裡」（my heart shot up in my mouth, and I went overboard backwards），還「差點把我的肝臟和靈魂都嚇跑了」（it most scared the livers and lights out of me）。

# 第三十章

他們一上了木筏，國王立刻走向我，抓住我衣服領子，使勁搖晃我，說：

「想把我們給甩了，是不是？你這個兔崽子！不屑和我們為伍了——哼？」

我說：「陛下，不，我們不是——陛下，**拜託**不要這樣說！」

「那麼，快說，你**原先是**什麼餿主意，不然的話，我要把你的五臟六腑都搖晃出來！」

「陛下，我會說實話，把一切經過照實說清楚。那個抓

▲國王使勁搖晃赫克

住我的人，對我很好，一直說，他有一個兒子像我一樣年紀，去年死了，所以，他看到像我這麼小的孩子，遭遇這麼大的危險，就會很難過，等大家發現那一袋金幣，大吃一驚，一窩蜂拚命往棺材擠過去，這時他鬆開了我的手，輕聲對我說：『快跑吧！不然他們會把你吊死，肯定會的！』我就趕緊開溜了。我想**我**待在那兒沒什麼好處——**我幫**不上什麼忙，可是也不想被吊死，所以能逃就逃。於是我拚命的跑，後來找到一艘獨木舟；上了木筏之後，我叫吉姆趕快划走，不然被人家逮到會把我吊死，我還擔心你和公爵可能沒命，我很難過，吉姆也很難過，現在，很高興看到你們回來了，你可以問吉姆，是不是

這樣。」

　　吉姆說，真的是這樣，國王叫他閉嘴，說：「喔，是啊，編得好像**真有**那麼一回事！」又搖晃著我，說他應該淹死我。但是，公爵說：

　　「放了孩子，你這個老白癡！換了**你**，不也是一樣嗎？你在逃跑的時候，有沒有東問西問**他**怎麼了？**我**可不記得你有問過。」

　　於是，國王放過了我，開始臭罵那個小鎮和鎮上每一個人，但是，公爵說：

　　「他媽的，你最好狠狠臭罵**你自己**一頓再說，因為最該罵的人，就是你自己。打從一開始，你就沒做過一件有道理的事，除了一件例外，就是冷靜的、厚臉皮的、無中生有的掰出那個藍色箭頭刺青標記。那一招**真是**高明——唬人唬到家了，就是靠這一招，才救了我們一命。要是沒有這一招，我們早就被關，關到那兩個英國人的行李到了為止——然後接著是——入獄服刑，賭定如此。就是那一招把戲，把所有人都帶到墓園去，那一袋金幣幫了我們更大的忙；要不是那些傻瓜們激動忘形，非要衝進去棺材邊，去看個究竟，才鬆了手，讓我們有機會脫逃，不然的話，今天晚上我們睡覺時，大家脖子上都要套著絞刑繩子當領巾了——而且保證是非**套**不可的領巾——套得比**我們想的**還要久。」

　　他們安靜了有一分鐘之久——心裡在想事情——然後，國王說話了，有點心不在焉似的：

　　「哼！我們還在懷疑，是**黑鬼們**偷走了金幣！」

　　我一聽，坐立難安！

　　「是啊，」公爵說，聲音有點緩慢，有點從容不迫，還有點挖苦意味，「**我們**是懷疑過。」

　　過了半分鐘，國王拉長調子說：

　　「至少——是**我**這麼懷疑的。」

公爵也同樣方式說：

「剛好相反——是**我**這麼懷疑的。」

國王有點老羞成怒起來，說：

「污艙水公爵，瞧你的，你這話什麼意思？」

公爵回答得很乾脆：

「至於這個嘛，或許該讓我反問你，你這話又是什麼意思？」

「胡說八道！」國王說，非常嘲諷的口氣，「不過，**我**不知道——或許你在睡覺，才不知道發生了什麼事。」

公爵立刻火冒三丈，說：

「呸，**別再**給我發牢騷說廢話——你把我當大傻瓜呵？是誰把錢藏在棺材裡面，難道你以為我不知道嗎？」

「**是啊**，先生！你**當然**知道啊——因為錢就是你藏的啊！」

「撒謊！」——公爵跳起來朝他撲過去。國王大叫：

「把手拿開！——不要掐我喉嚨！——我收回我的話就是了！」

公爵說：

「好，你只要先承認，**是**你把錢藏在那裡的，指望有一天把我甩掉之後，再回來把錢挖出來，然後一個人獨吞。」

▲公爵朝他撲過去

「公爵，等一下——先回答我這一個問題就好，你給我誠實坦白地說；要是你沒有把錢藏在那裡，你就講明白，我會相信你，收回我剛剛說過的話。」

「你這個老混蛋，我沒有藏錢，你也知道我沒有。就是那樣，哼！」

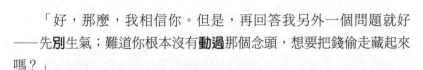

「好，那麼，我相信你。但是，再回答我另外一個問題就好——先**別**生氣；難道你根本沒有**動過**那個念頭，想要把錢偷走藏起來嗎？」

公爵有好一會兒沒說什麼；之後，他說：

「嗯，不要管我有沒有**想過**，反正我沒有真的**做過**。不像你，不但心裡想過，還真的**做了**。」

「公爵，要是我做了，一定不得好死，這是實話。我不否認**曾經想過**，因為我**正是**曾經想這麼做；可是你——我是指別人——捷足先登，搶在我前面做了。」

「騙人！你真的做了，就應該**承認**你做了，不然——」

國王喉嚨開始咕嚕響，然後，喘著氣說：

「好啦！——我**承認**！」

聽他這麼一說，我很高興，比起先前，我現在覺得寬心多了。公爵這才放手全盤抖出來，說：

「要是你再否認，我就淹死你。**活該**你只會坐在那兒，像個小孩哭哭啼啼——做了那樣的事，你只配這麼難過。我還沒見過你這種老混蛋，像鴕鳥一樣飢不擇食，什麼都要獨吞——虧我還一直相信你，把你當成父親看待。你應該覺得自己很無恥，隨便聽信別人栽贓，嫁禍給那些可憐的黑鬼們，自己卻袖手旁觀，不替他們說一句公道話。想想看我有多麼可笑，居然心軟得**相信**你那一套鬼話連篇。我現在才發現，你這個該死的傢伙，為什麼急著要補足差額——你是想要把我在《皇家奇獸》和其他地方賺來的錢，也**全部**獨吞掉！」

國王依舊帶著欷歔鼻音，有點膽怯的說：

「喂，公爵，說要補足差額的是你呢，不是我。」

「閉嘴！我再也不要聽你說任何話了！」公爵說。「**如今**你明白你**遭到報應**了吧，人家把全部的錢都拿回去了，另外還拿走了**我們的錢**，害我們只剩下一兩毛錢的零頭。趕快睡覺吧——只要你活著一

313

第三十章

天，下次想再補足差額時，休想把差額補足到我頭上！」

　　國王悄悄溜回帳篷裡，捧起酒瓶，喝酒解悶；沒多久，公爵也抱起**他的**酒瓶；於是，半個鐘頭之內，兩人又熱絡得像一對賊兄弟，而且醉得越厲害，就越熱絡；躺在彼此懷裡睡著了，鼾聲響起。兩個人都酩酊大醉，但我注意到，國王即使已經爛醉如泥，還是念念不忘，矢口否認窩藏金幣袋子的事。這讓我覺得寬心而自在。當然，等他們鼾聲如雷之後，我才和吉姆說悄悄話，把一切經過都告訴他。

# 第三十一章

　　往後很多很多天，我們沒有停靠任何鄉鎮，順著大河一直向下漂流。我們南下來到氣候溫暖的南部，離開家鄉已經老遠。開始看到樹上有所謂的西班牙苔蘚植物，從枝幹間垂下來，好像長長的灰色鬍鬚，我生平第一次看到這種植物，它把樹林妝點得神聖又陰鬱。來到這兒，這兩個騙子猜想已經遠離危險，於是，又開始計畫詐騙附近的鄉鎮。

　　他們先舉辦了一場戒酒演說會；可是，沒有賺到多少錢，因為連他們自己都喝得醉醺醺。然後，

▲西班牙苔蘚

在另一個村子裡開辦舞蹈學校；可是，他們不知道自己跳起舞來，不會比袋鼠跳舞好到哪裡；所以，他們才剛剛騰踢了幾個舞步，村人就撲進來，把他們給騰踢出村子去[1]。另外一場是他們要教演說術，可是，自己才演說了幾句而已，觀眾就全部站起來，結結實實地臭罵他們一頓，嚇得他們逃之夭夭。他們還試過傳教，還有催眠術，還有行

---

1 馬克吐溫這裡也展現絕大幽默，形容他倆跳舞像袋鼠（kangaroo），這個譬喻真是神乎其筆，讀者馬上體會到袋鼠前腿萎縮而後腿發達的形體，那跳起舞來的笨拙模樣可想而知，因而會心一笑。接著用了一個動詞prance，這個字一般是指馬用後腿騰踢跳躍前進。所以他倆才跳了幾個這樣騰踢跳躍的舞步，就被觀眾以其人之道還治其人之身，用同樣騰踢跳躍的方式給踢出村子去。

醫，還有算命，每一種花樣都試一點點，可是，好像運氣都不好。到後來，他們窮得一文莫名，成天躺在木筏上，木筏順流漂浮，他們絞盡腦汁，什麼話都不說，一躺就是半天，憂鬱絕望到極點。

最後，他們變出一個花招，兩個人在帳篷裡面交頭接耳，低聲討論秘密進行，一說就是兩三個鐘頭。我和吉姆覺得很不對勁。不喜歡他們的神色。照我們判斷，他們一定是在策劃某種更惡毒更邪門的詭計，我們猜了又猜，最後的結論認為，他們可能想要闖進民宅或商店搶劫，不然就是從事印製假鈔的勾當，或是做其他壞事。因此我們相當害怕，一致打定主意，絕對不要參與他們的邪惡行動，只要有一絲一毫機會，就趕快把他們甩掉，甩得遠遠的，關係撇得一乾二淨。有一天一大早，我們來到一個小小的破舊村莊，叫做派克斯維爾，把木筏藏在村莊下游兩哩半的一個好地方。國王首先上岸，要我們藏起來，說他先去村子裡走動一下，探聽《皇家奇獸》的風聲傳到這裡沒有。（「你的**意思**是，找一間房子行搶吧，」我心裡這麼想；「等你搶劫完了，回來這裡，你會很納悶，我和吉姆和木筏哪裡去了——到那時候你光納悶就夠了。」）他說，如果到了中午還沒回來，就表示很安全，公爵和我就可以跟著過來。

於是，我們待在原處，公爵焦慮不安的走來走去，脾氣非常暴躁。他為每一件事責罵我們，我們怎麼做都不對，雞毛蒜皮的小事他都挑毛病。很明顯的，有事正在醞釀之中。到了中午，國王沒有回來，我心裡很高興；好歹有轉機出現了——可能在這轉機之上，還有額外的機會。於是，我和公爵來到村莊，到處尋找國王，沒多久找到他了，在一家下流酒館後面的屋子裡，喝得醉醺醺的，一群遊手好閒之徒，正在戲弄他，尋他開心，他也拚了老命咒罵他們、威脅他們，偏偏他醉得走不動，拿人家一點辦法也沒有。公爵破口大罵，罵他是個老笨蛋，國王也回罵；我看他們罵得不可開交，脫離苦海機不可失，立刻拔腿狂奔，像一隻小鹿似的，沿著河邊一路飛奔——因為我

看到機會來了；我打定主意，以後他們再看到我和吉姆，將不知道會是哪年哪月。一到岸邊，我已喘得上氣不接下氣，可是滿心歡喜，嘴裡大叫——

「吉姆，解開木筏，這回我們平安了！」

可是，沒有回音，也沒有人從帳篷裡出來。吉姆不見了！我大叫一聲——接著又一聲——接著又是一聲，又在樹林裡跑來跑去，尖聲喊叫，不過，都沒有用，老吉姆不見了！我坐在地上，哭了起來，實在忍不住。可是，我在原地也坐不住。一會兒又跑到路上，心裡盤算著該怎麼辦，這時一個男孩走過來，我問他，有沒有看到一個穿著如此這般的陌生黑鬼，他說：

「有。」

「在哪裡？」我問。

「在下游的賽拉斯費浦斯家，從這裡下去兩哩。他是一個落跑黑鬼，被他們抓住了。你找的是他嗎？」

「鐵定不是啊！一兩個鐘頭前，我在樹林子裡碰到他，他說，要是我敢亂嚷嚷，他就把我的肝臟挖出來——叫我趴著不許動，留在原地；我就照著他的話做。從那時到現在；怕得不敢走林子。」

「噢，」他說，「現在你不用害怕了，因為他們已經抓住他了。他是從南部某個地方逃出來的。」

「他們抓住他，真是做了一件好事。」

「我**想**也是！有200元的懸賞捉拿他哩。好像在路上撿到錢一樣幸運。」

「是啊，真的呢——要是年紀夠大，我就可以領到這筆賞金；是我**先**看到他的呢。誰逮到他的？」

「是一個老傢伙——外地來的——他用40元代價，把領賞機會讓給人家，說他急著要去大河上游，沒時間等著領賞金。想想看，那麼多錢！賭定**我**也會等，等上7年也情願。」

「換了我，也是一樣，」我說，「不過，他把這個機會賣得這麼便宜，搞不好根本就沒有那麼高價的賞金，這當中或許有什麼不清不楚吧。」

「儘管那樣，不過事實**是**如此──一清二楚明明白白。我親眼看見那張傳單。上面印的就是他，完完全全就是他──把他畫得像圖片一樣，還說他是從哪一個農莊逃出來的，紐奧爾良下游。沒錯，就是**沒錯**，你賭吧，**那一筆**投資生意不會有問題。嘿，給我一口板菸塊嚼嚼，可以嗎？」

▲「是誰逮到他的？」

我沒有板菸塊，所以他就走了。我回到木筏，坐在帳篷裡一直想，想了很久，也沒有結果。想得腦袋都痛了，還是想不出任何解決麻煩的辦法。經過這麼長的一段旅程之後，替那兩個壞蛋做了這麼多壞事之後，到頭來落得一無是處，一切都垮了、毀了，只因為那兩個壞蛋居然昧著良心，為了區區40元，幹出出賣吉姆的把戲，害他再當上一輩子奴隸，而且流落他鄉，在異地當奴隸。

我對自己說，即使吉姆**非**當奴隸不可，留在家鄉當奴隸，和家人在一起，總比在異鄉當奴隸好上千百倍，所以，我最好寫一封信給湯姆索耶，請他告知華珊小姐，吉姆在這裡。可是，我又打消了這個念頭，為了兩個理由：她會很生氣，討厭他不講情義、忘恩負義、不告而別，所以，可能把他再一次賣到大河下游；即使她不這樣，大家也自然而然會瞧不起一個忘恩負義的黑鬼，這會害他一輩子都很難過，

▲費心思考

覺得卑鄙可恥抬不起頭。另外，想想**我自己**怎麼辦[2]！消息一定會傳開，說赫克芬幫助一個黑鬼爭取自由，以後再看到那個鎮上來的人，我會羞愧得跪下去，拜倒在他腳下求饒。事情就是這樣：一個人做了見不得人的下流事，又不肯承當後果。以為把事情隱藏起來，就不會丟臉。這正是我目前的處境。這件事我想得越多，我的良心越跳出來折

磨我，害我越覺得邪惡、下流、齷齪。最後，突然之間，我領悟了，這是上帝在懲罰我，用祂的手打我耳光，就是要讓我知道，我所做的一切壞事，都逃不過祂的法眼，祂高高在上，看得一清二楚，那個可憐的老女人，生平沒有做過任何對不起我的事，而我卻把她的黑鬼偷走，現在要讓我知道，永遠有一個祂，在監視著我，祂允許種種壞事只能到此為止，不能繼續下去了，一想到這裡，我嚇得要命，差點當場癱倒在地。我用盡辦法安慰自己，說我反正從小就不學好，所以也不能怪我；可是，內心深處卻有個聲音一直在說：「不是有主日學校嗎？你可以去上啊；要是你去上了，他們就會教你啊，像你這樣拐跑黑鬼的人，是會下地獄，受永恆烈火煎熬的。」

---

2　下面這幾段文字是本書的最高潮，被公認為馬克吐溫最上乘的文筆，用赫克一個小男孩最單純的文字和思考邏輯，把複雜的意識型態思想壟斷問題，三筆兩筆勾勒烘托出精髓，表面上不費工夫，實際上暗潮洶湧，害得赫克差點滅頂，在這場「小蝦米對抗大鯨魚」的高手過招當中，赫克贏得很辛苦，讀者也讀得不忍心。這裡用的也是一種「棒打無辜者」手法。

我嚇得全身發抖。正想下定決心祈禱一番；看能不能跟過去的我，一刀兩斷，重新做人。於是，我跪下來。偏偏禱告辭到了嘴邊，就是說出不口。為什麼說不出口呢？想要欺瞞祂是沒有用的，也別想欺瞞**我自己**。我很明白為什麼說不出口。那是因為我心術不正；因為我不夠光明正大；因為我玩雙面把戲。我**假裝**要改邪歸正，但是，內心卻還把持著最大的邪惡不放。我努力讓嘴巴**說出來**，說我要做正當的事和清白的事，說我要立刻寫信給那個黑鬼的主人，告訴她他的下落；可是，我自個兒心底裡明白得很，那是撒謊──而祂也知道。你沒法用謊言禱告──我明白這個道理。

　　所以，我滿肚子煩惱，多到極點；簡直不知道該怎麼辦。最後，我想到一個主意，對自己說，我這就來寫那封信──**然後**再看看，有沒有辦法禱告。咦，說也神奇，念頭這麼一轉，我就突然覺得如釋重負，一身輕如羽毛，煩惱全都跑了。於是，我找了一張紙和一枝筆，滿心歡喜興奮，坐下來寫道：

> 　華珊小姐，妳的黑鬼吉姆現在在派克斯維爾下游兩哩處，被
> 費浦斯先生扣留著，如果妳送賞金過來，他就會把他還給
> 妳。
>
> 　　　　　　　　　　　　　　　　　　　　　赫克芬

　　頓時，我覺得輕鬆了，好像所有的罪惡都洗刷乾淨，有生以來第一次覺得這樣，我想現在應該可以禱告了吧。可是，我並沒有立刻開始禱告，放下紙筆後，我坐在那兒開始想──想到過去所發生的種種往事，都是這麼美好，我差點迷失了自己，差點下了地獄。接著，繼續想下去。反反覆覆地想著，這一趟順河而下的旅程；我彷彿看見吉姆一直就在眼前，有時白天、有時夜晚，有時月夜下、有時暴風雨中，我們漂呀漂的，聊著天、唱著歌、笑得開懷。可是，不知為什

麼，我實在沒有理由，硬下心腸和他作對，反而剛好相反。我看到的是，他輪值守夜時，守完他自己的，繼續守我的，捨不得叫醒我，好讓我繼續睡下去；我看到的是，他是那麼的高興，看到我從大霧中平安歸來；當我從世仇火併之中脫身，回到沼澤地，再見到他；諸如此類種種往事；他老是叫我寶貝，寵著我，只要能夠想到的，他都替我做，永遠對我那麼好；最後，又想到那一次我撒謊，救了吉姆，騙人家說我們木筏上有人感染天花，事後他是那麼感激我，說我是老吉姆天底下最好的朋友，而且是他一輩子**唯一**的朋友；想著想著，我看了四周一眼，看到那一封信。

哇，這個困境真是叫人進退維谷。我拿起那封信，握在手中。全身顫抖，因爲這一刻我必須做出決定，一定終身的決定，兩條路當中選一條，我很清楚事關重大。我斟酌了一分鐘之久，然後，有點摒住呼吸，對自己說：

「好吧，那麼，我就**下**地獄吧」[3]——說著，我撕了那封信。

---

3 馬克吐溫很重視這一段文字，在修正手稿時增添了150個左右的字，運用了「自白式的手法」（confessional mode）。赫克經歷了三次內心矛盾衝突（inner conflicts）的場面，每一次天人交戰，都是一場「拔河比賽」（tug-of-war），也都是他道德成長（moral growth）的機會，這是第三次，最激烈、最徹底的一次，也是他終於獲得「頓悟」（epiphany）的時刻。我們看到一個應該天真無邪、與世無爭的小男孩，卻要忍受這麼深奧的試探與摸索，實在有點於心不忍。這句話「我就下地獄吧」被譽為本書的高潮所在，也是百年來評論的焦點，更是小說敘事理論最津津樂道的「反諷」（irony）例子，赫克豁出去了，以為他要下地獄了，而大家都知道他反而上了天堂，他以為他輸了，事實上他贏了。他追隨自己的良知良能，以他的一顆「赤子之心」，戰勝了「迂腐的世俗道德良心」。就是因為他是一個典型的化外小子，流離失所，身處文明社會的邊緣，才能倖免於難，未被同化腐化（corrupted），當其他人被文明社會的意識型態掌控，毫不自知的自欺欺人時，大家都還認為黑人不是人，黑人只是財產，只有赫克才有機會認識吉姆的高貴人性（noble character）和基本人權（human rights）。很多學者或知名作家都認為，本書應該在這個正義凱旋關頭就戛然而止，見好就收。然而，也引起諸多人士起而為之辯護，兩派一辯就辯了好幾十年，還好真理越辯越清，以往衛道之士們過度強調道德教化的讀法（moralistic reading），曲解了馬克吐溫的原旨，近年來閱讀焦點慢慢由「教誨」（to instruct）轉移到「娛樂」（to delight）。

這真是可怕的想法，可怕的言語啊，可是，話已說出口了。就讓它一言既出、駟馬難追吧；從今以後，我再也不去想改邪歸正的事。把這一切全都拋到腦後；重操舊業幹壞事，畢竟走邪路才是我的老本行，誰叫我從小不學好，走正規路我可不在行。既然篤定要幹壞事，那我就得先想辦法，去把吉姆再偷出來，別再當奴隸了；要是還想得出比這更壞的事，我也照幹不誤，因為一旦豁出去，乾脆一不做二不休，要壞就一路壞到底算了。

　　於是，我坐下來盤算該怎麼著手，心裡也草擬出好幾個辦法，最後選了一個最適合我的辦法。大河下游附近有一個小島，長滿了樹叢，我先把地形勘查清楚，等到天色暗了，就把木筏划過去，划到那兒藏起來，然後躲在樹叢底下睡覺。我睡了整整一夜，天還沒亮就醒了，吃了早餐，穿上商店買的新衣服，還把其他幾件和零星雜物，打包成一個包袱，坐上獨木舟，划到對岸去。我在費浦斯家附近下游上岸，把包袱藏在樹林裡，然後把獨木舟裝滿石塊，灌滿水，沉到水裡，藏在以後需要時能夠找得到的地方，離河邊一個蒸汽鋸木廠下方差不多四分之一哩處。

　　隨後，我走上大馬路，經過一個鋸木廠，看到一個標示牌子寫著「費浦斯鋸木廠」，又走了兩三百碼，來到農舍房子，我睜大眼睛四處察看，看不到任何人，這時天色已經大亮。不過我不在意，因為我一時也不想看到任何人——只想先熟悉一下附近地形。按照原擬計畫，我是想從村莊那邊出現，而不是下游這裡。於是，我看了一個大概之後，就往小鎮那個方向前進。等我到了那兒，嘿，碰上的第一個人居然是公爵。他正在到處張貼《皇家奇獸》的海報——只演三個晚上——跟以前一樣。**他們**兩個騙子，就是臉皮厚！我跟他打了一個照面，躲都來不及躲。他大吃一驚的樣子，問道：

　　「哈—囉！**你**從哪兒來的？」隨後又問，又高興又關心似的，「木筏在哪兒？——藏在好地方了嗎？」

我說：

「那當然，那就是我正想問你的呢，閣下。」

可是，他看起來沒有很高興的樣子——又說：

「你怎麼會想到要問**我**呢？」他說。

「噢，」我說，「昨天我在酒館裡，看到國王醉成那個樣子，我就告訴自己，等他清醒過來，把他弄回去，應該還要好幾個鐘頭；於是，我就想到鎮上去四處逛逛，一面打發時間，一面等待。這時候，有一個人過來，給我10分錢，要我幫忙划小船過河，把一隻羊運回來，我就去了；可是，等我們要把羊拉上船的時候，他要我在羊的前面拉繩子，他在羊的後面推，可是，羊的力氣太大，我拉不住，羊立刻掙脫繩子跑掉了，我們就在後面追。我們身邊沒有帶著狗，不得不追著牠，在田野裡跑來跑去，一直跑到羊累垮了跑不動才停。到天黑逮到牠，才運回來，之後我才開始去找木筏。到了那兒，木筏不見了，我心想『一定是他們闖了禍，不得不開溜，還把我的黑鬼帶走了，我在世上，就只有這麼一個黑鬼呀，現在，我真的是流落異鄉，一無所有，沒辦法過日子了啊』；所以，我坐下來哭。整個晚上睡在樹林裡。木筏到底是怎麼啦？——還有吉姆，可憐的吉姆！」

「要是**我**知道才怪呢——我是說，木筏後來的下落。那個老笨蛋做了一筆生意，賺了40元，等我們在酒館裡找到他的時候，那一群遊手好閒之徒，已經跟他賭博賭了大半天了，50分錢一局的賭局，害他輸得精光，除了付威士忌的酒錢以外；昨天晚上，我把他弄回去時，木筏就已經不見了，我們說：『那個小壞蛋偷了我們的木筏，甩掉我們，自己往大河下游跑了。』」

「我才不會甩掉我自己的**黑鬼**呢，對不對？——我在世上唯一的黑鬼，唯一的財產。」

「我們可沒想到這一點。事實上，我還以為，他是**我們大家的**黑鬼呢；沒錯啊，我們一直這樣看待他的——天老爺知道，我們為他操

心也不少。所以，當我們看到木筏不見了，又窮得一文不名，一籌莫展之下，只好把《皇家奇獸》推出來，再搬演一番。這一陣子，我都在忙這樁事，滴酒未沾，喉嚨乾得像火藥筒一樣。你那10分錢呢？趕快給我。」

我身邊還有不少錢，便給了他10分錢，但拜託他，把錢花來買吃的東西，買來也分我一點，說我只剩下這些錢了，而從昨天開始，我就沒吃過任何東西了。他沒說一句話，過了一會兒，突然轉過身子，對我說：

「你認為那個黑鬼會不會揭發我們？要是他敢的話，我們一定剝了他的皮！」

「他怎麼可能揭發我們？他不是落跑了嗎？」

「沒有！那個老笨蛋把他給賣了，而且根本沒有把錢和我對分，如今錢全部沒了。」

「把他**給賣了**？」我說，開始哭了起來，「憑什麼，他是**我的**黑

▲他給他10分錢

鬼呀，賣的錢也應該歸我啊。他在哪兒？——我要我的黑鬼。」

「哼，你不可能**要回**你的黑鬼啦，反正就是如此——別再哭哭啼啼了。告訴我——**你**可曾也想過，要揭發我們？要我信任你才怪。不過，要是你**敢**揭發我們的話——」

他突然住口了，我從來沒看過公爵這樣面目猙獰眼神兇惡，又開始哭哭啼啼，嘴裡說：

「我不要揭發什麼人；也沒有時間去揭發。我什麼都不想，只想找回我的黑鬼。」

赫克歷險記

他的神情有點為難，站在那兒沒動，海報搭在手臂上，被風吹得翻來翻去，皺著額頭在想，最後，他說：

「告訴你一件事，我們打算在這兒待三天。要是你答應不揭發我們，也不讓黑鬼揭發我們，我就告訴你去哪兒找他。」

我答應了，他才說：

「有一個農家，叫賽拉斯費——」突然住口不說了。你看得出來，他本來要說實話的；可是，看他那樣子突然住口，而且開始研判思考，我就知道，他又要變卦了。果然沒錯，他不會信任我的；他要確定，這整整三天我不會在場礙了他的好事。所以，他立刻改口說：「買了他的那個人，名字叫亞伯佛司特——亞伯吉佛司特——住在離這兒40哩的內地鄉間，去拉法葉郡的路上。」

「好吧，」我說，「我三天之內可以走到那兒。今天下午就出發。」

「不，不用等，你**現在**就出發；也不要耽擱時間，一路上也不要亂說話。只要腦袋裡想著閉緊嘴巴，趕你的路，那**我們**就不找你的麻煩，聽懂了嗎？」

這正是我求之不得的命令，也是我爭取的計畫。我希望不受干擾，來實現我的預定計畫。

「那就快走吧，」他說，「隨便你要對佛特先生說什麼都可以，只要你能讓他相信，吉姆是你的黑鬼——有些白癡不需要提供文件的——至少下游地區的南方，有很多這樣的。只要你告訴他，那些傳單和賞金都是假的，把那些東西的用意解釋給他聽，或許他就會相信你的話。好了，快去吧，你想說什麼，就說什麼；不過，記住喲，從這兒到那兒**之間**，嘴巴一定要閉緊喲。」

就這樣我離開了，往鄉下內地走去。我沒有回頭，可是，感覺到他一直在我背後盯著我。不過，我也有辦法，讓他盯到累了為止。我在鄉間直直走，走1哩路才停下腳步；然後轉身折回來，穿過樹林，往

費浦斯家方向走去。我想我最好立刻開始實行我的計畫，別再閒蕩胡搞，因爲我要趁這兩個傢伙溜走之前，封住吉姆的嘴。我不想再和這種人打交道，他們玩的把戲，我已經看透了，我要跟他們永遠分道揚鑣。

▲往鄉下內地走去

# 第三十二章

來到了農莊[1]，四周一片寧靜肅穆，彷彿安息日，天氣炎熱，陽光充足——長工們都到田野去工作；空氣中有一種隱隱約約的嗡嗡聲，蟲子和蒼蠅飛舞，給人很寂寞的感覺，彷彿每個人都死了、離開人間了；微風吹過，搧得樹葉抖動，給人一種哀悼的氣氛，彷彿很多鬼魂在竊竊私語——死了很多年的鬼魂——你一直感覺他們都在談論**你**。這一切都叫人巴不得**他**也死掉算了[2]，一了百了。

費浦斯家的農莊，也是那

▲寧靜肅穆彷彿安息日

種巴掌大的棉花田農莊，看起來都差不多[3]。一圈木頭柵欄圍著兩英

---

1　本書從這一章開始進入第三部分，結束一路順流而下的旅程，上岸來到美國南方的典型莊園。在結構上與第一部分聖彼得堡的家鄉場景，形成對稱結構。這第三部分很有爭議性，在學者之間造成學術論戰，有的說這結局部分是本書一大「敗筆」，辜負赫克道德成長的主題；也有很多為馬克吐溫辯護，尊重作者寫作原旨。請讀者細心閱讀自行判斷。

2　這一段呼應本書開頭第一章，又是「巴不得死掉算了」，文字充滿憂鬱肅殺氣氛，描寫赫克孤獨時的心情，風聲鶴唳、草木皆「鬼」，彷彿回到文明社會所面臨的壓迫感又「靈夢重演」，相對於他以往與大自然相處時的融洽調和優游自在，形成強烈對比，14歲的男孩居然經常寂寞得巴不得死掉，令人於心不忍。

3　從這裡到本書結束，所描述的費浦斯農莊，與第十七、十八章所描述的葛蘭哲福家族，都是以馬克吐溫的姨丈（Uncle John A. Quarles）的農莊為藍本，離馬克吐溫家鄉小鎮才4哩，他12歲以前每年夏天都來這裡歡度暑假，和表兄弟姊妹們

畝的庭院，柵欄外圍有一排階梯，用鋸成一截一截的圓木柱豎起來搭建的，好像高矮不等的木桶湊在一起，人們可以踩著它爬越柵欄，女人們也可以踩著它蹬上馬背；大大的院子裡，發育不良的草皮東一片西一片，其餘大部分都是光禿禿滑溜溜的土地，好像一頂破舊帽子，絨毛已經磨光[4]；白種人住的是一棟雙併木造大房子——用刨過的原木段砌成，縫隙間填滿灰泥或土漿，三不五時粉刷牆壁時，這一條條的灰泥縫隙，都仔細粉刷到，廚房是圓木柱造的，通往大房子連著一道寬敞的走道，沒有牆壁，但有加蓋棚頂；廚房後面還有燻肉的小木屋[5]；燻肉屋另一側，有一排三間用圓木柱搭建的小木屋，是給黑鬼們住的；離這兒稍遠處，靠近後面柵欄邊，有一間單獨小木屋；大房子以外，還有一些其他房舍；小木屋的旁邊有濾灰桶和大煮鍋，用來做肥皂用的；廚房門口有一條長板凳，還有水桶和水瓢；有一條狗在睡覺，曬著太陽，還有很多狗也在附近睡覺；院子角落，有三棵遮蔭大樹；柵欄邊有幾處長著醋栗叢和鵝莓叢；柵欄外面有菜園和西瓜地；再過去，是整片棉花田；棉花田後面是樹林。

我繞到柵欄後面，從濾灰桶旁的階梯翻過柵欄，往廚房走。離廚房還有幾步路，聽見紡紗機轉動的低沉吱嘎聲，好像嗚嗚哭泣，一會兒高上去，一會兒又低下來；我聽了真是巴不得死掉——因為那是全世界最寂寞淒涼的聲音[6]。

---

（續）

白天上山下河、採集野花、撿拾核果、摘食野莓、晚上聽黑人講鬼故事，是他一生最快樂的時光，在《湯姆歷險記》、《密西西比河河上生涯》及晚年寫的《自傳》裡都有動人描述。

4　這裡馬克吐溫用了一個絕妙的譬喻：「好像一頂破舊帽子，絨毛已經磨光」（like an old hat with the nap rubbed off），來象徵以農業立國的美國南方，已經沒落，光景不再，莊園乏人經營，光禿禿的黃土地，只剩零星散落草皮。然而，儘管時不我與，人情味卻有增無減。

5　19世紀還沒有冰箱，許多農莊用煙燻方式保存魚肉，家家戶戶都有燻肉小木屋，自製家常風味的各式醃肉，美國南方的醃火腿（ham）就很有名。

6　馬克吐溫曾說，這種紡紗機轉動的聲音，如泣如訴，讓他聽了想家，心情低落，

328

赫克歷險記

我只管往前走，心裡沒有什麼預定計畫，但求上帝保佑，到時候讓我的嘴巴能講出該講的話；因為我注意到一點，只要我聽其自然，上帝都會讓我的嘴巴講出自己該講的話[7]。

　　才走到一半，先是一條狗，接著另一條，都爬起來迎向我，我當然停下來，面對他們，但保持冷靜。他們一起汪汪大叫，聲勢可真是嚇人！十幾秒鐘的工夫，一大群狗把我團團包圍在中間，我好像成了一個車輪的軸心似的——每一條狗都是一根輪輻——總共有15條之多，每一條狗都伸長脖子，鼻子對著我，大吼大叫；其他的狗還繼續從四面八方竄過來，跳過柵欄，或是繞過角落。

　　一個黑鬼婦人從廚房衝出來，手裡拿著擀麵棍，大聲叫嚷：「滾開！**你這條**小虎！你這條小花！滾開！噓！」她給這條狗一棍子，又給那條狗一棍子，打得他們哀嚎著跑掉，其他的狗也是；可是，下一秒鐘，有一半又回來了，圍著我搖尾巴，想跟我交朋友。畢竟，狗兒們不會真的傷害人類。

　　跟著那個婦人後面，還有一個黑鬼女孩和兩個黑鬼男孩，穿著麻布袋衣服，扯著他們媽媽的衣服，躲在背後偷看我，很害羞的，小孩都這樣。這時候，一個白人女人從房子裡跑出來，年紀大概45或50歲，頭上沒有戴帽子，手裡也拿著擀麵棍，背後跟著她的白人孩子們，他們的舉動也跟黑鬼小孩一樣。她滿臉都是笑，笑得幾乎都站不穩——她說：

　　「是**你**啊，終於來了！——**不是**嗎？」

　　我還沒來得及反應，嘴巴裡就先答了一句：「夫人，是啊。」

　　她一把抓住我，把我摟得緊緊的；接著，兩手抓著我，把我搖了

（續）————————————
　　好像鬼魂在周遭遊蕩。

7　再度印證赫克「隨遇而安」的原則，盡人事聽天命，不怨天不尤人，把自己交給上帝，凡事不強求，順其自然，這種生活態度很值得學習。

又搖；眼睛冒出眼淚，流得滿臉都是；彷彿不管怎麼摟我搖我，都不夠，嘴裡一直說：「你長得一點都不像你媽媽，我以為你應該像她的，不過，老天爺啊，我才不在乎呢，看到你我**多麼**高興！親愛的，親愛的，我高興得真想把你一口吞下肚子裡！孩子們，這是你們的湯姆表哥——快跟他問好。」

▲她把他摟得緊緊的

可是，他們都低下頭去，手指含在嘴裡，躲在她身後。她還忙著繼續說：

「麗姿，趕快給他做一頓熱騰騰的早餐，立刻就做——你在船上吃過早餐了嗎？」

我說我在船上吃過了。於是，她拉著我的手走進屋子，孩子們都跟著進來。進屋後，她要我坐在一張底部中空的木條椅子上，自己坐在一個低矮的小板凳上，跟我面對面，握著我的兩手，說：

「現在，讓我**好好的**看看你，老天保佑我，我想要看你，已經想了很久很久，經過這麼多年，終於把你盼來了！我們等你已經等了兩天多，什麼事耽擱了？船擱淺了嗎？」

「夫人，是的——船——」

「不許再說叫我夫人——叫我莎莉姨媽。船在哪裡擱淺的？」

我一時不知道怎麼回答，因為我實在不知道，船是來自上游還是下游。不過，我聽任直覺；而直覺告訴我，船從下游過來——從紐奧爾良下游那兒過來。雖然這也幫不了大忙；因為我也不知道，一路往

下游走，會碰到的那些沙洲名字[8]，似乎我得編造出幾個名字，要不然就說，我忘了我們擱淺的那個沙洲名字──或是──刹那之間，我想到一個好主意，馬上搬出來：

「不是船擱淺了──擱淺沒有耽誤多少時間，而是船上的一個汽缸蓋爆炸了。」

「老天爺呀！有人受傷嗎？」

「夫人，沒有。死了一個黑鬼而已[9]。」

「噢，那還算幸運的；因為有時候真的會有人受傷[10]。兩年前的一個聖誕節，你的賽拉斯姨丈有一次從紐奧爾良回來，坐著《拉利儒客號》，船上汽缸蓋就爆炸了，把一個人炸得腿斷掉，好像後來死掉了[11]。他是一個浸信會教徒。你的賽拉斯姨丈認識巴頓魯治那裡的一家人，他們跟他很熟。沒錯，我想起來了，如今他**確實是**死了。他傷口感染壞疽病，不得不截肢，還是救不了他的命。沒錯，感染了壞疽病，就是這麼回事。後來，他全身變成青紫色，死的時候還夢想光榮

---

8　這些沙洲名字都是領航員命名的。密西西比河裡有各種沙洲，泥土、沙礫、岩石及雜七雜八的東西堆積而成，而且經常變換位置改變河道，十分險惡，大型的蒸汽輪船動不動就擱淺，所以領航員的工作很辛苦，要受訓兩年才能出師，不過待遇很高，馬克吐溫就曾經拜師學藝，當了四年風風光光的領航員。

9　赫克直覺的回答說沒有「人」受傷，但是死了一個黑鬼，言下之意好像是說，「白人」才是人，黑人不是人。這不能怪赫克不把黑人當人，而是那個奴隸制度時代的社會習俗，大家都被洗腦了，都認定黑人不是人，只是一項財產。白人黑人都這麼想，其實這是時代錯誤，不是人的錯。

10　莎莉姨媽也認為，只要沒有「白人」受傷就很幸運了，這也不能怪她。有些讀者（特別是黑人讀者）單憑這一句話，就任意批評她是那種虛偽的基督徒，說一套做一套，捧著《聖經》滿口仁義道德，卻不承認黑人的人權。其實這也是言之過重，莎莉姨媽是個大好人，可愛極了，虔誠忠厚，古道熱腸，寬待下人。她跟波麗姨媽，都很有馬克吐溫自己媽媽的影子。

11　早期密西西比河上的輪船使用燃煤蒸汽機，經常發生鍋爐爆炸的死傷事件，馬克吐溫最親愛的弟弟亨利（《湯姆歷險記》中湯姆的弟弟席德Sid，就是以他為本），在1858年6月乘坐蒸汽輪船時被嚴重炸傷，馬克吐溫趕去為弟弟送終。馬克吐溫那時23歲，正在當領航員，此一事件讓他終身耿耿於懷，沒有好好照顧弟弟，一直以為弟弟是代他而死。

復活。人家說，他那模樣慘不忍睹。你姨丈最近每天都跑到河邊小鎮去接你，這一會兒他又去了，去了還不到一個鐘頭，現在應該快回來了。你一定在路上碰到過他，沒有嗎？——一個老傢伙，留著——」

「莎莉姨媽，沒有，我誰也沒碰到。天剛亮時，船就靠岸了，我把行李留在碼頭泊船上，到鎮上和附近鄉下四處看看，爲了打發時間，免得太早來到這裡；所以，我是走後面那條路過來的。」

「你把行李交給誰了？」

「沒有交給誰。」

「啊，孩子，那一定是被偷了！」

「**我**把行李藏得很好，一定不會被偷，」我說。

「大清早的，你怎麼在船上吃的早餐？」

看來我又站不住腳了，不過，我說：

「船長看我站在那附近，叫我最好吃點東西之後再上岸；所以，就帶我到頂層艙房，去和船員們吃飯，要吃什麼就給我什麼。」

我越來越不自在，連話都聽不清楚了。心裡想的都是那些孩子們；我得趕快把他們弄到一邊去，從他們嘴裡套出一些話來，好知道我到底是誰[12]。可是，我一直沒機會得逞，費浦斯夫人把我困在那兒，問來問去問個不停。沒多久，她又搞得我脊梁骨從頭到尾打冷顫，因爲她說：

「我們在這兒講了大半天，你還沒有說到我姊姊，還有他們一家人的事。現在，我就此打住不問了，開始由你來說；只要告訴我**每一件事**——告訴我關於他們的一切——他們每一個人的每一件事；他們現在怎麼了，在做些什麼，他們要對你跟我說些什麼；所有你能想到的大事小事。」

---

12 馬克吐溫鋪陳情節的工夫很強，在這裡故意製造懸疑氣氛和戲劇效果，讓赫克和讀者都很納悶，赫克明明無親無故，怎麼會在這兒有親戚？爲什麼大夥兒都在期待他到來？他到底是誰？

啊，我看我又下不了台了——而且毫無退路。上帝一向都站在我這一邊的，偏偏我現在擱淺嚴重，被卡得很緊，動彈不得。繼續硬撐下去，好像沒什麼用——我**不得不**攤牌了。於是，我告訴自己，這一回又得冒險說實話了。張開嘴巴正要說，就被她一把抓住，推到床鋪的後面，藏起來，她說：

「他回來了！腦袋再低下去一點——那樣，就行了，人家就看不到你了。別透露你已經來了，我要跟他開個玩笑。孩子們，你們一個字也別說。」

我知道我又一次進退兩難了，可是操心也沒用；一點辦法也沒有，只好躲著不動，等到雷電轟頂的時候，再看怎麼應變。

那位老紳士進來時，我才瞥了他一眼，就被床鋪擋住了視線。費浦斯夫人跳起來迎向他，說：

「他來了嗎？」

「還沒，」她丈夫說。

「我的老**天爺**啊！」她說，「到底他**會**出了什麼事啊？」

「我沒法想像，」那位老紳士說，「我不得不說，這事害我提心吊膽的。」

「提心吊膽！」她說，「我都快神經錯亂了！他**一定**已經到了，而你在路上錯過他了，我**知道**，一定是這麼一回事——預感**告訴**我，就是這麼一回事。」

「喔，莎莉，我**不可能**在路上錯過他——**你明白**的呀。」

「但是，喔，親愛的，親愛的，我姊姊**會**怎麼說啊！他一定已經來了，你一定錯過他了。他——」

「喔，別再折騰我，我已經夠悲慘了。真的搞不懂，到底是怎麼回事，完全無計可施，而且不得不承認，已經嚇到不知所措了。但是，不敢指望他會來，因為**不可能**他來了，而我卻錯過他了。莎莉，這太可怕了——真的太可怕了——一定是船出了問題！」

「嘿，賽拉斯！快看那邊！
——往大路上看！——不是有人
來了嗎？」

他跳起來，衝到床頭的窗
口，正好給費浦斯夫人一個大好
機會。她趕快蹲下來，在床尾處
拉了我一把，把我揪了出來；等
他從窗口轉身回來，她已經站在
那兒，眉開眼笑，紅光滿面，像
房子著火似的，而我溫馴的站在
一旁，汗流浹背。老紳士目不轉
睛，說：

▲「你猜他是哪一位啊？」

「哦，這是哪一位啊？」

「你猜他是哪一位啊？」

「我猜不出來，是誰啊？」

「就是湯姆索耶！」

天老爺呀，我差點栽到地板底下去。但是，已經來不及改變戰
略，那位老先生一把抓住我，搖晃我，一搖再搖；這個同時，那個女
人圍繞著我們手舞足蹈，又笑又叫的；接著，兩人發出連珠砲似的問
題，問遍了席德、瑪莉，和那一大家子人。

儘管他們那麼高興，但是，恐怕不會比我更高興，因為我終於搞
清楚，我到底是誰了，彷彿重新投胎轉世。往後連續兩個鐘頭，他們
全心全力問這問那，最後，我的下巴累得再也動不了。我講了很多我
家的事——我是指索耶家的事——遠比六個索耶家加起來發生的事還
要多。我還把我們的船，在白河[13]河口發生汽缸蓋爆炸，花了三天

---

13　「白河」（White River）是對密西西比河由密蘇里州流到阿肯色州的頌辭之稱。

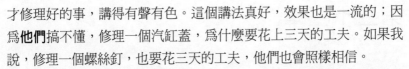

才修理好的事，講得有聲有色。這個講法真好，效果也是一流的；因為**他們**搞不懂，修理一個汽缸蓋，為什麼要花上三天的工夫。如果我說，修理一個螺絲釘，也要花三天的工夫，他們也會照樣相信。

如今，我一方面覺得舒坦自在，另一方面又坐立不安。冒充湯姆索耶，我覺得又舒坦又自在，而且也舒坦自在了好幾天，直到有一天，看到一艘蒸汽輪船，一路咳咳咳往下游駛去——那時我才突然想到，萬一湯姆坐著那一艘輪船下來，那怎麼辦？——萬一他隨時隨地走進來，我還沒來得及對他使個眼色，叫他安靜，他就直接叫出我的名字，那怎麼辦？唉呀，我可不能**讓**事情這麼發生，絕對不行。我必須到路上去攔截他。所以，我跟他們說，我想到鎮上去，取回我的行李。老紳士說，他要陪我去，但我說不用了，我自己駕馬車去，寧可不要麻煩他接送。

# 第三十三章

　　於是，我駕著馬車往鎮上去，走到一半，看見另一部馬車過來，上面果然坐著湯姆索耶，我停下來等他過來。我喊了一聲：「停住！」他的車就停在我旁邊，只見他的嘴巴張得好大，久久闔不起來；他嚥了兩三口口水，活像渴到喉嚨乾透似的，然後說：

　　「我從來沒有做過對不起你的事，你明白的，那麼，你為什麼還魂，來糾纏**我**？」

▲「那是湯姆索耶。」

　　我說：

　　「我沒有還魂——因為我根本就沒**死**啊。」

　　聽了我的聲音，他才稍微回神過來，不過還是很不放心。他問：

　　「你不要戲弄我，因為我也沒戲弄過你。發誓說實話，嘿，你不是鬼魂吧？」

　　「發誓說實話，我不是鬼魂。」我說。

　　「嗯——我——我——嗯，那應該沒問題了，當然；可是，我還是搞不懂，完全不懂。你是說，你**根本**沒有被謀殺？」

　　「沒有，我根本沒有被謀殺——那是我唬弄他們的。不信的話，你過來我這邊，摸我一下看看。」

　　他照著做了，這才放心；很高興和我異地重逢，他高興得不知如何是好。想立刻就知道，一切事情發生的經過；因為那是偉大的冒

險經歷，而且神秘，正合他的胃口。但是我說，這段冒險經歷留待以後慢慢細說；請他的車伕在旁邊等一等，我們兩人駕著我的馬車，往前趕了幾步，這才告訴他，我當前所處的困境，問他我們該怎麼辦？他說，讓他獨自思考一陣子，先別打擾他。於是，他想了又想，沒多久，他說：

「好啦，我想出辦法了。把我的行李拿到你的馬車上，假裝是你的；你往回走，慢吞吞的一路逛著回去，逛到你應該到家的時候，才進家門。我往鎮上那個方向先走一段路，然後重新開始，等你到家一刻鐘或半個鐘頭之後，我才進門。一開始，你不必假裝認得我。」

我說：

「好吧，可是等一下，還有一件事——這件事除了我，**沒有人**知道。那就是，這裡有一個黑鬼，我想要把他偷出來，讓他不再當奴隸——他的名字叫**吉姆**——就是老華珊小姐的吉姆。」

他說：

「什麼！吉姆已經——」

他突然住口不說了，開始思考[1]。我說：

「**我**知道你會說什麼，你一定會說，這是一件卑鄙下流的勾當；不過，又怎麼樣？——**我**本來就是卑鄙下流；我就是要把他偷出來，而且要你守口如瓶，別洩漏出去。你要幫我嗎？」

他眼睛一亮，說：

「我會**幫助**你，把他偷出來！」

唉喲，聽了這話，我大吃一驚，彷彿挨了一槍似的。這是我這一輩子聽到最驚人的話——我不得不說，在我心目中，湯姆索耶也墮

---

1 請注意這裡是一個「伏筆」，湯姆剛剛冒出一句「吉姆已經——」，立刻就住口不說了，其間另有蹊蹺，要到本書倒數第二章（第四十二章）時才出現「呼應」，讀者才會恍然大悟。馬克吐溫很會利用「伏筆」和「呼應」，前後情節絲絲入扣。

落了，嚴重墮落。我只是不敢相信，湯姆索耶居然也成了**偷黑鬼的人**[2]！

「呸，去你的，」我說，「你在開玩笑。」

「我沒開玩笑，沒有。」

「好吧，那麼，」我說，「開玩笑也罷，不開玩笑也罷，要是你聽到關於一個落跑黑鬼的任何消息，務必要記得，**你**對他一概不知，**我**也對他一概不知。」

隨後我們把行李都拿過來，放在我的馬車上，然後他走他的陽關道，我過我的獨木橋。可是，因為我實在太高興了，再加上滿腦子想事情，居然忘了應該慢吞吞地駕車回家，所以，我比預計應該到家的時刻，提早了太多。這時，老紳士正好等在門口，他說：

「唉喲，真是太神奇了。誰想到那一匹母馬，竟然跑得那麼快。我們真應該給牠記時。而且竟然沒有流一滴汗——一根毛也沒濕。實在是神奇了。現在有人出價100元，我也不賣了，真的不賣；以前我還想15元就賣掉牠，以為牠就只值這些錢。」

這些就是他說的話，他真是我所見過最天真善良的老好人。但是，這也不足為奇，因為他不只是一個農夫，還是一個牧師，有一間巴掌大的小教堂，用圓木柱搭建的，就在農莊後面，還是他出資親手搭建的，作為教堂兼學校，他講道從來不收取分文，而且也講得很好。像他這樣的農人牧師，也像他這麼做事的，在南方地區倒還滿多的。

大約半個鐘頭以後，湯姆乘著馬車，來到房屋門口的木頭階梯前，莎莉姨媽從廚房窗口就看見了，因為只隔了50碼，她說：

---

2  赫克一向把湯姆當成偶像，推崇他有身分、有地位、有教養、有閱歷，而且是飽讀傳奇冒險故事的行家，怎麼可能淪為大家不齒的、偷竊他人財產的小偷？這裡也是一個非常重要的伏筆，事關重大，也害湯姆在《湯姆歷險記》所建立的英雄形象完全改觀。

「喲，有人來了！那是誰啊？我看是個外地人。吉米（一個孩子的名字），快跑去跟麗姿說，晚餐時多加一份餐具吧。」

大家都衝到前門去，因為不是每一年都有外地人造訪，一旦外地人來了，都會比黃熱病蔓延，還格外引人注意[3]。湯姆跨過木頭階梯，朝房子走來，馬車則掉頭走大路回鎮上，我們統統都擠到大門前。湯姆穿著商店買的衣服，眼前又有一大堆觀眾——湯姆索耶就是熱中這一套。遇到那種情況，可以毫不費力的擺出一大堆神氣派頭，

▲「請問，您是阿奇博尼可拉斯先生嗎？」

因應各種場合。眼前走進院子裡來的，不再是一個溫馴如小綿羊的男孩子；不，反而像一頭大公羊，神情冷靜，從容不迫。來到我們面前的時候，他掀起帽子打招呼，動作優雅，瀟灑之至，彷彿那帽子是一個盒蓋，盒子裡面有蝴蝶在睡覺，而他不想驚動牠們，他說：

「請問，您是阿奇博尼可拉斯先生嗎？」

「不，孩子，」老紳士說！「很遺憾的是，你那位馬車駕駛可能欺騙了你；尼可拉斯家還要再多走3哩路。請先進來，先進來。」

湯姆轉頭往後面看了一眼，說：「來不及了——他走得看不見人影了。」

「是啊，他走了，孩子，你務必進來，跟我們吃一頓午飯，然

---

3 「黃熱病」（yellow fever，赫克說成yaller fever）是早期密西西比河沿岸鄉鎮居民最大的威脅，尤其是沼澤地區，在夏天很容易爆發，沿著河岸，一個鄉鎮接著一個鄉鎮蔓延迅速，造成轟動，大家聞之色變。

後，我們再套馬車，送你去尼可拉斯家。」

「喔，我**不能**給你添這麼多麻煩；我不敢這麼想。我可以走路過去——這一點路我不在乎。」

「可是，我們不會**讓**你走路過去——那樣會違背我們南方的好客傳統[4]。快進來吧。」

「喔，**快進來，**」莎莉姨媽說，「我們一點也不覺得麻煩，根本稱不上麻煩。你一**定**要留下來吃頓午飯，那3哩路路途遙遠，塵土飛揚，我們不會**讓**你用走的。再說，我剛才看見你來了，已經吩咐他們多準備一套餐具，所以，你不可以讓我們失望。快進來吧，把這兒當你的家。」

於是，湯姆非常誠摯而瀟灑的向他們道謝，接受他們的邀請，走進屋裡來，進來之後，他說，他是來自俄亥俄州希克斯維爾的外地人，名叫威廉湯姆生——說完又再度鞠躬。

接著，他滔滔不絕說了又說，說起希克斯維爾和那兒的每一個人，竭盡所能的編造瞎掰，害我開始有點緊張起來，心裡納悶，他究竟要怎麼幫我脫離困境；到了最後，他一面說著話，一面站起來，伸過頭去，親吻莎莉姨媽一下，而且就親在嘴巴上，隨後又坐回椅子上，安穩自在，打算繼續講下去；可是，莎莉姨媽跳起來，用手背抹了嘴唇，說：

「你這個膽大包天的狗崽子！」

他滿臉委屈，嘴裡說：

「夫人，您嚇了我一跳。」

「你嚇到——喔，你把**我**當什麼人？我好心好意邀你進來，而

---

4　美國南方一向以好客傳統聞名，而且自豪，外地人來到這裡一定獲得熱情招待，覺得賓至如歸，至少享受一頓熱騰騰的飯菜，就像莎莉姨媽一樣，遠遠地看見外地人來了，就不假思索，先吩咐廚娘添一副碗筷再說。不過，也有人感慨說，現代社會人情淡薄，這種傳統已不復見。

——說，你親我嘴巴什麼意思！」

他看起來低聲下氣，說：

「夫人，我沒有什麼意思，也沒有惡意。我——我——以爲妳會喜歡親嘴。」

「呸，你這個天生的蠢蛋！」她拿起紡紗錘，好像努力克制自己不要砸他。「你憑什麼認爲我喜歡親嘴？」

「呃，我不知道，只是，他們——他們——跟我說妳喜歡。」

「**他們**跟你說我喜歡。跟你說這話的，一定是**另一個**瘋子。我從來沒聽過這種荒唐事。**他們**是誰？」

「呃——每一個人。夫人，他們每一個人都跟我這麼說。」

她費了好大的勁兒才忍住不發作，氣得眼睛眨呀眨的，手指動呀動的，好像巴不得招他；隨後她說：

「誰是『每一個人』？給我指名道姓地說出來——要不然我就叫世界少你這一個白癡。」

他站起來，很難過似的，笨手笨腳的捏著帽子，說：

「很抱歉，我沒料到會是這樣。他們跟我說的啊。他們全部都跟我說。他們都說，親她的嘴，她會喜歡的。他們全部都這麼說的——他們每一個人。但是，夫人，很抱歉，我再也不敢親妳了——不敢了，真的。」

「你不敢了，你還敢嗎？哼，**料**你也不敢！」

「不敢了，夫人，說實話，再也不敢了。除非等到妳求我。」

「等到我**求**你！哼，我有生以來，還沒聽過這種荒唐事！就算你活到那麼一大把年紀，像〈創世記〉裡的大笨蛋麥修賽勒姆[5]一樣，也別指望**我**求你——或是你那種笨蛋。」

---

5　莎莉姨媽把麥修賽拉（Methuselah）說成是麥修賽勒姆（Methuselem）。根據《舊約聖經・創世記》，Methuselah是史上記載所最長壽的人，活了969歲。

「哇，」他說，「真的嚇了我一跳。然而，我還是搞不懂。他們說妳會喜歡，我也以為妳會喜歡，不過──」他停下來，慢慢地看了周遭一圈，好像期待能夠碰上一個友善的眼神，看著看著，碰上了老紳士的眼神，說：「先生，**你**不覺得她喜歡我親她嗎？」

「啊，不，我──我──呃，不，我不覺得她會喜歡。」

隨後，他又照樣看了周遭一圈，看到了我──他說：

「湯姆，難道**你**不覺得，莎莉姨媽會張開雙臂對我說：『席德索耶──』嗎？」

「老天爺！」她說，打斷他的話，跳起來撲向他：「你這個不要臉的小壞蛋，居然把人唬弄成這樣──」說著，就要去擁抱他，卻被他擋了下來，說：

「不，慢著，除非你求我。」

於是，她立刻迫不及待地求他，又是摟他又是親他，一而再再而三，隨後又把他轉給老先生，他也接著摟摟親親，等到他們熱鬧完安靜下來，她說：

「唉喲，天哪，我從來沒這樣嚇一大跳。我們根本沒指望**你**會來，只知道湯姆會來。我姊姊也沒寫信說，除了湯姆還有人會來。」

「那是因為原先也沒**計畫**讓湯姆以外的人來，」他說，「可是，我一再苦苦哀求，到了最後一分鐘，她才讓我也來；因此，來到下游之後，我和湯姆想要給你們一個超級驚喜，讓他先進你們家門，我則過後再進門，還假裝是外地人。不過，我們打錯了如意算盤，莎莉姨媽，外地人來這兒，還真不受歡迎咧。」

「不──不歡迎淘氣鬼狗崽子。席德，你應該挨幾下耳光才對；我已經不知多久沒生這麼大的氣了。還好我不在意，不在意付出這麼大的代價──只要你們來了，再開一千個這樣的玩笑，我也願意承受。嘿，你們真會演戲！我不得不說，你剛剛啞的一下親我嘴巴，可把我嚇得呆若木雞。」

▲相當長的感恩禱告

我們在房子與廚房之間的寬敞走道上吃午飯，滿桌的飯菜足夠七家人吃——而且都是熱騰騰的，沒有那種鬆垮垮又嚼不爛的肉，或在潮濕地窖的菜櫥擺了一整夜，第二天早上吃起來像一塊生冷的老牛肉。賽拉斯姨丈做了相當長的飯前感恩禱告，但還算值得，禱告完，飯菜還沒變冷；不像我以前經常聽到的那種冗長禱告。

　　整個下午，我們聊天聊得非常盡興，我和湯姆從頭到尾豎起耳朵仔細地聽，可是沒有用，就是沒有聽到他們提起，任何關於落跑黑鬼的事，我們也不敢把話題引到這上面。所幸到了晚上，吃晚飯的時候，有個小男孩問起：

　　「爸，可不可以讓湯姆、席德和我去看表演？」

　　「不行，」老紳士說，「我看不會有什麼表演，即使有，你們也不能去；因為這個落跑黑鬼，已經把那兩個壞蛋的騙人把戲，統統告訴我和伯頓了，伯頓說他要去告知大家；所以，我猜想，這時候他們已經把那兩個混蛋流氓，從小鎮轟出去了。」

　　啊，原來如此！——不過，**我**一時也無能為力。湯姆和我被安排睡同一個房間和床鋪；一吃過晚飯，我們表示累了，道聲晚安之後，就上樓回房間睡覺；進了房間，我們立刻爬出窗戶，順著避雷針桿溜下來，往鎮上跑；因為我相信，沒有人會給國王和公爵報個信，如果我不快點趕去給他們報信，他們就會惹上麻煩。

　　一路上，湯姆一五一十告訴我，人家怎麼認定我被謀殺了；隔不

久，老爹怎麼失蹤後沒再現身；吉姆落跑之後，怎麼引起一陣騷動。我則告訴湯姆，我們那兩個壞蛋演《皇家奇獸》的惡行，因爲時間有限，木筏航程則講多少算多少；等我們抵達鎮上走到一半時——時間大概是8點半左右——迎面來了一群人，怒氣沖天，舉著火把，又吼又叫，敲打鍋盆，吹起號角；我們趕緊跳到一旁，讓路給他們先過；他們經過的時候，我看到國王和公爵，被架在木幹上遊街示眾——我分辨得出那**就是**國王和公爵，即使他們

▲跨騎木幹遊街示眾

全身被塗上熱柏油和黏滿雞鴨毛，看起來根本不像人類——反而像兩根超級巨大的戰盔羽毛[6]。唉，我看了很惡心，替那兩個可憐的壞蛋覺得難受，彷彿今生今世再也硬不下心腸怨恨他們了。整個場面讓人觸目驚心，人類**居然可以**如此殘忍相待[7]。

我們明白晚了一步——已經無能爲力了。向幾個落單旁觀者打聽，才知道，大家起初看表演時，都裝得若無其事，其實早已暗中埋

---

6　這裡看到兩個騙子「黑路走多了，果然遇見鬼」，驗證了天理昭彰，「善有善報，惡有惡報」（virtue rewarding, evil punishing），以西洋文學術語而言，這就叫做"poetic justice"（尚無統一譯名，勉強譯成「文學正義」），作者在創作的作品裡有能力也有權利主導一切，獎善懲惡替天行道，給好人一點公平正義，給壞人「現世報」，發揮「文以載道」的功能。

7　赫克這句話非常有名："Human beings *can* be awful cruel to one another."完全出自肺腑，一語道破人情淪喪，很多讀者公認這個「人性殘忍」（human cruelty）就是本書的中心主題，國王和公爵作惡多端，罄竹難書，當然應該遭受懲罰，但赫克看到他們慘遭報應，卻又於心不忍，深感同情，這裡也襯托出赫克天生的憐憫之心。

伏，等那個可憐的老國王，在台上蹦蹦跳跳演得起勁時，有人發出暗號，全場觀眾都跳起來衝向他們。

之後，我們無精打采慢慢走回家，我不再像以前那樣焦躁不安了，但也覺得多少有點卑鄙、下賤、討人罵——雖然整件事和**我**無關。不過，世事往往如此；不論你做對了事或做錯了事，根本無關緊要，一個人的良心沒啥意義，就是隨他**愛怎麼樣就怎麼樣**。要是我有一條黃狗，也像一個人的良心那樣不明是非的話，我一定毒死牠再說[8]。良心這玩意兒，在人身上所占的空間，比其他的內臟還多[9]，實際上卻一無可取，一點兒也不[10]。湯姆索耶也是這麼說。

---

8　這裡把人類高貴的道德「良心」，和一隻「黃狗」相比擬，應該也算是一種「低格模仿」（low burlesque）。

9　可憐的赫克，竟然如此天真無邪，竟然一直以為「良心」（conscience）是內臟器官的一部分，就像心、肺、肝、膽、腸、胃一樣。這個器官居然像「盲腸」一樣，毫無用處徒增煩惱，讀者也因而哂然一笑，體會馬克吐溫的幽默。赫克這一輩子經常被「良心」責備、折磨、輾轉反側，而這個「變形的良心」（deformed conscience），事實上是世俗的道德標準和意識型態（conventional morality and ideology），殊不知他的「赤子之心」（sound heart）才是天賦的良知良能（instinct and intuition）。

10　赫克與他的良心三番兩次天人交戰，到此總算告一段落，赫克採取的態度就是往後不再自尋煩惱，豁出去了，要壞就壞到底吧。

# 第三十四章

我們暫停討論，專心想事
情。沒多久，湯姆說了：

「赫克，你瞧，我們兩個
真是笨蛋，居然以前沒有想到！
我敢打賭，我知道吉姆在哪兒
了。」

「不會吧！他在哪兒？」

「就在濾灰桶旁的那間小木
屋裡，當然哪，你瞧，我們吃晚
飯的時候，難道你沒有看到，一
個黑鬼端著一些食物進去那裡面
嗎？」

「有啊。」

「你以為那些食物是給誰吃
的？」

▲端送食物

「給狗吃的啊。」

「我原先也以為是。哦，不是給狗吃的。」

「為什麼？」

「因為食物當中有西瓜。」

「原來如此——我是有注意到。哇，那就擺明了一切，我竟然沒
想到，狗是不吃西瓜的，這倒證明了，人看見事情時居然可以同時有
看沒有見。」

「噢，那個黑鬼進去的時候打開鎖鍊，出來的時候再鎖上。他把

一副鑰匙還給老黑僕[1]，就在我們吃完飯離開餐桌的時候——我敢打賭是同一把鑰匙。西瓜表示有人類，鎖鍊表示有囚犯；而且這麼一個小小農莊上，不太可能有兩個囚犯，更何況，這裡的人都這麼仁慈善良。吉姆就是那一個囚犯。就是這麼一回事——我很高興我們用偵探手法，發掘到真相，呸，別的手法我也不屑用！現在，你動用腦袋想一想，研究出一個計畫，把吉姆偷出來，我自己也研究一個；然後，從中選一個我們最喜歡的。」

　　一個小小男生腦袋瓜子這麼聰明，真不簡單！要是我有湯姆的腦袋，我絕對不會跟人家交換，哪怕是公爵，或蒸汽輪船的大副，或馬戲團的小丑，或我想得到的任何身分。我很用心地去想出一個計畫，但只是沒什麼大不了的，心裡非常明白，真正的好計畫會從哪兒來。果然，沒多久，湯姆說：

　　「想好了嗎？」

　　「想好了，」我說。

　　「那麼——說出來吧。」

　　「我的計畫是這樣，」我說。「我們很容易證實吉姆就在裡面。然後，明天晚上，我去把獨木舟弄來，划著它去島上，找到木筏所在。然後，等到第一個月黑風高的夜晚，老先生上床後，我們從他褲袋裡偷出鑰匙，撐著木筏回到大河，帶著吉姆，就像我和吉姆以前那樣，晝伏夜出，順流而下。這個計畫可行嗎？」

　　「**可行嗎**？嗯，千真萬確當然可行，就像老鼠打架一樣可行。

---

1　原文是He fetched uncle a key，這裡的uncle不是指普通的叔叔伯伯或姨丈姑丈，而是美國南方的說法，尊稱比較年長的黑人奴僕，男的稱uncle，女的稱aunt。著名的《黑奴籲天錄》，其原文書名*Uncle Tom's Cabin*，譯為《湯姆叔叔的小屋》也不很正確。就像19世紀美國作家霍桑（Nathaniel Hawthorne, 1804-1864）著名的短篇小說"Young Goodman Brown"（〈年輕的布朗大爺〉，1835），那時代的英文goodman不是「好人」的意思，而是尊稱「先生」、「君」、「大爺」，goodwife則是尊稱「結了婚的女人」。

但是，就是簡單得不像話；沒有任何點子**可言**。沒有什麼障礙就輕而易舉解決，這算哪門子好計畫？簡直溫吞得像喝鵝的奶[2]。唉喲，赫克，這比侵入一家肥皂工廠，還更不值得一提呢。」

我也沒吭聲，因為跟我預期的沒兩樣，但是，我心裡明白得很，每次**他的**計畫胸有成竹時，就根本不會引起任何反對意見。

這次果然沒有反對意見。等他說出計畫，我立刻就知道，比我的好上15倍，而且就是有格調；也會像我的計畫一樣，讓吉姆得到自由，只是會有額外風險，搞不好會害我們全部被殺。所以，我很滿意，說我們就照章順利進行吧。目前我不必說清楚講明白，因為我知道，計畫永遠趕不上變化。我知道往後執行計畫時，他一定會變來變去，隨心所欲，隨機應變，加油添醋，添進來更多更新的好點子。他一向就是這樣。

不過，有一件事倒是千真萬確的；湯姆索耶確實是滿腔熱忱，積極幫忙把那個黑鬼偷出來，脫離奴隸苦海。這件事讓我百思不得其解。想想看，一個體面正派的男孩子，出身教養良好；品德無懈可擊，家鄉親人也都有品德；他又聰明機靈，絕非死腦筋；見識多廣，絕非無知；不但不卑鄙，反而很仁慈；然而，此時此刻，他卻沒有絲毫尊嚴、正義、感情，居然紆尊降貴，參與這種勾當，害得自己蒙羞，也害親人蒙羞，在眾人面前抬不起頭來。我實在**無法**了解，根本沒辦法。這簡直是可恥可恨，我應該起來仗義執言；這樣才算他的好朋友，應該叫他立刻懸崖勒馬，保全自己的名聲[3]。當我**正要**開口直言時；他叫我閉嘴，說：

---

2　令人納悶的是「鵝有奶嗎？」湯姆這裡在諷刺赫克，說他的計畫簡單得離譜，溫和得不可思議，一點也不刺激，一點也沒創意。

3　這一大段文字既是「伏筆」，又是「反諷」，赫克非常崇拜湯姆，這麼看重湯姆的名聲，不願意拖他下水，害他做這麼大的犧牲。這裡赫克把他捧得這麼高尚，完美得無懈可擊，等到本書結束時，讀者才恍然大悟，了解湯姆真正的動機為何。

「難道你認爲，我不知道自己在做什麼嗎？難道我一向都不知道，自己在做什麼嗎？」

「是啊。」

「我不是**說過**，要幫你把那個黑鬼偷出來嗎？」

「是啊。」

「那就**得了**。」

這就是他說的，也是我說的。再多說也沒有用了；因爲每次他說他要做什麼事，他一定辦得到。但是，**我**還是想不透，爲什麼他心甘情願，爲這件事蹚渾水，不過，我也只好順其自然，不再浪費心思了。一旦他篤定要這麼做，**我**一點辦法也沒有。

等我們到了家，家裡一片黑暗寧靜；於是，我們朝濾灰桶旁的小木屋走去，準備察看一下地形。我們穿過院子，看看狗兒們會有什麼反應。牠們當然認識我們，所以也沒有怎麼叫，不像一般鄉下狗兒，晚上見到任何東西都會亂叫。來到了小木屋，我們察看了前門和兩側；然後，在比較不熟悉的那一側——也就是北側——我們找到一扇方形窗孔，位置有點高，上面只橫著釘了一塊厚木板。我說：

「這正是求之不得。只要拆掉這塊木板，這個窗孔大小正好讓吉姆爬出來。」湯姆說：

「那未免太簡單得像玩井字遊戲，三個圈或叉連成一線[4]，也太容易得像逃學。赫克芬，我倒是**希望**，我們能夠想出一個比那樣稍微複雜一點點的方式。」

「好吧，」我說，「那就沿用我上次被謀殺的手法[5]，把厚木板鋸開，讓吉姆爬出來，你覺得如何？」

---

4　「井字遊戲」（原文湯姆說成tit-tat-toe，正確是tic-tac-toe或tick-tack-toe），在井字方格中輪流畫圈或畫叉，誰先連成一直線或斜線誰就贏了。

5　參考本書第七章，赫克鋸開小木屋的木板牆壁，僞裝被謀殺而騙過所有人的得意花招。

「這還比較**像話**，」他說。「這才是真正的神秘兮兮、困難重重、而又夠好的辦法，」他說；「不過，我打賭，我們還可以再想出比這更困難兩倍的。反正時間還不急，我們先到處看看再說。」

　　在這間小木屋後側，和柵欄之間，連著小木屋的屋簷邊，有一面斜頂棚，用木板搭建的。長度跟小木屋一樣，但比較窄——只有大約6呎寬。小木屋的門開在南側，用鎖鍊鎖著。湯姆來到煮肥皂的大鍋旁，在附近找了一陣，找來一根他

▲一項簡單計畫

們掀鍋蓋用的鐵條，用它撬開了門上的釘環。鎖鍊掉下去，我們開了門，進到裡面，再把門關上，點上一根火柴，發覺這個斜頂棚緊貼著小木屋的牆壁而建，但沒有連在一起，也沒有鋪地板，只有幾根生鏽的鋤頭、鐵鍬、十字鎬和一套報廢的犁具。火柴熄滅後，我們人也出來了，再把釘環安裝回去，門也繼續上著鎖鍊。湯姆樂不可支，說：

　　「這下子我們就有譜了。我們**挖地道**把他救出來。這大概要花上一個星期的時間！」

　　說完，我們回到住屋，我從後門走進去——只要解開鹿皮繩閂就可以了，這兒都不用鎖門的——可是，湯姆索耶卻覺得傳奇色彩不夠，他非要沿著避雷針桿爬上去才過癮。可是，他每次都失去準頭，只爬到一半就摔下來了，連續三次失敗之後，只好放棄，最後一次差點摔得腦漿迸裂，才想到該放棄；但是，等他休息恢復體力之後，他說還要碰碰運氣再試一次，結果這一次他居然成功爬上去了。

　　第二天天剛破曉，我們就起床了，跑到黑鬼們住的木屋去撫弄狗

▲許多巫婆

兒們，還跟送飯給吉姆吃的黑鬼套交情——倘若吉姆是那個被餵養的。黑鬼們剛剛吃完早餐，準備下田工作；吉姆的黑鬼正把麵包及肉類等食物，堆在一個白鐵盤子裡；其他人離開的時候，鑰匙已經從住屋那邊送過來了。

這個黑鬼長著一張天性善良但傻呼呼的臉，他的頭髮全部紮成一束一束的，綁著絲線[6]，避免巫婆附身。他說，最近幾個晚上，巫婆糾纏他滿厲害的，害他看見各種稀奇古怪的東西，聽見奇奇怪怪的言語和聲音，他相信，這一輩子還不曾被巫婆糾纏過這麼久。他被糾纏得這麼厲害，惹上這麼多的麻煩，以至於想不起來正在做什麼。於是，湯姆說：

「這些食物是幹什麼的？要餵狗吃的嗎？」

這黑鬼臉上才慢慢展現笑容，好像你往泥巴坑裡丟了一堆碎磚塊，替他解圍似的，他說：

「席德少爺，是啊，要餵一條狗，而且是條很奇怪的狗。你要不要看一下？」

「好啊。」

我拱了湯姆一下，低聲說：

「你要現在大白天就去嗎？**那**不符合我們原定計畫哩。」

「是啊，不合原定計畫——不過，這已經變成**現在**的新計畫

---

6　用以避邪，避免妖魔邪靈附身，黑人往往有這種迷信，鄉野之人都有各種避邪迷信，本書第一章赫克不小心把一隻蜘蛛彈到蠟燭上燒死了，他也立刻用把一束頭髮綁上絲線來化解災厄。

了。」

　　不過，即使討厭他，只好繼續下去，我心裡可是不太高興。進了小屋之後，裡面很黑暗，我們幾乎看不見任何東西，但是，吉姆果然在裡面，而且看得見我們；他大叫：

　　「**赫克**！唉喲，**老天爺**啊！那不是湯姆先生嗎？」

　　我早就知道會這樣，一切正如我所預料。**我**一時也不知道怎麼辦；不過，就算我知道，也來不及了，因為那個黑鬼突然插嘴進來，說：

　　「唉喲，老天爺啊！他認得你們兩位先生嗎？」

　　現在，我們終於看清楚室內了。只見湯姆眼睜睜地盯著這個黑鬼，有點納悶地說：

　　「**誰**認得我們啊？」

　　「當然是眼前這個落跑的黑鬼啊。」

　　「我不相信他認得我們；但是，你腦袋瓜怎麼進來的這個想法？」

　　「怎麼**進來的**？剛才那一分鐘，他不是大叫，好像認得你們嗎？」

　　湯姆裝出一副大惑不解的神情，說：

　　「唉喲，這就怪了，**誰**在大叫？**什麼時候**大叫的？叫些**什麼**？」接著，轉向我，泰然自若的說：「**你**有聽到任何人大叫嗎？」

　　當然，什麼都沒得說，就是那麼一回事而已；於是我說：

　　「沒有；**我**沒有聽見任何人說任何話。」

　　然後，他轉向吉姆，好像從來沒見過他似的，把他從頭看到腳，嘴裡說：

　　「你有大叫嗎？」

　　「先生，沒有，」吉姆說，「先生，**我**什麼也沒說。」

　　「一個字也沒有？」

「先生，沒有，我一個字也沒說。」

「你以前見過我們嗎？」

「先生，沒有，就**我**所知，是沒有。」

於是，湯姆轉向那個黑鬼，他已經嚇得魂飛魄散不知所措，有點嚴厲地說：

「你曉不曉得，自己到底是怎麼回事？你為什麼會認為，有人大叫？」

「唉喲，一定是那些該死的、天殺的巫婆搞的鬼，先生，我真巴不得死掉，真的。她們老是跟我作對，有一次還把我嚇得差點死掉。先生，拜託你千萬不要跟別人說起這事，要不然賽拉斯大爺會罵我，因為他說，世界上**沒有**巫婆。我真希望，此時此刻他在眼前——**那麼**，看他還有什麼好說的！我敢打賭，他**這**回一定沒辦法自圓其說了。可是，人總是這樣，一朝為**醉鬼**，終生為醉鬼，凡事都不想親自弄明白，等到**你**弄明白了告訴他們，他們又都不相信你。」

湯姆給了他一枚10分錢的錢幣，說我們不會告訴別人，叫他去買更多絲線來紮頭髮；接著，他眼睛看著吉姆，說：

「我不知道賽拉斯姨丈會不會吊死這個黑鬼。要是我逮到這麼一個忘恩負義而落跑的黑鬼，**我絕不放過他，一定吊死他**[7]。」當那個黑鬼走出門外，去檢驗那枚錢幣，還用牙齒咬它一下，看看是否真金的，這時候，湯姆對吉姆說悄悄話：

「千萬別洩漏你認得我們。要是你晚上聽見挖地的聲音，那就是我們，我們將要解放你自由。」

吉姆只來得及抓到住我們的手，捏了一下而已，那個黑鬼就回來了，我們說，還會再回來，要是這個黑鬼准我們再來的話，他說他會

---

7　這裡可以看出來，湯姆比較沒有同情心，當面數落吉姆，說他忘恩負義，固然他是在演戲，但他畢竟完全不會顧及吉姆內心的感受，還是不把吉姆當人看待。

讓我們來，特別是暗夜時，因爲巫婆糾纏他的時候，大都選在暗夜，那時候身邊有人作伴，會好得多。

# 第三十五章

這時候離早餐還有將近一個鐘頭，於是我們離開那兒，跑到樹林裡去；因為湯姆說，我們一定要**有點**亮光照著，才能看得見怎麼挖地道，點個燈籠又太招搖，說不定還會惹來麻煩；我們應該找一些那種叫做「狐火」[1]的腐爛木頭，放在黑暗處，會發出某種柔和的亮光。我們找到了一大捆，藏在野草叢裡，隨後坐下來休息，湯姆說，略帶不滿的口氣：

▲找尋木頭

「該死的，這整件事真是簡單笨拙到極點了。所以，想要從這裡面弄出一個困難重重的計畫，可真是難上加難啊。既沒有守夜人，可以讓我們下藥——按理說**應該**有個守夜人的。又沒有一條狗，可以讓我們在牠食物裡混入安眠藥。連吉姆都只有一條腿被鐵鍊拴在床腳邊，那條鐵鍊長10呎，而且，你只要抬起床腳，就可以把鐵鍊脫下來了。而賽拉斯姨丈信任這裡的每一個人，把鑰匙交給那個傻蛋黑鬼，根本沒有派人看守這個黑鬼。其實，吉姆早就可以從那個窗戶孔爬出來，只是腳上拖著鐵鍊到處跑，的確很不方便。唉喲，真討厭，赫克，這可是我一輩子所見最愚蠢的安排了。你不得不把**所有的**障

---

[1] 「狐火」（fox-fire），腐爛木頭或植物，因某種菌類滋生，會發出幽暗的燐光。

礙，憑空想像創造出來。好吧，我們也沒辦法，只能充分利用眼前現有的材料。不管怎樣，有一件事最重要——把他從萬般艱難危險之中拯救出來，才是更榮耀的事，然而，該負責的人，卻沒有事先安排好這些艱難危險，你只好自己動腦筋，想出一些艱難危險來。你瞧，單是說到燈籠這件事吧。要是追根究柢就事論事，我們不得不**假裝**點燈籠是風險大，當然哪，**我**相信，要是我們願意的話，也可以點上一列火把。說到這裡，我又想起來了，我們要找東西來做一把鋸子，越快越好。」

「我們幹嘛要一把鋸子？」

「我們幹嘛要一把鋸子？難道我們不是要鋸掉吉姆的床腳，讓鐵鍊脫下來嗎？」

「喂，你剛剛說過，只要抬起床架，就可以讓鐵鍊脫下來。」

「嘮，赫克芬，你想的不過就那樣簡單而已。你**大可**用嬰兒學校的水準做事就好了。嘿，你難道什麼書都沒讀過？——沒讀過特創克男爵、沒讀過卡薩諾瓦、沒讀過本維努托契黎尼、沒讀過亨利四世、沒讀過這類英雄豪傑的故事[2]？有誰聽說過，拯救一個囚犯，居然用你這種老姑婆的方式？才不呢，行家的辦法都是，把床腳鋸成兩截，但是讓它保持原狀，把鋸下來的碎屑吞下肚子，就不會被發現，還要在鋸斷的部位，抹上泥巴或油漬，即使是最精明的總管[3]，也絲毫看

---

2　這幾個人物都有逃獄成功的英勇事蹟，有的舉世聞名，有的惡名昭彰。特創克男爵（Baron Frederick von Trenck, 1726-1794）是普魯士探險家，與腓德烈大帝的妹妹傳出緋聞而下獄，把逃獄多次的經驗寫書出版，暢銷之至。卡薩諾瓦（Giovanni Jacopo Casanova, 1725-1798）是最有名的義大利浪蕩情人，風流倜儻拈花惹草，周旋於宮廷仕女之間，曾寫回憶錄記載其荒唐史。本維努托契黎尼（Benvenuto Cellini, 1500-1571）是義大利文藝復興時代著名藝術家與雕刻師。亨利四世（King Henry IV of France, 1553-1610）是法國波旁王朝第一代國王及軍事領袖，皈依天主教。

3　湯姆說的the very keenest seneskal指的是中世紀一個貴族家裡精明幹練的總管Seneschal。

不出曾經被鋸斷的痕跡，還以為床腳完好如初呢。之後，等一切準備就緒的那個晚上，你只要踹一下床腳，床鋪就應聲而倒；到時候，把鐵鍊脫下來，就可以了：根本不用再做別的，然後，只要把繩梯懸掛在城堡牆垛上，順著繩梯溜下去，還要在溜到護城壕溝裡，把腿摔斷——你知道的，因為繩梯太短，短了19呎——到了下面，就有馬匹和你信任的忠僕臣子，等在那兒了，他們

▲一位最權威的行家

會把你撈起來，扶你跨上馬鞍，你就揚長而去，一路直奔法國南部家鄉藍古達克，或那瓦瑞，或之類的地方。赫克，這才夠炫哪！我真希望，這棟小木屋外圍有一道護城壕溝。我們預定脫逃那個晚上，要是還有時間的話，大可挖出一道壕溝來。」

我說：

「幹嘛要挖一條壕溝？我們不是打算，從小木屋底下挖地道，把他偷出來嗎？」

可是，他根本沒聽見我的話。他已經忘了我和這一切種種。他手托著下巴，心裡正在盤算。過了一會兒，他嘆口氣，搖搖頭，又嘆口氣，說：

「不行，那樣行不通——還沒有這個必要。」

「沒有必要做怎樣？」我問。

「啊，不必把吉姆的腿鋸斷。」

「老天爺！」我說，「當然，**沒有**那個必要。不管怎樣，你到底

為什麼，要鋸斷吉姆的腿呢？」

「噢，好幾個鼎鼎大名的行家這樣做過。他們無法掙脫手銬腳鐐，乾脆把自己的手砍斷，才能逃走。鋸掉一條腿當然會更棒，但是，我們不得不打消這個念頭，眼前這個狀況，還沒有那個必要；何況，吉姆只不過是一個黑鬼，不會懂得其中道理，也不會明白這是歐洲的規矩；所以，我們只好算了。不過，倒是有一件事非做不可──他必須有一根繩梯才行；很簡單，我們可以把床單撕成細條，編成一根繩梯。我們可以把繩梯藏在一個超大的派裡，送進去給他；一般都是這樣做的。我還吃過比這更難吃的派呢。」

「唉喲，湯姆索耶，你說到哪裡去了呀，」我說，「吉姆根本用不上繩梯呀。」

「他**一定**用得上。你最好問問**自己**，說到哪裡去了呀：你根本什麼都不懂。他**非要**有一根繩梯不可，人家都是這樣做的啊。」

「他拿這根繩梯**做**什麼呀？」

「**做**什麼？他可以藏在床墊裡，不是嗎？人家都是這樣做的啊，他當然也該這樣做。赫克，你好像永遠不想按著規矩做事，好像一直想自己搞出什麼新花樣來。就算他**用不上**這個繩梯，又怎樣？他逃走之後，繩梯留在床墊裡，不就成了一道線索嗎？你以為人家不用線索嗎？當然，人家需要線索，而你怎麼可以不留任何線索給人家呢？那**未免**太為難人家了，**不是**嗎？我可從來沒聽說過這樣的事。」

「好吧，」我說，「既然這是一種規矩，那他就非有繩梯不可，那麼，就給他一根繩梯吧。因為我不希望違背規矩做事。不過，還有一件事，湯姆索耶──要是我們把床單撕了，編成繩梯給吉姆，莎莉姨媽肯定會找我們算帳，這可是千真萬確的事。現在，依照我的看法，用胡桃樹的軟皮編成一根繩梯，既不必花費什麼，又不會糟蹋東西，而且也跟你編的碎布條繩梯一樣好，可以塞進派裡，可以藏在麥草床墊裡；至於吉姆，反正他毫無經驗，因此**他**也不會在意是哪一種

——」

「呸，赫克芬，去你的！要是我也像你一樣沒知識，我會一聲不吭——**我就是會**那樣。有誰聽過，一個上等囚犯利用胡桃皮做的繩梯，脫逃成功的？嘲，那簡直是荒唐透頂。」

「好吧，湯姆，那就照你的方式去辦吧。不過，要是你肯聽我的建議，就讓我去曬衣繩上，借一條床單來吧。」

他說那倒可以。這又引起他想到一個新點子，他說：

「順便借一件襯衫來吧。」

「湯姆，我們要一件襯衫做什麼？」

「給吉姆在上面寫日記呀。」

「去你奶奶的日記——**吉姆**根本不會寫字啊。」

「就算他**不會**寫字——要是我們用一根舊的白鐵湯匙，或用一根桶箍鐵條，替他磨一枝筆，他就可以在襯衫上面畫標記了啊，不是嗎？」

「哎嘲，湯姆，我們從鵝身上拔下一根羽毛，就可以馬上做出一枝更好的筆，而且更省事，不是嗎？」

「你這個大笨蛋，**囚犯**關在地牢裡，可沒有很多鵝在身邊走來走去，讓他們拔下羽毛來做筆。他們**總是**利用最堅硬、最結實、最費勁的東西來做筆，譬如舊的銅燭台，或是任何能夠就近弄到手的東西；而且往往得花上好幾個星期，或好幾個月的時間，才能磨成一枝筆，因為他們只能在牆壁上磨啊磨。就算有鵝毛筆，**他們**也不會用，那是不合規矩的。」

「好吧，那麼，我們用什麼來做墨水呢？」

「很多人用鐵鏽和眼淚；但那是平庸之輩和女人們用的；最權威的行家用自己的鮮血。吉姆也可以這樣做；要是他想給外界報個信，傳一個小小的神秘訊息，讓全世界的人知道，他被囚禁在哪裡，他就可以用刀叉，在吃飯的鐵盤底下，刻上幾個字，從窗口丟出來。從前

那個「鐵面人」[4]就是這樣做的，真是絕妙之至的辦法。」

「吉姆沒有鐵盤呀，他們用鍋子裝飯給他吃。」

「那沒關係，我們可以送幾個鐵盤給他啊。」

「沒有人**看得懂**鐵盤底下刻的東西。」

「赫克芬，那也**跟**這毫不相干。他**只要**在鐵盤底下刻東西，然後扔出來就行了。你**不必**讀得懂，那當然，囚犯寫在鐵盤底下，或任何其他地方，刻的東西，大半以上的人都讀不懂。」

「噢，既然那樣，幹嘛浪費這些盤子？」

「管他的，反正盤子又不是**囚犯的**。」

「可是，那總是**某某人的**盤子啊，不是嗎？」

「是又怎樣？**囚犯**怎會在乎是誰的——」

說到這裡，他突然停住，因為我們聽到早餐的號角聲響起，於是我們一塊兒朝大房子跑過去。

那天上午時分，我從曬衣繩上借了一條床單和一件白襯衫，還找到一個舊袋子把它們裝進去，然後，我們還下到草叢裡找到「狐火」腐爛木頭，也把它裝進去。

▲早餐的號角聲響起

---

4　指的是法國文豪大仲馬（Alexander Dumas, the Elder, 1802-70）所寫的冤獄傳奇小說《伯拉格龍伯爵》（*Le Vicomte de Bragelonne*, 1845-50），小說部分被譯成英文為《鐵面人》（*The Man in the Iron Mask*）。「鐵面人」是路易十四統治時期政治鬥爭的受害者，被囚禁巴士底監獄（Bastille）四十餘年，終年戴著鐵面具，身世成謎，最後死於監獄。謠傳他是路易十四的私生子，因競爭王位而被鬥爭。不過，根據史料考證，他戴的面具是黑色天鵝絨布，後來輾轉傳說變成鐵製的。這個故事多次被拍成電影。

赫克歷險記

我都說是「借」，因為我老爹都是這麼說，但湯姆說，那不是「借」而是「偷」。他說，我們是代表囚犯這一方的，而囚犯不會在乎東西是怎麼弄來的，也沒有人會因此而責備他們。囚犯偷了用來越獄的東西，不能算是犯罪，湯姆說，那是他的權利；所以，只要我們是代表囚犯這一方，我們也有天大的權利，為他們設想而偷東西，即使是對我們少有用處的東西，以協助大家一起越獄。他說，如果我們不是囚犯，那就完全是兩碼子事了。除了囚犯以外，只有無恥下流的人才會偷東西[5]。所以我們認定，只能偷可以順手牽羊的東西。然而，話說完不久，有一天他大發雷霆，因為我從黑鬼們的田地裡，偷一個西瓜吃了，他逼著我過去給那些黑鬼們10分錢，卻沒有告訴我，為的是什麼。湯姆說他的意思是，我們只能偷我們**需要**的東西。我說我需要吃西瓜，但他說，越獄是不需要西瓜的，差別就在這裡。他說，要是我打算藏一把刀在西瓜裡，把它偷偷送給吉姆，好讓他用刀殺死守衛，那還說得過去。於是，我就聽從他的，雖然我實在看不出，代表囚犯有什麼好處，要是每次碰到有機會偷西瓜時，卻要坐下來，費心思量這些枝微末節的差別的話。

話說回來，那天上午，我們等大家都各自去忙個人的事，院子裡看不到任何人，湯姆這才把那個舊袋子拖到斜頂棚裡，我站在外面把風。沒多久，他出來了，我倆來到木柴堆，商量事情。他說：

「現在，一切都已準備妥當，只差工具了；不過，這很容易搞定。」

「工具？」我問。

「是啊。」

「做什麼用的工具？」

---

5　湯姆為了「偷」東西而自我辯護（self-justify），說得振振有詞，但思考邏輯也很耐人尋味，為囚犯偷東西就不算「偷」？不得不佩服湯姆有本領把不合理的事「合理化」（rationalize）。

「當然哪，挖土的工具啊。難道我們要用**牙齒啃**出一個地道，把他救出來，是嗎？」

「斜頂棚裡那些破舊的十字鎬之類的東西，難道不能用來挖地道，把一個黑鬼救出來嗎？」我問。

他轉過頭來，用一種非常同情我的眼神看著我，害我很想哭，他說：

「赫克芬，你**曾幾何時**聽說過，一個囚犯牢房的衣櫃裡，藏著十字鎬和鐵鏟，還有那些現代工具，好讓他挖地道逃出來？現在我倒要問問你——要是你還有一點點腦筋的話——憑你**那種**方式越獄有什麼好炫耀的，還稱得上英雄豪傑嗎？乾脆叫人家把那副鑰匙借給他，讓他自己開鎖走出來算了。十字鎬和鐵鏟——去你的，就算是國王，人家也不會提供給他呢。」

「那麼，」我說，「如果不用十字鎬和鐵鏟，那我們要用什麼呢？」

「用兩把小餐刀就夠了。」

「來把小木屋底下的地基挖掉嗎？」

「是的。」

「去你的，湯姆，你很笨哩。」

「這跟笨不笨沒有什麼關係，這才是**正確**的做法——而且是規矩的做法。就**我**所聽過的，根本沒有其他的做法，凡是和這類題材相關的書，我可是統統都讀過。他們永遠都是用小餐刀挖地道——說真的，還不是挖泥土，而是挖堅硬的岩石喲。一挖就挖上好幾個星期又好幾個星期，永遠沒完沒了。想想關在馬賽港帝伏堡[6]底層地窖裡的

---

6　這裡引用的典故是，法國文豪大仲馬的知名冤獄小說《基督山恩仇記》（*The Count of Monte Cristo*, 1844），湯姆的「越獄劫囚計畫」就是以這個故事為藍本。「帝伏堡」（Chateau d'If，湯姆誤為Castle Deef）是地窖牢獄所在地，兩三百年來關過很多政治犯，牆壁厚度有15呎。馬克吐溫在《傻子出國記》第

一個囚犯吧，他就是那樣子挖地道逃出來的；你估計**他**花了多久的時間？」

「我估計不出來。」

「猜猜看啊。」

「我猜不出來。一個半月吧？」

「37年──而且他是從中國那邊鑽出來的。**那才是**夠炫的一種。我真希望**這個**碉堡的地基是堅硬的岩石。」

「吉姆在**中國**沒有認識的人呀。」

「那又有什麼關係？逃出去的那個傢伙也一樣。你老是關心一些旁門左道的枝微末節。爲什麼不抓住重點？」

「好吧──**我**不在乎他從哪兒鑽出來，只要他**逃出來**就好了；我猜想，吉姆也不會在乎。不過，有一件事──吉姆年紀太大，恐怕沒法用小餐刀挖地道被救出來。他熬不到那個時候[7]。」

「是啊，他也會**熬**到那時候，你該不會認爲，我們要花上37年時間，才能挖穿**泥土**地基，完成地道，是吧？」

「湯姆，那究竟要花多少時間？」

---

（續）
十一章寫他們旅行時曾經到此一遊。故事敘述一位神父Abbé Faria與一位化名為Edmond Dantès的水手被冤枉下獄，神父挖地道挖了3年，最後從地道走出來時，發現自己到了另一間牢房。並不是像湯姆瞎掰的：「挖了37年」，最後，「從中國那邊鑽出來的。」他們被囚禁不超過10年。這也是「大話故事」（tall tale）的誇張幽默，可以說是「人唬人，笑死人」。在《基督山恩仇記》裡，神父是用自己的鮮血寫了一本書，用鐵環磨成筆，用餐具磨成挖地道工具，經過千辛萬苦，終於拯救了Edmond Dantès，讓他恢復其Monte Cristo伯爵的名分與財產。

7 全書沒有交代吉姆年紀有多大，也引起一些揣測和爭議。Frederick Douglass在其《逃奴自述》裡寫過，黑奴小孩通常都不知道自己生辰年月與年齡。Booker T. Washington稱吉姆為「有色人種男孩」（the colored boy）；當年書評說他是「老黑鬼」（an old nigger）；馬克吐溫自己說他是「中年奴隸」（a middle-aged slave）。在不同的電影版本裡面，扮演吉姆的演員，年齡也不一，從25歲到50歲都有。不管怎樣，吉姆一定至少比赫克和湯姆大上二、三十歲，大約三、四十歲，當然熬不了37年。

「噢，我們也不能冒險照規矩，
該挖多久就挖多久，因為賽拉斯姨丈
過不了多久，就會收到下游紐奧爾良
那兒傳回來的消息。他會知道吉姆不
是從那兒逃出來的。到時候，他下一
步就是公告招領他，或諸如此類的。
所以，我們不能冒險照規矩，該挖多
久就挖多久，照理說，我們應該挖上
個兩年時間，但是，我們不能，眼前
各種事情瞬息萬變，我建議這樣：我
們立刻就真的開挖，能有多快就有多
快，之後我們可以**假裝**，對自己說，
我們已經挖了37年。往後只要一聽
到什麼風吹草動，我們馬上把他拖出
來，一塊兒跑掉。是啊，我想這才是
上上之策。」

▲暫借餐刀

「對嘛，那才有點**道理**，」我說，「假裝一下既不費事；假裝一
下又不麻煩；反正只要有正當目的，我不介意假裝一下我們已經挖了
150年。等我動手開挖，也不覺得那麼吃力。所以，我現在要閒蕩過
去，順便去摸兩把小餐刀回來。」

「摸三把回來，」他說，「我們還要另一把，用來磨成鋸子。」

「湯姆，要是提建議不會違背規矩，又不會褻瀆神明的話，」我
說，「那個燻肉屋後面的遮雨棚底下，就有一根老舊生鏽的鋸刀插在
那兒。」

他露出既厭煩又洩氣的表情，說：

「赫克，好像要教你什麼都沒有用，趕快跑過去，把小餐刀摸回
來──三把。」我只好照辦。

# 第三十六章

那天夜裡，我們估計大家都睡著了，就沿著避雷針桿爬下來，鑽進那個斜頂棚裡面，鎖上門，拿出那堆「狐火」腐爛木材當照明，開始幹起活來。我們先清除牆腳圓木基柱附近的障礙，騰出一塊4、5呎的場地。湯姆說，我們現在的位置正好在吉姆的床鋪背後，從這底下挖過去，等挖通了地道，小木屋裡面的人絕對不知道，床鋪底下有個大洞，因為吉姆的床罩幾乎垂到地面，你得把床罩掀起來，往下面看，才看得到那個大洞。於是，我們用小餐刀挖呀挖的，幾乎挖到半夜；累得像條狗似的，兩手都起水泡，然而，幾乎看不出有任何進展，最後，我說了：

▲沿避雷針桿爬下來

「湯姆索耶，這可不是37年做得完的工作，恐怕要38年才做得完哩。」

他一聲不吭。可是，嘆了一口氣，過了一會兒，他停下來不挖了，然後，有好一陣子沒動靜，我知道他心裡想什麼。接著，他說：

「赫克，這樣行不通，再挖下去也不行。要是我們真的是囚犯就行了，我們有的是時間，要挖多少年就挖多少年，完全不用著急，每天只要趁著守衛換崗的時候，挖個幾分鐘，所以，手也不會起水泡，而且可以年復一年的持續挖下去，照著正確而又規矩的方式挖。可是，眼前的**我們**，非得加緊趕工不可；不能再蹉跎下去，一分一秒都

不能浪費。要是像這樣再挖上一個晚上，我們都得倒下來，休息上一個星期，好讓手上的傷復元——在那之前，我們的手根本不能再碰小餐刀。」

「嗯，湯姆，那麼，我們該怎麼辦？」

「我告訴你吧。這當然是不正確的，也不合乎道義，我也不願意說這種話——不過，眼前就只有這麼一條路可走：我們只好用十字鎬去挖地道，但心裡**假裝**是用小餐刀挖的。」

「哈，**這才像話**呀！」我說；「湯姆索耶，你的腦袋越來越靈光了，」我說。「十字鎬才是該用的，不管合不合乎道義；至於我，壓根兒才不管道德那一套。我若要偷一個黑鬼，或一顆西瓜，或主日學的一本書時，我完全不在意用什麼手段，只要偷到手就好。我要的是我的黑鬼；要的是我的西瓜；要的是主日學那本書；只要十字鎬用起來最方便，我就乾脆用十字鎬，把那個黑鬼，或那個西瓜，或那本主日學的書，挖出來，至於權威行家們怎麼想，我才不在乎呢。」

「嗯，」他說，「在這種特殊案例，借用十字鎬，而假裝是小餐刀，倒也無可厚非；若不是特殊案例，我不會輕易苟同，也不會袖手旁觀，眼睜睜看著規矩被破壞——因為，對就是對，錯就是錯，一個不糊塗又見識廣的人，就是不應該輕易犯錯。**你**儘管可以直截了當的，用十字鎬把吉姆挖出來，**完全不必**假裝是用小餐刀，因為你根本就什麼都不懂；可是，我就不能那樣做，因為我懂得比你多。遞給我一把小餐刀！」

他自己的那把小餐刀就在手邊，不過，我還是把我的小餐刀遞給了他。他一下子甩在地上，又說：

**「遞給我一把小餐刀！」**

我一時不知怎麼辦——但是想了一想，就在那一堆舊工具中，胡亂找了一陣子，找到一把十字鎬給了他，他接過去，就動手挖起來，一句話也沒說。

▲偷湯匙

他做事就是那麼吹毛求疵，有的是原則。

於是，我也去找了一把鐵鏟。我倆一個挖一個鏟，忙得團團轉，不亦樂乎。我們埋頭苦幹挖了半個鐘頭，就再也撐不下去了，不過，總算挖了一個相當可觀的大洞。等我回到樓上的房間，從窗戶往外看，看見湯姆還在拚了老命，攀爬避雷針桿，但是，雙手痠痛極了，實在爬不上來。到最後，他說：

「不行了，爬不上去了，你看我該怎麼辦才好？難道你想不出辦法來嗎？」

「辦法是有，」我說，「但是。我想是不合規矩。不妨走樓梯上來，假裝那是避雷針桿，那就好了。」

於是，他照我的話做了。

第二天，湯姆從家裡偷了一根錫鉛合金湯匙和一座銅蠟燭台，打算叫吉姆磨成筆，還偷了六根蠟燭；我則在黑鬼們的住屋附近打轉，伺機偷了三個鐵盤子。湯姆說那還不夠；但我說，沒有人會看見吉姆丟出盤子來，因為盤子一定會落在窗戶孔外面，那些臭甘橘和曼陀羅野草裡面——到時候我們把它們撿回來，他又可以重複使用。這麼一來，湯姆滿意了。隨後，他說：

「現在，我們還要好好研究一下，怎麼樣把這些東西送到吉姆手上。」

「等我們把地洞挖好了，」我說，「再從地洞裡送過去給他。」

他只望了我一眼，露出責備的眼神，說從來沒聽過這麼愚蠢的點

子，然後就自個兒研究去了。沒多久，他說，他想出兩三個辦法了，但還不急著決定，要用哪一個。他說，首先我們要先把消息傳給吉姆。

當天晚上10點鐘剛過，我們就溜下避雷針桿，還帶走一根蠟燭，我們先在窗戶孔下面傾聽了一陣子，聽到吉姆在打鼾；於是，我們把蠟燭丟進去，可是沒把他弄醒。然後我們又揮舞著十字鎬和鐵鏟，連續挖了兩個半鐘頭，終於大功告成。我們爬地道進去，從吉姆床底下鑽出來，在黑暗中四處摸索，找到那一根蠟燭，把它點上，站在吉姆床前看著他一陣子，他看起來氣色很好又健健康康的，之後，我們才輕聲輕氣慢慢地叫醒他。他看到我們高興極了，差點兒叫嚷起來，喊我們寶貝兒，所有想得到的親熱稱呼，全都用上了；還要我們立刻去找一根鑿子，幫他把腿上的鐵鍊鑿斷，然後趕快落跑，一刻也別耽擱。但是，湯姆說，那樣一點也不合乎規矩，他坐下來，把我們的計畫說給他聽，還說，只要聽到任何風吹草動，我們可以隨時隨地變更計畫；叫他根本不要擔心，因為我們**肯定**負責把他救出去。吉姆說他可以接受，隨後，我們圍坐聊天，聊起從前種種事情，聊了好一陣子，湯姆還問了一大堆問題，等他聽到吉姆說，賽拉斯姨丈每一兩天都會進來和他一起禱告，莎莉姨媽也進來看他日子過得好不好，有沒有吃飽，他們兩個說有多仁慈就有多仁慈。這時候，湯姆說：

「**對了**，我曉得該怎麼做了。我們會藉由他們，送一些東西進來給你。」

我說：「千萬別那樣做；那是我這一輩子聽過最愚蠢的一個點子；」但是，他對我完全不理不睬，只顧繼續說下去。他每次就是那種作風，一旦計畫擬定之後。

於是，他告訴吉姆，我們不得不把繩梯派，還有其他大件東西，走私進來，透過那個每天送飯給他的黑鬼奈特，他務必要特別當心，千萬不可大驚小怪，打開那些東西時，也不能讓奈特看見；除此之

外，我們會放一些小東西，在賽拉斯姨丈的外套口袋裡，吉姆務必要從他口袋裡偷出來；有機會的話，我們也會綁一些東西，在莎莉姨媽的圍裙繩子上，或放在她圍裙口袋裡；我們都會告訴他，那些是什麼東西和做什麼用的。還教他怎麼樣用鮮血在襯衫上面寫日記等等之類的事，鉅細靡遺地告訴他一切。大部分的事，吉姆都搞不懂什麼道理，但是他認定，既然我們是白種人，懂的事情一定比他多；所以，他也很滿意，說只要湯姆吩咐，他一定照辦。

　　吉姆有很多玉米穗軸菸斗和菸草葉；所以，我們著實好好享受了一陣子閒話家常；之後，我們又從那個地洞爬出來，回家上床睡覺，兩隻手慘不忍睹，看起來像是被狗啃嚼過似的。湯姆興致高昂。說那是他有生以來最有趣的樂事，也是動用腦筋最多的時候；還說，要是想得出辦法的話，我們還可以一輩子繼續玩下去，讓我們的子孫接續下去，把吉姆救出來[1]，因為他相信，一旦吉姆習慣了這一套，會越來越喜歡搞下去。他說，這麼一來，就可以持續到八十年之久，還可以成為史上最悠久的紀錄。他還說，我們參與其事的人，都會因此揚名四海。

　　第二天早上，我們去到木材堆那兒，把銅蠟燭台砍成一段一段長短適中的銅條，湯姆把那些銅條和那根錫鉛合金湯匙，放在口袋裡。接著，我們來到黑鬼們的住屋處，我負責轉移奈特的注意力，湯姆趁機把一段銅條，塞進吉姆食物鍋裡的一個玉米麵包裡面。之後，我們跟隨奈特一道過去，看看效果如何，果然成效非凡；吉姆張口一咬麵包時，差點兒把全部牙齒都磕掉了；沒有別的東西，效果比這更好。湯姆也這麼說。吉姆也沒露出馬腳，只假裝那是一塊小石頭之類的東西而已，你知道，玉米麵包裡面常常有的，沒什麼大不了；不過，從

---

1　好笑的地方是，湯姆和赫克自知會變老，完成不了任務，難道吉姆就不會變老，可以等上一輩子？

那之後，不管吃什麼東西，吉姆每次都先要拿叉子，在食物裡面來回戳個三、四次，然後才敢動口咬。

正當我們站在昏暗的屋裡，吉姆的床底下突然竄出兩條狗來，然後一條接著一條，總共有11條之多，擠得我們都快喘不過氣來。天哪，原來我們忘了關上斜頂棚的門。黑鬼奈特只喊了一聲：「巫婆！」人就倒在群狗圍繞的地上，開始呻吟，說他快要死了。湯姆一腳踹開木門，隨手抓起吉姆要吃的一塊肉，拋出門外去，狗兒們一下子統統衝出去搶肉，兩秒鐘之內，湯姆就已經衝出去又衝回來，我就知道，而且順便把隔壁的門也關好了。隨後，他開始擺平那個黑鬼，哄騙他、安撫他，問他是不是胡思亂想，以為又看見什麼奇怪東西，奈特從地上站起來，眨眨眼睛，東看西看，嘴裡說：

「席德少爺，你會說我是傻瓜，但是，我明明看見成千上萬條狗，或許是妖怪，或許是怪東西，要是我瞎說，就叫我當場死在這裡。席德少爺，我真的看見了，千真萬確，我還**摸**到它們了——真的**摸**到它們了，少爺；它們全部包圍著我。要死喇，我巴不得哪一回，能夠逮到其中一個妖怪——只要有那麼一回就好了——別的**我**都不要。不過，我還是希望，他們不要再糾纏我了，真的。」

湯姆說：

「好吧，我這就告訴你，**我**怎麼想的，為什麼這些妖怪，偏偏選在這個落跑黑鬼吃早餐的時候，上這兒來？因為它們肚子餓了，就是這個緣故。你趕快去準備一個巫婆派吧；眼前**你**就只得這麼辦了。」

▲湯姆建議做個巫婆派

「可是，席德少爺，我的天哪，**我**怎麼會做巫婆派呢？我不知道怎麼做哇，從來沒聽過這一種東西呢。」

「喔，那麼，我只好自己來做一個囉。」

「寶貝，你要親自做一個嗎？──你願意嗎？那我可要跪在地上，向你磕頭了，真的喲！」

「好吧，我就幫你做個巫婆派，看在你的面子上，看你對我們這麼好，帶我們來看這個落跑的黑鬼。但是，你一定要特別小心，以後我們過來這兒時，你就轉過頭去，不要看我們，不管我們在鍋子裡面放了什麼東西，你一定要假裝沒看見，當吉姆從鍋子裡拿出東西時，你也不能看──要不然可能會發生怪事，我不知道會發生什麼，但是最重要的是，你千萬不要**插手**那些巫婆妖怪之類的事情。」

「**插手**巫婆妖怪事情？席德少爺，你**在**說什麼呀？即使給我一億兆元，我也絕對不敢用手指碰它一下。」

# 第三十七章

　　就這樣，一切都搞定了。接著，我們離開木屋，走到後院的廢物堆，那裡堆放著舊靴子、破衣物、碎玻璃瓶、破銅爛鐵，還有各種廢棄物。我們東翻西找，找到一個破舊的鐵盆，想盡辦法把上面的破洞堵起來，準備拿來烘烤那個巫婆派。之後，我們又來到地窖，偷偷地裝滿一盆子麵粉，然後才去吃早餐。後來，我們又找到兩根屋頂瓦釘，湯姆說，囚犯可以非常得心應手的用它，把自己的名字和苦難遭遇，寫在地窖的牆壁上，所以，他一看見莎莉姨媽的圍裙掛在椅背

▲廢物堆

上，他就順手把其中的一根，丟進圍裙口袋裡，又看見賽拉斯姨丈的帽子，擱在五斗櫃上，於是就把另外一根，插進帽簷的邊帶上，因為我們聽到孩子們說，當天上午，他們的爸媽要去看那個落跑的黑鬼。隨後，我們去吃早餐，這時，湯姆又把一根錫鉛合金的湯匙，偷偷丟進賽拉斯姨丈的外套口袋裡，而莎莉姨媽還沒出現，所以我們等了一會兒。

　　當她出現的時候，全身火熱、滿臉通紅、怒氣沖沖，幾乎等不及飯前禱告結束，只見她一隻手斟著咖啡，另一隻手手指戴著頂針，朝著離身邊最近的一個孩子的腦袋瓜子，狠狠敲了下去，嘴裡嘟囔著：

「我樓上找遍了，樓下也找遍了，就是搞不懂，你另外那一件襯衫**到底**哪裡去了。」

我的心猛然下沉，跌入五臟六腑當中，就在這時候，一口硬硬的玉米麵包皮剛剛滑下我喉嚨，滑到食道的半路上，突然遇見一聲咳嗽，結果彈射出來，越過餐桌，湊巧落在對面一個孩子的眼睛上，痛得他躬起身子，像釣魚餌的蚯蚓，嘴裡發出一聲尖叫，像戰場衝鋒陷陣的吶喊，湯姆嚇得腮幫子鐵青，而且持續變青到相當程度，足足有15秒鐘左右之久。這時要是有人出價收買我，恐怕人家才出半價，我就會把底價全給抖露出來。還好，熬過了那個節骨眼，我們就相安無事了——就是那措手不及、突如其來的驚嚇，才害我們嚇到全身冰冷。只聽得賽拉斯姨丈說：

「這件事真是稀奇得離譜，我也搞不懂。我明明記得很清楚，有把襯衫**脫下來**，因爲——」

「因爲你身上**只穿**了一件。你們**聽聽**這個人說的什麼話！**我**當然知道你脫下來過，而且比你那個心不在焉的腦袋，還知道得更清楚，因爲那件襯衫昨天還掛在曬衣繩上——我親眼看見的。可是，現在卻不見了——不管說來話長或話短，就是那麼一回事，你今天只好換穿那件紅色法蘭絨的，等我騰出時間，再給你做一件新的。這可是兩年以來，我給你做的第三件襯衫了，光是服侍你有襯衫穿，就叫我忙得團團轉，**我實**在搞不懂，你到底是拿那些襯衫去**做**什麼，你已經到了這把年紀，**應該**學會管管自己的衣服了吧。」

「我知道，莎莉，我已經盡心盡力了。但是，也不全是我的錯啊，因爲，妳也知道，沒有穿在我身上的衣服，我當然看不見也管不了，何況，就連從我身上**脫下來**的衣服，我也不曾弄丟過啊。」

「好啦，賽拉斯，沒穿在你身上的衣服，卻弄丟了，當然不是**你的錯**——依我看，穿在你身上的衣服，搞不好也會被你弄丟嘞——現在，弄丟的不只是襯衫而已。不僅如此，還有一根湯匙也弄丟了。

我們原來有10根湯匙，現在只剩9根了。依我看，小牛叼走了襯衫，可是，小牛應該不會叼走湯匙，**那是**千真萬確的。」

「唉，莎莉，還有什麼不見了？」

「還有6根**蠟燭**不見了——就這樣。有可能是老鼠叼走了蠟燭，我想也是；我懷疑，牠們要把整個家都搬走才罷手，你一直說，要去把老鼠洞統統堵起來，卻只說不做；賽拉斯，要是牠們夠機靈的話，搞不好還會鑽到你頭髮裡面睡覺——而**你**還不知不覺呢；**湯匙**弄丟了，你總不能怪罪給老鼠吧，這點我很**清楚**。」

▲「太太，有一條床單不見了。」

「噢，莎莉，全是我的錯，我承認；我太粗心大意了；明天，我一定把所有的老鼠洞，全部堵上。」

「喔，我才不急呢，明年再堵也行。馬蒂達安潔莉娜阿蕊茗塔**費浦斯**！」

只聽見那頂針喀啦的一聲，那小孩的爪子，立刻從糖罐裡縮了回去，再也不敢胡搞。就在這時候，一個黑鬼女僕踏進迴廊，說：

「太太，有一條床單不見了。」

「一條床單不見了！喲，老天爺啊！」

「我**今天**就去把老鼠洞堵起來。」賽拉斯姨丈說，表情愁眉苦臉。

「喔，**閉上**你的嘴！——你以為老鼠拖走了**床單**？麗姿，床單到**哪裡**去了？」

「天老爺啊，我哪曉得呀，莎莉太太，昨天它還在曬衣繩上晾著

呢，今天就不見了，現在就不在那兒了。」

「依我看，世界末日**就要**來了嘛。打從娘胎裡出來，我從沒見過這種事呢，一件襯衫、一條床單、一根湯匙、6根蠟——」

「太太，」一個黑白混血棕色皮膚小女孩跑過來，說：「一座銅蠟燭台不見了。」

「妳這個賤貨，給我滾開，不然我用鐵鍋砸妳！」

唉，她簡直氣炸了。我開始想找一個機會，偷偷溜到樹林裡避風頭，等風平浪靜再回來。她怒氣沖天，一個人在那兒暴跳如雷，其他的人都只好逆來順受噤若寒蟬；最後，賽拉斯姨丈從口袋裡，拎出來一根湯匙，一副傻呼呼的樣子。她當場呆住了，張口結舌，雙手停在半空中；至於我，我巴不得下地獄，或找個洞躲起來。還好，沒過多久，她說話了：

「哈，**果然**如我所料，原來你一直把它藏在口袋裡，看樣子，你還藏了其他東西在裡面吧。湯匙怎麼跑進你口袋裡的？」

「莎莉，我真的不知道哩，」他有點歉意的說，「否則我早就告訴妳了。我推想，一定是我早餐前在讀《聖經·使徒行傳》第十七章的經文時，無意之間把湯匙當成《聖經》放進口袋裡了，一定就是這麼回事，因為現在《聖經》不在我口袋裡，不過我會回去看看，要是《聖經》還在原來地方，我就知道，沒把《聖經》放在口袋裡，也表示我剛才是放下《聖經》，拿起湯匙，而——」

「唉喲，看在老天爺份上！讓我歇一口氣吧！現在，統統給我滾開，全部的人，我看了就煩的；不要再靠近我，等我心靈恢復平靜再說。」

即使她自言自語，**我都**聽得見，更何況是大聲嚷嚷；即使我是個死人，我也會馬上聽她的話，站起來走開。大夥兒穿過客廳離開，姨丈也拿起帽子，這時候，那根瓦釘突然掉在地板上，不過，他只是把它撿起來，放在壁爐上方，什麼話也沒說，就走出去了。湯姆看在眼

裡，想起了那根湯匙，嘴裡說道：

「唉，往後不能再經由<u>他</u>送東西進去了，他不可靠。」然後他又說：「不過，關於湯匙一事，他在不知情之下，倒是幫了我們一個大忙，所以，我們也應該回報他一下，但也別讓<u>他</u>知情——幫他把老鼠洞堵起來。」

地窖裡的老鼠洞還真不少哩，花了我們整整一個鐘頭，才把洞全都堵上，不過我們做得真是漂亮，堵得結結實實整整齊齊的。突然，樓梯傳來腳步聲，我們立刻吹熄蠟燭，躲起來；來的人是姨丈，他一隻手端著蠟燭，另一隻手拿著一大捆堵老鼠洞的破布，臉上那種心不在焉的樣子，好像還停留在前年。他精神恍惚，看完一個老鼠洞接著另一個老鼠洞，直到全部檢查完畢，然後，呆呆地站了5分鐘，一面用手撥除蠟燭滴下來的蠟淚，一面陷入深思。然後，他慢慢轉過身子，迷迷糊糊地走向樓梯，嘴裡說著：

「咦，我這輩子大概也永遠想不起來，什麼時候做的，現在，我總算能夠向她證明，老鼠惹禍不是我的錯。不過，算了吧——隨他去吧。我看，跟她說也沒什麼用。」

說完，他咕咕噥噥上了樓梯，我們也跟著離開。他真是個超級好的老頭子，永遠都是。

湯姆非常煩惱，怎麼再弄一根湯匙來，但是他說，我們非有湯匙不可，於是，他動起了腦筋。等他想出辦法來了，他教我怎麼做；接著，我們來到放湯匙的小籃子旁邊等著，等莎莉姨媽過來了，湯姆就開始數叉子，把數好的叉子放在一旁擺著，這時候，我趁機偷了一根，藏在袖子裡，只聽到湯姆說：

「莎莉姨媽，怎麼搞的，還是只有9根湯匙，**而已**。」

她說：

「去玩你們的遊戲，不要來煩我。我比你們清楚，我親自數過了。」

▲「簡直快哭出來了。」

「喲，姨媽，我數了兩遍，但**我**數來數去，就只有9根。」

她似乎完全失去耐心，不過，她還是過來再數一遍——任何人都會這樣做的。

「天老爺在上，真的**只有**9根！」她說。「唉喲，這到底是怎麼回事呀——瘟神**拿走**了嗎？我只好再數一遍。」

這時候，我趕緊把袖子裡的那一根，偷偷放回去，等她數完了，她說：

「這些討人厭的廢物，現在，又變成**10根**了！」她看來怒氣沖天，心煩意亂。然而，湯姆說：

「喲，姨媽，**我**可不相信有10根哩。」

「你這個小笨蛋，我在**數**的時候，難道你沒看見？」

「我知道啊，但是——」

「好罷，我**再**數一遍。」

這節骨眼，我又趁機偷走一根，所以，數完又跟先前一樣變成9根，她**簡直**快哭出來了——全身發抖，真的氣壞了。但是，她不死心，數了一遍又一遍，數到頭昏腦脹，有幾次還把**小籃子**當成湯匙也數進去；就這樣，有三次數對了，還有三次數錯了。接著，她一把抓起小籃子甩出去，從房間這頭甩到那頭，把一隻貓砸得齜牙咧嘴的；她要我們統統滾開，讓她清靜一下，從現在到晚餐之前，要是我們再去煩她的話，她就要剝了我們的皮。就這樣，我們終於搞到了那一根額外的湯匙；然後，趁她對我們下逐客令的時候，把它溜進她的圍裙

口袋裡；還不到中午，吉姆就拿到了那根湯匙，還有那根瓦釘。我們非常滿意自己排演的這齣戲，湯姆說，值得花上兩倍的工夫，因爲莎莉姨媽現在爲了保命起見，絕對不敢再數那些湯匙兩遍；即使**數對**了，她也不敢相信自己。湯姆說，往後繼續數上三天，她會把自己的腦袋瓜子都數掉，他研判，以後任何人再要她數湯匙，她會投降，還會把那人殺了再說。

當天晚上，我們把那條床單又掛回曬衣繩，改從她櫥櫃裡偷了一條。就這樣，不停地把床單送回去又偷出來，連續兩天，搞得她再也弄不清楚，自己到底有幾條床單，還好她說她不在乎，今生今世再也不要糟蹋自己，去煩惱這檔子事，也不要爲了保命再去數床單，她寧可死掉。

目前一切都已搞定，床單、襯衫、湯匙、蠟燭的失蹤問題都已解決，這得感謝那頭小牛、那些老鼠，和數得昏頭轉向的姨媽，至於那座蠟燭台，雖然暫時還無法交代，但沒多久也會平安無事。

然而，那個派倒是大工程；給了我們吃不完的苦頭。我們跑到樹林裡去做派，也在那兒烘烤；最後，終於完成了，我們也很滿意；但是，這可不是一天就成功的；我們用上了三大鐵盆的麵粉，全身到處都燙得傷痕累累，眼睛也被煙燻得幾乎瞎了，最後才大功告成。你知道，因爲我們原先只想烤一個派餅皮而已，可是，我們就是沒辦法讓它膨起來，它總是中間瘓下去。還好，最後我們終於想到一個方法，那就是，把繩梯也夾在裡面，一起烤。於是，第二天晚上，我們到吉姆那兒待了一整夜，把床單全部撕成細條，再編成繩子，天還沒亮，我們就編好一條很漂亮的繩子，拿它來吊死人也可以。不過，我們心裡假裝，這一切花了9個月才完成。

到了上午，我們把繩子帶到樹林裡，可是，沒辦法把它塞進派裡面。因爲那是用一整條床單做的，要塞到派裡，可以足足塞滿40個派呢，還會剩下很多，可以煮湯，或做香腸，或隨你想做什麼。搞不好

可以弄出一桌酒席呢。

　　可是，我們用不上那麼多。我們只要足夠一個派的分量就好了，所以，只好把多餘的繩子丟掉。我們沒用那個破舊的鐵盆來烘烤派，擔心焊錫遇火會融化；而賽拉斯姨丈有一個很棒的銅盆暖鍋[1]，連著長長的木頭把柄[2]，他非常珍惜，因為那是他的一個祖先傳承下來的，那個祖先跟隨「征服者威廉大帝」，坐著《五月花號》或早期其他船隻[3]，從英格蘭飄洋過海來到這裡。這個銅盆暖鍋一直藏在閣樓

▲他的一個祖先

裡，跟一些其他貴重的舊鍋子之類的東西放在一起，你知道，那些東

---

1　「銅盆暖鍋」（brass warming-pan），美國早年殖民時期，還沒有中央空調暖氣設備，冬天要上床睡覺之前，都會先把一個銅鍋裡裝滿燒紅的煤炭，蓋上蓋子，塞進被窩裡面，等被窩溫暖了才撤走。

2　這裡在文本和插圖方面都有一個饒富趣味的故事。在文本方面，原文裡赫克犯了一個文法錯誤「錯置的修飾語」（misplaced modifier），「連著長長的木頭把柄」一詞應該修飾「銅盆暖鍋」，赫克卻放錯位置，誤用來修飾「他的一個祖先」。照原文忠實翻譯應該是：「賽拉斯姨丈有一個很棒的銅盆暖鍋，他非常珍惜，因為那是他的一個祖先，連著長長的木頭把柄，傳承下來的」（… Uncle Silas he had a noble brass warming-pan which he thought considerable of, because it belonged to one of his ancestors with a long wooden handle that come over from England …）。在插圖方面，插畫家Kemble先生延伸了這個趣味，將錯就錯，故意依照文本原意，把他的祖先畫成一個裝有木腿義肢的清教徒，幽了馬克吐溫一默，也算一樁文壇趣事。

3　這裡赫克再度「時空錯置」（anachronism），東拉西扯，混淆歷史年代與事件。「征服者威廉大帝」（William the Conqueror）渡過英吉利海峽，從法國來到英國不列顛，是在西元1066年。而清教徒（Puritans）乘坐《五月花號》（Mayflower）從英國來到北美洲，是在西元1620年。赫克可能混淆了William the Conqueror與William Bradford（北美殖民地第一任總督）。

西本身其實沒有什麼價值，只因為是祖先遺留下來的紀念物。我們偷偷摸摸把它夾帶出來，帶來這裡烤派，可惜前面好幾個派都烤壞了，因為我們不知道怎麼烤，還好最後一個總算成功了。我們先在銅鍋裡面鋪一張餅皮，放在煤炭上烤，烤熟了再把繩子裝進去，然後才在頂上鋪上另一張餅皮，蓋回鍋蓋，最後，在鍋蓋上面堆一些燒得火紅的煤炭。我們拿著長木柄，站在5呎之外，涼快又舒服。15分鐘之後，派烤好了，看起來也令人滿意。但是，吃派的人可要準備兩桶牙籤才行，因為派裡的碎布條，會把他牙縫塞得滿滿的，不然的話就算我在胡說八道，而且還會害他一直胃痛，痛到下次吃東西為止。

　　我們把這張巫婆派放在吉姆吃飯的鍋子裡，奈特也不敢看一眼；我們還把三個白鐵盤子藏在食物底下；就這樣，吉姆該有的，都有了，等我們一離開，他立刻扒開派，找到繩梯，藏在床墊裡面，接著，在一個白鐵盤子底下胡亂劃了幾道，從窗戶洞扔出去。

# 第三十八章

　　磨那幾枝筆，真是一件煞費苦心的差事，還有磨那把鋸子也一樣；吉姆卻認為，囚犯在牢房牆上胡亂書寫的字，卻要他一筆一畫刻下來，那才是最困難的事。但是，我們不得不如此；湯姆說，**非要**如此不可，沒有任何一個特級囚犯，在越獄之前，不留下一些牆壁刻字和徽章的。

▲吉姆的徽章

　　「看看珍格雷公主吧，」他說，「看看吉福杜德利吧；看看老諾森伯蘭吧[1]！喂，赫克，就算這**是**挺麻煩的事——你又有什麼辦法？——你又怎麼繞道迴避過去？吉姆**非有**牆壁刻字和徽章不可。人家都有的。」

　　吉姆說：

　　「喲，湯姆少爺，我根本沒有什麼武器外套[2]啊，只有這一件舊襯衫而已，你看，我還得在上面寫日記呢。」

　　「噢，吉姆，你不懂，徽章不是衣服；是另一種不同的東西。」

---

1　珍格雷公主（Lady Jane Grey, 1537-1554）自稱有權利繼承英國王位，其夫吉福杜德利（Guildford Dudley）與其夫之父諾森伯蘭公爵（Duke of Northumberland）大力扶植，但敵不過繼位的瑪莉女王（Queen Mary, 1516-1558），因而被囚禁於倫敦塔中，終究被處死。

2　湯姆說的是「徽章」或「盾形徽章」（coat of arms），吉姆孤陋寡聞，望文（聽音）生義，以為是「武器外套」，同音異義字詞的幽默效果因此而生。依照西方傳統，「徽章」是中古時期騎士（knight）或貴族，穿在鎧甲外面的罩袍，上面畫著圖案，以表彰英勇勳績或出身門第。

「嘿，」我說，「好歹吉姆說的也對，他說他沒有徽章，因為他真的就是沒有嘛。」

「這**我**當然知道，」湯姆說，「但你賭定，他逃出去之前，非有徽章不可——因為他若要照**正確方式**逃出去，就絕不可以在紀錄上留下缺陷。」

於是，我和吉姆各自用碎磚頭拚命的磨筆，吉姆磨著一截銅燭台，我磨著一根湯匙，而湯姆則在一旁為徽章動腦筋。沒多久，他說，他已經構思了好幾個非常棒的圖案，棒得不知道要選哪一個才好，不過，其中有一個他大概會決定採用。他說：

「在這個盾牌圖案中，我們先畫一對平行斜線，**或**從右下斜到左上，中央橫帶部分，畫一個**紫紅色**的十字，底座再畫一條狗，昂首蹲著，準備攻擊，狗腿拴著鐵鍊，象徵奴隸制度，上方波浪紋當中，畫一個**綠色**山形紋，**天藍色**背景裡，畫三道鋸齒線，盾臍處畫一連串波浪帶狀紋飾。頂上則是一個落跑黑鬼，全身**漆黑**，肩上斜扛棍子，上面掛著包袱，左右兩條紅線代表支柱，就是你和我了，盾牌底下一行拉丁文箴言：「**欲速則不達**」。那是我從一本書裡面找到的——意思是，越是匆忙，速度就越慢[3]。」

「我的天老爺喲，」我說，「那其他的又是什麼意思呢。」

「現在沒時間煩惱那麼多，」他說，「我們得像所有成功越獄者一樣，開始認真工作挖地道[4]。」

「噢，不管怎樣，」我說，「那其中的**某些部分**又是什麼？中央橫帶是什麼？」

---

3 有學者證明，湯姆用的「紋章學」專業術語都滿正確的，參閱Birchfield, James. "Jim's Coat of Arms"。

4 馬克吐溫這裡用了一個雙關語，英文的dig in有兩個意義，一是「掘土開挖」，一是「開始認真工作」，此處結合壓縮兩種意義，硬是譯成「開始認真工作挖地道」，但願不是畫蛇添足。

「中央橫帶——中央橫帶是——**你**不必知道中央橫帶是什麼。等吉姆畫到那個部分，我會教他怎麼畫。」

「湯姆，去你的，」我說，「我認為你得告訴人家。斜扛棍子是什麼？」

「喔，**我**也不知道，但吉姆非有不可，所有的貴族都有[5]。」

這就是湯姆的行事風格，要是他不想解釋某一件事，他就怎麼也不肯解釋，哪怕你窮追猛打他一個星期，也逼不出個所以然來[6]。

徽章的事搞定之後，湯姆繼續完成其餘部分的工作，那就是草擬一段哀悼感傷的題辭——他說，吉姆一定也要有這麼一段，就像其他越獄者。他掰了一大堆，寫在一張紙上，然後大聲宣讀出來，如下：

1. 在這裡，一個囚犯的心碎了。

2. 在這裡，一個可憐的囚犯，被世人和親友遺棄，虛擲了痛苦的一生。

3. 在這裡，一顆寂寞的心碎了，一個飽受摧殘的靈魂，歷經37年的孤寂監禁，終於安息了。

4. 在這裡，一個高貴的異鄉人，無家可歸又眾叛親離，熬過37年苦牢，終於仙逝了，而他正是路易十四的私生子[7]。

---

5 「斜扛棍子」（bar sinister）出現在徽章裡，從右上方斜到左下方，表示是貴族的私生子女，不是正統嫡傳血統。「所有的貴族都有」暗指貴族血統都有問題，延續馬克吐溫對貴族制度的一貫諷刺。當時美國著迷於歐洲貴族的名分地位，抬出祖傳徽章，甚至偽造徽章，來證明自己是貴族後裔，有些人不明就裡，把嫡系誤說成私生，羞辱了自己卻不自知。

6 湯姆滿腦子都是空洞的浪漫思想，事實上他往往都只知道皮毛，及一些儀式或象徵的名稱，卻真的不明白其意義，難怪往往解釋不出來，只好瞎掰一通。

7 原文"natural son"一詞不要望文生義，以為是合法婚生兒子，相反的，它是指「有血緣關係的」、「庶子」、「私生子」，也就是bastard（非婚生的，雜種）。謠傳「鐵面人」（the Man in the Iron Mask）是法國國王路易十四和瓦莉葉女士（Mademoiselle de la Valliére）的非婚生兒子。

湯姆宣讀這幾句題辭的時候，聲音顫抖，好像快要哭出來似的。等宣讀完了，他已經沒法決定，要選哪一句，好讓吉姆去刻在牆壁上，每一句都這麼棒。最後，他只好讓吉姆把四句題辭，統統刻在牆壁上。吉姆說，叫他用釘子把這麼一大堆題辭，統統刻在圓木柱牆上，至少要費上一年的工夫，更何況，他根本不知道字母怎麼個寫法，可是湯姆說，他可以幫他先畫一個底子，吉姆只要照著描出來就好了。沒多久，他又說：

　　「想想看嘛，這種圓木柱造的牆壁，根本說不過去；人家才不用圓木柱來建造地牢：題辭應該刻在岩石上面。我們得去找一塊岩石來。」

　　吉姆說，岩石比圓木柱更費勁；要在岩石上面刻字，那要費上更長久的時間，那他這一輩子都甭想逃出去了。不過，湯姆說，他會叫我幫他忙。隨後，他看了一眼我和吉姆磨筆的進度。這磨筆的工作實在是又厭煩又單調，進度又慢，我手上的水泡，好像永遠沒有消退的機會，磨了老半天，卻沒有什麼進展，根本沒有。於是，湯姆說：

　　「我有辦法了。既然徽章和題辭都非要刻在岩石上不可，我們就用岩石來個一石兩鳥。鋸木場那兒，有一座很棒的大石磨，我們把它偷來，既可以在上面刻徽章和題辭，又可以用來磨筆和磨鋸子，一舉兩得。」

　　這不算是一個糟主意；但是，要搬動那座大石磨就很糟了，不過，我們覺得應該可以搞定。這時候還不到半夜，於是，我倆前往鋸木場，留下吉姆繼續幹活。我們偷到石磨，準備推滾回家，沒想到這項工作超級困難。有時候，儘管我們已經使盡全力，卻阻止不了石磨往一邊翻倒，每次都差點把我們壓扁。湯姆說，還沒推到家，我倆之一就必定會被它要了命。我們才推到半途；就筋疲力盡，出的汗幾乎把自己淹死。眼看著實在沒轍了，只好回去找吉姆來。吉姆掀起床

▲一件大難事

腳，脫除鐵鍊，把鐵鍊一圈又一圈繞在脖子上，然後，我們三個從床底下的地洞爬出來，來到石磨那兒，吉姆和我推滾著石磨，輕鬆愉快若無其事；湯姆則在一旁督導。他督導的本領，比任何男孩子都強，他什麼都懂。

我們的地洞挖得很大，但大得還不足以讓石磨通過；但吉姆掄起十字鎬，馬上把洞挖得更大。隨後，湯姆在石磨上用釘子先畫出底子，要吉姆照著雕刻，要他把釘子當成鑿子用，又從斜頂棚的垃圾堆裡，找來一根鐵閂，給他當成錘子用，還要他一直工作，直到那根殘餘的蠟燭熄滅之後，才可以上床睡覺，還要他把石磨藏在床墊底下，人睡在上面。最後，我們幫他把鐵鍊套回床腳，準備回去睡覺。這時候，湯姆又想到一件事，說：

「吉姆，你這裡有沒有蜘蛛？」

「沒有，湯姆少爺，謝天謝地，總算沒有。」

「那就好，我們幫你抓幾隻來。」

「寶貝，謝謝你的好意，我一隻也不**要**。我怕蜘蛛，寧可要響尾蛇，也不要蜘蛛。」

湯姆想了一兩分鐘，說：

「那是個好主意，我猜想從前有人這樣做過，所以，**一定**就是要這樣做，因為這才合情合理。是啊，真是個好主意，你要把牠養在哪裡？」

「湯姆少爺，養什麼啊？」

「還用問嗎？響尾蛇呀。」

「湯姆少爺，天老爺啊！要是真的有一條響尾蛇進來這裡，那我一定在圓木柱牆壁上撞一個洞，逃出去，真的，用腦袋撞。」

「喲，吉姆，過一陣子，你就不怕牠了，你會馴服牠。」

「**馴服**牠！」

「是啊，簡單得很。只要仁慈對待牠，安撫牠，動物都會感恩，通常都不**想**傷害安撫牠的人類。書上都是這麼說的。我只要求你——嘗試一下；只要嘗試個兩三天。當然，你只要這樣對待牠，沒多久，牠就會愛上你；陪你睡覺；一分一秒守著你；還會纏繞在你脖子上，把頭伸進你嘴巴裡。」

「**拜託**，湯姆少爺——**別再**那麼說了！我**受**不了啦！牠還會把頭伸進我嘴巴裡呢——爲了報答我，不是嗎？我敢說，牠就是等上一輩子，我也不會**要**牠那樣。不止於此，我才不**要**讓牠陪我睡覺。」

「吉姆，別這麼傻呀。囚犯**一定要**有幾隻不會講話的寵物，要是從前沒有人養響尾蛇當寵物，那你會成爲破天荒第一個嘗試的人，比起你爲了保命而嘗試的其他方法，這種榮耀當然會大得多了。」

「噢，湯姆少爺，我可不**想要**這種榮耀，一旦被蛇咬掉了下巴，吉姆還有**什麼**榮耀可言？不行，少爺，我可不幹這種事。」

「該死的，難道你不**嘗試**一下嗎？我只**要**你嘗試一下——要是不行，你也不必繼續養牠。」

「可是，要是我在嘗試養牠時，被牠咬了，那可就**倒**大楣了。湯姆少爺，我願意嘗試任何事情，只要不是太不合情理，但是，如果你和赫克弄一條響尾蛇進來，讓我馴服牠，那我可要**離開**這裡了，**千真萬確**的。」

「喔，那麼，算了吧，算了吧，要是你真的這麼牛脾氣的話。我們會幫你逮幾條無毒花蛇來，你可以在牠們尾巴上綁一些響環，假裝

▲蛇尾巴上綁一些響環

牠們是響尾蛇，我看那總行了吧。」

「我還可以忍受**牠們**，湯姆少爺，可是，沒有牠們，我會過得更好，說真的，我從來沒有想過，當一個囚犯，會有這麼多操心和麻煩的事。」

「喏，若要照著規矩來，**總是**得有這麼麻煩。你這附近有沒有老鼠？」

「少爺，沒有，我還沒見過。」

「好，那我們幫你弄幾隻老鼠來。」

「唉喲，湯姆少爺，我不**需要**老鼠。老鼠是天底下最討人厭的玩意兒，每次你要睡覺時，牠們就來騷擾你，跑來跑去沙沙作響，還咬你的腳。不行，少爺，要是非有寵物不可，還是給我花蛇吧，不要給我老鼠，老鼠幾乎完全沒有用處。」

「可是，吉姆，我們**非要有**老鼠不可——人家都有啊。別再大驚小怪了。囚犯一向都與老鼠為伍。還沒見過例外的。他們訓練老鼠，安撫他們，教牠們玩把戲，讓老鼠變得像蒼蠅一樣隨和。不過，你得對牠們彈奏音樂才行，你這兒有什麼東西，可以彈奏出音樂？」

「我什麼都沒有，只有一把粗木梳子，一張紙，和一個口簧琴[8]，不過，我想牠們大概不會喜歡聽口簧琴。」

「會呀，牠們會喜歡。**牠們**才不在乎是哪一種樂器，對老鼠而言，口簧琴就很棒了。所有的動物都喜歡聽音樂——牢房裡的動物更

---

8 原文juice-harp，一種許多原住民都有的簡單樂器，一端固定於框式琴台上，另一端是可以自由震動的彈簧片，彈奏者用嘴巴含住琴台，用手指撥弄彈簧片，並以口腔共鳴發出樂音。

喜歡。特別是悲痛的音樂；而口簧琴也彈奏不出別種的音樂。牠們都會很感興趣，跑出來看看你發生了什麼傷心事。是啊，你有這個真好，一切都會搞定。每晚上床之前，或早晨起床之後，你就坐在床邊，先彈奏一下口簧琴，就彈那首《最後一縷情絲已斷》——那首最能感動一隻老鼠，比什麼都快，等你彈上個兩分鐘，你就會看到，所有的老鼠，還有蛇，還有蜘蛛等等之類的，全都來了，統統開始為你感到悲傷。牠們全部蜂擁而來，圍繞著你，跟你快活共度好時光。」

「是啊，**牠們**會快活，我相信，湯姆少爺，但是，**吉姆**哪會快活得起來？要是我明白其中道理就好了。不過，非要如此的話，我還會照著做。我看，最好讓這些動物都心滿意足，免得牠們在屋子裡惹麻煩。」

湯姆稍待一會兒，想了一下，看看還有沒有其他事；沒多久，他說：

「喔——還有一件事我忘了。你想你可以在這裡養一盆花嗎？」

「我不知道，但可能可以，湯姆少爺，可是，這屋子裡面很暗，何況，我對種花實在不內行，而且照顧花也是麻煩一大堆。」

「不管怎樣，你試一試再說吧。很多別的囚犯都有種花。」

「湯姆少爺，我看那種像貓尾巴的大毛蕊花，在這裡面可能養得活，不過那種花犯不著下那麼大的工夫去養它。」

「別信那一套。我們會幫你找一棵小的，你只要種在角落那邊，養它就好。別叫它大毛蕊花，叫它「琵琪歐拉」[9]——那才是正確的花名，種在牢房裡面的時候。而且，你要用眼淚去澆花。」

「湯姆少爺，為什麼，我有的是泉水呢。」

「你不**要**用泉水澆花，你要用自己的眼淚澆花。人家都是這樣做

---

9　義大利小說家邦尼菲斯（Joseph Xavier Boniface）的《琵琪歐拉》（*Picciola, or Captivity Captive*, 1836）（湯姆說成Pitchiola），就是寫一個貴族囚犯在牢房裡養花，受到那棵花的鼓舞，因而延續生命，熬過艱難。

388

赫克歷險記

▲灌溉花朵

的。」

「湯姆少爺，爲什麼，我用泉水澆那大毛蕊花，花兒可以長得兩倍高，別人用眼淚澆花，花兒還沒能**發芽**呢。」

「那不是重點，你**非用**眼淚澆花不可。」

「那它一定會死在我手裡，湯姆少爺，必死無疑；因爲我難得哭上一回[10]。」

這下子，湯姆無話可說，不過，他思索了一會兒，隨後說，吉姆可以借助洋蔥，盡力去憂慮。他答應第二天早上，會到黑鬼住屋那兒，偷偷弄一個洋蔥來，偷偷藏在吉姆的咖啡壺裡。吉姆說，「寧可他在咖啡壺裡放一把菸草」呢，還發了一大堆牢騷，抱怨叫他做那麼多麻煩事，叫他種大毛蕊花，叫他彈口簧琴給老鼠聽，還要叫他侍候巴結響尾蛇和蜘蛛之類的東西，更麻煩的是，還要叫他磨筆，刻題辭，寫日記，諸如此類的事，害他平添這麼多麻煩、憂慮、責任，沒想到當一個囚犯，比做任何事還麻煩這麼多，湯姆聽得幾乎失去耐心；說吉姆身負這麼好的成名機會，比世上任何一個囚犯都來得好，而他自己卻不知好歹，不會珍惜，白白糟蹋了這麼好的機會。吉姆聽了也很難過，說他再也不會這樣抱怨了，於是，我和湯姆才回去睡覺。

---

10　吉姆說他很少哭，可以聯想到的是，奴隸生活悲苦，叫天不應叫地不靈，早已欲哭無淚，吉姆一向逆來順受。

# 第三十九章

　　這天上午，我們來到村莊，買了一個鐵絲網編的捕鼠籠子回來，又到地窖裡，把堵起來的最大一個老鼠洞，重新打開，一個鐘頭之內，我們就逮到15隻最壯碩的老鼠，裝進籠子裡，然後放在一個安全的地方，就在莎莉姨媽的床鋪底下。但是，等我們去抓蜘蛛時，小外甥，湯姆斯班傑明富蘭克林傑佛遜亞歷山大費浦斯[1]，發現了，他打開籠子門，想看看老鼠會不會跑出來，果然，牠們全跑出來了；這時候莎莉姨媽正好進來房間，我們回到家時，只見她站在床鋪上面，大呼小叫，老鼠們則竭盡本事，為她

▲打發無聊時間

解悶助興。事後，她逮住我倆，用山核桃木條，狠狠揍了我們一頓，我們只好又費上兩個鐘頭，再去抓個15、16隻老鼠來，都是些不像樣的老鼠，全怪那個淘氣的小鬼搗亂，因為第一批抓到的，都是上上之選。我這一輩子還沒看過那麼像樣的老鼠。

---

1　這個小外甥的名字很長而且大有來頭，叫Thomas Benjamin Franklin Jefferson Alexander Phelps，當時鄉下人給孩子取名時，經常援用歷史上大人物的名字，為了紀念開國元勳（如Thomas Jefferson、Benjamin Franklin、Alexander Hamilton等），也為了沾親帶故，更為了望子成龍望女成鳳，讀者讀來也因其自我膨脹而覺得好笑。

我們逮到一大堆很棒的各種蜘蛛、甲蟲、青蛙、毛毛蟲，還有很多這個那個的；本來我們還想摘下一個馬蜂窩，可惜沒成功。馬蜂一家子都在窩裡。我們也沒罷休，跟牠們比耐性耗上了；原先我們以為，不是我們把牠們磨垮，就是牠們把我們磨垮，結果呢，牠們贏了。我們找了些土木香草藥[2]，塗抹在那些地方，沒多久就好了，只是坐下來的時候，不太方便[3]。後來，我們又去抓蛇，抓了二、三十條束帶蛇和家蛇，放進一口袋子，藏在我們房間裡。這時候，正是晚餐時間，忙忙碌碌了一整天，肚子餓了嗎？──不，才不餓呢！等我們吃完飯，回來一看，那些該死的蛇統統不見了──原來我們袋子口綁得不夠緊，牠們硬是擠出來，全都溜掉了。不過，沒關係，因為大前提是，好歹牠們還在這個屋子裡面的某處，所以我們認為，應該抓得回來幾條。然而，往後好一陣子，屋子裡全都是蛇的天下，三不五時，你會看見屋梁上或其他高處，掉落下來幾條蛇，牠們會很優雅地降落在你的盤子裡，或是你的後腦杓上，或是你最不希望牠們出現的地方。說實在的，牠們都長得很漂亮，身上都有一環一環的花紋，這種蛇即使有個一百萬條，也不會害人，可是，對莎莉姨媽就另當別論了。她就是瞧不起蛇，不管哪一品種的蛇，不無論你怎麼解釋，她都聽不進去。每次有一條蛇落在她身上，不管當時她正在做什麼，她會丟下手邊工作，馬上蹺頭跑掉。我還沒看過這麼怕蛇的女人。你還會聽到她尖叫著跑得老遠老遠。她根本學不會，怎樣用火鉗去夾住蛇。

---

2　赫克說的「土木香」allycumpain，正確應該是elecampane，是一種菊科植物，可以止痛，也可以用其根做香料製成糖果。

3　這裡的幽默用的又是「輕描淡寫」手法，馬克吐溫很厲害，他用跳躍敘述的方式，故意「省略」重點，閃爍其辭，避重就輕一筆帶過，前面一句是「馬蜂贏了」，下面一句接著是「去找草藥塗抹」，中間到底發生了什麼事？為什麼他們要找草藥？看得懂的讀者會哈哈大笑，中間省略掉「被馬蜂螫傷」的半句話。還有，他們把草藥「塗抹在那些地方」，「那些地方」是哪裡？他們一定被馬蜂叮得很慘，但嘴裡輕描淡寫、若無其事的說，「只是坐下來的時候，不太方便」，哈哈，原來被叮在屁股上，痛得啞巴吃黃連，好久沒法坐安穩。

要是她一翻身，看見床上有一條蛇，她會立刻翻滾下床，大聲尖叫，害你以爲房子著火了。她把老頭子也折騰得七葷八素，害他說，真希望當初上帝創造萬物時，沒有創造蛇這種動物。因此，等到屋子裡最後一條蛇也被抓光時，一個星期就已經過去了，不過，莎莉姨媽還是餘悸猶存，每當她坐在那兒想事情時，你只要用一根小小羽毛，在她後腦杓輕輕一搔，她就會立刻彈跳起來，人一溜煙跑掉了，襪子還留在原地[4]。這實在讓人覺得奇怪。但湯姆說，天底下的女人都這樣。說她們生下來就這那樣；不是爲了這個，就是爲了那個。

　　每一回有一條蛇礙著她了，我們就挨上一頓揍，她還說，要是我們再把屋子裡搞得到處都是蛇，她就會狠很地揍我們一大頓，讓我們覺得以前挨的揍全部加起來，比起這次來，都不算什麼。我不在乎挨揍，因爲那不痛不癢，實在不算什麼，我在乎的是，還要再去抓蛇，再抓一窩蛇很麻煩的。不過，我們還是抓了一堆回來，還有其他東西，現在吉姆的小屋可是空前的熱鬧[5]，牠們都蜂擁而出，要聽音樂，還圍繞著他。吉姆不喜歡蜘蛛，蜘蛛也不喜歡他，所以，牠們埋伏在他身邊，害他緊張得全身發熱。他說，這樣夾在老鼠、蛇和石磨之間，他幾乎找不到地方可以睡覺；即使找到地方睡覺，他也睡不著，因爲太熱鬧了，他說，太熱鬧是因爲**牠們**都不在同一個時間睡覺，而是輪流睡，所以，當蛇睡覺的時候，老鼠就上場活動，當老鼠睡覺的時候，蛇就出來當班監視，因此，永遠有一幫傢伙在他身子下方，擋得他不能睡覺，又有另一幫傢伙在他身子上方要雜技，要是他想找個新地方睡覺，蜘蛛就會在他跨過去的當兒，找機會捅他一下。

---

4　這句話說得非常生動：she would jump right out of her stockings，好像卡通影片一樣，襪子還在原位，穿襪子的人已經跳起來逃竄，一溜煙不見了，表示她消失的速度之快，剎那之間無影無蹤，魂不附體。

5　下面這一部分寫得真是熱鬧有趣，展示典型的馬克吐溫幽默，各種動物輪番上陣騷擾吉姆，吉姆也真是好脾氣，任憑他們捉弄擺布。

他說，這回要是逃得出去，他再也不要當囚犯了，給他薪水他也不幹。

就這樣，到了第三個星期末了，一切都已準備妥當。襯衫很早就藏在派裡面送進去了；每一次老鼠咬了吉姆一口，吉姆就趕快爬起來，趁鮮血未乾之前，馬上寫日記；筆也都磨好了，題辭之類的東西也都刻在石磨上了；床腳已經鋸成兩截，鋸下來的屑末，都被我們吞下肚子，害我們胃痛得很厲害。

▲吞下鋸屑

還以為快要死了，還好沒死。我有生以來，還沒吞過那麼難以消化的鋸屑，湯姆說他也是。不過，就像我剛才說的，現在，一切終於都已準備妥當，雖然我們都已累得筋疲力盡，尤其是吉姆。老頭子寫了兩次信，到紐奧爾良下游的農莊去，拜託他們趕快派人來，領走他們的落跑黑鬼，可是都沒有回音，因為根本就沒有這個農莊，所以，他想他該在聖路易或紐奧爾良的報紙刊登消息，每次他提到聖路易的報紙，我聽了就打冷顫，也知道我們不能再耽擱了。於是湯姆說，現在到了寫匿名信的時候了。

「匿名信是什麼？」我問。

「警告人們有事情要發生了。警告的方式有時用這種，有時用那種。但總是有人在附近暗中盯梢，隨時給城堡的總督通風報信。以前路易十六逃出圖勒里皇宮時，就是有一個女僕通風報信。那是個好辦法，匿名信也是個好辦法。我們兩種都用。通常是囚犯的媽媽，會換上他的衣服，假扮成他留在牢房裡，而他則穿上她的衣服，溜出牢房外。我們也會那樣做。」

「湯姆，可是，你想想，我們幹嘛要**警告**人家，說有事情要發生了？讓他們自己去發現吧——該提高警覺的是他們。」

「是啊，這我知道，可是，你不能光靠他們。打從一開始，他們就是這樣——**什麼事**都留給我們去做。他們就是那麼信任別人、笨頭笨腦的，根本不注意發生了什麼事。因此，要是沒有人**給**他們通風報信，就不會有人、也不會有事情來阻撓我們，那麼，我們費了這麼大的工夫和力氣，所籌畫的越獄，就會變得非比尋常的平淡無奇；到頭來一點意思也**沒有**。」

「喔，湯姆，如果是我，我就是喜歡那樣。」

「去你的，」他說，表情很厭惡似的。於是我說：

「不過，我也不會埋怨什麼，只要你覺得合適，我就覺得合適。你打算怎樣讓那個女僕去通風報信？」

「你來扮演那個女僕吧。三更半夜時，你溜進去，把那個混血黑鬼女孩的連身衣裙偷出來。」

「唷，湯姆，那第二天早上可就麻煩了；因為，搞不好她就只有那一套衣服。」

「我知道，不過，你只要穿她的衣服15分鐘，去送那封匿名信，從前門門縫底下塞進去，就行啦。」

「可以，我來送匿名信；但是，穿我自己的衣服去送信，也一樣方便啊。」

「**那麼**你看起來就不像個女僕了，不是嗎？」

「是不像啊，可是，**不管怎樣**，反正也不會有人看見我像什麼。」

「那是兩碼子事。該做的事，我們就要盡到**責任**，不管有沒有人**看見**我們做了沒有。難道你一點原則都沒有嗎？」

「好啦，我不說就是了。我當那個女僕。那誰當吉姆的媽媽？」

「我當他媽媽。我會去莎莉姨媽那兒偷一件長袍來。」

▲大難當頭

「喔,那麼,我和吉姆逃走之後,你就得待在這個小屋裡囉。」

「也不用留很久。我會把吉姆的衣服填滿稻草,擺在床上,代表他媽媽喬裝的他,我身上脫下來的,莎莉姨媽的衣服,吉姆會穿上,然後,我們三個就能夠一起『越獄』了,有身分地位的囚犯,從監獄脫逃,就叫做『越獄』。舉個例子來說,一個國王逃走,就是這麼說的。國王的兒子也是;不管是合法兒子還是私生兒子,都沒差別。」

於是,湯姆寫了一封匿名信,那天晚上,我遵照湯姆囑咐,偷來混血黑鬼女孩的連衣裙,穿著去送信,把信塞進前門門縫底下。信上寫著:

　　當心,大難臨頭,嚴加防範。

　　無名氏朋友

第二天晚上,我們塞了一張圖片到前門底下,是湯姆用鮮血畫的,畫的是一個骷髏頭和兩根交叉骨頭;接著的一個晚上,又到後門底下,塞進一張棺材的圖片。從來沒看過一家人,會嚇得那樣魂飛魄散。再怎麼樣他們也不至於嚇成那樣,即使是全家到處都有鬼魂埋伏,躲在每樣東西後面,藏在床底下,漂浮遊蕩在空中。要是有門窗砰的一聲關上,莎莉姨媽一定嚇得跳起來,大叫一聲「唉喲!」要是有東西掉在地上,莎莉姨媽也會嚇得跳起來,大叫一聲「唉喲!」要

是你不小心碰了她一下，而她沒留意，她也會嚇得大叫。不管臉朝向著哪一邊，她都不放心，因為她總覺得身子後面，隨時隨地都有什麼東西——所以，她經常突如其來轉過身子，嘴裡叫著「唉喲！」才轉了三分之二圈，她又突然轉回去，嘴裡又叫「唉喲！」她害怕上床睡覺，但是又不敢熬夜。湯姆因此說，這個匿名信策略效果真好；從來沒玩過比這更滿意的把戲。他還說，這顯示一切都做對了。

　　於是他說，此時此刻，壓軸戲該上場了！所以，第二天早上，天一放亮，我們就準備好了另一封信，正在考慮怎麼樣進行才最好，因為我們前一天吃晚餐時，聽到他們說，要在前門和後門，各派一個黑鬼徹夜看守。湯姆溜下避雷針桿，去四處偵察了一番；發現守在後門的黑鬼在睡大覺，於是，他把匿名信豎在他的脖子後面，就回來了。信上寫著：

　　　　不要暴露我的身分，我希望當你的朋友。眼前有一幫窮兇極惡的亡命之徒，從印地安保留區來的，要在今晚偷走你家那個落跑黑鬼，他們一直在恐嚇你們，為的是要讓你們待在家裡面，不要出來阻攔他們。我是他們的同夥，但是受到宗教的感化，想要脫離幫派，改邪歸正重新做人，因此願意揭發他們的罪惡陰謀。他們將於半夜時分，沿著柵欄從北面悄悄逼近，用一把私造的鑰匙，打開小屋的門，劫走黑鬼。他們要我在遠處把風，看到危險即吹白鐵號角示警，可是我不會照辦，我不吹號角，等他們一進小屋，我就學羊兒咩咩叫兩聲。趁他們砸斷鐵鍊時，你們偷溜過去，把他們反鎖在裡面，要殺要剐悉聽尊便。不可採取別的行動，完全聽命於我，否則，他們懷疑出了內賊，會鬧得天翻地覆。我不指望酬報，只希望做對該做的事。

　　　　　　　　　　　　　　　　　　　　無名氏朋友

# 第四十章

吃完早餐，我們興致高昂，便划了獨木舟出去，帶著午餐，到河上釣魚，玩得很開心；還順道去看了一下我們的木筏，它藏得好好的；回到家吃晚餐時，已經很晚了，只見大家忙得團團轉，憂心忡忡，不知身處何方，所以一吃完晚餐，就立刻趕我們上床睡覺，也不告訴我們發生了什麼事，也隻字不提那封剛收到的匿名信，其實也不用提，因為我們知道的比誰都清楚。我們上樓走到一半，莎莉姨媽才一轉身，我們就立刻溜進

▲釣魚

地窖，打開櫥櫃，抱了滿懷的食物，帶回房間裡，隨後上床睡覺，睡到11點半起來，湯姆穿上莎莉姨媽那兒偷來的長袍，帶著食物準備動身。突然，他問了一句：

「牛油在哪裡？」

「我切了一大塊，」我說，「擺在一片玉米麵包上面。」

「哦，那你一定**留**在那兒是忘了拿——這裡沒有哇。」

「沒有牛油也行得通，」我說。

「**有了**牛油也行得通，」他說，「你趕快偷偷溜回地窖，把牛油拿回來。然後，順著避雷針桿下來，再跟上來。我先去把吉姆的衣服塞滿稻草，假扮成他媽媽的模樣，你一到，我就學羊兒**咩咩叫**，然後一起逃跑。」

說完，他就出去了，我往地窖去。那塊切下來的牛油像拳頭一樣

大，正留在我剛剛沒拿走的地方，於是，我端起那一塊玉米麵包，連同上面的牛油，吹熄了燭火，準備偷偷上樓，才上到一樓而已，看見莎莉姨媽手持蠟燭過來，我連忙把牛油和麵包放在頭頂上，用帽子扣蓋著，下一秒鐘她才看到我；她就問：

「你去地窖了嗎？」

「姨媽，是啊。」

「你去那兒做什麼？」

「沒做什麼。」

**「沒做什麼！」**

「姨媽，沒做什麼。」

「那，見鬼了，半夜深更的，你下去那兒做什麼？」

「姨媽，我也不知道。」

「你也不**知道**？湯姆，不許那樣回答我，我要知道你下去那兒**做**什麼？」

「莎莉姨媽，我根本沒做什麼，希望天老爺知道我做了什麼。」

我以為這下子她會打發我走，要是在平常，她早就打發我了；可是，偏偏最近發生很多奇奇怪怪的事，她不得不把每一樣小事都弄得清清楚楚，不然就不放心；所以，她斬釘截鐵地說：

「你給我到客廳裡去，待在那兒等我回來再說，你最近一直搞什麼名堂，做了不該做的事，**我**發誓要先把事情弄清楚，才打發你走。」

說完，她就走開了，我推開門進了客廳。天哪，裡面有一大票人呢！15個農夫，人手一把槍。我嚇得要命，躡手躡腳走過去，找了一張椅子坐下。大家圍坐一起，偶爾交談幾句，聲音壓低，表面上都裝出若無其事的樣子，事實上每一個都焦躁不堪坐立難安；不過，我看得出來，他們很緊張，因為老是把帽子一會兒摘下來，一會兒又戴上，還不時搔搔腦袋，挪動座位，撥弄鈕扣。我自己也很緊張，可

▲人人帶著一把槍

是，我始終沒把帽子拿下來。

我真希望莎莉姨媽趕快回來，把我打發走，要是想揍我，就乾脆揍我一頓，好讓我趕快離開這兒，跑去告訴湯姆，說我們把事情搞得太過火了，害自己一頭栽進了一個天大的馬蜂窩，我們最好別再胡鬧了，趕緊帶著吉姆溜之大吉，免得這些傢伙失去耐性，找我們算帳。

最後，她終於回來了，立刻開始盤問我，但是，我都**沒法**照實回答，我已經慌得六神無主，不知如何是好；因為這些人都已經焦躁不堪，有人說，再過幾分鐘就半夜了，因此主張**立刻**動手，埋伏突擊那幫亡命之徒，一刻也不得耽擱；其他人則主張再等一等，等聽到羊兒咩咩叫的信號再行動；而這一頭，姨媽還在問沒完沒了的問題，我嚇得全身發抖，隨時都會癱倒在地；客廳變得越來越熱，頭頂上的牛油開始融化，順著脖子和耳朵後面流下來；沒多久，只聽得一個人說，「**我**主張**先**到小木屋那兒埋伏，就在**此時此刻**，等他們來了就可以一網成擒。」我聽了差點昏倒；這時候，一道融化的牛油，從我額頭流下來，莎莉姨媽看到了，臉色突然蒼白得像紙一樣，說：

「老天爺啊，這孩子**是**怎麼啦！——肯定是得了腦炎，千真萬確，腦漿都流出來了！」[1]

所有人都轉過來看我，她一把摘掉我帽子，麵包就掉下來，還有

---

1 這一幕真是有趣的喜劇，赫克把牛油藏頭頂上，蓋著帽子，牛油遇熱融化沿著額頭流下來，也虧得莎莉姨媽有高度想像力，想成是腦炎嚴重到腦漿都流出來的地步。

殘餘的牛油；她一把抱住我，摟著我，嘴裡說：

「哇，你真的害我神經錯亂！現在，我既高興又感激，還好你沒那麼嚴重。眼前我們家可是時運不濟啊，災難接而連三，禍不單行，所以，剛才我看你那個樣子，還以爲你小命不保了，那牛油就跟腦漿一樣顏色呢——唉呀，唉呀，你幹嘛不早**告訴**我呢，原來你下去那兒，就是爲了這個呀[2]，**我**不會怪你的。現在，趕快去睡覺吧，明天早上以前，可別讓我再看見你！」

不用一秒鐘，我就上了樓，第二秒鐘，就順著避雷針桿滑下來，穿越黑暗飛奔到斜頂棚。我太著急了，幾乎連話都說不出來，等喘過氣，我立刻告訴湯姆，我們得馬上逃走，一分鐘也耽擱不得——那邊屋子裡，滿滿的都是人，都拿著槍呢！

他的眼睛一下子亮起來，嘴裡說：

「不會吧！——真的嗎？這**可不是**妙透了嘛！嘿，赫克，要是從頭再來一遍的話，我保證可以招來200人！要是我們能夠拖久一點到——。」

「快！**快**！」我說，「吉姆哪裡去了？」

「就在你手肘邊，你手一伸就會碰到他，他已經穿好衣服，一切都已準備妥當。現在，我們溜出去，學兩聲羊叫，給個暗號。」

可是就在這時候，我們聽到有人跑來門口的腳步聲，聽到他們企圖解開掛鎖，還聽到一個人說：

「我早就**告訴**過你，我們來得太早，他們還沒到——門還鎖著呢。來，我開門讓你們幾個先進去，然後你們躲在暗地裡，等他們來了，就殺了他們；其他人散到四處去，注意聽著他們是不是來了。」

於是，他們進來了，不過我們在暗處，他們看不到，我們往床底下鑽，還差點兒被踩到。我們鑽到床底，輕手輕腳爬出地洞——依照

---

2 莎莉姨媽以為赫克肚子餓了才會來偷麵包和牛油。

赫克歷險記

▲湯姆褲子被木刺鉤住

湯姆的指示，吉姆排第一，我第二，湯姆殿後。來到斜頂棚裡，聽見嘈雜腳步聲就在外面，於是我們摸到門後，這時湯姆要我們稍候，他從縫隙往外看，但是，到處一片黑暗，也看不出什麼；他壓低聲音向我們說，他會聽著，等那些腳步聲走遠之後，會用手肘捅我們一下，吉姆要先出去，他自己殿後。隨後，他又把耳朵貼在門縫上，聽呀，聽呀，聽呀，偏偏外面的腳步聲，來來往往一直不斷；最後，他總算用手肘捅了我們一下，我們趕緊溜出來，弓著腰，屏住氣，不敢發出一絲聲響，偷偷摸摸奔向柵欄，像印地安人一個跟著一個排成一行，安安全全來到柵欄邊，我和吉姆先翻過柵欄；但是，湯姆的褲子卻被柵欄上端橫木的木刺鉤住了，這時候，腳步聲已經逼近，他只好使勁硬扯想要掙脫，啪的一聲扯斷木刺，發出了聲響，正當他跟上我們腳步準備開跑，有人喊了起來：

「誰在那兒？快說，不然我要開槍啦！」

可是，我們不敢搭腔，頭也不回拔腿狂奔，後面一陣兵荒馬亂，還有**砰！砰！砰**！子彈咻咻飛過我們前後左右！還聽到他們高聲喊叫：

「他們在這兒！往河邊跑去啦！夥計們，追上去！放狗去追！」

於是，他們全力衝刺追上來，我們聽得很清楚，因為他們都穿著靴子，又大喊大叫，然而，我們沒穿靴子，也沒大喊大叫。我們走的是通往鋸木廠的一條小路，等他們逼近了，我們就往旁邊灌木叢後面

一躲，讓他們先跑過去，然後，我們跟在他們後面。原先他們怕把強盜嚇跑，把狗兒都拴起來，這時候，又把狗兒都放開，狗兒們一路跑來，汪汪叫著，像是有上百萬條狗似的，聲勢浩大；不過，牠們畢竟是自家的狗，所以我們停住腳步，等牠們趕上來，牠們一看是我們，而不是外人，就沒怎麼大驚小怪，只跟我們打了個招呼，就繼續朝喊叫聲和腳步聲那個方向衝過去；我們也再度加足馬力，滿頭大汗氣喘吁吁跟在後面跑，跑到了鋸木廠附近，穿過灌木叢，來到拴獨木舟那兒，立刻跳進去，死命地划向大河中央，一路上盡可能不弄出聲音。然後，自由自在舒舒服服的，划向那個藏著木筏的小島；我們還聽得見，岸上的人和狗來回奔跑吼叫，等到越划越遠，聲音也越來越弱，到最後完全聽不見。等我們踏上木筏，我說：

「老吉姆啊，**如今**，你又是自由人了，我敢保證，你再也不用當奴隸了。」

「赫克，這回也真是幹得漂亮，計畫得太完美了，**執行**得也完美，任**誰**也想不出，這麼錯綜複雜而又壯觀的計畫啊。」

我們都高興到極點，但是，最高興的還是湯姆，因爲他小腿肚上挨了一顆子彈。

我和吉姆一聽，剛才的興致就給打消了。他傷口痛得很厲害，還流著血；我們抬他進帳篷，從公爵的襯衫撕下一塊布條，給他包紮傷口，但是，他說：

「把布條給我，我自己會包紮。現在不能停下來，也別在這兒閒蕩，整個『越獄』過程演練得這麼無懈可擊；趕快用力划槳，把木筏划出去！夥計們，我們做得多麼優雅！──的確如此。真希望**我們是**帶著路易十六出奔，那他就用不著在**他的**傳記裡寫著『聖路易之子，升天吧[3]！』；我們肯定會呼擁著他，越過**國界**──我們一定會那樣

---

3 事實上這是法國路易十六被送上斷頭台時，大主教爲他臨終祈禱所念的禱告

▲吉姆建議找個醫生來

禮遇**他**——而且，輕而易舉，不費吹灰之力。趕快用力划槳——趕快用力划槳！」

不過，我和吉姆卻在商量著——思考著。我們想了一分鐘之後，我說：

「吉姆，說出來吧。」

於是，他說：

「喔，好，對這件事我的看法是這樣，赫克，要是這追求自由的**是他**，而同伴有一個中了槍，他會說『快，你們要拯救的是我，別去麻煩找醫生來治療他的槍傷』嗎？

湯姆索耶少爺會是這種人嗎？他會這麼說嗎？你可以**打賭**，他才不會這樣呢！**那麼，吉姆**呢，他會怎麼說呢？不，先生——要是不找個**醫生**來，我一步也不離開這兒，哪怕等上40年也不走！」

我就知道，他有一顆白人的心[4]，而且我相信，他說的就是他心裡想的——這就對了，所以我跟湯姆說，我要去請一個醫生來。他為了這個，跟我大吵大鬧了好一陣子，但是，我和吉姆堅持下去不肯讓步；他就要爬出帳篷，自己解開木筏；但是，我們不讓他那樣。然

（續）———

辭。湯姆這句話典故來自英國作家Thomas Carlyle（1795-1881）的《法國大革命》（*The French Revolution*, 1837），馬克吐溫極為熟悉的一本書。

4  這句話是非常有名的「反諷」，也引起極大爭議。不可否認的，這裡赫克是由衷的稱讚吉姆有人性、有同情心，真心願意為拯救湯姆的槍傷，而犧牲自己的自由和幸福。這句話從赫克嘴裡說出來的，代表他被當時白人社會價值觀洗腦的結果，很多人卻拿來批評馬克吐溫種族歧視，矮化黑人，把吉姆這個大好人刻板形象化，事實上這種修辭策略究竟是「寓褒於貶」，還是「寓貶於褒」，也是見仁見智，看讀者從哪一個角度來思考衡量。

後，他又對我們講了一堆道理——但是，都沒有用。

他眼看我把獨木舟準備好了，只好說：

「唉，好吧，既然你非去不可，我就告訴你，到了村莊該怎麼做。到了醫生家，關上門，把他眼睛結結實實地蒙起來，叫他發重誓嚴守秘密，往他手裡塞一袋金幣，然後帶他在黑地裡，穿過大街小巷，最後才搭上獨木舟，在沙洲小島之間，迂迴好幾圈，還要搜他的身子，把他的粉筆拿走，等他回村莊才還給他，不然，他會用粉筆在木筏上做記號，以後就會追蹤到我們。人家都這麼做的。」

因此我說我會照辦，說完就走，吉姆呢，一旦醫生來了，就要躲進樹林裡，等醫生離開才能出來。

# 第四十一章

医生是一位老先生；一位非常慈祥和蔼的老先生，我把他从床上叫起来。告诉他，昨天下午，我和我兄弟在西班牙岛那儿打猎，找到一艘木筏，还在上面露宿，到了半夜，我兄弟一定是在梦中，不小心踢到猎枪，枪枝走火射中他的腿，因此想请医生过去那儿，替他治疗一下，请他不要张扬出去，也不要让别人知道，因为我们今天晚上要回家，给家人一个惊喜。

▲医生

「你家人住哪儿？」他问。

「费浦斯农庄，就在那边。」

「噢，」他说。过了一分钟，他又问：「你说他怎么挨了一枪的？」

「他做了一个梦，」我说，「就挨了一枪。」

「奇怪的梦喽，」他说。

于是，他点起灯笼，拿了他的诊包，我们就出门了。可是，一见到独木舟，他就不喜欢那独木舟的样子——说那只能载一个人，载两个人就不太安全。我说：

「噢，先生，你不用担心，它载过我们三个人，够安全的。」

「哪三个？」

「噢，我，席德，和——和——和**几把枪**，我是那个意思。」

「噢，」他说。

不过，他把脚踩在船舷上，摇晃一下，接着摇摇头说，他要附近

看看，有沒有大一點的。但是，其他的船都用鎖鍊拴在一起，他只好坐上我的獨木舟，叫我在那兒等他回來，或是四處繼續找找看，要不然我最好先回家，或許去準備那一場驚喜吧。但是，我說我不想，於是，我告訴他怎樣找到那艘木筏，隨後他就去了。

沒多久，我突然有個點子，我心想，要是他沒有傳說中那種妙手回春的工夫，羊尾巴搖三下之內就把那條腿治好，那怎麼辦？要是他得花上三、四天才治得好，又怎麼辦？我們要怎麼做才行？——難道我們就待在那兒，等他把秘密洩漏出去？那可不行，先生，我自有妙計。我就在這兒等著，等他回來，萬一他說還得再治療幾趟，我也要一塊兒過去，即使游泳也要過去；到時候，我們要抓住他，綁起來，扣留他，一起坐木筏漂到下游去；等到湯姆的傷治好了，我們就會把應得的錢給他，哪怕是我們全部的錢，最後才放他回岸上。

所以，我爬進一堆木材底下，先睡一會兒再說；然而，等我一覺醒來，太陽已經高高在上！我大叫一聲，拔腿就衝去醫生家，他們說醫生出診去了，昨天晚上某個時間去的，還沒有回來。我心想，那可好，看樣子湯姆傷得不輕，我得快點趕到島上去，立刻就去。因此，我轉身就跑，轉了一個彎，一頭差點撞在賽拉斯姨丈的肚子上！他問：

▲賽拉斯姨丈處境危險

「喂，**湯姆**！你這個小壞蛋，這些時候，你跑哪兒去了？」

「**我哪兒也沒去啊，**」我說，「只不過去追捕那個落跑黑鬼而已——我和席德兩個人。」

「噢，你們去過哪些地方呀？」他問，「你們姨媽非常擔心呢。」

「她不必擔心，」我說，「因為我們都很好。我們一路跟著那一大群人和狗兒跑，可是，他們跑太快了，我們沒跟上；不過，我們好像聽到，他們追到河面上去了，於是就找了一艘獨木舟，划過去找他們，划到河的對岸，還是沒找到他們；所以，我們又沿著河岸邊一直往上游划，划得好累，力氣用完了；只好把獨木舟拴起來，找個地方睡覺，這一睡就睡了好久，一直睡到一個鐘頭前才醒來，然後我們又划回來探聽消息，席德先去郵局看看能聽到什麼，我則半路跑回來，找點吃的東西，之後我們都會回家來。」

於是，我們一起去郵局接「席德」；正如我所料，他當然不在那兒；老頭子從郵局領到一封信，我們又等了一陣子，席德一直沒來；於是老頭子說，回家吧，等席德四處跑夠了，讓他自己走路回家，或是划獨木舟回家──我們坐馬車回去。我一直求他讓我留下來等席德，不過，他說空等沒有用，我一定要跟他回家，讓莎莉姨媽看到我好好的，才會放心。」

回到家裡，莎莉姨媽看到我，高興得又笑又哭，緊緊摟著我，又用她那種不痛不癢的揍法，揍了我幾下，還說等席德回來，她也要同等對待他。

家裡到處都是那些農夫和農婦，擠得水洩不通，都在吃午餐，我從沒見過那麼多人七嘴八舌，聒噪之聲不絕於耳。霍奇克斯老太太最厲害，她的舌頭始終沒停過[1]。她說：

---

1  以下是這些鄉下農夫和農婦七嘴八舌，拉拉雜雜，正如同馬克吐溫在本書開頭的「說明啟事」所說，這些都是美國南方偏遠地區極端俚俗的方言。譯者為了傳達其說話神韻，保留許多語氣助詞及連接詞，呈現口語對話特色。原文是極其傳神的「口說」（colloquial）語言，聽來十分「順耳」，但讀來不太「順眼」，開口閉口「我說」、「你說」、「他說」。忠實翻譯成中文之後，會顯得有點累贅，造成閱讀障礙。情非得已，只是為了尊重馬克吐溫方言文學的創舉，希望讀

「唉喲，費浦斯姊妹，我把那個小木屋仔細搜查了一遍，我看那個黑鬼一定瘋啦。我跟戴瑞爾姊妹也這麼說的——戴瑞爾姊妹，是不是？——我說，他瘋啦，我說——我就是那麼說的。你們都聽到我說的了：我說，他瘋啦；樣樣都顯示他瘋啦。我說，光看那一座大石磨吧；我說，你們

▲霍奇克斯老太太

誰能告訴**我**，有哪一個腦袋正常的，會在石磨上刻出那些瘋言瘋語？這兒有個某某人心碎了呀；這兒還有個某某人熬了37年苦牢呀——路易某某的私生子呀，等等廢話連篇。我說，他完全瘋啦；我一開始這麼說，中途也這麼說，最後也這麼說——那個黑鬼瘋啦——我說，瘋得像尼布甲尼撒[2]一樣。」

「霍奇克斯姊妹，瞧瞧那根破布編的繩梯吧，」戴瑞爾老太太說，「老天爺喲，他到底**要**幹什麼呀——」

「剛剛不久之前，我跟阿特拜克姊妹說的，正是這些話啊，不信你問她。她說，看看那根破布繩梯吧；我說，是啊，你**看看**——我說，他**要**用來幹什麼呀。她說，霍奇克斯姊妹，她說——」

「可是，他們究竟是怎麼**把**那座大石磨弄**進去**裡面的？那個**大洞**又是誰挖的？——」

「潘羅德弟兄，那正是我**要說的話**！我剛才說——請把那一碟糖

（續）

　者發揮想像力，努力揣摩說話者那種振振有詞的聒噪口吻與誇張神情。

2　根據《舊約聖經‧但以理書》第四章第33節記載，「尼布甲尼撒」（Nebuchadnezzar，赫克亂拼成Nebokoodneezer），巴比倫國王，在位期間（西元前605-562年）四處征戰，性格狂暴，最後轉為瘋顛，甚至到吃草的地步，成為歷史上瘋狂人物的代表。

漿遞給我，可以嗎？——就是剛才，我還在跟鄧洛普姊妹說，我說，他們**到底**怎麼把那座大石磨弄進去的。沒有任何人**幫忙**，你相信嗎？——沒有任何人**幫忙！那就是**最奇怪的了。我說，別跟**我**說；我說，一定有人幫忙；我說，幫忙的人也**多著**哪；我說，必定有**一打**以上的人，在幫那個黑鬼的忙，我還真想把這兒的黑鬼統統剝了皮，不過，我還**得**先弄清楚，到底是誰幹的；我說，更何況——」

「你說，才只有**一打**的人！——那麼多的事，恐怕**40個**人都做不完。你瞧瞧，那些小餐刀磨成的鋸子之類的，磨起來可是很費時的呢；瞧瞧那一根床腳吧，用這種鋸子鋸斷的，那得要六個人，幹上一個星期才行；瞧瞧床上那個用稻草塞的黑鬼；再瞧瞧——」

「海陶爾弟兄，你說得**真好**！就像我剛才親口跟費浦斯弟兄說的。他說，霍奇克斯姊妹，他說，**妳**覺得怎樣？我說，費浦斯弟兄，覺得什麼怎樣？他說，覺得那一根床腳是怎麼鋸斷的？我說，我怎麼**想**的？我說，反正不是床腳**自個兒**鋸斷的——我說，一定是某某人**鋸斷**的；我說，這就是我的看法，信不信由你，也許那沒什麼道理；我說，但我就是那麼說，那是我的看法；我說，要是有人提出更合理的說法，我說，那就讓他說出來吧，我說，就是這樣。我說，我還跟鄧洛普姊妹說——」

「呸，見鬼了，費浦斯姊妹，那小木屋裡，一定每天晚上都有滿屋子的黑鬼，連續做上四個星期，才做得出那麼多事來。瞧瞧那件襯衫——每一吋都密密麻麻的，寫滿了神秘的非洲文，還是用鮮血寫的呢！一定是有一大堆的黑鬼寫的，一直不停的寫寫寫。喲，要是有誰能念給我聽，我願意給他兩塊錢；至於寫字的那些黑鬼，我巴不得把他們抓起來，賞一頓鞭子，打得他們——」

「馬波思弟兄，你說有人**幫忙**他啊！噢，要是你前些日子到過我家的話，我猜你一定會這麼**認為**。唉，他們把能得手的東西，全都偷走了——而且喲，你知道嗎，我們還隨時隨地派人看守著呢。他們從

曬衣繩上,直接偷走了那件襯衫!還有,用來做破布繩梯的那一條床單,他們偷了去又還回來,來來去去,簡直**不知道**有多少趟;還有麵粉、蠟燭、燭台、湯匙,還有那個骨董暖鍋,還有上千種我想不起來的東西,還有我那件新的印花棉布衣服;我和賽拉斯,還有我們外甥席德和湯姆,白天**和**晚上隨時守候,就像我剛才說的,居然連他們一塊毛皮或一根汗毛都沒有逮到,既沒看到影子,也沒聽到聲音;到了眼前最後一分鐘,真是怪了,他們竟然偷偷溜到我們鼻尖面前,戲弄我們,而且不只戲弄**我們**,還戲弄了印地安保留區的強盜們,而且平安無事的**劫走**了那個黑鬼,然而當時我們還有16個人和22條狗緊追在後呢!說真的,我這一輩子還沒**聽過**這種事。唉,即使是**鬼神**,也不會做得更好,也不會更精明。我想,他們**一定是鬼神**——因為,**你**知道我家的狗兒們多麼厲害,沒有比牠們更好的狗兒了;然而,那些狗兒,居然連他們的**足跡**都沒聞出來,一回也沒有!你們說得出**道理**的話,儘管說給我聽!不論**哪一位**都行——」

「喲,那真難倒我了——」

「老天爺啊,我這輩子還沒——」

「我發誓,原來還不——」

「一定是**打家劫舍**的小偷,還有——」

「青天大老爺高高在上[3],我可不敢再**住**在這種——」

「不敢再住!——李奇維姊妹,喲,我可是已經嚇到睡不著、爬不起來、躺不下、**坐**不安穩了。唉,他們說不定還會偷到——唉,老天爺呀,你可以猜得到,昨天晚上,尤其到了半夜,**我**是怎麼又慌又亂的:他們可能偷走我們幾個家人,我若不擔心才怪哩!我給嚇到那種地步,連腦筋都沒有能力判斷事理了。**現在**是白天,說這話好像很

---

3　有趣的是,他們驚慌惶恐之餘,把所有祈求上天保佑的驚嘆字眼,如goodness、gracious、for God's sake,全擠在一起合併成一個字goodnessgracioussakes,叫人噗哧一笑,也佩服馬克吐溫的創字新意。

愚蠢；但是，我心裡想的是，樓上那孤零零的房間裡，還睡著兩個可憐的小男孩呢，老天爺知道我有多麼害怕，於是我就悄悄爬上樓去，把他倆鎖在房間裡面！我**真的這麼做**了。換了別人也會這麼做。因為，你知道，一旦被嚇成那樣，而事情又接二連三的發生，狀況越來越惡化，而你的機智卻一籌莫展，這時候你什麼荒唐事都做得出來，漸漸的，你會這麼想：如果**我**是個小男孩，睡在高高的樓上，門又被反鎖，你會——」突然，她住口不說了，表情有點納悶，接著，很慢很慢的轉過頭，等她眼睛掃到我身上的時候——我連忙站起來，走開了。

　　我心裡想著，要是我能到一邊去，好好研究一下，或許我可以想出更好的說法，解釋為什麼今天早上，我們不在我們房間裡面。於是，我就走開去想一想。可是我不敢走遠，她會隨時叫我過去。到了天色將暗，大家都走了，我也進來屋子裡，告訴她，昨晚外面的吵鬧聲和槍聲，吵醒了我和「席德」，而門又鎖著，我們很想看熱鬧，所以，就沿著避雷針桿爬下來，兩人都輕微受傷，不過，我們以後再也不敢**那樣**了。接著我又繼續說，把之前說給賽拉斯姨丈的那一番話，又再說一遍；她說，她可以原諒我們，不管怎樣，這已經算是很不錯了，誰能指望男孩子太多呢，依她看，男孩子本來就心浮氣躁的一群；所以嘛，既然沒有出什麼差錯，她倒是覺得，寧可多花一點時間來感恩，畢竟我們都活得好好的，都還在她身邊[4]，不必浪費時間煩惱過去的既成事實。於是，她親了我一下，拍拍我的頭，隨後，又彷彿陷入沉思當中；沒多久，她跳起來，說：

---

4　莎莉姨媽將心比心，雖然她被這兩個調皮搗蛋的孩子，整得七葷八素雞飛狗跳，她還是原諒他們的「心浮氣躁」（harum-scarum），畢竟「少不猖狂枉少年」。而且說「不必浪費時間為過去的既成事實煩惱，最好多花一點時間來感恩」，這種豁達心胸，值得大家學習。莎莉姨媽是全書最可愛、最慈祥和藹的角色，以馬克吐溫自己最敬愛的媽媽為藍本。

「唉喲，老天爺啊，天都快黑了，席德怎們還沒回來！那個孩子**怎麼**回事？」

我一看機會來了，立刻跳起來，說：

「我馬上就去鎮上，找他回來，」我說。

「不，你不用去，」她說，「你給我乖乖的留在這兒；一次丟掉**一個**就夠了。要是晚餐之前他還沒回來，你姨丈會去找他。」

▲莎莉姨媽跟赫克談話

果然，吃晚餐之前他沒回來，所以，姨丈一吃完晚餐就出門了。

10點鐘左右他回來了，有點心神不安，根本沒找到湯姆的蹤跡。莎莉姨媽緊張**萬分**；但是，賽拉斯姨丈說沒有理由那麼著急——他說，男孩子畢竟是男孩子，你明天早上就會看到他回來，平安無事毫髮無傷，她也不得不安慰自己。不過她說，不管怎樣，她要熬夜等他一會兒，點上一盞燈，好讓他看見。

然後，我就上樓去睡覺，她端著蠟燭，陪我上去，幫我蓋好被子，像母親一樣細心照顧我[5]，害我覺得非常卑鄙，慚愧得不敢看她的臉；她坐在床邊，跟我講話講了很久，說席德真是個了不起的孩子，一直講他講個沒完沒了；三不五時還不停地問我，問我他會不會走丟了，會不會受傷了，會不會淹死了，搞不好這時候會倒在某個地方，受苦受罪，或是死了，而她卻不在他身旁照料他；說著說著，眼淚默默地流下來。我就安慰她，席德不會出事的，明天早上，他一定

---

5　赫克從小失去母親，自然渴望母愛，這一段文字讀來讓人含淚欲滴。

會回來；她會捏一捏我的手，或許親我一下，要我再說一遍，一遍又一遍地說，因爲她遭受這麼多的煩惱，那樣會讓她覺得舒坦多了。臨走時，她還盯著我的眼睛，堅定溫柔地看著我，嘴裡說：

「湯姆，門不會再上鎖了，窗子和避雷針桿就在那兒，但你是個好孩子，**對不對**？你不會出去吧？看在**我**的份上。」

老天爺知道我多麼**急著要**出去，我簡直心急如焚，急著去看湯姆，一心一意要去；可是，聽了她的話之後，我就不想去了，說什麼也不想。

她在我心頭上，湯姆也在我心頭上，所以，我睡得很不安穩。黑夜之中，我溜下避雷針桿兩次，又繞到屋子前面，看見她坐在窗前蠟燭邊，眼睛充滿眼淚，盯著馬路盡頭；我真希望能夠爲她做點什麼，偏偏又沒辦法，只得暗中發誓，再也不要爲難她了。到了第三回，我醒來時，天已破曉，我又溜下避雷針桿，看見她還坐在那兒，蠟燭已經燒盡，一頭灰髮枕在手臂上，已經睡著了。

# 第四十二章

早餐之前，老頭子又去了一趟鎮上，但是，依然沒有湯姆的蹤跡；他們夫婦倆坐在餐桌前，陷入沉思，不發一語，表情哀傷，咖啡涼了，什麼也吃不下。過了一會兒，老頭子說了：

「那封信我交給妳了嗎？」

「什麼信？」

「我昨天從郵局拿回來的那封信。」

「沒有，你沒給我信啊。」

「噢，那我一定是忘了。」

於是，他在口袋裡摸索了一陣

▲湯姆索耶受傷了

子，隨後又離開餐桌，走到他原先放下那封信的地方，找到了，交給她。她說：

「唉喲，從聖彼得堡來的呢——一定是我姊姊寫來的。」

我想我還是再出去走一走比較好；可是，我已動彈不得。這時候，她連信都還沒來得及拆開，就把信一丟，奪門而出——因為她看見外面有人來了。而我也看見了。那是湯姆索耶，躺在床墊上面；還有那位老醫生；還有吉姆，穿著**她**的印花棉布衣服，雙手被綑綁在背後；還有一大堆人。我趕忙把那封信藏起來，藏在順手摸到的東西底下，然後也跟著衝出去。她朝著湯姆撲了過去，一面哭喊著說：

「噢，他死了，他死了，我就知道他死了！」

湯姆的頭稍微偏轉了一下，嘴裡嘟嘟嚷嚷著不知道是什麼話，顯

示他腦筋有點問題；這時候，她猛然攤開雙手，說：

「他還活著，謝天謝地！那就夠了！」她趕緊親了他一下，立刻飛奔回家，去給他收拾床鋪，又向左右兩旁的黑鬼及大家，發號司令，舌頭動得其快無比，一路上連跑帶跳的。

我跟著大夥兒，去看他們打算怎麼處置吉姆，老醫生和賽拉斯姨丈則跟著湯姆進了屋子。大夥兒怒氣沖沖的，有人還說要吊死吉姆以儆效尤，讓那附近所有的黑鬼引以為戒，再也不敢落跑，像吉姆一樣，惹來這麼一大堆麻煩，害得全家日日夜夜都嚇得要死。但是，其他人說，不要吊死他，於事無補，他又不是我們的黑鬼，萬一他的主人找上門來，鐵定會向我們求償。這麼一說，倒是讓大夥兒冷靜了一點，因為那些最急著要吊死犯錯黑鬼的人，一旦怨氣藉此解除，偏偏卻也是那些最不肯掏錢賠償的人。

雖然大夥兒一直狠狠地咒罵吉姆，三不五時就給他一兩個巴掌，打在腦袋邊上，可是，吉姆從頭到尾不吭一聲，也假裝不認識我；他們押著他回到原來的小木屋，給他穿回自己的衣服，又用鐵鍊拴他，這回不是拴在床腳上，而是拴在圓木柱地基的一個鉤環上，他的雙手拴上鐵鍊，還有雙腳；還說，從今以後，除了麵包和水，什麼也不給他吃，直到他的主人出面；要是他的主人，在一定期限內還不出現，就要把他拍賣掉，隨後，他們把我們挖的那個大洞填起來，還說，以後每天晚上要派兩個農夫，配槍在小木屋附近看守，白天就在門口拴上一條猛犬；他們分配好了工作，準備一一散去，臨走時，還又狠狠咒罵吉姆一頓，就在這個時候，老醫生過來了，他看了一眼，說：

「你們別對他粗暴過了頭，因為這個黑鬼並不壞。當初我找到那個男孩子時，一看就知道，要是沒人幫忙，我沒法取出那顆子彈，他又完全不准我離開，去找人幫忙；眼看著他的狀況越來越糟，過了一陣子開始神智不清，再也不准我靠近他身邊，還說，要是我在木筏上用粉筆做記號，他就要殺了我，說了很多那種胡言亂語的傻話，我知

道根本拿他沒辦法;於是我就說,不管怎樣,我非要有人**幫忙**不可;我話一說完,只見一個黑鬼,不知從哪兒冒出來,說他要幫忙,而他也真的幫了大忙,而且還幫得很好。當然啦,我判斷他一定是個落跑的黑鬼,眼前狀況**就是那樣**!我必須守在那兒,一直守下去,守上大半天,甚至一整夜。說真的,那真是兩難的困境!我有兩個病人受了風寒,當然還要趕回鎮上去看他們,可是我又不敢走開,因為這個

▲醫生為吉姆辯護

黑鬼可能會跑掉,人家就會怪罪我;偏偏附近又沒有任何小船經過,讓我可以呼救。於是,我只好守在那兒,一直守到今天早上天亮;我從來沒看過一個黑鬼,像他那樣忠心耿耿,悉心呵護病人的,而且冒著犧牲自由的風險照顧病人,事實上,他自己早已疲憊不堪了,我看得很明白,他近來一定被逼著幹了很多粗活。因此,我很喜歡這個黑鬼;先生們,告訴你們,這樣的黑鬼價值上千元──而且,值得善待呢。我要他做的,他都做了,那個男孩子被好好地照顧著,就像在家裡一樣──搞不好,比在家裡還好,因為那個地方非常清靜;於是,**我就**守在那兒,守著他們兩個,不得不守著,一直守到今天清晨;後來,有幾個人坐著小船經過,說來也運氣好,這個黑鬼坐在床墊旁邊,腦袋撐在膝蓋上,睡得正熟;我趕緊向那些人使暗號,不出任何聲音的,他們溜過來,趁他還莫名其妙時,抓住他,綑綁起來,不費吹灰之力。這個男孩子還睡得迷迷糊糊,嘴裡不停的胡說八道,說什麼要把所有船槳包裹起來蒙住聲音,把木筏拴在獨木舟後面,安安靜靜的拖到大河裡;而這個黑鬼從頭到尾一聲不吭,也一言不語。先生

們，這個黑鬼實在不賴；我對他的看法，就是那樣。」

有人說：

「嗯，醫生，聽來真是不錯，我不得不這麼說。」

於是，大夥兒的態度也都緩和了一點，我心裡非常感激這位老醫生，替吉姆說了這些好話；我也很高興，自己對這位老醫生沒看走眼，因爲我第一眼看到他，就覺得他心地善良，是個大好人。大夥兒都承認，吉姆表現非常良好，值得另眼看待，也值得獎賞一番。因此，每一個人都真心真意的馬上答應，從此以後再也不罵他了。

說完，大夥兒都出來了，把吉姆鎖在裡面。我希望，他們能夠把吉姆手腳上的鐵鍊，去掉一兩根，因爲那些鐵鍊非常沉重，也希望他們，除了麵包和水之外，也給吉姆吃一點肉和青菜，可是，他們都沒有想到這點；我心想，自己最好還是別蹚這個渾水，不過，一旦安然度過眼前這些風波，我會想盡辦法，盡快把醫生那番話告訴莎莉姨媽。我的意思是，解釋給她聽，說我和湯姆在那個倒楣的夜晚，划著小船到處追捕那個落跑黑鬼時，「席德」挨了一槍的事，爲什麼對她隻字未提。

不過，我有的是時間。莎莉姨媽整天整夜待在病人房間裡；每次遇見賽拉斯姨丈神情恍惚四處遊蕩時，我也趕緊躲避。

第二天早上，我聽說湯姆好得多了，他們說，莎莉姨媽也回自己房間小寐一番了。於是，我溜進湯姆房間，心裡盤算，要是湯姆醒著，我們就打算給這家人，編造一套禁得起盤問的故事。但是，湯姆還在睡覺，而且睡得非常安詳；只是臉色蒼白，不像剛來時那樣紅光滿面。於是我在旁邊坐著，等他醒來。差不多過了半個鐘頭，莎莉姨媽翩然而至，這下子，我又下不了台了！她示意要我別動，過來坐我身旁，開始低聲說話，說我們大家都可以高興了，因爲一切徵狀顯示湯姆處於最佳狀況，他已經睡了那麼久，看著越來越好轉，也越來越安詳，有九成的把握，他醒過來會腦筋正常。

於是，我們坐在那兒守著，沒多久，他動了一下，自然而然地睜開眼睛，看了四周一眼，嘴裡說：

「哈囉，我居然到**家**嘍！怎麼搞的？木筏在哪兒？」

「一切都還好，」我說。

「**吉姆**呢？」

「也一樣，」我說，沒辦法說得心甘情願，但是他沒注意到，還說：

「好！精采極了！**現在**我們都安全無恙了！你告訴姨媽了嗎？」

我正要說是；但是，她突然打岔說：

「席德，關於什麼啊？」

「唔，關於那一整件事的來龍去脈啊。」

「哪一整件事？」

「唔，**那**一整件事啊，不然還有哪一件事？就是我們把那個落跑黑鬼釋放自由的事——我和湯姆兩個人。」

「老天爺啊！釋放落跑的——這孩子**在**說些什麼啊！唉喲，唉喲，他又開始神智不清了！」

「**沒有**，我沒有神智不清；我很清楚我在講什麼。我們**真的**釋放他自由了——我和湯姆兩個人。我們籌備周詳計畫，**執行**成功了。而且，做得優雅極了。」他一旦起了頭，就停不住，她也不打斷他，讓他一直說下去，只是坐在那兒，眼睛越瞪越大，我看**我**插嘴也沒用。「姨媽，妳知道嗎？我們費了好大的勁兒——好幾個星期呢——每天晚上你們都睡著之後，我們一做就做上好幾個鐘頭。而且我們還得偷蠟燭、偷被單、偷襯衫、偷妳的衣服、偷湯匙、偷鐵盤子、偷小餐刀、偷暖鍋、偷大石磨、偷麵粉，偷的東西簡直沒完沒了；妳根本想不到有多麼費事，又要磨鋸子、磨筆、刻題辭，還有這個那個的；這其中的樂趣，妳連**一半**也想像不出來。我們還得自己畫那些棺材之類的圖畫，還要替強盜寫匿名信，還要從避雷針桿爬上爬下，還要挖地

道進小木屋，還要把編好的繩梯藏在烤好的派裡面送進去，還要把湯匙等工作用具藏在妳的圍裙口袋送進去」——

「我的天老爺啊！」

——「還要在小木屋裡塞滿老鼠和蛇之類的東西，給吉姆作伴；然後，湯姆的帽子裡藏了牛油，妳還把他扣留了那麼久，害得我們整個計畫差點全毀，因為那些人已經進了小木屋，而我們還沒來得及溜出來，所以，我們只好快跑逃走，他們聽見聲音，馬上追了上來，因此我才挨了一槍，接著，我們躲進路旁樹叢讓他們先過，狗兒追到我們，也對我們不感興趣，反而往熱鬧處跑去，我們跳進獨木舟，划到木筏那兒，三人終於平安無事，吉姆也獲得自由，這一切都是我們獨力完成的，簡直棒透了，不是嗎，姨媽？」

「唉呀，我有生以來，還沒聽過這種事呢！原來是**你們**幹的好事，你們兩個小壞蛋，惹了這麼多麻煩，害得全家雞犬不寧，嚇得大家魂飛魄散。我生平從來沒有像眼前這樣，巴不得狠狠揍你們一頓。想想看，我坐在這裡，一個晚上接著一個晚上，守候著你——你這個小流氓，一等**你**病好以後，我非要把你們兩個痛打一頓不可，打得你們再也不敢被魔鬼附身做壞事[1]！」

然而，湯姆還是很驕傲很得意，樂得**按捺不住**，舌頭煞不住的**一直講**——莎莉姨媽也一直插嘴，一直火冒三丈，兩個人同時都在說話，熱鬧得像貓兒開大會[2]；她說：

「**好罷**，你們**這回**可是爽夠了吧，不過，給我聽著，要是再被我

---

1　這句話原文I'll tan the Old Harry out o' both o' ye!（正確是I'll tan the Old Harry out of both of you!）莎莉姨媽是極度虔誠的基督徒，不敢直指「撒旦」（Satan）的名稱，為了避諱起見，以「老哈利」（Old Harry）取代之。言下之意是，惡魔附身於你，支使你做壞事，我要狠狠地打你，把惡魔從你身上驅趕出去。

2　「貓兒開大會」（cat-convention），這個很可愛的比喻，取材自赫克平日常見景象，convention通常指正式的年會或全國代表大會，如政治、商業、學術、宗教等。

逮到，你們跟他胡搞瞎搞——」

「跟**誰**胡搞瞎搞？」湯姆問，收起笑容，露出驚訝。

「還有**誰**？噢，當然是那個落跑的黑鬼。你們以爲還會有誰？」

湯姆一臉嚴肅望著我，說：

「湯姆，你剛才不是告訴我，他平安無事嗎？難道他沒逃掉？」

「**他**？」莎莉姨媽說，「那個落跑的黑鬼？他確實沒逃掉，他

▲湯姆在床上突然直挺挺坐起來

們又平安無事的把他逮回來，現在他又被關在那個小木屋裡，只能吃麵包和喝水過日子，還用鐵鍊鎖起來，鎖到他主人來認領，或是被拍賣掉！」

湯姆在床上，突然直挺挺坐起來，眼睛冒火，鼻孔像魚鰓似的一開一合，衝著我大叫：

「他們沒有**權利**把他關起來！**快去**！──一分鐘也別耽擱。快把他給釋放！他根本不是奴隸；他自由得跟地球上走著的任何生物一樣！」

「這孩子說的是什麼話呀？」

「我**說**的每一個字都是實話，莎莉姨媽，要是沒人去釋放他，**我就要**去。我認識他一輩子了，湯姆也是。老華珊小姐兩個月前死了，她是曾經想過，要把吉姆賣到大河下游去，所以很過意不去，還親口**說過**；因此，她在遺囑裡釋放他自由了。」[3]

「那麼，究竟是爲了什麼理由，**你**要釋放他自由，既然他已經是

---

3　這裡「呼應」前面第三十三章的「伏筆」，湯姆剛剛冒出一句「吉姆已經──」立刻就住口不說，原來湯姆早就知道老華珊小姐在遺囑裡釋放吉姆自由的事，還故意隱瞞事實，整得全家人仰馬翻，連自己也差點送了命。

個自由人了[4]?」

「喔,我不得不說,這問題問得**真是**好;也**只有**女人才會問!當然,我只是想嘗嘗這當中的**冒險滋味**而已[5],想試試踩過血流成河的那種感覺——老天爺啊,**波麗姨媽**!」

她就站在那兒,站在門裡邊,看起來甜蜜又滿足,快活得像天使似的,不然的話,我還真不相信這時候見到她!

莎莉姨媽跳起來衝向她,使勁抱著她,幾乎把她腦袋擰下來,高興得哭起來,這時候,我在床底下找到一個好地方,因為**我們**這麼多人害這房間變得悶熱。我從床底往外偷瞄,看見湯姆的波麗姨媽,終於解脫熱情擁抱,站在那兒,眼睛掠過眼鏡上方,仔細端詳湯姆——你知道,彷彿要把湯姆瞪到地底下去似的。接著,她開口說:

「湯姆,是啊,你**最好**掉轉頭去——換了我也會這樣。」

「噢,老天爺!」莎莉姨媽說,「他**有**變那麼多嗎?唉,那不是**湯姆**,那是席德;湯姆是——湯姆是——咦,湯姆哪去了?一分鐘前還在這兒呀。」

「妳是說赫克**芬**哪去了——妳是那個意思吧!我想我還不至於養湯姆這個小壞蛋,養了這麼多年,居然**見面**還認不出他是誰,那**可就**糗大[6]了。赫克芬,從床底下爬出來吧。」

於是,我只好爬出來,不過,心不甘情不願。

---

4　原文是Then what on earth did *you* want to set him free for, seeing he was already free?這句話囊括了整本書第三部分的全部內容,「釋放一個自由的黑鬼」(freeing a freed nigger),也導致許多批評家說,這明明就是一場「鬧劇」,簡直是狗尾續貂,尤其是赫克經歷三場天人交戰,自己的赤子之心終於戰勝了世俗道德良心,這時候就應該見好就收戛然而止。

5　就是這一句話:I wanted the adventure of it,暴露了湯姆的自私心理,只為滿足自己,不管他人死活,也害他從「英雄」變成「狗熊」。

6　原文howdy-do是how-do-you-do的縮寫法。在美式英文裡,"How do you do"(或howdy)是問候人家「你好!」,但是"how-do-you-do"(或how-d'ye-do,或how-de-do)則是口語指「狀況、困境、尷尬的局面」。

莎莉姨媽五味雜陳的表情，我這一輩子還沒見過，有過之而無不及的是賽拉斯姨丈，他進了房間，聽我們告知來龍去脈。他那個表情，一看就知道，好像喝醉了酒似的，往後一整天，都渾渾噩噩不知所措，當天晚上，他在祈禱會上講道時，突然聲名大噪，因為連世界上最老的老人，都聽不懂他在講什麼。於是，湯姆的波麗姨媽告訴大家，我是誰和什麼來歷；我不得不站起來，解釋當初費浦斯太太誤認我是湯姆索耶那時候的困難處境——這時，她也插嘴進來，說：「啊，你還是繼續叫我莎莉姨媽吧，我已經習慣了，沒有必要改口」——當初莎莉姨媽把我誤認為湯姆索耶，我也只好將錯就錯——一時也沒別的法子了，而且我知道湯姆不會介意，因為，成為這樁懸疑事件的當事人，他會很熱中，還會從中演變出冒險犯難，一定會心滿意足到極點。結果，事情就發展成這樣，他冒充是席德，也讓我盡量得心應手的扮演他。

　　他的波麗姨媽說，關於老華珊小姐在遺囑裡，釋放吉姆自由一事，湯姆說的沒錯；這麼一來，果然印證了一件事，原來湯姆索耶費了這麼大的勁兒，惹了這麼多麻煩，到頭來，只是在釋放一個原本已經自由的黑鬼！之前，我怎麼想都想不通，如今，就在這一分鐘，聽了這一番話，我才恍然大悟，憑他的身分教養，**怎麼可能**去釋放一個黑鬼自由[7]。

　　波麗姨媽說，她收到莎莉姨媽寄給她的信，說什麼湯姆和**席德**都抵達了，一路平安無事，她對自己說：

　　「現在，果然出問題了！放他一個人出遠門，身邊又沒別人看管他，我早就該料到，結果會這樣。因此，我不得不親自跑一趟，搭船走水路，一走走上1100哩，為的就是來到這兒看一看，到底這個小傢

---

7　這裡也是一大「反諷」，赫克不但不怪罪湯姆浪費大家力氣，反而替他找台階下，難怪嘛，憑他的身分教養，怎麼可能做這種下三濫的事？再度凸顯奴隸制度意識型態如何扭曲價值觀，連化外小子赫克都難逃被洗腦。

伙，**這回**又幹了什麼好事；因為我一直都沒有收到妳的回音。」

「喲，我也一直沒有收到妳的回音哪。」莎莉姨媽說。

「喔，這就怪啦！嘿，我寫了兩封信給妳，妳說席德在這兒，我問妳是什麼意思。」

「唉呀，姊姊，我根本沒收到信呀。」

波麗姨媽慢慢的轉過身子，表情嚴厲，嘴裡說：

「湯姆，你！」

「喔——**怎麼啦**？」他說，有點氣呼呼的。

▲「把那些信交出來。」

「不要跟我說怎麼啦，你這個放肆的東西——把那些信交出來。」

「什麼信？」

「就是**那些**信。我可是說定了，要是給我逮到你，那我就要——」

「信都在皮箱裡面。就在那兒。跟我從郵局拿來時一模一樣，都還原封未動呢，我沒拆開來看，也根本沒碰它們。不過，我知道，這些信會給我們惹麻煩，我也以為妳不急著看，所以我——」

「哼，**真該**剝了你的皮，一點也沒錯。我又寄了另一封信，說我要過來一趟；恐怕也被他——」

「不，昨天收到了；我還沒拆開來看，不過，**還好**沒事，這封信我是收到了。」

我本來還想打賭兩塊錢，賭她沒收到信，不過想一想，還是別打這個賭比較保險。所以我也沒吭聲。

# 最後一章

一有機會私下逮到湯姆，我就問他，當初策劃越獄時，他心裡打的什麼主意？要是越獄計畫成功，他的用意何在，百般辛苦的釋放一個原本就自由的黑鬼？他說，打一開始他心裡盤算的是，要是能夠讓吉姆安全逃脫，我們就一起乘著木筏繼續南下，到大河下游出口處去好好探險一番，到時候，再把他早已獲得自由的事告訴他，然後帶著他，坐蒸汽輪船回家，風風光光的，再付他一大筆錢，彌補他損失

▲解除桎梏

的時間；而且，還要事先寫信回家，叫附近所有的黑鬼都來迎接他，還要號召一群舉著火炬的遊行隊伍，和一團吹吹打打的鼓號樂隊，浩浩蕩蕩大搖大擺，簇擁他回到鎮上，到時候，他就變成了英雄人物，我倆也是。不過，就我看來，眼前的情況也是一樣的光彩熱鬧。

我們立刻解開了吉姆的鎖鍊，等到波麗姨媽和賽拉斯姨丈和莎莉姨媽，都聽說了，說他是如何幫醫生，細心照顧湯姆，他們又小題大作的吹捧他，給他打點門面，他想吃什麼，就給他吃什麼，讓他開心的玩，不用做任何事。我們帶他到湯姆養病的房間，聊天聊個痛快；湯姆給了吉姆40塊錢[1]，酬謝他充當囚犯那麼有耐性，扮演角色那麼

---

1　有趣的是，赫克似乎偏愛「四十」這個數目，全書出現17次之多。記不記得第四章一開頭，赫克說他背九九乘法表，會背到「六乘七等於三十五」，剩下的他就沒辦法了，因為他數學不靈光。從赫克的觀點來看，「四十」應該是很大的數

成功；吉姆也高興得要命，不禁大聲嚷嚷[2]：

「赫克，**你看**，我當初怎麼跟你說的？——當初在傑克森島上，

(續)————————

目，是他的極限了。乍看之下，似乎是馬克吐溫偏愛「四十」這個數字，但從全書充滿《聖經》典故的情況而言，可能大有淵源。

「四十」是《舊約聖經》記載的猶太傳統上很重要的一個完整而完美的數字：1）挪亞方舟時下雨四十天；2）以色列人出埃及時在沙漠裡走了四十年；3）摩西上西奈山接受十誡時待了四十天；4）摩西的人生被分為三個「四十」的階段：40歲因殺人而逃亡、80歲帶領百姓出埃及、120歲終老；5）以色列密探偵測迦南地四十天。「四十」也是《新約聖經》沿用的傳統數字：〈哥林多後書〉第十一章第24節，使徒保羅就說他「被猶太人鞭打五次，每次四十減去一下」。按猶太傳統，若是打滿四十下，就太過頭了。

由此推測，馬克吐溫用了17次「四十」這個數目，應該不只是巧合，而是刻意的寫法，讓熟悉《聖經》的讀者直覺產生聯結，暗示敘事者赫克長期拘泥於宗教傳統的道德規範。

這17次列舉如下：

（第三章）油燈精靈有辦法造出四十哩長的皇宮；

（第五章）老爹用新衣服換了一壺「四十桿烈酒」；

（第九章）傑克森島上最高處的山坡，高達四十呎；

（第十章）赫克扮裝女孩，上岸來到一個四十多歲太太的家裡；

（第十六章）兩個捉拿逃奴者見死不救，各放下二十元，共四十元良心買罪錢；

（第二十章）公爵印的捉拿逃奴傳單上，說吉姆從紐奧爾良下游四十哩處逃出來；

（第二十一章）小鎮有四十條野狗，供遊手好閒的鎮民捉弄；

（第二十三章）歷史上像亨利八世之類的國王有四十幾位；

（第二十五章）居民堅持有四十件事可以證明「國王」就是哈維；

（第三十一章）赫克騙捉拿逃奴者說，吉姆被懸賞四十元；

（第三十一章）「國王」以四十元偷偷出賣吉姆；

（第三十一章）費浦斯農莊在四十哩外；

（第三十一章）「國王」用出賣吉姆的四十元，在酒館裡喝得酩酊大醉；

（第三十七章）整條床單撕碎，可以塞滿四十個「巫婆派」；

（第四十章）吉姆堅持延擱救治湯姆，否則發誓等上四十年也不肯離開；

（第四十一章）他們三個做的越獄工作，連四十個人都做不完；

（最後一章）湯姆給了吉姆四十元，因他很有耐性的扮演囚犯。

2 吉姆那麼「有耐性」的配合演出，成功的扮演囚犯角色，逆來順受，雖然他也頗覺有趣，但畢竟還是「苦」多於「樂」，甚至差點連命都賠進去，只是為了滿足湯姆少爺的虛榮心，到頭來，湯姆只用區區四十元就打發了他，讀者想必都不以為然。更諷刺的是，吉姆居然根本不在意被折騰，反而欣喜若狂，滿足得不得了。兩相對照，也很令人感慨。

我怎麼跟你說的？我**告訴**過你，我有厚厚的胸毛，那是什麼預兆；我還**告訴**過你，我以前發過一次財，以後還會**再**發一次財；如今，果然都應驗了，運氣之神已經**降臨**！就在眼前了！別再跟**我**頂嘴——預兆就是**預兆**，記得我告訴過你了吧，我就知道一定還會再發一次財，千真萬確，就像你現在站在我面前一樣可靠！」

接著，湯姆口若懸河滔滔不絕的講個沒完沒了，他說，讓我們三個來選一天晚上，準備好行頭，離開這

▲湯姆慷慨施捨

兒，蹺頭到印地安保留區去，痛痛快快探險一番，好好玩上兩三個星期[3]；我說，好啊，那挺合我心意，可惜，我沒有錢買行頭，我想我大概沒辦法從家裡弄到錢，因為很可能我老爹前不久回去過，從柴契爾法官那兒，把我的錢全部弄走了，買酒喝醉全花光了。

「不，他沒有，」湯姆說，「錢全部都在法官那兒——比六千元還多呢，你老爹從那之後，就再沒回去過。起碼，在我出來之前，還

---

3　馬克吐溫在1884年完成本書之後，立刻開始著手寫續集故事"Huck Finn and Tom Sawyer among the Indians"，寫他們三個（湯姆、赫克、吉姆）真的跑到印地安保留區去探險，遭遇到白人與印地安人生存競爭弱肉強食的殺人殘暴事件，完全沒有承繼《湯姆歷險記》及《赫克歷險記》的幽默與樂趣，只寫了五、六十頁而已，就沒有繼續寫下去。這個故事後來收集在「馬克吐溫基金會」（Mark Twain Foundation）授權加州大學出版社於1989年出版的《赫克芬與湯姆索耶在印地安保留區及其他未完成作品》（*Huck Finn and Tom Sawyer among the Indians and Other Unfinished Stories*），頁33-81。這部作品現在也放在免費線上閱讀網站上：Mark Twain Project Online（http://www.marktwainproject.org）。收集在這本書裡的還有另一個故事，也很有本書續集故事意味，1897年寫的〈湯姆索耶的陰謀〉（"Tom Sawyer's Conspiracy"），諧擬當時流行的偵探小說。

赫克歷險記

沒有回去過。」

吉姆說話了，有點嚴肅的：

「赫克，他再也不會回去了。」

我說：

「吉姆，爲什麼？」

「赫克，別問我爲什麼——反正他再也不會回去了。」

可是，我非要他說不可，最後，他終於說了：

「你還記得大河上漂流下來的那個船屋嗎？裡面有個死人用布蓋著，我進去掀開布看了一下，又不准你進去看，你還記得嗎？所以我說，你需要的時候，還是會拿到那筆錢，因爲那個死人就是你老爹[4]。」

事到如今，湯姆的傷勢差不多已經痊癒了，他把腿上取出來的子彈，用錶鍊拴起來，掛在脖子上當錶用，不時拿出來看看時辰，所以，現在已經沒有什麼好寫的了，我也高興極了，因爲，要是早知道寫一本書，會這麼麻煩，我當初才不會辛苦寫它呢，以後也不再寫了。不過，我看，當前之急，還是趕快蹺頭到印地安保留區去，因爲莎莉姨媽說，她要收養我，要教化我，我可受不了那一套，因爲我先前就嘗過那滋味[5]。

---

4　這裡「呼應」前面第九章倒數第三、四段「伏筆」情節，原來在河面上漂流船屋裡的那具死屍，就是赫克的老爹，當時吉姆爲了保護赫克，不讓他看到老爹慘死的臉面，不但囑咐他不要看，還瞞了他這麼久。由此可見吉姆的體貼與愛心，從那之後一路上吉姆也像父親一樣對他呵護備至，彷彿取代他老爹的「生身父親」（biological father），反而成爲他的「替代父親」（surrogate father）。赫克的親生父親是典型的「白人垃圾」，不但沒有盡到爲人父親應盡的責任，反而由一個黑人奴隸來替代補償，實在是一大諷刺。

5　這裡「呼應」本書開端第一章，"sivilize"這個招牌字眼又再度出現，在結構上一頭一尾互相呼應。赫克曾經被道格拉斯寡婦收養教化，過了一段辛苦日子，凡事要中規中矩，又要上學又要讀聖經，那滋味對他的確不好受，難怪他又要逃離文明，赫克與馬克吐溫都認爲文明世界充滿虛假與僞善。

本書結束，你忠實的朋友，赫克芬謹上

# 參考研究書目

## 英文新版本（依出版年代排序）

Shelley Fisher Fishkin, ed. *Adventures of Huckleberry Finn. The Oxford Mark Twain,* 29 vols. Foreword by Shelley Fisher Fishkin. Introduction by Toni Morrison. Afterword by Victor A. Doyno. Oxford: Oxford UP, 1996.

Doyno, Victor *A., ed. Adventures of Huckleberry Finn: A Comprehensive Edition.* New York: Random House, 1996.

Hulse, Michael, ed. T*he Adventures of Huckleberry Finn.* Cologne: Könemann, 1996.

Cooley, Thomas, ed. *Adventures of Huckleberry Finn,* 3$^{rd}$ Norton Critical Edition. New York: Norton, 1999.

Hearn, Michael Patrick, ed. *The Annotated Huckleberry Finn.* New York: Norton, 2001.

Fischer, Victor, and Lin Salamo, eds. *Adventures of Huckleberry Finn.* The Mark Twain Library edition. Berkeley: U of California P, 2002.

## 英文舊版本（依出版年代排序）

DeVoto, Bernard, ed. *Adventures of Huckleberry Finn.* New York: Limited Editions Club, 1942.

Smith, Henry Nash, ed. *Adventures of Huckleberry Finn.* Boston: Houghton Mifflin, 1958.

Hill, Hamlin. Introduction. Adventures of Huckleberry Finn. A Facsimile of the First Edition. San Francisco: Chandler, 1962.

Marx, Leo, ed. *Adventures of Huckleberry Finn.* Indianapolis: Bobbs-

Merrill, 1967.

Bradley, *Sculley, et al., eds. Adventures of Huckleberry Finn.* 2nd Norton
    Critical Edition. New York: Norton, 1977.

Budd, Louis. Introduction. *Adventures of Huckleberry Finn.* A Facsimile
    of the Manuscript. 2 vols. Detroit: Gale, 1983.

**中文譯本**（依出版年代排序）

章鐸聲譯。《頑童歷險記》。上海：光明書局，1950。

世界文學精華編輯委員會。《頑童流浪記》。世界文學精華選1。香港
    九龍：人人，1954。

胡鳴天譯。《頑童流浪記》。台北：大中國，1957。

黎裕漢譯。《頑童流浪記》。香港：今日世界，1963。高雄：新皇
    冠，1980。台北：台灣英文雜誌社，1991。

陳雙鈞譯。《頑童流浪記》。世界名著74。台北：正文，1972。

文國書局編譯部。《頑童流浪記》。世界文學名著51。台北：文國，
    1987。

唐玉美主編。《頑童流浪記》。世界文學名著57。台南：文國，
    1990。

張友松、張振先合譯。《哈克貝利・費恩歷險記》。馬克吐溫作品
    集。南昌：百花洲文藝，1992。台北：林鬱，1993。

漢風編輯部。《頑童歷險記》。台南：漢風，1994。

許汝祉譯。《赫克爾貝里・芬歷險記》。南京：譯林，1995。2002。

倪鈞爲改譯。《哈克貝利・芬歷險記》。南京：江蘇教育，1995。

吳蘭芳譯。《頑童歷險記》。世界文學經典庫24。台中：三久，
    1996。

成時譯。《湯姆・索亞歷險記／哈克貝利・費恩歷險記》。珍本世界
    名著19。台北：光復，1998。

文怡虹譯。《頑童流浪記》。台北：小知堂文化，2001。世界文集 24。

秋帆譯。《哈克歷險記》。台北：長宥文化，2001。

蘇放譯。《頑童歷險記》。新店：角色文化，2001。

潘慶舲、張許蘋譯。《哈克貝利・費恩歷險記》。《馬克・吐溫十九卷集》第十卷。吳鈞陶主編。石家庄：河北教育，2001。

廖勇超譯。《哈克流浪記》。文學世界004。台北：大田，2002。

張友松譯。《哈克貝利歷險記》。台北：新潮社文化，2003。

閻玉敏譯。《哈克貝利・芬歷險記》。天津：天津科技翻譯，1998。

成時譯。《哈克貝利・費恩歷險記》。北京：人民文學出版社，2004。

司馬得學校改寫。《哈克貝利・費恩歷險記》。上海：上海世界圖書，2004。

賈文浩、賈文淵譯。《頑童流浪記》。台北：商周，2005。

## 國外英文研究書目（依作者姓氏字母排序）

Adams, Richard P. "The Unity and Coherence of *Huckleberry Finn*." *Huck Finn among the Critics: A Centennial Selection*. Ed. M. Thomas Inge. Frederick, MD: University Publications of America, 1985. 175-92.

Alberti, John. "The Nigger Huck: Race, Identity, and the Teaching of *Huckleberry Finn*." *College English* 57. 8 (December 1995): 919-37.

Anderson, Douglas. "Starting over in *Huckleberry Finn*." *Raritan* 24.2 (Fall 2004): 141-58.

Anderson, Erich R. "A Window to Jim's Humanity: The Dialectic between Huck and Jim in Mark Twain's *Adventures of Huckleberry Finn*." PhD Diss., Indiana University, 2008.

Anderson, Frederick, ed. *Selected Mark Twain – Howells Letters.* New York: Athenaeum, 1968.

Anderson, Frederick, William M. Gibson, and Henry Nash Smith, eds. *Selected Mark Twain – William Dean Howells Letters, 1872-1910.* Cambridge: Harvard UP, 1967.

Anderson, Frederick, and Kenneth M. Sanderson, eds. *Mark Twain: The Critical Heritage.* London: Routledge, 1971. 1997.

Andrews, Kenneth R. *Nook Farm: Mark Twain's Hartford Circle.* Cambridge: Harvard UP, 1950.

Andrews, William L. "The Politics of Publishing: A Note on the Bowdlerization of Mark Twain." *Markham Review* 7 (1977): 17-20.

Angell, Roger. "Huck, Continued." *New Yorker* 71 (26 June and 3 July 1995): 130-32.

Anspaugh, Kelly. "'I Been There Before': Biblical Typology and *Adventures of Huckleberry Finn.*" *ANQ* 7.4 (October 1995): 219-23.

Arac, Jonathan. "Nationalism, Hypercanonization, and *Huckleberry Finn.*" *Boundary 2* 19.1 (Spring 1992): 14-33.

——. "Narrative Forms." In Cambridge *History of American Literature.* Ed. Sacvan Bercovitch. Cambridge: Cambridge UP, 1995. 607-77.

——. *Huckleberry Finn as Idol and Target: The Function of Criticism in Our Time.* Madison: U of Wisconsin P, 1997.

——. "*Uncle Tom's Cabin vs. Huckleberry Finn:* The Historians and the Critics." *Boundary 2* 24.2 (Summer 1997): 79-90.

——. "Criticism between Opposition and Counterpoint." *Boundary 2* 25.2 (Summer 1998): 55-70.

——. "Why Does No One Care about the Aesthetic Value of *Huckleberry Finn?*" *New Literary History* 30.4 (Autumn 1999): 769-84.

赫克歷險記

Arbour, Keith. "Book Canvassers, Mark Twain, and Hamlet's Ghost." *Papers of the Bibliographical Society of America* 93 (1999): 5-37.

Ashley, L. F. "Huck, Tom and Television." *English Quarterly* 4 (Spring 1971): 57-64.

Auden, W. H. "Huck and Oliver." *Mark Twain: A Collection of Critical Essays.* Ed. Henry Nash Smith. Englewood Cliffs, NJ: Prentice Hall, 1963.

Avalos, Julio C. "'An Agony of Pleasurable Suffering': Masochism and Maternal Deprivation in Mark Twain." *American Imago* 62.1 (Spring 2005): 35-58.

Baetzhold, Howard G. *Mark Twain and John Bull: The British Connection.* Bloomington: Indiana UP, 1970.

——. "Mark Twain and Dickens: Why the Denial?" *Dickens Studies Annual* 16 (1987): 189-219.

Baetzhold, Howard G., and Joseph B. McCullough, eds. *The Bible According to Mark Twain: Writings on Heaven, Eden, and the Flood.* Athens: U of Georgia P, 1995.

Bakhtin, Mikhail. *Problems of Dostoevsky's Poetics.* Trans. Caryl Emerson. Minneapolis: U of Minnesota P, 1984.

Baldanza, Frank. "The Structure of Huckleberry Finn." *American Literature* 27 (November 1955): 347-55. Rpt. *Huck Finn among the Critics: A Centennial Selection.* Ed. M. Thomas Inge. Frederick, MD: University Publications of America, 1985. 165-173.

Balkun, Mary McAleer. "'I Couldn't See No Profit in It': Discourses of Commoditization and Authenticity in *Adventures of Huckleberry Finn." The American Counterfeit: Authenticity and Identity in American Literature and Culture.* Tuscaloosa: U of Alabama P, 2006.

Barchilon, Jose, and Joel S. Kovel. *"Huckleberry Finn:* A Psychoanalytic Study." *Journal of American Psychoanalytic Association* 14 (1966): 775-814.

Baringer, Sandra K. "Deadpan Trickster: The American Humor of *Huckleberry Finn." Trickster Lives: Culture and Myth in American Fiction.* Ed. Jeanne Campbell Reesman. Athens: U of Georgia P, 2001.

Barlow, Dudley. "The Teacher's Lounge: Hidden in Plain View." *Education Digest* 74.5 (January 2009): 65-68.

Barrish, Phillip. "The Secret Joys of Antiracial Pedagogy: *Huckleberry Finn* in the Classroom." *American Imago* 59.2 (Summer 2002): 117-39.

Bassett, John E. "Tom, Huck, and the Young Pilot: Twain's Quest for Authority." *Mississippi Quarterly* 39 (1986): 3-19.

Bates, Allan. "Sam Clemens, Pilot Humorists of a Tramp Steamboat." *American Literature* 39 (March 1967): 102-09.

Beaver, Harold. "Run, Nigger, Run: *Adventures of Huckleberry Finn* as a Fugitive Slave Narrative." *Journal of American Studies* 8 (1974): 339-61.

——. *Huckleberry Finn.* London: Allen & Unwin, 1987.

——. "Huck and Pap." *Huck Finn.* Ed. Harold Bloom. New York: Chelsea House, 1990. 174-83.

Beidler, Peter G. "The Raft Episode in *Huckleberry Finn." Modern Fiction Studies* 14 (Spring 1968): 11-20.

——. "Christian Schultz's *Travels*: A New Source for *Huckleberry Finn." English Language Notes* 28 (December 1990): 51-61.

Bellamy, Gladys. *Mark Twain as a Literary Artist.* Norman: U of Oklahoma P, 1950.

Bennett, Jonathan. "The Conscience of Huckleberry Finn." *Philosophy* 49 (1974): 1-9.

Bercovitch. Sacvan. "What's Funny about *Huckleberry Finn.*" *New English Review* 20.1 (Winter 1999): 8-29.

——. "Deadpan Huck: Or, What's Funny about Interpretation." *Kenyon Review* 24.3-4 (2002): 90-134.

Berkove, Lawrence I. "Mark Twain: A Man for All Regions." In *A Companion to the Regional Literatures of America.* Ed. Charles L. Crow. London: Blackwell, 2003. 496-512.

Berret, Anthony J. "The Influence of *Hamlet* on *Huckleberry Finn.*" *American Literary Realism* 18 (Spring and Autumn 1985): 196-207.

——. "Huckleberry Finn and the Minstrel Show." *American Studies* 27.2 (Fall 1986): 37-49.

——. *Mark Twain and Shakespeare: A Cultural Legacy.* Lanham, MD: University Press of America, 1993.

Berthele, Raphael. "Translating African-American Vernacular English into German: The Problem of 'Jim' in Mark Twain's *Huckleberry Finn.*" *Journal of Sociolinguistics* 4.4 (2000): 588-613.

"Big River." *Tonyawards.com.* 5 Feb. 2005. http://www.tonyawards.com/en_US/nominees/shows/B/bigriver.html.

Bird, John. *Mark Twain and Metaphor.* Columbia: U of Missouri P, 2007.

Blackford, Holly. "Child Consciousness in the American Novel: *Adventures of Huckleberry Finn, What Maisie Knew,* and the Birth of Child Psychology." *Enterprising Youth: Social Values and Acculturation in Nineteenth-Century American Children's Literature.* Ed. Monika Elbert. New York: Routledge, 2008.

Blair, Walter. *Native American Humor.* New York: American

Book, 1937. San Francisco: Chandler, 1960.

——. "The French Revolution and *Huckleberry Finn*." *Modern Philology* 55 (August 1957): 21-35.

——. "When Was *Huckleberry Finn* Written?" *American Literature* 30.1 (March 1958): 1-25.

——. *Mark Twain and Huck Finn*. Berkeley: U of California P, 1960.

——. *Mark Twain's Hannibal, Huck and Tom*. Berkeley: U of California P, 1969.

Blair, Walter, and Hamlin Hill. *America's Humor: From Poor Richard to Doonesbury*. Oxford: Oxford UP, 1978.

Blount, Roy, Jr. "A Murder, a Mystery, and a Marriage." *Atlantic Monthly* 288.1 (2001): 49-81.

Bloom, Harold, ed. *Mark Twain*. New York: Chelsea House, 1986.

——, ed. *Major Literary Characters: Huck Finn*. New York: Chelsea House, 1990.

——, ed. *Major Short Stories Writers: Mark Twain*. New York: Chelsea House, 1999.

Bluefarb, Sam. *The Escape Motif in the American Novel: Mark Twain to Richard Wright*. Columbus: Ohio State UP, 1972.

Bollinger, Laurel. "'Say it, Jim': The Morality of Connection in *Adventures of Huckleberry Finn*." *College Literature* 29.1 (Winter 2002): 32-52.

Booth, Wayne D. *The Rhetoric of Fiction*. Chicago: Chicago UP, 1961. 1983.

——. "Distance and Point-of-View: An Essay in Classification." *Essay in Criticism* 11.1 (1961): 60-79.

——. *The Company We Keep: An Ethics of Fiction*. Berkeley: U of California P, 1988.

Borchers, Hans, and Daniel E. Williams, eds. *Samuel Clemens: A Mysterious Stranger*. Frankfort: Peter Lang, 1986.

Bradbury, Malcolm. "*Huckleberry Finn*: An Epic of Self-Discovery." *UNESCO Courier* (June 1982): 15-17.

——. *Dangerous Pilgrimages: Trans-Atlantic Mythologies and the Novel*. London: Secker & Warburg, 1995.

Bradley, Sculley, et al., eds. *Adventures of Huckleberry Finn*. 2nd Norton Critical Edition. New York: Norton, 1977.

Branch, Edgar M. *The Literary Apprenticeship of Mark Twain*. Urbana: U of Illinois P, 1950.

——. "The Two Providences: Thematic Form in *Huckleberry Finn*." *College English* (January 1950): 188-95.

——. "Mark Twain: Newspaper Reading and the Writer's Creativity." *Nineteenth-Century Fiction* (March 1983): 576-603.

——. "Mark Twain: The Pilot and the Writer." *Mark Twain Journal* 23.2 (Fall 1985): 28-43.

Brashear, Minnie M. *Mark Twain: Son of Missouri*. Chapel Hill: U of North Carolina P, 1934.

Briden, Earl F. "Kemble's 'Specialty' and the Pictorial Countertext of *Huckleberry Finn*." *Mark Twain Journal* 26 (Fall 1988): 2-14.

Bridgman, Richard. *Traveling in Mark Twain*. Berkeley: U of California P, 1987.

Britton, Wesley A. "Media Interpretations of Mark Twain's Life and Work." In *The Mark Twain Encyclopedia*. Eds. J. R. LeMaster and James D. Wilson. New York: Garland, 1993. 500-04.

Brodwin, Stanley. "Mark Twain's Masks of Satan: The Final Phase." *American Literature* 45 (May 1973): 206-27.

——. "The Theology of Mark Twain: Banished Adam and the Bible." *Mississippi Quarterly* 29 (1976): 167-89.

——. "Mark Twain's Theology: The Gods of a Brevet Presbyterian." In *The Cambridge Companion to Mark Twain*. Ed. Forrest G. Robinson. Cambridge: Cambridge UP, 1995. 220-48.

Brown, Robert B. "One Hundred Years of Huck Finn." *American Heritage* (June-July 1985): 81-85.

Brooks, Van Wyck. *The Ordeal of Mark Twain*. 1920. New York: E. P. Dutton, 1933.

Budd, Louis J. "Southward Currents under Huck Finn's Raft." *Mississippi Valley Historical Review* 46.2 (1959): 222-37.

——. *Mark Twain: Social Philosopher*. Bloomington: Indiana UP, 1962. Columbia: U of Missouri P, 2001.

——. "A Listing of and Selection from Newspaper and Magazine Interviews with Samuel L. Clemens." *American Literary Realism* 10 (1977): 1-100.

——. *Our Mark Twain: The Making of His Public Personality*. Philadelphia: U of Pennsylvania P, 1983.

——. " 'A Nobler Roman Aspect' of *Adventures of Huckleberry Finn*." In *One Hundred Years of* Huckleberry Finn: *The Boy, His Book, and American Culture*. Eds. Robert Sattelmeyer and J. Donald Crowley. Columbia: U of Missouri P, 1985. 26-40.

——. "The Recomposition of *Adventures of Huckleberry Finn*." *Missouri Review* 10 (1987): 113-29. Rpt. *The Critical Response to Mark Twain's* Huckleberry Finn. Ed. Laurie Champion. Westport, CT: Greenwood P, 1991. 195-206.

——. "Mark Twain as an American Icon." In *The Cambridge Companion*

*to Mark Twain.* Ed. Forrest G. Robinson. Cambridge: Cambridge UP, 1995. 1-26.

——. "Listing of and Selections from Newspaper and Magazine Interviews with Samuel L. Clemens: A Supplement." *American Literary Realism* 28 (1996): 63-90.

——. "Mark Twain's Books Do Furnish a Room: But a Uniform Edition Does Still Better." *Nineteenth-Century Prose* 25 (1998): 91-102.

——. "Mark Twain's 'An Encounter with an Interviewer': The Height (or Depth) of Nonsense." *Nineteenth-Century Literature* 55.2 (2000): 226-43.

——. "Mark Twain Sounds Off on the Fourth of July." *American Literary Realism* 34 (Spring 2002): 265-80.

——. "Mark Twain's Visual Humor." In *A Companion to Mark Twain.* Eds. Peter Messent and Louis J. Budd. London: Blackwell, 2005. 469-84.

——, ed. "Mark Twain in the 1870s." A special issue of *Studies in American Humor* 2.3 (1976).

——, ed. *Critical Essays on Mark Twain, 1867-1910.* Boston: G. K. Hall, 1982.

——, ed. *Critical Essays on Mark Twain, 1910-1980.* Boston: G. K. Hall, 1983.

——, ed. *New Essays on* Adventures of Huckleberry Finn. Cambridge: Cambridge UP, 1985.

——, ed. *Mark Twain: Collected Tales, Sketches, Speeches, and Essays.* 2 vols. New York: Library of America, 1992.

——, ed. *Mark Twain: The Contemporary Reviews.* Cambridge: Cambridge UP, 1999.

Budd, Louis J., and Edwin H. Cady, eds. *On Mark Twain: The*

*Best from American Literature*. Durham: Duke UP, 1987.

Budder, Leonard. " 'Huck Finn' Barred as Textbook by City." *New York Times* (12 September 1957): 1, 29.

Burde, Edgar J. "Mark Twain: The Writer as Pilot." *PMLA* 93.5 (1978): 878-92.

———. "Slavery and the Boys: *Tom Sawyer* and the Germ of *Huck Finn*." *American Literary Realism* 24 (1991): 86-91.

Bush, Harold K., Jr. "The Mythic Struggle between East and West: Mark Twain's Speech at Whittier's 70th Birthday Celebration and W. D. Howells's *A Chance Acquaintance*." *American Literary Realism* 27.2 (1995): 53-73.

———. " 'A Moralist in Disguise': Mark Twain and American Religion." In *A Historical Guide to Mark Twain*. Ed. Shelley Fisher Fishkin. Oxford: Oxford UP, 2002. 55-94.

———. " 'Broken Idols': Mark Twain's Elegies for Susy and a Critique of Freudian Grief Theory." *Nineteenth-Century Fiction* 57 (2002): 237-68.

———. *Mark Twain and the Spiritual Crisis of His Age*. Tuscaloosa: U of Alabama P, 2007.

———. "Mark Twain: The Adventures of Samuel L. Clemens." *American Literary Realism* 44.2 (2012): 184+. *Literature Resource Center*. Web. 20 June 2012.

Camfield, Gregg. "Sentimental Liberalism and the Problem of Race in Huckleberry Finn." *Nineteenth-Century Literature* 46.1 (June 1991): 96-113.

———. " 'I Wouldn't Be as Ignorant as You for Wages': Huck Finn Talks Back to His Conscience." *Studies in American Fiction* 20 (Autumn 1992):

赫克歷險記

169-75.

——. "Sentimental Liberalism and the Problem of Race in *Huckleberry Finn*." *Nineteenth-Century Literature* 46.2 (September 1991): 96-113.

——. *Sentimental Twain: Samuel Clemens in the Maze of Moral Philosophy*. Philadelphia: U of Pennsylvania P, 1994.

——. *Necessary Madness: The Humor of Domesticity in Nineteenth-Century American Literature*. Oxford: Oxford UP, 1997.

——. "A Republican Artisan in the Court of King Capital: Mark Twain and Commerce." In *Historical Guide to Mark Twain*. Ed. Shelley Fisher Fishkin. Oxford: Oxford UP, 2002. 95-126.

——. *The Oxford Companion to Mark Twain*. Oxford: Oxford UP, 2003.

——. "Mark Twain and Amiable Humor." In *A Companion to Mark Twain*. Eds. Peter Messent and Louis J. Budd. London: Blackwell, 2005. 500-12.

Cardwell, Guy A. "*Life on the Mississippi*: Vulgar Facts and Learned Errors." *ESQ* 19.4 (1973): 283-93.

——. "The Metaphoric Hero as Battleground." *ESQ* 23 (1977): 52-66.

——. *The Man Who Was Mark Twain: Images and Ideologies*. New Haven: Yale UP, 1991.

——. "Mark Twain: The Adventures of Samuel L. Clemens." *American Literary Realism 44.2 (2012): 184+. Literature Resource Center.* Web. 20 June 2012.

Carey-Webb, Allen. "Racism and *Huckleberry Finn*: Censorship, Dialogue, and Change" *English Journal* 82.7 (November 1993): 22-33.

Carkeet, David. "The Dialects in *Huckleberry Finn*." *American Literature* 51 (November 1979): 315-32.

Carlson, Peter. "Mark Twain's Guide to Our Most Tumultuous Century."

*American History* (April 2010): 29-37.

Caron, James E. "The Comic *Bildungsroman* of Mark Twain." *Modern Language Quarterly* 50.2 (June 1989): 145-72.

Carrington, George C., Jr. *The Dramatic Unity of "Huckleberry Finn"*. Columbus: Ohio State UP, 1976. 153-87.

Carter, Everett. "The Modernist Ordeal of Huckleberry Finn." *Studies in American Fiction* 13.2 (1985): 169-83.

Carton, Evan. "Speech Acts and Social Action: Mark Twain and the Politics of Literary Performance." In *The Cambridge Companion to Mark Twain*. Ed. Forrest G. Robinson. Cambridge: Cambridge UP, 1995. 153-74.

Cecil, L. Moffitt. "The Historical Ending of *Huckleberry Finn*: How Nigger Jim Was Set Free." *American Literary Realism* 13 (Autumn 1980): 280-83.

Chadwick-Joshua, Jocelyn. "Teaching Racially-Sensitive Literature: or, "Say That 'n' Word and Out You Go!" In *The Critical Response to Mark Twain's Huckleberry Finn*. Ed. Laurie Champion. Westport, CT: Greenwood P, 1991. 228-37.

——. "Why Huck Finn Belongs in Classroom." *The Jim Dilemma: Reading Race in* Huckleberry Finn. Jackson: UP of Mississippi, 1998.

Champion, Laurie. "Critical Views on Adaptations of *Huckleberry Finn*." *The Critical Response to Mark Twain's* Huckleberry Finn. Ed. Laurie Champion. Westport, CT: Greenwood P, 1991. 238-44.

——, ed. *The Critical Response to Mark Twain's* Huckleberry Finn. Westport, CT: Greenwood P, 1991.

Chu, T. K. "150 Years of Chinese Students in America." *Harvard China Review* 5.1 (2004): 7-21, 26.

Clemens, Clara. *My Father Mark Twain*. New York: Harper & Bros, 1931.

Clemens, Susy. *Papa: An Intimate Biography of Mark Twain*. Ed. Charles Neider. Garden City, NY: Doubleday, 1985.

Clack, Randall A. "'The Widow's Son': Masonic Parody in *Adventures of Huckleberry Finn*." *Mark Twain Annual* 2.1 (September 2004): 65-74.

Collins, Brian, ed. *When in Doubt, Tell the Truth and Other Quotations from Mark Twain*. New York: Columbia UP, 1996.

Colwell, James L. "Huckleberries and Humans: On the Naming of Huckleberry Finn." *PMLA* 86.1 (January 1971): 70-76.

Cooley, John. *Mark Twain's Aquarium: The Samuel Clemens—Angelfish Correspondence, 1905-1910*. Athens: U of Georgia P, 1991.

Coulombe, Joseph L. *Mark Twain and the American West*. Columbia: U of Missouri P, 2003.

Covici, Pascal, Jr. *Mark Twain's Humor: The Image of a World*. Dallas: Southern Methodist UP, 1962.

——. *Humor and Revolution in American Literature*. Columbia: U of Missouri P, 1997.

Cox, James M. "Remarks on the Sad Initiation of Huckleberry Finn." *Sewanee Review* 62 (1954): 389-405. Rpt. *Huck Finn among the Critics: A Centennial Selection*. Ed. M. Thomas Inge. Frederick, MD: University Publications of America, 1985. 141-55.

——. *Mark Twain: The Fate of Humor*. Princeton: Princeton UP, 1966.

——. "A Hard Book to Take." In *One Hundred Years of* Huckleberry Finn: *The Boy, His Book, and American Culture*. Eds. Robert Sattelmeyer and J. Donald Crowley. Columbia: U of Missouri P, 1985. 386-403.

Csicsila, Joseph. "Mark Twain as He Is Taught: American Literature Anthologies, 1919-1998." In *Mark Twain among the Scholars: Reconsidering Contemporary Twain Criticism*. Eds. Richard P. Hill and Jim McWilliams. Albany, NY: Whitston Publishing, 2002. 17-37.

——. *Cannons by Consensus: Critical Trends and American Literature Anthologies*. Tuscaloosa: U of Alabama P, 2004.

Csicsila, Joseph, and Chad Rohman, eds. *Centenary Reflections on Mark Twain's "No. 44, The Mysterious Stranger."* Columbia: U of Missouri P, 2009.

Cummings, Sherwood. *Mark Twain and Science: Adventures of a Mind*. Baton Rouge: Louisiana State UP, 1988.

——. "Mark Twain's Moveable Farm and the Evasion." *American Literature* 63 (September 1991): 440-58.

Cundick, Bryce M. "Translating Huck: Difficulties in Adapting *The Adventures of Huckleberry Finn* to Film." MA thesis, Brigham Young University, 2005.

David, Beverly R. "Mark Twain and the Legends of *Huckleberry Finn*." *American Literary Realism* 15 (Autumn 1982): 155-65.

——. *Mark Twain and His Illustrators, Vol. 1 (1869-1875)*. Troy, NY: Whitston Publishing, 1986.

——. *Mark Twain and His Illustrators, Vol. 2 (1875-1883)*. Albany, NY: Whitston Publishing, 2001.

——. "The Pictorial *Huck Finn*." In *Huck Finn among the Critics: A Centennial Selection*. Ed. M. Thomas Inge. Frederick, MD: University Publications of America, 1985. 269-91.

David, Beverly R., and Ray Sapirstein, eds. "Reading the Illustration in *Huckleberry Finn*." Rpt. Fishkin, *Huckleberry Finn* 33-40.

Davis, Sara deSaussure, and Philip D. Beidler, eds. *The My-*

赫克歷險記

*thologizing of Mark Twain*. Tuscaloosa: U of Alabama P, 1984.

Dawidziak, Mark. *Horton Foote's "The Shape of the River": The Lost Teleplay about Mark Twain with History and Analysis*. New York: Applause, 2003.

——, ed. *Mark My Words: Mark Twain on Writing*. New York: St. Martin's P, 1996.

Dawson, Hugh J. "The Ethnicity of Huck Finn – and the Difference It Makes." *American Literary Realism* 30.2 (Winter 1998): 1-16.

DeKoster, Katie, ed. *Readings on* The Adventures of Huckleberry Finn. San Diego: Greenhaven P, 1998.

Dempsey, Terrell. *Searching for Jim: Slavery in Sam Clemens's World*. Columbia: U of Missouri P, 2003.

Deneen, Patrick J. "Was Huck Greek?: The *Odyssey* of Mark Twain." *Modern Language Studies* 32.2 (Autumn 2002): 35-44.

Derosa, Aaron. "Europe, Darwin, and the Escape from Huckleberry Finn." *American Literary Realism* 44.2 (2012): 157+. *Literature Resource Center*. Web. 20 June 2012.

DeVoto, Bernard. *Mark Twain's America*. Boston: Little, Brown, 1932.

——. *Mark Twain in Eruption*. New York: Harper & Bros, 1940.

——. *Mark Twain at Work*. Cambridge: Harvard UP, 1942.

——. *The Portable Mark Twain*. New York: Viking, 1946. 1968.

——. *Mark Twain's America and Mark Twain at Work*. 2nd ed. Boston: Houghton Mifflin, 1967.

Dickens, Charles. *American Notes*. (1842). Oxford: Oxford UP, 1996.

Dickinson, Asa Don. "Huckleberry Finn Is Fifty Years Old—Yes; But Is He Respectable?" *Wilson Bulletin for Librarians* 10 (November 1935):

180-85.

Dix, Andrew. "Twain and the Mississippi." In *A Companion to Mark Twain*. Eds. Peter Messent and Louis J. Budd. London: Blackwell, 2005. 293-308.

Dolmetsch, Carl. *"Our Famous Guest": Mark Twain in Vienna*. Athens: U of Georgia P, 1992.

Donoghue, Denis. *The American Classics: a Personal Essay*. New Haven: Yale UP, 2005.

Doyno, Victor A. *"Adventures of Huckleberry Finn*: The Growth from Manuscript to Novel." In *One Hundred Years of* Huckleberry Finn: *The Boy, His Book, and American Culture*. Eds. Robert Sattelmeyer and J. Donald Crowley, Columbia: U of Missouri P, 1985. 106-16.

——. *Writing Huck Finn: Mark Twain's Creative Process*. Philadelphia: U of Pennsylvania P, 1991.

——. "Afterword." *Adventures of Huckleberry Finn*. The Oxford Mark Twain. Ed. Shelley Fisher Fishkin. Oxford: Oxford UP, 1996.

——. "Textual Addendum." *Adventures of Huckleberry Finn*. New York: Random House, 1996.

——. "Huck's and Jim's Dynamic Interactions: Dialogues, Ethics, Empathy, Respect." *Mark Twain Annual* 1.1 (September 2003): 19-29.

——. *Beginning to Write Huck Finn*. In *Huck Finn: The Complete Buffalo & Erie County Public Library Manuscript – Teaching and Research Edition*. Buffalo: Buffalo & Erie County Library, 2003.

——. "Presentations of Violence in Adventures of Huckleberry Finn." *Mark Twain Annual* 2.1 (September 2004): 75-93.

——. "Plotting and Narrating 'Huck'." In *A Companion to Mark Twain*. Eds. Peter Messent and Louis J. Budd. London: Blackwell, 2005.

387-400.

Dyson, A. E. *"Huckleberry Finn* and the Whole Truth." *Critical Quarterly* 3.1 (28 September 2007): 29-40.

Eagon, Michael. *Mark Twain's Huckleberry Finn: Race, Class and Society.* London: Chatto & Windus / Sussex UP, 1977.

Eble, Kenneth E. *Old Clemens and W. D. H.: The Story of a Remarkable Friendship.* Baton Rouge: Louisiana State UP, 1985.

Eliot, T. S. Introduction. *The Adventures of Huckleberry Finn.* London: Cresset P, 1950. Rpt. *Adventures of Huckleberry Finn*, 3rd Norton Critical Edition. Ed. Thomas Cooley. New York: Norton, 1999. 348-54.

Ellis, James. "The Bawdy Humor of *The King's Camelopard* or *The Royal Nonesuch." American Literature* 63 (December 1991): 729-35.

Ellison, Ralph. *Shadow and Act.* New York: Random House, 1953.

Emerson, Everett. *The Authentic Mark Twain: A Literary Biography of Samuel L. Clemens.* Philadelphia: U of Pennsylvania P, 1984.

——. "Smoking and Health: The Case of Samuel L. Clemens." *New England Quarterly* 70 (1997): 548-66.

——. *Mark Twain: A Literary Life.* Philadelphia: U of Pennsylvania P, 2000.

Ensor, Allison. *Mark Twain and the Bible.* Lexington: U of Kentucky P, 1969.

——. "The Contributions of Charles Webster and Albert Bigelow Paine to *Huckleberry Finn." American Literature* 40.2 (May 1968): 222-27.

Entzminger, Betina. "Come Back to the Raft Ag'in, Ed Gentry." *Southern Literary Journal* 40.1 (Fall 2007): 98-113.

Fanning, Philip Ashley. *Mark Twain and Orion Clemens: Brothers, Partners, Strangers*. Tuscaloosa: U of Alabama P, 2003.

Fatout, Paul. *Mark Twain on the Lecture Circuit*. Bloomington: U of Indiana P, 1960.

——. "Mark Twain's Nom de Plume." *American Literature* 34 (March 1962): 1-7.

——. *Mark Twain in Virginia City*. Bloomington: U of Indiana P, 1964.

——. *Mark Twain Speaks for Himself*. Lafayette: Purdue UP, 1978.

——, ed. *Mark Twain Speaking*. Iowa City: U of Iowa P, 1976.

Ferguson, DeLancy. *Mark Twain, Man and Legend*. Indianapolis: Bobbs-Merrill Co., 1943.

Fertel, R. J. " 'Free and Easy'?: Spontaneity and the Quest for Maturity in *The Adventure of Huckleberry Finn*." *Modern Language Quarterly* 44.2 (June 1983): 157-77.

Fetterley, Judith. "The Sanctioned Rebel." *Studies in the Novel* 3 (1971): 293-304.

——. "Disenchantment: Tom Sawyer in *Huckleberry Finn*." *PMLA* 87 (January 1972): 69-74.

——. "Mark Twain and the Anxiety of Entertainment." *Georgia Review* 33 (1979): 382-91.

Fielder, Leslie A. "Come Back to the Raft Ag'in, Huck Honey!" *An End to Innocence: Essays on Culture and Politics*. Boston: Beacon P, 1955. 142-51.

——. *Love and Death in American Novel*. New York: Stein & Day, 1960. Rev. ed. 1966. 270-96.

——. *What Was Literature? Class Culture and Mass Society*. New York: Simon & Schuster, 1982. 232-45.

——. *"Huckleberry Finn*: The Book We Love to Hate." *Proteus* (Fall 1984): 1-8.

Fischer, Victor. "Huck Finn Reviewed: The Reception of *Huckleberry Finn* in the United States, 1885-1897." *American Literary Realism* 16 (Spring 1983): 1-57.

Fishkin, Shelley Fisher. *From Fact to Fiction: Journalism and Imaginative Writing in America*. Baltimore: Johns Hopkins UP, 1985. 55-84.

——. "False Starts, Fragments and Fumbles: Mark Twain's Unpublished Writing on Race." *Essays in Arts and Sciences* 20 (October 1991): 17-31.

——. *Was Huck Black? Mark Twain and African American Voices*. Oxford: Oxford UP, 1993.

——. "Racial Attitudes." *The Mark Twain Encyclopedia*. Eds. J. R. LeMaster and James D. Wilson. New York: Garland, 1993. 609-15.

——. "Mark Twain and Women." In *The Cambridge Companion to Mark Twain*. Ed. Forrest G. Robinson. Cambridge: Cambridge UP, 1995. 52-73.

——. *Lighting Out for the Territory: Reflections on Mark Twain and American Culture*. Oxford: Oxford UP, 1997.

——. "The Challenge of Teaching *Huckleberry Finn*." In *Making Mark Twain Work in the Classroom*. Ed. James S. Leonard. Durham: Duke UP, 1999.

——. Review of *Black, White & Huckleberry Finn: Re-imagining the American Dream*. *African American Review* 35.1 (2001): 153-54.

——. "Mark Twain and Race." In *A Historical Guide to Mark Twain*. Ed. Shelley Fisher Fishkin. Oxford: Oxford UP, 2002. 127-62.

——. "Illustrated Chronology." In *A Historical Guide to Mark Twain*. Ed. Shelley Fisher Fishkin. Oxford: Oxford UP, 2002. 257-77.

——. "Bibliographical Essay." In *A Historical Guide to Mark Twain*. Ed. Shelley Fisher Fishkin. Oxford: Oxford UP, 2002. 279-98.

——. "Introduction" and "Afterword." In Mark Twain, *Is He Dead? A Comedy in Three Acts*. Berkeley, U of California P, 2003. ix-xii, 147-232.

——. "Looking Over Mark Twain's Shoulder As He Writes: Stanford Students Read the Huck Finn Manuscript." *Mark Twain Annual* 2.1 (September 2004): 107-39.

——. "Mark Twain and the Stage." In *A Companion to Mark Twain*. Eds. Peter Messent and Louis J. Budd. London: Blackwell, 2005. 259-89.

——. "Crossroads of Cultures: The Transnational Turn in American Studies: Presidential Address to the American Studies Association, November 12, 2004." *American Quarterly*. 57.1 (March 2005): 17-57.

——. "Race and the Politics of Memory: Mark Twain and Paul Laurence Dunbar." *Journal of American Studies* 40.2 (2006): 283-309.

——, ed. *A Historical Guide to Mark Twain*. Oxford: Oxford UP, 2002.

——, ed. *The Mark Twain Anthology: Great Writers on His Life and Works*. New York: Literary Classics of the United States, 2010.

Fite, Montgomery. "Mark Twain's Naming of Huckleberry Finn." *American Notes and Queries* 13.9 (May 1975): 140-41.

Florence, Don. *Persona and Humor in Mark Twain's Early Writings*. Columbia: U of Missouri P, 1995.

Foner, Eric. *Reconstruction: America's Unfinished Revolution, 1863-1877*. New York: Harper & Row, 1988.

Foner, Philip S. *Mark Twain: Social Critic*. New York: International Publishers, 1958.

Frank, Perry. *"Adventures of Huckleberry Finn* on Film." In *Huck Finn among the Critics: A Centennial Selection*. Ed. M. Thomas Inge. Franklin, MD: University Publications of America, 1985. 293-313.

——. *"The Adventures of Tom Sawyer* on Film: The Evolution of an American Icon." PhD diss., George Washington University, 1991.

Fratz, Ray W., Jr. "The Role of Folklore in *Huckleberry Finn*." *American Literature* 28.3 (1956): 314-27.

Freedman, Carol. "The Morality of Huck Finn." *Philosophy and Literature* 21.1 (April 1997): 102-13.

French, Bryant Morey. *Mark Twain and "The Gilded Age": The Book That Named an Era*. Dallas: Southern Methodist UP, 1965.

French, William C. "Character and Cruelty in *Huckleberry Finn*: Why the Ending Works." *Soundings* 81 (1998): 157-79.

Frye, Northrop. *The Anatomy of Criticism*. Princeton: Princeton UP, 1957.

Fu, James S. *Mythic and Comic Aspects of the Quest : Hsi-yu chi as Seen through Don Quixote and Huckleberry Finn*. Singapore: Singapore UP, 1977.

Fulton, Joe B. *Mark Twain's Ethical Realism: The Aesthetics of Race, Class, and Gender*. Columbia: U of Missouri P, 1997.

——. *Mark Twain in the Margins: The Quarry Farm Marginalia and A Connecticut Yankee in King Arthur's Court*. Tuscaloosa: U of Alabama P, 2000.

Furnas, J. C. "The Crowded Raft: *Huckleberry Finn* and Its Critics." *American Scholar* 54.4 (Autumn 1985): 517-24. Rpt. *Mark Twain among the Scholars: Reconsidering Contemporary Twain Criticism*. Eds.

Richard P. Hill and Jim McWilliams. Albany, NY: Whitston Publishing, 2002. 53-66.

Gair, Christopher. "The 'American Dickens' : Mark Twain and Charles Dickens." In *A Companion to Mark Twain*. Eds. Peter Messent and Louis J. Budd. London: Blackwell, 2005. 141-56.

Gale, Robert L. *Plots and Characters in the Works of Mark Twain*, 2 vols. Hamden, CT: Archon Books, 1973.

Ganzel, Dewey. *Mark Twain Abroad: The Cruise of the "Quaker City."* Chicago: U of Chicago P, 1968.

Gardner, Joseph H. "Mark Twain and Dickens." *PMLA* 84 (January 1969): 90-101.

Geismar, Maxwell. *Mark Twain: An American Prophet*. New York: Houghton Mifflin, 1970.

Gerber, John C. "The Relation between Point of View and Style in the Works of Mark Twain." *Style in Prose Fiction, English Institute Essays*. New York: Columbia UP, 1958. 142-71.

——. "Mark Twain's Use of the Comic Prose." *PMLA* 77 (1962): 297-304.

——. "Introduction: The Continuing Adventures of *Huckleberry Finn*." In *One Hundred Years of* Huckleberry Finn: *The Boy, His Book, and American Culture*. Eds. Robert Sattelmeyer and J. Donald Crowley, Columbia: U of Missouri P, 1985. 1-12.

——. *Mark Twain*. Boston: Twayne, 1988.

——. "The Iowa Years of *The Works of Mark Twain*: A Reminiscence." *Studies in American Humor* 3 (1997): 68-87.

Gibson, William M. ed. *Mark Twain's Mysterious Stranger Manuscripts*. Berkeley: U of California P, 1969.

——. *The Art of Mark Twain*. Oxford: Oxford UP, 1976.

Giddings, Robert, ed. *Mark Twain: A Sumptuous Variety*. New York: Barnes and Noble, 1985.

Gilman, Stephen. "Adventures of Huckleberry Finn: Experience of Samuel Clemens." In *One Hundred Years of* Huckleberry Finn: *The Boy, His Book, and American Culture*. Eds. Robert Sattelmeyer and J. Donald Crowley, Columbia: U of Missouri P, 1985. 15-25.

Gillman, Susan. *Dark Twins: Imposture and Identity in Mark Twain's America*. Chicago: U of Chicago P, 1989.

——, and Forrest G. Robinson. *Mark Twain's "Pudd'nhead Wilson": Race, Conflict, and Culture*. Durham: Duke UP, 1990.

Glass, Loren Daniel. "Trademark Twain." *American Literary History* 13.4 (Winter 2001): 671-93.

Godden, Richard, and Mary A. McCay. "Say It Again, Sam[BO]: Race and Speech in *Huckleberry Finn* and Casablanca." *Mississippi Quarterly* 49.4 (Fall 1996): 657-83.

Gold, Charles H. *"Hatching Ruin," or Mark Twain's Road to Bankruptcy*. Columbia: U of Missouri P, 2003.

Goldner, Ellen J. "Screening Huck Finn in 1993: National Debts, Cultural Amnesia, and the Dismantling of the Civil Rights Agenda." *Literature Film Quarterly* 37.1 (2009): 5-17.

Goldstein, Philip. "Chapter Four: *The Adventures of Huckleberry Finn*: From Liberal Realism to Multiculturalism." *Modern American Reading Practices: Between Aesthetics and History*. New York : Palgrave Macmillan, 2009. 82-102.

Gollin, Richard, and Rita Gollin. "*Huckleberry Finn* and the Time of the Evasion." *Modern Language Studies* 9 (Spring 1979): 5-15.

Graff, Gerald, and James Phelan, eds. *Adventures of Huckleberry Finn: A*

*Case Study in Critical Controversy.* Boston: St. Martin's P, 2004.

Gribben, Alan. *Mark Twain's Library: A Reconstruction.* Boston: G. K. Hall, 1980.

——. "Mark Twain, Business Man: The Margins of Profit." *Studies in American Humor* (June 1982): 24-43.

——. "Autobiography as Property: Mark Twain and His Legend." In *The Mythologizing of Mark Twain.* Eds. Sara deSaussure Davis and Philip D. Beidler. Tuscaloosa: U of Alabama P, 1984. 39-55.

——. "'I Did Wish Tom Sawyer Was There': Boy-Book Elements in Tom Sawyer and Huckleberry Finn." In *One Hundred Years of* Huckleberry Finn: *The Boy, His Book, and American Culture.* Eds. Robert Sattelmeyer and J. Donald Crowley. Columbia: U of Missouri P, 1985. 149-70.

——. "The State of Mark Twain Studies." In *A Companion to Mark Twain.* Eds. Peter Messent and Louis J. Budd. London: Blackwell, 2005. 534-54.

Gribben, Alan, Nick Karanovich, et al, eds. *Overland with Mark Twain: James B Pond's Photographs and Journal of the North American Lecture tour of 1895.* Elmira, NY: Center for Mark Twain Studies at Quarry Farm; Elmira College, 1992.

Griffith, Clark. *Achilles and the Tortoise: Mark Twain's Fictions.* Tuscaloosa: U of Alabama P, 1998.

Grove, James. "Mark Twain and the Endangered Family." *American Literature* 57.3 (October 1985): 377-94.

Gullason, Thomas Arthur. "The 'Fatal' Ending of *Huckleberry Finn.*" *American Literature* 29.1 (March 1957): 86-91.

Habegger, Alfred. "Is Huckleberry Finn Politically Correct?" *American Re-*

*alism and the Canon.* Eds. Tom Quirk and Gary Scharnhorst. Newark: U of Delaware P, 1994.

Hacht, Anne Marie, ed. *Literary Themes for Students: Race and Prejudice: Examining Diverse Literature to Understand and Compare Universal Themes.* Detroit: Gale, 2006.

Halliday, Sam. "History, 'Civilization,' and A Connecticut Yankee in King Authur's Court." In *A Companion to Mark Twain.* Eds. Peter Messent and Louis J. Budd. London: Blackwell, 2005. 416-30.

Hansen, Chadwick. "The Character of Jim and the Ending of Huckleberry Finn." *Massachusetts Review* 5 (Autumn 1963): 45-66.

Harnsberger, Caroline Thomas, ed. *Everyone's Mark Twain.* Cranbury, NJ: A.S. Barnes, 1972.

Harris, Susan K. *Mark Twain's Escape from Time: A Study of Patterns and Images.* Columbia: U of Missouri P, 1982.

——. *The Courtship of Olivia Langdon and Mark Twain.* Cambridge: Cambridge UP, 1996.

——. "Mark Twain and Gender." In *A Historical Guide to Mark Twain.* Ed. Shelley Fisher Fishkin. Oxford: Oxford UP, 2002. 163-93.

Haupet, Clyde V. *"Huckleberry Finn" on Film: Film and Television Adaptations of Mark Twain's Novels, 1920-1993.* Jefferson, NC: McFarland, 1994.

Hawkins, Hunt. "Mark Twain's Anti-Imperialism." *American Literary Realism* 25.2 (1993): 31-45.

Hays, John Q. *Mark Twain and Religion: A Mirror of American Eclecticism.* New York: Peter Lang, 1989.

Hearn, Michael Patrick. "Expelling Huckleberry Finn." *Nation* (7-14 August 1982): 117.

Hellwig, Harold H. *Mark Twain's Travel Literature: The Odyssey of a Mind*. Jefferson, NC: McFarland, 2008.

Hemingway, Ernest. *Green Hills of Africa*. New York: Scribners, 1936.

Henrickson, Gary P. "How Many Children Had Huckleberry Finn?" *North Dakota Quarterly* 61.4 (1993): 72-80. Rpt. *Mark Twain among the Scholars: Reconsidering Contemporary Twain Criticism*. Eds. Richard P. Hill and Jim McWilliams. Albany, NY: Whitston Publishing, 2002. 107-18.

——. "Biographer's Twain, Critic's Twain, Which of the Twain Wrote the 'Evasion'?" *Southern Literary Journal* 26.1 (1993): 14-29.

Henry, Peaches. "The Struggle for Tolerance: Race and Censorship in Huckleberry Finn." In *Satire or Evasion? Black Perspectives on "Huckleberry Finn."* Eds. James S. Leonard, Thomas A. Tenney, and Thadious M. Davis. Durham: Duke UP, 1992. 25-48.

Hentoff, Nat. "The Trials of 'Huckleberry Finn'." *Washington Post* (18 March 1995): A17.

Hill, Hamlin. "Mark Twain: Audience and Artistry." *American Quarterly* 15 (1963): 25-40.

——. *Mark Twain and Elisha Bliss*. Columbia: U of Missouri P, 1964.

——. *Mark Twain's Letters to His Publishers, 1867-1894*. Berkeley: U of California P, 1967.

——. *Mark Twain: God's Fool*. New York: Harper & Row, 1973.

——. "The Biographical Equation: Mark Twain," *American Humor* 3.1 (1976): 1-5.

——, ed. *Adventures of Huckleberry Finn*. Centennial Facsimile edition. New York: Harper & Row, 1987.

Hill, Hamlin, and Walter Blair. "The Composition of Huckleberry Finn."

*The Art of Huckleberry Finn: Text of the First Edition, Sources, Criticisms.* San Francisco: Chandler, 1969. 1-19.

Hill, Richard P. "Overreaching: Critical Agenda and the Ending of *Adventures of Huckleberry Finn.*" *Texas Studies in Literature and Language* 33 (1991): 492-513. Rpt. *Mark Twain among the Scholars: Reconsidering Contemporary Twain Criticism.* Eds. Richard P. Hill and Jim McWilliams. Albany, NY: Whitston Publishing, 2002. 67-90. Rpt. Graff and Phelan, 312-34.

Hill, Richard P., and Jim McWilliams, eds. *Mark Twain among the Scholars: Reconsidering Contemporary Twain Criticism.* Albany, NY: Whitston Publishing, 2002.

Hirsh, James. "Samuel Clemens and the Ghost of Shakespeare." *Studies in the Novel* 24 (Fall 1992): 251-72.

——. "Covert Appropriations of Shakespeare: Three Case Studies." *Papers on Language and Literature* 43.1 (Winter 2007): 45-67.

Hoffman, Andrew Jay. *Twain's Heroes, Twain's Worlds.* Philadelphia: U of Pennsylvania P, 1988.

——. "Mark Twain and Homosexuality." *American Literature* 67.1 (1995): 23-50.

——. *Inventing Mark Twain: The Lives of Samuel Langhorne Clemens.* New York: William Morrow, 1997.

Hoffman, Daniel G. "Jim's Magic: Black or White?" *American Literature* 32 (March 1960): 47-54.

Hoffman, Donald. *Mark Twain in Paradise: His Voyages to Bermuda.* Columbia: U of Missouri P, 2006.

Holland, Laurence B. "A 'Raft of Trouble': Word and Deed in *Huckleberry Finn.*" *Glyph* 5 (1979): 69-87. Rpt. *American Realism: New Essays.*

Ed. Eric J. Sundquist. Baltimore: Johns Hopkins UP, 1982. 66-81.

Holz, Martin. *Race and Racism in* The Adventures of Huckleberry Finn. Nürnberg: Verlag Hans Carl, 2008.

Horn, Jason Gary. *Mark Twain and William James: Crafting a Free Self.* Columbia: U of Missouri P, 1996.

——. *Mark Twain: A Descriptive Guide to Biographical Sources.* Lanham, MD: Scarecrow P, 1999.

Horwitz, Howard. " 'Ours by the Law of Nature': Romance and Independents on Mark Twain's River." *Boundary 2* 17.1 (Spring 1990): 243-71.

——. "Can We Learn to Argue?: Huckleberry Finn and Literary Discipline." *English Literary History* 70.1 (Spring 2003): 267-300.

Howard, Douglas L. "Silencing Huck Finn." *Chronicle of Higher Education* 50.48 (6 August 2004): C1+.

Howe, Lawrence. *Mark Twain and the Novel: the Double-Cross of Authority.* Cambridge: Cambridge UP, 1998.

Howells, William Dean. *My Mark Twain: Reminiscences and Criticisms.* Ed. Marilyn Austin Baldwin. Baton Rouge: Louisiana State UP, 1967.

Hunt, Peter H. *Life on the Mississippi.* Universal City, CA: MCA Home Video, 1984.

Hutchinson, Stuart. *Mark Twain: Humor on the Run.* Amsterdam: Rodophi, 1994.

——. ed. *Mark Twain: Critical Assessments.* 4 vols. Robertsbridge, East Sussex, UK: Helm Information, 1993.

——, ed. *Mark Twain: Tom Sawyer and Huckleberry Finn.* Cambridge: Icon Books, 1998.

Inge, M. Thomas, ed. *Huck Finn among the Critics: A Centennial Se-*

*lection.* Franklin, MD: University Publications of America, 1985.

Irwin, Robert. "The Failure of *Tom Sawyer* and *Huckleberry Finn* on Film." *Mark Twain Journal* 13.4 (1967): 9-11.

Ishihara, Tsuyoshi. *Mark Twain in Japan: The Cultural Reception of an American Icon.* Columbia: U of Missouri P, 2005.

Jackson, Robert. "The Emergence of Mark Twain's Missouri: Regional Theory and *Adventures of Huckleberry Finn.*" *Southern Literary Journal* 35.1 (Fall 2002): 47-69.

Janows, Jill. Executive Producer. *Born to Trouble:* Adventures of Huckleberry Finn. [TV documentary] Boston: WGBH, 2000.

Jarrett, Gene. "This Expression Shall Not Be Changed: Irrelevant Episodes, Jim's Humanity Revisited, and Retracing Mark Twain's Evasion in *Adventures of Huckleberry Finn.*" *American Literary Realism* 35.1 (2003): 1-28.

Jay, Gregory S. "Rhetorical Hermeneutics, Huckleberry Finn, and Some Problems with Pragmatism." *Reconceptualizing American Literary/ Cultural Studies: Rhetoric, History, and Politics in the Humanities.* Ed. William E. Cain. New York : Garland P 1996.

Jehlen, Myra. "Banned in Concord: *Adventures of Huckleberry Finn* and Classic American Literature." In *The Cambridge Companion to Mark Twain.* Ed. Forrest G. Robinson. Cambridge: Cambridge UP, 1995. 93-115.

Jerome, Robert D., and Herbert A. Wisbey, eds. *Mark Twain in Elmira.* Elmira, NY: Mark Twain Society, 1978.

Johnson, Claudia Durst. *Understanding Adventures of Huckleberry Finn: A Student Casebook to Issues, Sources, and Historical Docu-*

*ments.* Westport, CT: Greenwood P, 1996.

——. *Youth Gangs in Literature.* Westport, CT: Greenwood P, 2004.

Johnson, Glen M. "Mark Twain and the New Americanists." In *Mark Twain among the Scholars: Reconsidering Contemporary Twain Criticism.* Eds. Richard P. Hill and Jim McWilliams. Albany, NY: Whitston Publishing, 2002. 119-30.

Jones, Betty H. "Huck and Jim: A Reconsideration." In *Satire or Evasion? Black Perspectives on "Huckleberry Finn."* Eds. James S. Leonard, Thomas A. Tenney, and Thadious M. Davis. Durham: Duke UP, 1992. 154-72.

Jones, Rhett S. "Nigger and Knowledge: White Double-Consciousness in *Adventures of Huckleberry Finn.*" In *Satire or Evasion? Black Perspectives on "Huckleberry Finn."* Eds. James S. Leonard, Thomas A. Tenney, and Thadious M. Davis. Durham: Duke UP, 1992. 173-94.

Kahn, Sholom J. *Mark Twain's Mysterious Stranger: A Study of the Manuscript Texts.* Columbia: U of Missouri P, 1978.

Kaplan, Amy. "Imperial Triangles: Mark Twain's Foreign Affairs." *Modern Fiction Studies* 43.1 (Spring 1997): 237-48.

Kaplan, Fred. *The Singular Mark Twain.* New York: Doubleday, 2003.

Kaplan, Justin. *Mr. Clemens and Mark Twain.* New York: Simon & Schuster, 1966.

——. *Mark Twain and His World.* New York: Simon & Schuster, 1974.

——. *Born to Trouble: One Hundred Years of Huckleberry Finn.* Washington DC: Library of Congress, 1985.

——, ed. *Mark Twain's Short Stories.* New York: Signet, 1985.

Kastely, James L. "The Ethics of Self-Interest: Narrative Logic in *Huckle-*

赫克歷險記

berry Finn." *Nineteenth-Century Fiction* 40.4 (March 1986): 412-37.

Kaufmann, David. "Satiric Deceit in the Ending of *Adventures of Huckle-berry Finn*." *Studies in the Novel* 19.1 (Spring 1987): 66-78.

Kaufman, Will. "Mark Twain's Deformed Conscience." *American Imago* 63.4 (Winter 2006): 463-78.

Kaye, Frances W. "Race and Reading: The Burden of *Huckleberry Finn*." *Canadian Review of American Studies* 29.1 (1999): 13-48.

Kazin, Alfred. "Huck Finn Forced Mark Twain to Become a Master Novel-ist." *Readings on* The Adventures of Huckleberry Finn. Ed. Katie de Koster. San Diego: Greenhaven P, 1998. 59-67.

Kesterson, David B. "Mark Twain and the Humorist Tradition." In *Samuel Clemens: A Mysterious Stranger*. Eds. Hans Borchers and Daniel E. Williams. New York: Peter Lang, 1982. 55-69.

——. "Those Literary Comedians." In *Critical Essays on American Hu-mor*. Eds. William Bedfosrd Clark and W. Craig Turner. Boston: G. K. Hall, 1984. 167-83.

Kincaid, James R. "Voices on the Mississippi." Rev. of *Was Huck Black?*. *New York Times* (23 May 1993), 12+. Rpt. *Adventures of Huckleber-ry Finn*, 3rd Norton Critical Edition. Ed. Thomas Cooley. New York: Norton, 1999. 383-85.

Kirk, Connie Ann. *Mark Twain: A Biography*. Westport, CT: Greenwood P, 2004.

Kirkham, E. Bruce. "Huck and Hamlet: An Examination of Twain's Use of Shakespeare." *Mark Twain Journal* 14 (Summer 1969): 17-19.

Kiskis, Michael J. *Mark Twain's Own Autobiography: The Chapters from the "North American Review."* Madison: U of Wisconsin P, 1990.

——. "Huckleberry Finn and Family Values" *This is Just to Say*. 12.1 (Winter 2001): 1-6.

——. "Mark Twain and the Tradition of Literary Domesticity." In *Constructing Mark Twain: New Directions in Scholarship*. Eds. Laura E. Skandera Trombley and Michael J. Kiskis. Columbia: U of Missouri P, 2001. 13-27.

——. *"Adventures of Huckleberry Finn* (Again!): Teaching for Social Justice or Sam Clemens' Children's Crusade." *Mark Twain Annual* 1.1 (September 2003): 63-77.

——. "Critical Humbug: Samuel Clemens' *Adventures of Huckleberry Finn.*" *Mark Twain Annual* 3.1 (2007): 13-22.

——. "Challenging the Icon: Teaching Mark Twain as Literary Worker." *Teaching American Literature: A Journal of Theory and Practice*. (Summer 2007): 1-15.

——. "Dead Man Talking: Mark Twain's Autobiographical Deception." *American Literary Realism* 40.2 (Winter 2008): 95-113.

Kiskis, Michael J., and Laura E. Skandera-Trombley, eds. "Mark Twain and Women." A special issue of the *Mark Twain Journal* 34.2 (1996).

Knoper, Randall. *Acting Naturally: Mark Twain in the Culture of Performance*. Berkeley: U of California P, 1995.

Kolb, Harold H., Jr. "Mark Twain, Huck Finn, and Jacob Blivens: Gilt-Edged, Tree-Calf Morality in *The Adventures of Huckleberry Finn.*" *Virginia Quarterly Review* 55 (1979): 653-69.

——. "Mere Humor and Moral Humor: The Example of Mark Twain." *American Literary Realism* 19.1 (Fall 1986): 52-64.

Krause, Sidney J. *Mark Twain as Critic*. Baltimore: Johns Hopkins UP, 1967.

Krauth, Leland. "Mark Twain: The Victorian of Southwestern Humor."

赫克歷險記

*American Literature* 54.3 (October 1982): 368-84.

———. *Proper Mark Twain*. Athens: U of Georgia P, 1999.

Kravitz, Bennett. "Reinventing the World and Reinventing the Self in Huck Finn." *Papers on Language and Literature* 40.1 (Winter 2004): 3-27.

Kruse, Horst H. "Annie and Huck: A Note on *The Adventures of Huckleberry Finn*." *American Literature* 39.2 (May 1967): 207-14.

———. *Mark Twain and "Life on the Mississippi"*. Amherst: U of Massachusetts P, 1981.

———. "Mark Twain's *Nom de Plume*: Some Mysteries Resolved." *Mark Twain Journal* 30 (1992): 1-32.

Ladd, Barbara. *Nationalism and the Color Line in George Cable, Mark Twain, and William Faulkner*. Baton Rouge: Louisiana State UP, 1996.

Lane, Lauriat, Jr. "Why *Huckleberry Finn* is a Great World Novel." *College English* 17.1 (October 1955): 1-5.

Lauber, John. *The Making of Mark Twain: A Biography*. New York: American Heritage P, 1985.

———. *The Inventions of Mark Twain: A Biography*. New York: Hill & Wang, 1990.

Leary, Lewis. *Mark Twain's Correspondence with Henry Huttleston Rogers, 1893-1909*. Berkeley: U of California P, 1969.

Lee, Jung H. "The Moral Power of Jim: A Mencian Reading of *Huckleberry Finn*." *Asian Philosophy* 19.2 (July 2009): 101-18.

Lee, Judith Yaross. "The International Twain and American Nationalist Humor: Vernacular Humor as a Post-Colonial Rhetoric." *Mark Twain Annual* 6.1 (November 2008): 33-49.

LeMaster, J. R., and James D. Wilson, eds. *The Mark Twain En-*

*cyclopedia*. New York: Garland, 1993.

LeMenager, Stephanie. "Floating Capital: The Trouble with Whiteness on Twain's Mississippi." *ELH* 71 (2004): 405-32.

Leon, Philip W. *Mark Twain and West Point*. Toronto: ECW Press, 1996.

Leonard, James S. "Racial Objections to *Huckleberry Finn*." *Essays in Arts and Sciences* 30 (2001): 77-82.

——. "Lynching Colonel Sherburn." *Mark Twain Annual* 1.1 (September 2003): 79-83.

——, ed. *Making Mark Twain Work in the Classroom*. Durham: Duke UP, 1999.

Leonard, James S., Thomas A. Tenney, and Thadious M. Davis, eds. *Satire or Evasion? Black Perspectives on "Huckleberry Finn."* Durham: Duke UP, 1992.

Lettis, Richard, Robert F. McDonnell, and William E. Morris. *Huck Finn and His Critics*. New York: Macmillan, 1962.

Levy, Leo B. "Society and Conscience in *Huckleberry Finn*." *Nineteenth-Century Fiction* 18.4 (March 1964): 383-91.

Li, Xilao. "The Adventures of Mark Twain in China: Translation and Appreciation of More than a Century." *Mark Twain Annual* 6.1 (September 2008): 65-76.

Link, Eric Carl. "Huck the Thief." *Midwest Quarterly* 41.4 (Summer 2000): 432-47.

Long, E. Hudson, and J. R. LeMaster, eds. *The New Mark Twain Handbook*. New York: Hendricks House, 1957. New York: Garland, 1985.

Lorch, Fred W. *The Trouble Begins at Eight: Mark Twain's Lecture Tours*.

赫克歷險記

Ames: Iowa State UP, 1968.

Lord, Fred W. "A Note on Tom Blankenship." *American Literature* 12.3
(1940): 351-53.

Lott, Eric. "Mr. Clemens and Jim Crow: Twain, Race, and Blackface." In
*The Cambridge Companion to Mark Twain*. Ed. Forrest G. Robinson.
Cambridge: Cambridge UP, 1995. 129-52.

Loving, Jerome. "Twain's Cigar-Store Indians." In *Lost in the Custom-
house: Authorship in the American Renaissance*. Iowa City: U of
Iowa P, 1993. 125-40.

——, *Mark Twain: The Adventures of Samuel L. Clemens*. Berkeley: U of
California P, 2010.

Lowenherz, Robert J. "The Beginning of *Huckleberry Finn*." *American
Speech* 38.3 (1963): 196-201.

Lowry, Richard S. *"Littery Man": Mark Twain and Modern Authorship*.
Oxford: Oxford UP, 1996.

Lynch, Paul. "Not Trying to Talk Alike and Succeeding: The Authoritative
Word and Internally-Persuasive Word in *Tom Sawyer* and *Huckleberry
Finn*." *Studies in the Novel* 38.2 (Summer 2006): 172-86.

Lynn, Kenneth S. *Mark Twain and the Southwestern Humor*. Boston:
Little, Brown, 1959.

——. "You Can't Go Home Again." Rpt. *Adventures of Huckleberry Finn*.
2nd Norton Critical Edition. Eds. Sculley Bradley, et al. New York:
Norton, 1977. 398-413.

——. "Welcome Back to the Raft, Huck Honey!" *American Literature*
(Summer 1977): 338-47.

——, ed. Huckleberry Finn: *Text, Sources, and Criticism*. New York: Har-
court, 1961.

Lystra, Karen. *Dangerous Intimacy: The Untold Story of Mark Twain's Final Years*. Berkeley: U of California P, 2004.

MacCann, Donnarae, and Gloria Woodard, eds. *The Black American in Books for Children: Readings in Racism*, 2nd ed. Metuchen, NJ: Scarecrow P, 1985.

Machlis, Paul, ed. *A Union Catalog of Clemens Letters*. Berkeley: U of California P, 1986.

——, ed. *Union Catalog of Letters to Clemens*. Berkeley: U of California P, 1992.

MacKethan, Lucinda H. "*Huck Finn* and the Slave Narratives: Lighting Out as Design." *Southern Review* 20 (April 1984): 247-64.

MacLeod, C. "Telling the Truth in a Tight Place: *Huckleberry Finn* and the Reconstruction Era." *Southern Quarterly* 34.1 (1995): 5-16.

Macnaughton, William R. *Mark Twain's Last Years as a Writer*. Columbia: U of Missouri P, 1979.

Mailer, Norman. "Huckleberry Finn, Alive at 100." *New York Times Book Review* (9 December 1984): 1, 36-37.

Mailloux, Steven. "Reading *Huckleberry Finn*: The Rhetoric of Performed Ideology." In *New Essays on* The Adventures of Huckleberry Finn. Ed. Louis Budd, Jr. Cambridge: Cambridge UP, 1985.

——. "Rhetorical Hermeneutics as Reception Study: Huckleberry Finn and 'The Bad Boy Boom'." *Reconceptualizing American Literary/Cultural Studies: Rhetoric, History, and Politics in the Humanities*. Ed. William E. Cain. New York : Garland P 1996.

Manierre, William R. "On Keeping the Raftsmen's Passage in *Huckleberry Finn*." *English Language Notes* 6 (December 1968): 118-22.

Margolis. Stacey. "*Huckleberry Finn*; or, Consequences." *PMLA* 116.2

赫克歷險記

(March 2001) 329-43.

*The Mark Twain Annual,* 2003-current.

*The Mark Twain Journal*, 1954-current.

*The Mark Twain Quarterly*, 1936-1953.

Marotti, Maria Ornella. *The Duplicating Imagination: Twain and the Twain Papers*. University Park: Pennsylvania State UP, 1990.

Martin, Jay. "The Genie in the Bottle: *Huckleberry Finn* in Mark Twain's Life." In *One Hundred Years of* Huckleberry Finn: *The Boy, His Book, and American Culture*. Eds. Robert Sattelmeyer and J. Donald Crowley. Columbia: U of Missouri P, 1985. 56-81.

Martin, Mick. *DVD & Video Guide 2006*. Westminster, MD: Ballantine Books, 2005.

Marx, Leo. "Mr. Eliot, Mr. Trilling, and *Huckleberry Finn.*" *American Scholar* 22 (1953): 423-40. Rpt. *The Critical Response to Mark Twain's* Huckleberry Finn. Ed. Laurie Champion. Westport, CT: Greenwood P, 1991. 113-29.

——. "The Pilot and the Passenger: Landscape Conventions and the Style of *Huckleberry Finn.*" *American Literature* 28 (January 1957): 129-46. Rpt. *Mark Twain: A Collection of Critical Essays*. Ed. Henry Nash Smith. Englewood Cliffs, NJ: Prentice-Hall, 1963.

——. *The Machine in the Garden*. Oxford: Oxford UP, 1964.

——. "The Vernacular Tradition in American Literature." *The Pilot and the Passenger: Essays in Literature, Technology and Culture in the United States*. Oxford: Oxford UP, 1988. 3-17.

——. Introduction. *Mark Twain: Adventures of Huckleberry Finn*. Indianapolis: Bobbs-Merrill, 1967.

——. "Huck at 100." *Nation* (31 August 1985): 150-52.

Mason, Ernest. "Attraction and Repulsion: Huck Finn, 'Nigger' Jim, and Black Americans Revisited." *College Language Association Journal* 33.1 (September 1989): 36-48.

McCammack, Brian. "Competence, Power, and the Nostalgic Romance of Piloting in Mark Twain's *Life on the Mississippi*." *Southern Literary Journal* 38.2 (Spring 2006): 1-18.

McCullough, Joseph B., and Janice McIntire-Strasburg, eds. *Mark Twain at the Buffalo Experts: Articles and Sketches by America's Favorite Humorist*. DeKalb: Northern Illinois UP, 2000.

McKay, Janet Holmgren, "'An Art So High': Style in *Adventures of Huckleberry Finn*." In *New Essays on* The Adventures of Huckleberry Finn. Ed. Louis Budd, Jr. Cambridge: Cambridge UP, 1985. 61-81.

——. "'Tears and Flapdoodle': Point of View and Style in *Adventures of Huckleberry Finn*." *Huck Finn among the Critics: A Centennial Selection*. Ed. M. Thomas Inge. Frederick, MD: University Publications of America, 1985. 201-10.

McNeer, May Yonge. *America's Mark Twain*. Boston: Houghton Mifflin, 1962.

Neider Charles, ed. *The Autobiography of Mark Twain*. New York: Harper, 1959.

Melton, Jeffrey Alan. *Mark Twain, Travel Books, and Tourism: The Tide of a Great Popular Movement*. Tuscaloosa: U of Alabama P, 2002.

——. "Mark Twain and Travel Writing." In *A Companion to Mark Twain*. Eds. Peter Messent and Louis J. Budd. London: Blackwell, 2005. 338-53.

赫克歷險記

Meltzer, Milton. *Mark Twain Himself: A Pictorial Biography*. New York: Crowell, 1960.

Menefee, Joan. "Child Consciousness in the American Novel : *Adventures of* Huckleberry Finn." *Enterprising Youth: Social Values and Acculturation in Nineteenth-Century American Children's Literature*. Ed. Monika Elbert. New York: Routledge, 2008.

Mensh, Elaine, and Harry Mensh. *Black, White & Huckleberry Finn: Re-Imagining the American Dream*. Tuscaloosa: U of Alabama P, 2000.

Messent, Peter B. "The Clash of Language: Bakhtin and *Huckleberry Finn*." *New Readings of the American Novel: Narrative Theory and Its Applications*. Ed. Peter Messent. New York: St. Martin's P, 1990. 204-42.

——. *Mark Twain*. New York: St. Martin's P, 1997.

——. "Discipline and Punishment in *The Adventures of Tom Sawyer*." *Journal of American Studies* 32.2 (1998): 219-35.

——. *The Short Works of Mark Twain: A Critical Study*. Philadelphia: U of Pennsylvania P, 2001.

——. "Mark Twain, William Dean Howells, and Realism." In *A Companion to Mark Twain*. Eds. Peter Messent and Louis J. Budd. London: Blackwell, 2005. 186-208.

——, ed. *New Readings of the American Novel: Narrative Theory and Its Applications*. New York: St. Martin's P, 1990.

——, ed. *The Cambridge Introduction to Mark Twain*. Cambridge: Cambridge UP, 2007.

Messent, Peter, and Louis J. Budd, eds. *A Companion to Mark Twain*. London: Blackwell, 2005.

Michelson, Bruce. *Mark Twain on the Loose: A Comic Writer and the American Self.* Amherst: U of Massachusetts P, 1995.

——. "Mark Twain and the Enigmas of Wit." In *A Companion to Mark Twain.* Eds. Peter Messent and Louis J. Budd. London: Blackwell, 2005. 513-29.

——. *Printer's Devil: Mark Twain and the American Publishing Revolution.* Berkeley: U of California P, 2006.

Miller, J. Hillis. "Three Problems of Fictional Form: First-Person Narration in *David Copperfield* and *Huckleberry Finn.*" *Victorian Subjects.* Durham: Duke UP, 1991.

Miller, Michael G. "Geography and Structure in *Huckleberry Finn.*" *Studies in the Novel* 12 (Fall 1980): 192-209.

Miller, Robert Keith. *Mark Twain.* New York: Frederick Ungar, 1983.

Mills, Nicholas. "Charles Dickens and Mark Twain." *American and English Fiction in the Nineteenth Century.* Bloomington: Indiana UP, 1973. 92-109.

Minnick, Lisa Cohen. "Jim's Language and the Issue of Race in *Huckleberry Finn.*" *Language and Literature* (University of Georgia) 10.2 (2001): 111-28.

——. *Dialect and Dichotomy: Literary Representations of African American Speech.* Tuscaloosa: U of Alabama P, 2004.

Miyasaki, Donovan. "Against the Moral Appraisal of Interrogative Artworks: Wayne Booth and the Case of Huck Finn." *Philosophy and Literature* 31.1 (April 2007): 125-32.

Monteiro, George. "Narrative Laws and Narrative Lies in *Adventures of Huckleberry Finn.*" *Studies in American Fiction* 13 (Autumn 1986):

赫克歷險記

227-37.

Moore, Olin Harris. "Mark Twain and Don Quixote," *PMLA* 37 (June 1992): 324-46.

Moreland, Richard C. *Learning from Difference: Teaching Morrison, Twain, Ellison, and Eliot.* Columbus: Ohio State UP, 1999.

Morris, Linda A. "*The Adventures of Tom Sawyer* and *The Prince and the Pauper* as Juvenile Literature." In *A Companion to Mark Twain*. Eds. Peter Messent and Louis J. Budd. London: Blackwell, 2005. 371-86.

———. *Gender Play in Mark Twain: Cross-Dressing and Transgression.* Columbia: U of Missouri P, 2007.

Morrison, Toni. Introduction. *Adventures of Huckleberry Finn*. The Oxford Mark Twain. Ed. Shelley Fisher Fishkin. Oxford: Oxford UP, 1996. xxxi-xli. Rpt. *Adventures of Huckleberry Finn*, 3rd Norton Critical Edition. Ed. Thomas Cooley. New York: Norton, 1999. 385-92.

Murphy, Kevin. "Illiterate's Progress: The Descent into Literacy in *Huckleberry Finn*." *Texas Studies in Language and Literature* 26.4 (1984): 363-87.

Nadeau, Robert. "*Huckleberry Finn* Is a Moral Story." *Washington Post* (11 April 1982). Rpt. *The Critical Response to Mark Twain's Huckleberry Finn*. Ed. Laurie Champion. Westport, CT: Greenwood P, 1991. 141-42.

Neider, Charles, ed. *The Complete Essays of Mark Twain Now Collected for the First Time.* New York: Doubleday, 1963.

———, ed.. *The Complete Short Stories of Mark Twain.* New York: Doubleday, 1957.

———. *The Autobiography of Mark Twain.* New York: Harper & Bros, 1959.

——. *Mark Twain at His Best: A Comprehensive Sampler*. New York: Doubleday, 1986.

Nichols, Charles H. "'A True Book—With Some Stretchers': *Huck Finn* Today." In *Satire or Evasion? Black Perspectives on "Huckleberry Finn."* Eds. James S. Leonard, Thomas A. Tenney, and Thadious M. Davis. Durham: Duke UP, 1992. 208-15.

Nickels, Cameron C. *New England Humor, from the Revolutionary War to the Civil War*. Knoxville: U of Tennessee P, 1993.

——. "Mark Twain and Post-Civil War Humor." In *A Companion to Mark Twain*. Eds. Peter Messent and Louis J. Budd. London: Blackwell, 2005. 483-99.

Nilon, Charles H. "The Ending of *Huckleberry Finn*: 'Freeing the Free Negro.'" In *Satire or Evasion? Black Perspectives on "Huckleberry Finn."* Eds. James S. Leonard, Thomas A. Tenney, and Thadious M. Davis. Durham: Duke UP, 1992. 62-76.

Nissen, Axel. "A Tramp at Home: *Huckleberry Finn*, Romantic Friendship, and the Homeless Man." *Manly Love: Romantic Friendship in American Fiction*. Chicago: Chicago UP, 2009.

Obenzinger, Hilton. "Going to Tom's Hell in *Huckleberry Finn*." In *A Companion to Mark Twain*. Eds. Peter Messent and Louis J. Budd. London: Blackwell, 2005. 401-15.

——. "Better Dreams: Political Satire and Twain's Final 'Exploding' Novel." *Arizona Quarterly* 61.1 (Spring 2005): 167-84.

Ober, K. Patrick. *Mark Twain and Medicine: "Any Mummery Will Cure"*. Columbia: U of Missouri P, 2003.

O'Connor, William Van. "Why *Huckleberry Finn* Is Not the Great American Novel." *College English*, 17 (October, 1955), 6-10.

Oggel, L. Terry. "Speaking Out about Race: 'The United States of Lyncher-dom' Clemens Really Wrote." *Prospects* 25 (2000): 115-38.

O'Loughlin, Jim. "The Whiteness of Bone: Russell Banks' Rule of the Bone and the Contradictory Legacy of *Huckleberry Finn*." *Modern Language Studies* 32.1 (2002): 31-42.

——. "Off the Raft: Adventures of Huckleberry Finn and Jane Smiley's The All-True Travels and Adventures of Lidie Newton." *Papers on Language and Literature* 43.2 (Spring 2007): 205-23.

O'Neill, Audrey Myerson. "Normal and bright children of mentally retarded parents: The Huck Finn syndrome." *Child Psychiatry and Human Development* 15.4 (June 1985): 255-68.

Opdahl, K. "The Rest is Just Cheating: When Feelings Go Bad in *Adventures of Huckleberry Finn*." *Texas Studies in Literature and Language* 32.2 (1990): 277-93.

Paine, Albert Bigelow. *Mark Twain: A Biography. The Personal and Literary Life of Samuel Langhorne Clemens*. 3 vols. New York: Harper & Bros, 1912. New York: Chelsea House, 1980.

——, ed. *Mark Twain's Autobiography*. 2 vols. New York: Harper & Bros, 1924.

Pardo Garcia, Pedro Javier. "*Huckleberry Finn* as a Crossroad of Myths: The Adamic, the Quixotic, the Picaresque, and the Problem of the Ending." *Links and Letters* 8 (2001): 61-70.

Park, Clara Claiborne. "The River and the Road: Fashions in Forgiveness." *American Scholar* 66.1(Winter 1997): 43-62.

Parrington, Vernon Louis. "The Backwash of the Frontier: Mark Twain." *Main Currents in American Thoughts*, vol. III. New York: Harcourt, 1930. 86-101.

Pearce, Roy Harvey. "'The End. Yours Truly, Huck Finn': Postscript." *Modern Language Quarterly* 24.3 (September 1963): 253-56.

Pettersson, Bo. "Who is 'Sivilizing' Who(m)?: The Function of Naivety and the Criticism of *Huckleberry Finn* – a Multidimensional Approach." *Writing in Nonstandard English*. Ed. Irma Taavitsainen. Philadelphia: John Benjamins, 2000.

Pettit, Arthur Gordon. *Mark Twain and the South*. Lexington: U of Kentucky P, 1974.

Phipps, William E. *Mark Twain's Religion*. Macon, GA: Mercer UP, 2003.

Pinsker, Sanford. "*Huck Finn* and Gerald Graff's 'Teaching the Conflicts'." *Academic Questions* 12.2 (Spring 1999): 48-58.

——. "Huckleberry Finn and the Problem of Freedom." *Virginia Quarterly Review* 77.4 (Autumn 2001): 642-49.

Pitofsky, Alex. "Pap Finn's Overture: Fatherhood, Identity, and Southwestern Culture in *Adventures of Huckleberry Finn*." *Mark Twain Annual* 4.1 (September 2006): 55-70.

Powell, Jon. "Trouble and Joy from 'A True Story' to *Adventures of Huckleberry Finn*: Mark Twain and the Book of Jeremiah." *Studies of American Fiction* 20.2 (1992): 49-58.

Powers, Ron. *Dangerous Waters: A Biography of the Boy Who Became Mark Twain*. New York: Basic Books, 1999.

——. *Mark Twain: A Life*. New York: Simon & Schuster, 2006.

Prchal, Tim. "Reimagining the Melting Pot and the Golden Door: National Identity in Gilded Age and Progressive Era Literature." *Melus* 32.1 (2007): 29-51.

Prochaska, Bernadette. "The Changing Landscapes of Good and Evil in the Moral World of *Huckleberry Finn*." In *The Enigma of Good and*

*Evil: The Moral Sentiment in Literature*. Ed. Anna Teresa Tymieniecka. *Analecta Husserliana: The Yearbook of Phenomenological Research*, vol. 85. Netherlands: Springer, 2005. 163-70.

Pughe, Thomas. "Reading the Picaresque: Mark Twain's *The Adventures of Huckleberry Finn*, Saul Bellow's *The Adventures of Augie March*, and More Recent Adventures." *English Studies* 77.1 (January 1996): 59-70.

Puttock, Kay. "Many Responses to the Many Voices of *Huckleberry Finn*." *The Lion and the Unicorn* 16.1 (June 1992): 77-82.

Quirk, Thomas. "Learning a Nigger to Argue." *American Literary Realism* 20.1 (1987): 18-33.

——. *Coming to Grips with Huckleberry Finn: Essays on a Book, a Boy, and a Man*. Columbia: U of Missouri P, 1993.

——. *Mark Twain: A Study of the Short Fiction*. New York: Twayne, 1997.

——. *Mark Twain and Human Nature*. Columbia: U of Missouri P, 2007.

——, ed. *Mark Twain's* Adventures of Huckleberry Finn: *A Documentary Volume*. Dictionary of Literary Biography, vol.343. Detroit: Gale, 2009.

——, ed. *Tales, Speeches, Essays, and Sketches*. New York: Penguin, 1994.

Raban, Jonathan. *Studies in English Literature: Mark Twain Huckleberry Finn*. London: Edward Arnold Ltd., 1968.

——. "Speaking for America." *TLS* (21 September 1990): 991-93.

Rabinovitz, Jonathan. "Huck Fin 101, or How to Teach Twain without Fear." *New York Times* (25 July 1995): B1, B4.

Railton, Stephen. "Jim and Mark Twain: What Do They Stan' For?" *Virginia*

*Quarterly Review* 63.3 (Summer 1987): 393-408.

——. "The Tragedy of Mark Twain, by Pudd'nhead Wilson." *Nineteenth-Century Literature* 56.4 (2002): 518-44.

Rampersad, Arnold. "*Adventures of Huckleberry Finn* and Afro-American Literature." In *Satire or Evasion? Black Perspectives on "Huckleberry Finn."* Eds. James S. Leonard, Thomas A. Tenney, and Thadious M. Davis. Durham: Duke UP, 1992. 216-27.

Rasmussen, R. Kent. *Mark Twain A to Z.: The Essential Reference Guide to His Life and Writings*. New York: Facts on File, 1995.

——. *Mark Twain's Book for Bad Boys and Girls*. Chicago: Contemporary Books, 1995.

——. *Critical Companion to Mark Twain: A Literary Reference to His Life and Work*, 2 vols. New York: Facts On File, 2007.

——, ed. *The Quotable Mark Twain: His Essential Aphorisms, Witticisms, and Concise Opinions*. Chicago: Contemporary Books, 1997.

Rasmussen, R. Kent, and Mark Dawidziak, "Mark Twain on the Screen," In *A Companion to Mark Twain*. Eds. Peter Messent and Louis J. Budd. London: Blackwell, 2005. 274-89.

Regan, Robert. *Unpromising Heroes: Mark Twain and His Characters*. Berkeley: U of California P, 1966.

Richards, David. Review of *Big River*. *Washington Post* (12 May 1985): G1, G4.

Robert, Bruce. *CliffsNotes* Adventures of Huckleberry Finn. New York: Hungry Minds, 2000.

Robinson, Forrest G. "The Silences in *Huckleberry Finn*." *Nineteenth-Century Fiction* 37.1 (June 1982): 50-74.

——. *In Bad Faith: The Dynamics of Deception in Mark Twain's America*. Cambridge: Harvard UP, 1986.

——. "The Characterization of Jim in *Huckleberry Finn*." *Nineteenth-Century Literature* 43.3 (December 1988): 361-91.

——. "The Innocence at Large: Mark Twain's Travel Writing." In *The Cambridge Companion to Mark Twain*. Ed. Forrest G. Robinson. Cambridge: Cambridge UP, 1995. 27-51.

——. "Mark Twain, 1835-1910: A Brief Biography." In *A Historical Guide to Mark Twain*. Ed. Shelley Fisher Fishkin. Oxford: Oxford UP, 2002. 13-51.

——. "Dreaming Better Dreams: The Late Writing of Mark Twain." In *A Companion to Mark Twain*. Eds. Peter Messent and Louis J. Budd. London: Blackwell, 2005. 449-65.

——. *The Author-Cat: Clemens's Life in Fiction*. New York: Fordham UP, 2007.

——, ed. *The Cambridge Companion to Mark Twain*. Cambridge: Cambridge UP, 1995.

Rodney, Robert M. *Mark Twain Overseas: A Biographical Account of His Voyages, Travels, and Reception in Foreign Lands, 1866-1910*. Washington, DC: Three Continents P, 1993.

——, ed. *Mark Twain International: A Bibliography and Interpretation of His Worldwide Popularity*. Westport, CT: Greenwood P, 1982.

Rodnon, Stewart. "*The Adventures of Huckleberry Finn* and *Invisible Man*: Thematic and Structural Comparisons." *Negro American Literature Forum* 4 (July 1970): 45-51.

Rogers, Franklin R. *Mark Twain's Burlesque Patters as Seen in the Novels and Narrative, 1855-1885*. Dallas: Southern Methodist UP, 1960.

Rosa, Dennis. *Mark Twain: A Musical Biography*. Videorecording. WMHT Educational Telecommunications, 1989.

Rowe, John Carlos. "How the Boss Played the Game: Twain's Critique of Imperialism in *A Connecticut Yankee in King Arthur's Court*." In *The Cambridge Companion to Mark Twain*. Ed. Forrest G. Robinson. Cambridge: Cambridge UP, 1995. 175-92.

——. *Literary Culture and U.S. Imperialism*. Oxford: Oxford UP, 2000.

Rush, Sharon E. *Huck Finn's "Hidden" Lessons: Teaching and Learning across the Color Line*. Lanham, MD: Rowman & Littlefield, 2005.

Salomon, Roger B. *Twain and the Image of History*. New Haven: Yale UP, 1961.

Salvaggio, Ruth. "Twain's Later Phase Reconsidered: Duality and the Mind." *American Literary TriQuarterly* 12 (1979): 322-29.

Sanborn, Margaret. *Mark Twain: The Bachelor Years, A Biography*. New York: Doubleday, 1990.

Sanderlin, George. *Mark Twain as Others Saw Him*. New York: Coward, McCann & Geoghegan, 1978.

Sattelmeyer, Robert. "Steamboats, Cocaine and Paper Money: Mark Twain Rewriting Himself." In *Constructing Mark Twain: New Directions in Scholarship*. Eds. Laura E. Skandera-Trombley and Michael J. Kiskis. Columbia: U of Missouri P, 2001. 87-100.

Sattelmeyer, Robert, and J. Donald Crowley, eds. *One Hundred Years of Huckleberry Finn: The Boy, His Book, and American Culture*. Columbia: U of Missouri P, 1985.

Schacht, Paul. "The Lonesomeness of Huckleberry Finn." *American Literature* 53.2 (May 1981): 189-201.

Scharnhorst, Gary, ed. *Mark Twain: The Complete Interviews*. Tuscaloosa:

赫克歷險記

U of Alabama P, 2006.

——. *Twain in His Own Time: A Biographical Chronicle of His Life, Drawn from Recollections, Interviews, and Memoirs by Family, Friends, and Associates*. Iowa City: U of Iowa P, 2010.

Schillingsburg, Miriam Jones. *At Home Abroad: Mark Twain in Australia*. Jackson: U of Mississippi P, 1999.

Schirer, Thomas. *Mark Twain and the Theatre*. Nürnberg: Verlag Hans Carl, 1984.

Schmidt, Barbara. "Paine in the Lost and Found." *Mark Twain Journal* 31.2 (1993): 32.

Schmitz, Neil. "Mark Twain in the Twenty-First Century." *American Literary History* 16.1 (Spring 2004): 117-26.

Schmidt, Peter. "Essay Review: Seven Recent Commentaries on Mark Twain." *Studies in the Novel* 34.4 (Winter 2002): 448-64.

——. "The 'Raftsmen's Passage': Huck's Crisis of Whiteness, and *Huckleberry Finn* in U.S. Literary History." *Arizona Quarterly* 59.2 (Summer 2003): 35-58.

Schmitz, Neil. "The Paradox of Liberation in *Huckleberry Finn*." *Texas Studies in Literature and Language* 13 (Spring 1971): 125-36.

——. "Twain, *Huckleberry Finn*, and the Reconstruction." *American Studies* 12 (Spring 1971): 59-67.

——. *Of Huck and Alice: Humorous Writing in American Literature*. Minneapolis: U of Minnesota P, 1983. 65-125.

——. "Mark Twain in the Twenty-First Century." *American Literary History* 16 (Spring 2004): 117-26.

Schulten, Katherine. "'Huck Finn': Born to Trouble." *English Journal* 89.2 (November 1999): 55-59.

Scott, Arthur L. "The *Century* Magazine Edits *Huckleberry Finn*, 1884-1885." *American Literature* 27.3 (November 1955): 356-62.

——. *Mark Twain at Large*. Chicago: Henry Regnery, 1969.

Scott, Kevin Michael. " 'There's More Honor': Reinterpreting Tom and the Evasion in *Huckleberry Finn*." *Studies in the Novel* 37.2 (Summer 2005): 187-207.

Seelye, John. Introduction to *The True Adventures of Huckleberry Finn*. Evanston, IL: Northwestern UP, 1969. Rpt. *Mark Twain among the Scholars: Reconsidering Contemporary Twain Criticism*. Eds. Richard P. Hill and Jim McWilliams. Albany, NY: Whitston Publishing, 2002. 38-52.

——. *Mark Twain in the Movies: A Meditation with Pictures*. New York: Viking, 1977.

——. "The Craft of Laughter: Abominable Showmanship and *Huckleberry Finn*." *Thalia* 4.1 (1981): 19-25.

——. "What's in a Name: Sounding the Depths of Tom Sawyer." In *Mark Twain: A Collection of Critical Essays*. Ed. Eric J. Sundquist. Englewood Cliffs: Prentice-Hall, 1994. 49-61.

Sewell, David R. "We Ain't All Trying to Talk Alike: Varieties of Language in *Huckleberry Finn*". In *One Hundred Years of* Huckleberry Finn: *The Boy, His Book, and American Culture*. Eds. Robert Sattelmeyer and J. Donald Crowley. Columbia: U of Missouri P, 1985. 201-15.

——. *Mark Twain's Languages: Discourse, Dialogue, and Linguistic Variety*. Berkeley: U of California P, 1987.

Shapiro, Stephen. " 'Stock in Dead Folk': The Value of Black Morality in *The Adventures of Huckleberry Finn*." In *Representations of Death in Nineteenth-Century US Writing and Culture*. Ed. Lucy Elizabeth

Frank. Aldershot, UA: Ashgate Publishing, 2007. 61-75.

Shelden, Michael. *Mark Twain in White -- The Grand Adventures of His Final Years*. New York: Random House, 2010.

Simmons, Ryan. "Who Cares Who Wrote *the Mysterious Stranger?* " *College Literature* 37.2 (2010): 125+. *Literature Resource Center*. Web. 20 June 2012.

Simpson, Claude Mitchell, ed. *Twentieth-Century Interpretations of* Adventures of Huckleberry Finn: *A Collection of Critical Essays*. Englewood Cliffs, NJ: Prentice-Hall, 1968.

Skandera-Trombley, Laura E. *Mark Twain in the Company of Women*. Philadelphia: U of Pennsylvania P, 1994.

——. "Mark Twain's Annus Horribilis of 1908–1909." *American Literary Realism* 40.2 (Winter 2008): 114-36.

Skandera-Trombley, Laura E., and Michael J. Kiskis. "Who Killed Mark Twain? Long Live Samuel Clemens." In *Constructing Mark Twain: New Directions in Scholarship*. Eds. Laura E. Skandera-Trombley and Michael J. Kiskis. Columbia: U of Missouri P, 2001.

Skandera-Trombley, Laura E., and Michael J. Kiskis, eds. *Constructing Mark Twain: New Directions in Scholarship*. Columbia: U of Missouri P, 2001.

Sloane, David E. E. *Mark Twain as a Literary Comedian*. Baton Rouge: Louisiana State UP, 1979.

——. Adventures of Huckleberry Finn: *An American Comic Vision*. Boston: G. K. Hall, 1988.

——. *Student Companion to Mark Twain*. Westport, CT: Greenwood, 2001.

——, ed. *Mark Twain's Humor: Critical Essays*. New York: Garland,

1993.

Sloane, David E. E., and Michael J. Kiskis. "Mark Twain." In *Prospects for the Study of American Literature: A Guide for Scholars and Students*. Ed. Richard Kopley. New York: New York UP, 1997. 155-76.

Smiley, Jane. "Say It Ain't So, Huck: Second Thoughts on Mark Twain's 'Masterpiece'." *Harper's Magazine* 292 (January 1996). Rpt. *Adventures of Huckleberry Finn*, 3rd Norton Critical Edition. Ed. Thomas Cooley. New York: Norton, 1999. 354-62.

Smith, David Lionel. "Huck, Jim, and American Racial Discourse." *Mark Twain Journal* 2 (Fall 1984): 4-12. Rpt. *Satire or Evasion? Black Perspectives on "Huckleberry Finn."* Eds. James S. Leonard, Thomas A. Tenney, and Thadious M. Davis. Durham: Duke UP, 1992. 103-20.

——. "Black Critics and Mark Twain." In *The Cambridge Companion to Mark Twain*. Ed. Forrest G. Robinson. Cambridge: Cambridge UP, 1995. 116-28.

——. "Mark Twain's Dialects." In *A Companion to Mark Twain*. Eds. Peter Messent and Louis J. Budd. London: Blackwell, 2005. 431-40.

Smith, Henry Nash. "The Widening of Horizons." In *Literary History of the United States*. Ed. Robert E. Spiller, et al. 1948. New York: Macmillan, 1963. 639-51.

——. "That Hideous Mistake of Poor Clemens's." *Harvard Library Bulletin* 9 (Spring 1955): 145-80.

——. Introduction. *Adventures of Huckleberry Finn*. Boston: Houghton Mifflin, 1958. v-xxix.

——. "Mark Twain's Images of Hannibal: From St. Petersburg to Eseldorf." *Texas Studies in English* 37 (1958): 3-23.

——. *Mark Twain: The Development of a Writer*. Cambridge: Harvard

赫克歷險記

UP, 1962.

———. "A Sound Heart and a Deformed Conscience." In *Mark Twain: A Collection of Critical Essays*. Ed. Henry Nash Smith. Englewood Cliffs, NJ: Prentice-Hall, 1963. 83-100.

———. *Mark Twain's Fable of Progress: Political and Economic Ideas in A Connecticut Yankee in King Arthur's Court*. New Brunswick, NJ: Rutgers UP, 1964.

———, ed. *Mark Twain: A Collection of Critical Essays*. Englewood Cliffs, NJ: Prentice-Hall, 1963.

Smith, Henry Nash, and William M. Gibson, eds. *Mark Twain – Howells Letters: The Correspondence of Samuel L. Clemens and William D. Howells, 1869-1910*. 2 vols. Cambridge: Harvard UP, 1960.

Solomon, Eric. "My *Huckleberry Finn*: Thirty Years in the Classroom with Huck and Jim." In *One Hundred Years of* Huckleberry Finn: *The Boy, His Book, and American Culture*. Eds. Robert Sattelmeyer and J. Donald Crowley. Columbia: U of Missouri P, 1985. 245-54.

Sorrentino, Paul. "Mark Twain's 1902 Trip to Missouri: A Reexamination, a Chronology, and an Annotated Bibliography." *Mark Twain Journal* 38.1 (2000): 12-45.

Southard, Bruce, and Al Muller. "Blame It on Twain: Reading American dialects in *The Adventures of Huckleberry Finn*." *Journal of Reading* 36.8 (May 1993): 630-34.

Sova, Dawn B. *Literature Suppressed on Social Grounds*. New York: Facts on File, 2005.

Spengemann, William C. *Mark Twain and the Backwoods Angel: The Matter of Innocence in the Works of Samuel L. Clemens*. Kent,

OH: Kent State UP, 1966.

Stahl, J. D. *Mark Twain, Culture and Gender: Envisioning America through Europe*. Athens: U of Georgia P, 1994.

Stein, Allen F. "Return to Phelps Farm: *Huckleberry Finn* and the Old Southwestern Framing Device." *Mississippi Quarterly* 24 (Spring 1971): 111-16.

Steinbrink, Jeffrey. *Getting to Be Mark Twain*. Berkeley: U of California P, 1991.

——. "Who Shot Tom Sawyer?" *American Literary Realism* 35.1 (Fall 2002): 29-38.

Stone, Albert E., Jr. *The Innocent Eye: Childhood in Mark Twain's Imagination*. New Haven: Yale UP, 1961.

Stoneley, Peter. *Mark Twain and the Feminine Aesthetic*. Cambridge: Cambridge UP, 1992.

Strauss, Valerie. "Twain Classic Bounced from Class Again: Prestigious Girls School Joins Debate over *Huckleberry Finn*." *Washington Post* (4 March 1995): A1, 12.

Sundquist, Eric J., *To Wake the Nations: Race in the Making of American Literature*. Cambridge: Harvard UP, 1993.

——, ed. *Mark Twain: A Collection of Critical Essays*. Englewood Cliffs: Prentice-Hall, 1994.

Sutton, Roger. "'Sivilizing' *Huckleberry Finn*." *School Library Journal* 1984. Rpt. *The Critical Response to Mark Twain's Huckleberry Finn*. Ed. Laurie Champion. Westport, CT: Greenwood P, 1991. 145-46.

Tamasi, Susan. "Huck Doesn't Sound Like Himself: Consistency in the Literary Dialect of Mark Twain." *Language and Literature* (University of

Georgia) 10.2 (2001): 129-44.

Tanner, Tony. *The Reign of Wonder: Naivete and Reality in American Literature*. Cambridge: Cambridge UP, 1965.

Taylor, Craig. "Moral Incapacity and Huckleberry Finn." *Ratio* 14.1 (March 2001): 56-67.

Tenney, Thomas A. *Mark Twain: A Reference Guide*. Boston: G. K. Hall, 1977.

——. "Mark Twain: A Reference Guide, Third Annual Supplement." *American Literary Realism* 12.2 (1979): 175-276.

——. "An Annotated Checklist of Criticism on *Adventures of Huckleberry Finn* on Film." In *Huck Finn among the Critics: A Centennial Selection*. Ed. M. Thomas Inge. Franklin, MD: University Publications of America, 1985. 317-465.

——. "For Further Reading." In *Satire or Evasion? Black Perspectives on "Huckleberry Finn."* Eds. James S. Leonard, Thomas A. Tenney, and Thadious M. Davis. Durham: Duke UP, 1992. 239-69.

——, ed. "Mark Twain in South Africa." A special issue of the *Mark Twain Journal* 40.1 (Spring 2002): 1-51.

Towers, Tom T. "Love and Power in *Hulckleberry Finn*." *Tulane Studies in English* 23 (1978): 17-37.

Traber, Daniel S. "Hegemony and the Politics of Twain's Protagonist: Narrator Division in *Huckleberry Finn*." *South Central Review* 17 (Summer 2000): 24-46.

——. Whiteness, Otherness, and the Individualism Paradox from Huck to Punk. New York : Palgrave Macmillan, 2007.

Trilling, Lionel. Introduction. *The Adventures of Huckleberry Finn*. New York: Rinehart, 1948. v-xviii.

——. "The Greatness of *Huckleberry Finn*." *The Liberal Imagination: Essays on Literature and Society*. 1950. Rpt. In *Huck Finn among the Critics: A Centennial Selection*. Ed. M. Thomas Inge. Franklin, MD: University Publications of America, 1985. 81-92.

Tuckey, John S. *Mark Twain and Little Satan: The Writing of the Mysterious Stranger*. West Lafayette, IN: Purdue UP, 1963.

——, ed. *The Devil's Race-Track: Mark Twain's "Great Dark" Writings*. Berkeley: U of California P, 1980.

Tuttleton, James W. "Mark Twain: 'More Tears and Flapdoodles'." *New Criterion* 15.1 (September 1996): 59-66.

Twain, Mark. "The Great Dickens." San Francisco *Alta California* 5 February 1968. Rpt. http://twainquotes.com/18680205.html.

——. *Mark Twain's Mysterious Stranger Manuscripts*. Ed. William M. Gibson. Berkeley: U of California P, 1969.

——. *Huck Finn and Tom Sawyer among the Indians and Other Unfinished Stories*. Eds. Dahlia Armon, Walter Blair, Paul Baender, William M Gibson, and Franklin R. Rogers. Berkeley: U of California P, 1989.

——. *Is He Dead? A Comedy in Three Acts*. Berkeley: U of California P, 2003.

*The Twainian*. January 1939—December 1989; November 1993—current.

Vales, Robert L. "Thief and Theft in *Huckleberry Finn*." *American Literature* 37.4 (January 1966): 420-29.

Valkeakari, Tuire. "Huck, Twain, and the Freedman's Shackles: Struggling with *Huckleberry Finn* Today." *Atlantis* (Alicante, Spain) 28. 2 (December 2006): 29-43.

Van O'Connor, William. "Why *Huckleberry Finn* Is Not the Great American Novel?" *College English* 17 (October 1955): 6-10.

Vogelback, Arthur Lawrence. "The Publication and Reception of *Huckleberry Finn* in America." *American Literature* 11 (November 1939): 260-72.

Wagenknecht, Edward. *Mark Twain: The Man and His Work.* Norman: U of Oklahoma P, 1967.

Walker, Nancy. "Reformers and Young Maidens: Women and Virtue in *Adventures of Huckleberry Finn.*" *One Hundred Years of* Huckleberry Finn*: The Boy, His Book, and American Culture.* Eds. Robert Sattelmeyer and J. Donald Crowley. Columbia: U of Missouri P, 1985. 171-85.

Wallace, John. "*Huckleberry Finn* Is Offensive." *Washington Post* (11 April 1982). Rpt. *The Critical Response to Mark Twain's Huckleberry Finn.* Ed. Laurie Champion. Westport, CT: Greenwood P, 1991. 143-44.

——. "The Case Against Huckleberry Finn." In *Satire or Evasion? Black Perspectives on "Huckleberry Finn."* Eds. James S. Leonard, Thomas A. Tenney, and Thadious M. Davis. Durham: Duke UP, 1992. 16-24.

Wang, An-chi. Gulliver's Travels *and* Ching-hua yuan *Revisited: A Menippean Approach.* New York: Peter Lang Publishing, Inc., 1995.

Washington, Booker T. "Tribute to Mark Twain." *North American Review* (1910). Rpt. *Mark Twain: Critical Assessments.* 4 vols. Ed. Stuart Huchinson. Mountfield, East Sussex: Helm Information, 1993. Vol.2, 462-63.

Wasowski, Richard, ed. *Cliffs complete Twain's* Adventures of Huckleberry Finn. New York: Hungry Minds, 2001.

Weaver, Thomas. "Mark Twain's Jim: Identity as an Index to Cultural Attitudes." *American Literary Realism* 13 (Spring 1980): 19-29.

Webster, Samuel Charles. *Mark Twain, Business Man*. Boston: Little, Brown, 1946.

Wecter, Dixon. *Sam Clemens of Hannibal*. Boston: Houghton Mifflin, 1952.

Weinandy, Thomas G. (Thomas Gerard). "Huckleberry Finn and the Adventures of God." *Logos: A Journal of Catholic Thought and Culture* 6.1 (Winter 2003): 41-62.

Weir, Robert E. "Mark Twain and Social Class." In *A Historical Guide to Mark Twain*. Ed. Shelley Fisher Fishkin. Oxford: Oxford UP, 2002. 195-225.

Welland, Dennis. *Mark Twain in England*. Atlantic Highlands, NJ: Humanities P, 1978.

——. *The Life and Times of Mark Twain*. London: Studio Editions, 1991.

——. *Mark Twain in England*. London: Chatto & Windus, 1978.

White, James Boyd. *The Edge of Meaning*. Chicago: U of Chicago P, 2001.

Wieck, Carl F. *Refiguring Huckleberry Finn*. Athens: U of Georgia P, 2000.

Wiggins, Robert A. *Mark Twain: Jackleg Novelist*. Seattle: U of Washington P, 1964.

Willis, Resa. *Mark and Livy: The Love Story of Mark Twain and the Woman Who Almost Tamed Him*. New York: Atheneum, 1992. London: Routledge, 2003.

Wilson, Charles E. *Race and Racism in Literature*. Westport, CT: Greenwood P, 2005.

Wilson, James D. *A Reader's Guide to the Short Stories of Mark Twain*. Boston: G. K. Hall, 1987.

Wolff, Cynthia Griffin. "*The Adventures of Tom Sawyer*: A Nightmare Vision of American Boyhood." *Massachusetts Review* 21.4 (Winter 1980): 91-105.

Wonham, Henry B. "The Disembodied Yarnspinner and the Reader of *Adventures of Huckleberry Finn*." *American Literary Realism, 1870-1910* 24.1 (1991): 2-22.

——. *Mark Twain and the Art of the Tall Tale*. Oxford: Oxford UP, 1993.

——. "'I Want a Real Coon': Mark Twain and Late-Nineteenth-Century Ethnic Caricature." *American Literature* 72.1 (March 2000): 117-52.

——. "Mark Twain's Short Fiction." In *A Companion to Mark Twain*. Eds. Peter Messent and Louis J. Budd. London: Blackwell, 2005. 357-70.

——. "Mark Twain and Human Nature." *American Literary Realism* 43.1 (2010): 86+. *Literature Resource Center*. Web. 20 June 2012.

Woodard, Frederick. "Minstrel Shackles and Nineteenth-Century 'Liberty' in *Huckleberry Finn*." In *Satire or Evasion? Black Perspectives on "Huckleberry Finn*." Eds. James S. Leonard, Thomas A. Tenney, and Thadious M. Davis. Durham: Duke UP, 1992. 141-53.

Yardley, Jonathan. "Huckleberry Finn Doesn't Wear a White Sheet." *Washington Post* (12 April 1982): C1, C4.

——. "Huckleberry Finn and the Ebb and Flow of Controversy." *Washington Post* (13 March 1995): D2.

Yates, Norris W. "The 'Counter-Conversion' of Huckleberry Finn." *American Literature* 32 (March 1960): 1-10.

Young, Philip. *Ernest Hemingway: A Reconsideration*. University Park: Pennsylvania State UP, 1966. 211-41.

Ziff, Larzer. "Authorship and Craft: The Example of Mark Twain." *Southern Review* 12 (April 1976): 246-60.

Zwick, James. *Mark Twain's Weapons of Satire: Anti-Imperialist Writings on the Philippine-American War*. Syracuse, NY: Syracuse UP, 1992.

Zwick, Jim. "Mark Twain and Imperialism." In *A Historical Guide to Mark Twain*. Ed. Shelley Fisher Fishkin. Oxford: Oxford UP, 2002. 227-55.

——. *Confronting Imperialism*. West Conshohocken: Infinity, 2007.

## 國內中英文學術研究（依出版年代排序）

Chen, Yuna-Yin (陳元音)。"Tom Versus Huck—Mark Twain's Doubleness"。《淡江學報》5 (1966.11): 173-90。

傅運籌。〈《頑童流浪記》中的美國精神〉。《現代文學》29 (1966.8): 41-45。

Lee, Hung-Li (李宏麗)。"A Study of Mark Twain and His Principal Works"。《嘉義農專學報》5 ( 1972 ): 439-90。

林怡俐。〈潛意識的昇華——佛洛伊德、容格與文學批評〉。《中外文學》2.3 (1973.8): 66-79。

傅述先。〈馬克吐溫：哈克和湯姆〉。《中外文學》2.11 (1974.4): 74-83。

傅述先。〈過程即目標：哈克和吉姆的流浪〉。《中外文學》2.12 (1974.5): 56-64。

Tsai, Chen-lee (蔡成立)。"Mark Twain and His Works"。《台中商專學報》6 (1974.6): 89-108。

Chang, Kuo-chuan (張國權)。"A Survey of Mark Twain"。《台北商專學報》5 (1975.4): 1-48。

Lee, Ying-min (李郢民)。"Mark Twain: The Gigantic Figure in American National Literature"。《嘉義師專學報》7 (1976.5): 1-47。

Hou, Chien (侯健)。"Irving and Twain as Travelers"。*Sino-American Relations* 2.3 (Autumn 1976): 57-68。

林耀福。〈馬克吐溫的悲觀哲學與《頑童流浪記》的結構〉。《中國時報》1976.12.29。

──。〈馬克吐溫的悲觀哲學與《頑童流浪記》的結構〉。《文學與文化：美國文學論集》。台北：源成，1977。109-19。

Yu, Yu-chao (余玉照)。 "Mark Twain's Misanthropy"。《美國研究》7.3 (1977.9): 57-77。

林耀福。〈美國寫實小說之興起〉。《西洋文學導讀》（下）。朱立民、顏元叔主編。台北：巨流，1981。949-77。

李本京。〈美國移民史詩──析論十九世紀中華華工與愛爾蘭工人之衝突〉。《美國研究論文集》。李本京編。台北：正中，1980。162-264。

朱申蘇。 "Mark Twain and His Principal Works." （〈馬克吐溫及其主要作品之研究〉）。《弘光護專學報》10 (1982): 169-216。

Yen, Tse-shing (顏子訓)。 "The Search for a True Family in *Huckleberry Finn*"。（〈《頑童流浪記》：親情的追尋〉）。《馬公高中學報》2 (1983.9): 17-22。

Musgrove, Susan M. (穆絲葛)。 "The Colonial Wilderness as American Literary Metaphor" （〈美國文學中的「殖民地荒野」的隱喻〉）。《美國研究》14.1 (1984.3): 1-17。

王安琪。〈馬克吐溫《頑童流浪記》中的諷刺〉。《中外文學》14.7 (1985.12): 90-113。

Liao, Hsiu-min。 "Samuel Clements' True Self"。《語文教育研究集刊》5 (1986.5): 115-22。

Papke, David Ray. "A Heretic in the Temple: Mark Twain and the Law." *Tamkang Journal of American Studies* 4.3 (Spring 1988): 17-35.

de Canio, Richard。 "Blue Jeans and Misery: Critical Tradition and the Sentimentalization of *Huckleberry Finn*"。《中華民國第三屆英美文學

研討會論文集》。國立中山大學外文系主編。台北：國立中山大學外文系，1990。185-208。

廖炳惠。〈作品中有文字共和國嗎？討論《哈克貝里芬歷險記》對多元文化及公共場域的啓示〉。《第四屆美國文學與思想研討會論文集》。何文敬主編。台北：中研院歐美所，1995。193-214。

Shao, Yu-jiuan (邵毓娟)。"Ideology and the Problem of Race in *Huckleberry Finn*"。(〈從馬克吐溫的《頑童歷險記》探種族問題和意識型態的糾葛〉)。《師大學報》41 (1996.6): 355-65。

雪莉‧費許‧費雪金（Shelly Fisher Fishkin），蔡昀伶譯。〈跨國美國研究與亞洲的交會〉（"Asian Crossroads/Transnational American Studies"）。《中外文學》35.1（2006.6）:87-119。

## 國內碩博士論文（依發表年代排序）

王安琪Wang, An-chi。"Satire in Mark Twain's *Adventures of Huckleberry Finn*" (〈馬克吐溫《頑童流浪記》中的諷刺〉)。國立台灣大學外國語文研究所碩士論文，1977。

吳萼洲Wu, E-zhou。〈馬克吐溫政治社會思想研究〉。淡江大學美國研究所碩士論文，1985。

劉廣華。"Spontaneous Innocence as Seen in *Adventures of Huckleberry Finn* and *The Catcher in the Rye*"（〈從《頑童流浪記》及《麥田捕手》看人性本善之體現〉）。政治作戰學校外國語文研究所碩士論文，1992。

柯量元。"Tom vs. Huck: Son of Civilization vs. Son of Mother Nature: A Ch'an Reading of Mark Twain's *The Adventures of Tom Sawyer* and *Adventures of Huckleberry Finn*"（〈文明與自然之子──馬克吐溫之湯姆歷險記及頑童流浪記之禪釋〉）。淡江大學西洋語文研究所碩士論文，1993。

溫璧錞Wen, Pi-ch'un。"Oriental Wisdom in a Western Masterpiece: Huckleberry Finn--the Taoist in a Corrupted World"（〈西方經典中的東方智慧：哈克費恩──亂世中的道者〉）。國立台灣大學外國語文研究所碩士論文，1996。

黃女玲Huang, Ivy Neu-Ling。"The Phenomenon of Tolerance in the Narrating Huck of *The Adventures of Huckleberry Finn*"（〈《哈克歷險記》中敘述者哈克的寬容意識現象〉）。輔仁大學英國語文學研究所碩士論文，1996。

蔡秀妹Tsai, May Hsiu-Mei。"Huck's Choices of Right and Wrong: a Study of Value Influence in Twain's *Adventures of Huckleberry Finn*"（〈哈克的「對與錯」抉擇：《哈克歷險記》中價值影響力的探討〉）。輔仁大學英國語文學研究所碩士論文，1997。

張文娟Chang, Wen-chuen。"Mark Twain's Critique on American Culture: Nation, Race and Social Class in *Adventures of Huckleberry Finn*"（〈馬克吐溫之美國文化批判：《哈克‧芬歷險記》中的國家、種族與社會階級〉）。國立高雄師範大學英語研究所碩士論文，1998。

葉立萱。"Man and Nature in *Hsi-yu chi* and *Huckleberry Finn*"（〈《西遊記》與《哈克歷險記》中人與自然的關係〉）。國立中正大學外國語文研究所碩士論文，1999。

林孺妤Lin, Sophie Ju-yu。"Translation and Commentary of Mark Twain's *The Adventures of Huckleberry Finn*"（〈馬克吐溫《哈克歷險記》之中譯與評析〉）。國立台灣師範大學翻譯研究所碩士論文，2001。

廖嘉玲。"Searching for Moral Maturity: Cognitive Moral Development in Mark Twain's Tom Sawyer and Huckleberry Finn"（〈馬克吐溫小說中人物的道德發展〉）。淡江大學西洋語文研究所碩士論文，

2002。

徐美玲。"A Study of the Psychological Development of Teenagers in Mark Twain's *The Adventures of Huckleberry Finn* and Its Application to English Teaching"（〈馬克吐溫《頑童歷險記》之青少年心理發展議題及其在英語教學上之應用〉）。國立彰化師範大學英語系碩士論文，2005。

蕭家宜。"Mark Twain's Subversive Use of Counter-Identification and Anti-Establishment Discourse in *Huckleberry Finn*"（〈馬克吐溫在中對傳統與既定法則的顛覆〉）。中國文化大學英國語文學研究所碩士論文，2006。

徐志良。"Children's Responses to Authority in Mark Twain's Works"（〈馬克吐溫作品中孩童對權威的反應〉）。國立彰化師範大學英語學系文學組碩士論文，2006。

蔡孟琪Cai, Meng-qi。"The Translation and Reception of Mark Twain's *The Adventures of Huckleberry Finn* in Taiwan"（〈馬克吐溫《哈克歷險記》譯本評析與台灣讀者反應研究〉）。國立高雄第一科技大學應用英語系碩士論文，2008。

游逸雯Yu, Yiwen。"Mark Twain's Representations of the Others in His Travelogues in the Age of American Empire"（〈馬克吐溫遊記中的他者再現與美國帝國擴張之影響〉）。國立台灣師範大學英語研究所文學組碩士論文，2010。

楊惠娟Yang, Huei-juan。"A Comparative Study of the three Chinese Versions of *Adventures of Huckleberry Finn* from the Perspective of Faithfulness."（〈從翻譯的忠實度比較馬克吐溫《頑童流浪記》三個中譯本〉）。國立彰化師範大學英語學系應用英語碩士論文，2012。

歐素敏。〈青少年的自我放逐——以《哈克歷險記》和《一名女水

手的自白》爲例〉。國立台東大學兒童文學研究所碩士論文，
2012。

## 中文研究報導書目（依出版年代排序）

林欣白。《馬克吐溫生平及其代表作》。台北：五洲，1969。

張錯。〈馬克吐溫與華工〉。《中國時報》1983.07.11。

鄧樹楨。《馬克吐溫的中國情結》(上、下冊)。台北：天星，1999。

──。《馬克吐溫格言妙語選集》。台北：天星，2000。

劉陸先。《馬克吐溫──美國幽默文學作家》。台北：婦女與生活，
2000。

Brawer, Robert A. 原著，朱孟勳譯。《商場上的馬克吐溫──從文學
巨著看管理境界》（*Fictions of Business*）。台北：經典傳訊，
2000。

Holms, John P. 原著，韓良憶編譯。《馬克吐溫的智慧》（*American
Quotations*）。台北：原神，2003。

呂建鋒。〈馬克吐溫的債務〉。《自由時報副刊》2003.07.11。
http://www.libertytimes.com。

黃碧端。〈文學史上不朽的頑童：馬克・吐溫筆下的小英雄〉。《聯
合報副刊》2006.08.23。http://udn.com。

陳漢平。〈馬克吐溫與高科技〉。《聯合報副刊》2007.11.12。
http://udn.com。

楊照。〈名人的女兒，有女兒的名人〉。《聯合報副刊》2008.03.05。
http://udn.com。

Arthur, Anthony原著，陳重仁譯。《反目：百年著名文學論戰，從馬克
吐溫到沃爾夫》（*Literary Feuds: A Century of Celebrated Quar-
rels from Mark Twain to Tom Wolfe*）。台北：時報文化，2008。

林欣誼。〈馬克吐溫遺作：毒批珍・奧斯汀〉。《中國時報》

2009.03.16。http://www.chinatimes.com。

林博文。〈《馬克吐溫自傳》啓示錄〉。《中國時報》2010.11.24。
　　http://www.chinatimes.com。